Excalibur

Herausgegeben von
Melissa Andersson
und
Gerd Rottenecker

Stephen R. Donaldson

DIE CHRONIKEN VON THOMAS COVENANT

2

Der Siebte Kreis des Wissens

Ins Deutsche übertragen von
Horst Pukallus

Knaur

Die amerikanische Originalausgabe erschien 1977
unter dem Titel »The Illearth War« bei Ballantine Books, New York

Deutsche Erstveröffentlichung September 1998

Umschlagkonzept: Melissa Andersson
Umschlaggestaltung: Agentur Zero, München
Umschlagillustration: Peter Goodfellow
Satz: Ventura Publisher im Verlag
Druck und Bindung: Clausen & Bosse, Leck
Printed in Germany
ISBN 3-426-70113-8

2 4 5 3 1

INHALT

3. TEIL
Das Blut der Erde

KARTE

NORDLANDEBENEN
WESTLANDGEBIRGE
SCHWELGEN STEIN
GRIMMERDHORE WALD
MAERL
WEISSER FL
HÜTERSTIEG
GRAUER FL
SEELENTROST
LLURALLIN
ANDELAINIAN
SCHWELGEN HOLZ
RILL
LETZTE HÜGEL
SCHWARZER FL
WÜRGERKLUFT
HOLZHEIM HOCHERHABE
MELENKURION HIMMELSWEHR
SÜDLANDEBENEN
MITHILL
SPALTFELSEN
UNHEILSWINKEL
KEVINS BLICK
STEINHAUSEN MITHILL
N
MEMMENECK
DORIENDOR KORISCHEW
DAS LAND

NORDLANDHÖHEN
RIESENWALD
HERZELEID
ARANGRAVE
SENKE
GROSSER
SUMPF
RRÄTER
CHLUCHT
UNFLAT FL.
DONNERBERG
LANDBRUCH
ZERSPELLTE
HÜGEL
MEER DER
SONNENGEBURT
MORINMOSS
WALD
KOLOSS
FOULS HORT
WANDERLUST
FURT
LANDWANDERER
EBENEN
VON
RA
TRÜMMER
SCHWEMME
VERWÜSTETE
EBENEN
MENSCHENHEIM
SÜDLANDRÜCKEN
SÜDLICHE
EINÖDEN

WAS ZUVOR GESCHAH

Thomas Covenant ist ein zufriedener, erfolgreicher Autor, bis eine zunächst unbemerkte Infektion die Amputation von zwei Fingern erfordert. Dann eröffnet ihm sein Arzt, daß er an Lepra leidet. Die Erkrankung wird in einem Leprosorium zum Stillstand gebracht, aber als er nach Hause zurückkehrt, ist er ein Ausgestoßener. Seine Frau hat sich von ihm scheiden lassen, und in ihrer aus Unwissenheit entstandenen Furcht meiden ihn die Nachbarn. Er wird zu einem einsamen, verbitterten Paria. In einem Akt der Auflehnung sucht er eines Tages dennoch die Ortschaft auf. Dort wird er kurz nach der Begegnung mit einem seltsamen Bettler von einem Polizeiwagen angefahren. Desorientierung überkommt ihn. Er erlangt in einer merkwürdigen Welt das Bewußtsein wieder, wo die boshafte Stimme eines Lord Foul ihm eine höhnische Botschaft des Unheils an die Lords des Landes aufträgt. Als Foul verschwindet, nimmt ein junges Mädchen, Lena mit Namen, Covenant mit in ihr Elternhaus. Man empfängt ihn dort als den sagenhaften Helden Berek Halbhand. Er findet heraus, daß sein Ehering aus Weißgold in diesem merkwürdigen Lande als Talisman großer Macht gilt. Lena behandelt ihn mit einem Heilerde genannten Schlamm, der anscheinend seinen Aussatz heilt. Das Erlebnis der Heilung ist mehr, als er verkraften kann, und indem er die Gewalt über sich verliert, vergewaltigt er Lena. Trotzdem erklärt sich deren Mutter Atiaran dazu bereit, ihn nach Schwelgenstein zu führen; seine Botschaft ist wichtiger als ihr persönlicher Haß. Sie erzählt ihm vom einstigen Krieg zwischen den Alt-Lords und Foul, der in jahrtausendelanger Schändung des Landes gipfelte.

Covenant kann sich mit dem Land nicht abfinden, wo es für seine Begriffe zuviel Schönheit gibt, wo Stein und Holz Zauberkräften gehorchen. Er wird zum Zweifler, weil er es nicht wagt, in der wachsamen Selbstdisziplin nachzulassen, deren ein Leprakranker bedarf, um zu überleben. Für ihn ist das Land lediglich eine Flucht seines verwirrten, möglicherweise vom Delirium heimgesuchten Verstandes.

Auf dem Seelentrostfluß bringt ein freundlicher Riese Covenant in seinem Boot zum Schwelgenstein, wo die Lords sich zusammenfinden. Die Lords erkennen ihn als einen der Ihren an und nennen ihn Ur-Lord. Seine Botschaft, die er ihnen von Lord Foul ausrichtet, entsetzt sie jedoch sehr. Wenn Seibrich Felswürm – ein bösartiger Höhlenschrat – in der Tat den überlegen machtvollen Stab des Gesetzes besitzt, ist ihre Lage wirklich bedrohlich. Sie verfügen nicht einmal noch länger über die mächtigen Gaben der Alt-Lords, die Foul dennoch zu überwinden vermochte. Von Alt-Lord Kevins Sieben Kreisen des Wissens kennen sie nur einen und verstehen ihn überdies bloß zum Teil. Sie beschließen, den Stab des Gesetzes in Gewahrsam zu nehmen, ihn Seibrich Felswürm, der in den Höhlen unterm Donnerberg haust, zu entreißen. Unter wiederholten Angriffen von Lord Fouls Schergen schlagen sie sich auf ihrem Weg durch; Covenant begleitet sie. Das Aufgebot wendet sich nach Süden und gelangt in die Ebenen von Ra, wo die Ramen den Ranyhyn dienen, den großen Freilandpferden. Dort beugen sich die Ranyhyn der Macht von Covenants Ring. Um Lena für das ihr angetane Verbrechen in gewissem Umfang zu entschädigen, trägt er ihnen auf, eines der Pferde solle ihr in jedem Jahr einen Besuch abstatten. Dann reiten die Lords zum Donnerberg. Nach zahlreichen Zusammenstößen mit bösartigen Geschöpfen und Schwarzer Magie treten sie Seibrich Felswürm entgegen. Hoch-Lord Prothall entringt Seibrich den Stab. Als Covenant es schafft, die Kräfte seines

Rings einzusetzen – ohne überhaupt zu begreifen, wie –, gelingt die Flucht aus den Katakomben. Während die Lords fliehen, verflüchtigt sich rings um Covenant das seltsame Land. Als er wieder zur Besinnung kommt, geschieht es ein paar Stunden nach seinem Verkehrsunfall in einem Krankenhausbett. Er leidet nach wie vor an Leprose, und seine Auffassung scheint sich zu bestätigen, daß alles nur ein Wahn war. Aber er kann nun gar keine Wirklichkeit mehr völlig ohne Vorbehalte hinnehmen. Auf jeden Fall ist er nicht ernsthaft verletzt und wird aus dem Krankenhaus entlassen. Er kehrt heim.

1. TEIL

Schwelgenstein

1
»Die Träume der Menschen«

Zum Zeitpunkt, da Thomas Covenant sein Haus erreichte, war die Last dessen, was ihm widerfahren war, bereits untragbar geworden. Als er die Tür öffnete, gelangte er wieder in die geordnete Säuberlichkeit seines Wohnzimmers. Alles war noch genau so, wie er es zurückgelassen hatte – als ob nichts geschehen wäre, als habe er nicht die vergangenen vier Stunden im Zustand der Bewußtlosigkeit verbracht oder in einer anderen Welt, wo man seine Krankheit geheilt hatte, trotz der Tatsache, daß so etwas unmöglich war, einfach unmöglich. Seine Finger und Zehen waren kalt und gefühllos; ihre Nerven waren abgestorben. Das ließ sich nicht mehr rückgängig machen. Sein Wohnzimmer – wie alle Räumlichkeiten im Haus – zeichnete sich durch planmäßige Ordnung aus, war ausgiebig mit Teppichen und Polstern ausgestattet, so daß er wenigstens versuchen konnte, sich vor den Gefahren des Prellens, Schneidens, Verbrennens und vor Quetschungen sicher zu fühlen, die ihn tödlich verletzen mochten, weil er dazu außerstande war, sie zu fühlen, ja auch nur zu bemerken. Auf dem Kaffeetisch vorm Sofa lag noch das Buch, in dem er am Vortag gelesen hatte. Während er um die Entscheidung rang, ob er einen Gang in den Ort wagen sollte, hatte er darin gelesen. Noch war die Seite aufgeschlagen, die vor nur vier Stunden eine ganz andere Bedeutung für ihn gehabt hatte.
»… der zusammenhanglosen, abgründigen Materie Form zu verleihen«, stand dort, »aus der Träume bestehen, war die schwierigste Aufgabe, an die ein Mensch sich machen konnte …« Und auf einer anderen Seite hieß es: »… die Träume der Menschen gehören Gott …« Er vermochte es nicht zu ertragen.

Er fühlte sich so erschöpft, als habe die Suche nach dem Stab des Gesetzes wahrhaftig stattgefunden – als habe er tatsächlich eine schwere Prüfung in den Katakomben und am Berghang durchgestanden, seine unfreiwillige Rolle dabei gespielt, Lord Fouls verrücktem Knecht den Stab zu entreißen. Aber zu glauben, solche Dinge seien wirklich geschehen, könnten auch nur geschehen, war für ihn der reinste Selbstmord. Sie waren ausgeschlossen, so wie die Heilung der Nerven, die er empfunden hatte, während sich rings um ihn oder in seinem Innern die Ereignisse abspulten. Sein Überleben war davon abhängig, daß er sich weigerte, an Unmögliches zu glauben. Weil er müde war und keine andere Möglichkeit zur Gegenwehr hatte, legte er sich ins Bett und schlief wie ein Toter, allein und traumlos.

Danach schlurfte er in einer Art von Halbschlaf vom einen zum anderen Tag durch sein Leben. Er hätte nicht sagen können, wie oft sein Telefon klingelte, wie häufig anonyme Anrufer sich meldeten, um ihm zu drohen, ihn zu beschimpfen und zu schmähen, weil er es sich erlaubt hatte, als Aussätziger die Ortschaft zu betreten. Er wand Decken um sich wie einen Verband und tat nichts, dachte nichts und kümmerte sich um nichts. Er vergaß sein Medikament, vernachlässigte seine VBG (die Visuelle Beobachtung der Gliedmaßen – die Methode der disziplinierten ständigen Selbstüberwachung des Leprosekranken, von der nach den Aussagen der Ärzte sein Leben abhing). Die meiste Zeit brachte er im Bett zu. Auch wenn er sich nicht im Bett befand, blieb er im wesentlichen in einem schlafähnlichen Zustand. Während er durch die Zimmer wanderte, rieb er wiederholt seine Finger an Tischkanten, Türrahmen, Stuhllehnen und sonstigem Inventar und wirkte dabei, als versuche er, sich irgend etwas von den Händen zu schaben. Es verhielt sich so, als hätte er sich in ein Versteck zurückgezogen, wäre ein emotionaler Kälteschlaf die einzige Alternative zur Panik. Aber die Geierschwingen seines persönlichen Dilemmas durchflatterten die Luft in unermüdlicher Suche nach ihm. Die Anrufer benahmen sich immer wütender und erbitterter; seine gleichgültige Unansprechbarkeit narrte sie, betrog sie um die effektive Erleichterung des Freisetzens ihrer Feindseligkeit. Und tief im Kern seiner Schläfrigkeit begann sich eine Veränderung abzuzeichnen. Immer häufiger erwachte er in der dumpfen Überzeugung, etwas geträumt zu haben, an das er sich nicht entsinnen konnte, an das er sich eine Erinnerung nicht leisten durfte.

Nach diesen zwei Wochen nahm seine Situation ihn plötzlich wieder unerbittlich in die Zange. Zum ersten Mal schaute er seinen Traum. Es handelte sich um ein kleines Feuer – ein paar Flammen ohne Standort oder Umgebung, irgendwie absolut und pur. Als er hineinstarrte, loderten sie empor, entfachte sich helle Glut. Und er selbst nährte das Feuer mit Papier – den Blättern seines Geschriebenen, sowohl des bereits erschienenen sowie des neuen Romans, an dem er gerade arbeitete, als man seine Erkrankung feststellte. Dieser Traum enthielt die Wahrheit; er hatte beide Werke verbrannt. Als er wußte, daß er leprakrank war – sobald er erfuhr, daß Joan, seine Frau, sich von ihm hatte scheiden lassen und mit seinem kleinen Sohn, Roger, in ein anderes Bundesland gezogen war, nachdem er sechs Monate im Leprosorium verbracht hatte –, empfand er seine Bücher als so blind und selbstzufrieden, so selbstzerstörerisch, daß er sie verbrannte und das Schreiben aufgab. Nun jedoch, als er das Feuer im Traum sah, verspürte er erstmals den Gram und die Erschütterung, die es bedeutete, die Vernichtung des eigenen Werks mitanzusehen. Mit aufgerissenen Augen und schweißüberströmt fuhr er aus dem Schlummer hoch – und mußte erkennen, daß er noch immer das gierige Prasseln der Flammen hörte.

Joans Ställe standen in Brand. Monatelang war er nicht in dem

Bau gewesen, worin sie früher ihre Pferde untergestellt hatte, aber er wußte, daß es dort nichts gab, das eine Selbstentzündung des Feuers verursacht haben könnte. Vandalismus lag vor, ein Racheakt; das war es, was hinter all den Drohanrufen lauerte. Das trockene Holz brannte mit aller Heftigkeit, und die Flammen warfen sich hinauf in den Abgrund der Nacht. Und darin sah er Holzheim Hocherhaben in Flammen. In seiner Erinnerung roch er die verkohlten Leichen des Baumdorfs. Er fühlte sich Höhlenschrate töten, sie mit der unausdenklichen Kraft einäschern, die aus dem Weißgold seines Eherings schlug. Unmöglich! Er floh das Feuer, wich überstürzt zurück ins Haus und schaltete die Beleuchtung ein, als seien gewöhnliche elektrische Glühbirnen sein einziger Schutz gegen Irrwitz und Finsternis.

Während er in Elendsstimmung durch die Sicherheit seines Wohnzimmers schritt, besann er sich darauf, was er erlebt hatte. Von der Haven Farm, wo er wohnte, war er in den Ort gegangen – *Lepra! Ausgestoßener! Unrein!* –, um seine Telefonrechnung zu bezahlen, persönlich zu bezahlen, als Selbstbehauptung seines normalen Menschseins gegen die Feindschaft, den Abscheu und die falsche Wohltätigkeit seiner Mitbürger. Unterwegs war er vor ein Polizeiauto gestürzt … und in eine andere Welt geraten. Eine Welt, die nicht existieren konnte, die er jedoch keinesfalls, sollte sie trotzdem existieren, je hätte erreichen können: eine Welt, in der Leprakranke ihre Gesundheit wiederzuerlangen vermochten. ›Das Land‹, so nannte man sie schlicht. Und wegen seiner Ähnlichkeit mit Berek Halbhand, dem sagenumwobenen Lord-Zeuger, hatte man ihn wie einen Helden behandelt – deswegen und um seines Weißgoldrings willen. Aber er war kein Held. Er hatte den kleinen und den Ringfinger seiner rechten Hand verloren, doch nicht im Kampf, sondern durch einen chirurgischen Eingriff; infolge des Gangräns, das mit dem Auftreten seiner

Erkrankung einherging, war ihre Amputation notwendig gewesen. Und der Ring war ihm von den Händen einer Frau angesteckt worden, die ihn nunmehr aufgrund seiner Lepraerkrankung verlassen hatte. Nichts hätte weniger wahr sein können als der Glaube, den man im Land von ihm hegte. Und weil er in eine falsche Position gedrängt worden war, hatte er sich einer ausgeklügelten Unaufrichtigkeit befleißigt, die ihn jetzt beinahe dazu brachte, sich zu winden. Mit Gewißheit hatte keiner jener Menschen seine Unversöhnlichkeit verdient gehabt. Nicht die Lords, die Wächter über Wohlergehen und Schönheit des Landes; nicht Salzherz Schaumfolger, der Riese, der sich zu ihm wie ein Freund verhalten hatte; nicht Atiaran, Trells Gemahlin, die ihn wohlbehalten nach Schwelgenstein geleitete, der Bergstadt, wo die Lords daheim waren; und ganz bestimmt, o nein, ganz gewiß nicht ihre Tochter Lena, die er vergewaltigt hatte! *Lena!* heulte er innerlich auf, ohne es verhindern zu können, patschte mit gefühllosen Fingern seine Seiten, während er hin- und herlatschte. *Wie konnte ich dir das nur antun?!* Doch er begriff mittlerweile, wie es dazu gekommen sein mußte. Die Genesung, die das Land ihm schenkte, hatte ihn überrascht. Nach Monaten der Impotenz und unterdrückten Wut war er auf diese plötzliche Aufwallung von Vitalität nicht gefaßt gewesen. Und aus dieser neuen Lebenskraft hatten sich weitere Konsequenzen ergeben. Sie hatte ihn zu einer bedingten Kooperation mit dem Land verführt, obwohl er sich darüber im klaren zu sein glaubte, daß unmöglich war, was ihm geschah, nur ein Traum. Infolge der Gesundung übermittelte er den Lords zu Schwelgenstein die Botschaft des Verderbens, mit der ihn der große Erzfeind des Landes beauftragt hatte, Lord Foul der Verächter. Und er war mit den Lords auf ihre Suche nach dem Stab des Gesetzes ausgezogen, Bereks Runenstab, den einst Hoch-Lord Kevin, der letzte Alt-Lord, in seinem Kampf gegen den Verächter verlor. Die neuen Lords betrachteten den Stab als ihre einzige hoffnungsvolle Waffe gegen ihren Feind; und er, Covenant, hatte ihnen bei der Wiedererringung des Stabes geholfen, ohne es selbst zu wollen, ohne an die Sache zu glauben. Dann war er fast übergangslos in einem Bett im Krankenhaus seines Heimatorts wieder zu sich gekommen. Seit dem Zwischenfall mit dem Polizeiwagen waren bloß vier Stunden verstrichen gewesen. Unverändert litt er an Lepra. Weil er im wesentlichen unbeeinträchtigt wirkte, hatte der Arzt ihn zurück in sein Haus auf der Haven Farm geschickt.

Und nun war er aus seiner Schläfrigkeit aufgeschreckt worden, durchschritt sein erleuchtetes Haus, als wäre es ein Inselchen der Geistesklarheit inmitten von Dunkelheit und Chaos. Blendwerk! Er war genasführt worden. Er fand den bloßen Gedanken an das Land zum Kotzen. Für Leprakranke gab es keine Heilung; das war die Grundregel, die sein Dasein bestimmte. Nerven regenerierten nicht; und ohne die Tastwahrnehmung gab es keinen Schutz gegen Verletzung und Infektion, Verstümmelung und Tod – für ihn gab es keinen Schutz, außer den zwanghaften Maßregeln der VBG, die man ihm im Leprosorium eingetrichtert hatte. Die Ärzte dort hatten ihn gelehrt, daß seine Krankheit ein endgültiger Sachverhalt seiner Existenz sei, daß er, falls er sich nicht vollständig, mit Herz, Verstand und Seele, seinem Selbstschutz widmete, vor einem gräßlichen Ende unweigerlich noch zum angefaulten Krüppel werden müsse. Diese Grundregel besaß eine Logik, die nun noch unfehlbarer als je zuvor wirkte. Durch Blendwerk war er, wie begrenzt auch immer, irregeführt worden; und die Ergebnisse waren verhängnisvoll. Für nunmehr zwei Wochen hatte er seinen festen Halt verloren, seinen Willen zum Überleben, sein Medikament nicht eingenommen, keine VBG oder sonstige Übungen praktiziert, sich nicht einmal rasiert.

Schwindelerregende Übelkeit rumorte in seinem Innern. Er

zitterte hilflos, während er seine Verfassung überprüfte. Aber allem Anschein nach hatte er irgendwie keinen Schaden genommen. Seine Haut wies keinerlei Schrammen, Verbrennungen oder Quetschungen auf, keinen der fatalen blauroten Flecken wiederaufgelebter Leprose. Er atmete keuchend, als hätte er soeben eine Überflutung mit Grauen durchgestanden, als er sich daranmachte, sein Leben von neuem in festen Griff zu bekommen. Eilig und ohne Verzögerung nahm er eine große Dosis seines Medikaments DDS – Diaminodiphenylsulfonamid. Danach betrat er den weißen Glanz seines Badezimmers, zog am Streichriemen sein altes, gerades Rasiermesser ab und setzte sich die lange scharfe Klinge an die Kehle. Sich so zu rasieren, die Klinge zwischen den beiden restlichen Fingern und dem Daumen der Rechten, war sein persönliches Ritual, das er sich selbst auferlegt hatte, um seine ungestüme Vorstellungskraft zu disziplinieren und abzutöten. Damit vermochte er sich nahezu ohne bewußte Anstrengung zu stabilisieren. Die Gefahr, die von dem heiklen, so unsicher gehaltenen Metall ausging, half ihm beim Konzentrieren, half ihm dabei, verfehlte Hoffnungen und Träume loszuwerden, die verführerischen, selbstmörderischen Erzeugnisse seines Geistes zu verscheuchen. Die Folgen einer falschen Bewegung waren ihm so klar, als seien sie seinem Hirn mit Säure eingeätzt. Er konnte die Grundregel der Leprose nicht mißachten, wenn er so dicht davorstand, sich selbst zu verletzen, sich eine Wunde zuzufügen, die die eingeschlafene Fäulnis seiner Nerven erneut wecken mochte, Entzündungen und Blindheit verursachen, ihm das Fleisch vom Gesicht fressen, bis er zu scheußlich war, um noch angeblickt werden zu können. Als er sich den zwei Wochen alten Bart abrasiert hatte, musterte er sich für einen Moment im Spiegel. Er sah einen ergrauten, hageren Mann mit Leprose im Hintergrund seiner Augen, einem Seuchenschiff in der Ferne auf eisiger See vergleichbar. Und dieser Anblick lieferte ihm eine Erklärung für das erlebte Blendwerk. Sein Unterbewußtsein hatte es konstruiert – das blinde Verzweiflungswerk oder Produkt der Feigheit eines Gehirns, das all dessen beraubt worden war, dem es vorher Bedeutung beimaß. Der Abscheu seiner Mitmenschen hatte ihn zum Selbstabscheu verleitet, und als er sich nach dem Vorfall mit dem Polizeiwagen in wehrlosem Zustand befand, hatte seine Selbstverachtung die Oberhand gewonnen. Er kannte den Namen des Widersachers: er hieß Todeswunsch. In seinem Unterbewußtsein wühlte er herum, weil sein Bewußtsein sich mit zuviel grimmiger Entschlossenheit dem Überleben verschworen hatte, um das konsequente Ende der Krankheit abzuwenden.

Aber jetzt war er nicht wehrlos. Wach war er und voller Furcht. Als schließlich der Morgen anbrach, rief er seine Rechtsanwältin an, Megan Roman – die Frau verwaltete seine Verträge und erledigte seine finanziellen Angelegenheiten –, und erzählte ihr, was man mit Joans Ställen angestellt hatte. Durch die Leitung konnte er deutlich ihr Unbehagen heraushören. »Was möchten Sie unternommen haben, Mr. Covenant?«

»Die Polizei soll nachforschen. Ermitteln, wer das getan hat. Dafür sorgen, daß so etwas nicht noch einmal vorkommt.«

Für einen ausgedehnten Moment des Mißbehagens herrschte Schweigen. »Die Polizei einzuschalten«, sagte die Anwältin schließlich, »wird an sich wenig Sinn haben. Sie wohnen in Sheriff Lyttons Amtsbezirk, und er wird für Sie keinen Finger rühren. Er gehört zu den Leuten, die die Meinung vertreten, man solle Sie aus dem Kreis verjagen. Er ist hier schon lange Sheriff, und wenn's um ›seinen‹ Landkreis geht, kann er sich ganz schön beschützerisch aufspielen. Er hält Sie für eine Gefahr. Unter uns gesagt, ich bezweifle, daß er mehr Menschlichkeit besitzt, als er braucht, um alle zwei Jahre wiedergewählt zu werden.« Sie sprach sehr schnell, als wolle sie ihn daran hindern, etwas zu sagen, irgendwelche Vorschläge zu unterbreiten. »Aber ich glaube, ich kann ihn dazu veranlassen, etwas für Sie zu tun. Wenn ich ihm drohe – ihm sage, Sie würden sonst in den Ort kommen, um Anzeige zu erstatten –, kann ich ihn sicherlich dahin bringen, dafür zu sorgen, daß sich dergleichen nicht wiederholt. Er kennt sich in seinem Amtsbereich aus. Sie könnten darum wetten, daß er schon weiß, wer Ihre Ställe niedergebrannt hat.« *Joans Ställe,* widersprach Covenant stumm. *Ich mag Pferde nicht leiden.* »Er kann diese Leute daran hindern, noch mehr anzustellen. Und das wird er tun, wenn ich ihm jetzt rechtzeitig einen gehörigen Schrecken einjage.« Covenant willigte ein. Anscheinend besaß er keine andere Wahl. »Übrigens haben ein paar Einwohner kürzlich nach legalen Möglichkeiten gesucht, um Sie zum Fortziehen zu zwingen. Sie sind aufgebracht, weil Sie sich im Ort haben blicken lassen. Ich habe ihnen gesagt, das sei undurchführbar ... oder wenigstens mit mehr Aufwand verbunden, als das Anliegen ihnen wert sei. Ich glaube, bis jetzt glauben die meisten mir.«

Covenant schauderte zusammen, als er den Hörer auflegte. Er unterzog sich einer gründlichen VBG, untersuchte seinen Körper vom Kopf bis zu den Füßen auf irgendwelche Merkmale von Gefahr. Dann machte er sich an die Aufgabe, sich wieder seine alten Selbstschutzgewohnheiten zu erarbeiten.

Ungefähr eine Woche lang erzielte er echte Fortschritte. Er streifte durch die kartografierte Ordnung seines Hauses wie ein Roboter, der sich auf seltsame Weise der Maschinerie in seinem Innern bewußt war, der trotz der beschränkten Funktionen seiner Programmierung nach einer guten Antwort auf den Tod suchte. Wenn er das Haus verließ, über die Zufahrt zum Tor stapfte, um die angelieferten Lebensmittel zu holen oder hinter der Haven Farm am Righters Creek entlang durch den Wald zu spazieren, bewegte er sich mit äußerster Vorsicht, begutachtete aufmerksam jeden Felsen, jeden Ast, prüfte jeden Wind, als verdächtige er ihn verhohlener Bösartigkeit. Mit der Zeit jedoch begann er wieder seine Umgebung zu beachten, und dabei geriet seine Entschlossenheit in gewissem Umfang ins Wanken. Der April beherrschte die Wälder – die ersten Zeichen des Frühlings waren sichtbar, und er hätte sie schön finden müssen. Doch in bestimmten Momenten trübte unerwartet Kummer sein Blickfeld, wenn ihm der Frühling einfiel, wie er ihn im Land erlebt hatte. Mit dort verglichen, wo die pralle Gesundheit der Säfte und Knospen an den Pflanzen sichtbar gewesen war, unübersehbar deutlich, erkennbar durch Berührung, Düfte und Geräusche, wirkte der Wald, durch den er hier wanderte, auf traurige Weise oberflächlich wie eine Kulisse. Die Bäume, das Gras und die Hügel hatten keinen Reiz, keine tiefe Schönheit. Sie konnten ihn an Andelain und den Geschmack der *Aliantha* bestenfalls entfernt erinnern.

Danach fingen andere Erinnerungen an, ihn zu beunruhigen. Mehrere Tage lang wollte ihm die Frau, die im Kampf vor Holzheim Hocherhaben für ihn gefallen war, nicht aus den Gedanken weichen. Nie hatte er bloß ihren Namen gekannt, niemals bloß gefragt, warum sie sich überhaupt für ihn einsetzte. Sie war gewesen wie Atiaran, Schaumfolger und Lena: davon überzeugt, daß sie ein Recht darauf besaß, solche Opfer zu bringen. Wie Lena, an die er die Erinnerung kaum zu ertragen vermochte, beschämte diese Frau ihn; und mit der Scham kam Zorn – der altbekannte Zorn des Leprakranken, von dem so sehr sein Durchhaltevermögen abhing. *Zur Hölle!* schäumte er. *Sie hatten kein Recht. Allesamt hatten sie kein Recht!* Aber die Sinnlosigkeit seiner leidenschaftlichen Erbitterung kehrte sich gegen ihn, und er sah sich dazu genötigt, Selbstgespräche zu führen, als lese er sich den Katechismus seiner Krankheit vor. »Oberflächlichkeit ist die charakteristische Eigenschaft des Lebens ... Schmerz ist der Beweis des

Seins …« Im Außenseitertum seiner moralischen Vereinzelung fand er keine anderen Antworten.

Bei derartigen Anlässen bereitete ihm die Lektüre psychologischer Studien bitteren Trost, für die man Personen von allen äußeren Einflüssen abgetrennt hatte, blind und taub, stumm und bewegungsunfähig gemacht, so daß sie die fürchterlichsten Wahnvorstellungen heimsuchten. Wenn normale Männer und Frauen bei vollem Bewußtsein so stark der Gnade ihres eigenen inneren Chaos unterworfen werden konnten, mochte ein verworfener Lepraleidender in besinnungslosem Zustand doch sicher einen Traum träumen, der schlimmer war als bloßes Chaos – einen Traum, der selbsttätig besonders darauf abgestellt worden war, ihn in den Wahnsinn zu treiben. Was ihm zugestoßen war, überstieg also sein Verständnis zumindest nicht völlig.

Auf diese Art und Weise durchstand er die Tage nach der Brandstiftung nahezu drei Wochen lang. Bisweilen kam es ihm fast zu Bewußtsein, daß die ungelöste Spannung in seinem Innern sich staute und ihn einer Krise näherte; doch wiederholt verdrängte er diese Einsicht, verscheuchte verärgert den bloßen Gedanken. Er bezweifelte, daß er noch eine Belastungsprobe durchstehen könne; nur mit knapper Not war er beim ersten Mal davongekommen. Aber selbst die konzentrierte Säure seines Grolls erwies sich als zu schwach, um ihn auf unbegrenzte Dauer zu schützen. An einem Donnerstagmorgen, als er vor den Spiegel trat, um seine Rasur durchzuführen, brach die Krise urplötzlich akut aus, und seine Hände begannen so haltlos zu beben, daß er das Rasiermesser senken mußte, um nicht die Halsschlagader durchzuschneiden. Die Ereignisse im Lande waren noch unabgeschlossen. Indem sie den Stab des Gesetzes zurückgewannen, hatten die Lords lediglich genau das getan, was Lord Foul von ihnen getan haben wollte. Damit war nur der erste Schritt in Fouls Planung vollbracht, seiner Machenschaften, die ihren Anfang nahmen, als er Covenants Weißgoldring ins Land holte. Foul gedachte nicht zu ruhen, bis er auf jener ganzen Erde die Macht über Leben und Tod besaß. Und um sie zu erlangen, brauchte Foul die bizarre Magie des Weißgolds. Verzweifelt starrte Covenant sich im Spiegel an, darum bemüht, seine eigene Wirklichkeit in den Griff zu bekommen. Aber er erblickte in seinen Augen nichts, das sich zu seiner Verteidigung geeignet hätte. Er war einmal betrogen worden. Das konnte ihm ein zweites Mal passieren. »Ein zweites Mal?!« schrie er mit einer Stimme auf, die so hoffnungslos klang wie das Weinen eines verlassenen Kindes. *Ein zweites Mal?* Er vermochte nicht zu meistern, was im ersten Wahnerlebnis mit ihm geschehen war; wie sollte er da ein zweites Mal einen solchen Wahnsinn durchstehen können? Er stand kurz davor, die Ärzte im Leprosorium anzurufen – sie anzurufen und um eine irgendwie geartete Hilfe anzuflehen! –, da errang er ein bißchen von seiner Leprakrankenunnachgiebigkeit wieder. Er hätte nicht so lange überleben können, wäre nicht irgendwo in ihm irgendeine fundamentale Kapazität zum Abwenden der endgültigen Niederlage vorhanden gewesen, vermochte er auch nicht jederzeit die Verzweiflung abzuwehren, und diese Kapazität hielt ihn nun zurück. *Was sollte ich ihnen erzählen,* schalt er sich aus, *was sie mir glauben könnten? Ich glaube ja selbst nicht daran.* Die Bewohner des Landes hatten ihn den Zweifler genannt. Jetzt sah er ein, daß er seinem Beinamen Ehre machen mußte, ob das Land nun wirklich existierte oder nicht. Und im Verlauf der beiden nächsten Tage trachtete er mit einem Grimm danach, seinem Ehrennamen gerecht zu werden, der wahrhaftiger Gewaltsamkeit so nahe wie nur denkbar kam. Nur auf einen Kompromiß ließ er sich ein: Weil seine Hände so schlimm zitterten, verwendete er einen elektrischen Rasierapparat, schabte damit roh über das Gesicht, als wolle er die Gesichtszüge umformen. Darüber hinaus erkannte er nichts an. In den Nächten flatterte das Herz in seiner Brust so spürbar, daß er nicht zum Schlafen imstande war; doch er biß die Zähne zusammen und kam ohne Schlaf aus. Zwischen seinem Ich und der Irreführung errichtete er einen Wall aus DDS und VBG, und sobald der Trug seine Abwehr zu durchbrechen drohte, vertrieb er ihn jedesmal mit Flüchen. Aber als der Samstagmorgen heraufdämmerte, befand er sich noch immer nicht dazu in der Lage, die Drohung zum Schweigen zu bringen, die seine Hände beben machte. Daraufhin entschied er sich endlich dafür, erneut das Risiko einzugehen und sich unter seine Mitmenschen zu begeben. Er benötigte ihre Wirklichkeit, ihre Bekräftigung der Realität, die er verstand, sogar ihren Widerwillen gegen seine Krankheit. Er wußte kein anderes Gegenmittel zur Bekämpfung des Betrugs; er konnte sich seinem Dilemma nicht länger allein stellen.

2
Halbhand

Doch diese Entscheidung traf er ebenfalls voller Furcht, und erst am Abend brachte er es über sich, auch danach zu handeln. Während der meisten Zeit des Tages säuberte er das Haus, als rechne er nicht damit, noch einmal wiederzukehren. Am späten Nachmittag rasierte er sich dann mit dem Elektrorasierer und duschte ausgiebig. Umsichtig stieg er in eine widerstandsfähige Jeans und schnürte seine Füße in schwere Stiefel ein; über sein T-Shirt zog er jedoch ein Frackhemd, einen Schlips und einen Sportsakko, damit niemand ihm die Zwanglosigkeit von Jeans und Stiefeln ankreiden könne. Seine Brieftasche – gewöhnlich so nutzlos für ihn, daß er sie nie mittrug – steckte er diesmal in die Sakkotasche. Und in eine Hosentasche schob er ein kleines, scharfes Taschenmesser – das Messer, das er gewohnheitsmäßig mitnahm, um für den Fall, daß ihm die Gewalt über seine Selbsterhaltungs-Konzentration entglitt, etwas dabei zu haben, das ihm half, sich wieder zusammenzureißen. Dann schritt er über die lange Zufahrt zur Straße, als die Sonne sank, und streckte dort seinen Daumen aus, um von jemandem in die dem Ort entgegengesetzte Richtung mitgenommen zu werden. Die nächste Örtlichkeit entlang der Straße lag in dieser Richtung rund fünfzehn Kilometer von der Haven Farm entfernt, und sie war größer als das Kaff, wo sich der Unfall ereignet hatte. Dorthin wollte er, weil dort die Wahrscheinlichkeit geringer war, daß irgend jemand ihn erkannte. Sein erstes Problem bestand jedoch darin, unbehelligt befördert zu werden. Falls einer der örtlichen Autobesitzer ihn sah, steckte er bereits am Anfang in Schwierigkeiten.

Innerhalb der ersten paar Minuten fuhren drei Autos vorbei, ohne zu halten. Die Insassen gafften ihn im Vorüberrauschen an, als wäre er irgendeine Art bescheuerter Freak, aber keiner dieser Fahrer verminderte das Tempo. Dann kam, als das letzte Sonnenlicht in der Dämmerung versackte, ein großer Lastwagen heran. Covenant hob den Daumen, und der Laster hielt knapp hinter ihm unterm lauten Fauchen von Luftdruckbremsen. Er erklomm die Tür, und der Fahrer winkte ihn in die Kabine. Der Mann kaute auf einer dicken, schwarzen, zum Großteil abgebrannten Zigarre, und die Luft im Innern der Fahrerkabine war dick von Qualm. Durch den trägen Dunst sah Covenant, daß der Mann, groß und klobig, einen Bierbauch besaß; ein muskulöser Arm bewegte sich über das Lenkrad wie ein Kolben und lenkte den LKW mit Leichtigkeit. Er hatte nur diesen einen Arm; der rechte Ärmel war leer und mit einer Sicherheitsnadel an der Schulter befestigt. Covenant kannte sich mit Verstümmelungen aus und empfand eine Regung von Mitgefühl für den LKW-Fahrer. »Wohin, Kumpel?« erkundigte der hochgewachsene Mann sich freundlich. Covenant nannte sein Ziel. »Kein Problem«, antwortete der Fahrer auf die andeutungsweise Frage in Covenants Tonfall. »Dort muß ich sowieso durch.« Während die automatische Gangschaltung durch die Gänge aufwärtsheulte, spie er den Zigarrenstummel zum Seitenfenster hinaus und ließ dann das Lenkrad los, um sich eine neue Zigarre anzuzünden. Solange er seine Hand anderweitig betätigte, sorgte er für festen Halt des Lenkrads, indem er seinen Bauch dagegen stemmte. Der grüne Schimmer des Armaturenbretts war zu schwach, um seine Miene zu beleuchten, aber das Aufflammen der Zigarre erhellte jedesmal, wenn er daran zog, wuchtige Umrisse. In der roten Glut glich sein Gesicht einer Ansammlung von Findlingen. Als die neue Zigarre schließlich zuverlässig brannte, senkte er seinen Arm aufs Lenkrad wie eine Sphinx und

entwickelte unvermittelte Gesprächigkeit. Anscheinend beschäftigte ihn irgend etwas. »Wohnen Sie in dieser Gegend?«
»Ja«, erwiderte Covenant mit Zurückhaltung.
»Kennen Sie diesen Aussätzigen … diesen Thomas Soundso … Thomas Covenant …?«
In der Düsterkeit der Fahrerkabine zuckte Covenant zusammen. Um seine Bestürzung zu verheimlichen, verlagerte er auf seinem Platz sein Gewicht. »Wieso interessieren Sie sich für ihn?« fragte er umständlich nach.
»Ich? Mich interessiert er nicht. Ich bin nur auf der Durchfahrt – ich brumme auf meinem Arsch dorthin, wohin die Ladung soll, die man mir mitgibt. Ich war noch nie hier in dieser Gegend. Aber ich habe hinten in der letzten Ortschaft gegessen, und da hörte ich über ihn Gerede. Deshalb hab' ich so eine Ische an der Theke gefragt, was das für'n Typ sei, und da hat sie mir fast eins aufs Ohr geknallt. Nur 'ne Frage braucht man in dem Nest nach ihm zu stellen, und schon kriegt man's Maul mit dem gestopft, was man gerade ißt. Wissen Sie, was ein Aussätziger ist?«
Covenant wand sich unmerklich. »In gewisser Weise, ja.«
»Na, so was ist eine widerliche Geschichte, das können Sie mir glauben. Meine Alte liest nämlich ständig in der Bibel von solchem Zeug. Das sind schmutzige Bettler. Unrein. Ich wußte gar nicht, daß wir hier in Amerika so'n Gesocks haben. Dahin sind wir also schon gekommen. Wissen Sie, was ich finde?«
»Was finden Sie?« fragte Covenant schlaff.
»Ich finde, solche Aussätzigen sollten anständige Leute in Ruhe lassen. Wie die Ische dort an der Theke. Sie war in Ordnung, trotz ihres großen Mundwerks, aber da war sie nun aus lauter Ekel vor dem heruntergekommenen Lumpenhund voll bis hinter die Kiemen. Dieser Bursche Covenant sollte mal aufhören, bloß an sich zu denken. Andere Leutchen können doch auf zusätzlichen Ärger verzichten. Er sollte mitsamt allen

anderen Aussätzigen abhauen und für sich selbst bleiben. So was ist doch echte Selbstsucht, von gewöhnlichen Menschen wie Ihnen und mir zu verlangen, daß sie sich mit derartigem abgeben. Verstehen Sie, was ich meine?«

Der Zigarrenrauch in der Fahrzeugkabine war so dick wie Weihrauch und machte Covenant benommen leichtsinnig. Noch mehrmals verlagerte er sein Gewicht, als bereite die Falschheit der Situation ihm körperliche Unbequemlichkeit. Doch das Geschwätz und ein leichtes Schwindelgefühl erzeugten in ihm eine gewisse Rachsucht. Für einen Moment vergaß er das zuvor empfundene Mitgefühl. Mit einem kräftigen Ruck drehte er den Ehering um seinen Finger. »Ich möchte in einen Nachtklub«, sagte er, als sie sich dem Ortsrand näherten. »Gleich vorn an der Straße. Wie wär's, wenn Sie auf eine Runde mitkommen?«

»Kumpel, das ist 'ne dufte Idee«, entgegnete der LKW-Fahrer ohne Zögern. »Ich laß keine Freirunde aus.« Bis zum Nachtklub mußten sie noch mehrere Ampeln passieren. Um das Schweigen zu überwinden und seine Neugier zu befriedigen, fragte Covenant den Fahrer, was mit seinem fehlenden Arm geschehen sei. »Hab' ich im Krieg verloren.« Er stoppte den Laster vor einem Rotlicht, indem er mit dem Bauch lenkte und unterdessen die Zigarre zwischen seinen Lippen zurechtrückte. »Wir war'n auf Patrouille und latschten direkt auf so eine Tretmine. Die ganze Gruppe ging hops. Ich mußte ins Lager zurückkriechen. Dauerte zwei Tage – ich war ein bißchen durcheinandergebracht, falls Sie verstehen, was ich meine …? Mir war nicht immer klar, welcher Film eigentlich lief. Als ich endlich beim Arzt ankam, war's zu spät, um den Arm zu retten. Aber was soll's, zum Teufel, ich brauch' ihn nicht. Wenigstens sagt meine Alte das, und sie muß es inzwischen ja wohl wissen.« Er lachte unterdrückt. »Für so was brauch ich keine zwei Arme.«

»Hatten Sie keine Schwierigkeiten«, fragte Covenant, »den Führerschein für so dicke Brummer zu erhalten?«

»Soll das 'n Witz sein? Ich kann diese Kiste mit meiner Wampe besser fahren als Sie mit vier Armen und nüchtern.« Rings um seine Zigarre grinste er und genoß den eigenen Humor. Die krude Genialität des Mannes rührte Covenant. Er bereute sein Falschspiel bereits. Aber Ärger machte ihn unweigerlich zornig, halsstarrig – das war der bedingte Reflex des Lepraleidenden. Sobald der Lastwagen hinterm Nachtklub geparkt stand, stieß er den Schlag der Fahrzeugkabine auf und sprang hinab auf den Untergrund, als habe er es eilig, sich von seinem Begleiter abzusetzen. Während der Fahrt durch die Dunkelheit hatte er jedoch bloß vergessen, wie hoch oberhalb des Erdbodens er sich befand. Ein anfallartiger Schwindel packte ihn, er kam ungünstig hinunter und stürzte fast. Seine Füße fühlten nichts, aber der Ruck verstärkte den Schmerz in seinen Fußknöcheln um einen zusätzlichen Stich.

»Wissen Sie was?« hörte er während des Moments seiner Benommenheit den LKW-Fahrer äußern. »Sie sind mir gleich so vorgekommen, als hätten Sie schon mal vorab was getankt.« Um dem steinharten, abschätzigen Blick des Mannes zu entgehen, ging Covenant voraus und auf die Ecke zum Nachtklub zu. Als er gerade um die Ecke bog, prallte Covenant beinahe gegen einen heruntergekommenen alten Mann, der eine dunkle Brille trug. Der Alte stand mit dem Rücken am Gebäude und streckte etwaigen Passanten einen verbeulten Blechbecher hin; er lauschte auf die Bewegungen Covenants und des Fahrers. Den Kopf hielt er hoch, obwohl er auf dem dürren Hals leicht wackelte; und er sang »Allzeit sing Halleluja«, als handele es sich um ein Klagelied. Unter einen Arm hatte er einen Krückstock mit weißer Spitze geklemmt. Als Covenant ihm unsicher auswich, schwenkte er in dessen ungefähre Richtung seinen Becher. Covenant war Bettlern gegenüber argwöhnisch geworden. Deutlich war ihm noch der abgerissene Fanatiker in Erinnerung, der ihm kurz vorm Einsetzen seines Wahnerlebens wie eine Einführung oder Vorbereitung dazu über den Weg gelaufen war. Die Erinnerung machte ihn empfindsam für plötzliche Spannung inmitten des Abenddunkels. Er trat dicht vor den Blinden und stierte ihm ins Gesicht. Die Tonlage, in welcher der Bettler seinen Singsang vortrug, blieb unverändert, aber er drehte Covenant ein Ohr zu und hielt ihm den Becher vor die Brust. Der Lastwagenfahrer verharrte hinter Covenant. »Verdammt, das wimmelt ja nur so von derartigen Figuren«, brummte der Fahrer. »Das ist ja die reinste Pest. Kommen Sie, Sie haben versprochen, einen auszugeben.«

Im Lichtschein der Straßenlaterne erlangte Covenant darüber Klarheit, daß dieser Mann nicht jener andere Bettler war, der Fanatiker. Und die Blindheit des Mannes tat auf ihn ihre Wirkung. Sein Mitleid für die Verstümmelten setzte sich in ihm durch. Er klaubte seine Brieftasche aus der Jacke, entnahm zwanzig Dollar und steckte sie in den Becher. »Zwanzig Mäuse!« stieß der Fahrer hervor. »Sind Sie so'n Einfaltspinsel, oder was? Sie brauchen nichts zu trinken, Kumpel. Sie brauchen einen Aufpasser.«

Ohne seinen Gesang zu unterbrechen, hob der Blinde eine knorrige Hand, knüllte die Geldscheine zusammen und verbarg sie irgendwo unter seiner zerlumpten Kleidung. Dann wandte er sich ab und tappte gleichgültig davon, den Bürgersteig hinab, sicher umfangen vom privaten Mystizismus der Blinden; während er sich entfernte, sang er die Zeile »... weil der Herr dich auferweckt«.

Covenant sah seinen Rücken mit der Finsternis verschmelzen. Danach drehte er sich um und wandte sich seinem Begleiter zu. Der LKW-Fahrer war um einen Kopf größer als Covenant und trug seinen fülligen Leib fest auf stämmigen Beinen. Seine Zigarre glomm wie eines von Seibrich Felswürms Augen.

Seibrich, erinnerte sich Covenant, der Höhlenschrat, Lord Fouls irrsinniger Knecht, vielleicht nur sein Bauer. Seibrich hatte den Stab des Gesetzes gefunden gehabt und war durch ihn oder um des Stabes willen vernichtet worden. Sein Tod hatte Covenant aus dem Lande freigelassen. Covenant setzte dem LKW-Fahrer einen gefühllosen Finger auf die Brust, versuchte vergeblich, ihn zu fühlen, sein greifbares Vorhandensein zu spüren. »Hören Sie mal«, sagte er, »es ist mir ernst damit, daß ich einen ausgeben will. Aber ich muß Ihnen sagen …« Er schluckte, dann zwang er sich dazu, es auszusprechen. »Ich bin Thomas Covenant. Der Aussätzige.«

Der LKW-Fahrer schnob rings um seine Zigarre. »Klar, Kumpel. Und ich bin Jesus Christus. Wenn Sie einen Sprung in der Schüssel und eben Ihr Geld verplempert haben, sagen Sie's ruhig. Aber kommen Sie mir nicht mit Aussätzigen-Quatsch. Sie sind bloß ein bißchen einfältig, sonst nichts.«

Covenant musterte den Mann noch einen weiteren Moment aus verdrossener Miene. »Na gut«, meinte er dann entschlossen. »Nein, blank bin ich noch nicht, auf keinen Fall. Also, kommen Sie!«

Zusammen gingen sie zum Eingang des Nachtklubs. Er nannte sich *The Door.* In Übereinstimmung mit seinem Namen besaß er ein breites Eisentor, das einem Portal zum Hades ähnelte. Das Tor war in scheußlichem Grün beleuchtet, aber in seinem Mittelpunkt erhellten weißliche Spotlights ein großes Plakat mit dem Hinweis:

Heute abend absolut zum letzten Mal
Amerikas neueste Swinging-Sensation
SUSIE THURSTON

Dazu hatte man ein Foto gehängt, auf dem Susie Thurston verführerisch wirken sollte. Aber der knallige Glanz des Abzugs war längst zu unscheinbarem Grau verblaßt. Covenant unterzog sich einer oberflächlichen VBG, nahm allen Mut zusammen und betrat den Nachtklub, hielt den Atem an, als dringe er in den Ersten Kreis der Hölle vor. Im Innern des Klubs herrschte ziemlich gedrängter Betrieb; Susie Thurstons Abschiedsvorstellung war gut besucht. Covenant und sein Begleiter belegten die zwei einzigen freien Plätze, die sich noch finden ließen, nämlich an einem kleinen Tisch in Bühnennähe. Ein Mann mittleren Alters, gekleidet in einen abgeschabten Anzug, saß bereits an dem Tisch. Etwas an der Art, wie er sein Glas hielt, gestattete die Schlußfolgerung, daß er schon seit geraumer Zeit trank. Als Covenant ihn um die Erlaubnis bat, am Tisch Platz nehmen zu dürfen, hörte er die Frage anscheinend gar nicht. Er starrte mit geweiteten Augen hinüber zur Bühne und sah dabei so feierlich ernst aus wie ein Vogel. Der Fernfahrer tat seine Anwesenheit mit einem lässigen Wink ab. Er drehte einen Stuhl um und setzte sich rittlings darauf, als müsse er die Last seines Bauchs gegen die Stuhllehne stützen. Covenant setzte sich auf den verbliebenen Stuhl und rückte dicht an den Tisch, um das Risiko zu verkleinern, daß jemand, der zwischen den Tischen hindurchging, ihn anstieß. Die ungewohnte Menge versammelter Menschen erfüllte ihn mit Besorgnis. Er saß reglos da, in sich selbst zusammengekauert. Die Furcht vor Entblößung pochte in seinem Pulsschlag mit, und er stählte sich mit einem schroffen innerlichen Ruck, atmete tief ein, als bekämpfe er einen Schwindelanfall; von Leuten umgeben, die ihn nicht beachteten, fühlte er sich verletzlich. Die Chancen standen für ihn im Zweifelsfall schlecht. Doch bei vordergründiger Betrachtung waren sie bloß Menschen wie er. Er widerstand dem Verlangen nach Flucht. Langsam begriff er, daß sein Begleiter von ihm die Aufgabe einer Bestellung erwartete. Er hob einen Arm und erregte die Aufmerksamkeit des Kellners, fühlte sich dabei in vager Weise

krank und wehrlos. Der Fahrer wollte einen doppelten Scotch mit Eis. Die Anspannung lähmte Covenants Stimme für einen Augenblick, doch dann quetschte er den Wunsch nach Gin mit Tonic hervor. Sofort bereute er die Bestellung; Gin mit Tonic war Joans bevorzugter Drink gewesen. Aber er blieb dabei. Er vermochte kaum ein Seufzen der Erleichterung zu unterdrücken, als sich der Kellner entfernte. Durch den Kloß seiner inneren Geladenheit bemerkte er, daß der Mann die Bestellung mit nachgerade wundersamer Promptheit erledigte. Indem er um den Tisch stelzte, stellte der Kellner darauf drei Drinks ab, darunter für den Mann mittleren Alters ein Glas mit etwas darin, das wie purer Alkohol aussah. Der LKW-Fahrer hob sein Glas, leerte es zur Hälfte und schnitt eine Grimasse. »Das reinste Zuckerwasser«, murrte er. Der ernste Mann kippte sich seinen Alkohol in einem Zug, während sein Adamsapfel lebhaft hüpfte, die Gurgel hinab. Ein Teil von Covenants Verstand fragte sich, ob er zum Schluß für drei würde zahlen müssen.
Widerwillig probierte er seinen Gin mit Tonic und verschluckte sich fast aus urplötzlichem Ärger. Die Limonelle im Getränk erinnerte ihn unerhört stark an die *Aliantha*-Beeren. *Sehr komisch!* fuhr er sich insgeheim an. Zur Strafe trank er den restlichen Gin aus und winkte dem Kellner, daß er ein neues Glas bringen solle. Abrupt faßte er den Entschluß, sich zu betrinken. Als die zweite Runde kam, brachte der Kellner wieder drei Drinks. Covenant sah seine Tischgenossen verkrampft an. Dann tranken sie alle drei, als hätten sie stillschweigend ein Wetttrinken beschlossen. Der Fahrer beugte sich vor und wischte sich mit dem Handrücken über den Mund.
»Ich muß Sie warnen, Kumpel«, sagte er. »Schließlich ist's ja Ihr Kies. Ich kann Sie untern Tisch saufen.«
»Ich glaube«, antwortete Covenant, um dem dritten Mann eine Goldene Brücke für den Einstieg ins Gespräch zu bauen, »unser Freund hier kann länger als wir zwei durchhalten.«

»Was, so ein kleiner Kerl?« Der Ton des Fernfahrers verriet gutmütigen Humor, ein Angebot von Kameradschaft. »Unmöglich. Völlig ausgeschlossen.« Aber der feierlich-ernste Mann erkannte die Existenz des Fahrers nicht einmal durch ein Augenzwinkern an. Er stierte in die Tiefe der Bühne wie in einen Abgrund. Für eine Weile beherrschte seine Düsterkeit die Stimmung am Tisch. Covenant gab eine neue Bestellung auf, und wenige Minuten später brachte der Kellner die dritte Runde – wieder drei Drinks. Diesmal griff der Lasterfahrer ein. Auf scherzhafte Weise, als sähe er sich als für Covenant verantwortlich an, wies er mit dem Daumen auf den Mann in mittleren Jahren. »Ich hoffe, Sie wissen«, wandte er sich an den Kellner, »daß wir für *ihn* nicht zahlen?«

»Klar.« Der Kellner wirkte gelangweilt. »Er hat hier eine Dauerbestellung laufen. Zahlt im voraus.« Verachtung straffte seine Miene, schien sie zusammenzuziehen wie das Schließen einer Faust rings um seine Nase. »Jeden Abend kommt er her, bloß um ihr zuzuschauen und zu zechen, bis er nicht mehr aus den Augen gucken kann.« Ein anderer Gast winkte, und im nächsten Moment war der Kellner weitergeeilt.

Zunächst sagte der dritte Mann nichts. Langsam dunkelte die Beleuchtung, und durch den vollbesetzten Klub wisperte wie ein Schleier erwartungsvolles Raunen. »Meine Frau«, krächzte da der Mann auf einmal gedämpft in die Stille. Ein Scheinwerferlichtkegel fiel auf die Bühne, und der Conferencier betrat sie von der Seite. Hinter ihm nahmen Musiker ihre Plätze ein – eine kleine Combo in peinlich sorgfältiger Kleidung.

Der Conférencier lächelte, so daß seine Zähne aufblitzten, und begann seinen Auftritt. »Heute macht es mich persönlich traurig, unsere liebe Freundin anzukündigen, denn dies ist das letzte Mal, daß sie hier bei uns ist – jedenfalls für einige Zeit. Sie geht von hier aus dorthin, wo bekannte Persönlichkeiten richtig berühmt werden. Wir im Klub *The Door* werden sie so bald nicht vergessen. Und denken Sie später dran – hier haben Sie sie zuerst gehört. Meine Damen und Herren, Miß Susie Thurston!« Der Lichtkegel umfaßte die Sängerin, als sie zum Vorschein kam, ein Mikrofon in der Hand. Sie trug Leder: einen Rock, der ihre Beine zum größten Teil entblößt ließ, und eine ärmellose Weste mit Fransen über den Brüsten, die ihre Bewegungen unterstrichen. Ihr blondes Haar war kurzgeschnitten, ihre Augen dunkel, umgeben von tiefen Hohlkreisen, die aussahen wie Blutergüsse. Sie hatte eine volle, ansprechende Figur, aber ihr Gesicht widersprach deren einladendem Reiz; ihre Miene drückte Verlassenheit und Heimatlosigkeit aus. Mit klarer, zerbrechlicher Stimme, die gut für flehentliche Anrufungen getaugt hätte, sang sie eine Reihe von Liebesliedern, so trotzig, als seien sie Protestsongs. Nach jeder Nummer ertönte Beifall wie Donner, und seine Lautstärke brachte Covenant jedesmal ins Bibbern. Als der erste Teil der Vorstellung vorüber war und Susie Thurston sich zurückzog, um eine Pause einzulegen, bedeckte ihn kalter Schweiß. Der Gin übte allem Anschein nach keine Wirkung auf ihn aus. Aber er benötigte irgendeine Art von Beistand. Mit gewisser Verzweiflung ließ er eine weitere Runde kommen. Zu seiner Erleichterung führte der Kellner die Bestellung recht schnell aus. Nachdem der LKW-Fahrer seinen Scotch hinabgestürzt hatte, lehnte er sich absichtsvoll herüber. »Ich glaube«, meinte er, »ich habe diesen Lumpenhund durchschaut.«

Der düstere Mann scherte sich nicht um seine Tischgenossen. »Meine Frau«, röchelte er von neuem schmerzlich hervor.

Covenant gedachte zu verhindern, daß der Fahrer so unverhohlen über den Dritten am Tisch sprach, aber ehe er ihn ablenken konnte, redete der Einarmige weiter. »Er macht's aus Gehässigkeit, das ist's.«

»Gehässigkeit?« wiederholte Covenant ratlos. Er begriff nicht den Zusammenhang. Soviel er feststellen konnte, hatte ihr

Tischgeselle – ohne Zweifel glücklich oder zumindest hartnäckig verheiratet, zweifellos ohne Kinder – irgendwie eine hoffnungslose Leidenschaft für die waisenhafte Frau hinterm Mikrofon entwickelt. Solche Dinge geschahen. Hin- und hergerissen zwischen seiner nun grimmigen Treue und seinem anhaltenden Bedürfnis, blieb ihm nichts anderes übrig, als auf der Suche nach Erlösung sich selbst zu martern, sich in den Stumpfsinn zu bechern, während er das Etwas anglotzte, das er weder haben konnte noch sollte. Aufgrund dieser eigenen Einschätzung ihres Tischkumpans geriet Covenant durch die Bemerkungen des Fernfahrers geistig ins Schwimmen.

»Natürlich«, bekräftigte der Hüne jedoch fast augenblicklich. »Was glauben denn Sie, glauben Sie vielleicht, es wär ein Vergnügen, so'n Aussätziger zu sein? Deshalb meint er, er könnte ruhig was davon austeilen. Warum soll ich allein so was am Hals haben? denkt er sich, verstehen Sie, was ich meine? Das denkt dieser Halunke. Darauf geb' ich Ihnen mein Wort, Kumpel. Ich hab' ihn durchschaut.« Während seiner Äußerungen füllte sein Kopfsteinpflastergesicht Covenants Blickfeld aus wie ein Haufen thetischen Steinschutts. »Und deswegen macht er's so, er geht hin, wo ihn keiner kennt, und irgendwie versteckt er, was er hat, so daß niemand merkt, wie krank er ist. Auf die Tour verbreitet er die Krankheit. Niemand merkt's, also trifft man keine Vorsichtsmaßnahmen, und eines Tages wird die Seuche ausbrechen. Und dann lacht dieser Covenant sich den Verstand weg. Alles nur aus Gehässigkeit, wie ich gesagt habe. Mein Wort drauf. Schütteln Sie bloß niemandem die Hand, solange Sie den Knaben nicht kennen, dem Sie sie schütteln.«

»Meine Frau«, stöhnte der Dritte am Tisch dumpf auf.

»Vielleicht verhält es sich gar nicht so«, entgegnete Covenant eindringlich und berührte seinen Ehering, als besitze er Kraft zu seinem Schutz. »Kann doch sein, daß er bloß Umgang mit

Menschen braucht. Fühlen Sie sich nie einsam, während Sie so ganz allein Stunde um Stunde Ihren Brummer fahren? Vielleicht kann Covenant es nur nicht aushalten, zu leben, ohne dann und wann mal andere Gesichter zu sehen. Haben Sie schon einmal an diese Möglichkeit gedacht?«

»Dann soll er sich mit anderen Aussätzigen zusammentun. Was für'n Recht hat er dazu, anständige Bürger zu belästigen? Gebrauchen Sie Ihr Gehirn, Mann!«

Mein Gehirn gebrauchen? Beinahe hätte Covenant gebrüllt. *Hölle und Verdammnis! Was glaubst du denn, was ich hier mache? Glaubst du etwa, es gefällt mir, hier zu sein?* Er konnte nicht verhüten, daß sein Gesicht sich zu einer Grimasse verzerrte. Insgeheim schäumte er vor Wut, während er dem Kellner ein Zeichen gab, daß er weitere Drinks bringen solle. Der Alkohol schien sich in ihm umgekehrt auszuwirken, seine Anspannung zu verstärken, statt sie zu lösen. Aber er war zu zornig, um ersehen zu können, ob er dem Zustand der Trunkenheit näher kam oder nicht. Die Luft im *The Door* schwirrte von der Geräuschkulisse der Gäste. Covenant war sich der Gegenwart der Menschen in seinem Rücken so nachdrücklich bewußt, als lauerten sie ihm wie Urböse auf. Als sich der Kellner mit den Getränken einfand, beugte er sich vorwärts, um die Ansichten des Fernfahrers zu widerlegen. Doch die Verdunklung der Beleuchtung für Susie Thurstons zweiten Auftritt vereitelte sein Vorhaben.

»Meine Frau«, wimmerte trostlos ihr Tischgenosse. Seine Stimme neigte inzwischen zu stellenweisem Lallen; was er da auch trinken mochte, es fing endlich zu wirken an.

Im kurzen Moment der Dunkelheit, bevor der Conférencier erschien, begann dem LKW-Fahrer ein Licht aufzugehen. »Sie meinen«, fragte er nach, »die Ische da oben ist Ihre Frau?« Daraufhin stöhnte der Mann nur gequält.

Nach kurzer Einführung zeigte Susie Thurston sich erneut im

Spotlight. Zu quengeliger Begleitung durch die Combo sang sie mit gewisser Schärfe in ihrer Stimme über die Treulosigkeit der Männer. Nach zwei Liedern rannen träge Tränen aus den dunklen Wunden ihrer Augen. Der Klang ihrer stürmischen Klage schmerzte in Covenants Kehle. Er bereute nun heftig, sich noch immer nicht betrunken zu haben. Nur zu gerne hätte er die Menschen, seine Verwundbarkeit und das störrische Überleben vergessen, alles vergessen und geweint. Doch ihr nächstes Lied verbrannte ihn wie eine Flamme. Den Kopf zurückgebogen, so daß ihr weißer Hals im Scheinwerferlicht schimmerte, sang sie ein Lied, das mit den Worten endete:

»Gib frei mein Herz –
Deine Liebe macht mich vor mir klein.
Ich gönn dir keinen Schmerz,
Aber meine Gefühle, sie sind mein:
Dein Woll'n macht, was ich hab', zum Schmerz,
Also gib frei mein Herz!«

Mit dem letzten Ton dröhnte Applaus auf, als hungerten die Zuhörer auf perverse Weise nach ihrer Pein. Covenant konnte es nicht länger ertragen. Vom Lärm bedrängt, warf er etliche Dollar auf den Tisch – er zählte den Betrag nicht – und schob seinen Stuhl zurück, um die Flucht zu ergreifen. Doch als er um den Tisch schritt und im Abstand von nur zwei Metern an der Sängerin vorbeikam, sah sie ihn und breitete plötzlich die Arme aus. »Berek«, rief sie freudig. Covenant erstarrte, entsetzt und wie versteinert. *Nein!* Susie Thurston war wie hingerissen von seinem Anblick. »He!« rief sie und winkte mit beiden Armen, um den Beifall zu dämpfen. »Einen Scheinwerfer hier rüber! Auf ihn. Berek! Berek, Liebling!« Von oberhalb der Bühne schien ein glutheißer weißer Lichtstrahl Covenant aufzuspießen. Im Lichtkegel wie festgebannt, drehte er sich zur Sängerin um, blinzelte hektisch, innerlich aufgewühlt aus Furcht und Wut. *Nein!* »Meine Damen und Herren, liebe Leute, ich möchte einen alten Freund vorstellen, einen ganz duften Menschen.« Susie Thurston entfaltete erregten Eifer. »Die Hälfte aller Lieder, die ich singen kann, hat er mich gelehrt. Freunde, das ist Berek.« Sie klatschte für ihn in die Hände. »Vielleicht wird er für uns singen«, sagte sie. Gutwillig fiel das Publikum in ihren Applaus ein. Covenants Hände tasteten matt umher, suchten nach einem Halt. Trotz aller Bemühungen, seine Beherrschung zu bewahren, starrte er seine Verräterin mit einer Miene unverwandt an, die von Qual gekennzeichnet war. Der Beifall hallte in seinen Ohren wider, machte ihn benommen. *Nein!*

Für einen langen Moment stand er unter Susie Thurstons Blick geduckt da. Dann flammte wie eine Flut der Enthüllung die gesamte Beleuchtung auf. Durch das Murmeln der Verwirrung und das allgemeine Geraschel der Zuschauer erscholl eine befehlsgewohnte Stimme. »Covenant!« Covenant wirbelte herum, wie um einen Angriff abzuwehren. Unter der Tür sah er zwei Männer. Beide trugen sie Khakiuniformen und schwarze Hüte, Pistolen in schwarzen Holstern, silberne Abzeichen; aber der eine überragte den anderen Mann. Sheriff Lytton. Er verharrte am Eingang, die Fäuste in die Hüften gestemmt. Als Covenant ihn anstierte, winkte er mit zwei Fingern. »Kommen Sie her, Covenant!«

»Covenant?« krakeelte der Fernfahrer. »Sie sind *wirklich* Covenant?«

Unbeholfen kehrte sich Covenant erneut um, wie behindert durch zerfetztes Segeltuch, um sich dieser zweiten Attacke zu stellen. Als er seine verschwommene Sicht geklärt hatte und seinen Blick auf den Fahrer richtete, sah er das Gesicht des Mannes vor Heftigkeit gerötet. So tapfer, wie er's konnte, hielt er dem Blick der rotgeränderten Augen stand. »Ich hab's Ihnen gesagt.«

»Jetzt werd' ich's auch kriegen«, heulte der LKW-Fahrer auf. »Wir alle werden's kriegen! Zum Satan, was ist bloß in Sie gefahren, Mann?«

Die Gäste im *The Door* erhoben sich von ihren Stühlen, um zu sehen, was sich abspielte. »Fassen Sie ihn nicht an«, schnauzte über ihre Köpfe hinweg der Sheriff und schickte sich an, sich durch die Versammlung zu drängen. Im Wirrwarr verlor Covenant das Gleichgewicht. Er tat einen Fehltritt und fiel, schlug mit dem Wangenknochen auf etwas wie die Ecke eines Stuhls – oder es war der Daumen einer Faust, die ihn verspätet streifte – und sackte unter einen Tisch. Leute schrien und drängten durcheinander. Der Sheriff brüllte Anordnungen durch das Lärmen. Dann schleuderte er den Tisch über Covenant mit einer einzigen Armbewegung zur Seite. Mutlos schaute Covenant vom Fußboden zu ihm empor. Das geprellte Auge tränte stark und verwässerte ihm die Sicht. Mit dem Handrücken wischte er seine Tränen fort. Indem er blinzelte und sich mit einer rasereiartigen Anstrengung konzentrierte, sah er zwei Männer über sich stehen – den Sheriff und den vorherigen dritten Tischgenossen. Während er auf steifen Knien leicht schwankte, blickte der ernste Mann leidenschaftslos auf Covenant herab.

»Meine Frau ist die feinste Frau der Welt.« Er äußerte seinen Schiedsspruch mit verausgabter Stimme, aber in selbstzufriedenem Tonfall.

Der Sheriff schob den Mann in den Hintergrund ab, dann beugte er sich über Covenant, zeigte ihm ein Gesicht voller gebleckter Zähne. »Jetzt reicht's. Ich warte bloß auf einen Anlaß, um eine Klage gegen Sie in die Wege leiten zu können, also bauen Sie lieber keinen Mist. Haben Sie gehört? Stehen Sie auf!« Covenant fühlte sich zu schwach für irgendwelche

Handlungen, und er konnte nur undeutlich sehen. Aber er wollte die Art von Hilfe nicht, die ihm der Sheriff bieten mochte. Er wälzte sich herum und raffte sich hoch. Als er auf die Füße kam, drohte er gefährlich seitwärts zu kippen; doch der Sheriff unternahm keinerlei Anstalten zur Hilfestellung. Covenant stützte sich auf eine Stuhllehne und ließ seinen Blick trotzig durchs Rund der mäuschenstillen Gaffer schweifen. Anscheinend begann der Gin sich nun langsam bemerkbar zu machen. Er straffte seine Haltung und rückte betont würdevoll den Schlips zurecht. »Vorwärts!« befahl der Sheriff, aber Covenant setzte sich noch für einen weiteren Moment nicht in Bewegung. Obwohl er sich in nichts, was er sah, sicher sein konnte, verblieb er, wo er stand, und führte eine VBG durch.

»Vorwärts!« wiederholte Lytton in gelassenem Ton.

»Rühren Sie mich nicht an!« Sobald er mit seiner VBG fertig war, wandte sich Covenant ab und stapfte trübselig zum Nachtklub hinaus.

Draußen in der kühlen Aprilluft holte er in tiefen Zügen Atem, rang um Fassung. Der Sheriff und sein Stellvertreter trieben ihn zu einem Streifenwagen. Die roten Warnlichter des Autos blinkten unheilvoll. Als man ihn hinter das stählerne Trenngitter auf die Rückbank gewiesen und eingesperrt hatte, stiegen die zwei Beamten vorn ein. Während der Wagen des Sheriffs die Richtung zur Haven Farm einschlug, wandte sich Lytton durchs Gitter an Covenant. »Wir haben lange gebraucht, um Sie zu finden, Covenant. Die Millers haben mich davon verständigt, daß Sie sich als Anhalter versuchten, und da dachten wir uns, daß Sie irgendwo Ihre krumme Tour abziehen wollen. Wir konnten uns bloß nicht recht vorstellen, wo. Aber das hier ist immer noch mein Landkreis, und Sie sind ein wandelndes Übel. Es gibt keine Gesetze gegen so jemanden wie Sie – für das, was Sie getan haben, kann ich Sie nicht festnehmen. Aber es war auf jeden Fall eine Gemeinheit. Hören

Sie mir gut zu! In diesem Landkreis für ordentliche Zustände zu sorgen, das ist meine Angelegenheit, und Sie sollten's nicht vergessen. Ich habe keine Lust, ständig durch die Gegend zu rasen und Sie zu suchen. Wenn Sie so ein Ding noch einmal drehen, loche ich Sie wegen Landfriedensbruchs, Erregung öffentlichen Ärgernisses und allem Sonstigen ein, das mir in den Kram paßt. Kapiert?«

Scham und Wut brodelten in Covenant und stritten miteinander, aber er sah keine Möglichkeit, ihnen irgendwie freien Lauf zu lassen. *Ich bin nicht ansteckend!* hätte er am liebsten durchs Gitter geschrien. *Ich kann nichts dafür!* Doch seine Kehle war zu eng geworden; das Geheul ließ sich nicht hervorbringen.

»Lassen Sie mich aussteigen«, nuschelte er schließlich. »Ich will laufen.«

Sheriff Lytton musterte ihn aufmerksam. »Na schön«, sagte er dann zu seinem Stellvertreter. »Soll er ruhig laufen. Vielleicht stößt ihm ein Unfall zu.« Sie befanden sich bereits weit außerhalb der Ortschaft. Der Fahrer stoppte den Wagen auf dem Bankett, und der Sheriff ließ Covenant aussteigen. Einen Moment lang standen sie zusammen in der Nacht. Der Sheriff maß ihn mit mißtrauischem Blick, als versuche er seine Kapazität zum Anrichten von Schäden abzuschätzen. »Gehen Sie heim«, sagte Lytton schließlich. »Und bleiben Sie daheim!« Er stieg wieder ins Auto. Es vollführte unter lautem Quietschen eine Wendung und brauste zurück zum Ort.

Einen Augenblick später sprang Covenant auf die Straße und schrie den Rücklichtern hinterdrein. »Lepra! Ausgestoßener! Unrein!« Im Dunkeln waren die Lämpchen rot wie Blut. Sein Gebrüll konnte das Schweigen nicht beeinträchtigen. Nicht lange, und er wandte sich in die Richtung zur Haven Farm, fühlte sich so winzig, als ob die Sterne im dichten Schwarz des Himmels ihn verhöhnten. Er mußte gut fünfzehn Kilometer weit laufen.

Die Straße lag verlassen da. Er durchquerte die leere Stille wie eine Lücke in der Umgebung; obwohl er sich auf offenem Land bewegte, konnte er keinerlei Geräusche hören, keine nächtlichen Laute von Vögeln oder Insekten. Die Ruhe erweckte den Eindruck, als sei er taub und allein, den geschwinden Geiern in seinem Rücken schutzlos ausgeliefert. Einbildung! Er erhob seinen Widerspruch wie eine Herausforderung; aber sogar für ihn selbst besaß er die Hohlheit der Verzweiflung, gleichermaßen zusammengesetzt aus Niedergeschlagenheit und Widerspenstigkeit. Wie die Sirene eines Alptraums konnte er das Mädchen durch seine Auflehnung *Berek!* rufen hören. Unterdessen verlief die Straße durch ein Gehölz, das ihn vom schwachen Sternenschein abschnitt. Er vermochte das Pflaster unter seinen Füßen nicht zu spüren; er schwebte in der Gefahr, vom Weg abzukommen, in einen Graben zu fallen oder gegen einen Baum zu rennen. Er bemühte sich darum, sein Tempo beizubehalten, aber das Risiko war zu groß, und zuletzt war er soweit, daß er mit nach vorn ausgestreckten Armen fuchteln und vor jedem Schritt den Untergrund prüfen mußte wie ein Blinder. Bis er den jenseitigen Rand des Wäldchens erreichte, tappte er wie in einem Traumland verirrt dahin, klamm von Schweiß, so daß er fror. Danach jedoch zwang er sich einen Gewaltmarsch auf. Dabei spornten ihn die Rufe an, die ihn hinterrücks bedrängten: *Berek! Berek!* Als er nach vielen langen Kilometern endlich auf die Zufahrt zur Haven Farm einbog, geschah es nahezu im Laufschritt.

Im Sanktuarium seines Hauses schaltete er alle Lichter an und verschloß alle Türen. Die spartanische Schlichtheit seiner Wohnräume stärkte ihn mit ihrem trostlosen Dogma. Ein Blick auf die Küchenuhr setzte ihn davon in Kenntnis, es war kurz nach Mitternacht. Ein neuer Tag hatte begonnen – der Sonntag, der Tag, an dem andere Menschen zu beten pflegten. Er setzte Kaffee auf, zog seine Jacke aus, warf sie samt Schlips und Frackhemd beiseite, begab sich dann mit einer Tasse dampfenden Kaffees ins Wohnzimmer. Dort nahm er auf dem Sofa Platz, verschob Joans Foto auf dem Kaffeetisch, so daß es ihm direkt zugekehrt war, und machte sich daran, die Krise zu meistern. Er mußte einen Ausweg finden. Er war mit all seinen Mitteln am Ende und konnte den Weg nicht weitergehen, auf dem er sich befand. *Berek!* Der Ruf des Mädchens und der unkultivierte Beifall des Publikums, der Groll des Fernfahrers, das alles hallte in seinem Innern wider wie ein dumpfes Erdbeben. Er saß gefangen zwischen wahnsinnigen Zwangsvorstellungen und dem übermächtigen Druck seiner Mitmenschen. *Lepra! Ausgestoßener! Unrein!* Er packte seine Schultern und versuchte, die beklommenen Schläge seines Herzens zu besänftigen. *Ich kann es nicht durchstehen! Irgend jemand muß mir helfen!* Plötzlich klingelte das Telefon; das Geräusch fiel ihn an wie ein Fluch. Wacklig sprang er auf wie ein loses Bündel gebrochener Knochen, kam auf die Füße. Dann jedoch verharrte er. Es fehlte ihm an Mut, um weitere Feindseligkeiten, noch mehr boshafte Auslassungen auf sich zu nehmen.

Das Telefon klingelte nochmals. Sein Atem bebte in seinen Lungen. Hinterm Glas des Fotorahmens schien Joan sich ihm zu nähern. Noch ein Läuten, zudringlich wie eine drohende Faust. Er trottete zum Telefon, riß den Hörer vom Apparat und drückte ihn fest ans Ohr, um ihn ruhig halten zu können. »Tom?« fragte eine leise, bekümmerte Stimme beinahe seufzend. »Tom, ich bin's – Joan. Tom? Ich hoffe, ich habe dich nicht geweckt. Ich weiß, es ist spät, aber ich mußte einfach anrufen. Tom?« Covenant stand starr und steif da, wie in Habachtstellung aufgerichtet, die Knie, um nicht zu stürzen, sozusagen eingerastet. Seine Kiefer mahlten, doch er bekam keinen Laut hervor. Seine Kehle fühlte sich geschwollen und verschlossen an, verstopft mit Emotionen, und seine Lungen begannen schmerzhaft um Luft zu ringen. »Tom? Bist du dran?

Hallo? Tom? Bitte sag doch etwas. Ich muß mit dir reden. Ich bin so einsam. Ich … ich vermisse dich.« Er konnte in ihrer Stimme die Anstrengung hören, die das Eingeständnis sie kostete. Sein Brustkorb hob und senkte sich mühselig, als müsse er ersticken. Unvermittelt wich der Kloß aus seiner Kehle, und er nahm einen tiefen Atemzug, der klang, als täte er ihn zwischen zwei Schluchzern. Doch nach wie vor vermochte er kein Wort zu sagen. »Tom! Bitte! Was ist los mit dir?« Seine Stimme schien in irgendeiner tödlichen Umkrallung festzustecken. Verzweifelt darum bemüht, die Hemmung zu sprengen, Joan zu antworten, sich an ihre Stimme zu klammern, die Verbindung aufrechtzuerhalten, ergriff er den Telefonapparat und wollte damit zurück zum Sofa, in der Hoffnung, die Bewegungen würden den Krampf lösen, der ihn lähmte, ihm wieder zur Gewalt über seine Muskeln verhelfen. Aber er drehte sich in die verkehrte Richtung, wickelte sich dabei die Telefonschnur um einen Fußknöchel. Bei den ersten Schritten stolperte er und fiel der Länge nach auf den Kaffeetisch. Mit der Stirn schlug er dabei hart auf die Tischkante. Als er auf den Fußboden prallte, war ihm, als ob er auf- und niederzuhüpfen anfinge. Sofort schwand ihm die Sicht. Aber er hielt nach wie vor den Hörer ans Ohr gedrückt. Während eines Moments ungestörter Stille vernahm er deutlich Joans Stimme. Sie entwickelte Verdruß, Ärger. »Tom, ich mein's ernst! Mach's mir nicht schwerer, als es sowieso ist. Begreifst du denn nicht? Ich möchte mit dir reden. Ich brauche dich. Sag etwas, Tom. Tom! Verdammt, sag doch irgendwas!«

Dann spülte ein allumfassenden Dröhnen in seinen Ohren ihre Stimme fort. *Nein!* begehrte er auf. *Nein!* Doch er war hilflos. Der Ansturm des Brausens überkam ihn wie eine dunkle Flut und trug ihn hinweg.

3
Die Herbeirufung

Das weitläufige Grollen veränderte sich langsam, veränderte die Leere von Covenants Blickfeld. An der Quelle des Geräusches breiteten sich graugrüne Schwaden aus, bis sie ihn umhüllten wie ein Leichentuch. Die Grünfärbung empfand er als abträglich, und er fühlte sich in ihrem aufdringlichen, süßlichen, stinkenden Dunst beklommen – es handelte sich um Weihrauchgeruch. Aber der Klang, der seine Ohren erfüllte, nahm nun an Schärfe zu, erklomm höhere Tonlagen. Durchs Grün trieben goldene Tropfen in Sicht. Danach ertönte der Klang ruhiger und gemäßigter, aber stets immer noch höher, bis er sich in ein leises menschliches Klagen verwandelt hatte. Das Gold verdrängte das Grün. Bald füllte ein freundlicher, vertrauter Glanz Covenants Gesichtskreis aus. Die Goldfärbung verbreitete und vertiefte sich, indem der Klang sich zusehends als das Singen einer Frau herausstellte, umfing ihn, als schwebe er sanft in den Schwingungen der Stimme dahin. Die Melodie wob das Licht, gab ihm Beschaffenheit und Gestalt, Festigkeit. Covenant klammerte sich an den Gesang, zu allem anderen außerstande, konzentrierte sich darauf, den Mund jedoch schon zum Einspruch aufgerissen. Mit der Zeit regte die Kehle, die da sang, sich freier. Das Gewebe der Wohlklänge entfaltete mehr Ernst, die Harmonien begannen zu fordern. Covenant fühlte sich angesaugt, die Wellen des Liedes hinabgetragen. Worte schmerzlicher Anrufung schälten sich heraus.

»Sei getreu, Zweifler –
Antworte dem Ruf.

Das Leben ist der Spender:
Tod endet alles.
Das Wort heischt Wahrheit,
und Übel weichen,
Bleibt wahr das Wort.
Doch Fluch der Seele,
Die Vertrauen bricht,
Fluch falschen Dienern,
Dank der Verderbensschwärze
Alles überschattet.
Sei getreu, Zweifler –
Antworte dem Ruf:
Sei getreu.«

Das Lied schien tief in sein Innerstes vorzudringen, rührte Erinnerungen auf, gemahnte an Menschen, die einmal in hochmütiger Laune das Recht zu besitzen geglaubt hatten, an ihn Forderungen zu stellen. Aber er widerstand den Erinnerungen. Er blieb stumm, in sich selbst zurückgezogen. Die Melodie entführte ihn in den Kern des warmen Goldes.

Dann nahm die Helligkeit unterscheidbare Formen an. Er konnte nun vor sich den Umriß der Lichtquelle erkennen; sie verwischte seinen Gesichtskreis, als starre er in die Sonne. Aber mit den letzten Worten des Gesangs dunkelte das Licht, verlor seinen hellen Glanz. Als die Stimme »Sei getreu!« sang, schlossen sich ihr viele Stimmen an: »Sei getreu!« Diese inständige Beschwörung spannte ihn wie das Stimmen einer Saite bis zum äußersten. Dann fiel die Lichtquelle auf ihre natürliche Größe zusammen, und er vermochte seine Umgebung wahrzunehmen. Er erkannte die Örtlichkeit. Er befand sich in der sogenannten Klause, der Beratungskammer der Lords im Herzen Schwelgensteins. Ihre Sitzreihen reichten über ihm an allen

Seiten bis hinauf zur Granitdecke der Halle. Die Feststellung, daß er aufrecht inmitten der Klause stand, überraschte ihn so sehr, daß die plötzliche Erkenntnis seinen Gleichgewichtssinn störte, und er torkelte vorwärts, auf die Grube voller Glutgestein zu, die Quelle des goldfarbenen Lichtscheins. Gleich vor ihm brannte das Feuergestein, ohne verzehrt zu werden, erfüllte die Luft mit dem Geruch frisch aufgebrochener Erde. Kraftvolle Hände faßten ihn an den Armen. Und während man seinen Sturz abfing, troffen Blutstropfen am Rande der Grube mit dem Glutgestein auf den steinernen Fußboden. Er gewann die Balance zurück.

»Rührt mich nicht an!« rief er heiser. Ihm schwindelte aus Verwirrung und Wut, aber er riß sich zusammen und legte eine Hand auf die Stirn. Als er sie senkte, klebte an den Fingern Blut. Er mußte sich an der Tischkante eine schwere Platzwunde zugezogen haben. Im ersten Moment stierte er bloß seine blutige Hand an.

»Willkommen im Lande, Ur-Lord Thomas Covenant, Zweifler und Ring-Than«, sprach eine feste, ruhige Stimme mitten in seine Bestürzung. »Ich habe dich zu uns gerufen. Wir bedürfen ungemein dringlich deiner Hilfe.«

»Du hast mich gerufen?« röchelte Covenant.

»Ich bin Elena«, antwortete die Stimme. »Durch die Wahl des Großrats Hoch-Lord und Trägerin von des Gesetzes Stab. Ich habe dich gerufen.«

»Du hast mich gerufen?« Langsam hob er seinen Blick. Dickliche Nässe rann aus seinen Augenhöhlen, als weine er Blut. »Du hast mich gerufen?« Er spürte in seinem Innern ein Bröckeln, als brächen Felsen, und seine Selbstbeherrschung drohte zu schwinden. »Ich habe gerade mit Joan gesprochen«, sagte er im Tonfall schwächlichen Ärgers. »Mit Joan, verstehst du mich?!« Durch den Schleier des Bluts in seinen Augen konnte er die Frau unklar erkennen. Sie stand hinter dem steinernen Tisch auf der nächsthöheren Ebene und hielt mit der Rechten einen langen Stab. Weitere Personen umstanden den Tisch, noch mehr befanden sich dahinter in den Sitzreihen der Klause. Alle betrachteten sie ihn. »Ich habe mit Joan gesprochen. *Sie* hat mich angerufen. Nach all der Zeit. Als ich es nötig hatte … es brauchte. Du hattest kein Recht dazu, einfach dazwischenzupfuschen.« Mit der Gewalt eines Sturmwinds gewann er an Heftigkeit. »Du hattest dazu kein Recht! Ich habe mit *Joan* gesprochen!« Er brüllte mit voller Kraft, aber ihm war das noch zu wenig. Seine Stimme konnte seinen Empfindungen nicht gerecht werden. »Mit Joan! *Mit Joan!* Hörst du?! Sie war meine *Frau!*«

Ein Mann, der nahe beim Hoch-Lord gestanden hatte, eilte um die breite, offene Hufeisenform des Steintischs und kam herab zu Covenant auf die unterste Ebene der Klause. Covenant erkannte das hagere Gesicht des Mannes wieder, die einem Steuerruder ähnliche Nase, die über die gekräuselten sanften Lippen hinausragte, seine scharfen, goldgefleckten, bedrohlichen Augen: er war Lord Mhoram. Er legte seine Hand auf Covenants Arm. »Mein Freund«, sagte er sanft. »Was ist mit dir geschehen?«

Heftig stieß Covenant die Hand des Lords zurück. »Rühr mich nicht an!« kreischte er Mhoram wutentbrannt ins Gesicht. »Bist du nicht bloß blind, sondern auch noch taub?! Ich habe eben mit Joan gesprochen! Am Telefon!« Seine Hand zuckte krampfartig, als könne er von irgendwoher aus der leeren Luft den Telefonhörer zum Vorschein bringen. »Sie braucht …« Plötzlich war seine Kehle wieder eingeschnürt, und er schluckte mühsam. »Sie hat gesagt, sie braucht mich. *Mich!*« Aber seine Stimme war dazu außerstande, die Not seines Herzens auszudrücken. Er wischte im Blut an seiner Stirn herum, versuchte seine Sicht zu klären. In der nächsten Sekunde packte er mit seinen Fäusten Mhoram vorn am himmelblauen

Gewand. »Schickt mich zurück!« fauchte er. »Noch ist es Zeit! Wenn ich schnell genug zurückgelange …!«
Die Frau über ihnen wandte sich mit bedächtigen Worten an Covenant. »Ur-Lord Covenant, es grämt mich, zu hören, daß deine Herbeirufung durch uns dir Verdruß zugefügt hat. Von Lord Mhoram wissen wir alles über dein Leid, was er weiß, und wir wollen es nicht willentlich vermehren. Doch ist's unser Fluch, daß wir's tun müssen. Zweifler, unser Hilfsbedürfnis ist groß. Die Verheerung des Landes steht kurz bevor.«
Covenant ließ Mhoram stehen und kehrte sich ihr zu. »Ich schere mich keinen Pfifferling um euer Land«, tobte er. Die Worte brachen in so atemlos schneller Folge aus ihm hervor, daß er nicht zu brüllen vermochte. »Mir ist's gleichgültig, wessen ihr bedürft. Von mir aus könnt ihr allesamt hier auf der Stelle tot umfallen. Ihr seid nur Trugbilder! Ein Krankheitszustand in meinem Geist. Ihr existiert überhaupt nicht! Schickt mich zurück! Ihr müßt mich zurückschicken. Solange noch Zeit ist!«
»Thomas Covenant …« Mhoram sprach in gebieterischem Ton, der Covenant dazu veranlaßte, sich umzuwenden. »Hör mir zu, Zweifler!« Da sah Covenant, daß sich Mhoram verändert hatte. Sein Gesicht war noch das gleiche – die Sanftheit des Mundes schuf noch immer das Gegengewicht zur Bedrohlichkeit seiner in den Regenbogenhäuten von Goldflecken durchzogenen Augen –, aber er war älter, tatsächlich alt genug, um Covenants Vater sein zu können. Rings um die Augen und den Mund zeigten sich Furchen der Abnutzung, und sein Haupthaar war mit Weiß durchsalzen. Beim Reden zuckten seine Lippen in Selbstverachtung, und in den Tiefen seiner Augen regte sich Mißbehagen. Aber er begegnete dem Lodern von Covenants Blick ohne Wimpernzucken. »Mein Freund, hätte ich die Wahl, sofort ließe ich dich in deine Welt zurückkehren.

Die Entscheidung, dich herbeizurufen, ist nur nach reiflicher Überlegung gefällt worden, und ich täte sie bereitwillig rückgängig machen. Das Land wünscht keine Dienste, die nicht aus freiem Willen und gern erwiesen werden. Jedoch ist's so, Ur-Lord« – erneut ergriff er Covenants Arm, um ihn zu stützen –, »wir vermögen dich nicht zurückzusenden, mein Freund.«

»Ihr könnt nicht?« Covenants Aufstöhnen besaß einen schrillen, halb hysterischen Anflug.

»Wir kennen kein Wissen zur Befreiung von Bürden. Ich weiß nicht, wie's in deiner Welt ist – für meine Augen siehst du unverändert aus –, doch sind hier im Lande vierzig Jahre verstrichen, seit wir gemeinsam auf den Hängen des Donnerbergs standen und du den Stab des Gesetzes für unsere Hände freigekämpft hast. Während langer Jahre haben wir danach getrachtet …«

»Ihr könnt nicht?« wiederholte Covenant wütender.

»Unser Streben geschah mit Kräften, deren wir nicht Herr sind, und anhand von Lehren, die wir nicht zu durchdringen vermochten. Vierzig Jahre dauerte es, uns dahin zu bringen, daß wir dich um Beistand ersuchen können. Wir haben die Grenzen unseres Handelns erreicht.«

»Nein!« Er drehte sich um, weil er die Aufrichtigkeit, die er in Mhorams Gesicht sah, nicht ertragen konnte, und schrie erneut hinauf zur Frau mit dem Stab. »Schick mich zurück!«

Für einen Moment musterte sie ihn mit unverwandtem Blick, ermaß die heftige Dringlichkeit seiner Forderung. »Ich bitte dich inständigst, hab ein Einsehen«, erwiderte sie dann. »Höre die Wahrheit in unseren Worten. Lord Mhoram hat offen zu dir gesprochen. Ich vernehme den Schmerz, den wir dir bereitet haben. Ich bin davon nicht unberührt.« Zehn oder fünfzehn Meter trennten sie von ihm, wo sie jenseits der Grube mit dem Glutgestein hinter der steinernen Tafel stand, aber dank der makellosen, kristallklaren Akustik der Klause drang ihre Stimme deutlich an seine Ohren. »Doch ich kann die Herbeirufung nicht rückgängig machen. Und hätte ich auch die Macht dazu, im Angesicht der Notlage, in der das Land sich befindet, müßte ich's dir verweigern. Lord Foul der Verächter …«

»Euer Land ist mir egal!« heulte Covenant, die Arme nach den Seiten ausgebreitet, den Kopf im Nacken.

»Dann kehr aus eigener Kraft heim«, entgegnete der Hoch-Lord in scharfem Tonfall. »Du gebietest über die Macht. Du bist der Träger des Weißgolds.«

Mit einem Aufschrei wollte sich Covenant auf die Frau stürzen. Aber ehe er vom Fleck kam, packte ihn jemand von hinten und hielt ihn zurück. Covenant leistete Gegenwehr und sah sich in der Umklammerung Bannors, des schlaflosen Bluthüters, der auch schon in seinen erstmaligen Wahnerlebnissen auf ihn achtgegeben hatte. »Wir sind die Bluthüter«, sagte Bannor in seiner ausdruckslosen, fremdartigen Aussprache. »Das Wohlergehen der Lords liegt in unseren Händen. Wir dulden keine Drohungen wider die Lords.«

»Bannor …!« winselte Covenant. »Sie war meine *Frau.«* Doch Bannor sah ihn nur in ungerührtem Gleichmut an. Indem er wuchtig sein Gewicht umherwarf, gelang es Covenant, sich im Griff des Bluthüters zu winden, bis er wieder Elena zugekehrt stand. Blut spritzte von seiner Stirn, während er ruckte und zerrte. »Sie war meine *Frau!«*

»Genug«, gebot Elena.

»Schick mich zurück!«

»Genug!« Sie stieß die eiserne Hülse am unteren Ende des Stabes auf den Boden, und augenblicklich lohte aus dem Stab des Gesetzes in ganzer Länge blaues Feuer. Die Flamme flackerte lebhaft, glich einem Riß im Gewebe goldgelben Lichts, ließ verborgene Kraft herausleuchten; die Gewaltsamkeit der Flamme trieb Covenant zurück in Bannors Arme. Die

Hand jedoch, mit der Elena den Stab umfaßte, blieb frei von Feuer. »Ich bin der Hoch-Lord«, verkündete sie streng. »Dies ist Schwelgenstein – die Herrenhöh, nicht Fouls Hort. Wir haben den Friedensschwur geleistet.«

Auf ihr Nicken hin ließ Bannor Covenant los, und er taumelte rückwärts, sackte neben dem Glutgestein auf den Fußboden. Einen ausgedehnten Moment lang lag er auf dem Stein und keuchte in heiseren, rauhen Lauten. Schließlich kämpfte er sich ins Sitzen hoch. Sein Kopf schien ihm vor Mutlosigkeit von den Schultern purzeln zu wollen. »Ihr werdet euren Frieden bekommen«, stöhnte er. »Er wird euch alle zur Strecke bringen. Vierzig Jahre, hab' ich richtig gehört? Dann bleiben euch bloß noch neun. Oder habt ihr seine Prophezeiung vergessen?«

»Wir kennen sie«, antwortete Mhoram gelassen. »Wir vergessen nichts.« Mit verzerrtem Lächeln beugte er sich vor, um Covenants Wunde zu untersuchen.

Während sich Mhoram damit befaßte, erstickte Hoch-Lord Elena die Flamme des Stabes und wandte sich an eine Person, die Covenant nicht sehen konnte. »Soll das Weißgold uns zu irgendwelchen Hoffnungen berechtigen, müssen wir uns nun dieser Sache widmen. Man bringe den Gefangenen.«

Lord Mhoram tupfte behutsam Covenants Stirn ab, betrachtete sehr genau die Platzwunde, richtete sich dann auf und trat zur Seite, um sich mit irgend jemandem zu beraten. Vorerst sich selbst überlassen und das meiste Blut aus den Augen entfernt, konzentrierte sich Covenant auf seine Umgebung, um sie einer Bestandsaufnahme zu unterziehen. Ein noch immer ungebrochener Instinkt zur Selbsterhaltung trieb ihn dazu, die ringsum vorhandenen Risiken abzuwägen. Er saß auf der tiefsten Ebene der Beratungskammer, und über ihm erstreckte sich ihre hohe, kreuzgewölbte Decke, angeleuchtet vom goldenen Glanz des Glutgesteins und durch vier große *Lillianrill*-Fackeln, die ohne Rauchentwicklung an den Mauern brannten. Neben dem Mittelpunkt der Klause, auf der nächsthöheren Ebene, stand das Dreiviertelrund der steinernen Beratungstafel der Lords, und außer- wie oberhalb davon stuften sich aufwärts die Reihen steinerner Sitzbänke der Zuschauergalerie ab. Zwei Bluthüter wachten an den hohen, wuchtigen Portalen des Haupteingangs, von Riesen groß genug für Riesen gemacht, dem Platz des Hoch-Lords gegenüber und höher als er gelegen. Die Galerie war in bunter Mischung mit Kriegern des Kriegsheeres der Herrenhöh, Lehrwarten von der Schule der Lehre, mehreren Allholzmeistern und Glutsteinmeistern besetzt, jeweils in ihre traditionellen Gewänder und Überkleider gehüllt, dazu von ein paar weiteren Bluthütern. Weit droben überm Hoch-Lord saßen zwei Männer, die Covenant bekannt vorkamen – der Glutsteinmeister Tohrm, ein Herdwart der Herrenhöh, und Quaan, der Streitwart, der mit seinem Aufgebot die Lords auf der Suche nach dem Stab des Gesetzes begleitet hatte. In ihrer unmittelbaren Gesellschaft sah man zwei weitere Männer, der eine nach seiner Holzheimerkleidung und dem Laubkranz auf seinem Kopf ein Allholzmeister, wahrscheinlich der andere, zweite Herdwart, während es sich bei der vierten Person um den Blutmark der Bluthüter handelte, ihren Befehlshaber. Nebelhaft fragte sich Covenant, wer wohl nach Tuvors Ende in den Katakomben unterm Donnerberg diese Stellung angetreten haben mochte. Sein Blick schweifte durch die Klause. An der steinernen Tafel standen, Mhoram und den Hoch-Lord nicht mitgerechnet, sieben Lords. Covenant kannte keinen von ihnen. Sie mußten alle im Laufe der letzten vierzig Jahre die Prüfungen bestanden haben und in den Großrat aufgenommen worden sein. *Vierzig Jahre?* vergegenwärtigte er sich benommen. Mhoram war gealtert, gewiß, aber vierzig Jahre älter sah er nicht gerade aus. Und Tohrm, der kaum mehr als ein frohsinniger junger Mann gewesen war, als Covenant ihn kennenlernte, wirkte nun für einen Mann im mittleren Alter viel zu jung. Der Bluthüter Bannor wirkte völlig unverändert. *Natürlich,* stöhnte Covenant insgeheim, als er sich daran entsann, wie alt zu sein die Bluthüter von sich behaupteten. Nur Quaan zeigte ein glaubhaftes Alter: schütteres weißes Haar verlieh dem früheren Streitwart die Erscheinung eines Mannes, der schon sechzig oder fünfundsechzig Sommer gesehen hatte. Aber seine regelmäßigen Schultern waren nicht herabgesunken. Auch die Offenheit seines Verhaltens war geblieben: er betrachtete Covenant mit genau jener finsteren Miene unverhohlener Mißbilligung, an die sich Covenant noch erinnerte. Prothall erblickte er nirgends. Zur Zeit der Suche nach dem Stab des Gesetzes war Prothall Hoch-Lord gewesen, und Covenant wußte, daß er das letzte Gefecht auf den Hängen des Donnerbergs überlebt hatte. Doch er wußte auch, Prothall war alt genug gewesen, um inzwischen, innerhalb von vierzig Jahren, eines natürlichen Todes gestorben sein zu können. Trotz seiner Schmerzen hoffte Covenant auf einmal, der einstige Hoch-Lord möge gestorben sein, wie er's verdient hatte, in Frieden und Ehren. Mit dem mentalen Äquivalent eines säuerlichen Achselzuckens ging er daran, die eine Person am Tisch der Lords zu mustern, die nicht stand. Dieser Mann war wie ein Krieger gekleidet, trug schwarze Beinkleider mit langen, weichsohligen Stiefeln, ein schwarzes, ärmelloses Hemd unter einer Brustplatte aus gelblichem Metall sowie einen gelben Stirnreif; die Brustplatte jedoch besaß das diagonale schwarze Zeichen, das ihn als den Streitmark auswies, den Oberbefehlshaber des Kriegsheeres, über das die Lords verfügten. Er sah niemanden an. Er saß in seinen steinernen Sitz gelehnt da, den Kopf gesenkt, die Augen mit einer Hand überschattet, als ob er schlafe. Covenant wandte sich ab, ließ seinen Blick willkürlich durch die Klause weiterwandern. Hoch-Lord Elena besprach sich gedämpft mit den Lords in ihrer unmittelbaren Nähe. Mhoram wartete neben der breiten Treppe, die hinauf zum Haupteingang führte. Die Akustik der Ratskammer trug Covenant das leise Stimmengewirr von der Galerie zu, so daß die Luft über seinem Kopf zu munkeln schien. Er wischte sich Blut aus den Brauen und dachte ans Sterben. *Es wär's wert,* überlegte er. *Letztendlich würde sich eine Flucht lohnen.* Er war nicht zäh genug, um auszuhalten, wenn sich sogar seine Träume gegen ihn kehrten. Vielleicht sollte er das Leben den Leuten überlassen, die für so etwas die Kräfte besaßen. *Ach, Hölle und Verdammung!* seufzte er bei sich. *Hölle und Verdammnis!*

Wie aus der Ferne hörte er die großen Portale der Klause aufschwingen. Sofort verstummte das Gemurmel in der Luft; alle Anwesenden wandten sich zum Eingang und blickten hinüber. Covenant zwang sich dazu, einiges von seiner verminderten Kraft aufzubieten, und drehte sich, um zu sehen, wer kam. Der Anblick bereitete ihm einen grausigen Schrecken und schien den letzten Rest von Festigkeit aus seinen Knochen zu rammen. Aus blutigen Augen sah er zwei Bluthüter die Treppe herabsteigen, die zwischen sich ein graugrünes Geschöpf aufrecht hielten, das Furcht auszuschwitzen schien. Obwohl sie sie durchaus nicht roh behandelten, schlotterte die Kreatur vor Entsetzen und Widerwillen. Ihre haarlose Haut war von Schweiß schlüpfrig. Sie besaß im allgemeinen menschenähnliche Umrisse, aber der Oberkörper war außerordentlich langgestreckt, und die Gliedmaßen waren kurz, alle gleich bemessen, als ob sie im natürlichen Dasein auf vier Beinen durch niedrige Höhlen laufe. Aber ihre Glieder waren krumm und nutzlos – völlig verkrümmt, als seien sie viele Male gebrochen und nicht wieder gerichtet worden. Und der Rest des Körpers wies noch schlimmere Schäden auf. Der Kopf des Wesens war am wenigsten menschlich. Dem kahlen Schädel fehlten Augen. Überm zerfurchten Mundschlitz, in der Mitte des Gesichts, befanden sich zwei weite, feuchte Nasenlöcher, die furchtsam witterten, als rieche die Kreatur die ringsum gegebene Situation. Hoch auf dem Schädel saßen zwei kleine, spitze Ohren. Doch die gesamte Rückseite des Schädels war fort. Auf der Lücke lag wie eine Narbe eine grüne Membran und pulsierte gegen einen verbliebenen Rest des Gehirns. Covenant wußte augenblicklich, womit er es hier zu tun hatte. Ein derartiges Wesen hatte er schon einmal gesehen – zwar unverstümmelt, aber tot, mit einer spitzen Eisenstange im Herzen am Boden einer Wegrast. Ein Wegwahrer. Wie die Urbösen stammten die Wegwahrer von den Dämondim ab. Doch im Gegensatz zu ihren schwarzen, ungehobelten Verwandten hatten die Wegwahrer ihre Kenntnisse dem Dienst am Lande gewidmet. Dieser Wegwahrer war grausam gefoltert worden. Die Bluthüter brachten das Wesen herab auf die Bodenebene der Klause und vor Covenant. Trotz seiner Schwäche, die bis in sein Innerstes reichte, raffte sich Covenant empor auf die Füße, sorgte dafür, daß er auf den Beinen blieb, indem er sich an die steinerne Umrandung lehnte, die die nächsthöhere Stufe bildete. Anscheinend gewann er bereits etwas von der zusätzlichen Dimension der Wahrnehmungsfähigkeit zurück, die das Land charakterisierte. Er konnte in den Wegwahrer hineinsehen, mit seinen Augen erfühlen, was mit ihm geschehen war. Er sah Qual und ein außergewöhnliches Maß an Schmerzen – sah den vormals gesunden Körper des Wegwahrers umklammert von einer Faust der Boshaftigkeit und mit diebischem Vergnügen auf die jetzt ersichtliche Weise verkrüppelt werden. Die Einsichtnahme war für Covenants Augen wie eine Beleidigung. Er mußte seine Knie versteifen, um aufrecht bleiben zu können. Ein kalter Nebel von Abstumpfung und Verzweiflung erfüllte seinen Geist, und er war froh um das Blut, das seine Augen verklebte; es bewahrte ihn davor, den Wegwahrer länger zu betrachten.

»Ur-Lord Covenant«, hörte er durch diesen Nebel Elena sagen,

»es ist unvermeidlich, daß wir dir diesen Anblick zumuten. Wir müssen dich davon überzeugen, wie sehr wir deine Hilfe benötigen. Ich bitte dich, vergib uns dies Willkommen im Lande. Die Härte unseres Geschicks läßt uns kaum eine Wahl. Dies arme Geschöpf, Ur-Lord, hat uns zu der Entscheidung bewogen, dich zu uns zu rufen. Seit Jahren wissen wir, daß der Verächter mit aller Kraft seine Vorbereitungen vorantreibt, um gegen das Land zu marschieren, daß die in seiner Prophezeiung genannte Frist zusehends verstreicht. Du selbst hast uns diese Prophezeiung übermittelt, und die Lords waren seitdem nicht müßig. Von dem Tag an, da Lord Mhoram den Stab des Gesetzes und den Zweiten Kreis des Wissens von Kevins Lehre brachte, haben wir danach gestrebt, dem Verhängnis entgegenzuwirken. Wir haben das Kriegsheer vervielfacht, unsere Verteidigung Überprüfungen unterzogen, uns selbst in all unseren Fertigkeiten und Kräften geübt. Einige Nutzanwendungen des Stabes haben wir erlernen können. An der Schule der Lehre hat man mit aller Weisheit und Hingabe den Zweiten Kreis des Wissens erforscht. Aber in diesen vierzig Jahren vermochten wir keine klare Kenntnis von Lord Fouls Absichten zu erlangen. Nachdem der Stab des Gesetzes Seibrich Felswürm entrissen war, schwand des Verächters Gegenwart aus dem Kiril Threndor im Donnerberg und kehrte zurück in den großen Thronsaal zu Ridjeck Thome, Fouls Hort, der uralten Heimstatt des Grauen Schlächters. Und seither sind unsere Kundschafter dazu außerstande gewesen, in Lord Fouls Bereiche vorzudringen. Kräfte waren bei uns wirksam – Kräfte und Übel –, aber wir vermögen darüber nichts in Erfahrung zu bringen, obwohl Lord Mhoram selbst sich dieser Aufgabe verschrieb. Er konnte die verwehrende Macht des Verächters nicht brechen. Doch im ganzen Lande sind dunkle und finstere Regungen beobachtet worden, die uns als Vorzeichen gelten. *Kresch* aus dem Osten und Urböse vom Donnerberg, Greifen und andere gräßliche Wesen aus der Sarangrave-Senke, Höhlenschrate, wenig bekannte Bewohner des Lebensverschlingers, des Großen Sumpfs – sie alle hat man gesehen, wie sie in die Verwüsteten Ebenen und die Richtung von Fouls Hort zogen. Sie verschwinden hinter den Zerspellten Hügeln und kehren nicht wieder. Es bedarf keiner sonderlichen Weisheit, um zu begreifen, daß der Verächter Heerscharen sammelt. Nichtsdestotrotz mangelt's uns an genauen Kenntnissen. Während des Sommers nun fingen unsere Kundschafter dies Geschöpf hier ein, das entstellte Überbleibsel eines Wegwahrers, das sie am Westrand des Grimmerdhore-Waldes aufgriffen. Sie brachten es uns, auf daß wir von ihm neues Wissen erlangen möchten.«

»Deshalb habt ihr's gefoltert, um herauszufinden, was es weiß.« Covenants Augen waren vom Blut verklebt, und er hielt sie geschlossen, gab sich in der Umnebelung sinnloser Wut hin.

»So etwas traust du uns zu?« Die Stimme des Hoch-Lords verriet Gekränktheit. »Nein. Wir sind keine Verächter. Nie täten wir dem Lande einen solchen Verrat an. Wir haben den Wegwahrer zwar nicht wieder freigelassen, ihn jedoch so nachsichtig wie möglich behandelt. Er hat uns bereitwillig alles mitgeteilt, was wir zu erfahren wünschten. Nun bittet er uns, ihn zu töten. Hör mich an, Zweifler. Dies ist Lord Fouls Werk. Er besitzt den Weltübel-Stein. Mit jenem Übel ist diese Schandtat vollbracht worden.«

Durchs Grau in seinem Verstand vernahm Covenant, daß man die Portale erneut öffnete. Jemand kam die Treppe herunter und flüsterte mit Lord Mhoram. »Hoch-Lord«, meldete sich daraufhin Lord Mhoram zu Wort, »für den Zweifler ist Heilerde gebracht worden. Ich befürchte, seine Wunden gehen weit über diesen leichten Riß in seiner Haut hinaus. Andere Übelkräfte wirken noch in seinem Innern. Er muß ohne Verzug einer Behandlung unterzogen werden.«

»Ja, sofort«, entgegnete in prompter Bestätigung Hoch-Lord Elena. »Wir müssen tun, was wir können, um ihn zu heilen.«
Mit gleichmäßigen Schritten näherte Mhoram sich Covenant. Beim Gedanken an die Heilerde stieß sich Covenant vom Steinwall ab und rieb sich das verkrustete Blut aus den Augen. Er sah Mhoram ein kleines Steingutgefäß herübertragen, das hellen Schlamm enthielt, durchsetzt mit goldenen Fünkchen, die im Glanz der Klause zu pulsieren schienen. »Bleib mir mit dem Zeug vom Leibe«, wisperte Covenant.
Mhoram war schockiert. »Das ist Heilerde, Ur-Lord. Der heilkräftige Lehm der Erde. Er wird dich gleichsam erneuern.«
»Ich weiß, was das Zeug bewirkt.« Covenants Stimme war heiser von seinem vielen Schreien und klang nun geisterhaft und hohl wie das Knarren eines Wracks. »Ich hab's schon kennengelernt. Ihr schmiert's mir auf den Kopf, und ehe ich mich recht versehe, kehrt das Gefühl in meine Finger und Zehen zurück, und dann laufe ich herum und wü …« Er konnte sich gerade noch unterbrechen. »Füge Leuten Schaden zu.«
»Ich weiß«, hörte er Elena leise bemerken, aber er achtete nicht darauf.
»Das ist die eigentliche Lüge«, fauchte er und deutete auf den Topf, »das Zeug da! Ich fühle mich davon so gesund, daß ich's nicht ertragen kann.« Er tat einen tiefen Atemzug. »Ich will's nicht«, fügte er dann mit inbrünstigem Nachdruck hinzu.
Mhoram erwiderte Covenants Blick in stummer, eindringlicher Fragestellung. »Mein Freund«, fragte der Lord schließlich mit gedämpfter Stimme und im Ton des Staunens, als Covenant keine Anzeichen zum Einlenken zeigte, »ist's denn dein Wunsch zu sterben?«
»Verwendet den Wundermatsch für den armen Teufel hier«, antwortete Covenant gleichgültig. »Er hat ein Recht darauf.«
»Wir haben den Versuch unternommen«, entgegnete Mhoram mit unverwandt festem Blick. »Du kennst uns, Zweifler. Du

weißt, daß wir uns der Not eines solchen Leids nicht verschließen können. Aber der Wegwahrer steht außerhalb unseres Beistands. Unsere Heiler vermögen sich seiner inneren Verwundung nicht anzunehmen. Und bei der Berührung mit Heilerde starb er fast.«

Covenant blieb unnachgiebig. Hinter ihm ergänzte Hoch-Lord Elena Mhorams Ausführungen. »Nicht einmal der Stab des Gesetzes kann der Macht beikommen, die diesen Wegwahrer entstellt hat«, erklärte sie. »So mißlich ist unsere Lage beschaffen, Ur-Lord. Der Weltübel-Stein übersteigt unser Vermögen. Dieser Wegwahrer hat uns vieles erzählt. So manches, was uns zuvor dunkel war, ist uns dadurch deutlich geworden. Sein Name lautete *Dharmakschetra,* was in der Sprache der Wegwahrer soviel heißt wie ›Mutig vorm Feind‹. Jetzt nennt er sich *Dukkha,* das heißt ›Opfer‹. Weil sein Volk Wissen um des Verächters Pläne erlangen wollte, suchte er Fouls Hort auf. Dort nahm man ihn gefangen und – verstümmelte ihn, schickte ihn wieder fort – ich glaube, zur Warnung für sein Volk. Er hat uns vieles berichtet. Uns ist bekannt, Zweifler, daß damals, vor vierzig Jahren, als du Hoch-Lord Prothall, Dwillians Sohn, und dem Großrat der Lords die Prophezeiung des Verächters übermittelt hast, vielerlei an den Absichten des Grauen Schlächters im unklaren blieb. Warum warnte er die Lords, weil Seibrich Felswürm unterm Donnerberg den Stab des Gesetzes gefunden hatte? Warum lag ihm daran, uns auf unser künftiges Schicksal vorzubereiten? Warum unterstützte er Seibrichs Trachten nach finsterer Macht, nur um den Höhlenschrat am Ende zu hintergehen? Diese Fragen sind nun beantwortet. Seibrich Felswürm, im Besitz des Stabes, grub das verschüttete Erzerdübel aus, den Weltübel-Stein. Weil Seibrich über eine derartige Machtfülle gebot, war der Verächter abhängig von des Höhlenschrats Gnade, solange Seibrich lebte. Mit Lord Mhoram und Hoch-Lord Prothall hast du jedoch den

Stab errettet und die Gefahr gebannt, die Seibrich Felswürm bedeutete. So fiel allerdings der Stein in Lord Fouls Hände. Er wußte, daß der Stein in Verbindung mit seinem Wissen und seinen Kräften eine weit größere Macht gewährleistet als der Stab des Gesetzes. Und ihm war klar, daß wir nicht einmal vollkommene Meister der geringfügigen Macht sind, die wir besitzen.

In den seither verstrichenen vierzig Jahren haben wir nicht geschlafen. Mit allen Menschen des Landes haben wir gesprochen. Die Schule der Lehre ist ungemein vergrößert worden und angewachsen, hat uns mit Kriegern, Lehrwarten und Lords versehen, um unsere Bedürfnisse zu stillen. Die *Rhadhamaerl* und *Lillianrill* haben mit äußerster Anstrengung gearbeitet. Alle haben sich der Vertiefung in die zwei bekannten Kreise des Wissens und der Macht des Stabes gewidmet. Fortschritte sind gemacht worden. Trothgard, wo die Lords ihr Versprechen ablegten, das Land zu heilen, ist wieder erblüht, und wir haben dort Werke vollbracht, von denen unsere Vorväter nicht einmal zu träumen wagten. Der Stab des Gesetzes erfüllt viele Wünsche. Aber das Herzstück unseres Scheiterns bleibt vorhanden. Denn all unser Wissen, all unsere Kenntnis des Stabes und der Erdkraft sind uns von Kevin überliefert worden, dem Hoch-Lord der Alt-Lords. Und er unterlag – ja, was ihm geschah, war schlimmer als nur eine Niederlage.

Nun sehen wir uns der gleichen Bedrohung ausgesetzt, die diesmal noch gewaltiger ist infolge der Macht des Steins. Und dabei haben wir nur zwei jener Sieben Kreise des Wissens wiederentdeckt, in denen Kevin seine Lehre zusammenfaßte. Überdies sind diese zwei Wissenskreise im Kern bereits zuviel für uns. Irgendein Fehl in unserer Weisheit oder eine Unzulänglichkeit des Geistes hindert uns am Erfassen ihrer Geheimnisse. Ohne Meisterung dieser beiden Kreise vermögen wir jedoch nicht den Rest zu erringen, weil Kevin, der in seiner

Klugheit die Gefahren unzeitgemäßen Wissens und zu großer Macht erkannte, jeden Kreis gesondert verbarg, so daß nur das Verstehen eines jeden jeweiligen Kreises zur Entdeckung des nächsten führen kann. Vierzig Jahre lang sind wir ohne Erfolg geblieben. Und nunmehr haben wir erfahren, daß unterdessen auch Lord Foul sich nicht untätig gehalten hat. Das wissen wir von diesem Wegwahrer. Der Erzfeind des Landes hat Macht und Heerscharen gesammelt, so daß es mittlerweile in dem Landstrich jenseits der Zerspellten Hügel nur so wimmelt von entstelltem Leben – von zahllosen armen, mißbrauchten Wesen wie *Dukkha,* durch die Macht des Steins in Lord Fouls Seelensklaverei gehalten. Er hat Kräfte zusammengeholt, die übler sind als alles, was das Land jemals zuvor an Üblem kannte, viel grausiger, als wir Grausiges überwinden zu können hoffen dürfen. Ferner hat er seine drei Wüteriche um sich geschart, seine Diener und dreifache rechte Hand, und zu Befehlshabern seiner Heere ernannt. Es mag sein, daß seine Horden bereits in Marsch gesetzt sind. So ist die Lage beschaffen, in welcher wir dich gerufen haben, Ur-Lord Covenant, Zweifler und Weißgoldträger. Du bist unsere allerletzte Hoffnung. Wir riefen dich herbei, obschon wir wußten, daß diese Tat von dir einen Preis fordern könnte, den du nur schwer zu tragen vermagst. Wir haben geschworen, dem Land zu dienen, und anders pflegen wir nicht zu handeln. Thomas Covenant! Willst du uns nicht beistehen?«

Im Verlauf ihres langen Vortrags hatte ihre Stimme an Stärke und Ausdruckskraft ständig gewonnen, bis sie zum Schluß fast sang. Covenant konnte sich dem Zuhören nicht verweigern. Ihr Tonfall drang bis in sein Innenleben vor, erweckte all seine Erinnerungen an die Schönheit des Landes. Er entsann sich an den zauberhaften Tanz der Flammengeister beim Frühlingsfest, an die üppige Gesundheit der Hügel Andelains, die das Herz besänftigte, den unerfreulichen, gespenstischen Schimmer von Morinmoss, die strengen, flüchtig gewellten Ebenen von Ra und die ungestümen Ranyhyn, die großen Pferde. Und er erinnerte sich daran, wie es war, zu fühlen, wieder lebendige Nerven in den Fingern zu besitzen, dazu imstande zu sein, Gras und Gestein zu betasten. Die bittere Heftigkeit der Erinnerungen brachte sein Herz zum Schmerzen. »Eure Hoffnung führt euch in die Irre«, stöhnte er in die Ruhe nach Elenas Appell. »Ich verstehe nichts von Macht. Sie hat etwas mit dem Leben zu schaffen, und ich bin so gut wie tot. Oder was glaubt ihr, was Leben ist? Leben heißt fühlen. Ich habe das Fühlen verloren. Ich bin ein Leprakranker.«

Unter Umständen hätte er gleich darauf wieder zu schimpfen angefangen, aber in diesem Moment mischte sich in seinen Widerspruch eine andere, sehr scharfe Stimme. »Warum wirfst du dann deinen Ring nicht fort?«

Covenant drehte sich um und sah sich dem Krieger gegenüber, der am Tisch der Lords an dessen Ende gesessen hatte. Der Mann war inzwischen zum Mittelpunkt der Klause herabgekommen, auf ihre unterste Ebene, und stand nun vor Covenant, die Hände an seinen Hüften. Zu Covenants Überraschung bedeckte eine dunkle Sonnenbrille seine Augen. Der Kopf hinter der Brille bewegte sich lebhaft, als beobachte der Mann unablässig alles ganz genau. Er wirkte wie jemand, der ein Geheimnis hütete. Dank der Unsichtbarkeit seiner Augen machte das andeutungsweise Lächeln seiner Lippen einen rätselhaften, undurchschaubaren Eindruck, ähnlich wie eine Äußerung in einer fremden Sprache. Covenant bemerkte die Verfehltheit der Sonnenbrille – sie war hier in der Klause seltsam deplaziert –, doch reizte ihn die Frage auf zu ärgerliche Weise, als daß er mit ihrer Beantwortung wegen irgendwelcher Unstimmigkeiten gezögert hätte. »Das ist mein Ehering«, entgegnete er barsch.

Auf diese Erwiderung reagierte der Mann mit einem Achselzucken. »Du sprichst von deiner Frau aus vergangener Zeit. Ihr lebt getrennt – oder seid längst geschieden. Du kannst dein Leben jetzt nicht länger auf zwei Gleisen führen. Entweder wirf den Ring fort und bleib an dem kleben, was du anscheinend für Realität hältst – was immer das auch sein mag –, oder vergiß die Frau und erledige hier deine Pflicht.«

»Meine Pflicht?!« Die Anmaßung in der Stellungnahme des Mannes gab Covenant genug Energie zum Widerstand. »Woher weißt du, was meine Pflicht ist?«

»Mein Name ist Hile Troy.« Der Mann verbeugte sich knapp. »Ich bin der Streitmark des Kriegsheers der Herrenhöh. Meine Aufgabe besteht darin, mit aller Gründlichkeit herauszufinden, wie wir Fouls Heerscharen entgegentreten können.«

»Zweifler«, fügte Elena langsam, beinahe widerwillig hinzu, »Hile Troy kommt aus deiner Welt.«

Was? Die Behauptung des Hoch-Lords schien Covenant den Boden unter den Füßen wegzureißen. Die Abgespanntheit seiner Gliedmaßen gewann urplötzlich die Oberhand. Schwindel befiel ihn, als stünde er am Rand einer Klippe, und er taumelte. Mhoram fing seinen Sturz ab, als er auf die Knie sank. Das Geschehen lenkte die Bluthüter ab, die *Dukkha* beaufsichtigten. Ehe sie es verhindern konnten, entsprang der Wegwahrer ihrem Gewahrsam und stürzte sich mit einem Wutschrei auf Covenant. Um Covenant zu schützen, wirbelte Mhoram herum und versperrte *Dukkha* mit seinem Stab den Weg, unterband den Angriff. In der nächsten Sekunde schon hatten die Bluthüter den Wegwahrer wieder im Griff. Aber das sah Covenant nicht. Als sich Mhoram von ihm abkehrte, sackte er neben der Grube voller Glutgestein aufs Gesicht. Er fühlte sich unvorstellbar schwach und überwältigt von Verzweiflung, als verblute er. Für die Dauer einiger Augenblicke schwand ihm die Besinnung. Er erwachte infolge der Berührung von kühler Linderung auf seiner Stirn. Sein Kopf ruhte in Mhorams

Schoß; behutsam strich der Lord Heilerde auf seine verletzte Stirn. Er spürte die Wirkung des heilkräftigen Schlamms augenblicklich. Von seiner Stirn herab breiteten sich Weichheit und Besänftigung in seine Gesichtsmuskeln aus, lockerte die Verkrampfung, die seine Gesichtszüge verzerrt hatte. Schläfrigkeit stieg in ihm empor, während die Heilerde ihm Befreiung brachte, die dauerhafte Fessel seines Geistes lockerte. Durch seine Ermattung sah er die Falle des Wahns sich langsam um ihn schließen. »Schaff mich hier raus!« sagte er mit soviel Inständigkeit, wie er seiner Stimme einfließen lassen konnte. Anscheinend verstand ihn der Lord. Entschieden nickte er und stand auf, zog Covenant mit sich hoch. Ohne ein weiteres Wort an den Großrat zu richten, wandte er sich um und erklomm die Treppe, geleitete Covenant, indem er ihn halb trug, aus der Klause.

4
»Daß man etwas verliert«

Covenant hörte kaum, wie hinter ihm die großen Portale wieder zufielen; er war sich seiner Umwelt überhaupt kaum noch bewußt. Seine ganze Aufmerksamkeit galt der inwärtigen Wirkung der Heilerde. Sie schien sich rings um seinen Schädel auszubreiten, in sein Fleisch einzusickern, übte auf ihn einen beruhigenden Einfluß aus, während sie auf sein Inneres auszustrahlen begann. Seine Haut kribbelte, und bald hatte die Wahrnehmung sein gesamtes Gesicht und den Hals erfaßt. Er erforschte die Wirkung wie die eines Gifts, eingenommen zur Beendigung seines Lebens. Als das Gefühl der Heilerde vom Halsansatz abwärts in seinen Brustkorb eindrang, wankte er und vermochte sich nicht wieder zu erholen. Bannor nahm ihn am anderen Arm. Der Lord und der Bluthüter trugen ihn durch die steinerne Stadt, strebten durch die miteinander verschachtelten Stockwerke der Herrenhöh hauptsächlich weiter nach oben. Zuletzt führten sie ihn in eine geräumige Suite wohnlicher Gemächer. Vorsichtig beförderten sie ihn ins Schlafzimmer, legten ihn aufs Bett und entkleideten ihn weit genug, um ihm Bequemlichkeit zu sichern.

»Was du verspürst, ist die machtvolle Wirkung der Heilerde«, sagte Mhoram wie zur Ermutigung, dicht über Covenant gebeugt. »Wenn sie an der Behebung einer ernsten Wunde arbeitet, bereitet sie einen tiefen Schlaf, um die Heilung zu fördern. Du wirst nun erholsam ruhen. Du bist zu lange ohne Ruhe gewesen.« Er und Bannor machten Anstalten zum Gehen. Doch Covenant fühlte das kühle Kribbeln sich seinem Herzen nähern. Mit schwacher Stimme rief er Mhoram zurück. Er stak voller Grausen; er mochte jetzt nicht allein bleiben. Ihm war egal, was sie redeten, wenn er nur Mhoram zurückhalten konnte. »Warum hat dieser ... *Dukkha* mich angegriffen?« wollte er wissen.

Allem Anschein nach verstand Lord Mhoram ihn auch diesmal vollauf. Er stellte einen hölzernen Stuhl neben das Kopfende des Bettes und setzte sich hin. »Das ist eine erwägenswerte Frage, mein Freund«, erwiderte er mit gefaßter, gleichmäßiger Stimme. »*Dukkha* ist gleichsam bis zur Unkenntlichkeit zermartert worden, und ich vermag über die schlimmen Anwandlungen, die ihn antreiben, nur Vermutungen anzustellen. Doch mußt du bedenken, er ist ein Wegwahrer. Nach der Schändung des Landes dienten die Wegwahrer, während die neuen Lords zu Schwelgenstein ihr Werk begannen, dem Land über viele Geschlechterfolgen hinweg, nicht als Verbündete des Lords, sondern aufgrund des Verlangens, dem Land für die gefährlichen Taten und finsterlehrigen Umtriebe der Urbösen Wiedergutmachung angedeihen zu lassen. Auch in *Dukkha* lebt tief drinnen noch ein solches Wesen. Allem zum Trotze, was ihm zugefügt worden ist – auch wenn seine Seele nun durch die Macht des Steins versklavt ist, so daß er dem Verächter dient –, erinnert er sich noch daran, was er einst war, und verabscheut, was er nunmehr ist. Das ist Lord Fouls Vorgehen in allen Dingen ... seine Gegner zu zwingen, das zu werden, was sie am entschiedensten hassen, zu vernichten, was sie am meisten lieben. Mein Freund, es ist mir wenig angenehm, das aussprechen zu müssen, doch in meinem Herzen spüre ich, daß *Dukkha* dich angegriffen hat, weil du dem Lande deinen Beistand verweigerst. Der Wegwahrer kennt die Macht, welche du besitzt – er stammt ab von den Dämondim, und die Wahrscheinlichkeit ist groß, daß er mehr von der Macht und den Nutzanwendungsmöglichkeiten des Weißgoldes als jeder Lord begreift. Nun ist seine Qual zu beispiellos, um noch für dich Verständnis empfinden zu können. Seines Ichs letzter Rest erkannte verworren, daß du … dich verweigerst. Einen Augenblick lang war er genug der alte, um zu handeln. Ach, Ur-Lord! Du hast geäußert, das Land sei für dich nur ein Traum … daß du befürchtest, wahnsinnig zu sein. Aber Wahnsinn ist in Träumen nicht die einzige Gefahr. Da ist überdies die Gefahr, daß man etwas verliert, das sich niemals wiedererlangen läßt.«

Covenant seufzte. Der Lord hatte ihm eine einleuchtende Erklärung gegeben. Doch als Mhorams gleichmäßige Stimme verstummte, spürte er, wie sehr er ihren Klang benötigte – wie nah er am Rand eines Abgrunds stand, der ihm Entsetzen einflößte. Er streckte eine Hand aus, tastete in die Weite ringsum, fühlte schließlich seinen Finger im festen Griff von Mhorams Hand. Noch einmal unternahm er den Versuch, sich verständlich zu machen. »Sie war meine Frau«, sagte er leise. »Sie brauchte mich. Sie … sie wird mir nie verzeihen, was ich ihr jetzt angetan habe.« Seine Erschöpfung war so groß, daß er Mhorams Gesicht nicht länger sehen konnte. Doch selbst als ihm das Bewußtsein schwand, spürte er die Faust des Lords wie einen unnachgiebig festen Halt. Mhorams Fürsorge spendete ihm Trost, und er schlief ein.

Danach schwebte er unter einem weiten Himmel aus Träumen, ermeßbar nur an den Bewegungen der Sterne. Aus trüben Höhen schienen in steter Folge düstere Gestalten heranzuschwirren, um zuzuschlagen. Er konnte sie nicht abwehren, war so hilflos wie ein Kadaver. Doch jedesmal ergriff eine Faust seine Hand und ließ ihm Mut zuströmen. Sie war sein Anker, bis sein Bewußtsein zurückkehrte. Er blieb still liegen, ohne die Augen zu öffnen, erkundete zaghaft sich selbst, als habe er Beulen. Von der Brust abwärts war er in weiche, saubere Decken gehüllt. Und er konnte den Stoff mit den Zehen fühlen. Die kalte Taubheit toter Nerven war daraus verschwunden, durch heilsame Wärme vertrieben, die bis ins Mark seiner

Knochen zu glühen schien. In seinen Fingern war die Veränderung noch offenkundiger. Seine rechte Faust war in die Decken gekrallt. Wenn er die Finger regte, konnte er mit den Kuppen die Beschaffenheit des Stoffs spüren. Seine Linke stak in so harter Umklammerung, daß er in den Knöcheln den Pulsschlag pochen fühlte. Aber Nerven heilten nicht ... konnten nicht heilen ... *Verdammnis!* stöhnte er innerlich auf. Der wiedergekehrte Tastsinn suchte sein Herz mit Furcht heim. »Nein«, flüsterte er, ohne es zu beabsichtigen. »Nein.« Aber der Tonfall zeugte von seiner Einsicht in die Sinnlosigkeit der Ablehnung.

»Ach, mein Freund«, sagte Mhoram seufzend, »deine Träume waren übers Maß voll mit solchen Weigerungen. Doch verstehen kann ich sie nicht. Deinem Atmen höre ich an, daß du dich deiner eigenen Heilung widersetzt hast. Und das Ergebnis ist mir unklar. Ich weiß nicht zu sagen, ob dein Widerstreben dir wohl oder übel bekommen ist.«

Covenant blickte auf in Mhorams von Mitgefühl gekennzeichnetes Gesicht. Noch immer saß der Lord neben seinem Bett; sein mit Eisen geschuhter Stab lehnte innerhalb der Reichweite seiner Hand an der Mauer. Aber im Zimmer brannten nicht länger Fackeln. Durch ein Erkerfenster in der Nähe des Betts fiel Sonnenschein in den Raum. Mhorams Blick rief Covenant überdeutlich ihre verschlungenen Hände ins Bewußtsein. Vorsichtig löste er seine Finger aus Mhorams Faust. Dann stemmte er sich auf die Ellbogen hoch und fragte, wie lange er geschlafen habe. Im Anschluß an die Ruhepause nach seinem Gebrüll in der Klause kratzte seine Stimme jetzt heiser in der Kehle.

»Nun ist's früher Nachmittag«, gab ihm Mhoram Auskunft. »Die Herbeirufung vollzogen wir am gestrigen Abend.«

»Warst du ... seitdem die ganze Zeit hier?«

Der Lord lächelte. »Nein. Während der Nacht ... wie soll ich mich ausdrücken? Man rief mich fort. In meiner Abwesenheit saß Hoch-Lord Elena an deiner Bettstatt.« Nach einem Moment des Schweigens machte er eine Ergänzung. »Sie wird am heutigen Abend mit dir sprechen, so du dazu die Bereitschaft aufbringst.«

Covenant ging darauf nicht ein. Die Erwähnung Elenas weckte seine Erbitterung und Furcht, die die Maßnahme, ihn ins Land zu holen, in ihm ausgelöst hatte, von neuem. Er empfand die ›Herbeirufung‹ als ihre Tat; ihre Stimme war es gewesen, die ihn von Joan weggerissen hatte. *Joan!* heulte es in seinem Innern. Um sein Mißbehagen zu überspielen, kroch er aus dem Bett, suchte seine Kleidung zusammen und hielt Umschau nach einer Waschgelegenheit. Im Nebenzimmer entdeckte er ein steinernes Becken mit einem Rohr und einer Reihe untereinander abgestimmter steinerner Hähne, die es ermöglichten, nach Belieben Wasser abzuzapfen. Er füllte das Becken. Als er seine Hände ins Wasser tauchte, ließ die herbe Kälte der Flüssigkeit die wiedererwachte Lebendigkeit seiner Nerven erschaudern. Verärgert senkte er den Kopf ins Wasser und hob ihn erst wieder heraus, als die Kälte in seinen Schädelknochen zu schmerzen anfing. Dann stellte er sich, triefnaß wie er war, an ein heißes Gefäß voller Glutgestein nahe beim Becken. Während das Glühen des Feuergesteins ihn trocknete, stillte er die Pein in seinem Herzen. Er war Lepraleidender und wußte bis ins Mark seines Gebeins um die lebensentscheidende Bedeutung des Sichabfindens mit Tatsachen. Joan war für ihn verloren; das war eine Tatsache, und sie befand sich, genauso wie seine Krankheit, außerhalb jeder Möglichkeit zur Veränderung. Sie war ärgerlich geworden, als er nichts zu ihr sagte, und bestimmt hatte sie kurz darauf den Hörer aufgelegt, in der Annahme, er habe sich für ihr Zureden taub gestellt, ihren mutigen, wackeren Versuch ausgeschlagen, die Einsamkeit zwischen ihnen zu überbrücken. Und er konnte dagegen nichts unternehmen. Erneut war er in seinen Wahngebilden gefangen. Wollte er überleben, durfte er sich keinesfalls den Luxus leisten, aussichtslosen Hoffnungen nachzutrauern. Er war ein Leprakranker; alle etwaigen Hoffnungen waren falsch. Sie waren seine Feinde. Sie konnten ihn umbringen, indem sie ihn blind für die tödliche Gewalt der Fakten machten. Das Land war ein Truggebilde; auch dabei handelte es sich um eine Tatsache. Eine Tatsache war sein Gefangensein im Netz seiner eigenen Schwäche. Seine Lepra war eine Tatsache. Er beharrte auf diesen Sachverhalten, während er zugleich matt gegen das eigene Beharren protestierte: *Nein! Ich kann es nicht ertragen!* Aber das kalte Wasser verschwand von seiner Haut, die freundliche, erdige Wärme des Glutgesteins löste es ab. Empfindungen zitterten auf erregende Weise von seinen Zehen und Fingern durch die Gliedmaßen. Mit wilder, störrischer Miene, als renne er mit dem Kopf gegen eine Wand, führte er eine VBG durch. Danach bemerkte er einen Spiegel aus hochpoliertem Stein und begutachtete darin seine Stirn. Er sah keine Narbe; die Heilerde hatte die Platzwunde vollkommen behoben. »Mhoram«, rief er; aber seine Stimme erzeugte einen unerwünscht flehentlichen Ton. Um jedem Bittstellertum entgegenzuwirken, begann er sich anzuziehen. Als Mhoram sich unter der Tür zeigte, mied Covenant seinen Blick. Er streifte das T-Shirt über, stieg in die Jeans und schnürte die Stiefel um seine Waden, dann begab er sich in die dritte Räumlichkeit der Zimmerflucht. Dort führte eine Tür auf einen Balkon. Mit Mhoram im Rücken trat er hinaus an die frische Luft. Sofort eröffneten sich seinem Blick Perspektiven mit krassen Höhenunterschieden, und ihn packte ein Schwindelanfall. Der Balkon ragte zur Hälfte aus der südlichen Steilwand Schwelgensteins, und zwar mehr als dreihundert Meter oberhalb der Vorberge zu Füßen des Steilabfalls. Die Tiefe schien unvermittelt unter ihm aufzuklaffen. Seine Höhenfurcht erfüllte seine Ohren mit Sausen; er warf seine Arme um die Steinbrüstung und klammerte sich krampfhaft daran fest, drückte sie an seine Brust. Im nächsten Moment war die schlimmste Anwandlung vorüber. Mhoram fragte ihn, was mit ihm sei, aber er verzichtete auf eine Erklärung. Mit tiefen Atemzügen richtete er sich auf und lehnte sich nachdrücklich mit dem Rücken an den in ermutigender Weise harten Fels der Festung. Von diesem Standort aus betrachtete er die Aussicht. Wie er sich erinnerte, füllte Schwelgenstein einen keilförmigen Fortsatz der unmittelbar im Westen befindlichen Berge aus. Vor vielen Jahrhunderten war die Festungsstadt von den Riesen aus dem Vorgebirge gehauen worden, zur Zeit des Alt-Lords Damelon Riesenfreund. Oberhalb der Feste Herrenhöh erstreckte sich nach Westen und Norden ein Plateau, um ein oder zwei der hiesigen Längenmaße über die Schleierfälle hinaus, ehe es mit dem zerklüfteten Westlandgebirge verschmolz. Die Fälle waren zu weit entfernt, um gesehen werden zu können, aber in der Ferne erkannte er den Weißen Fluß, wie er südwärts abbog, und seine leichte ostwärtige Biegung in die Richtung der Schleierfälle, wo er entsprang. Jenseits des Flusses erspähte Covenant im Südwesten die Hügel und offenen Ebenen, hinter denen Trothgard lag. In dieser Richtung ließen sich keine Anzeichen von Bebauung oder Landwirtschaft erkennen, wogegen man ostwärts fruchtbare Felder, Haine, Gewässer, Dörfer sah, die unter der Sonne glänzten, als lächelten sie vor Wohlergehen. Während Covenant Ausschau hielt, spürte er, daß hier Frühherbst herrschte. Die Sonne stand am südlichen Himmel, die Luft war beileibe nicht so warm, wie man aufgrund des Sonnenscheins glauben mochte, und der schwache Wind, der gegen die Steilwände Schwelgensteins heraufwehte, duftete nach den lehmigen Herbstsäften. Die gegenwärtige Jahreszeit im Lande – so verschieden vom frühjährlichen Wetter, dem er entrissen worden war – erneuerte seinen Eindruck von Diskrepanz, krasser und einfach undenkbarer Verpflanzung. Er fühlte sich an vielerlei Dinge erinnert, zwang sich jedoch dazu, mit dem vergangenen Abend anzufangen. »Seid ihr eigentlich schon auf den Gedanken gekommen«, meinte er unfreundlich, »daß Foul diesen armseligen Wegwahrer wahrscheinlich genau deshalb hat ziehen lassen, um euch dazu zu verleiten, mich herbeizubeschwören?«

»Freilich«, lautete Mhorams Antwort. »Das ist des Verächters Art. Er gedenkt dich als das Hauptmittel zu unserer Vernichtung zu verwenden.«

»Warum habt ihr's dann getan? Hölle und Verdammnis! Du weißt, wie ich darüber denke ... ich hab's dir oft genug klar gesagt. Ich möchte nicht ... ich will nicht für das, was mit euch geschieht, verantwortlich sein.«

Lord Mhoram hob die Schultern. »Das ist der Widersinn im Weißgold. Hoffnung und Verzweiflung gehen bei uns Hand in Hand. Ohne jeden Beistand, dessen wir uns versichern, ohne jegliche Hilfe, die wir für uns ins Feld stellen können, besteht keinerlei Aussicht, daß wir Lord Fouls Macht mit Erfolg entgegenzutreten vermöchten. Wir vertrauen darauf, daß du dem Lande letzten Endes nicht den Rücken kehren wirst.«

»Vierzig Jahre lang hattet ihr Zeit zum Nachdenken. Inzwischen müßtet ihr ja eigentlich wissen, wie wenig ich euer Vertrauen verdiene oder überhaupt wünsche.«

»Mag sein. Desgleichen hält Streitmark Hile Troy uns entgegen – allerdings ist ihm mancherlei über dich unbekannt. Er befindet, daß Vertrauen zu jemandem, der unwillig ist, eine Narretei sei. Und er ist nicht davon überzeugt, daß wir den Krieg verlieren müssen. Er schmiedet kühne Pläne. Doch ich habe den Verächter lachen gehört. Ob zum Guten oder Schlechten, ich bin für den Großrat Seher und Orakel. Ich sehe und höre mancherlei ... ich bin Befürworter von des Hoch-Lords Entscheidung, dich zu uns zu rufen. Aus vielen Gründen. Thomas Covenant, wir haben die vergangenen Jahre nicht hier in Abgeschiedenheit gesessen und süße Träume des Friedens geträumt, während Lord Fouls Stärke wächst und er wider uns handelt. Vom letzten Augenblick deiner einstigen Anwesenheit im Lande an haben wir danach getrachtet, uns zur Verteidigung einzurichten. Kundschafter und Lords in Person sind vom einen bis zum anderen Ende durchs Land geritten, haben die Menschen zusammengerufen, sie gewarnt; wir haben vertieft, was wir an Wissen besitzen. Ich habe mich in die Zerspellten Hügel gewagt und am Rande des Glutaschenkamms gefochten ... doch davon pflege ich nicht zu reden. Zurück brachte ich Wissen um die Wütriche. *Dukkha* war nicht unser einziger Grund zu deiner Herbeirufung.«

Selbst direkt im Sonnenschein bereitete das Wort ›Wütriche‹ Covenant ein Frösteln. Er dachte an den anderen Wegwahrer, den er einmal gesehen hatte, tot, einen eisernen Spieß im Herzen. »Was ist mit ihnen?« erkundigte er sich. »Was hast du erfahren?«

»Viel und zugleich wenig«, entgegnete Mhoram mit einem Seufzen, »davon abhängig, wie man dies Wissen anwendet. Die Bedeutung dieser Erkenntnisse kann nicht mißverstanden werden – und dennoch entgeht uns ihr ganzer Wert. Als du zuletzt im Lande weiltest, brachten wir in Erfahrung, daß die Wütriche noch leben, daß sie, wie ihr Meister, beim Ritual der Schändung, das Kevin Landschmeißer in seiner Verzweiflung vollführte, nicht dem Untergang verfielen. Alte Sagen, die Kunde im Ersten Kreis des Wissens sowie Unterweisungen der Riesen vermittelten uns das Wissen um diese Wesen. Uns ist bekannt, daß sie Sheol, Jehannum und Herem hießen und als Körperlose lebten, sich von anderen Seelen nährten. Sobald der Verächter stark genug war, um sie zu kräftigen, versklavten sie Menschen und andere Geschöpfe, indem sie in ihre Leiber eindrangen und sich darin einnisteten, den Eigenwillen dieser Wesen niederdrückten und sodann das gefangene Fleisch für die Zwecke ihres Meisters mißbrauchten. In Gestalten verborgen, die nicht ihre waren, besaßen sie eine undurchschaubare Tarnung, so daß sie unter ihren Widersachern Vertrauen erlangen konnten. Durch solche Mittel lockte man in den Zeiten der Alt-Lords zahlreiche tapfere Verteidiger des Landes in den Tod. Unterdessen jedoch habe ich noch mehr erfahren. Nahe bei Fouls Hort erlitt ich eine Niederlage … mußte mich einem weit überlegenen Gegner beugen. Ich floh durch die Zerspellten Hügel, nur den Stab Variols, meines Vaters, zwischen mir und dem Tod, und konnte nicht verhindern, daß mein Widersacher Hand an mich legte. Ich hatte gewähnt, gegen einen überlegenen Lehrenkundigen der Urbösen zu kämpfen. Doch ich sah mich eines Besseren belehrt – ich erfuhr etwas anderes.«

Lord Mhoram starrte blicklos in die Weite des Himmels, erinnerte sich mit Grimm in den Augen an sein Erlebnis.

»Ein Wütrich war's, gegen den ich focht«, sprach er einen Moment später weiter. »Ein Wütrich im Fleisch eines Urbösen. Die Berührung seiner Hand lehrte mich vieles. In der ältesten Vorzeit – jenseits der Herkunft unserer allerehrwürdigsten Sagen, noch vor der dunklen Zeit, in welcher Menschen ins Land kamen, noch vorm grausamen Abholzen des Einholzwaldes – besaß der Koloß am Wasserfall sowohl Sinn wie auch Macht. Er stand auf dem Landbruch und ragte gleich einer Wehrfaust übers Oberland auf, bewahrte es durch die Macht des Einholzwaldes vorm Eindringen finsterer Übelkeiten.«

Unvermittelt verfiel er dann in einen getragen langsamen Gesang, einem Klagelied ähnlich, das geruhsam ausklang, eine Hymne, die die Geschichte vom Koloß erzählte, wie die Lords ihn zuvor kannten, ehe Variols Sohn seine neuen Erkenntnisse erlangte. In unterdrückter Trauer über verlorenen Glanz beschrieb das Lied den Koloß am Wasserfall – den gewaltigen steinernen Monolithen, aufgerichtet in Form einer Faust, der neben dem Wasserfall stand, mit dem sich der Landwanderer-Fluß aus den Ebenen von Ra in die Trümmerschwemme der Zerspellten Ebenen verwandelte. Seit einer Zeit, die schon undenklich lange gedauert hatte, als der Lord-Zeuger Berek die Hälfte seiner Hand verlor, stand der Koloß in einsamer, düsterer Wacht oberhalb der Landbruch-Klippe; die ältesten, nur in Andeutungen bekannten Legenden der Alt-Lords berichteten von einem Zeitalter, eben jenem, da der Einbaumwald das Land beherrschte, in welchem diese emporgetürmte Faust den Schatten der Bosheit abwehrte, ihn bannte und dabei nicht wankte, bis der unvermutete Feind, die Menschen, den Einbaumwald zu stark beschnitten hatten, um ihn als Ganzheit noch retten zu können. Daraufhin lockerte der Koloß, erzürnt und durchs Fällen am Einholzwald geschwächt, seine Wehr und ließ den Schatten frei. Von diesem Zeitpunkt an verlor die Erde allmählich die Kraft, den Willen oder die Möglichkeit zur Selbstverteidigung. So fiel die Bürde, dem Verächter zu widerstehen, einem Volk zu, das den Schatten selbst über sich gebracht hatte, und die Erde mußte das Ergebnis des Ringens erdulden, wie es auch ausfallen mochte.

»Doch es war nicht die Bosheit, welcher der Koloß widerstand«, setzte Mhoram seine Erläuterungen fort, sobald er seinen Gesang beendet hatte. »Die Bosheit war das Übel der Menschen. Sie kam mit ihnen aus dem kalten Grausen des Nordens und dem Königreich der Gier im Süden. Nein, der Koloß hielt einen anderen Widersacher fern – drei Brüder, die Bäume und Erde haßten und in der Zerspellten Ebene zu Alter kamen, lange bevor dort Lord Foul seinen Schatten warf. Sie waren Drillinge, Sprößlinge einer Geburt aus dem Leibe einer längst vergessenen Mutter, und ihre Namen lauteten *Samadhi, Moksha* und *Turiya.* Sie haßten die Erde und alles, was darauf wuchs, so wie Lord Foul alles Leben und alle Liebe haßt. Als der Koloß seine Wehrkraft aufhob, kamen sie ins Oberland, und in ihrer Lust nach Greueln gerieten sie alsbald unter die Meisterschaft des Verächters. Seit jener Zeit waren sie stets seine hochgestelltesten Diener. Sie haben für ihn Verrat begangen, wenn er das Walten seiner Hand nicht zeigen durfte, und für ihn gekämpft, wenn er seine Heerscharen nicht führen konnte. *Samadhi* war's, nun Sheol genannt, der das Herz von Bereks Lehnsherren meisterte, ebenso Sheol, der die Kämpen des Landes abschlachtete und Berek, allein und mit gehälfteter Faust, an den Hängen des Donnerbergs zu seinem ungewöhnlichen, verhängnisvollen Handeln trieb. *Turiya* und *Moksha* waren's, Herem und Jehannum, die die machtvollen und ernstgesinnten Dämondim zu ihren Bruthöhlen und zur Zeugung der Urbösen verleiteten. Nun sind sie alle drei erneut mit Lord Foul vereint und geifern nach des Landes Verheerung. Doch weh! – weh! meiner Unwissenheit und Schwäche! Ich vermag nicht vorauszusehen, was sie beginnen werden. Ich kann ihre Stimmen hören, lüstern laut aus Begierde nach dem Zerreißen von Bäumen und Versengen von Erde, aber mir entgeht ihre Absicht. Das Land schwebte in so großer Gefahr, weil seine Diener schwach sind.«

Die starke Ausdruckskraft von Mhorams Ton riß Covenant mit, und während er unter ihrem Bann stand, schien die Helligkeit des Sonnenscheins in seinen Augen zu dunkeln. Unwillentlich und voller Grimm empfing er einen Eindruck vom verderbensträchtigen, grausamen Übel, das hinterm reinen Geist des Landes heraufkroch, seinen ungenügend gerüsteten Verteidigern den Untergang androhte. Und als er an sich selbst dachte, sah er nichts als Vorzeichen der Sinnlosigkeit. Andere Menschen, die ihm ihre eigene Schwäche klagten, hatten schon schrecklich durch sein unwiderrufliches und uneingeschränktes Unvermögen gelitten. »Warum?« fragte er barsch, viel schroffer als beabsichtigt. Mhoram wandte sich von seinen persönlichen Visionen ab und hob fragend die Brauen. »Warum seid ihr schwach?«

Der Lord reagierte darauf mit einem verzerrten Lächeln. »Ach, mein Freund – ich hatte bereits vergessen, daß du derlei Fragen zu stellen pflegst. Du nötigst mich zu langen Reden. Ich glaube, könnte ich dir darauf eine kurze Antwort erteilen, wir bedürften deiner nicht in solchem Maße. Doch komm – Speise steht bereit. Laß uns essen. Dann will ich dir die Antwort geben, die ich zu geben vermag.« Covenant äußerte sich abschlägig. Trotz seines Hungers wollte er dem Lande nicht noch mehr Konzessionen machen, ehe er genau wußte, wo er stand. Mhoram musterte ihn einen Moment lang. »Selbst wenn wahr sein sollte«, erwiderte er dann in gleichmäßigem Ton, »was du behauptest – daß Land und Erde nicht mehr sind als ein Traum, für dich die Gefahr des Wahnsinns –, so mußt du dennoch essen. Hunger ist Hunger, Bedürfnis bleibt Bedürfnis. Wie sonst könnte …?«

»Nein.« Mit allem Nachdruck wies Covenant diese Überlegungen von sich.

Daraufhin erglommen die goldenen Flecken in Mhorams Augen, als ob sie die Leidenschaft der Sonne widerspiegelten. »Dann gib dir selbst die Antwort«, lautete seine beherrscht gesprochene Entgegnung. »Gib dir die Antwort und rette uns. Wenn wir hilf- und wehrlos sind, dann durch dich. Nur du kannst die Rätsel lösen, die uns umgeben und hindern.«

»Nein«, wiederholte Covenant. Er durchschaute, was Mhoram da äußerte, und weigerte sich, es anzuerkennen. *Nein,* widerstand er der Glut in Mhorams Blick. *Das ist zuviel an Zumutung, bloß weil ich ein Leprakranker bin. Es ist nicht meine Schuld.* »Du gehst zu weit.«

»Ur-Lord, das Land schwebt in Gefahr«, hielt Mhoram entgegen, indem er jedes einzelne Wort überdeutlich aussprach. »Entfernungen können mich nicht abschrecken.«

»Das habe ich nicht gemeint. Ich meine, du legst zu weit aus, was ich klargestellt habe. Ich bin nicht … nicht der Macher. Ich habe keinerlei Gewalt über irgend etwas. Ich bin auch nur ein Opfer. Ich weiß nur das, was ihr mir sagt. Was ich erfahren will, ist die Erklärung dafür, wieso ihr ständig versucht, für alles mir die Verantwortung zuzuschieben. Wieso seid ihr schwächer als ich? Ihr habt den Stab des Gesetzes. Ihr verfügt über *Rhadhamaerl* und *Lillianrill.* Warum zum Teufel seid ihr so schwach?«

Langsam wich die Hitzigkeit aus Mhorams Miene. Er verschränkte die Arme, so daß er seinen Stab an seine Brust preßte, und lächelte verschmitzt. »Mit jeder Wiederholung wächst deine Frage an Umfang. Fordere ich dich zu nochmaliger Fragestellung heraus, so wird, wie ich fürchte, nur noch die Erzählung eines Riesen zu ihrer Beantwortung hinreichen. Vergib mir, mein Freund. Ich weiß, daß wir unsere Bedrohtheit nicht auf dein Haupt laden dürfen. Traum oder nicht, für uns besteht kein Unterschied. Wir müssen dem Lande dienen. Laß mich zunächst darauf hinweisen, daß *Rhadhamaerl* und *Lillianrill* eine andere Frage sind, getrennt von der Schwäche der Lords. Das Steinwissen *Rhadhamaerl* und das Holzwissen *Lillianrill* sind von den Bewohnern der Steinhausen und Holzheime seit längst vergangenen Zeitaltern bewahrt worden. In der Verbannung nach dem Ritual der Schändung verloren des Landes Menschen viel von der Reichhaltigkeit ihres Daseins. Sie waren ernstlich verarmt und konnten sich ausschließlich an jenes Wissen klammern, das ihnen die Erhaltung des nackten Lebens ermöglichte. Als sie sodann ins Land zurückkehrten, kamen mit ihnen auch jene wieder, deren Aufgabe in der Verbannung daraus bestanden hatte, das Wissen zu wahren und anzuwenden – Glutsteinmeister des *Rhadhamaerl,* Allholzmeister des *Lillianrill.* Der Glutstein- und Allholzmeister Werk ist's, dem Leben der Dorfbewohner

Behaglichkeit zu schenken – Wärme im Winter, Vielfalt im Sommer, gemäß dem Lied des Landes. Die Lehre Hoch-Lord Kevin Landschmeißers ist eine andere Sache. Diese Lehre betrifft die Schule der Lehren und die Lords. Das Zeitalter der Alt-Lords, bevor Lord Foul dem Sohn Loriks, Kevin, den offenen Krieg erklärte, zählte zu den Zeiten im Lande, welche ein Höchstmaß an Mut, Frohsinn und Stärke kannten. Kevins Lehre war machtvoll durch Erdkraft und von makelloser Reinheit in ihrem Dienst am Lande. Wohlstand und Fröhlichkeit erblühten im Land, und der glanzvolle Erdschmuck Andelain ließ des Landes Herz aus Freude über kostbare Hölzer und Steine beben. Das war eine Zeit …! Doch sie fand ein Ende. Verzweiflung umnachtete Kevin, und im Ritual der Schändung zerstörte er, was er liebte, weil er hoffte, damit zugleich auch den Verächter zu vernichten. Aber noch vorm Ende überkam ihn Prophetie, die Gabe der Hellseherei, und er fand Mittel, um vieles an Kraft und Schönheit zu schützen. Er warnte die Riesen und auch die Ranyhyn, so daß sie zu entfliehen vermochten. Er befahl den Bluthütern den Rückzug in die Sicherheit. Und er hinterließ seine Lehre für spätere Zeitalter, verborgen in Sieben Kreisen des Wissens, auf daß sie nicht in falsche oder unvorbereitete Hände fallen möchten. Den Ersten Kreis beließ er den Riesen, und als die Verbannung endete, übergaben sie ihn den ersten neuen Lords, den Vorvätern unseres Großrats. Diese Lords wiederum legten ihrerseits den Friedensschwur ab und übertrugen ihn allen Einwohnern des Landes – einen Eid, um gegen die zerstörerische Leidenschaft Kevins Vorbeuge zu schaffen. Gleichfalls verschworen diese Lords, unsere Vorgänger, sich selbst und ihre Nachfolger der Treue und dem Dienst an Land und Erdkraft. Unterdessen, mein Freund, haben wir, wie du weißt, den Zweiten Kreis des Wissens entdeckt. Die beiden Kreise umfassen viel Wissen und Macht, und wenn wir sie meistern, werden sie uns zum Dritten Kreis führen. In dieser

Weise wird die Meisterung errungenen Wissens uns leiten, bis uns Kevins gesamtes Wissen gehört. Aber noch scheitern wir – wir vermögen die gewonnenen Kenntnisse nicht in ihrer vollen Tiefe zu durchdringen. Wie soll ich's dir erklären? Wir übertragen die Sprache der Alt-Lords. Wir erlernen die Fertigkeiten, die Riten und Lieder von Kevins Lehre. Wir erforschen das Wesen des Friedens und widmen uns dem Leben des Landes. Und dennoch ermangelt es uns an irgend etwas. Irgendwie unterläuft uns ein Mißverständnis – wir genügen den hohen Anforderungen der Lehre nicht. Nur ein Teil der Macht, die in ihr enthalten ist, fügt sich unserem Streben. Wir können über die anderen Kreise des Wissens nichts entdecken. Wir begreifen wenig von den Sieben Worten, die die Erdkraft wecken. Etwas, Ur-Lord ... es ist etwas in uns, das unser Versagen verursacht. Ich spüre es in meinem Herzen. Wir sind fehlerhaft. Uns fehlt zu dieser Art von Meisterschaft noch die Größe.«
Der Lord verstummte und versank mit gebeugtem Kopf ins Grübeln, die Wange gegen seinen Stab gedrückt. Für eine Zeitlang musterte Covenant den Lord. Die Wärme des Sonnenscheins und der schwache, kühle Wind schienen Mhorams strenge Selbsteinschätzung zu unterstreichen. Schwelgenstein selbst machte die Menschen, die es bewohnten, sozusagen zu Zwergen. Aber der Einfluß des Lords – oder sein Beispiel – stärkten Covenant. Endlich fand er den Mut zum Aussprechen der wichtigsten Frage. »Warum bin ich dann hier? Warum hat er geduldet, daß ihr mich herbeibeschwört? Will er das Weißgold nicht?«
»Lord Foul ist noch außerstande dazu«, sagte Mhoram, ohne den Blick zu heben, »dich zu schlagen. Die wilde Magie ist ihm über. Statt dessen versucht er zu bewirken, daß du dir selbst den Untergang bereitest. Ich hab's gesehen.«
»Gesehen?« wiederholte Covenant leise und gequält.
»In grauen Visionen habe ich flüchtige Einblicke in des Ver-

ächters Herz erhalten. In dieser Sache vermag ich aus sicherer Erkenntnis zu sprechen. Auch heute bezweifelt Lord Foul noch, daß seine Macht der wilden Magie gleichkommen kann. Er hegt keine Bereitschaft dazu, dich jetzt schon zum Kampf herauszufordern. Erinnere dich daran, daß vor vierzig Jahren Seibrich Felswürm sowohl den Stab des Gesetzes wie auch den Weltübel-Stein besaß. Weil er noch mehr Macht begehrte – alle Macht –, wandte er sich in solcherlei Art und Weise wider dich, wie der Verächter es nicht getan hätte, mit verschwenderischen oder törichten Mitteln. Seibrich war wahnwitzig. Und Lord Foul verspürte keinerlei Wunsch, ihn Weisheit zu lehren. Nun jedoch ist der Sachverhalt anders. Lord Foul vergeudet keine Kräfte, geht keine Wagnisse ein, die nicht zur Erreichung seiner Ziele unvermeidlich sind. Er ist auf Umwegen bestrebt, dich für seine Zwecke zu benutzen. Sollte es zum letzten, äußersten Zusammenprall kommen, ohne daß er sich zu deinem Meister aufgeschwungen hat, so wird er gegen dich kämpfen – unter der Voraussetzung, er darf des Sieges sicher sein. Bis dahin wird er darauf bedacht sein, deinen Willen zu beugen, so daß du dich dazu hinreißen läßt, wider das Land zu handeln – oder ihm deinen Beistand zu verweigern, so daß er freie Hand hat, um uns zu vernichten. Vorerst wird er auf keinen Fall offen wider dich auftreten. Er fürchtet die wilde Magie. Weißgold ist nicht durchs Gesetz der Zeit gebunden, und er muß seine Verwendung verhindern, bis er dessen sicher sein kann, daß es nicht gegen ihn verwendet wird.«

Covenant erkannte die Wahrheit in Mhorams Worten. Der Verächter hatte ihm so ziemlich das gleiche erzählt, hoch droben auf dem Kevinsblick, als er zum ersten Mal ins Land geriet. Ihn schauderte infolge der lebhaften Erinnerung an Lord Fouls Geringschätzung – ihn schauderte und fröstelte, als ob hinterm klaren Sonnenschein über Schwelgenstein der trostlose Dunst der Verachtung wehe, seine Seele mit dem

Geruch von Weihrauch anmoderte, seine Ohren knapp unterhalb der Stufe von Hörbarkeit mit dem Grollen einer Lawine füllte. Er blickte in Mhorams Augen und wußte, daß er ebenso aufrichtig antworten mußte, er so ehrlich zu sprechen hatte, wie er's konnte. »Ich habe keine Wahl.« Schon dabei wollte er aus Scham am liebsten den Kopf einziehen, aber er zwang sich dazu, dem Blick des Lords standzuhalten. »Ich muß so handeln. Selbst wenn das nicht die einzig richtige Lösung ist … auch wenn Wahnsinn nicht die einzige Gefahr ist, die in Träumen droht. Selbst wenn ich an diese wilde Magie glauben würde. Ich habe ja nicht die kleinste Vorstellung, wie man sie anwendet.«

Mit gewisser Anstrengung lächelte Mhoram nachsichtig. Aber die Düsternis seines Blicks überschattete sein Lächeln. Er erwiderte Covenants Blick ohne Verunsicherung. Seine Stimme klang nach Trauer, als er antwortete. »Ach, mein Freund, wie wirst du denn handeln?«

Die kritiklose Sanftmut der Frage packte Covenant an der Kehle. Auf soviel Mitgefühl war er nicht gefaßt. »Ich werde überleben«, erklärte er mühsam.

Mhoram nickte bedächtig, im nächsten Moment drehte er sich um und durchquerte den Raum. »Es ist spät für mich«, sagte er an der Tür. »Ich muß gehen. Der Großrat harrt meiner.«

»Warum bist du nicht Hoch-Lord?« rief Covenant dem Lord nach, bevor er hinausgehen konnte. Er suchte nach irgendeiner Möglichkeit, um Mhoram seinen Dank auszudrücken. »Weiß man dich hier nicht zu schätzen?«

»Meine Zeit ist noch nicht gekommen«, lautete Mhorams schlichte, über die Schulter erteilte Antwort. Dann verließ er das Zimmer und schloß hinter sich behutsam die Tür.

5
Dukkha

Covenant kehrte der südwärtigen Fernsicht, die Schwelgenstein ins Land gewährte, den Rücken zu. Er hatte über zahlreiche Angelegenheiten nachzudenken, und es war unmöglich, sich das Herangehen leichtzumachen. Aber schon begannen seine Sinne in Übereinstimmung mit dem Land zu funktionieren. Er konnte die Ernte auf den östlichen Feldern riechen – die Erntezeit stand kurz bevor – und die innere Reife der entfernten Bäume sehen. Er spürte den Herbst in der Art, wie der Sonnenschein sein Gesicht streichelte. Diese Wahrnehmungen erhöhten die Erregung in seinen Adern, aber sie störten seine Bemühungen zur vernunftbetonten Auseinandersetzung mit seiner Situation. *Kein Leprakranker,* dachte er, *sollte in einer so gesunden Welt leben müssen. Doch kein Leprakranker.* Dennoch vermochte er eines nicht zu leugnen: Mhorams Darstellung des Dilemmas, in dem die Lords steckten, hatte ihn gerührt. Das Land und die Menschen, die ihm dienten, rührten ihn – obwohl er durch sie vor sich selbst so klein wirkte. Mißmutig verließ er den Balkon und begutachtete das Tablett mit Speisen, das man auf einem Steintisch in der Mitte des Wohnraums für ihn bereitgestellt hatte. Die Suppe und der Eintopf dampften noch und erinnerten ihn an seinen Hunger. Nein. Er durfte sich keine weiteren Zugeständnisse erlauben. Der Hunger war das gleiche wie die Heilung seiner Nerven – Illusion, Irreführung, Traum. Er durfte keine … ein Klopfen an der Tür unterbrach seine Überlegungen. Einen Moment lang stand er nur unentschlossen still da. Er mochte mit niemandem reden, bevor er mehr Zeit zum Nachdenken gehabt hatte. Doch gleichzeitig wollte er nicht allein sein. Wenn er allein war, drohte der Wahnsinn stets am schlimmsten. *In Bewegung bleiben,* riet er sich erbittert, *nicht umschauen.* Er wiederholte damit einen Leitspruch, der ihm bestenfalls zweischneidig gedient hatte. Er ging hin und öffnete die Tür. Im Korridor stand Hile Troy. Er war genauso gekleidet, wie Covenant ihn bereits gesehen hatte, die Sonnenbrille unverändert an ihrem Platz; und noch immer wirkte das Lächeln in seinem Gesicht rätselhaft und scheu. Eine heftige Anwandlung von Unruhe mischte sich unter das Singen von Covenants Blut. Er hatte versucht, an diesen Mann nicht zu denken.

»Komm mit!« sagte Hile Troy. Sein Tonfall zeugte von Befehlsgewalt. »Die Lords tun etwas, das du auch mitanschauen solltest.«

Covenant hob die Achseln, um ein Zittern seiner Schultern zu verheimlichen. Troy war sein Feind – das spürte er. Aber er hatte seine Entscheidung getroffen, als er sich zum Öffnen der Tür entschloß. Trotzig trat er hinaus in den Korridor. Draußen stellte er fest, daß Bannor vor seiner Tür auf Wache stand. Hile Troy entfernte sich mit raschen, selbstsicheren Schritten, wogegen sich Covenant dem Bluthüter zuwandte. Bannor begegnete seinem Blick mit einem Nicken; für einen Moment sahen sie einander in die Augen. Bannors flaches, braunes, ausdrucksloses Gesicht war um keinen Deut verändert; Covenant konnte nicht einen einzigen Tag zusätzlichen Alters darin erkennen. In seiner lockeren, immer zu allem bereiten Haltung strahlte die Erscheinung des Bluthüters materielle Festigkeit aus, eine handfeste Kompetenz, die Covenant einschüchterte oder wenigstens beeindruckte; und doch spürte Covenant in Bannors zeitloser Unzugänglichkeit sowohl Ungewöhnliches wie auch Trauer. Die Bluthüter sollten zweitausend Jahre alt sein. Durch einen unerhört strengen und anspruchsvollen Eid des Dienstes an den Lords waren sie in einen Zustand von Unveränderlichkeit gezwängt, in dem sie überdauert hatten und weiter überdauerten, während all die Menschen, die sie kannten – darunter die langlebigen Riesen und auch Hoch-Lord Kevin, der sie zu ihrem Schwur inspirierte –, zu Staub zerfielen. Als Covenant nun Bannor ansah, seine so fremdartige Gestalt mit den bloßen Füßen und im kurzen, braunen Gewand, hatte er einen plötzlichen intuitiven Eindruck, als habe sich jetzt eine bislang lediglich unterbewußte Wahrnehmung manifestiert. Wie viele Male hatte Bannor ihm das Leben gerettet? Im Moment konnte er sich darauf nicht besinnen. Er war sich unerwartet darin sicher, daß der Bluthüter ihm mitteilen könnte, was er wissen mußte, daß er dank der Außerordentlichkeit seines zweitausendjährigen Überblicks, durch die unvorhergesehene Macht seines Schwurs um Heimat, Schlaf und Tod gebracht, beraubt um jeden, den er je geliebt haben mochte, das Wissen errungen habe, das Covenant brauchte. »Bannor …«, begann Covenant.

»Ur-Lord?« Die Stimme des Bluthüters klang so leidenschaftslos wie die Zeit.

Doch auf einmal wußte Covenant nicht, wie er seine Fragen vortragen sollte; er verstand sein Anliegen nicht in Worte zu fassen, die nicht wie ein Angriff auf die unausdenkliche Treue des Bluthüters wirken müßten. »Da wären wir also wieder«, murmelte er daher bloß.

»Der Hoch-Lord hat mich auserwählt, um dich mit meinem Schutz zu versehen.«

»Komm mit!« rief Hile Troy herrisch. »Du solltest das anschauen.«

Covenant mißachtete ihn für einen weiteren Moment. »Ich hoffe«, sagte er zu Bannor, »ich hoffe wirklich, daß diesmal alles besser läuft als beim letzten Mal.« Damit drehte er sich um und folgte Troy durch den Korridor. Er wußte, daß sich Bannor ihm anschloß, obwohl der Bluthüter mit vollkommener Lautlosigkeit ausschritt.

Ungeduldig ging Hile Troy voran ins Innere der Herrenhöh, führte Covenant durch die verschiedenen Stockwerke der Feste. Schnell durchquerten sie hohe, gewölbte Säle, strebten miteinander verbundene Korridore entlang und stiegen Treppen hinunter, bis sie eine Örtlichkeit erreichten, die Covenant wiedererkannte: den langen Rundgang rings um die Heilige Halle, wo die Bewohner Schwelgensteins zu beten pflegten. Er folgte Troy durch eine der vielen Türen auf einen Balkon, der in den gewaltigen Hohlraum hineinragte. Die Höhle glich in ihrer Anlage einem senkrechten Schacht und hatte an ihren Wänden sieben derartige Balkone, einen flachen Boden mit einer Estrade an einer Seite und eine Kuppeldecke; zu weit oben gewölbt, um von den Balkonen aus deutlich erkennbar zu sein. Der Raum lag im Düstern; die einzige Helligkeit kam von vier großen *Lillianrill*-Fackeln an den Ecken der Estrade. Bannor schloß die Tür und damit den Lichtschein des Korridors aus; in der Dunkelheit klammerte sich Covenant, um angesichts der Tiefe dieser Höhle ein Minimum an Sicherheit empfinden zu können, an die steinerne Brüstung. Er befand sich etliche Dutzend Meter oberhalb der Estrade. Sämtliche Balkone waren nahezu leer. Welche Zeremonie hier auch stattfinden sollte, ihre Durchführung war offensichtlich nicht für die allgemeine Einwohnerschaft Schwelgensteins bestimmt. Auf der Estrade hatten sich bereits die neun Lords eingefunden. Sie standen einander zugewandt im Kreis. Weil sie den Fackeln die Rücken zukehrten, verdunkelten Schatten ihre Gesichter, und Covenant vermochte ihre Mienen nicht zu unterscheiden. »Das ist dein Werk«, sagte Troy mit eindringlichem Flüstern. »Alles andere haben sie bereits probiert. Es liegt an dir, daß sie in ihrer Beschämung zu diesem letzten Mittel greifen müssen.« Zwei Bluthüter mit einer dritten Gestalt in ihrer Mitte betraten die Estrade. Mit einem Ruck erkannte Covenant den verkrüppelten Wegwahrer. *Dukkha* leistete schwächlichen Widerstand, jedoch bei weitem nicht genug, um zu verhindern, daß die Bluthüter ihn mitten in den Kreis der Lords brachten. »Sie wollen versuchen, die Macht des Weltübel-Steins über ihn zu brechen«, ergänzte Troy. »Das ist riskant. Falls sie keinen Erfolg haben, könnte sie auf einen von ihnen übergreifen, und sie wären dann zu schwach zur Gegenwehr.« Covenant beobachtete die Szene, die sich drunten anbahnte, mit beiden Händen an die Brüstung gekrallt. Die beiden Bluthüter ließen den zusammengekauerten *Dukkha* im Kreis der Lords allein zurück und entfernten sich zur jenseitigen Mauer der Heiligen Halle. Für einen ausgedehnten Moment verharrten die Lords in stummer Konzentration, machten sich bereit. Dann hoben sie gemeinsam die Köpfe, setzten ihre Stäbe fest vor sich auf den Steinboden und begannen zu singen. Ihre Hymne hallte im weiten Hohlraum, als klänge die überkuppelte Düsterkeit selbst wider. In der ungeheuren Felskammer wirkten sie klein, doch ihr Gesang schwang sich stolz empor, erfüllte die Luft mit Autorität und Zielbewußtheit. »Falls hier was schiefgeht«, flüsterte Troy in Covenants Ohr, als die Echos verhallten, »wirst du dafür büßen.«

Ich weiß, antwortete Covenant insgeheim wie ein Prophet. *Ich muß hier für alles büßen.*

Schließlich herrschte wieder Schweigen in der Heiligen Halle. »Wegwahrer *Dharmakschetra«,* sagte dann Hoch-Lord Elena mit klarer Stimme, »so du uns durch das Übel, das dir aufgebürdet worden ist, vernehmen kannst, lausche meinen Worten. Wir versuchen die Macht des Weltübel-Steins über dich zu brechen. Wir bitten dich, hilf uns dabei. Widerstehe dem Verächter. *Dukkha,* vernimm meine Worte! Besinne dich an Gesundheit und Hoffnung, widerstehe dem Übel!« Gemeinsam hoben die Lords ihre Stäbe. Aus der Dunkelheit packten Troys Finger zu und umklammerten Covenants Arm oberhalb des Ellbogens. *»Melenkurion abatha«,* riefen die Lords wie aus einem Munde und rammten ihre Stäbe nieder auf den Steinfußboden. Das Dröhnen des Metalls durchhallte die weite Kammer wie das Klirren von Schilden, und aus dem aufwärtigen Ende eines jeden Stabs schoß blaues Lord-Feuer. Die glutlosen Flammen loderten heftig und übertrafen mit ihrer Helligkeit die Fackeln. Der Stab des Gesetzes jedoch überbot alle, lohte wie eine Zunge aus Blitzen. Das Feuer der Stäbe erzeugte ein gedämpftes Geräusch, dem Rauschen entfernten Sturmwinds ähnlich. Langsam neigte sich einer der weniger kraftvollen Stäbe *Dukkhas* Kopf entgegen. Er verharrte mit seiner Flamme ein merkliches Stück überm Kopf des Wegwahrers, als hemme ihn dort ein unsichtbares Hindernis. Als der Lord, der diesen Stab hielt, den Druck verstärkte, flammte die Luft zwischen *Dukkhas* Schädel und dem Stab auf; der gesamte Zwischenraum brannte. Doch das Feuer war so grün wie kalter Smaragd und verschlang die blaue Flamme des Lords. Troys Finger gruben sich wie Klauen ins Fleisch von Covenants Arm. Aber Covenant spürte sie kaum. Um die grüne Flamme zu bekämpfen, stimmten die Lords einen strengen Wechselgesang an, dessen Worte Covenant nicht verstehen konnte. Ihre Stimmen hämmerten sozusagen auf das Grün ein, und das Sturmbrausen ihrer Kräfte schwoll an. Hindurch jedoch konnte man die Stimme des Wegwahrers *Dukkha* schnattern hören. Einer nach dem anderen griffen die Lords ins Wüten der Flammen über *Dukkhas* Kopf ein, bloß der Stab des Gesetzes blieb noch untätig. Mit jedem weiteren Stab, der das Grün berührte, vervielfachten sich die Laute des Verschlingens und Knochenberstens in der Luft, und das trostlose smaragdgrüne Feuer loderte noch machtvoller empor, dehnte sich wie ein Inferno grausigen Eises aus, um die Kräfte der Lords niederzuringen. Urplötzlich erloschen die *Lillianrill*-Fackeln, als hätte ein kraftvoller Windstoß sie ausgeblasen. Troys Finger schnitten immer fester in Covenants Arm ein. Dann erhob sich Hoch-

Lord Elenas Stimme über den Gesang der übrigen Lords. *»Melenkurion abatha! Duroc minas mill khabaal!«* Mit schwungvoller Bewegung hieb sie mit dem Stab des Gesetzes mitten ins Tosen. Für eine Sekunde verschmolz die Wucht ihres Angriffs die einander widerstreitenden Feuer. Blau und Grün verwandelten sich in eins und tobten hoch über den Kreis der Lords hinaus, brüllten und röhrten wie ein Großbrand. Im nächsten Moment stieß *Dukkha* ein Kreischen aus, als werde seine Seele entzweigerissen. Die in die Höhe getürmte Flamme platzte wie eine Gewitterwolke. Die Detonation brachte alles Feuer in der Heiligen Halle zum Erlöschen. Sofort senkte sich über die Lords eine Finsternis, so vollkommen wie im Grab. Gleich darauf leuchteten in den Händen der Bluthüter zwei kleine Fackeln. Ihr schwacher Lichtschein enthüllte *Dukkha,* wie er neben zwei hingestreckten Lords auf dem Stein lag. Die anderen Lords standen noch an ihren Plätzen, auf ihre Stäbe gestützt, als habe die Anstrengung sie gelähmt. Als er die Lords am Fußboden sah, zog Troy mit heftigem Zischen den Atem durch die Zähne. Seine Finger schienen Covenants Knochen freilegen zu wollen. Doch Covenant duldete den Schmerz, beobachtete die Lords. In aller Eile entzündeten die Bluthüter wieder die vier Fackeln an den Ecken der Estrade. In deren warmen Schein schüttelte einer der Lords – Covenant erkannte Mhoram – seine Betäubung ab und raffte sich auf, um neben seinen zusammengebrochenen Lord-Kollegen niederzuknien. Er untersuchte sie einen Moment lang mit einer Hand, benutzte seinen Tastsinn, um zu ermitteln, welchen Schaden sie genommen haben mochten; dann machte er kehrt und beugte sich über *Dukkha.* Ringsherum zitterte ein Schweigen unterdrückter Furcht.

Endlich richtete er sich wieder auf, half sich dabei mit seinem Stab. Er sprach mit leiser Stimme, aber seine Worte ließen sich in der ganzen Halle vernehmen. »Die Lords Trevor und Amatin sind unversehrt. Sie haben lediglich die Besinnung verloren.« Er neigte den Kopf und seufzte. »Der Wegwahrer *Dukkha* ist tot. Möge seine Seele nun Frieden finden.«

»Und uns vergeben«, fügte Hoch-Lord Elena hinzu, »denn wir haben versagt.«

Troy atmete in tiefer Erleichterung auf und ließ Covenant los. Plötzlich empfand Covenant merklichen Schmerz in seinem Oberarm. Das Pochen machte ihn darauf aufmerksam, daß auch seine Hände weh taten. Die Festigkeit seines Halts an der Brüstung hatte sie derartig verkrampft, daß sie sich wie verkrüppelt anfühlten. Die Schmerzen waren heftig, aber er hieß sie willkommen. Er konnte in den verkrümmten Gliedmaßen des Wegwahrers den Tod sehen. Die blauen Flecken an seinem Arm, die schmerzhafte Erstarrung seiner Hände waren Beweise des Lebens. »Sie haben ihn umgebracht«, stellte er matt fest.

»Was hast du denn von ihnen erwartet?« entgegnete Troy in eilfertiger Entrüstung. »Daß sie ihn lebendig und in seinem qualvollen Zustand gefangenhalten? Ihn gehen lassen und alle Verantwortung ablehnen? Ihn kaltblütig töten?«

»Nein.«

»Dann war das die einzige Alternative. Das war der einzige Versuch, der noch Sinn hatte.«

»Nein. Du mißverstehst mich.« Covenant bemühte sich um die richtigen Worte, um sich zu erklären, aber er kam nicht zurecht. »Du begreifst nicht, was Lord Foul mit ihnen treibt.« Er löste seine verkrampften Finger von der Brüstung und verließ die Heilige Halle. Als er seine Räume erreichte, war er noch immer erschüttert. Er dachte nicht daran, hinter sich die Tür zu schließen, und der Streitmark trat mit ein, ohne nach seiner Einwilligung zu fragen. Aber Covenant schenkte seinem ungebetenen Gast keine Beachtung. Er stapfte direkt zum Tablett mit den Speisen, nahm die Flasche, die neben den Schüsseln stand, aus denen es immer noch dampfte, und trank einen ergiebigen Zug, als versuche er die Hitze seines Bluts zu senken. Der Frühjahrswein in der Flasche hatte einen leichten, frischen, etwas bierigen Geschmack; er gurgelte ihn hinab, säuberte seine Innenwelt vom Staub. Er leerte die Flasche, blieb für einen langen Moment reglos, die Augen geschlossen, und ließ das schwache Gefühl von Trunkenheit über sich ergehen. Sobald das klare Licht schwipsiger Anregung die Einschnürung seiner Brust ein wenig gelockert hatte, setzte er sich an den Tisch und fing an zu essen.

»Das hat Zeit«, sagte Troy schroff. »Ich muß mit dir sprechen.«

»Dann sprich«, erwiderte Covenant mit einem Löffel voll Eintopf im Mund. Trotz der hartnäckigen Ungeduld seines Besuchers aß er weiter. Er aß rasch, hielt sich an seine Entscheidung, doch zu essen, ehe Zweifel ihm Reue einflößten. Troy durchmaß für eine Weile mit eckigen Bewegungen das Zimmer, dann überwand er sich und nahm Covenant gegenüber Platz. Er saß so, wie er zu stehen pflegte – in unbeugsamer Aufrechtheit. Die undurchschaubare, schwarzglänzende Schutzbrille betonte die Straffheit der Muskeln an seinen Wangen und an der Stirn. »Du legst es drauf an, es mir schwerzumachen, stimmt's?« meinte er bedächtig. »Du legst es drauf an, es allen schwerzumachen.« Covenant zuckte nur die Achseln. Während der Frühjahrswein ihn etwas entkrampfte, begann er sich allmählich vom Erlebnis in der Heiligen Halle zu erholen. Zugleich entsann er sich seines Mißtrauens gegenüber Troy. Er verzehrte die Speisen mit wachsender Wachsamkeit, beobachtete den Streitmark unter gesenkten Brauen. »Nun, ich versuche ja, Verständnis zu haben«, ergänzte Troy mit gepreßter Stimme. »Weiß Gott, das ist mir eher möglich als jedem anderen hier.« Covenant legte die hölzerne Gabel beiseite und sah Troy mit aller Direktheit an. »Uns ist ja beiden das gleiche passiert.« Er erkannte den unmißverständlichen Unglauben in Covenants Miene. »Oh, es ist doch alles klar genug. Ein Ehering aus Weißgold. Stiefel, Jeans, ein T-Shirt. Du hast mit deiner Frau telefoniert. Und beim letzten Mal – hab' ich das richtig mitgekriegt? – bist du von irgendeinem Auto angefahren worden.«

»Einem Polizeiwagen«, sagte Covenant leise, während er den Streitmark anstarrte.

»Siehst du? Ich kenne die Details. Und du bist hinsichtlich meiner Geschichte zum Gleichen imstande. Wir sind beide von gleicher Herkunft, aus derselben Welt gekommen, Covenant. Der wirklichen Welt.« *Nein.* Covenant atmete mühsam. *Nichts davon geschieht tatsächlich.* »Ich habe sogar schon dort von dir gehört«, erzählte Troy weiter, als stünden seine Darlegungen außerhalb jeder Diskussion. »Ich habe dein Buch ... es ist mir vorgelesen worden. Es hat mich beeindruckt.« Covenant schnob. Aber er war bestürzt. Er hatte das Buch zu spät verbrannt; nun verfolgte es ihn. »Nein, bestimmt. Dein verdammtes Buch war ein Bestseller. Hunderttausende von Menschen haben's gelesen. Ein Film ist danach gedreht worden. Daß ich davon weiß, zeigt ja wohl, daß ich nicht nur ein Produkt deiner Einbildung bin. Meine Anwesenheit hier ist vielmehr ein Beweis dafür, daß du nicht drauf und dran bist, den Verstand zu verlieren. Zwei voneinander unabhängige Bewußtseinseinheiten nehmen dasselbe Phänomen wahr.«

Er sprach mit selbstsicherer Überzeugungskraft, aber Covenant ließ sich nicht so leicht beirren. »Beweis?« nuschelte er. »Würde mich amüsieren, mal zu hören, was du sonst noch als Beweis betrachtest.«

»Willst du wissen, wie ich hierher gelangt bin?«

»Nein!« Covenant konnte einer plötzlichen Aufwallung von Grobheit nicht widerstehen. »Ich möchte hören, warum du nicht zurückkehren willst.«

Einen Moment lang saß Troy still da und musterte Covenant durch seine Sonnenbrille. Dann erhob er sich ruckartig und begann wieder hin- und herzuschreiten. »Aus zwei Gründen«, sagte er, als er am anderen Ende des Zimmers auf dem Absatz markig kehrtmachte. »Erstens paßt's mir hier. Ich kann mich für etwas einsetzen, das den Einsatz wert ist. Die Sache, um die's in diesem Krieg geht, ist für meine Begriffe die einzige, für die sich je ein Krieg gelohnt hat. Das Leben im Land ist schön. Es verdient Erhaltung. Zum ersten Mal kann ich Vernünftiges leisten. Statt meine Zeit mit Truppenverteilung, Erst- und Zweitschlagkapazitäten, Höchstbereitschaftszuständen, Demoralisierungsparametern und nuklearer Auslösung lethaler genetischer Vorkommnisse zu verplempern« – er machte die Aufzählung voller Erbitterung –, »kann ich hier beim Kampf gegen das wirklich Böse helfen. Die Welt, aus der wir kommen – die ›reale‹ Welt –, kennt keine so klaren Farben, kein Blau und Schwarz, kein Grün und Rot, kein ›Ebenholz‹, ›Fleisch‹, ›Götterblut‹ und ›Chromgrün‹. Die Farbe der ›Realität‹ ist Grau. Dabei wußte ich, bevor ich herkam« – er ließ sich wieder auf den Stuhl sinken, und seine Stimme ging über in einen mehr gesprächsweisen Tonfall –, »nicht einmal, wie Grau aussieht. Das ist mein zweiter Grund.« Er hob beide Hände und entfernte seine Sonnenbrille. »Ich bin blind.« Seine Augenhöhlen waren leer, ohne Augäpfel, sogar Lider und Wimpern fehlten. An den Stellen, wo die Augen hätten sitzen müssen, füllte nichts als glatte Haut die Augenhöhlen aus.

»So bin ich geboren worden«, sagte der Streitmark, als sehe er Covenants Verblüffung. »Als Mißgeburt. Aber meine Eltern sorgten für einen Start ins Leben, und als sie starben, hatte ich verschiedene Mittel und Wege gelernt, um allein durchzukommen. Ich besuchte Spezialinstitute und fand spezielle Unterstützung. Es dauerte ein paar Jährchen mehr, weil ich mir alles vorlesen lassen mußte, aber schließlich schaffte ich sowohl Mittelschule wie auch die Uni. Danach bestand meine einzige wirkliche Geschicklichkeit darin, im Kopf räumliche Verhältnisse im Zusammenhang zu verfolgen. Zum Beispiel konnte ich Schach ohne Brett spielen. Und wenn mir jemand einen Raum beschrieb, konnte ich darin umherlaufen, ohne irgendwo anzustoßen. Darin war ich aus Grundsätzlichkeit sehr gut, weil das die Art und Weise war, wie ich mich am Leben hielt. Dank dieser Fähigkeit bekam ich schließlich einen Job in einer Denkzelle des Verteidigungsministeriums. Dort brauchte man Leute, die dazu in der Lage waren, eine Situation zu begreifen, ohne sie selber zu sehen – Leute mit der Begabung, unter alleiniger Verwendung von Sprache mit materiellen Tatsachen umgehen zu können. Ich war der Experte für Kriegsspiele, Computerhypothesen, dergleichen Krimskrams. Ich benötigte lediglich genaue mündliche Angaben zur Topografie, Truppenstärke, Bewaffnung, Einteilung und Nachschubkapazität, dann konnte das Spielchen losgehen. Ich habe immer gewonnen. Was hatte ich denn da für eine Bedeutung? Absolut keine. Ich war in der Gruppe der Freak, sonst nichts. Im übrigen habe ich so gut auf mich achtgegeben wie möglich. In bezug auf Wohnraum war ich allerdings so ziemlich auf das angewiesen, was ich kriegen konnte. Infolgedessen wohnte ich in einem Apartmenthaus im neunten Stock, und eines Nachts brannte es ab. Das heißt, ich nehme jedenfalls an, daß es abgebrannt ist. Die Feuerwehr war noch nicht eingetroffen, als das Feuer in mein Apartment vordrang. Ich konnte nichts machen. Die Flammen drängten mich an die Wand, und schließlich mußte ich zum Fenster hinausklettern. Ich hing am Fensterbrett, während die Hitze mir an den Händen die Knöchel versengte. Ich war fest entschlossen, nicht loszulassen, weil ich eine einigermaßen gute Vorstellung davon hatte, wie hoch neun Stockwerke sind. Aber mein Wille bedeutete keinen Unterschied. Nach einer Weile konnten meine Finger den Halt ganz einfach nicht länger bewahren. Meine nächste bewußte Wahrnehmung bestand darin, daß ich auf etwas lag, das sich wie

Gras anfühlte. Kühler Wind wehte, aber dahinter spürte ich genug Wärme, um zu vermuten, daß es Tag sei. Die einzige Unannehmlichkeit rundum war der Gestank nach verkohltem Fleisch. Ich dachte, der Gestank käme von mir selbst. Dann hörte ich Stimmen, die eindringlichen Rufe von Leuten, die sich abhetzten, um irgend etwas zu verhindern. Sie fanden mich. Später erfuhr ich, was sich abgespielt hatte. Ein junger Schüler an der Schule der Lehre hatte eine Inspiration bezüglich eines bestimmten Teils vom Zweiten Kreis des Wissens, mit dem er sich befaßte. Das war vor fünf Jahren. Er glaubte, er hätte herausgefunden, wie sich fürs Land Hilfe herbeirufen ließe – das heißt, wie er dich herrufen könne. Er wollte es unbedingt versuchen, aber die Lehrwarte sprachen sich dagegen aus. Sie hielten's für zu gefährlich. Sie griffen seine Idee jedoch auf und setzten sich eingehender mit ihr auseinander, schickten einen Boten nach Schwelgenstein, damit ihnen ein Lord bei der Entscheidung über die Frage helfe, wie man seine Theorie am besten überprüfen solle. Tja, aber der junge Mann wollte nicht warten. Er verdrückte sich aus der Schule der Lehre und stieg ein paar Kilometer weit in die Berge westlich von Trothgard hinauf, bis er meinte, er sei weit genug entfernt, um in Ruhe arbeiten zu können. Dann legte er mit dem Ritual los. Irgendwie bemerkten die Lehrwarte die Kräfte, die er in Bewegung setzte, und suchten ihn. Aber sie kamen zu spät. Er hatte Erfolg – jedenfalls auf gewisse Weise. Als er fertig war, lag ich dort im Gras, und er … er hatte tödliche Verbrennungen erlitten. Einige Lehrwarte glauben, er hat in den Flammen Feuer gefangen, in denen sonst ich umgekommen wäre. Wie sie ihm gesagt hatten, die Sache war zu gefährlich. Die Lehrwarte nahmen mich mit und pflegten mich, taten Heilerde auf meine Hände – und sogar auf meine Augenhöhlen. Nicht lange, und ich hatte Gesichtswahrnehmungen. Farben und Formen kamen zu mir aus … eben aus dem, an das ich gewöhnt war. Eine runde, weißorangene Scheibe wanderte jeden Tag über mich hinweg, aber ich wußte gar nicht, worum es sich handelte. Ich wußte nicht einmal, was ›rund‹ war, ich besaß keinen visuellen Begriff von ›rund‹. Die Eindrücke wurden immer stärker. Am Ende erklärte mir Elena – sie war der Lord, der aus Schwelgenstein eintraf, damals war sie aber noch nicht Hoch-Lord –, daß ich angefangen hätte, zu lernen, mit meinem Geist zu sehen – als ob mein Gehirn buchstäblich durch meine Stirn schauen könnte. Ich wollte es nicht glauben, aber sie hat's mir bewiesen. Sie führte mir vor, wie mein räumlicher Sinn mit dem übereinstimmte, was ich ›sah‹, und wie mein Tastsinn den Formen rings um mich entsprach.«

Er schwieg für einen Moment und hing seinen Erinnerungen nach. »Das kann ich dir sagen«, setzte er danach seine Ausführungen mit Nachdruck fort, »ich denke nie an Rückkehr. Wie könnte ich denn?! Ich bin hier, ich kann sehen. Das Land hat mir ein Geschenk gemacht, das ich innerhalb eines Dutzends Leben nicht zurückzahlen könnte. Ich bin ihm zuviel schuldig … als ich zum ersten Mal auf dem Dach Schwelgenholz' stand und über das Tal ausschaute, wo Rill und Llurallin zusammenfließen – das erste Mal in meinem Leben, daß ich sah, Covenant, das erste Mal, daß ich erfuhr, es gibt solche Dinge zu sehen –, da habe ich mir geschworen, diesen Krieg für das Land zu gewinnen. Hier kennt man keine Raketen und Bomben, aber man kann mit anderen Mitteln kämpfen. Es hat eine Zeitlang gedauert, bis es mir gelungen ist, die Lords zu überzeugen – so lange, wie ich brauchte, um die besten Taktiker des Kriegsheers in den Schatten zu stellen –, dann setzten sie mich als ihren Streitmark ein. Nun bin ich fast mit den Vorbereitungen fertig. Ich stehe noch vor einem letzten, sehr schwierigen strategischen Problem – wir sind zu weit von der besten Abwehrlinie entfernt, dem Landbruch. Und ich habe noch keine Nachricht von meinen Spähtrupps. Ich weiß nicht, aus welcher Richtung Foul vorstoßen wird. Aber ich kann ihn in fairem Kampf schlagen. Ich warte nur darauf. Zurückkehren? Nein. Niemals!«

Hile Troy hatte hauptsächlich in gleichmäßigem Ton gesprochen, als wolle er seinem Zuhörer seine Empfindungen verhehlen. Aber Covenant konnte in seiner Stimme unterschwellige Töne von Begeisterung hören, ein zu ungestümes Zittern der Leidenschaft, als daß es sich völlig hätte verheimlichen lassen. Nun beugte Troy sich eindringlich vor, und die bereitwillige Entrüstung fand wieder Niederschlag in seiner Stimme. »Ich kann dich wahrhaftig nicht begreifen. Weißt du, daß sich in diesem Bau« – mit einer lebhaften Gebärde umschrieb er Schwelgenstein – »alles um dich dreht? Weißgold. Die wilde Magie, die den Frieden stört. Um den Zweifler, der den Zweiten Kreis des Wissens wiedergefunden und den Stab des Gesetzes gerettet hat – unbeabsichtigt, wie ich hörte. Vierzig Jahre lang haben die Schule der Lehre und die Lords sich abgerackert, um dich zurückzuholen. Mißversteh mich nicht – sie haben auch alles andere Menschenmögliche getan, um alles zur Verteidigung des Landes aufzubieten. Sie haben das Kriegsheer verstärkt, sich die Köpfe über Kevins Lehre zerbrochen, den Hals mit Unternehmen wie Mhorams Streifzug nach Fouls Hort riskiert. Und sie kennen Skrupel. Sie bestehen darauf, für deine zweischneidige Situation Verständnis aufzubringen. Sie bleiben dabei, nicht von dir zu erwarten, daß du sie rettest. Sie möchten lediglich dafür sorgen, daß die wilde Magie dem Land hilft, um sich nicht irgendwann vorwerfen zu müssen, eine Hoffnung fürs Land außer acht gelassen zu haben. Aber nimm mir eines ab – sie glauben nicht, daß es außer dir eine echte Hoffnung für das Land gibt. Du kennst Lord Mhoram. Du dürftest eine Vorstellung davon haben, wie hart dieser Mann ist. Er besitzt ein Rückgrat mit Kraftreserven, auf die er bisher noch nie zurückgreifen mußte. Hör mir zu! Er schreit im Schlaf. Er hat Alpträume. Einmal hab' ich's selbst gehört. Er ... ich hab' ihn am nächsten Morgen gefragt, was ihn bedrückt hätte. Mit seiner ruhigen, freundlichen Stimme hat er mir geantwortet, das Land müsse sterben, wenn du's nicht rettest. Nun, Mhoram hin, Mhoram her – das wiederum glaube ich nicht. Aber er steht nicht allein mit dieser Auffassung. Hoch-Lord Elena ißt, trinkt und schläft in Gedanken an den Zweifler. Wilde Magie und Weißgold, Ring-Than Covenant. Manchmal kommt sie mir wie besessen vor. Sie ...«

Covenant konnte nicht länger schweigen. Es war ihm unerträglich, für soviel Hingabe verantwortlich gehalten zu werden. »Wieso eigentlich sie?« unterbrach er grob.

»Keine Ahnung. Sie kennt dich nicht einmal.«

»Nein. Ich meine, wieso ist sie Hoch-Lord – statt Mhoram?«

»Was spielt das für eine Rolle?« entgegnete Troy gereizt. »Der Großrat hat sie in diese Position gewählt. Vor zwei Jahren, als Osondrea starb, der vorherige Hoch-Lord. Die Lords berieten auf geistiger Ebene – du wirst ja bei deinem letzten Aufenthalt im Lande bemerkt haben, daß die Lords ihre Bewußtseinseinheiten wie in einem Pool vereinigen, gemeinschaftlich denken können – und wählten sie.« Während er sprach, wich die Verärgerung aus seiner Stimme. »Sie sagten, sie hätte besondere Eigenschaften, irgendeine innere Anlage, wodurch sie für diesen Krieg der beste Führer sei. Kann sein, ich hab's nicht ganz kapiert – aber auf jeden Fall ist sie außergewöhnlich, soviel ist mir klar. Man kann ihr unmöglich widerstehen. Sie würde noch mit dem Eßbesteck gegen Foul kämpfen ... deshalb begreife ich dich nicht. Möglicherweise bist du der letzte lebende Mensch, der das Frühlingsfest miterlebt hat. Und da steht sie, sieht aus wie alle Verlockungen des Landes zusammengenommen ... fleht dich praktisch an. Und du ...!« Troy knallte seine Faust auf den Tisch, die leeren Augenhöhlen waren jetzt Covenant zugewandt. »Du weigerst dich.« Ruckartig setzte er sich die Schutzbrille wieder auf und entfernte sich vom Tisch, um von neuem im Zimmer auf und nieder zu stampfen, als könne er angesichts von Covenants Perversität nicht stillsitzen.

Covenant beobachtete ihn, innerlich außer sich vor Zorn über die Freimütigkeit von Troys Urteil – die selbstsichere Anmaßung eigener Rechtschaffenheit, die sich daraus ablesen ließ. Aber Covenant hatte noch etwas anderes in Troys Stimme gehört, das eine andere Erklärung bot. Er stieß ins Blaue. »Liebt Mhoram sie auch?« fragte er.

Daraufhin wirbelte Troy herum und wies wie zur Anklage mit kerzengeradem Zeigefinger auf den Zweifler. »Weißt du, was ich glaube?! Du bist viel zu zynisch, um die hiesige Schönheit zu erkennen. Du bist ein zu billiger Typ. Für dich muß es die ›reale‹ Welt sein, in der dir der Zaster hereinschneit. Was soll's denn, daß du krank bist? Es hindert dich nicht daran, reich zu werden. Hier zu sein, das hält dich bloß dabei auf, noch mehr Bestseller runterzutippen. Warum solltest du gegen den Verächter kämpfen? Du bist ja so wie er.«

»Raus!« sagte Covenant mit erstickter Stimme, bevor der Streitmark weiterreden konnte. »Halt die Schnauze und verpiß dich!«

»Blödsinn. Ich werde nicht gehen, ehe du mir nicht einen …«

»Hinaus!«

»… guten Grund für die Art und Weise genannt hast, wie du dich verhältst. Ich werde nicht zusehen und dich das Land auf den Hund bringen lassen, bloß weil die Lords zuviel Skrupel haben, um Druck auf dich auszuüben.«

»Jetzt reicht's!« Covenant war aufgesprungen. Gekränktheit brodelte in ihm empor, ehe er sich beherrschen konnte. »Weißt du denn nicht mal, was ein Leprakranker ist?«

»Was macht so was für einen Unterschied? Das ist nicht

schlimmer, als keine Augen zu haben. Bist du hier im Land etwa nicht gesund?«

»Nein!« brüllte Covenant, indem er alle Kraft seiner Verwundung, seines wuterfüllten Kummers aufbot. Er fuchtelte mit den Händen. »Nennst du das Gesundheit? Es ist eine Lüge!«

Sein ungehemmtes Aufbrausen machte Troy sichtlich stutzig. Die schwarze Unerschütterlichkeit seiner Sonnenbrille schien plötzlich nachzulassen; Zweifel schwächten die innere Aura seiner Selbstsicherheit. Erstmals wirkte er wie ein Blinder. »Ich verstehe dich nicht«, sagte er leise. Für einen Moment hielt er der stieren Wüstheit von Covenants Blick noch stand. Dann drehte er sich um und verließ das Zimmer, ging so lautlos hinaus, als sei er gedemütigt worden.

6
Der Hoch-Lord

Als der Abend anbrach, setzte sich Covenant auf seinen Balkon und sah zu, wie die Sonne hinterm Westlandgebirge versank. Obwohl der Sommer durchaus noch nicht völlig vorüber war, sah man auf zahlreichen Bergspitzen weißen Schnee schimmern. Während die Sonne dahinter verschwand, strahlte der westliche Himmel in einem Gemisch von Kälte und Feuer. Der Schnee glänzte in weißlich-silbernem Widerschein unterhalb eines wundervollen Himmels, der wie unter vollen Segeln in Orange- und Goldtönen mit aller stattlichen Pracht über den Horizont dahinzusegeln schien. Covenant starrte freudlos in die Ferne. Ein Runzeln verlieh seiner Stirn die Knotigkeit einer Faust. Den Nachmittag hatte er in sinnloser Wut zugebracht, aber nach einiger Zeit war sein Ärger über Troy in die allgemeinere Aschenglut seiner Erbitterung darüber eingesunken, ins Land geholt worden zu sein. Nun spürte er Kälte im Herzen, fühlte sich allein und verlassen. Der Entschluß, dem er Mhoram gegenüber Ausdruck gegeben hatte, seine Entschlossenheit zum Überleben, kam ihm jetzt arrogant und egozentrisch vor, hochmütig und greisenhaft starrsinnig. Und das Runzeln an seiner Stirn war so krampfhaft, als weigere sich das Fleisch auf seinem Schädel, seine Heilung anzuerkennen. Er spielte mit dem Gedanken, vom Balkon zu springen. Um seine Höhenfurcht überwinden zu können, müßte er warten, bis vollständige nächtliche Dunkelheit herrschte und er nicht länger den Untergrund in der Tiefe sehen konnte. In dieser Weise erwogen, empfand er seine Idee als sowohl attraktiv wie auch widerwärtig. Sie widersprach seinem Leprakranken-Drill, machte alles lächerlich, was er bisher durchgestandanden und getan hatte, um sich ans Leben zu klammern. Sie verhieß eine Niederlage, die bitterer sein mußte als die reinste Galle. Aber trotz allem sehnte er eine Lösung seines Dilemmas herbei. Er fühlte sich ausgedörrt wie eine Einöde; Rationalisierungen fielen ihm nur allzu leicht ein. Zu den wichtigsten zählte das Argument, daß das Land, da es keine Realität war, ihn nicht das Leben kosten könne; hier zu sterben, würde daher nichts anderes zur Folge haben als eine erzwungene Rückkehr in die Realität, das einzige, woran er glauben konnte. In seinem Alleinsein vermochte er nicht zu unterscheiden, ob dies Argument ein Zeichen von Mut war oder von Feigheit. Langsam versank die Sonne völlig hinter den Bergen, und ihr farbenprächtiger Glanz schwand vom Himmel. Aus den Schatten ihrer Gipfel verbreitete sich Düsternis über die Landschaft, legte Trübnis über die Ebenen, bis Covenant sie bloß noch als unerfreuliche, reglose Gebilde unterm Rund des Himmels erkannte. Die Sterne traten hervor und glommen nach und nach heller, wie um eine Weite ohne Weg und Steg zu beleuchten; aber die Abgründe zwischen ihnen waren zu groß, und die Karte, die sie zu zeichnen versuchten, blieb unkenntlich. Sie schienen ihm hinab in seinen trüben, öden Blick zuzuzwinkern, jedoch ohne ihm Trost zu versprechen. Als er von der Tür das höfliche Klopfen vernahm, stöhnte er, weil sein Bedürfnis nach Abgeschiedenheit so stark war, wegen der Störung auf. Aber es gab noch andersartige Bedürfnisse.

Er raffte sich hoch und ging zur Tür, um zu öffnen. Die steinerne Tür ließ sich an geräuschlosen Angeln mühelos aufschwingen, und sofort fiel aus dem gut erleuchteten Korridor heller Lichtschein ins Zimmer, blendete ihn für einen Moment, so daß er keinen der zwei Männer, die an der Schwelle standen, richtig sehen konnte.

»Ur-Lord Covenant«, sagte unterdessen der eine, »wir heißen dich willkommen.« Er sprach mit einer Stimme, die von gutmütigem Humor schier überzuquellen schien. Covenant erkannte Tohrm.

»Sei willkommen und getreu«, fügte Tohrms Begleiter so deutlich hinzu, als befürchte er, ihm könne ein Fehler unterlaufen. »Wir sind die Herdwarte der Herrenhöh. Wir bitten dich, nimm unser Willkommen und unsere Gastfreundschaft an.«

Während Covenants Augen sich den veränderten Lichtverhältnissen anpaßten, musterte er die zwei Männer. Tohrms Begleiter trug das graugrüne Gewand eines Holzheimers und im Haar einen schmalen Kranz, das Zeichen eines Allholzmeisters. In den Händen hatte er eine Anzahl dünner hölzerner Ruten, die als Fackeln dienten. Beide Herdwarte hatten glattrasierte Gesichter, aber der Allholzmeister war größer und schlanker gewachsen als sein Kollege. Tohrm hatte den stämmigen, muskulösen Körperbau eines Steinhauseners und war in ein lehmbraunes Gewand und eine weiche Hose gekleidet. Der Umhang seines Begleiters war im Blau der Lords gesäumt; Tohrm hatte in die Schultern seines Gewandes so etwas wie blaue Schulterstücke eingenäht, und in jeder Hand hielt er ein kleines, mit einem Deckel verschlossenes Steingefäß. Covenant begutachtete aufmerksam Tohrms Gesicht. Die flinken Augen des Herdwarts und sein flüchtiges Lächeln wirkten ernster als in Covenants Erinnerung, waren im wesentlichen jedoch unverändert. Wie Mhoram sah man ihm zuwenig Alterserscheinungen an, um auf volle zusätzliche vierzig Jahre zu kommen.

»Ich bin Borillar«, stellte sich Tohrms Begleiter vor, »Allholzmeister des *Lillianrill* und Herdwart der Herrenhöh. Das ist Tohrm, Glutsteinmeister des *Rhadhamaerl* und gleichfalls Herdwart der Herrenhöh. Dunkelheit verdörrt das Herz. Wir bringen dir Licht.«

Während Borillar sprach, zeigte sich in Tohrms Miene ein Anflug von Sorge. »Bist du wohlauf, Ur-Lord?« fragte er.

»Wohlauf?« murmelte Covenant unsicher.
»Über deinen Brauen sieht man einen Sturm, und er bereitet dir Schmerzen. Soll ich einen Heiler rufen?«
»Was?«
»Ur-Lord Covenant, ich stehe in deiner Schuld. Mir ist berichtet worden, daß du unter Gefahr fürs eigene Leben meinen alten Freund Birinair vorm Wehrfeuer unterm Donnerberg gerettet hast. Das war eine heldenhafte Tat – wenngleich sie zu spät kam, um sein Leben zu bewahren. Zögere nicht, von mir zu fordern. Um Birinairs willen werde ich für dich alles tun, was in meiner Macht liegt.«
Covenant schüttelte den Kopf. Er wußte, daß er Tohrms Ansicht eigentlich richtigstellen müßte, ihm erklären, daß er sich in einem Akt versuchter Selbstzerstörung gegen das Feuer gewandt hatte, nicht um Birinair zu retten. Aber es fehlte ihm an Mut. Gleichgültig trat er zur Seite und ließ die beiden Herdwarte seine Räume betreten. Borillar machte sich unverzüglich daran, seine Fackeln zu verteilen und anzuzünden; er ging an den Wandhalterungen sehr umsichtig ans Werk, als wolle er einen guten, ernsthaften Eindruck erregen. Covenant sah ihm einen Moment lang zu.
»Der teure Borillar bringt dir ehrfürchtige Verehrung entgegen, Ur-Lord«, sagte Tohrm mit heimlichem Lächeln. »Schon an seiner Wiege hat er die Sagen um den Zweifler vernommen. Und er ist noch nicht lange Herdwart. Sein Vorgänger und Meister des *Lillianrill*-Wissens gab seine Stellung ab, um über die Fertigstellung der Güldenfahrt-Kiele und -Ruder zu wachen, die für die Riesen bestimmt sind, gemäß dem Wort von Hoch-Lord Lorik Übelzwinger. Borillar fühlt sich vorzeitig in hohe Verantwortlichkeit gedrängt. Mein alter Freund Birinair hätte ihn einen Welpen geheißen.«
»Er ist jung, ja«, erwiderte Covenant matt. Dann drehte er sich Tohrm zu und zwang sich zum Aussprechen dessen, was ihn

am meisten beschäftigte. »Aber du … du bist zu jung. Du müßtest älter sein. Vierzig Jahre älter.«

»Ur-Lord, neunundfünfzig Sommer habe ich gesehen. Einundvierzig von ihnen sind vorübergegangen, seit du mit dem Riesen Salzherz Schaumfolger nach Schwelgenstein kamst.«

»Aber du bist nicht alt genug. Du siehst aus, als seist du jetzt nicht älter als vierzig.«

»Ach«, meinte Tohrm und lächelte breit, »die nützlichen Dienste unserer Lehre und Schwelgenstein halten uns jung. Ohne uns lägen diese hehren, von Riesen geschaffenen Hallen im Dunkeln, und im Winter – um der Wahrheit die Ehre zu erweisen – im Kalten. Wer könnte in der Freude an solchem wie unserem Werk altern?« Wohlgelaunt entfernte er sich, stellte einen seiner Töpfe in den Wohnraum, das andere Gefäß ins Schlafzimmer. Als er jeweils den Deckel abnahm, vereinte sich der behagliche Schimmer des Glutgesteins mit dem Lichtschein der Fackeln und verlieh der Beleuchtung im Innern der Zimmerflucht eine reichere, freundlichere Atmosphäre. Tohrm atmete den Glutgesteinduft nach frisch aufgebrochenem Erdreich mit frohem Lächeln. Er beendete seine Tätigkeit, als soeben auch sein Begleiter im Schlafzimmer die letzte Fackel entfachte. Ehe Borillar ins Wohnzimmer zurückkam, trat der ältere Herdwart dicht neben Covenant. »Ur-Lord«, flüsterte er, »sag ein Wort zu dem guten Borillar. Er wüßte es zu schätzen.« Einen Moment später durchquerte Borillar das Zimmer und blieb linkisch an der Tür stehen. Er wirkte wie ein resoluter Meßdiener mit der festen Entschlossenheit, bei der Erfüllung einer anspruchsvollen Aufgabe keinesfalls zu versagen. Seine jugendliche Wichtignahme und Tohrms Bitte brachten Covenant schließlich dazu, ihm verlegen zu danken. »Vielen Dank, Allholzmeister.«

Sofort veränderte sichtliche Freude Borillars Miene. Er versuchte, seine amtliche Würde zu bewahren und sein breites

Grinsen zu unterdrücken, aber die Sagengestalt, der Zweifler und Ring-Than, hatte leibhaftig mit ihm gesprochen, und davon fühlte er sich offenkundig überwältigt. »Sei willkommen, Ur-Lord Covenant«, platzte er heraus. »Du wirst das Land retten.« Infolge dieser Äußerung seines Herdwart-Kollegen ließ Tohrm belustigt die Brauen emporrutschen, verbeugte sich dann schwungvoll und launig vor Covenant und schob den jüngeren Herdwart hinaus. Beim Gehen wollte Tohrm die Tür schließen, unterließ es aber plötzlich, nickte jemandem im Korridor zu und ging, ließ die Tür offen.

Bannor trat ins Zimmer. Er erwiderte Covenants Blick mit Augen, die keinen Schlaf kannten, kaum einmal blinzelten. »Der Hoch-Lord«, sagte er, »ist nun zum Gespräch mit dir bereit.«

»Oh, alle Wetter«, stöhnte Covenant auf. Mit einer Anwandlung von Bedauern schaute er zum Balkon und hinaus in die jenseitige Nacht. Dann schloß er sich dem Bluthüter an. Während er den Korridor entlangschritt, nahm er eine rasche VBG vor. Die Übung war hier sinnlos, aber er brauchte diese Gewohnheit, und wenn aus keinem anderen Grund als dem, sich daran zu erinnern, wer er war, was die zentrale Tatsache seines Lebens. Er hielt sich vorsätzlich daran, machte daraus eine bewußte Entscheidung. Aber er widmete ihr nicht seine ungeteilte Aufmerksamkeit.

Unterwegs begann Schwelgenstein wieder seinen Einfluß auch auf ihn auszudehnen. Die hohen, verschachtelten Gänge innerhalb der Festung besaßen eine seltsame Überzeugungskraft, eine Fähigkeit zum Vermitteln von Selbstsicherheit. Sie waren von Salzherz Schaumfolgers Vorfahren, von Riesen, die lange Geschichten und Gelächter liebten, ins Vorgebirge getrieben worden, und wie die Riesen zeichneten sie sich durch den Eindruck von Rauheit und unbezwingbarer Stärke aus. Nun führte Bannor Covenant tiefer ins Innere Schwelgensteins als je zuvor. Mit seinem neuerwachten Wahrnehmungsvermögen konnte er das klotzige Höhlengestein über sich aufgetürmt fühlen, und ihm war, als befände er sich mit dem Gesamtgewicht als Ganzheit in unmittelbarem Kontakt. Auf einer Hörschwelle unvollständiger Vernehmbarkeit – oder es handelte sich um kein regelrechtes Hören – merkte er die Anwesenheit der Gruppen von Menschen, die an Örtlichkeiten hinter den Mauern, die ihn umgaben, arbeiteten oder schliefen. Fast schien er die gewaltige Festung atmen hören zu können. Und doch flößten all diese vielen, unzählbaren Tonnen von Gestein ihm keine Furcht ein. Schwelgenstein bereitete ihm ein Gefühl uneinschränkbarer Sicherheit; der Berg schloß jede Sorge aus, daß er niederstürzen könne.

Covenant und Bannor erreichten einen düsteren Saal, bewacht durch zwei Bluthüter, die in ihrer charakteristischen lockeren Bereitschaft beiderseits des Eingangs standen. In dem Saal gab es keine Fackeln oder andere Lichter, nur ein kräftiger Schimmer vom jenseitigen Ende hellte ihn ein bißchen auf. Bannor nickte seinen Kameraden zu und geleitete Covenant hinein. Am anderen Ende gelangten sie in einen geräumigen, runden Innenhof unter einer sehr hohen Höhle, dessen steinerner Fußboden so glatt war, als habe man ihn während ganzer Zeitalter ständig mit allem Eifer poliert. Der hellgelbe Lichtschein drang aus diesem Boden; der Fels glomm, als sei bei seiner Erschaffung ein Stück der Sonne mitverarbeitet worden. Auch im Hof gab es keine anderen Lichtquellen. Aber obwohl die Helligkeit nicht einmal in Bodenhöhe blendete, vertrieb sie die Dunkelheit völlig.

Covenant konnte sich in der Höhle vom Boden bis zur Decke hoch droben genau umsehen. An ihren Wällen befanden sich in regelmäßigen Abständen mit Steinbrüstungen versehene Erker; hinter den Brüstungen gewährten Türen Zutritt zum Einblick in den Innenhof. Bannor wartete einen Moment lang, um Covenant sich umschauen zu lassen. Dann betrat er mit seinen nackten Füßen den erhellten Fußboden. Covenant folgte ihm zaghaft, ernsthaft besorgt, er könne sich die Füße versengen. Aber er fühlte durch seine Stiefel nichts als die ruhigen Schwingungen von Kraft. Sie erzeugten in seinen Nerven ein Kribbeln. Erst nachdem er sich aufs Begehen des Untergrunds eingestellt hatte, fiel ihm auf, daß rundum zahlreiche Türen vorhanden waren, getrennt durch größere Zwischenräume. Er zählte fünfzehn davon. Bluthüter standen an neun davon Wache, und ein paar Meter vor jedem dieser neun Zugänge stand auf dem lichten Boden ein hölzernes Dreibein. Von diesen Holzgerüsten hielten drei Lord-Stäbe – und einer dieser Stäbe war der Stab des Gesetzes. Er unterschied sich vom glatten Holz der anderen Stäbe durch seine größere Dicke sowie die Vielfalt von eingeschnitzten Runen zwischen seinen eisernen Enden. Bannor führte Covenant zur Tür hinterm Stab des Gesetzes. Der dortige Bluthüter trat vor und grüßte Bannor mit einem Nicken.

»Ich bringe Ur-Lord Covenant zum Hoch-Lord«, sagte Bannor.

»Er wird erwartet.« Der Wächter richtete die gleichmütige Drohung seines Blicks auf Covenant. »Wir sind die Bluthüter. Das Wohlbefinden der Lords liegt in unseren Händen. Ich bin Morin, seit Tuvors Hinscheiden Blutmark der Bluthüter. Der Hoch-Lord wünscht allein mit dir zu reden. Sinne nicht auf Übel wider ihn, Zweifler. Wir werden so etwas nicht dulden.« Ohne eine Antwort abzuwarten, gab er den Weg zum Eingang frei.

Covenant wollte schon fragen, was er denn einem Hoch-Lord wohl antun könne, aber Bannor kam ihm zuvor. »An dieser Stätte entledigen sich die Lords ihrer Bürden«, erläuterte der Bluthüter. »Sie lassen ihre Stäbe hier zurück. Hinter diesen Pforten ruhen sie, vergessen die Sorgen ums Land. Der Hoch-Lord erweist dir eine sehr große Ehre, indem er hier mit dir zu unterhandeln bereit ist. Er empfängt dich in seinen eigenen, allein ihm vorbehaltenen Gemächern, ohne Stab oder Wächter, wie einen Freund. Du bist kein Widersacher des Landes, Ur-Lord. Aber du kennst wenig Achtung. Doch hier solltest du Achtung haben.« Für einen Moment starrte er in Covenants Augen, als neige er dazu, seine Forderung notfalls handgreiflich durchzusetzen. Dann ging er hin und klopfte an die Tür. Als der Hoch-Lord die Tür aufmachte, sah Covenant ihn zum ersten Mal deutlich aus der Nähe. Elena hatte die blaue Robe der Lords abgelegt und trug nun statt dessen ein langes, hellbraunes Kleid nach Steinhausener Art, dessen Schultern ein eingewebtes weißes Muster aufwiesen. Eine ebenfalls weiße, um ihre Taille geschlungene Kordel betonte ihre Figur, und ihr üppiges Haar von kräftigem Braun, durchzogen von Strähnen in hellem Honiggelb, fiel bis auf die Schultern und verbarg teilweise das weiße Strickmuster. Sie wirkte jünger als erwartet – er hätte gesagt, sie habe gerade dreißig Jahre überschritten –, aber ihr Gesicht verriet Charakterstärke, und die weiße Haut ihrer Stirn und Kehle zeugte von einem hohen Erfahrungsschatz an Strenge und Disziplin, obwohl sie fast schüchtern lächelte, als sie Covenant sah. Aber hinter den Beweisen von Verantwortungsbewußtsein und Hingabe in ihren Gesichtszügen wirkte sie merkwürdig evokatorisch. Sie kam ihm entfernt vertraut vor, als sei ihr Gesicht in seinen Grundeigenheiten jemandem ähnlich, den er einmal gekannt hatte. Ihre Augen bestätigten diesen Eindruck ebenso stark, wie sie ihn leugneten. Sie waren grau wie seine Augen; doch obwohl sie seinen Blick offen erwiderten, besaßen sie irgendwie eine Abseitsgerichtetheit, eine Entzweiung ihres Fokus, als betrachte sie in Wirklichkeit etwas anderes – als blickten andere, wichtigere Augen, die Augen ihres Geistes, ganz woandershin. Ihr Blick rührte an Teile in ihm, die sich lange nicht geregt hatten. »Ich bitte dich, tritt ein«, sagte sie mit einer

Stimme wie heller Frühling. Mit wie hölzern steifen Bewegungen stelzte Covenant an ihr vorüber in ihre Räume, und sie schloß die Tür, sperrte die Helligkeit des Innenhofs aus. Ihr Empfangszimmer war schlicht durch einen Topf mit Glutgestein bis in jeden Winkel erleuchtet. In der Mitte des Raums blieb Covenant stehen und sah sich um. Die Räumlichkeit war kärglich und schmucklos, enthielt nichts als Glutgestein, ein paar steinerne Sitze und einen Tisch mit einer weißen Skulptur darauf; dennoch wirkte er ruhig und behaglich. Das Licht, befand Covenant, schuf diesen Effekt. Der warme Glanz des Glutgesteins verlieh sogar glattem Stein Freundlichkeit, verstärkte das grundsätzliche Sicherheitsgefühl im Innern Schwelgensteins. Man fühlte sich geborgen – umschlungen von Armen aus Stein und umsorgt. Hoch-Lord Elena deutete auf einen der steinernen Sessel. »Wünschst du Platz zu nehmen? Vieles gibt's, über das ich mit dir sprechen möchte.«

Er verharrte auf den Füßen, mied Elenas Blick. Trotz der heimeligen Atmosphäre der Kammer war ihm sehr unbehaglich zumute. Elena hat ihn herbeschworen, und er mißtraute ihr. Doch als er endlich seine Stimme lösen konnte, überraschte er sich selber damit, daß er einer seiner persönlichsten Sorgen Ausdruck gab. »Bannor weiß mehr«, meinte er gedämpft und mit einem Kopfschütteln, »als er ausplaudert.«

Elena stutzte in merklicher Verblüffung. »Mehr?« wiederholte sie erstaunt. »Was hat er gesprochen, das noch mehr im unklaren beläßt?« Aber er hatte schon mehr als beabsichtigt geäußert. Er schwieg und beobachtete sie aus den Augenwinkeln. »Die Bluthüter kennen Zweifel«, ergänzte sie verunsichert. »Seit Kevin Landschmeißer sie vor der Schändung und davor, sein Ende mit ihm zu teilen, bewahrt hat, empfinden sie Argwohn gegenüber ihrer eigenen Treue, obwohl niemand gegen sie Vorwürfe zu erheben wagen könnte. Ist's das, wovon du Rede führst?«

Er hatte zunächst nicht antworten wollen, aber ihre Direktheit nötigte ihn dazu. »Sie haben schon viel zu lange gelebt. Bannor weiß das.« Um sich vor weiterer Behandlung des Themas zu drücken, schlenderte er zum Tisch, um die Skulptur zu betrachten. Die weiße Statuette stand auf einem Sockel aus Ebenholz. Sie stellte einen aufgebäumten Ranyhyn dar, aus einem Material gearbeitet, das aussah wie Bein. Die Arbeit war arm an Details, aber dank irgendeinem Geheimnis ihrer Kunst drückte sie in hervorragender Weise die Kraft der starken Muskeln aus, die Intelligenz in den Augen, das flammenartige Wehen der Mähne.

»Das ist mein Handwerk«, sagte Elena, ohne näher zu treten. »Markkneten. Gefällt dir das Stück? Es zeigt Myrha, den Ranyhyn, der mich trägt.«

Irgend etwas störte Covenant. Er verspürte keine Lust zum Nachdenken über die Ranyhyn, aber er glaubte eine Diskrepanz bemerkt zu haben. »Schaumfolger hat mir gesagt, die Kunst des Markknetens sei ausgestorben.«

»So war's. Ich allein im ganzen Lande beherrsche diese alte Ramen-Kunst. *Anundivian jajña,* auch Markkneten oder Bein-Bildwerkerei geheißen, geriet bei den Ramen während ihrer Verbannung in den Bergen des Südlandrückens in Vergessenheit – nach dem Ritual der Schändung. Ich spreche nicht aus Stolz … doch in mancherlei Hinsicht ist mir Segen widerfahren. Als ich ein Kind war, trug ein Ranyhyn mich in die Berge. Drei Tage lang kehrten wir nicht zurück, so daß meine Mutter mich bereits tot wähnte. Aber der Ranyhyn lehrte mich vieles … vieles … in meinem Lernen entdeckte ich diese alte Kunstfertigkeit wieder. Das Wissen darum, wie man sprödem Gebein neue Gestalt schenkt, kam in meine Hände. Nun übe ich mich hier in dieser Kunst, wenn ich des Wirkens als Lord überdrüssig bin.«

Covenant hielt ihr den Rücken zugewandt, obwohl er die

Skulptur nicht länger beachtete. Er lauschte ihrer Stimme, als erwarte er, im nächsten Moment könne sie in die Stimme jemandes übergehen, den er kannte. Ihr Tonfall war reich an unterschwelligen Bedeutungen. Doch sie blieben ihm verborgen. Ruckartig drehte er sich um und erwiderte Elenas Blick. Und obwohl sie ihm zugekehrt stand und ihn ansah, schien sie noch immer zugleich etwas anderes anzuschauen oder an irgend etwas völlig anderes zu denken. Ihr Abseitsblick beunruhigte Covenant. Während er sie musterte, vertiefte sich sein Stirnrunzeln, bis er die Heilung seiner Stirnwunde wie eine Dornenkrone trug. »Was willst du von mir?« fragte er nach.

»Möchtest du dich nicht setzen?« entgegnete sie gelassen. »Ich will mit dir über vielerlei reden.«

»Zum Beispiel?«

Die Derbheit seines Umgangstons erschreckte sie keineswegs, aber sie sprach noch ruhiger. »Ich hoffe, ich kann eine Möglichkeit finden, um deine Hilfe wider den Verächter zu gewinnen.«

»Wie weit«, erwiderte er, während er Gedanken der Selbstverachtung dachte, »bist du zu gehen bereit?«

Für die Dauer einer Sekunde kam der andere Fokus ihrer Augen ihm nah, rührte an ihn wie eine Feuerzunge. Blut schoß ihm ins Gesicht, und fast wäre er um einen Schritt zurückgeprallt – so stark war in diesem Augenblick sein Empfinden, daß sie das Leistungsvermögen dazu besaß, weit über alles hinauszugehen, das er sich vorzustellen vermochte. Aber die Einsicht verflog, bevor er das Äußerste ermessen konnte. Ohne Eile drehte sie sich um und begab sich in eines ihrer restlichen Zimmer. Als sie kurz darauf wiederkehrte, trug sie in ihren Händen ein mit altem Eisen verstärktes Holzbehältnis, das sie umfaßte, als enthielte es irgendeine Kostbarkeit.

»Der Großrat hat sich in dieser Angelegenheit ungemein ausführlich beraten«, sagte sie. »Einige erhoben zum Einwand: ›Ein solches Geschenk ist für jeden zu groß. Wir sollten es behalten und sicher bewahren, solange wir auszuharren vermögen.‹ Und andere meinten: ›Es wird seinen Zweck verfehlen, denn er wird glauben, wir gedächten, uns seinen Beistand mit Geschenken zu erkaufen. Das wird ihn erzürnen, so daß er sich weigert.‹ So sprach Lord Mhoram, der den Zweifler besser kennt als jeder andere Mensch. Ich jedoch sprach dagegen: ›Er ist nicht unser Feind. Er gewährt uns keine Hilfe, weil er keine Hilfe geben kann. Wenngleich er Träger des Weißgolds ist, übersteigt dessen Nutzung sein Vermögen oder ist ihm verwehrt. Hier aber haben wir eine Waffe, der wiederum wir selbst nicht gewachsen sind. Es mag sein, daß er sich dazu in der Lage befindet, sie zu meistern, daß er uns mit dieser Waffe beistehen kann, obschon er nicht das Weißgold zu verwenden vermag.‹ Nach langwierigen, sorgenvollen Überlegungen gewann meine Meinung die Oberhand. Deshalb ersucht dich der Großrat des Lords von Schwelgenstein, dies Geschenk anzunehmen, so daß seine Macht nicht ungenutzt bleibt, sondern gegen den Verächter ins Feld geführt wird. Ur-Lord Covenant, es handelt sich beileibe nicht um eine leichtfertige Gabe. Vor vierzig Jahren befand dieser Gegenstand sich noch nicht im Besitz des Großrats. Aber der Stab des Gesetzes tat in der Tiefe Schwelgensteins Pforten auf – Pforten, die seit der Schändung verschlossen geblieben waren. Die Lords hofften, daß sich in diesen Kammern weitere Kreise des Wissens von Kevins Lehre entdecken ließen, doch vergeblich. Doch unter vielen Dingen von vergessenem Gebrauch oder unbedeutender Macht fand man dies hier … das wir dir nun zum Geschenk reichen.«

Mit peinlicher Sorgfalt übte sie Druck auf die Seiten des Behälters aus, und der Deckel klappte hoch, enthüllte ein mit Samt ausgepolstertes Inneres mit einem kurzen silbernen Schwert darin. Die Klinge war zweischneidig, besaß ein gerades Stichblatt und einen gerippten Griff; die Waffe war rings

um einen reinen weißen Edelstein angelegt, der das gemeinsame Verbindungsstück von Klinge, Stichblatt und Griff bildete. Der Stein wirkte sonderbar leblos; er spiegelte den Lichtschein des Glutgesteins nicht wider, als wäre er jeder gewöhnlichen Flamme gegenüber tot oder unempfindlich.
»Das ist das *Krill* von Lorik Übelzwinger, Sohn Damelons, des Sohnes von Berek. Damit erschlug er das Dämondim-Tarnfleisch des Wütrichs *Moksha* und befreite das Land von der ersten großen Bedrohung durch die Urbösen. Ur-Lord Covenant, Zweifler und Ring-Than, wirst du dieses Geschenk annehmen?«
Langsam, ganz erfüllt von der wie faszinierten Furcht des Leprakranken vor Dingen, die schnitten, hob Covenant das *Krill* aus dessen samtenem Polster. Er faßte die Waffe am Griff und bemerkte, daß ihre Ausgewogenheit seiner Hand behagte, obwohl die restliche Faust mit ihren zwei Fingern und dem Daumen sie nicht allzu gut halten konnte. Behutsam prüfte er die Schneiden mit dem anderen Daumen. Sie waren so stumpf, als wären sie nie geschärft worden – stumpf wie der weiße Edelstein. Einen Moment lang stand er still da und dachte, daß eine Klinge durchaus nicht scharf sein mußte, um ihm zu schaden.
»Mhoram hatte recht«, sagte er aus der öden, einsamen Abgestumpftheit seines Herzens. »Ich will keine Geschenke. Ich habe schon mehr Geschenke erhalten, als ich verkraften kann.«
Geschenke! Es kam ihm so vor, als habe jeder, den er je im Lande kennengelernt hatte, ihm Geschenke aufzudrängen versucht – Schaumfolger, die Ranyhyn, Lord Mhoram, sogar Atiaran. Das Land selbst hatte ihm das Geschenk einer unausdenklichen Nervenheilung gemacht. Das Geschenk Lenas jedoch, Atiarans Tochter, war schrecklicher als alle anderen gewesen. Er hatte sie vergewaltigt. Vergewaltigt! Und danach versteckte sie sich, damit ihre Verwandten und Freunde nicht

davon erfuhren und ihn nicht bestrafen konnten. Sie hatte mit unvergleichlicher Weitsicht gehandelt, so daß er unbehelligt davonkam – frei und ungehindert blieb, so daß es ihm möglich war, den Lords Lord Fouls Prophetie ihres Untergangs auszurichten. Neben dieser Selbstverleugnung verblaßten selbst Atiarans Opfer. *Lena!* heulte er innerlich. Ein gewaltsamer Ausbruch von Gram und Selbstvorwürfen quoll in ihm empor. »Ich will keine Geschenke!« Wut verfinsterte sein Gesicht wie eine Gewitterwolke. Er packte das *Krill* mit beiden Fäusten, die Klinge abwärts gerichtet. Mit einer Bewegung, die einem wilden Zucken glich, stieß er das Schwert mitten auf die steinerne Tischplatte, versuchte die stumpfe Klinge auf dem Stein zu zerbrechen. Ein urplötzliches Aufflammen grellweißen Lichts blendete ihn wie ein Blitzschlag. Das *Krill* sprang ihm aus den Händen. Aber er wollte, was damit geschehen war, gar nicht wissen. Augenblicklich wirbelte er herum und wandte sich wieder Elena zu. »Keine weiteren *Geschenke!«* keuchte er, obwohl die weiße Leuchterscheinung noch seine Sicht ins Schwimmen brachte. »So was kann ich mir nicht erlauben!« Aber sie sah ihn nicht an, hörte ihm auch nicht zu. Sie hatte ihre Hände an den Mund erhoben und starrte an ihm vorüber zum Tisch. »Bei der Sieben!« stieß sie im Flüsterton hervor. »Was hast du getan?« *Was ...?* Er fuhr herum und schaute hin. Die Klinge des *Krill* war in die Steinplatte eingedrungen; sie stak in halber Länge im steinernen Tisch. Der weiße Edelstein leuchtete wie ein Stern. Mit verschwommener Allmählichkeit bemerkte er den Schmerz, der durch seinen Ringfinger pochte. Sein Ehering fühlte sich heiß und schwer an, fast wie geschmolzen. Doch er achtete nicht darauf; er fürchtete sich davor. Zittrig streckte er eine Hand aus, um den *Krill* anzufassen. Energie versengte seine Finger. *Hölle und Verdammnis!* Er riß seine Hand zurück. Unter heftigem Schmerz klemmte er die Finger unter die Achselhöhle des anderen Arms und stöhnte. Sofort widmete Elena ihre Aufmerksamkeit ihm. »Bist du verletzt?« erkundigte sie sich besorgt. »Was ist dir geschehen?«

»Rühr mich nicht an!« röchelte Covenant.

Verwirrt wich sie zurück, blieb stehen und musterte ihn, hin- und hergerissen zwischen ihrer Besorgnis um ihn und ihrer Verwunderung über das außergewöhnliche Funkeln des Edelsteins. Einen Moment später schüttelte sie sich, als entledige sie sich ihrer Verständnislosigkeit. »Zweifler«, sagte sie leise, »du hast das *Krill* zum Leben erweckt.«

Covenant unternahm alle Anstrengungen, um ebenfalls, wie sie, seine Gefaßtheit zurückzugewinnen, aber seine Stimme bebte. »Das macht keinen Unterschied«, entgegnete er. »Es wird nichts nützen. Foul hat all die Macht, die wirklich zählt.«

»Er besitzt kein Weißgold.«

»Zur Hölle mit dem Weißgold!«

»Nein!« widersprach sie ihm heftig. »Sprich nicht so. Ich habe mein Leben nicht für nichts gelebt. Meine Mutter und vor ihr ihre Mutter haben nicht umsonst gelebt!« Er begriff sie nicht, aber ihre plötzliche Empörung veranlaßte ihn zum Schweigen. Er fühlte sich zwischen ihr und dem *Krill* wie gefangen; er wußte nicht, was er sagen oder tun sollte. Ratlos starrte er den Hoch-Lord an, dessen Emotionen sich unterdessen in weitere Worte umwandelten. »Du sagst, das sei kein Unterschied – da wäre kein Nutzen. Bist du denn ein Prophet? Und bist du einer, was zu beginnen rätst du uns? Aufzugeben?« Für einen Augenblick kam ihre Selbstbeherrschung ins Wanken. »Niemals!« rief sie dann in erbittertem Zorn aus. Covenant glaubte Haß in ihren Worten zu hören. Doch da sank die Lautstärke ihrer Stimme wieder, und der Ton von Widerwillen schwand. »Nein! Im Lande gibt's niemanden, der beiseite stehen könnte und Zeuge sein, wie der Verächter nach seinem Willen verfährt! Wenn wir leiden und ohne Hoffnung sterben müssen, dann mag's so kommen. Aber verzweifeln werden wir nicht, auch wenn's der Zweifler selbst ist, der spricht, wir müßten's.«

Sinnentleerte Empfindungen zwangen Covenants Gesicht zum Grimassieren, aber er brachte keine Antwort zustande. Seine eigenen Überzeugungen – oder seine Kräfte – waren zu Staub geworden. Sogar der Schmerz in seiner Hand war schon fast fort. Er nahm seinen Blick von Elena und zuckte zusammen, als er ihn unversehens auf den zudringlichen Anblick des *Krill* heftete. Ganz langsam, als sei er in den vergangenen Minuten erheblich gealtert, ließ er sich auf einen der steinernen Stühle sinken. »Ich wollte«, murmelte er ausdruckslos und mit hohlem Klang, »ich wollte, ich wüßte, was zu tun ist.« Beiläufig bemerkte er, daß Elena den Raum verließ. Aber er schaute erst auf, als sie zurückgekehrt war und unmittelbar vor ihm stand. In den Händen hielt sie eine Flasche mit Frühjahrswein, den sie ihm anbot. Im vielschichtigen Anderswo ihres Blicks sah er eine Fürsorge, die er nicht verdiente. Dennoch nahm er die Flasche und trank ausgiebig, auf eine Linderung der einschneidenden Pein in seiner Stirn bedacht – und auf eine Stütze für seinen im Nachlassen begriffenen Mut. Er fürchtete die Absichten des Hoch-Lords, welcher Art sie auch sein mochten. Elena war zu mitleidig, seiner Gewalttätigkeit gegenüber zu tolerant; sie gestattete ihm zuviel Abirrung, ohne ihm seine volle Freiheit zu gewähren. Trotz der Festigkeit Schwelgensteins unter seinen Füßen befand er sich, das spürte er, auf unsicherem Grund.

Als Elena nach kurzem Schweigen erneut zu sprechen begann, wirkte sie, als müsse sie sich auf eine schwierige Haltung der Aufrichtigkeit vorbereiten; allerdings war keine Falschheit im unerklärlichen Zwitterfokus ihrer Augen. »Ich fühle mich in dieser Sache hilflos«, sagte sie. »Ich muß dir vieles mitteilen, wenn ich ehrlich sein und keine Schande auf mich laden will. Ich möchte mir niemals irgendwelche Lücken in deinem Wissen vorwerfen lassen müssen – man kann dem Lande nicht mit Heimlichkeiten dienen, die man später anders nennen müßte. Doch meine Kühnheit läßt mich im Stich, ich weiß nicht, welche Worte ich wählen soll. Mhoram erbot sich, mir diese Aufgabe abzunehmen, aber ich lehnte ab, im Glauben, diese Bürde sei mein. Doch nun steh ich da und kann nicht beginnen.«

Covenant beugte sich ihr entgegen, weigerte sich, in seiner Stirn den Schmerz, ihr irgendeine Unterstützung zu geben.

»Du hast mit Hile Troy gesprochen«, sagte sie versuchsweise, sich über dies Herangehen im unklaren. »Hat er dir berichtet, wie er ins Land gelangte?«

Covenant nickte, unverändert starrsinnig. »Durch einen Unfall. Ein mißratener Bursche – ein junger Schüler, sagt er – hat versucht, mich herzuzaubern.«

Elena wirkte, als wolle sie auf diese Äußerung eingehen, aber dann unterließ sie es, dachte einen Augenblick lang nach und schlug einen anderen Weg ein. »Ich kenne deine Welt nicht, doch erzählte mir der Streitmark, daß dort solche Dinge nicht geschehen. Hast du Lord Mhoram genau angeschaut? Oder Schwertwart Quaan? Oder vielleicht Herdwart Tohrm? Irgend jemanden, den du vor vierzig Jahren kanntest? Wirken sie auf dich … recht jung?«

»Ich hab's gemerkt.« Ihre Fragen regten ihn auf. Er hatte sich schon die ganze Zeit an diese Frage des Alters geklammert, sich bemüht, die Diskrepanz festzuhalten, sie als einen Bruch in der Kontinuität seiner Wahnvorstellungen anzusehen. »Das geht einfach nicht auf. Mhoram und Tohrm sind zu jung. So was ist unmöglich. Sie sind keine vierzig Jahre älter.«

»Ich bin auch jung«, sagte sie so eindringlich, als versuche sie, ihm beim Erraten eines Rätsels auf die Sprünge zu helfen. Aber angesichts seiner düsteren Verständnislosigkeit gab sie vorerst auf. »Solches ist möglich«, gab sie ihm statt dessen zur Antwort, »seit es im Lande derartiges Wissen gibt. Die Alt-Lords erreichten ein ungemein hohes Alter. Sie besaßen nicht die Langlebigkeit der Riesen – die Riesen nämlich haben dank der Natur eine so lange Lebensspanne. Nein, die Hilfe der Erdkraft war's, die sie so lange am Leben erhielt, sie über die Dauer der gewöhnlichen Lebensjahre hinaus wider das Altern schützte. Hoch-Lord Kevin durchlebte Jahrhunderte, so wie andere Menschen jahrzehntelang leben. Und so ist es auch heute noch, wenngleich nicht in jenem Maße. Wir vermögen die Lehre nicht vollauf zu nutzen. Und das Schwertwissen erhält seine Gefolgsleute nicht, daher tragen allein Quaan und seine Krieger unter jenen, die du von einst kennst, die volle Last ihrer Jahre. Die Gelehrten des *Rhadhamaerl* und *Lillianrill* sowie die Lords, die Kevins Lehre nacheifern, altern dagegen langsamer als andere Menschen. Das ist von großem Vorteil, denn es gewährt unserer Stärke Beständigkeit. Doch verursacht's auch Kummer …« Sie verstummte und schwieg für einen Moment, seufzte leise, als erinnere sie sich eines alten Wehs. Als sie weitersprach, klang ihre Stimme jedoch wieder gleichmäßig und fest. »So ist's stets gewesen. Lord Mhoram hat zehnmal sieben Sommer gesehen – doch trägt er nur Spuren wie von kaum fünfzig. Und …« Erneut unterbrach sie ihre Ausführungen und wechselte das Thema. »Überrascht's dich, zu hören«, fragte sie, während ihr Blick Covenant erforschte, »daß ich als Kind auf einem Ranyhyn reiten durfte? Keinem anderen im Lande widerfuhr je so ein großes Glück.«

Er trank den Rest des Frühjahrsweins aus und stand auf, um vor Elenas Augen im Zimmer hin- und herzuschlurfen. Der Ton, in dem sie von neuem auf die Ranyhyn zu sprechen kam, war voller Andeutungen; er ahnte hier einen dicken Hund begraben. »Hölle und Verdammnis«, maulte er sie an, mehr aus Beunruhigung als aus Ärger. »Mach endlich weiter!«

Elenas Angespanntheit wuchs, als bereite sie sich auf eine

Auseinandersetzung vor. »Streitmark Hile Troys Darstellung seines Erscheinens im Lande«, sagte sie, »dürfte nicht zur Gänze richtig gewesen sein. Ich habe selbst schon gehört, wie er seine Geschichte erzählte, und er verwirrt etwas, und wir gelangten zur Auffassung, es sei wohler getan, es – nicht richtigzustellen. Wir haben das Geheimnis gewahrt. Ur-Lord Covenant ...« Sie verstummte, nahm sich sichtlich zusammen und sprach sehr bedächtig weiter. »Hile Troy ist von keinem jungen Schüler ins Land gerufen worden, der die Gefahren ungemeisterter Kräfte nicht zu ermessen verstand. Jemand tat's, den du gekannt hast.«

Triock! Covenant stolperte beinahe über die eigenen Füße. Triock aus dem Steinhausen Mithil, Thulers Sohn, hatte Grund zum Haß auf den Zweifler. Er hatte Lena geliebt ... aber Covenant brachte es nicht fertig, den Namen laut auszusprechen. Er wand sich unter der eigenen Feigheit. »Pietten«, sagte er, bloß um nicht Triock nennen zu müssen. »Das arme Kind ... aus dem Holzheim Hocherhaben. Die Urbösen hatten irgend etwas mit ihm angestellt. War er's?« Er wagte den Blick des Hoch-Lords nicht zu erwidern.

»Nein, Thomas Covenant«, antwortete Elena sanft. »Es war kein Mann, sondern eine Frau, die du gut kanntest. Atiaran, Trells Gemahlin, die dich vom Steinhausen Mithil bis zur Begegnung mit Salzherz Schaumfolger am Seelentrostfluß begleitet hat.«

»Hölle und Verdammnis!« stöhnte er auf. Beim Klang ihres Namens sah er vor sich Atiarans weite Augen, dachte an die Überwindung, mit der sie ihren leidenschaftlichen Zorn auf ihn zurückgestellt hatte, um dem Lande zu dienen. Und er erhaschte ein flüchtiges visionäres Bild ihres Gesichts, als sie sich beim Versuch entflammte, ihn ins Land zurückzuholen – verzückt, zugleich bitter, belebt durchs äußere feurige Auflodern aller inneren Wahrheiten, gegen die er, Covenant, sich so nachhaltig vergangen hatte. »O Hölle«, ächzte er. »Warum? Sie hätte … sie hätte sich bemühen sollen, alles zu vergessen.«

»Sie konnte es nicht. Atiaran, Trells Gemahlin, kehrte im Alter aus vielerlei Gründen zurück an die Schule der Lehre, doch zwei überwogen. Sie verlangte … nein, das ist ein zu geringes Wort. Sie sehnte dich herbei. Sie vermochte nicht zu vergessen. Ob sie dich aber fürs Land oder für sich wollte, das weiß ich nicht. Sie war eine innerlich zerrissene Frau, und ich spüre in meinem Herzen, daß beide Arten ihrer Sehnsucht bis zum Ende in ihr widerstritten. Wie sollte es anders gewesen sein? Sie sprach davon, du hättest die Schändung des Frühlingsfests in Andelain zugelassen, aber meine Mutter hat mir eine andere Geschichte erzählt.«

Nein! winselte es in Covenant. Er stapfte so gebückt umher, als beuge ihn das Gewicht der Düsterkeit an seiner Stirn. *Ach, Atiaran!*

»Ihr zweiter Grund liegt im Gram langer Jahre und überforderter Standhaftigkeit. Denn ihr Gemahl war Trell, Glutsteinmeister des *Rhadhamaerl.* Im Gedenken des Steinhausens Mithil war ihre Ehe mutig und froh, denn obgleich sie sich in ihrer Jugend an der Schule der Lehre zuviel zumutete und in Schwäche wieder fortgegangen war, besaß sie Stärke genug, um bei Trell zu bleiben, ihrem Gemahl. Ihre Schwäche jedoch, ihr Selbstmißtrauen, blieb ebenfalls bestehen. Die schwere Prüfung ihres Lebens kam und ging vorbei, und dann kam das Alter. Zum Schmerz, den du ihr bereitet hattest, fügte sich ein zweiter: sie alterte, aber nicht Trell, ihr Gemahl. Sein Steinwissen erhielt ihn über die Zahl seiner Jahre hinaus. So begann sie nach soviel Leid überdies ihren Gemahl zu verlieren, obschon sich seine Liebe dauerhaft zeigte. Sie war seine Gemahlin, doch wirkte sie neben ihm so alt, als wäre sie seine Mutter. Deshalb begab sie sich voller Kümmernis und Trauer von neuem an die Schule der Lehre – und voller Ergebenheit, denn obzwar sie stets an sich Zweifel hegte, geriet doch ihre Liebe zum Lande niemals ins Wanken. Dann aber kam das letzte Unheil über sie. Indem sie sich den Geboten der Lehrwarte widersetzte, beschwor sie selbst den Tod auf sich herab. Auf diese Weise brach sie ihren Friedensschwur und beendete ihr Leben in Verzweiflung.«

Nein! begehrte Covenant stumm auf. Aber er erinnerte sich an Atiarans Seelenqual und den Preis, den sie gezahlt hatte, um sie zu unterdrücken, an die Schlechtigkeit, die er ihr zufügte. Er befürchtete, daß Elena recht hatte. Der Hoch-Lord setzte seine Darlegungen in ernsterem Tonfall fort, der zu seinen Worten irgendwie nicht paßte.

»Nach ihrem Tod kam Trell nach Schwelgenstein. Er ist einer der mächtigsten *Rhadhamaerl* und weilt hier, um sein Geschick und sein Wissen für des Landes Verteidigung aufzubieten. Aber er kennt Verbitterung, und ich fürchte, sein Friedensschwur ist ihm lästig. Trotz all seiner Sanftmut ist er zu arg zur Hilflosigkeit verurteilt gewesen. Ich spüre in meinem Herzen, daß er nicht verziehen hat. Es gab keinen Beistand, den er Atiaran erweisen konnte … oder meiner Mutter.«

Durch den Schmerz seiner Erinnerungen hätte Covenant gerne zum Einwand erhoben, daß Trell mit seinen breiten Schultern und seinen seltsamen Kräften nichts über die wahre Natur der Hilflosigkeit wissen dürfte. Aber die Ergriffenheit in Elenas Stimme, als sie ›meiner Mutter‹ sagte, erstickte seine Äußerung. Er verharrte völlig reglos, so gebeugt, als müsse er gleich zusammenbrechen, und wartete darauf, daß die letzte unaussprechliche Schwärze sich über ihn senke.

»So wirst du nun verstehen, wie's kam, daß ich als Kind einen Ranyhyn ritt. In jedem Jahr besuchte zum letzten Vollmond der Frühlingsmitte ein Ranyhyn das Steinhausen Mithil. Meine Mutter ersah sofort, daß das dein Geschenk war, und sie teilte es mit mir. Nur allzu leicht fiel's ihr, zu vergessen, daß du ihr weh getan hattest. Habe ich dir nicht gesagt, daß ich ebenfalls jung bin? Ich bin Elena, Tochter Lenas, der Tochter Atiarans, Trells Gemahlin. Meine Mutter wohnt im Steinhausen Mithil, weil sie im Glauben verharrt, daß du eines Tages zu ihr zurückkehrst.«

Für einen Moment stand er noch still da und starrte das in die Schultern ihres Kleides gewebte Muster an. Dann walzte eine Flut von Enthüllungen über ihn hinweg, und er begriff alles. Er torkelte, sackte auf einen Steinsessel, als sei plötzlich sein Rückgrat entzwei. Sein Magen drohte sich umzudrehen, und er rang röchelnd um Atem und würgte, als wolle er die Leere seines Innern erbrechen. »Es tut mir leid.« Er stieß den Satz zwischen den Zähnen hervor, als habe Zerknirschung ihn mit roher Faust seiner Brust entrissen. Die Äußerung war so sinnlos wie eine Totgeburt, zu leblos, um auszudrücken, was er empfand. Aber er war zu nichts anderem imstande. »O Lena! Es tut mir leid.« Er wollte weinen, doch er war leprakrank und hatte vergessen, wie man weinte. »Ich war impotent.« Er entrang das Bekenntnis seiner wunden Kehle wie einen zu dicken Brocken. »Völlig abgeschlafft. Ich hatte vergessen, wie's ging. Dann waren wir allein. Und ich fühlte mich wieder wie ein Mann, obwohl ich wußte, es konnte nicht wahr sein, es war unwirklich. Ich träumte nur, ich mußte träumen, anders war so was nicht möglich. Das war zuviel für mich. Ich konnte es nicht aushalten.«

»Sprich nicht von Schlaffheit zu mir«, antwortete Elena mit gepreßter Stimme. »Ich bin der Hoch-Lord. Ich muß den Verächter mit Pfeilen und Schwertern schlagen.« Ihr Tonfall klang jetzt schroff; er meinte andere Wörter heraushören zu können, als sage sie: ›Glaubst du, bloße Erklärungen oder Entschuldigungen genügen als Wiedergutmachung?‹ Und ohne die krankheitsbedingte Gefühllosigkeit, die ihm sonst als

Rechtfertigung herhielt, sah er sich zum Widersprechen außerstande.
»Nein«, sagte er mit zittriger Stimme. »Nichts genügt.« Mit schwerfälliger Langsamkeit hob er den Kopf und schaute sie an. Jetzt erkannte er in ihr das sechzehnjährige Kind wieder, das er gekannt hatte, ihre Mutter. Von ihr stammte die sonderbare Vertrautheit. Elena besaß das Haar ihrer Mutter, ihre Figur, und jenseits ihrer Disziplin ähnelte das Gesicht sehr dem ihrer Mutter. Und in die Schultern ihres Kleids hatte sie das gleiche Laubmuster gewebt, das ihm an Lenas Kleidung aufgefallen war – das Zeichen der Familie Atiarans und Trells. Als er ihr in die Augen blickte, sah er, daß auch sie Lenas Augen glichen. In ihnen schimmerte etwas, bei dem es sich weder um Groll noch Tadel handelte; sie schienen der Verurteilung, die er vorhin gespürt zu haben glaubte, zu widersprechen. »Was wirst du jetzt tun?« erkundigte er sich matt. »Atiaran wollte … sie wollte, daß die Lords mich bestrafen.«
Unerwartet verließ sie ihren Sitz und trat hinter ihn. Sanft legte sie ihre Hände auf seine krampfartig zerfurchte Stirn und begann sie zu massieren, versuchte die Knoten und Falten fortzustreicheln. »Ach, Thomas Covenant«, seufzte sie mit einem Anflug von Verlangen in ihrer Stimme. »Ich bin der Hoch-Lord. Ich trage den Stab des Gesetzes. Ich kämpfe fürs Land und werde nicht klagen, mag auch die Schönheit vergehen, mag mich der Tod ereilen, mag die Erde der Vernichtung anheimfallen. Aber in mir wohnt vieles von meiner Mutter Lena. Schau mich nicht so finster an. Ich vermag's nicht zu ertragen.«
Ihre zärtliche, kühle, tröstliche Berührung schien seine Stirn zu verbrennen. Mhoram hatte erwähnt, sie habe in der vergangenen Nacht an seinem Bett gesessen – über ihn gewacht und seine Hand gehalten. Tattrig stand er auf. Nun wußte er, warum sie ihn hergeholt hatte. Eine ganze Welt von Implika-

tionen schwebte zwischen ihnen in der Luft. Elenas gesamtes Dasein hing über seinem Haupt, zum Guten oder Schlechten. Aber es war zuviel; er war zu erschüttert und zu erschöpft, um alles voll erfassen zu können, sich damit auseinanderzusetzen. Sein verkrampftes Gesicht war bloß noch zu Grimassen imstande. Wortlos verließ er Elena, und Bannor brachte ihn zurück in seine Räume.

Er löschte in seiner Zimmerflucht die Fackeln und deckte die Töpfe mit dem Glutgestein zu. Dann trat er hinaus auf den Balkon.

Der Mond erhob sich über Schwelgenstein. Er mußte erst vor kurzem aufgegangen sein, denn er stand noch silbern am Horizont, belegte die Ebenen mit unantastbarem Glanz. Covenant atmete die herbstliche Luft ein und lehnte sich auf die steinerne Brüstung, momentan sogar immun gegen sein Schwindelgefühl. Selbst dazu war er zu matt. Er dachte nicht ans Springen. Er dachte daran, wir schwer man Elena widerstehen konnte.

7
Koriks Mission

Kurz vorm Anbruch der Morgendämmerung weckte ihn ein hartnäckiges Klopfen an der Tür. Er hatte von der Suche nach dem Stab des Gesetzes geträumt – von seinem Freund Salzherz Schaumfolger, den das Aufgebot, ehe es sich in die Katakomben des Donnerbergs wagte, als Rückendeckung zurückließ. Covenant hatte ihn nicht wiedergesehen und infolgedessen keine Ahnung, ob der Riese die Erfüllung seiner gefährlichen Aufgabe überlebte. Als er erwachte, schlug sein Herz so heftig, als sei der Lärm an der Tür das Geierschwingenflattern seines verhängnisvollen Schicksals. Benommen, noch schlaftrunken, entfernte er den Deckel von einem Glutgesteintopf und schlurfte in den Wohnraum, um die Tür zu öffnen. In der Helligkeit des Korridors stand ein Mann. Seine blaue, mit schwarzem Gürtel umschlungene Robe und sein langer Stab machten ihn als Lord kenntlich.

»Ur-Lord Covenant«, redete der Mann sofort drauflos, »ich muß eindringlich dafür um Nachsicht ersuchen, daß ich deine Ruhe störe. Von allen Lords bin ich jener, den ein solches Eindringen mit äußerstem Bedauern erfüllt. Ich empfinde eine tiefe Liebe zur Ruhe. Ruhe und Speise, Ur-Lord – Schlaf und Stärkung. Sie sind einzigartige Erquickungen. Doch gibt's so manchen, der sagt, ich hätte bereits soviel Stärkung genossen, daß ich nicht länger der Ruhe bedürfe. Zweifelsfrei hat man aufgrund dieser Erwägung gerade mich auf diesen anstrengenden, im ganzen unbekömmlichen Weg geschickt.«

Ohne um Erlaubnis zu fragen, schob er sich geschäftig an Covenant vorbei ins Zimmer. Er grinste würdelos. Covenant blinzelte, bis seine getrübte Sicht sich klärte, und unterzog den

Mann einer eingehenden Musterung. Er war kleinwüchsig und korpulent, besaß ein rundliches, seliges Gesicht, doch durchbrachen seine vergnügten Augen seine feierliche Miene, so daß er wirkte wie ein spitzbübischer Cherub. Sein Gesichtsausdruck war in ständigem Wandel begriffen; flüchtiges Lächeln, Verschmitztheit und Stirnrunzeln sowie allerlei Grimassen jagten einander über die Fläche seines Gesichts, das im wesentlichen ein Hintergrund von Gutmütigkeit auszeichnete. Nun betrachtete er Covenant mit abschätzigem Blick, als versuche er die Empfänglichkeit des Zweiflers für Witze zu beurteilen. »Ich bin Hyrim, Hooles Sohn«, sagte er mit geschwätziger Schnelligkeit, »Lord des Großrats, wie du siehst, und ein Liebhaber aller heiteren Späße, wie du vielleicht schon bemerkt hast.« Seine Augen glitzerten keck. »Mir wäre es angenehm, dir ohne Verzug von meiner Herkunft und Abstammung zu berichten, auf daß du mich näher kennenlernst, aber meine Zeit ist kurz bemessen. Das Reiten eines Ranyhyn hat Folgen, das glaube mir, aber als ich mich ihnen zur Wahl stellte, ahnte ich nicht, daß diese Ehre mit solchen Härten einhergeht. Wolltest du wohl die Bereitschaft aufbringen, mich zu begleiten?«

Stumm formten Covenants Lippen das Wort: *Begleiten?*

»Zumindest bis in den Hof, falls ich dich für eine längere Strecke nicht gewinnen kann. Ich werde dir erklären, worum es geht, während du dich bereit machst.«

Covenant fühlte sich zu zerschlagen, um zu begreifen, was der Lord von ihm verlangte. Anscheinend sollte er sich anziehen und ihn irgendwohin begleiten. War das alles? Ein Moment verstrich, ehe er die Sprache wiederfand. »Worum denn?« fragte er.

Mit einiger Mühe nötigte Hyrim seinem Gesicht einen Ausdruck von Ernsthaftigkeit auf. Versonnen musterte er Covenant. »Ur-Lord, es gibt einige Dinge«, sagte er dann, »bei denen es schwerfällt, sie vor dir auszusprechen. Sowohl Lord Mhoram wie auch Hoch-Lord Elena hätten zu dir sprechen können. Es ist keineswegs ihre Absicht, daß dir etwas verschwiegen bleiben soll. Aber Bruder Mhoram scheut's, von eigenen Nöten zu reden. Und der Hoch-Lord … in meinem Herzen spüre ich, daß sie fürchtet, dich in Gefahr zu schicken.« Er grinste wehmütig. »Ich dagegen bin weniger selbstlos. Du wirst mir darin zustimmen, daß ich erheblich ins Gewicht falle … und jedes meiner Teile ist zart beschaffen. Heldenmut ist den Dürren vorbehalten. Ich bin klüger. Weisheit reicht nicht mehr oder weniger tief als die Haut – und meine Haut ist ungemein dick. Gewiß, es heißt, daß Prüfungen und Beschwernisse den Geist veredeln. Aber darauf habe ich Riesen entgegnen hören, daß der Geist genug Zeit zur Veredlung erhält, wenn dem Leibe keine andere Wahl bleibt.«

Das war Covenant auch schon zu Ohren gekommen; Schaumfolger hatte es zu ihm gesagt. Er schüttelte den Kopf, um die schmerzliche Erinnerung zu verscheuchen. »Ich verstehe kein Wort.«

»Das hat seinen Grund«, sagte der Lord. »Ich habe noch nichts von Bedeutung gesprochen. Ach, Hyrim …« Er seufzte, an sich selbst gewandt. »Kürze ist eine so leichte Angelegenheit – und doch meisterst du sie nicht! Ur-Lord, gedenkst du dich nicht anzukleiden? Ich muß dir Neues von den Riesen erzählen, das dich nicht erfreuen dürfte.«

Ein Aufwallen von Unruhe straffte Covenant. Plötzlich war er nicht länger schläfrig. »Heraus mit der Sprache!«

»Während du dich ankleidest.« Covenant eilte ins Schlafzimmer – fluchte dabei insgeheim – und begann sich anzuziehen. Lord Hyrim sprach aus dem Nebenzimmer. Sein Ton zeugte von Bedächtigkeit, als bemühe er sich bewußt um knappere Ausdrucksweise. »Du kennst die Riesen, Ur-Lord. Salzherz Schaumfolger selbst hat dich nach Schwelgenstein gebracht.

Du warst zugegen, als er dem Großrat der Lords mitteilte, die Omen seien aufgetreten, welche Hoch-Lord Damelon für die Erfüllung der Hoffnung der Riesen auf Heimkehr voraussah.«

Covenant wußte Bescheid; er entsann sich noch lebhaft. Damals zur Zeit der Alt-Lords waren die Riesen Irrfahrer zur See gewesen, die ihren Heimweg verloren hatten. Aus diesem Grund nannten sie sich selbst ›die Entwurzelten‹. Jahrzehntelang waren sie auf der Suche nach ihrer entlegenen Heimat über die Meere gestreift, hatten sie aber nicht wiedergefunden. Schließlich gelangten sie an die Küste des Landes, in jener Region, die Wasserkante hieß, und dort – willkommen geheißen und als Freunde begrüßt durch Damelon – richteten sie sich häuslich ein, um zu bleiben, bis sie ihre alte Heimat wiederentdeckten. Seither – seit dreitausend Jahren – war ihre Suche ergebnislos geblieben. Aber Damelon Riesenfreund hatte ihnen eine Prophezeiung geliefert; ihm zufolge sollte ihr Leben in der Fremde einmal ein Ende nehmen. Fern von ihrer Heimat – und vielleicht aufgrund dieser Trennung – trat jedoch ein Niedergang der Riesen ein. Obwohl sie Kinder von Herzen liebten, kamen nur noch wenig Kinder zur Welt; mit ihrer Fortpflanzung stand es mit der Zeit immer schlechter. Im Laufe vieler Jahrhunderte war ihre Zahl langsam gesunken. Damelon hatte ihnen vorausgesagt, das werde sich wieder ändern, ihr Samen werde neue Lebenskraft gewinnen. Das war sein Omen, das Zeichen, an dem sie ein baldiges Ende ihres Exils ablesen könnten, ein gutes oder übles Ende. Damelons Sohn, Lori, hatte seinerseits etwas unternommen, um diese Prophezeiung zu bestätigen und ihrer Erfüllung nachzuhelfen. Sobald sich das von Damelon angekündigte Omen zeige, versprach er, würden die Lords die Riesen mit kraftvollen Güldenfahrtkielen und -rudern ausstatten, damit sie für ihre Heimfahrt neue Schiffe bauen könnten. Schaumfolger wußte dem Großrat zu berichten, daß Zopfhaupt Allwetter, Gemahlin des Fehlbein Kielschrammer, Drillingen das Leben geschenkt hatte, drei Söhnen – ein an der Wasserkante noch nie dagewesenes Ereignis. Zugleich waren Suchschiffe zurückgekehrt und hatten die Meldung gebracht, ein Seeweg sei entdeckt worden, der die Riesen unter Umständen wieder in ihr Heimatland führen könne. Schaumfolger war nach Schwelgenstein gekommen, um die Einlösung von Hoch-Lord Loriks Versprechen zu erbitten. »Vierzig Jahre lang haben die *Lillianrill* der Herrenhöh danach getrachtet, Hoch-Lord Loriks Wort die vollendete Tat folgen zu lassen«, sprach Lord Hyrim weiter. »Die sieben Kiele und Ruder sind nun nahezu fertig. Aber die Zeit drängt, sie sitzt uns im Nacken. Wenn der Krieg ausbricht, wird's unmöglich sein, die Güldenfahrtwerke zur Wasserkante zu befördern. Und wir werden die Hilfe der Riesen benötigen, um Lord Foul niederzuwerfen. Doch mag's sein, daß alle solche Hoffnungen und Aussichten auf Hilfe nunmehr dahin sind. Es mag sein, daß …«

»Schaumfolger«, unterbrach ihn Covenant. Er fummelte an den Schnürriemen seiner Stiefel. Starke Besorgnis machte ihn ungeduldig, veranlaßte ihn zum Einhaken. »Was ist aus ihm geworden? Ist er …? Was ist mit ihm geschehen, nachdem das Aufgebot den Stab des Gesetzes rausgehauen hatte?«

Der Lord drückte sich, als er antwortete, noch umsichtiger aus. »Als das Aufgebot mit dem Stab des Gesetzes den Rückweg antrat, fand man heraus, daß Salzherz Schaumfolger unversehrt war und lebte. Er war ins sichere Andelain entwichen und den Feuerlöwen entkommen. Er kehrte zu seinem Volk zurück und ist seither noch zweimal in Schwelgenstein gewesen, um beim Werk am Güldenfahrt und am dazu erforderlichen Wissen teilzuhaben. Viele Riesen kamen und gingen, alle voller Hoffnung. Aber nun, Ur-Lord …« Hyrim verstummte. Seine Stimme verriet Kummer und Grimm. »Ach, doch nun …«

Covenant begab sich zurück ins Wohnzimmer und trat vor den Lord. »Und nun …?« Seine Stimme klang ebenfalls unsicher.
»Nun hat die Wasserkante drei Jahre lang Schweigen bewahrt. Kein Riese ist nach Schwelgenstein gekommen – kein einziger Riese hat das Oberland betreten.« Er bemerkte das plötzliche Aufblitzen in Covenants Augen und kam ihm zuvor. »Oh, wir waren nicht müßig. Freilich, ein Jahr lang unternahmen wir nichts – die Wasserkante liegt nahezu vierhundert Längen von hier entfernt, und ein Schweigen von der Dauer eines Jahres ist nicht notwendig ungewöhnlich. Nach diesem ersten Jahr jedoch begannen sich in uns Sorgen zu regen. Das folgende Jahr hindurch sandten wir Boten zur Wasserkante. Keiner von ihnen ist je wiedergekehrt. Im Frühling schickten wir nun ein ganzes Fähnlein. Zwanzig Krieger und ihr Streitwart kehrten nicht zurück. Daraufhin beschloß der Großrat, nicht das Leben von noch mehr Kriegern aufs Spiel zu setzen. Im Sommer ritten Lord Callindrill und Lord Amatin mit ihren Bluthütern gen Osten und suchten die Wasserkante zu erreichen. Aber in der Sarangrave-Senke machte eine namenlose dunkle Gestalt ihnen die Fortsetzung des Weges unmöglich. Schwester Amatin hätte den Tod gefunden, ihres Pferds beraubt, wenn nicht Callindrills Ranyhyn beide Lords fort und in Sicherheit getragen hätte. So ist ein Schatten zwischen uns und unsere alten Steinbrüder gefallen, und das Geschick der Riesen ist unbekannt.«
Insgeheim stöhnte Covenant auf. Schaumfolger war sein Freund gewesen – und er hatte sich, als sie sich trennten, nicht einmal von ihm verabschiedet. Er verspürte heftiges Bedauern. Er wünschte Schaumfolger wiederzusehen, um sich bei ihm zu entschuldigen. Aber gleichzeitig fühlte er, daß Hyrims Blick auf ihm ruhte. Die von Natur aus heiteren Augen des Lords zeugten nun von schmerzlicher Düsterkeit. Es lag auf der Hand, daß er Covenant aus einem bestimmten Grund so früh,

schon vorm Anbruch der morgendlichen Dämmerung, geweckt hatte. Mit einem Ruck straffte Covenant seine Schultern und verdrängte seine Anwandlung von Reue. »Ich verstehe noch immer nicht, was los ist«, sagte er.

Zuerst blieb Lord Hyrim gefaßt. »Dann will ich mich klar ausdrücken. Während der Nacht nach deiner Herbeirufung riß eine Vision Lord Mhoram von deiner Seite. Die Hand seiner inneren Mächte ergriff ihn, und er erblickte Gesichte, die ihm das Blut in den Adern gerinnen lassen wollten. Er sah …« Urplötzlich drehte er sich um. »Ach, Hyrim«, seufzte er, »du bist ein feister Narr mit einem Haupt voller Grillen. Was mußtest du von Lords und ihrer Lehre, von Riesen und kühnen Taten träumen? Als derlei Gedanken erstmals durch dein kindliches Hirn gingen, hätte man dich streng bestrafen sollen und zum Schafehüten schicken. Dein klobiges, unfähiges Ich erweist deinem Vater Hoole, Grens Gemahl, wenig Ehre, der darauf vertraute, daß deine törichten Hirngespinste dich nicht auf Abwege verirren ließen.« Über die Schulter wandte er sich leise wieder an Covenant. »Lord Mhoram sah den Tod nach den Riesen greifen. Er konnte nicht erkennen, welches Antlitz dieser Tod hat. Aber er sah, daß sie, erhalten sie nicht bald Beistand – sehr bald, womöglich innerhalb eines Dutzends Tage! –, mit Gewißheit dem Untergang geweiht sind.«

Untergang? entstand in Covenant ein stummes Echo. *Untergang?* Dann aber ging er einen Schritt weiter. *Ist das etwa auch meine Schuld?* »Warum …«, begann er, mußte jedoch mühsam schlucken. »Warum erzählst du mir das? Was erwartest du von mir?«

»Aufgrund von Bruder Mhorams Vision beschloß der Großrat, sofort Verstärkung zur Wasserkante zu entsenden – jetzt. Wegen des nahen Krieges vermögen wir wenig von unseren Streitkräften zu entbehren, doch sagt Mhoram, Schnelligkeit sei wichtiger als Stärke. Daher erwählte Hoch-Lord Elena zwei

Lords – zwei mit Ranyhyn gesegnete Lords, nämlich Shetra, Verements Gemahlin, deren Kenntnis der Sarangrave-Senke die jedes anderen übertrifft, und Hyrim, Hooles Sohn, der beiläufige Bekanntschaft mit dem Wissen der Riesen gemacht hat. Als unsere Begleitung hat Blutmark Morin fünfzehn Bluthüter unter dem Befehl Koriks, Cerrins und Sills ausersehen. Der Hoch-Lord hat ihnen den gleichen Auftrag erteilt, so daß sie, sollten wir unterwegs fallen, ohne Verzug den Riesen zu Hilfe eilen werden. Korik zählt zu den ältesten Bluthütern.« Der Lord tendierte auf einmal zum Abschweifen, als zögere er noch, eine Unannehmlichkeit auszusprechen. »Gemeinsam mit Tuvor, Morin, Bannor und Terrel befehligte er einst das *Haruchai*-Heer, das gegen das Land zog – wider es zog und Hoch-Lord Kevin, den Ranyhyn und den Riesen begegnete, so daß Liebe, Wunder und Dankbarkeit es übermannten, die *Haruchai* den Diensteid schworen, mit dem sie das Bluthütertum begründeten. Sill der Bluthüter, unter dessen Obhut ich mich befinde, während Cerrin über Lord Shetra wacht. Ich werde sie dazu ermahnen, besser denn jemals zuvor auf uns zu achten.« Hyrims Humor kehrte mit dieser letzten, brummigen Bemerkung zurück. »Ich möchte all dies mein Fleisch nicht verlieren, das ich mit soviel Freude angesetzt habe.«

»Was erwartest du von mir?« wiederholte Covenant ungnädig barsch.

Langsam drehte Hyrim sich um und schaute ihn offen an. »Du hast Salzherz Schaumfolger gekannt«, gab er zur Antwort. »Ich möchte, daß du mit uns ausziehst.«

Erstaunt starrte Covenant den Lord an. Ihn schwindelte plötzlich. »Weiß der Hoch-Lord davon?« hörte er sich mit schwacher Stimme fragen, die klang, als käme sie aus weiter Ferne.

Hyrim grinste. »Wenn der Hoch-Lord erfährt, was ich zu dir gesprochen habe, wird sein Zorn mir Blasen ins Angesicht sengen.« Schon im nächsten Moment war er wieder ernst.

»Ur-Lord, ich verlange nicht, daß du uns begleiten sollst. Vielleicht begehe ich mit meinem Ersuchen einen schweren Fehler. Vieles hinsichtlich der Pläne des Verächters für den Krieg ist uns unbekannt – und die größte Lücke unseres Wissens betrifft die Richtung, in die er vorstoßen wird. Gedenkt er südlich Andelains heranzuziehen, wie in vorangegangenen Zeiten, um dann durch die Mittlandebenen nach Norden zu schwenken, oder will er im Norden am Landbruch entlangziehen und uns aus dem Osten angreifen? Unsere Unkenntnis hemmt unsere Verteidigungsvorbereitungen. Das Kriegsheer kann nicht ins Feld ziehen, bevor wir die Antwort auf diese Frage kennen. Streitmark Troy ist höchst besorgt. Sollte Lord Foul nun von Osten her zuschlagen, müßten wir ihm auf dem Wege zur Wasserkante unfehlbar in die Arme reiten. Aus diesem Grunde wäre es eine unüberbietbare Torheit, das Weißgold mitzunehmen. Nein, wäre es klug, daß du uns begleitest, Lord Mhoram hätte dich darum ersucht. Dennoch wende ich mich an dich mit dieser Bitte. Ich liebe die Riesen zutiefst, Ur-Lord. Sie sind kostbar für das ganze Land. Ich wollte gar Hoch-Lord Elenas Zorn auf mich zu laden wagen, um ihnen jeden erdenklichen Beistand zu gewähren.«
Die schlichte Ehrlichkeit, mit der der Lord sein Anliegen vortrug, rührte Covenant. Obwohl er dem Mann eben erst begegnet war, merkte er, daß er Hyrim, Hooles Sohn, sympathisch fand – ihn mochte und ihm gerne geholfen hätte. Und das Schicksal der Riesen war ein schwergewichtiges Argument. Er konnte die Vorstellung nicht ertragen, daß Schaumfolger, so voller Leben, Lachen und Verständnis, sterben müsse, wenn keine Hilfe kam. Zugleich aber erinnerte das Argument Covenant mit aller Bitterkeit an die Tatsache, daß er zur Hilfeleistung weniger fähig war als jeder andere im Land. Und er fühlte noch stark Elenas Einfluß. Er neigte dazu, nichts zu unternehmen, was sie verärgern könnte, nichts zu tun, das ihr zusätz-

lichen Anlaß böte, ihm zu grollen. Er war innerlich gespalten; er vermochte die offene Frage in Hyrims Blick nicht zu beantworten.

Auf einmal füllten sich die Augen des Lords mit Tränen. Er schaute zur Seite und blinzelte rasch. »Ich habe dir Seelenpein bereitet, Ur-Lord«, sagte er gedämpft. »Verzeih mir.« Covenant hatte mit Ironie gerechnet, Kritik in den Worten des Lords erwartet, aber Hyrims Tonfall drückte nur schlichtmütige Trauer aus. Als er sich wieder Covenant zuwandte, bemühten sich seine Lippen um ein lahmes Lächeln. »Nun wohl. Wirst du mich also zumindest hinab in den Hof begleiten? Die Einsatzmannschaft wird sich alsbald dort zusammenfinden, um aufzubrechen. Deine Gegenwart wird ganz Schwelgenstein bekunden, daß du nicht aus Unwissenheit, sondern aus freier Entscheidung handelst.«

Dem konnte Covenant sich schwerlich verschließen; er schämte sich seiner grundlegenden Handlungsunfähigkeit zu sehr, war durch sie zu erbittert. Ruckartig setzte er sich in Bewegung und verließ seine Suite. Sofort bemerkte er Bannor an seinem Ellbogen. Zwischen dem Bluthüter und dem Lord schritt er durch die Säle und Gänge hinab zu den Toren Schwelgensteins. Es gab nur einen Zugang zur Herrenhöh, und den hatten die Riesen wohlüberlegt gebaut, um der Stadt die bestmöglichen Abwehrmöglichkeiten zur Verfügung zu stellen. An der Keilspitze des Plateaus hatten sie den Stein ausgehöhlt, um einen Hof zwischen dem Felsgebirge der Festungsstadt und dem Festungsturm, der die Zugangstore schützte, zu schaffen. Das äußere Tor – gewaltige, aufeinander abgestimmte Steinplatten, die einwärts geschwungen werden konnten, um den Eingang restlos zu versperren – führte in einen Tunnel unterm Turm. Dieser Tunnel mündete in den Hof. Der Zugang vom Hof zur Festung war durch ein zweites derartiges Tor gesichert, so wuchtig und fest wie das äußere Tor. Die Festung war mit dem Turm durch eine Anzahl hölzerner Brücken verbunden, die sich in regelmäßigen Höhenabständen über den Hof erstreckten; den einzigen Zugang zum Turm ermöglichten in Bodenhöhe zwei enge Pforten an den Seiten des Tunnels. Somit mußte jeder Feind, der die nahezu unbewältigbare Tat vollbrachte, das äußere Tor zu durchstoßen, anschließend angesichts des inneren Tors erneut vorm gleichen Problem stehen, während er sich sowohl vom Turm wie auch von den Festungsmauern herab Angriffen ausgesetzt sah. Der Hof war gepflastert, außer an seinem Mittelpunkt, wo ein uralter Güldenblattbaum aufragte, genährt durch ein Springbrünnlein mit frischem Wasser.

Lord Hyrim, Bannor und Covenant trafen den Rest der Einsatztruppen unter diesem Baum an, während das Dunkel vom Himmel wich. Die Morgendämmerung hatte begonnen. Covenant fröstelte in der ziemlich kühlen Morgenluft und schaute sich im Hof um. Im Lichtschein, der aus dem Innern der Festungsstadt drang, sah er, daß alle Personen im Umkreis des Baums Bluthüter waren, ausgenommen ein Lord, eine hochgewachsene Frau. Sie stand Schwelgenstein zugekehrt; Covenant konnte sie deutlich sehen. Sie hatte harsches, eisengraues Haar, das sie kurzgeschnitten trug; ihr Gesicht erinnerte an einen Falken – hohlwangig, aber mit einem scharfen Nasenrücken und sehr scharfen Augen. In diesen Augen war ein Glitzern wie im Jagdblick eines Falken. Hinter diesen Funken glaubte Covenant jedoch etwas zu erkennen, das wie der Schmerz eines Verlangens wirkte, einer Sehnsucht, die sich weder erfüllen noch unterdrücken ließ. Lord Hyrim grüßte sie kameradschaftlich, aber sie beachtete ihn nicht, sondern starrte nur in die Festung, als könne sie es nicht ertragen, sie zu verlassen. Im Hintergrund verteilten die Bluthüter emsig Packlasten, bündelten ihre Vorräte und befestigten sie mit *Clingor*-Strängen auf ihren Rücken, so daß sie ihre Bewegungsfreiheit

bewahrten. Bald darauf kam einer von ihnen herüber – Covenant erkannte Korik – und meldete Lord Hyrim, er sei bereit.
»Bereit, Freund Korik?« Hyrims Stimme klang spritzig. »Ach, vermöchte ich doch von mir Gleiches zu behaupten! Aber ich bin – bei der Sieben! – kein Mann, der sich für große Gefahren eignet – ich kann besser Siege feiern als welche erringen. Ja, das ist's, wozu ich begabt bin. Kämst du, um mir einen Sieg zu vermelden, ich wollte ihn rühmen, daß es dir den Atem verschlüge. Doch das hier … geschwind durchs Land in den Rachen welcher greulichen Gefahr wohl zu reiten …! Kannst du uns etwas von diesen Bedrohungen erzählen, Korik?«
»Lord?«
»Ich habe dieser Frage ausgiebige Überlegung gewidmet, Freund Korik – du dürftest dir vorstellen können, wie schwer mir's fiel. Aber ich ersehe, daß der Hoch-Lord dich aus wohlerwogenem Grund mit diesem Auftrag betraut hat. Vernimm, welche Gedanken ich mir gemacht habe – solche Anstrengungen dürfen nicht vergebens sein. Nun überlege! Von allen Bewohnern Schwelgensteins haben nur die Bluthüter das Land schon vor seiner Schändung gesehen. Du selbst hast Kevin gekannt. Zweifellos weißt du über ihn viel mehr als wir. Und sicherlich auch mehr über den Verächter. Vielleicht weißt du, wie er seine Kriegspläne zu schmieden pflegt. Womöglich weißt du mehr, als Lord Callindrill uns von den Gefährdungen berichten konnte, die zwischen uns und der Wasserkante lauern.« Korik hob kaum merklich die Schultern. »Ich spüre in meinem Herzen«, fügte Hyrim hinzu, »daß du die Gefahren, die uns erwarten, besser zu ermessen verstehst als jeder Lord. Du solltest darüber sprechen, damit wir uns auf sie vorbereiten können. Mag sein, daß wir uns nicht durch den Wald von Grimmerdhore oder die Sarangrave-Senke wagen sollen, sondern lieber gen Norden reiten und sie umgehen, wenngleich das einige Tage länger dauern müßte.«

»Die Bluthüter kennen die Zukunft nicht.« Korik antwortete in gleichmütigem Ton, aber Covenant bemerkte eine leichte Gedehntheit des Wörtchens ›kennen‹; anscheinend gebrauchte Korik es in einem anderen Sinn als Hyrim, in weiterem oder prophetischerem Sinn.

Der Lord war prompt unzufrieden. »Vielleicht nicht. Aber ihr habt nicht unter Kevins Herrschaft leben können, ohne dabei etwas zu lernen. Fürchtet ihr, wir könnten das Wissen, das ihr ertragt, nicht verkraften?«

»Hyrim, du vergißt dich«, mischte Lord Shetra sich unvermittelt ein. »Ist das deine Achtung vor den Wahrern des *Haruchai*-Eids?«

»Ach, Schwester Shetra, du hast mich mißverstanden. Meine Hochachtung für die Bluthüter kennt keine Schranken. Wie vermöchte ich anders für Männer zu empfinden, die übers Maß jedes gewöhnlichen menschlichen Schwurs hinaus gelobt haben, mein Leben zu beschützen? Wollten sie mir gar noch eine Gewährleistung feinster Speisen aussprechen, ich wäre vollends in ihrer Schuld. Doch gewiß ersiehst du selbst, in welcher Lage wir uns befinden. Der Hoch-Lord hat den Erfolg dieses Auftrags ihren Händen überantwortet. Falls jene Gefahren, denen wir so frohgemut entgegenreiten, ihnen die Wahl aufnötigt, werden die Bluthüter die Erfüllung ihres Auftrags vorziehen, statt uns zu verteidigen.«

Für einen Moment heftete Lord Shetra einen harten Blick auf Hyrim, der einem Ausdruck von Geringschätzung nahekam. Doch als sie den Mund öffnete, schalt ihre Stimme ihn nicht. »Du bist nicht frohgemut, Lord Hyrim. Du glaubst, daß das Überleben der Riesen von diesem Auftrag abhängt, und versuchst, deine Furcht um sie zu verhehlen.«

»*Melenkurion* Himmelswehr!« Hyrim brummte auf, um nicht lachen zu müssen. »Ich trachte lediglich danach, mein zartes, mit langwierigen Bemühungen erworbenes Fleisch wider rücksichtslose Angriffe zu schützen. Es wollte dir wohl bekommen, ein so lohnendes Anliegen mit mir zu teilen.«

»Friede, Lord.« Shetra seufzte. »Mein Herz sinnt nicht auf Scherze.« Sie wandte sich ab, um ihre Betrachtung Schwelgensteins fortzusetzen.

Stumm musterte Lord Hyrim sie für ein kurzes Weilchen, dann befaßte er sich erneut mit Korik. »Nun, sie hat an Leiblichem weniger zu beschützen als ich. Mag sein, daß edler Geist vernachlässigtem Fleisch vorbehalten ist. Ich muß darüber mit den Riesen reden ... falls wir zu ihnen gelangen.«

»Wir sind die Bluthüter«, antwortete Korik mit schlichter Entschiedenheit. »Wir werden die Wasserkante erreichen.«

Hyrim blickte empor an den noch trüben Himmel. »Beistand oder Untergang«, sagte er leise und im Tonfall gelinder Belustigung. »Wären wir nur mehr. Die Riesen sind groß, und wenn sie der Hilfe bedürfen, muß ihr Hilfsbedürfnis groß sein.«

»Sie sind die Riesen. Vermögen sie nicht jedes Bedürfnis zu stillen?«

Der Lord schenkte Korik einen schnellen, wachsamen Blick, gab jedoch keine Antwort. Gleich darauf trat er an Shetras Seite. »Komm, Schwester!« sagte er ruhig. »Unsere Aufgabe drängt. Der Weg ist weit, und wollen wir auf ein Ende hoffen, müssen wir zuvor den Anfang machen.«

»Warte«, rief sie unterdrückt; das Wort klang wie ein ferner Vogelruf.

Hyrim maß sie einen Moment lang mit seinem Blick. Dann kam er zurück zu Covenant. »Sie begehrt Lord Verement, ihren Gemahl, zu sehen, bevor wir aufbrechen«, flüsterte er so leise, daß selbst Covenant es kaum hören konnte. »Mit dem Paar ist's eine traurige Geschichte, Ur-Lord. Ihre Ehe ist überschattet. Beide sind stolz. Gemeinsam suchten sie die Ebenen von Ra auf, um sich den Ranyhyn zur Wahl zu stellen. Und die Ranyhyn ... ach, die Ranyhyn erwählten sie, aber versagten sich ihm. So ist's nun einmal, sie treffen ihre Wahl nach ihrem Willen, und nicht einmal die Ramen wissen ihn zu deuten. Doch zwischen diesen beiden hat ihre Entscheidung nun eine Kluft geschaffen. Bruder Verement ist ein ehrenwerter Mann – aber nun hat er eine Veranlassung, sich unwert zu wähnen. Und Schwester Shetra kann sein Urteil weder bestätigen noch leugnen. Und da ergibt sich nun dieser Auftrag … rechtmäßig müßte Bruder Verement an meiner Stelle ausziehen, doch des Auftrags Art erfordert die Schnelligkeit und Zähigkeit der Ranyhyn. Schon um Schwester Shetras willen sähe ich lieber statt ihrer dich mit uns reiten.«

»Ich reite keine Ranyhyn«, erwiderte Covenant mit unsicherer Stimme.

»Auf deinen Ruf kämen sie«, antwortete Hyrim. Wieder fühlte sich Covenant zu Einwänden außerstande; er fürchtete, daß Hyrim recht hatte. Die Ranyhyn waren ihm unterworfen; er hatte sie nicht aus dem Gehorsam entlassen. Aber er konnte keines der großen Rösser reiten. Sie hatten sich aus Furcht und Abscheu vor ihm aufgebäumt. Wiederum vermochte er Hyrim nichts zu bieten als seinen Blick stummer Unentschlossenheit.

Ein Weilchen später vernahm er vom Eingang zur Festungsstadt Geräusche. Als er sich umwandte, sah er zwei Lords den Hof betreten – Hoch-Lord Elena und einen Mann, den er noch nicht kannte. Elenas Erscheinen machte ihn zittrig; sofort schien die Luft voller Schwingen zu sein, von geierhaften Implikationen zu wimmeln. Aber auch der Mann an ihrer Seite erregte seine Aufmerksamkeit. Unverzüglich begriff er, das war Lord Verement. Der Mann ähnelte Shetra zu stark, um ein anderer sein zu können. Er hatte das gleiche harsche, gestutzte Haar, gleichartige falkenähnliche Gesichtszüge, den gleichen Kniff der Bitterkeit um den Mund. Er kam auf sie zu, als wolle er sich auf sie stürzen.

Aber er blieb drei Meter vor ihr stehen. Seine Augen wichen

ihrem scharfen Blick aus; er brachte es nicht über sich, sie direkt anzusehen. »Wirst du ziehen?« fragte er mit gedämpfter Stimme.

»Du weißt, daß ich's muß.«

Daraufhin schwiegen beide. Ungeachtet des Umstands, daß Zuschauer anwesend waren, hielten sie voneinander Abstand. Irgendeine Prüfung der Willenskraft fand zwischen ihnen statt, die keiner Worte bedurfte. Für eine ganze Zeitlang blieben sie stumm und still, als wollten sie Gesten vermeiden, die als Kompromiß oder Einlenken interpretiert werden mochten. »Er verspürte keinen Wunsch, sich zur Verabschiedung einzufinden«, flüsterte Hyrim Covenant zu, »aber der Hoch-Lord hat ihn mitgenommen. Er fühlt sich beschämt.«

Da regte sich Lord Verement. Plötzlich warf er seinen Stab senkrecht Shetra zu. Sie fing ihn auf und warf ihren Stab ihm zu. Er fing ihn seinerseits auf. »Bleib wohlauf, Gemahlin«, sagte er trostlos matt.

»Bleib wohlauf, Gemahl«, lautete ihre Antwort.

»Nichts wird für mich wohl sein, bis du zurückkehrst.«

»Und nichts für mich«, entgegnete sie leise, aber mit Nachdruck. Ohne ein weiteres Wort machte er auf dem Absatz kehrt und eilte zurück in die Festungsstadt. Einen Moment lang sah sie ihm nach, dann drehte sie sich ebenfalls um und lenkte ihre Schritte vom Hof in den Tunnel. Korik und die übrigen Bluthüter folgten ihr. Binnen kurzem war Covenant mit Hyrim und Elena allein im Hof.

»Wohlan, Hyrim«, sagte der Hoch-Lord sanftmütig, »du mußt deine Bürde auf dich laden. Ich bedaure, daß sie dir so schwer werden muß.«

»Hoch-Lord …«, begann Hyrim.

»Aber du bist fähig, sie zu tragen«, ergänzte der Hoch-Lord. »Du hast noch nicht einmal damit angefangen, das Maß deiner wahren Kraft voll zu nutzen.«

»Hoch-Lord«, sagte Hyrim, »ich habe Ur-Lord Covenant gebeten, er möge uns begleiten.«
Elena erstarrte. Covenant fühlte eine Welle von Anspannung von ihr ausgehen; sie schien plötzlich handgreiflich spürbare Härte auszustrahlen. »Lord Hyrim«, sagte sie mit dunkler Stimme, »du wandelst auf gefährlichem Grund.« Ihre Stimme klang streng, aber Covenant hörte heraus, daß sie keineswegs eine Warnung aussprach, Hyrim nicht drohte. Sie respektierte, was er getan hatte. Und sie empfand Furcht. Sie wandte sich an Covenant. »Wirst du mitgehen?« erkundigte sie sich bedächtig, als sorge sie sich, man könnte ihr die eigenen sehnlichen Wünsche anmerken. Hinter ihrem Rücken glommen die Lichter Schwelgensteins, so daß er ihre Miene nicht erkennen konnte. Er war froh darum; er wollte gar nicht wissen, ob er allein im Brennpunkt ihres sonderbaren, zwiespältigen Blicks stand oder nicht. Er versuchte zu antworten, aber für einen Moment war seine Kehle so trocken, daß er keinen Laut hervorbrachte.
»Nein«, sagte er endlich. »Nein.« Hyrim zuliebe gab er sich Mühe, ehrlich zu sein. »Ich könnte nichts für die Riesen tun.« Aber während er das sagte, war er sich darüber im klaren, daß er nicht die volle Wahrheit sprach. Er weigerte sich, weil Lenas Tochter Elena wünschte, daß er blieb.
Ihre Erleichterung war so offensichtlich wie vorher ihr Mißfallen. »Nun wohl, Ur-Lord.« Sie und Lord Hyrim standen einander für eine längere Weile gegenüber. Covenant spürte die Schwingungen ihrer stummen Kommunikation, ihre mentale Verbindung. Dann trat Hyrim dicht vor Elena und küßte sie auf die Stirn. Sie drückte und entließ ihn. Er verbeugte sich vor Covenant und entfernte sich in den Stollen unterm Festungsturm. Elena kehrte Covenant den Rücken und begab sich durch eine der schmalen Pforten neben der Tunnelmündung in den Turm, und Covenant blieb allein zurück. Er atmete tief ein, rang um seine Fassung, als habe er gerade ein Verhör

durchgestanden. Trotz der Kühle der Dämmerung bedeckte ihn Schweiß. Er wartete noch eine Zeitlang im Hof, wußte nicht, was er jetzt machen sollte. Doch dann hörte er von außerhalb der Herrenhöh Pfiffe gellen – schrille, durchdringende Töne, die von Schwelgensteins Wällen widerhallten. Koriks Mannschaft rief die Ranyhyn. Sofort rannte Covenant in den Tunnel. Außerhalb des überschatteten Hofs sah der Himmel schon heller aus. Im Osten hatte sich der Rand der Sonne über den Horizont geschoben. Der Morgen wanderte westwärts, und inmitten der Morgenfrühe wiederholten die fünfzehn Bluthüter und zwei Lords ihren Ruf.

Und dann nochmals.

Während nach dem dritten Mal die Echos verhallten, erklang in der Luft schon der Donner kraftvoller Hufe. Für ein beträchtliches Weilchen dröhnte die Erde lautstark unterm Hufschlag der Ranyhyn, und ein dumpfes Trommeln erfüllte die Luft. Dann jagte ein Schatten durchs Vorgebirge. Siebzehn starke Pferde mit makellosen Gliedmaßen kamen wie eine schwungvolle, stolze Woge nach Schwelgenstein. Die weißen Sterne auf ihren Stirnen wirkten aus der Entfernung wie Gischt auf einer Welle, während sie zu den Reitern galoppierten, die sie erwählt hatten, um ihnen zu dienen. Mit dem Huschen von Hufen und unter hellem Wiehern verlangsamten sie ihr Tempo. Zur Begrüßung verbeugten sich die Bluthüter und die zwei Lords. »Heil, Ranyhyn«, rief Korik. »Landdurchquerer und Stolzträger. Sonnenfleisch und Himmelsmähnen, wir sind froh, daß ihr unseren Ruf erhört habt! Übel und Krieg drohen dem Land. Gefahren und Schwächung drohen den Feinden Fangzahns. Wollt ihr uns tragen?« Die großen Pferde nickten und schnoben während der letzten Schritte; mit den Schnauzen drängten sie ihre Reiter, sich auf ihre Rücken zu schwingen. Augenblicklich schwangen sich nun sämtliche Bluthüter auf ihre Ranyhyn. Sie brauchten weder Sattel noch Zügel; die

Ranyhyn trugen ihre Reiter mit aller Bereitwilligkeit und reagierten auf den Druck eines Knies, die Berührung einer Hand – ja, sogar auf nur gedachte Befehle. Dasselbe seltsame Hörvermögen, das es ihnen ermöglichte, auf den Ruf ihrer Reiter sofort zu erscheinen, wo diese sich auch gerade im Lande befinden mochten, das es ihnen erlaubte, den Ruf der Reiter zehn oder mehr Tage zuvor zu hören, ehe er tatsächlich ertönte, und aus den Ebenen von Ra zu ihnen zu rasen, als habe nur eine Strecke von ein paar Minuten sie von ihnen getrennt, nicht die vierhundert Längenmaße zwischen dem südöstlichen Zipfel des Landes und allen anderen Regionen, das sie dazu befähigte, mit ihrem Reiter wie eine Einheit zu handeln, ein reibungsloses Zusammenwirken von Geist und Körper zu garantieren. Die Lords Shetra und Hyrim stiegen langsamer auf, und Covenant beobachtete sie mit verengter Kehle, als nähmen sie eine Herausforderung an, der eigentlich er sich stellen müßte. *Schaumfolger, bitte …*, dachte er. *Bitte …* aber er konnte sich zur Ergänzung ›vergib mir‹ nicht durchringen. Da hörte er hinter sich aus der Höhe einen Ruf. Er drehte sich nach Schwelgenstein um und sah hoch droben auf dem Festungsturm eine winzige, schlanke Gestalt mit erhobenen Armen stehen – den Hoch-Lord. Als die aufgesessene Truppe die Pferde herumlenkte und zu Elena emporblickte, streckte sie den Stab des Gesetzes himmelwärts und ließ aus seiner Spitze eine Flamme von kräftigem Blau schlagen, die vorm trüben Himmel loderte und lohte, ein Päan aus reiner Energie, der in ihren Händen mit blauweißer Mitte glühte und an den Rändern der Flamme in den pursten vorstellbaren Azur überging. Dreimal schwang sie den Stab, und sein Feuer war so hell, daß die Flammenzungen an den Himmel zu blaken schienen. Dann erscholl ein »Heil!« Elenas, und zugleich stieß sie den Stab hoch empor. Eine Sekunde lang flammte er in seiner ganzen Länge auf, so daß ein gewaltiger Ausbruch von Lord-Feuer zum

Himmel aufwaberte. In dieser Sekunde schuf sie zu Füßen Schwelgensteins soviel Helligkeit, daß die Dämmerung insgesamt schlagartig für einen Augenblick wich, als beabsichtige sie den Ausgezogenen zu zeigen, daß sie stark genug war, um das Schicksal zu bannen, das die Düsternis des Morgens ihnen anzukünden schien.

Die Lords erwiderten ihren Abschiedsgruß, ließen eigenes Lord-Feuer erglühen und ebenso ein »Heil!« erschallen. Und die Bluthüter brachen in einen einstimmigen Donnerruf aus. »Faust und Felsenfest-Treue! Heil, Hoch-Lord!«

Für einen Moment wallte aus allen emporgereckten Stäben Glutlohe. Dann ließen alle Lords ihre Feuer vergehen. Auf dies einmütige Zeichen vollführte die aufgebrochene Mannschaft eine geschwinde Wendung und galoppierte davon in den Sonnenaufgang.

8
»Lord Kevins Klage«

Der Aufbruch der Verstärkungstruppe und die am Vorabend stattgefundene Zusammenkunft mit Hoch-Lord Elena hatten Covenant tief erschüttert. Allem Anschein nach drohte er das geringe Maß an Unabhängigkeit oder Eigenständigkeit, worüber er noch verfügte, zu verlieren. Statt selbst zu entscheiden, wie seine Position beschaffen war, und nach dieser Maßgabe zu handeln, ließ er zu, daß man ihn ablenkte, noch grundlegender in die Irre führte als während seines ersten Wahnerlebnisses im Lande. Schon hatte er Elenas Ansprüche anerkannt, und nur dadurch war er daran gehindert worden, auch noch auf die Ansprüche der Riesen einzugehen. Er durfte in dieser Art und Weise nicht weitermachen. Andernfalls mußte er so ähnlich werden wie Hile Troy – ein Mann, den die Gabe des Sehens so übermannt hatte, daß er nicht die Blindheit seines Verlangens nach der Verantwortung fürs ganze Land erkennen konnte. Für einen Leprakranken war das nackter Selbstmord. Ein Scheitern bedeutete den Tod. Und hätte er Erfolg, er würde nie wieder die Gefühllosigkeit und Taubheit seines wirklichen Lebens und seiner Leprose ertragen können. Er wußte von Lepraleidenden, die an ihrer Krankheit gestorben waren; für sie kam der Tod niemals schnell, niemals glatt und sauber. Ihr Ende lag erst jenseits einer stinkenden Scheußlichkeit von solchem Grauen, daß er Übelkeit empfand, sobald er sich daran entsann, daß so eine leibhaftige Fäulnis existierte. Und das war nicht sein einziges Bedenken. Diese Verführung zur Übernahme von Verantwortung mußte eine Machenschaft Fouls sein. Sie zählte zu den Mitteln, mit denen Lord Foul den Untergang des Landes zu bewerkstelligen beabsichtigte. Wenn schwache Menschen sich zu große Lasten aufbürdeten, konnte das Resultat nur dem Verächter dienen. Covenant hegte keinen Zweifel daran, daß Troy zu schwach war. Hatte ihn Atiaran nicht im Zustand der Verzweiflung ins Land versetzt? Und was ihn betraf – ihn, Thomas Covenant –, er war so ungeeignet zur Ausübung von Macht, als existiere so eine Sache überhaupt nicht. Für ihn durfte es sie nicht geben. Täuschte er sich darüber hinweg, mußte das gesamte Land zu so etwas wie einem zweiten Leprakranken in Lord Fouls Gewalt werden.

Als er seine Zimmer erreichte, wußte er, daß er irgend etwas zu unternehmen hatte, irgendwelche Maßnahmen zu treffen, um die Bedingungen abzuklären, an die er sich halten mußte. Es galt, irgendeine Diskrepanz zu finden oder zu schaffen, einen unwiderlegbaren Beweis dafür, daß das Land nichts war als ein Hirngespinst. Seinen Gefühlen konnte er nicht trauen; er benötigte Logik, eine Beweisführung, so unerbittlich wie die Grundregeln der Leprose. Eine Zeitlang schweifte er durch seine Räume, als suche er die Antwort am steinernen Fußboden. Plötzlich hatte er eine Eingebung; er riß die Tür auf und schaute hinaus in den Korridor. Draußen stand Bannor und hielt Wache, so unerschütterlich, als sei der Sinn des Lebens für ihn keine der Diskussion werte Frage. Verlegen bat Covenant ihn in den Wohnraum. Als Bannor dort vor ihm stand, rief Covenant sich rasch ins Bewußtsein, was er über die Bluthüter wußte. Sie stammten vom Volk der *Haruchai* ab, das hoch im Westlandgebirge wohnte, jenseits Trothgards und des Landes. Die *Haruchai* waren ein kriegerisches und eigenwilliges Volk, und daher war es vielleicht unvermeidlich gewesen, daß sie irgendwann im Laufe ihrer Geschichte auch ein Heer ostwärts ins Land geschickt hatten. Das war während der ersten Jahre der Hoch-Lordschaft Kevins geschehen. Sie marschierten nach Schwelgenstein zu Fuß und ohne Waffen – die *Haruchai* benutzten nämlich keine Waffen, ebensowenig irgendwelches

Wissen: sie vertrauten allein auf ihre eigenen körperlichen Fähigkeiten – und forderten den Großrat der Lords zum Kampf heraus. Doch Kevin verweigerte ihnen den Krieg. Statt dessen gewann er die *Haruchai* zu Freunden. Sie ihrerseits gingen weit über seine eigentlichen Absichten hinaus. Offenbar hatten die Ranyhyn, die Riesen und Schwelgenstein selbst – als Bergbewohner empfanden die *Haruchai* eine ausgeprägte Liebe zu Stein und Festigkeit – tiefer an sie gerührt als alles andere in ihrer vorherigen Geschichte. In Beantwortung von Kevins Freundschaftsangebot schworen sie einen Eid, den Lords zu dienen; und irgendeine Außergewöhnlichkeit in ihrem Verhalten oder ihren Worten hatte die Erdkraft geweckt, so daß sie seitdem durch ihren Schwur so gebunden waren, daß er jede freie Wahl ausschloß, zugleich aber gefeit gegen Zeit und Tod. Fünfhundert Angehörige ihres ursprünglichen Heers stellten die Garde der Bluthüter. Der Rest kehrte zurück in die Heimat. Heute waren sie noch immer fast fünfhundert. Wenn ein Bluthüter im Kampf fiel, schickte man einen Ranyhyn durch den Hüterstieg ins Westlandgebirge, und ein anderer *Haruchai* kam, um seinen Platz einzunehmen. Nur für jene, deren Leichname man nicht bergen konnte – wie es im Falle Tuvors geschehen war, des früheren Blutmarks –, kam kein Ersatzmann. Die große Anomalie in der Geschichte der Bluthüter-Garde bestand aus der Tatsache, daß sie das Ritual der Schändung unbehelligt überstand, während Kevin, sein Großrat und alle seine Werke der Vernichtung verfielen. Sie hatten ihm vertraut. Als er ihnen befahl, sich in die Berge zu begeben, ohne seine Absicht zu erläutern, da gehorchten sie. Nachher allerdings sahen sie sich zu Zweifeln daran veranlaßt, ob sie ihren Dienst wirklich treu erfüllt hatten. Der Eid war von ihnen geleistet worden; sie hätten im Kiril Threndor unterm Donnerberg mit Kevin sterben müssen – oder ihn daran hindern sollen, aus Verzweiflung Lord Foul dort entgegenzutreten, daran hindern, das Ritual zu vollziehen, das die Epoche der Alt-Lords in den Untergang stürzte. Sie waren treu bis zu einem Extrem, das ihrer Sterblichkeit trotzte, und doch hatten sie ihr Versprechen gebrochen, die Lords um jeden Preis, was es sie selber auch kosten mochte, zu behüten. Covenant hätte Bannor gerne gefragt, was aus den Bluthütern würde, kämen sie jemals zu der Ansicht, ihre extravagante Treue sei falsch, daß sie mit ihrem Eid sowohl Kevin wie auch sich selbst betrogen. Aber er sah sich dazu außerstande, diese Frage in Worte zu fassen. Bannor verdiente von ihm eine anständigere Behandlung. Auch Bannor hatte seine Frau verloren. Sie war seit zweitausend Jahren tot. Statt dessen konzentrierte sich Covenant mit seiner Befragung auf die Suche nach der angepeilten Diskrepanz. Er merkte jedoch bald, daß sich mit Fragen an Bannor keine finden ließ. Mit ausdrucksloser, fremdartiger Stimme erteilte der Bluthüter wortkarge Auskünfte, die Covenant über die Überlebenden des Ringens um den Stab des Gesetzes verrieten, was er wissen wollte, aber ebensoviel, was er nicht zu hören wünschte. Was aus Schaumfolger und Lord Mhoram geworden war, wußte er bereits. Nun klärte Bannor ihn darüber auf, daß Hoch-Lord Prothall, der das Aufgebot anführte, noch vor der Rückkehr nach Schwelgenstein auf seine Hoch-Lordschaft verzichtet hatte. Er konnte nicht vergessen, daß der greise Herdwart Birinair an seiner Stelle den Tod fand. Außerdem hatte er das Gefühl, mit der Wiedergewinnung des Stabes sei sein Schicksal erfüllt worden, habe er alles vollbracht, was er zu bewältigen vermochte. Er vertraute den Stab des Gesetzes und den Zweiten Kreis des Wissens Lord Mhorams Obhut an und ritt davon in seine Heimat in den Nordlandhöhen. Die Bewohner der Herrenhöh sahen ihn nie wieder. Nach Mhorams Rückkehr trat Osondrea die Hoch-Lordschaft an. Bis zu ihrem Tode setzte sie all ihre Kräfte ein, um den Großrat zu stärken, das Kriegsheer zu vergrößern und

Schwelgenholz aufzubauen, den neuen Sitz der Schule der Lehre. Im Anschluß an die Rückkehr nach Schwelgenstein hatte auch Quaan – der Streitwart des Fähnleins, von dem Prothall und Mhoram begleitet worden waren – seinen Dienst zu quittieren beabsichtigt, aus Scham, nur die Hälfte seiner Krieger lebend zurückgebracht zu haben. Doch Hoch-Lord Osondrea kannte seinen Wert und ließ ihn nicht gehen, und bald nahm er seinen Dienst wieder auf. Nun war er Schwertwart des Kriegsheers, Hile Troys Stellvertreter. Sein Haar war weiß geworden und ausgedünnt, sein Blick wirkte durch Alter und Abnutzung stumpfer, aber er war noch immer der gleiche starke, aufrichtige Mann wie früher. Die Lords achteten ihn. In Troys Abwesenheit würden sie ihm die Führung des Kriegsheers vorbehaltlos anvertrauen.

Covenant stieß einen Seufzer der Mißstimmung aus und schickte Bannor wieder vor die Tür. Solche Informationen entsprachen nicht seinen Bedürfnissen. Offensichtlich war es ihm nicht bestimmt, für sein Dilemma leichte Lösungen zu finden. Wenn er Beweise für den Wahncharakter seiner Erlebnisse wollte, mußte er sie sich selber besorgen. Er schickte sich nur mit Bestürzung in diese Aussicht. Was immer er unternehmen konnte, es würde lange dauern, bis es Früchte trug. Der endgültige Beweis, lückenlos und unbestreitbar, lag erst vor, wenn seine Wahngebilde endeten, wenn er zurückgekehrt war in die Wirklichkeit. Unterdessen halfen alle Anstrengungen ihm wenig. Aber er hatte keine Wahl; sein Bedürfnis war zu dringlich. Er wußte drei machbare Möglichkeiten, um eine eindeutige Diskrepanz zu schaffen: er konnte seine Kleidung vernichten, sein Taschenmesser wegwerfen – den einzigen Gegenstand in seinen Taschen – oder sich einen Bart wachsen lassen; wenn er dann erwachte und noch seine Sachen trug, noch das Taschenmesser besaß oder rasiert war, dann hatte er seinen eindeutigen Beweis. Der scheinbar offenkundigen Diskrepanz seiner geheilten Stirn traute er nicht. Die gemachten Erfahrungen rechtfertigten die Befürchtung, daß er kurz vor der Beendigung seiner Wahnerlebnisse eine neue Verletzung erlitt. Zu den ersten beiden Alternativen konnte er sich nicht entschließen. Die Vorstellung, seine widerstandsfähige, vertraute Kleidung zu zerstören, flößte ihm ein zu starkes Gefühl von Verwundbarkeit ein, und die Folgen eines Verzichts auf sein Taschenmesser empfand er als zu unsicher. Er verfluchte diese Art, wie sein Los ihn zur Aufgabe all der strikten Gewohnheiten zwang, von denen sein Überleben abhing, und beschloß, künftig das Rasieren zu unterlassen. Als er schließlich genug Mumm aufbrachte und sich aus seinen Räumen wagte, um sich in der Herrenhöh nach so etwas wie einem Frühstück umzuschauen, galten ihm die Bartstoppeln auf seinen Wangen als eine Demonstration des Trotzes. Bannor führte ihn in einen der geräumigen Speisesäle Schwelgensteins und ließ ihn zum Essen allein.

Aber noch bevor Covenant damit fertig war, kam der Bluthüter zurück an seinen Tisch. Im Federn von Bannors Schritten spiegelte sich irgendwie zusätzliche Spannung wider – eine Straffheit, die seltsamerweise nach Erregung aussah. Doch als er Covenant ansprach, blieben seine gleichgültigen, verschleierten Augen ohne Ausdruck, und der gedämpfte Zungenschlag seiner Stimme klang so modulationsarm wie immer. »Ur-Lord, der Großrat ersucht dich, du mögest in die Klause kommen. Ein Fremder hat Schwelgenstein betreten. Die Lords werden binnen kurzem mit ihm sprechen.«

»Was für ein Fremder?« fragte Covenant, wegen Bannors erhöhter Wachsamkeit sehr vorsichtig.

»Ur-Lord?«

»Ich meine, ist es … jemand wie ich? Oder wie Troy?«

»Nein.«

In seiner Verwirrung fiel Covenant die absolute Gewißheit in

Bannors Stimme nicht unverzüglich auf. Erst als er dem Bluthüter aus dem Speisesaal und erneut durch die Hohlräume Schwelgensteins folgte, spürte er irgendein Extra in der Verneinung, irgend etwas, das Bannors normale Selbstsicherheit sogar noch überschritt. Das ›Nein‹ hatte Bannors Schritten geähnelt; auf gewisse Weise war es gespannter gewesen. Covenant konnte sich dafür keinen Grund ausmalen. »Was ist so wichtig an diesem Fremden?« Er zwang sich zu dieser Frage, während sie eine breite Wendeltreppe hinunterstiegen, die durch mehrere Ebenen der Herrenhöh verlief. »Was weißt du über ihn?«

Bannor überhörte die Frage. Als sie die Klause betraten, waren Hoch-Lord Elena, Lord Verement und vier andere Lords bereits eingetroffen. Der Hoch-Lord saß an seinem Platz am Ende der C-förmigen Tafel, den Stab des Gesetzes vor sich auf der steinernen Platte. Rechts davon saßen zunächst zwei Männer, dann zwei Frauen. Links von Elena saß nach zwei leeren Plätzen Lord Verement. Hinter den Lords hockten in der ersten Reihe der Galerie acht Bluthüter; im Rücken des Hoch-Lords hatten Blutmark Morin sowie die Herdwarte Tohrm und Borillar ihre Plätze eingenommen. Ansonsten allerdings war die Klause leer. Erwartungsvolle Gedämpftheit herrschte in der Ratskammer. Für einen Moment rechnete Covenant damit, Elena werde den Kriegsausbruch verkünden. Bannor geleitete Covenant zum Steintisch der Lords, zu einem Sitz zwei Plätze neben Lord Verement. Der Zweifler ließ sich auf dem steinernen Sessel nieder, rieb sich die frischen Stoppeln des geplanten Barts, als erwarte er vom Großrat, er wisse, was sie bedeuten sollten. Die Blicke der Lords ruhten auf ihm und bereiteten ihm Unbehagen. Er fühlte sich auf sonderbare Weise dadurch beschämt, daß seine Fingerspitzen die Struppigkeit seiner Wangen ertasten konnten. »Ur-Lord Covenant«, sagte der Hoch-Lord nach einem Augenblick des Schweigens, »derweil wir auf Lord Mhoram und Streitmark Troy harren, sollten wir gebührlich die Vorstellung nachholen. Wir haben in der Güte unserer Gastfreundlichkeit nachgelassen. Erlaube, daß ich dir jene im Großrat bekannt mache, die du noch nicht kennst.« Covenant nickte, froh um jede Abwechslung, die ihn von dieser Ballung von Blicken befreite. Elena begann zu ihrer Linken. »Hier sitzt Lord Verement, Gemahl Shetras, die du bereits gesehen hast.« Verement betrachtete mit finsterer Miene seine Hände und sah Covenant nicht an. Elena wandte sich nach rechts. Der Mann neben ihr war ein breitgewachsener Hüne; er besaß eine ausgeprägte Stirn und einen aufmerksamen, von einem kernigen blonden Bart umrahmten Blick. Seine Miene zeugte von tiefverwurzelter Freundlichkeit. »Hier siehst du Lord Callindrill, Faers Gemahl. Seine Gemahlin Faer ist eine der herausragendsten Meisterinnen der Kunst der *Suru-pa-maerl.«* Lord Callindrill lächelte Covenant halb scheu zu und neigte den Kopf. »Zu seiner Seite«, machte der Hoch-Lord weiter, »sitzen die Lords Trevor und Loerja.« Lord Trevor war ein dünner Mann mit unsicherem Gebaren, als sei er nicht so recht davon überzeugt, an die Tafelrunde der Lords zu gehören, Lord Loerja dagegen, seine Frau, erweckte einen soliden, mütterlichen Eindruck, war sich ihrer Machtausübung voll bewußt. »Sie haben drei Töchter, die unser aller Herzen erfreuen.« Beide Lords lächelten, aber während Trevors Lächeln sowohl Überraschung wie auch Stolz widerspiegelte, lächelte Loerja in stillem Selbstvertrauen. »Dahinter erblickst du Lord Amatin, Matins Tochter«, beschloß Elena die Runde. »Erst vor einem Jahr bestand sie an der Schule der Lehre die Prüfungen des Schwert- und Stabwissens und fand Aufnahme in den Großrat. Nun wirkt sie in den Schulen Schwelgensteins. Sie lehrt die Kinder.« Lord Amatin neigte anmutig das Haupt, eine zierliche, ernsthafte Person mit haselnußbraunen Augen, aus denen sie Covenant musterte wie ein Studienobjekt. Nach kurzer Kunstpause erging sich der Hoch-Lord in einer zeremoniell verbrämten offiziellen Begrüßung des Zweiflers auf der Herrenhöh, unterbrach den Ritus aber sofort, als Lord Mhoram in die Klause kam. Er betrat sie durch eine der nichtöffentlichen Pforten hinterm Tisch der Lords. Seine Schritte verrieten Ermüdung, und in seinen Augen stand fiebrige Konzentration, als habe er die ganze Nacht hindurch mit der Dunkelheit gerungen. In seiner Erschöpfung brauchte er seinen Stab, um sich zu stützen, als er links von Elena seinen Sitz einnahm. Sämtliche anderen anwesenden Lords beobachteten ihn, sobald er saß und unter mühsamen Atemzügen ins Leere starrte. Allmählich flößte ihre stumme Unterstützung ihm neue Kräfte ein. Der heiße Schimmer in seinen Augen erlosch, und er vermochte allem Anschein nach nun die Gesichter ringsum zu erkennen. »War dir Erfolg beschieden?« erkundigte sich Elena leise. »Kannst du das Krill herausziehen?«

Nein. Mhorams Lippen formten das Wort, erzeugten jedoch keinen Laut.

»Teurer Mhoram«, meinte sie mit einem Aufseufzen, »du mußt mehr auf dich selbst achten. Der Verächter gedenkt uns zu bekriegen. Für den drohenden Krieg bedürfen wir deiner unverminderten Kraft.«

In all seiner Mattigkeit lächelte Mhoram sein verzerrtes, so menschliches Lächeln. Aber er schwieg. Bevor Covenant genug Entschlossenheit aufbrachte, Mhoram zu fragen, was es mit dem *Krill* auf sich habe, öffnete man den Haupteingang der Klause, und Streitmark Troy eilte die Treppe herab zur Tafel. Ihm folgte Schwertmark Quaan. Während Troy gegenüber Covenant Platz nahm, gesellte sich Quaan zu Morin, Tohrm und Borillar. Anscheinend waren Troy und Quaan aus dem Kreis des Kriegsheers gerufen worden. Sie hatten sich nicht die Zeit genommen, um ihre Schwerter abzulegen, und als sie sich setzten, klatschten deren Scheiden dumpf auf den Stein.

Sobald sie saßen, kam Hoch-Lord Elena zur Sache. Sie sprach leise, aber ihre Stimme verbreitete sich tadellos klar durch die ganze Klause. »Wir haben uns auf so unvermutete Weise zusammengefunden, weil ein Fremder zu uns gekommen ist. Crowl, der Fremde steht unter deiner Aufsicht. Berichte uns von ihm.«

Crowl war einer der Bluthüter. Er erhob sich von seinem Platz in der Nähe der breiten Treppe der Klause und trat vor den Hoch-Lord, um gleichmütig seinen Bericht vorzutragen. »Er durchdrang unsere Wache. Vor kurzer Zeit stand er plötzlich vorm Tor Schwelgensteins. Kein Späher oder Wächter bemerkte seine Annäherung. Er fragte nach den Lords. Auf unsere Auskunft entgegnete er, der Hoch-Lord wünsche ihn zu sprechen. Er ist anders als andere Menschen. Aber er trägt keine Waffen und sinnt nicht auf Übel. Deshalb entschieden wir, ihm Zutritt zu gewähren. Er harrt seiner Vorlassung.«

»Warum haben die Späher und Wächter versagt?« wollte Lord Verement mit einer Stimme wissen, die klang wie das Krächzen eines Falken.

»Der Fremde war unseren Augen verborgen«, antwortete Crowl ungerührt. »Unsere Wachen haben nicht versagt.« Sein unveränderlicher Tonfall wirkte wie eine Klarstellung dessen, daß die Wachsamkeit der Bluthüter außer Frage stehe.

»Das ist tröstlich anzuhören«, erwiderte Verement. »Vielleicht erreicht eines Tages des Verächters gesamtes Heer ungesehen unsere Tore, und wir schlummern noch, derweil Schwelgenstein fällt.«

Man merkte ihm an, daß er dazu noch mehr zu äußern beabsichtigte, aber Elena griff nachdrücklich ein. »Bringt den Fremden nunmehr herein.«

Der Bluthüter oben auf dem Treppenabsatz schwang die hohen hölzernen Flügel des Portals auf. »Kommt dieser Fremde auf deinen Wunsch?« fragte Lord Amatin beim Hoch-Lord nach.

»Nein. Nun allerdings wünsche ich in der Tat mit ihm zu sprechen.«

Covenant sah zwei weitere Bluthüter die Klause betreten, den Fremden in ihrer Mitte. Er war von schlankem Wuchs und schlicht in ein Gewand von kremiger Färbung gekleidet; seine Bewegungen fielen beschwingt und lässig aus. Obwohl er nahezu Covenants Körpergröße besaß, wirkte er dafür viel zu jung. In der Art, wie sein lockiges Haar hüpfte, während er die Treppe herabstieg, tanzte ein Eindruck jungenhaften Gelächters mit, als amüsierten ihn die gegen ihn getroffenen Vorsichtsmaßnahmen. Covenant dagegen amüsierte sich keineswegs. Dank der neuen Dimension seiner Wahrnehmung erkannte er, warum Crowl behauptet hatte, der Junge sei ›anders als andere Menschen‹. In dem jungen, putzmunteren Fleisch staken Knochen, die Altheit auszustrahlen schienen – kein Alter; sie waren nicht krumm oder lahm, nicht morsch – aber die reinsten Fossilien. Sein Skelett zeichnete sich so eigenartig durch diese Altheit aus, diese Aura einer langen Zeitspanne, als wäre er selbst bloß fürs Gebein das Gefäß. Er existierte nicht trotzdem, sondern durch das Skelett. Sein Anblick verblüffte Covenant und verwirrte seine Wahrnehmungen, so daß seine Augen durch widersprüchliche Eindrücke von Gefahr und Glorie schmerzten, während er sich um ein Begreifen bemühte.

Als der Junge auf dem Boden der Klause anlangte, blieb er nahe bei der Grube mit dem Glutgestein stehen und entbot einen fröhlichen Gruß. »Heil, Hoch-Lord«, rief er mit seiner hellen, jugendlichen Stimme.

Elena stand auf und antwortete mit aller Würde. »Sei willkommen im Lande, Fremder – willkommen und getreu. Wir sind die Lords von Schwelgenstein, und ich bin Elena, Lenas Tochter, durch des Großrats Wahl Hoch-Lord und Träger von des Gesetzes Stab. Wie können wir dir Ehre erweisen?«

»Höflichkeit ist wie ein Trunk aus einem Bergbach. Ich bin bereits geehrt.«
»Wirst du uns dann deinerseits durch die Nennung deines Namens ehren?«
»Es mag sich durchaus ergeben«, erwiderte der Junge mit einem Lachen in seinem Blick, »daß ich euch verrate, wer ich bin.«
»Treib kein Spiel mit uns«, mischte sich Verement ein. »Wie lautet dein Name?«
»Unter jenen, die mich nicht kennen, heiße ich Amok.«
Elena ermahnte Verement mit einem raschen Seitenblick zur Zurückhaltung. »Und wie heißt du unter jenen«, wandte sie sich an den Jungen, »die dich kennen?«
»Die mich kennen, bedürfen keines Namens für mich.«
»Fremder, wir kennen dich nicht.« Ihre ruhige Stimme hatte nun einen Anflug von Schärfe. »Eine Zeit großer Gefährdungen ist im Lande angebrochen, und wir können weder Zeit für dich noch für irgendeinen Feinsinn opfern, wie er dir behagen mag. Wir wollen wissen, wer du bist.«
»Ach, so fürchte ich«, antwortete Amok mit dreister Belustigung in seinen Augen, »ich vermag euch nicht zu dienen.«
Einen Moment lang erwiderten die Lords seinen Blick in starrem Schweigen. Verements dünne Lippen waren weiß geworden; Callindrill runzelte nachdenklich die Stirn; und Elena musterte den Jungen mit der Röte beherrschten Ärgers auf ihren Wangen, obwohl der seltsame Zwillingsbrennpunkt nicht aus ihrem Blick wich. Dann straffte Lord Amatin seine Schultern. »Amok, wo ist dein Zuhause?« fragte die junge Frau. »Wer sind deine Eltern? Was ist deine Vergangenheit?«
Flink wandte sich Amok ihr zu und vollführte unerwartet eine Verbeugung. »Mein Zuhause ist Schwelgenstein. Ich habe keine Eltern. Und meine Vergangenheit ist zugleich weit wie auch schmal, denn überall bin ich gewandelt und habe gewartet.«

Bewegung ging durch den Großrat, aber niemand unterbrach die Befragung durch Amatin. »Dein Zuhause ist Schwelgenstein?« vergewisserte sie sich, während sie den Jungen aufmerksam betrachtete. »Wie könnte das sein? Wir haben von dir keine Kenntnis.«

»Lord, ich war unterwegs. Ich habe mit den *Elohim* gespeist und Sandgorgonen geritten. Mit den Tänzern des Meeres habe ich getanzt, den teuren *Kelenbhrabanal* in seinem Grabe geneckt, und mit der Grauen Wüste habe ich Sinnsprüche ausgetauscht. Ich habe gewartet.«

Mehrere Lords regten sich überrascht, und in Loerjas Augen trat ein Glanz, als erkenne sie in Amoks Worten irgendeine bemerkenswerte Kraftfülle. Alle beobachteten ihn mit äußerster Aufmerksamkeit. »Doch alles, was lebt«, sagte Amatin, »hat Ahnen, Vorfahren von seiner Art. Amok, sprich von deinen Eltern.«

»Lebe ich?«

»Man möchte es meinen«, schnauzte Verement. »Kein Aas wagte unsere Geduld so auf die Probe zu stellen.«

»Friede, Verement«, sagte Loerja. »Diese Sache ist von ernster Wichtigkeit.« Sie wandte ihren Blick nicht von Amok. »Lebst du?« fragte sie zurück.

»Vielleicht. Zwecks Verfolgung meiner Zwecke bewege ich mich und spreche. Meine Augen sehen. Heißt das leben?«

Seine Antwort verwirrte Lord Amatin. »Amok«, erkundigte sich Amatin mit schwacher Stimme, als schmerze ihre Unsicherheit sie, »wer hat dich geschaffen?«

Diesmal antwortete Amok ohne Zögern und Umschweife. »Hoch-Lord Kevin, Sohn Loriks, des Sohnes Damelons, der Bereks Sohn war, des Herzens der Heimat und Lord-Zeugers.«

Ein stummer Donnerschlag der Fassungslosigkeit erfüllte die Klause. Die Lords starrten aus ihrer Tafelrunde den Jungen erstaunt an. Dann klatschte Verement seine flache Hand auf

die Steinplatte. »Bei der Sieben!« brauste er auf. »Dieser Welpe treibt mit uns Spott!«
»Daran zweifle ich«, widersprach Elena.
Matt nickte Lord Mhoram zur Zustimmung und ließ ein Seufzen vernehmen. »Unsere eigene Unwissenheit ist's, die unser spottet.«
»Mhoram, kennst du Amok?« fragte Trevor hastig. »Hast du ihn schon einmal gesehen?«
Lord Loerja schloß sich der Fragestellung an, aber ehe Mhoram genug Kraft für eine Antwort sammeln konnte, beugte sich Lord Callindrill vor. »Amok«, fragte er, »warum bist du geschaffen worden? Welchem Zweck dienst du?«
»Ich warte«, sagte der Junge. »Und gebe Antworten.«
Callindrill akzeptierte diese Auskunft mit freudlosem Nicken, als stelle sie einen unangenehmen Sachverhalt klar, und schwieg. Nach kurzer Stille wandte sich erneut der Hoch-Lord an Amok. »Du besitzt Wissen und sprichst es aus, wenn man dir die rechten Fragen stellt. Habe ich dich richtig verstanden?«
Statt einer mündlichen Entgegnung verbeugte sich Amok und nickte lebhaft, so daß sein lockerer Schopf wieder auf seinem Kopf wie ein Lachen tanzte. »Welcher Art ist dies Wissen?« hakte Elena nach.
»Von jener Art, wonach ihr fragen und wovon ihr zur Antwort erfahren könnt.«
Daraufhin schaute Elena trübselig in die Runde. »Nun, das jedenfalls war nicht die geeignete Frage«, sagte sie und seufzte. »Ich glaube, wir werden uns Amoks Wissen zu eigen machen müssen, ehe wir die rechten Fragen zu stellen verstehen.«
Mhoram sah sie an und nickte.
»Glanzvoll!« Verements Bemerkung strotzte von unterdrücktem Grimm. »So wird Unwissenheit durch noch mehr Unwissenheit größer, und das Wissen überflüssig.«
Covenant spürte den Umfang von Verements Sarkasmus. Lord

Amatin jedoch scherte sich anscheinend nicht darum. »Warum bist du nun zu uns gekommen?« wollte sie statt dessen von dem Jungen erfahren.

»Ich habe das Zeichen des Bereitseins gespürt. Loriks *Krill* erwachte wieder zum Leben. Das ist das vereinbarte Zeichen. So bin ich, weil ich dafür geschaffen worden bin, zu euch geeilt.« Als er das Krill erwähnte, schien Amoks inneres Gemisch von Glorie und Gefährlichkeit nicht sichtbarer zu werden. Diese Behauptung bereitete Covenant ein unerfreuliches Gefühl. *Ist das etwa auch meine Schuld?* stöhnte er insgeheim. *Was habe ich mir denn jetzt wieder eingehandelt?* Aber der Eindruck war barmherzig flüchtig; fast augenblicklich verschleierte Amoks jungenhafter Humor ihn wieder. Kaum war er verflogen, richtete Lord Mhoram sich langsam auf, stützte sich auf seinen Stab wie ein Tattergreis. Er stand neben dem Hoch-Lord, als ob er für ihn spräche.

»Dann hast du …«, begann er. »Amok, hör mich an! Ich bin im Großrat Seher und Orakel. Ich spreche aus Visionen geborene Worte. Ich habe dich nicht geschaut. Du bist zu früh gekommen. Wir haben das Krill nicht zum Leben erweckt. Das war nicht unser Werk. Für eine solche Tat ermangelt uns das Wissen.«

Urplötzlich war Amoks Miene ernst, beinahe furchtsam, und zum ersten Mal merkte man die Altheit seines Schädels.

»Ihr ermangelt des Wissens? Dann hab' ich geirrt. Ich habe meinem Zweck schlecht gedient. Ich muß wieder fort. Andernfalls müßte ich großen Schaden anrichten.« Auf der Stelle machte er kehrt, schlüpfte unhaltbar geschwind zwischen den zwei Bluthütern hindurch und stürmte die Treppe hinauf. Als er die Hälfte der Entfernung zum Portal überwunden hatte, verschwand er aus der Sicht aller in der Klause Anwesenden. Er war so unvermittelt fort, als hätten alle für einen Moment den Blick von ihm gewendet und es ihm dadurch ermöglicht,

sich blitzartig zu verstecken. Verdutzt sprangen die Lords auf. Die Bluthüter, die bereits die Verfolgung aufgenommen hatten, blieben unschlüssig auf der Treppe stehen, schauten sich in aller Eile um und sahen von einem weiteren Nachsetzen ab.
»Rasch!« befahl Elena. »Sucht ihn! Ergreift ihn!«
»Wozu?« entgegnete Crowl ausdruckslos. »Er ist fort.«
»Das sehe ich! Aber wohin? Vielleicht weilt er noch in Schwelgenstein.«
»Er ist fort«, wiederholte Crowl lediglich. Irgend etwas an dieser unerschütterlichen Gewißheit erinnerte Covenant an Bannors ungewöhnliche, gedämpfte Erregung. *Stecken sie unter einer Decke?* fragte er sich. *Meinem Zweck?* Unklar wiederholte sich diese Formulierung immer wieder in seinem Bewußtsein. *Meinem Zweck?*
In seiner tiefen Verwunderung hätte er fast Troys Flüstern überhört. »Einen Augenblick dachte ich … ich dachte, ich könnte ihn noch sehen.«
Hoch-Lord Elena schenkte dem Streitmark Hile Troy keine Beachtung. Die Einstellung der Bluthüter hatte sie anscheinend stark verblüfft, und sie setzte sich wieder auf ihren Platz, um über die Situation nachzudenken. Langsam griff rings um sie die geistige Verschmelzung des Großrats um sich, während ein Lord nach dem anderen an der mentalen Verständigung teilnahm. Callindrill schloß die Lider, und sein Gesicht nahm einen friedfertigen Ausdruck an. Trevor und Loerja hielten einander an den Händen. Verement schüttelte zwei- oder dreimal den Kopf, ließ sich aber dann besänftigen, als Mhoram ihn behutsam an der Schulter berührte. »Jeder von uns muß diese Sache für sich ausgiebig untersuchen«, sagte der Hoch-Lord während dieses Zustands der geistigen Verflochtenheit. »Der Krieg steht kurz bevor, und wir dürfen solchen Rätseln keine Geringschätzung entgegenbringen. Dich, Lord Amatin, betraue ich jedoch hauptsächlich mit der Erforschung Amoks und seines gehei-

men Wissens. Wenn's getan werden kann, müssen wir ihn ausfindig machen und uns seine Antworten geben lassen.«
Lord Amatin nickte, Entschlossenheit im schmalen Gesicht. Dann endete die geistige Kommunikation, als hätten geistige Hände sich losgelassen, und gewisse Schwingungen von Intensität, die Covenant zwar erahnen, an denen er jedoch nicht teilhaben konnte, verschwanden aus der Luft. Wortlos ergriffen die Lords ihre Stäbe und schickten sich an, die Klause zu verlassen.
»Ist das alles?« brabbelte Covenant frappiert hervor. »Ist das alles, was ihr unternehmen wollt?«
»Nimm dich in acht, Covenant«, warnte ihn Troy leise.
Covenant warf dem Streitmark einen bösen Blick zu, aber Troys schwarze Schutzbrille schien ihn unempfindlich zu machen. Covenant wandte sich an den Hoch-Lord. »Ist das alles?« wiederholte er hartnäckig. »Möchtet ihr nicht mal wissen, was hier eigentlich im Gange ist?«
Elena schaute ihn gelassen an. »Weißt du's?«
»Nein. Natürlich nicht.« Er hätte am liebsten wie zum Protest hinzugefügt: *Aber Bannor.* Doch das war wieder so eine Äußerung, die er sich verkneifen mußte. Er hatte kein Recht dazu, dem Bluthüter für irgend etwas die Verantwortung zuzuschieben.
»Dann sei nicht zu schnell in deinem Urteil«, antwortete Elena. »Vieles hier bedarf noch der Erklärung, aber die Antworten müssen wir auf unsere Art und Weise suchen, wenn wir bereit zu sein wünschen.«
Bereit für was? hätte er gerne gewußt. Aber um sich mit dem Hoch-Lord anzulegen, dazu fehlte es ihm glattweg an Mumm; er fürchtete Elenas Augen. Um der Situation zu entfliehen, stapfte er an Bannor vorüber und verließ die Klause noch vor den Lords und Troy. Doch in seiner Suite fand sich für seine Frustration keinerlei Erleichterung.

Auch im Laufe der nachfolgenden Tage geschah nichts, das ihm irgendeinen Trost bereitet hätte. Elena, Mhoram und Troy blieben seinem alltäglichen Dasein so fern, als ob sie ihn absichtlich mieden. Bannor beantwortete seine ins Blaue gestellten Fragen kurz, aber höflich, doch sie erhellten so gut wie gar nichts. Sein Bart wuchs, bis er dicht und voll war und ihm das Aussehen eines vergammelten, fanatischen Wanderpredigers verlieh; aber das bewies nichts, änderte nichts. Der Vollmond rückte heran und begann wieder zu schwinden, doch der Krieg brach nicht aus; von den Kundschaftern und Spähtrupps kamen keine Nachrichten, keine Neuigkeiten, keine Beobachtungen. Rund um Covenant erbebte Schwelgenstein in der Anspannung seiner Bereitschaft; wohin er auch ging, er hörte gespanntes Flüstern, sah Hast und Dringlichkeit, aber man leitete keine Maßnahmen für einen Feldzug ein. Nichts geschah. Er streifte durch die Herrenhöh – und legte dabei bestimmt zahlreiche Längen zurück –, als versuche er einen Irrgarten zu durchmessen. Er trank Frühjahrswein in unmäßigen Mengen und schlief häufig einen todesgleichen Schlaf, als hoffe er, nie wieder aufzuwachen. Manchmal kam es sogar dahin mit ihm, daß er auf den nördlichen Zinnen der Festungsstadt stand und zuschaute, wie Troy und Quaan das Kriegsheer drillten. Aber es passierte nichts.

Die einzige Oase in dieser ereignislosen, bitteren Wildnis war für ihn die Gastfreundschaft Lord Callindrills und seiner Frau Faer. Eines Tages nahm Callindrill den Zweifler mit in seine private Wohnung hinterm Innenhof mit dem erleuchteten Boden, und dort servierte Faer ein Mahl, das ihn sein Verhängnis beinahe vergessen ließ. Sie war eine kräftige Steinhausenerin mit einer echten Begabung für Gastlichkeit. Vielleicht hätte er tatsächlich vergessen können – aber sie befaßte sich mit der alten Kunst der *Suru-pa-maerl,* wie es Lena auch getan hatte, und das weckte in ihm zu viele qualvolle Erinnerungen.

Er dehnte seinen Besuch bei Faer und ihrem Gatten nicht zu lang aus. Doch bevor er sich verabschiedete, erläuterte Callindrill ihm ein paar der Faktoren, die seine gegenwärtige Situation in Schwelgenstein bestimmten. Der Hoch-Lord hatte Covenant herbeigerufen, erzählte Callindrill, nachdem der Großrat zu der Auffassung gelangt war, der Krieg könne praktisch in jedem Moment ausbrechen, so daß jeder weitere Aufschub der Herbeirufung sich als fatal erweisen mochte. Aber Streitmark Troys Schlachtpläne ließen sich nicht in die Tat umsetzen, bevor er wußte, welche von zwei möglichen Routen Lord Fouls Heerscharen ins Oberland nahmen. Ehe der Streitmark von seinen Spähtrupps nicht eindeutige Nachrichten erhielt, konnte er die eigenen Scharen nicht ins Feld führen. Riskierte er eine Vermutung und täuschte sich, mußte eine Katastrophe folgen. So hatte man Covenant ohne weitere Umschweife ins Land geholt, und doch blieb er nun durch die Umstände sich selbst überlassen, stellte niemand ihm irgendwelche Forderungen. Außerdem gab es noch einen Grund, erwähnte der Lord, warum man Covenant schon jetzt, zu einem Zeitpunkt, der verfrüht wirkte, ins Land versetzt hatte. Streitmark Troy war ein starker Befürworter der Herbeirufung gewesen. Das überraschte Covenant, bis Callindrill ihm Troys Beweggründe erklärte. Der Streitmark nahm an, daß Lord Foul die Herbeirufung feststellen konnte. Durch Covenants Herholung, hoffte Troy, ließe sich auf den Verächter Druck ausüben, könne er sich dank seiner Furcht vor wilder Magie zum Angriff verleiten lassen, bevor er alle seine Vorbereitungen abgeschlossen hatte. Die Zeit arbeitete für Lord Foul, denn seine für die Kriegführung aufbietbaren Mittel übertrafen die der Lords bei weitem, und wenn er sich genug Zeit zur Vorbereitung ließ, konnte er vielleicht Heerscharen ins Feld schicken, denen kein Kriegsheer noch zu widerstehen vermochte. Troy hoffte, daß Covenants Auftauchen den Verächter dazu veranlaßte, seine Vorbereitungen einzuschränken. Zum Schluß erwähnte Callindrill mit sanfter Stimme, daß Hoch-Lord Elena und Lord Mhoram den Zweifler in der Tat mieden. Covenant hatte nicht danach gefragt, aber anscheinend ahnte Callindrill einige der Ursachen seiner Verbitterung. Elena und Mhoram fühlten sich – jeweils auf die eigene besondere Weise – zu sehr in Covenants Dilemma verstrickt und gingen ihm daher aus dem Weg, um seine Seelenpein nicht unnötig zu erhöhen. Sie spürten, versicherte Callindrill, daß ihre persönlichen Appelle ihn stärker quälten als alles andere. Die Möglichkeit, daß er die Wasserkante aufsuchen könne, hatte Elena einen Schrekken eingejagt. Und Mhoram verzehrte sich fast in seinen Bemühungen um das *Krill*. Bis der nahe Krieg sie der Wahl beraubte, sahen sie weitmöglichst davon ab, ihn irgendwelchem Druck auszusetzen.

»Naja, Troy hat mich ja gewarnt«, murmelte er vor sich hin, als er Callindrill und Faer verlassen hatte. »Er hat gesagt, daß sie Skrupel haben.« Er murrte mißgestimmt. »Es wäre besser«, fügte er einen Moment später hinzu, »all diese Leute würden endlich damit aufhören, mir Gefälligkeiten aufdrängen zu wollen.« Dennoch war er Faer und ihrem Ehemann dankbar. Ihre freundschaftliche Geste half ihm über die nächsten paar Tage hinweg, half ihm dabei, die abgründige Finsternis, die ihn belauerte, in Schach zu halten. Ihm war zumute, als faule er innerlich, aber er drohte nicht den Verstand zu verlieren.

Aber ihm war ebenso klar, daß er nicht noch viel länger durchhalten konnte. Die Atmosphäre in Schwelgenstein war so gespannt wie eine Saite kurz vorm Reißen. In Covenants Innerm staute sich Anspannung und näherte sich dem Zustand von Verzweiflung. Als an einem Nachmittag Bannor an seine Tür klopfte, schrak ihn das Pochen derartig hoch, daß er beinahe aufschrie. Aber Bannor kam nicht herein, um ihn vom

Kriegsausbruch zu unterrichten. Er erkundigte sich lediglich, ob der Zweifler gern ein Lied hören würde.
»Ein Lied?« wiederholte Covenant verdutzt. Im ersten Moment war er zu verwirrt, um sich zu äußern. Eine solche Frage hatte er nicht erwartet, erst recht nicht von dem Bluthüter. Aber dann zuckte er eckig die Achseln. »Warum nicht?« Er sparte sich die Mühe, zu fragen, was Bannors ungewohnte Initiative ausgelöst habe. Mit gerunzelter Stirn verließ er mit Bannor seine Suite und schloß sich ihm an. Bannor führte ihn durch die Stockwerke der Festungsstadt, bis Covenant sich höher im Innern des ausgehöhlten Berges befand als jemals vorher. Schließlich machte der breite Korridor, dessen Verlauf sie folgten, eine Biegung, und sie gerieten unerwartet in hellen Sonnenschein. Sie betraten ein geräumiges Amphitheater unterm freien Himmel. Reihen steinerner Sitzbänke stiegen rundum abgestuft an und bildeten eine große schüsselartige Anlage rings um eine niedrige Bühne in der Mitte; hinter der letzten Reihe ragte der steinerne Wall, der das Bauwerk umschloß, ungefähr sechs bis acht Meter weit senkrecht auf und endete in der Höhe des Plateaus, auf dessen Fläche der Berg sich mit dem Himmel traf. Die nachmittägliche Sonne schien ins Amphitheater und spendete dem mattweißen Stein von Bühne, Sitzen und Wall Helligkeit und Wärme. Als Bannor und Covenant eintrafen, begannen die Sitzreihen sich zu füllen. Durch verschiedene Zugänge kamen Menschen aller Stände Schwelgensteins herein, darunter Bauern, Köche und Krieger, sowie die Lords Trevor und Loerja mit ihren Töchtern, um rings in der Anlage Plätze einzunehmen. Die größte Einzelgruppe jedoch setzte sich aus Bluthütern zusammen. Nach Covenants grober Schätzung saßen etwa hundert von ihnen auf den Steinbänken. Er empfand vages Erstaunen. Er hatte noch nie mehr als ein Dutzend *Haruchai* auf einem Haufen gesehen.
»Was ist das denn überhaupt für ein Lied?« fragte er Bannor,

nachdem er sich für eine Weile umgeblickt hatte. »Wie heißt es?«

»Lord Kevins Klage«, gab Bannor leidenschaftslos zur Antwort. Da glaubte Covenant zu verstehen. Kevin. Er nickte bei sich. Klar, daß die Bluthüter das Lied hören wollten. Wie könnten sie weniger als aufs äußerste an allem interessiert sein, was ihnen möglicherweise dabei half, Kevin Landschmeißer zu begreifen? Denn Kevin war es gewesen, der Lord Foul ins Kiril Threndor rief, um das Ritual der Schändung zu vollziehen. Die Sage berichtete, Kevins Herz sei, als er erkannte, daß er den Verächter nicht schlagen konnte, schwarz geworden. Er hatte das Land zu tief geliebt, um es Lord Foul anheimfallen zu lassen. Doch er war gescheitert; er vermochte es nicht zu retten. Innerlich zerrissen von diesem Dilemma, sah er sich dazu getrieben, das Ritual zu wagen. Er sah, daß die Freisetzung solcher mörderischen Kräfte die Lords und all ihre Werke vernichten mußte, das Land vom einen bis zum anderen Ende verwüsten und für viele Generationen unbewohnbar machen. Er wußte, ihm war der Tod sicher. Aber er hatte gehofft, auch Lord Foul werde sterben, so daß das Land, sobald Leben dorthin zurückkehrte, von der Bosheit befreit sei. Er zog dies Risiko der Entscheidung vor, Lord Foul den Sieg zuzugestehen. Deshalb forderte er den Verächter ins Kiril Threndor. Er und Lord Foul führten das Ritual der Schändung durch, und so zerstörte Hoch-Lord Kevin Landschmeißer das Land, das er liebte. Und Lord Foul starb nicht. Für einige Zeit war er geschwächt, aber er hatte überlebt, war durchs Gesetz der Zeit bewahrt worden, das ihn – wie die Sagen behaupteten – auf der Erde gefangenhielt. Infolgedessen mußten jetzt das gesamte Land und die neuen Lords die Konsequenzen von Kevins Verzweiflungstat tragen. Unter diesen Umständen war es nicht überraschend, daß die Bluthüter darauf Wert legten, dies Lied zu hören – oder daß Bannor bei Covenant nachgefragt hatte, ob er auch zuhören möge. Während er derartige Überlegungen anstellte, bemerkte Covenant auf der anderen Seite des Amphitheaters erneut das Himmelblau der Lords. Er blickte auf und sah neben einem der Zugänge Hoch-Lord Elena stehen. Auch sie wollte das Lied hören. Mit ihr war Streitmark Troy gekommen. Covenant verspürte einen Drang danach, sich zu ihnen zu gesellen, aber ehe er sich zu einem Entschluß durchringen konnte, betrat die Sängerin das Amphitheater. Sie war eine hochgewachsene, prachtvolle Frau, schlicht in ein hochrotes Gewand gekleidet, und besaß goldblondes Haar, das ihren Kopf wie ein Funkenmeer umwogte. Während sie die Treppe zur Bühne hinabstieg, begrüßte das Publikum sie, indem es sich still erhob. Sie grüßte ihrerseits nicht. Ihre Miene spiegelte höchste Konzentration wider, als fühle sie sich bereits in ihren Gesangsvortrag ein. Als sie auf der Bühne stand, sprach sie kein Wort, sagte nichts zur Ankündigung oder Einleitung des Liedes, nannte nicht einmal den Titel. Statt dessen bezog sie Aufstellung in der Mitte der Bühne, sammelte sich einen Moment lang, während das Lied ihr zufloß, dann hob sie das Gesicht zur Sonne und ließ ihre Kehle erklingen. Zuerst ertönte ihre Melodie verhalten, sachlich und förmlich, deutete verborgene Not und Bitternis nur an.

»Ich stand auf der Erde Gipfel,
dem Donnerberg,
seine flammenmähnigen Löwen
hoben ihre Scheitel nicht
über die Grenzen, die mein Blick beschrieb,
die Ranyhyn,
seit Zeitenbeginn freien Hufs,
sprengten froh einher nach meinem Willen,
Riesen mit Armen wie aus Erz
von jenseits der Sonnengeburt im Meer

kamen zu mir in Schiffen gleich Burgen,
schlugen meine Feste
aus purem Erdenfelsen
und schenkten sie allein aus Freundschaft,
meine Lords, mir anvertraut, sie forschten,
um zu entdecken, zu erkennen
des Erdenschöpfers wahren Zweck,
Seiner Schöpfung verhohlen durch
des Zweckes Wirkungskräfte –
Kräfte im Fleisch und Bein des Landes,
eingeprägt durch der Schöpfung stetes Gesetz:
wie hätt' ich dort stehen können,
soviel Glanz und Herrlichkeit umfaßt
mit ausgestreckten Armen,
dort stehen,
Aug' in Auge mit dem Verächter,
und nicht voll Schrecken sein?«

Danach änderte sich das Lied, die Sängerin öffnete innere Kammern, um ihrer Stimme mehr Resonanz zu verleihen. In hohen, gedehnten Bogen von Gesang trug sie die Klage vor, durchsetzte und untermalte sie mit so vielen impliziten Harmonien, so vielen Andeutungen von Begleitstimmen, daß es schien, sie habe in sich einen ganzen Chor versammelt, der sich nur ihrer Kehle bediente.

»Wo ist die Macht, zu hüten
Schönheit vor des Daseins Modern?
Reine Wahrheit vor Lug und Trug?
Zu sichern Treu vorm tückisch Rost der Wirrung,
der verderbt?
Wie denn, macht Bosheit uns zu Zwergen?!
Was bäumen die Felsen sich auf

zur eignen Läuterung,
oder werden Staub aus Scham?
Schöpfer!
Als diesen Tempel Du entweihtest,
streiftest Bosheit
ab ins Land,
war's Dein Wille,
Schönheit und Wahrheit vollauf zu tilgen
vom Erdenrund?
Ist mein Geschick verflochten mit dem Gesetz des Lebens?
Bin ich ohne Hülf?
Sind mein Duldung,
Hinnahme,
Absegnung mit bitt'rem Verräterantlitz,
Aufsicht
über der Welt Untergang?«

Der Klang ihrer Stimme erfüllte die Luft mit Schmerz, als habe das Lied eine Wunde. An dieser Stelle erhoben sich die Zuhörer wie eine Brandung und sangen die letzten Zeilen gemeinsam empor an den grenzenlosen Himmel.

»Ach, Schöpfer!
Zeitenherr und Landerschaffer!
War's Dein Wille,
Schönheit und Wahrheit vollauf zu tilgen
vom Erdenrund?«

Bannor stand zwar wie die anderen auf, sang jedoch nicht mit. Covenant dagegen blieb sitzen, fühlte sich neben der Gemeinschaft Schwelgensteins klein und nutzlos. Das einmütige Empfinden fand seinen Höhepunkt im Refrain, drückte tiefe Trauer aus, flutete am Ende über das Amphitheater mit einer Woge des Friedens, die das Lied von seiner Verzweiflung reinwusch und heilte, als sei die vereinte vielstimmige Kraft des Gesangs Antwort genug auf Kevins Notschrei. Indem die Menschen aus Verzweiflung sangen, widerstanden sie ihr. Aber Covenant war anders zumute. Er begann die Gefahr zu begreifen, die dem Lande drohte. Deshalb blieb er sitzen, rupfte an seinem Bart und stierte blicklos vor sich hin, während die Zuhörer das Amphitheater räumten, ihn unter der warmen Helligkeit der Sonne allein zurückließen. Er hockte da und brabbelte finster für sich herum, bis er bemerkte, daß Hile Troy sich neben ihm eingefunden hatte.

»Ich habe nicht erwartet«, sagte der Streitmark, als er aufsah, »dich hier anzutreffen.«

»Ich habe nicht mit *dir* gerechnet«, entgegnete Covenant schroff. Aber er befaßte sich nur beiläufig mit Troy. Er versuchte noch immer, aus dem Fall Kevin klug zu werden.

»Alles bringt uns immer wieder zurück auf Kevin«, sagte der Streitmark, als könne er Covenants Gedanken belauschen. »Er hat die Sieben Kreise des Wissens geschaffen. Er gab die Inspiration zur Begründung des Bluthütertums. Er hat das Ritual der Schändung abgezogen. Und dabei war's nicht nötig … oder jedenfalls nicht unvermeidlich. Man hätte ihn nicht so weit treiben können, wäre sein großer Fehler nicht schon vorher geschehen gewesen.«

»Sein großer Fehler …«, grummelte Covenant.

»Er hatte Foul in den Großrat aufgenommen, ihn zum Lord gemacht. Er konnte Fouls Tarnung nicht durchschauen. Und danach war's zu spät. Zu dem Zeitpunkt, als Foul die Maske fallenließ und zum offenen Krieg überging, hatte er so viele raffinierte Verrätereien begehen können, daß er unschlagbar war. Die meisten normalen Menschen, glaube ich, wählen in solchen Situationen als Ausweg den Selbstmord. Aber Kevin war nun einmal kein normales Menschlein – er besaß zuviel

Macht, wenn sie in dem Moment auch nutzlos wirkte. Statt sich selbst löschte er das Land aus. Nur die Menschen kamen mit dem Leben davon, die genug Zeit hatten, um noch ins Exil zu fliehen. Es heißt, am Ende soll Kevin erkannt haben, was er angerichtet hatte – unmittelbar vor seinem Tod. Foul hat ihn ausgelacht. Kevin starb unter Klagegeheul. Gleichgültig wie, aus diesem Grund mißt man heute dem Friedensschwur soviel Bedeutung bei. Jeder legt ihn ab. Er ist prinzipiell so wichtig wie der Schwur der Lords, dem Lande zu dienen. Alle schwören sie hier, irgendwie diesen destruktiven Gefühlen zu widerstehen … solchen Empfindungen wie Kevins Anwandlung von Verzweiflung. Sie …«

»Ich weiß«, unterbrach Covenant. »Das weiß ich alles.« Er seufzte. Er erinnerte sich an Triock, den jungen Mann, der vor vierzig Jahren im Steinhausen Mithil Lena geliebt hatte. Triock wollte Covenant umbringen, aber Atiaran war ihm mit dem Hinweis auf den Friedensschwur in den Weg getreten. »Bitte halt die Klappe. Mir geht's auch ohne dein Gequassel miserabel genug.«

»Covenant …« Troy sprach weiter, als befasse er sich noch mit demselben Thema. »Ich verstehe einfach nicht, warum du nicht davon begeistert bist, hier zu sein. Wie kann die ›reale‹ Welt wichtiger sein als das hier?«

»Weil sie die einzige Welt ist, die's gibt.« Schwerfällig richtete sich Covenant auf. »Gehen wir. In dieser Wärme wird mir schwindlig.« Langsam verließen sie das Amphitheater. Die Luft im Innern Schwelgensteins hieß sie mit ihrer kühlen, lauschigen Freundlichkeit willkommen, und Covenant atmete tief durch, rang um Gemütsruhe.

Er hätte sich gern aus Troys Gegenwart verdrückt, um den Fragen auszuweichen, die, wie er wußte, Troy stellen würde. Aber der Streitmark zeigte deutliche Entschlossenheit. »Hör zu, Covenant«, sagte er tatsächlich schon nach kurzer Weile. »Ich bemühe mich um Verständnis. Seit unserer letzten Unterhaltung hab' ich die Hälfte meiner Zeit damit zugebracht, zu versuchen, dich zu verstehen. Man muß doch eine gewisse Vorstellung davon haben, was man von dir erwarten darf. Aber ich blick' einfach nicht durch. Drüben warst du ein Leprotiker. Ist denn dann das hier nicht besser?«

»Es ist nicht real«, antwortete Covenant gleichgültig und kurzangebunden. »Ich glaube nicht daran.« Die nachfolgende Ergänzung machte er halb zu sich selbst. »Leprakranke, die ihren Träumen oder sonst irgendwelchem Kram zuviel Beachtung schenken, haben keine hohe Lebenserwartung.«

»Herrje«, meinte Troy leise. »Du redest daher, als gäbe es außer Lepra überhaupt nichts.« Er überlegte einen Moment lang. »Wie kannst du so sicher sein, daß es nicht real ist?«

»Weil das Leben nun mal nicht so läuft. Lepraleidende werden nicht gesund. Leute ohne Augen fangen nicht plötzlich an zu sehen. Solche Dinge gibt's nicht. Wir werden irgendwie beschissen. Unser eigenes … unser eigenes Verlangen nach etwas, das uns fehlt … flüstert uns diese Hirngespinste ein. Das ist alles verrücktes Zeug. Denk mal über dich selbst nach. Na los – überleg mal genau, wie's in deinem Fall zuging. Du hast zwischen einem Sturz aus dem neunten Stockwerk und einem Flammenmeer gehangen, blind, hilflos und kurz vorm Tod. Ist das denn eine so abwegige Annahme, davon auszugehen, daß dein Verstand einen Knacks erlitten hat?« Seinen nächsten Worten floß ätzende Schärfe ein. »Das heißt, immer vorausgesetzt, daß du überhaupt existierst. Ich mache mir über dich meine eigenen Gedanken. Ich muß dich unterbewußt ersonnen haben, um mich mit irgend jemandem streiten zu können. Irgend jemandem, der mir weismachen will, daß ich mich irre.«

»Verdammt noch mal«, rief Troy. Mit einer blitzartigen Drehung riß er Covenants Rechte hoch und hielt sie in Augenhöhe

zwischen sich und Covenant. »Sieh her!« sagte er eindringlich, den Kopf in grober Herausforderung vorgereckt. »Fühl diesen Griff! Ich bin hier. Das ist die Tatsache. Es ist eine Realität.«
Covenant betrachtete Troys Hand einen Augenblick lang. »Ich fühle dich«, bestätigte er dann. »Und ich sehe dich. Ich höre dich sogar. Aber das beweist nur meine Ansicht. Ich glaube nicht daran. Und jetzt laß mich los.«
»Warum nicht?!« Troys dunkle Brille schwebte bedrohlich direkt vor Covenants Gesicht, aber er starrte hinein, bis sie sich zur Seite drehte. Allmählich lockerte der Streitmark die Härte seines Griffs. Covenant befreite seine Hand mit einem Ruck und setzte den Weg fort, ein Beben in seinen Atemzügen.
»*Weil* ich fühlen kann«, erwiderte er nach ein paar Schritten. »Und so was darf ich mir nicht leisten. Nun hör mal mir zu. Hör gut zu! Ich will versuchen, dir die Sache zu erklären, damit du endlich kapierst, was mit mir los ist. Wir wollen mal vergessen, daß unsere Anwesenheit hier einfach unmöglich ist ... es ist ausgeschlossen. Aber vergessen wir das vorerst mal. Hör zu! Ich bin leprakrank. Leprose ist keine an sich tödliche Krankheit, aber sie kann auf indirekte Weise das Leben kosten. Ich kann bloß ... jeder Leprakranke kann bloß am Leben bleiben, indem er sich in der ganzen Zeit, während jedes einzelnen Momentchens, darauf konzentriert, Verletzungen zu vermeiden ... oder falls er mal eine nicht vermeiden konnte, sie auf jeden Fall sofort zu behandeln. Das eine ... hör genau zu! Das eine, was ein Lepraleidender sich absolut nicht erlauben darf, ist Zerstreutheit. Das heißt, wenn er am Leben bleiben möchte. Sobald er in seiner Konzentration nachläßt, darüber nachzudenken anfängt, wie er sich das Dasein verschönern könne, oder herumzuträumen beginnt, wie das Leben vor seiner Erkrankung war, oder was er täte, könnte er geheilt werden, oder was wäre, wenn die Menschen wenigstens damit aufhörten, Lepraleidende zu verabscheuen« – er schleuderte

die Worte Troy entgegen wie Steine – »dann ist er schon so gut wie tot. Dies … dies Land – es bedeutet für mich Selbstmord. Es ist eine Flucht vor der Wirklichkeit, und ich kann's mir nicht mal leisten, mir über so eine Art von Flucht Gedanken zu machen, ganz davon zu schweigen, auf so was reinzufallen. Vielleicht kann ein Blinder so ein Risiko eingehen, aber ein Leprakranker nicht. Wenn ich in dieser Frage nachgebe, könnte ich dort, wo Zeit wirklich zählt, keinen Monat mehr durchstehen. Denn irgendwann muß ich ja in die Realität zurück. Drücke ich mich einigermaßen verständlich aus?«

»Ja«, sagte Troy. »Ja. Ich bin keineswegs dumm. Aber denk trotzdem noch einmal darüber nach. Falls es sich doch anders verhält, falls meine Meinung, daß das Land eine Realität ist, doch stimmt, dann zerstörst du unsere einzige Hoffnung. Und nicht …«

»Ich weiß.«

»… nicht nur das. Etwas berücksichtigst du offenbar gar nicht. Der eine Gegenstand, der nicht in deine Hirngespinste-Theorie paßt, ist die Macht … deine Macht. Weißgold. Wilde Magie. Dein verdammter Ring ändert alles. Du bist hier kein Opfer. Das hier ist nichts, was dir zugefügt wird. Du hast deine volle Verantwortung.«

»O nein«, brummte Covenant.

»Moment mal! Du kannst das nicht einfach abstreiten. Du bist auch für deine Träume verantwortlich, Covenant. Geradeso wie jeder andere.« *Nein! Niemand hat seine Träume unter Kontrolle.* Covenant versuchte, sein Gemüt mit eisiger Zuversicht zu erfüllen, aber längst vereiste eine andere Art von Kälte sein Herz vollkommen. Troy ließ nicht locker. »Zahlreiche Beweise sprechen dafür, daß das Weißgold haargenau das ist, wofür die Lords es halten. Was hat denn die Sperren zum Zweiten Kreis des Wissens durchbrochen? Wie sind die Feuerlöwen des Donnerbergs zu eurer Rettung heruntergerufen worden? Durchs Weißgold, das ist die Antwort. Du bist bereits im Besitz des Schlüssels zur Gesamtlösung.«

»Nein.« Es kostete Covenant große Mühe, seinem Widerstand ein Minimum an Nachdruck zu verleihen. »Nein. So ist die Sache nicht. Was das Weißgold hier im Lande bewirken kann, hat nichts mit mir zu schaffen. Ich stecke nicht dahinter. Ich kann's nicht einsetzen, nicht beeinflussen, ich kann damit gar nichts machen. Das ist nur noch so eine Zumutung, mit der man mich belästigt. Ich verfüge über keine Macht. Soviel ich weiß oder davon verstehe, kann diese wilde Magie genausogut morgen früh oder in fünf Sekunden loslegen und uns alle zum Teufel schicken. Sie könnte Foul zum König des Universums krönen, ob ich's will oder nicht. Mit mir hat das nichts zu tun.«

»Ist das Tatsache?« fragte Troy mißmutig nach. »Und weil du angeblich keine Macht hast, darf dir niemand für irgend etwas Verantwortung zumuten?«

Troys Tonfall lieferte Covenant etwas, gegen das er seinen Groll richten konnte. »Stimmt genau!« brauste er auf. »Ich will dir mal was sagen. Die einzige Person, die im Leben wirklich frei ist, endgültig frei, ist eine Person ohne Handlungsfähigkeit. Wie ich. Oder was hältst du für Freiheit? Unbegrenzte Macht? Unbeschränkte Möglichkeiten? Hölle und Verdammnis! Handlungsunfähigkeit ist Freiheit. Wenn man zu buchstäblich allem außerstande ist, kann niemand etwas von einem erwarten. Macht hat ihre eigenen Grenzen – sogar Allmacht. Nur die Handlungsunfähigen sind frei. Halt!« Er erstickte Troys Einspruch im Keim. »Ich will dir noch was sagen. Was du eigentlich von mir verlangst, ist doch, daß ich lerne, wie man mit dieser wilden Magie umgeht, damit ich hingehen und diese armen, elenden Kreaturen in Fouls Armee abschlachten kann. Na, das werde ich auf keinen Fall tun. Ich werde nicht mehr töten – und schon gar nicht im Namen von etwas, das nicht einmal real ist!«

»Bravo«, meinte Troy mit gedämpfter, aus Sarkasmus gepreßter Stimme. »Herrjemine. Wo sind bloß die Menschen geblieben, die an etwas zu glauben pflegten?«
»Sie bekamen Leprose und starben. Hast du dem Lied nicht zugehört?«
Ehe Troy antworten konnte, umrundeten sie eine Ecke und gelangten an eine Kreuzung, wo mehrere Gänge zusammenliefen. Dort stand Bannor, als erwarte er sie. Er versperrte den Gang, den Covenant zu betreten beabsichtigte. »Nehmt einen anderen Weg«, sagte er ausdruckslos. »Biegt ab. Sofort!«
Troy kam der Empfehlung nach, ohne zu zögern; er wandte sich nach rechts. »Warum?« fragte er kurz, während er sich entfernte. »Was ist los?«
Aber Covenant folgte ihm nicht. Der geschwollene Kamm seines Ärgers, seine knochentief eingefressene Erbitterung. hielten ihn zurück. Er blieb stehen, wo er stand, und starrte den Bluthüter an. »Bieg ab!« forderte Bannor nochmals. »Der Hoch-Lord wünscht, daß ihr einander nicht begegnet.«
»Covenant«, rief Troy vom Eingang zum benachbarten Korridor. »Komm!« Einen Moment lang erhielt Covenant seinen Starrsinn noch aufrecht. Aber Bannors unerschütterlich sturer Blick brach seinen Willen. Der Bluthüter wirkte so unzugänglich gegenüber harten Worten oder Zweifeln wie ein steinerner Wall. Covenant brabbelte verhalten irgend etwas ohne Sinn in seinen Bart und schloß sich Troy an. Aber er hatte schon zu lange getrödelt. Ehe er im nächsten Gang verschwinden konnte, kam aus dem Korridor hinter Bannor ein Mann in die Kreuzung. Sein Wuchs war hünenhaft und stämmig, er war so wuchtig wie eine Säule; sein umfangreicher Brustkorb trug die breiten, gewaltigen Schultern und starken Arme mit Leichtigkeit. Er näherte sich mit gesenktem Kopf, so daß sein dichter, rotgrauer Vollbart wie eine Last auf seiner Brust lag; sein Gesicht erweckte den Eindruck rotwangiger Kraftfülle, doch

auf irgendeine unheimliche Weise ranzig geworden, gekräuselt durch irgendeine Beimischung von Galle. In die Schultern seines braunen Steinhausener Gewands war ein Muster aus weißen Blättern gewoben. Covenant erstarrte; ein Krampf von Zaghaftigkeit und Furcht durchwühlte seine Eingeweide. Er erkannte den Steinhausener. Im Ruhepunkt inmitten seines Kampfs empfand er Mitgefühl und Bedauern für diesen Mann, dessen Leben er verfinstert hatte, als sei er unfähig zu jeder Reue. Troy kam zurück. »Das verstehe ich nicht«, sagte er. »Warum sollen wir diesem Mann nicht über den Weg laufen? Er ist einer von den *Rhadhamaerl.* Covenant, das ist ...«
Covenant unterbrach Troy. »Ich kenne ihn.«
Trells Augen richteten sich rötlich auf Covenant, als seien sie nach Jahren überhöhten Innendrucks zu stark blutgefüllt. »Und ich kenne dich, Thomas Covenant.« Seine Stimme kam harsch über seine Lippen; sie klang mißbraucht, verkrampft, als habe er sie lange Zeit gebändigt, aus Sorge, sie könne zuviel von ihm entblößen. »Bist du noch nicht zufrieden? Bist du gekommen, um noch mehr Unheil anzurichten?«
Das eigene Blut dröhnte unterm heftigen Pulsschlag in Covenants Ohren. »Es tut mir leid«, hörte er sich durch das Pochen zum zweiten Mal sagen.
»Leid?« Trell erstickte fast an dem Wort. »Ist das genug? Erweckt das die Toten?« Für einen Moment erbebte er, als müsse er zerbröckeln. Sein Atem ging in tiefen, heiser keuchenden Zügen. Dann warf er ruckartig die Arme auseinander, wie jemand, der Fesseln sprengt. Er sprang vor und umschlang Covenants Brust, hob ihn vom Fußboden. Mit wildem Aufknurren begann er zu drücken, um Covenant die Rippen zu brechen. Covenant wollte aufschreien, seinen Schmerz hinausheulen, aber er vermochte keinen Laut hervorzubringen. Die Umklammerung von Trells Armen preßte die Luft aus seinen Lungen, lähmte sein Herz. Er fühlte sich innerlich einsacken,

am eigenen Gegendruck eingehen. Verschwommen sah er in Trells Rücken Bannor. Zweimal drosch Bannor Trell in den Nacken. Doch der Glutsteinmeister verstärkte noch seine Anstrengungen, knurrte wutentbrannt.

»Trell!« brüllte jemand; es war Troy. »Trell!« Bannor drehte sich um und trat zurück. Für einen Augenblick voller Panik befürchtete Covenant, der Bluthüter werde ihn im Stich lassen. Aber Bannor brauchte lediglich Platz für eine neue Attacke. Er tat einen hohen Sprung und hieb mit aller Kraft Trell den Ellbogen gegen die Schädelbasis. Trell taumelte; seine Umklammerung lockerte sich. Zum Abschluß seines Sprungs knallte Bannor ihm den anderen Arm unters Kinn. Der wuchtige Schlag warf Trell rücklings aus dem Gleichgewicht. Während er fiel, geriet Covenant aus seinem Griff. Covenant prallte hart auf, schnappte röchelnd nach Luft. Durch sein Japsen und seine Benommenheit hörte er Troy brüllen, hörte die Warnung in seiner Stimme. Er blickte auf und sah, daß Trell sich erneut auf ihn stürzen wollte. Aber Bannor war schneller. Als Trell vorwärts schnellte, stürmte Bannor ihm kopfüber entgegen und rammte ihn mit derartiger Gewalt, daß er zurücktorkelte und an die Mauer stieß, dort auf Hände und Knie niedersank. Die Wirkung setzte ihn außer Gefecht. Seine klobige Gestalt wand sich vor Schmerz, und seine Finger klaubten unbewußt über den steinernen Boden, als wollten sie ihm Atemluft entreißen. Sie krallten sich in den Fußboden, als bestünde er nur aus lehmiger Tonerde. Im nächsten Moment hatte er beide Fäuste in den Stein gegraben. Dann nahm er einen ausgedehnt tiefen, zittrigen Atemzug und zerrte seine Hände aus dem Boden. Er starrte die Löcher an, die er hineingedrückt hatte; es entsetzte ihn, Stein beschädigt zu haben. Als er den Kopf hob, keuchte er angestrengt, wobei seine breite Brust den Stoff seines Gewandes spannte. Bannor und Troy standen zwischen ihm und Covenant. Der Streitmark hatte sein Schwert gezückt.

»Denk an deinen Schwur!« befahl er in scharfem Tonfall. »Erinnere dich, was du geschworen hast! Begeh keinen Verrat an deinem eigenen Leben!«

Lautlos begannen Tränen aus Trells Augen zu rinnen, während er am Streitmark vorbei Covenant anstarrte. »Meinen Schwur?« ächzte er. »Covenant bringt mich dazu. Welchen Schwur legt er ab?« Mit plötzlichem Kraftaufwand richtete er sich auf. Bannor trat um einen kurzen Schritt vor, so daß er noch vor Troy stand und jeden nochmaligen Angriff als erster abfangen konnte, aber Trell würdigte Covenant keines weiteren Blicks. Er atmete mühevoll, als gäbe es in der Herrenhöh für ihn zu wenig Luft, wandte sich ab und schlurfte davon in einen der Korridore.

Covenant hielt sich die beklommene Brust und wankte zur Mauer, um sich mit dem Rücken dagegen zu setzen. Der Schmerz zwang ihn zu schwerfälligem Husten. Troy stand angespannt da, die Lippen aufeinandergepreßt. Bannor dagegen wirkte nicht im geringsten mitgenommen; seine allumfassende Leidenschaftslosigkeit ließ sich durch nichts erschüttern.

»Herrje, Covenant«, meinte am Ende Troy. »Was hat er denn gegen dich?«

Covenant wartete, bis zwischen seinem rauhen Gehuste eine Pause auftrat. Dann gab er Auskunft. »Ich habe seine Tochter vergewaltigt.«

»Das ist doch wohl ein Witz?!«

»Nein.« Er hielt den Kopf gesenkt, aber eher um Bannors Blick zu entgehen, nicht Troys.

»Kein Wunder, daß man dich den Zweifler nennt.« Troy sprach leise, um seine Wut im Zaume zu halten. »Kein Wunder, daß deine Frau dich verlassen hat. Du mußt unausstehlich gewesen sein.«

Nein! Covenant keuchte. *Ich war ihr nie untreu. Niemals.* Aber er schaute nicht auf, machte keine Anstrengung, um der

Ungerechtigkeit von Troys Anschuldigungen zu widersprechen.

»Covenant, du verdammter Scheißkerl.« Troys Stimme war unverändert leise, aber inbrünstig. Sie klang, als sei er zu zornig zum Schreien. Er drehte sich auf dem Absatz um, als könne er den Anblick des Zweiflers nicht länger ertragen, und ging. Aber während er sich entfernte, verlor er seine Beherrschung. »Guter Gott!« schrie er. »Ich begreife nicht, weshalb man dich nicht in einen Kerker steckt und den Schlüssel wegwirft!« Sobald er sich außer Sicht in einem der Korridore befand, hallte seine Stimme wie ein Bannfluch.

Ein Weilchen später raffte sich Covenant hoch, hielt sich noch immer die gequälte Brust. Die Mühe, die es kostete, in seiner Pein zu sprechen, machte seine Stimme schwach. »Bannor ...«

»Ur-Lord?«

»Erzähl dem Hoch-Lord davon. Erzähl ihm alles ... über Trell und mich ... und Troy.«

»Ja.«

»Noch was, Bannor ...« Gleichmütig wartete der Bluthüter. »Ich werde so etwas nie wieder tun ... mich so an einem Mädchen vergreifen. Ich würd's ungeschehen machen, wenn's möglich wäre.« Er sprach, als schulde er Bannor dies Versprechen dafür, daß er ihm das Leben gerettet hatte. Aber Bannor ließ sich durch nichts anmerken, daß er verstand, was der Zweifler sagte, oder es ihm etwas bedeutete. »Bannor«, fügte Covenant einen Moment später hinzu, »du bist hier praktisch die einzige Person, die nicht wenigstens versucht hat, mir irgend etwas zu verzeihen.«

»Die Bluthüter verzeihen nicht.«

»Ich weiß. Ich entsinne mich. Dafür sollte ich dankbar sein.« Die Arme um seine Brust gelegt, wie um die Bruchstücke seiner selbst zusammenzuhalten, kehrte Covenant zurück in seine Unterkunft.

9
Glimmermere

Noch ein Abend und eine Nacht verstrichen, ohne daß man irgend etwas von Lord Fouls Armee sah oder hörte – kein Schimmer von den Warnfeuern, die auf Veranlassung der Lords überall in den Mitt- und Nordlandebenen vorbereitet worden waren, ließ sich erspähen, keine Kundschafter trafen mit Nachrichten ein, man bemerkte keine Omen. Nichtsdestotrotz spürte Covenant, daß die Spannung in Schwelgenstein noch wuchs; indem die Angespanntheit sich verstärkte, erfüllten Schwingungen nervlicher Strapazen die stimmungsmäßige Atmosphäre nahezu hörbar, und die Herrenhöh schien gepreßter ein-, verhaltener auszuatmen. Selbst den Wänden seiner Zimmer glaubte Covenant das Nahen einer Gefahr anzusehen. Deswegen brachte er den Abend auf seinem Balkon zu und trank Frühjahrswein, um das Stechen in seinem Brustkorb zu lindern, betrachtete dabei die verwaschenen Schemen des abendlichen Dämmerlichts, als wären sie die Vorhut feindlicher Heerscharen, aus dem Untergrund selbst erstanden, um ihn zum Blutvergießen zu nötigen. Nach ein paar Flaschen des lieblichen, vollklaren Getränks gelangte er zu dem Eindruck, daß nur das Tastgefühl seines Barts an seinen Fingerkuppen zwischen ihm und Handlungen stand – Krieg und Töten –, die er nicht verkraften konnte. Während er in der Nacht schlief, träumte er von Blut – übermäßig tödlichen Wunden von rachsüchtiger, verwerflicher Aufwendigkeit, die ihn entsetzten, weil er so ganz genau wußte, ein paar Tropfen aus einem unbeabsichtigten Kratzer genügten für ihn; dies Zerhauen und Zerhacken von Fleisch war überflüssig. Aber seine Träume ließen nicht nach; sie störten seinen Schlaf, bis er sich zuletzt aus dem Bett schwang und wieder hinaus auf den Balkon trat, wo er in der allerfrühsten morgendlichen Dämmerung stand und über seine mißhandelten Rippen stöhnte.

Umgeben von der Gespanntheit, die die Herrenhöh beherrschte, versuchte er, sich möglichst weitgehend auf näherliegende private Konsequenzen gefaßt zu machen – wartete er in einer Mischung aus Sorge und Starrsinn darauf, vom Hoch-Lord entschieden vorgeladen zu werden. Er rechnete keineswegs damit, daß Elena den Zusammenstoß mit ihrem Großvater ruhig hinnahm, und deshalb hatte er sich seit dem vorangegangenen Nachmittag ständig in seinem Quartier aufgehalten, damit sie wußte, wo sie ihn finden konnte. Dennoch tat sein Herz einen Satz, als es soweit war und von der Tür ein Klopfen ertönte. Seine Finger und Zehen kribbelten – er spürte in ihnen seinen Pulsschlag –, und er merkte, daß er wieder, trotz der Empfindlichkeit seines Brustkorbs, tief durchatmete. Er mußte einen flüchtigen bitteren Geschmack hinabschlucken, ehe er seine Stimme genug in der Gewalt hatte, um auf das Pochen antworten zu können. Die Tür ging auf, und Bannor trat ins Zimmer. »Der Hoch-Lord wünscht mit dir zu sprechen«, sagte er ohne irgendeine Betonung. »Bist du bereit zum Mitkommen?«

Ja, stellte Covenant bei sich grimmig fest. *Selbstverständlich. Bleibt mir vielleicht eine Wahl?* Er hielt sich den Brustkorb, um weitere heftige Stiche zu verhindern, verließ seine Räumlichkeiten und strebte den Korridor entlang. Er schlug die Richtung zur Klause ein. Er nahm an, daß Elena ihren Ärger über ihn öffentlichen Ausdruck zu verleihen beabsichtigte – dafür zu sorgen, daß er sich angesichts der einhelligen Mißbilligung durch ganz Schwelgenstein in Grund und Boden schämte. Er hätte Trell aus dem Weg gehen können; seinerseits wäre nicht mehr nötig gewesen als ein Augenblick einfachen Vertrauens oder der Rücksichtnahme. Doch Bannor lenkte ihn bald in andere Korridore. Sie benutzten eine schmale, aber schwere Tür, in einem der Versammlungssäle hinter einem Vorhang verborgen, und stiegen über eine ausgedehnte Wendeltreppe in einen tiefen, Covenant noch völlig unbekannten Teil der Herrenhöh hinunter. Die Treppe mündete in eine Reihe von Gängen von solcher Düsternis und Unregelmäßigkeit, bis er über seinen Aufenthaltsort nicht mehr wußte, als daß er außerordentlich tief im Untergestein Schwelgensteins war – tiefer sogar als die Privatgemächer der Lords lagen. Nach kurzer Zeit jedoch blieb Bannor vor einer kahlen steinernen Wand stehen. Im schwachen Schein einer Fackel streckte er der Wand seine Arme entgegen, als beschwöre er sie, und sprach drei Wörter in einer Sprache, die seiner Zunge merklich schwerfiel. Als er seine Arme senkte, ließ sich eine Tür erkennen. Sie schwang einwärts und gewährte dem Bluthüter und Covenant Zutritt in eine hohe, helle Kaverne. Die Erbauer Schwelgensteins hatten in dieser geräumigen Höhle wenig an Gestaltung oder bloß Bearbeitung vorgenommen. Der Fußboden war geglättet, aber der bloße, schroffe Stein an Wänden und Decke unangetastet gelassen worden; auch die dicken, groben Säulen, die eindrucksvoll darin aufragten wie umfangreiche Baumstämme, vom Boden bis zur Decke reichten und deren Gewicht auf ihren Schultern trugen, waren unverändert geblieben. Die gesamte Höhle war jedoch von großen, zwischen den Säulen aufgestellten Gefäßen voller Glutgestein so erhellt, daß sie alle Flächen der Wände und Säulen klar ausleuchteten. An allen diesen Flächen waren Kunstwerke ausgestellt. Gemälde und Gobelins hingen an den Wänden; auf Sockeln zwischen den Säulen und Gefäßen ruhten große Skulpturen und Schnitzereien; kleinere Stücke, Schnitzarbeiten, Statuetten, Steinmetzerzeugnisse und Werke der *Suru-pa-maerl* befanden sich auf hölzernen Regalen, geschickt an den Säulen befestigt.

In seiner Faszination vergaß Covenant völlig die Frage, warum er hierhergebracht worden war; er schlenderte durch den Raum, schaute sich in lebhaftem Interesse um. Zuerst galt seine Aufmerksamkeit den kleineren Kunstgegenständen. Manche davon schienen auf irgendeine Weise aktionsgeladen zu sein, eine immanente Wärme gespeichert zu haben, als seien sie im Moment einer Inkarnation geformt worden; und die Vielfalt der verwendeten Materialien und ausgedrückten Emotionen war gewaltig. Wo die Eichenholzfigur einer Frau mit Säugling fürsorglich den Kummer und das Weh von Kindern beklagte, strahlte ein ähnlicher granitener Gegenstand selbstbewußte Fortpflanzungskraft aus; wo eine blankpolierte Güldenblattholz-Flamme emporbrauste, vermittelte eine Lohe der *Surupa-maerl* einen Eindruck von Behaglichkeit und häuslicher Wärme. Kunsthandwerkliche Studien von Kindern, Ranyhyn und Riesen überwogen, aber verstreut waren dunklere Darstellungen darunter – vierschrötige Urböse, starke und schlichtmütige Höhlenschrate, auch der wahnwitzgepeitschte, heldenhaft kühne Kevin, durch seine nackte Verzweiflung zwar um Urteilsklarheit und Weitsicht gebracht, aber nicht um Tapferkeit oder Leidenschaft.

Unter all den Kunstwerken gab es kaum naturalistische Abbilder; die benutzten Materialien waren ungeeignet zu kopiehafter Widerspiegelung oder Formalismus. Bannor blieb hinter Covenant, während er zwischen den Säulen einherwanderte.

»Das ist die Halle der Geschenke«, sagte der Bluthüter schließlich. »Alle diese Dinge sind von Bewohnern des Landes gemacht und den Lords geschenkt worden. Oder Schwelgenstein.« Mit ungerührtem Blick schaute er umher. »Man hat aus Liebe oder zur Ehrung geschenkt. Oder um seine Kunst zu zeigen. Aber die Lords begehren keine Geschenke. Sie wenden ein, dergleichen dürfe niemand für sich besitzen. Alle Werte entstehen aus dem Land und gehören dem Land. Deshalb werden alle Gaben, welche die Lords erhalten, hier aufgestellt, damit jeder, der's wünscht, sie betrachten kann.«

Aber Covenant hörte sehr tief in Bannors Stimme etwas heraus. Ungeachtet ihres monotonen Klangs schien sie eine Andeutung jener geheimen, unwiderlegbaren Ergebenheit zu artikulieren, die die Bluthüter an die Lords band. Doch Covenant ging nicht näher darauf ein, verzichtete aufs Einhaken. Von einer der vorderen Säulen lenkte ihn ein großflächiger, dicker Gobelin an einer der Höhlenwände ab. Er erkannte ihn. Es handelte sich um dasselbe Stück, das er einmal zu vernichten versucht hatte. In einem Wutanfall über die darauf abgebildete Berek-Sage – und die Blindheit, die in ihm den wiedergeborenen Berek sah – hatte er ihn aus dem Fenster seines Zimmers im Festungsturm geworfen. Ein Irrtum war ausgeschlossen. Der Wandteppich war an den Rändern ausgefranst und hatte auf mittlerer Länge einen sorgfältig reparierten Riß abwärts durch die Hälfte der in erbittertem Ringen begriffenen, ikonografisch stilisierten Gestalt Berek Halbhands. Die Szenen rings um die zentrale Figur zeigten die Seelenfahrt des Helden von seiner Entdeckung der Erdkraft bis zu seiner Verzweiflung auf dem Donnerberg. Aus der Mitte blickte Berek den Zweifler mit Verhängnis in den Augen an. Verdrossen wandte sich Covenant ab, und im nächsten Moment sah er vom anderen Ende der Halle Hoch-Lord Elena herüberkommen. Er blieb stehen, wo er sich befand, und schaute ihr entgegen. Der Stab des Gesetzes in der Rechten Elenas betonte die Würde und Autorität ihrer Gangart, aber die linke Hand hatte sie zum Gruß geöffnet. Ihre Robe verhüllte sie, ohne die Geschmeidigkeit oder Kräftigkeit ihrer Bewegungen zu verbergen. Das Haar hing ihr lose auf die Schultern, und ihre Sandalen erzeugten auf dem Steinboden ein Wispern.

»Willkommen in der Halle der Geschenke, Thomas Covenant«, sagte sie ruhig. »Ich danke für dein Einfinden.« Sie lächelte, als freue sie sich, ihn zu sehen. Ihr Lächeln widersprach seinen Erwartungen, und daher mißtraute er ihm. Er forschte in ihrem Gesicht und versuchte, ihre tatsächlichen Empfindungen abzulesen. Ihre Augen forderten geradezu zur Betrachtung heraus. Selbst während sie ihn musterten, schien ihr Blick durch ihn oder in ihn hinein gerichtet zu sein, als teile er den von seinem Körper beanspruchten Raum mit etwas völlig anderem. Flüchtig dachte er, daß sie ihn womöglich tatsächlich nicht wirklich, nicht konkret sah, nicht in seiner realen Erscheinung. »Gefällt dir die Halle?« fragte sie, während sie näher trat. »Die Bewohner des Landes sind Künstler mit edlem Geschmack, nicht wahr?« Als sie ihn erreichte, verharrte sie ruckartig und mit plötzlich besorgter Miene. »Thomas Covenant«, erkundigte sie sich, »leidest du Schmerzen?« Da bemerkte er, daß sein Atem sich wieder beschleunigt hatte. Die Luft in der Halle schien für ihn zu dünn zu sein. Doch als er die Achseln zuckte, konnte er einen Ausdruck von Schmerz nicht von seinem Gesicht fernhalten. Elena streckte eine Hand nach seiner Brust aus. Halb zuckte er zusammen, im Glauben, sie wolle ihm einen Schubs versetzen. Aber sie berührte lediglich einen Moment lang seine geprellten Rippen behutsam mit der Handfläche und wandte sich sofort danach an Bannor. »Bluthüter«, sagte sie streng, »der Ur-Lord hat Harm erlitten. Warum hat man ihn nicht zu einem Heiler gebracht?«

»Er hat nicht darum ersucht«, antwortete Bannor gleichgültig.

»Ersucht? Muß Hilfe das Ersuchen abwarten?«

Bannor erwiderte ihren Blick ausdruckslos und schwieg, als verstünde sich das schon aufgrund seiner Überzeugtheit in dieser Frage von selbst.

Der Vorwurf in ihrem Tonfall bereitete Covenant unvermutet Mißbehagen. »Es ist nicht nötig«, sagte er zu Bannors Verteidigung. »Es war überflüssig. Er hat mich rausgehauen.«

Sie seufzte, ohne den Blick vom Bluthüter zu wenden. »Nun

wohl«, sagte sie, »das mag sein. Aber ich sehe dich ungern leiden.« Dann lenkte sie ein. »Bannor, der Ur-Lord und ich, wir werden uns in die Hochebene begeben. Sende sofort nach uns, sollte die Notwendigkeit entstehen.«

Bannor nickte, verneigte sich knapp und verließ die Höhle. Als die versteckte Tür sich hinter ihm geschlossen hatte, drehte sich Elena wieder Covenant zu. Unwillkürlich krampfte er sich zusammen. *Jetzt,* sagte er sich. *Jetzt legt sie los.* Aber allem Anschein nach war ihre Gereiztheit schon wieder gewichen. Und sie äußerte sich nicht zum Gobelin; anscheinend war ihr der Zusammenhang zwischen ihm und dieser Arbeit unbekannt. »Wohlan, Thomas Covenant«, sagte sie mit nichts als Unschuld in ihrer Miene. »Gefällt dir die Halle? Du hast mir noch nicht geantwortet.«

Er hörte kaum zu. Trotz ihres freundlichen Gesichtsausdrucks konnte er nicht glauben, daß sie nicht auf seine Auseinandersetzung mit Trell zu sprechen kommen wollte. Doch dann sah er neue Besorgnis ihr Gesicht verdunkeln und gab überstürzt Antwort. »Was? Ach, die Halle. Sicher, sie gefällt mir gut. Aber liegt sie nicht ein bißchen abseits? Was nutzt ein Museum, wenn die Leute es nicht besuchen können?«

»Ganz Schwelgenstein kennt den Weg. Gegenwärtig sind wir allein, aber in Friedenszeiten – oder Zeiten, in denen Krieg entfernter ist – halten sich stets Menschen hier auf. Die Kinder unserer Schulen bringen hier so manche Stunde zu, um des Landes Künste zu erlernen. Aus dem ganzen Lande kommen Kunstmeister, um ihre Fertigkeiten zu vermitteln und sie zugleich zu erhöhen. Die Halle der Geschenke befindet sich so tief und entlegen im Erdgestein, weil den Riesen, welche die Herrenhöh schufen, ein solcher Ort angemessen dünkte – und aufgrund ihrer Erwägung, daß die Halle, sollte denn Schwelgenstein einmal fallen, verborgen und erhalten bleiben möge, in der Hoffnung auf eine neue Zukunft.« Für eine Sekunde schien der Fokus ihres Blicks näher auf ihn einzupendeln, und sie schaute eindringlicher drein, als versuche sie Löcher in seinen Schädel zu bohren, um nachzusehen, was er dachte. Dann jedoch kehrte sie sich mit sanftem Lächeln seitwärts und schritt zu einer anderen Wand der Kaverne. »Ich möchte dir ein anderes Kunstwerk zeigen«, sagte sie. »Es stammt von einer unserer begnadetsten Kunstmeisterinnen, Ahanna, Hannas Tochter. Sieh hier.« Er folgte ihr und blieb mit ihr vor einem großen Gemälde in poliertem Ebenholzrahmen stehen. Das Werk war in düsteren Farben ausgeführt, aber etwa in der Mitte glomm wacker eine Gestalt, die Covenant unverzüglich erkannte: Lord Mhoram. Der Lord stand allein in einer Mulde, dicht umzingelt von schwarzen, unholdhaften Schatten, die auf ihn niederzuschwappen drohten wie eine Flut, um ihn mit Haut und Haaren zu verschlingen. Seine einzige Waffe war sein Stab, aber er schwang ihn in kühner Gegenwehr; in seinen Augen war ein heißer, kraftstrotzender Blick, der Entschlossenheit bis zum äußersten und Triumph widerspiegelte, als habe er in seinem Innern irgendeine Kapazität für den Umgang mit Gefahren entdeckt, die ihn unbesiegbar machte. »Ahanna hat das Bildnis ›Lord Mhorams Sieg‹ genannt«, sagte Elena respektvoll. »Ich glaube, sie ist eine Prophetin.«

Der Anblick Lord Mhorams in Bedrängnis bereitete Covenant Betroffenheit, und er empfand den Hinweis auf das Gemälde als Vorwurf. »Hör zu«, sagte er. »Mach Schluß mit diesem Spielchen. Wenn du was zu sagen hast, dann sag's. Oder befolge Troys Rat und sperr mich ein. Aber treib nicht so was mit mir.«

»Spielchen? Ich verstehe dich nicht.«

»Hölle und Verdammnis! Stell dich nicht so unschuldig. Du hast mich doch rufen lassen, um mich für den Streit mit Trell zur Rede zu stellen. Also, dann sehen wir zu, daß wir's hinter uns kriegen. Ich kann diese Ungewißheit nicht aushalten.«

Der Hoch-Lord erwiderte seinen wilden Blick mit solcher Offenheit, daß er sich abwandte, bei sich gedämpft fluchte, um Fassung zu bewahren. »Ur-Lord ...« Elena legte fast flehentlich eine Hand auf seinen Arm. »Thomas Covenant. Wie kannst du solche Gedanken hegen? Sieh mich an. Sieh mich an!« Sie zog an seinem Arm, bis er sich ihr wieder zudrehte, der Aufrichtigkeit, die in all ihren Gesichtszügen Ausdruck fand. »Ich habe dich nicht in den Saal kommen lassen, um dich zu quälen. Es war mein Wunsch, daß du meinen letzten Aufenthalt hier in der Halle der Geschenke mit mir teilst. Der Krieg ist nah – sehr nah –, und ich werde nicht bald wieder hier weilen können. Was den Streitmark anbetrifft – ich nehme von ihm in deiner Sache keinen Rat entgegen. Wenn jemanden für deine Begegnung mit Trell eine Schuld trifft, dann mich. Ich hab's versäumt, dir über meine Sorge klaren Aufschluß zu geben. Und ich selbst besaß keine Klarheit über das Ausmaß der Gefahr, andernfalls hätte ich alle Bluthüter angewiesen, ein Zusammentreffen zu verhindern. Nein, Ur-Lord, ich habe dir keine harten Worte zu sagen. Es stünde dir zu, Vorwürfe wider mich zu erheben. Ich habe dein Leben gefährdet und Trell, meinen Großvater, seiner letzten Selbstachtung beraubt. Er war außerstande, seiner Tochter und seiner Gemahlin zu helfen. Nun muß er wähnen, daß er nicht einmal sich selbst noch helfen könne.«

Während er sie ansah, zerfiel Covenants Argwohn zu Staub. Er tat einen tiefen Atemzug, um seine Lungen mit frischer Luft zu füllen. Die Bewegung schmerzte an seinen Rippen. Der Schmerz gab ihm die Befürchtung ein, sie werde wieder seinen Brustkorb anfassen. »Rühr mich nicht an!« murmelte er deshalb hastig.

Im ersten Moment mißverstand sie ihn. Ihre Finger zuckten von seinem Arm zurück, und die Andersgerichtetheit ihres Blicks glitt mit einer Bosheit über ihn, daß er zusammenschrak, völlig verdutzt und verdattert. Doch was sie sah, korrigierte ihr Mißverständnis. Der Fokus ihres Blicks verließ ihn; langsam hob sie den Arm und legte die Handfläche auf seine Brust. »Ich höre dich«, sagte sie. »Aber ich muß dich berühren. Du warst zu lange meine ganze Hoffnung. Ich kann dich nicht aufgeben.«

Er nahm ihr Handgelenk mit den zwei Fingern und dem Daumen seiner Rechten, aber er zögerte für einen Augenblick, ehe er ihre Handfläche von seiner Brust entfernte. »Was wird nun aus Trell?« erkundigte er sich dann. »Er hat den Friedensschwur gebrochen. Was geschieht nun mit ihm?«

»Leider gibt's wenig, das wir tun könnten. Es liegt an ihm. Wir werden danach trachten, ihn zu lehren, daß ein Schwur, der einmal gebrochen worden ist, dennoch im weiteren gehalten werden kann. Aber es war nicht seine Absicht, dir ein Leid zuzufügen – er hat diese Gewalt wider dich nicht vorsätzlich angewendet. Ich kenne ihn und bin mir dessen sicher. Er hat von deiner Anwesenheit in Schwelgenstein gewußt, aber keinerlei Anstrengungen unternommen, dich womöglich ausfindig zu machen. Nein, sein Schmerz hat ihn überwältigt. Ich weiß nicht, wie er's überwinden wird.«

Während ihrer Ausführungen bemerkte er, daß er sich wieder geirrt hatte. Seine Überlegungen waren mit einer etwaigen Bestrafung befaßt gewesen, keiner Therapie. Er hielt sich die geprellten Rippen. »Du bist zu weich«, sagte er. »Du hast jedes Recht, mich zu hassen.«

Sie widmete ihm einen Blick gelinden Ärgers. »Weder Lena, meine Mutter, noch ich haben dich jemals gehaßt. Es ist uns unmöglich. Und was wäre der Nutzen? Ohne dich gäbe es mich nicht. Mag sein, daß sich Lena mit Triock vermählt und einer Tochter das Leben geschenkt hätte – aber diese Tochter wäre ein gänzlich anderer Mensch. Ich wäre nicht, die ich bin.« Im nächsten Moment lächelte sie. »Thomas Covenant, die ganze lange Geschichte des Landes kennt nur wenig Kinder, die einen Ranyhyn reiten durften.«

»Na, wenigstens das hat geklappt.« Auf die stumme Frage in ihrem Blick reagierte er nur mit einem Heben seiner Schultern. Er fühlte sich der Aufgabe nicht gewachsen, den Handel zu erklären, den er mit den Ranyhyn eingegangen war – oder zu erläutern, inwiefern dieser Handel ihm nichts genutzt hatte.

Eine gewisse Bedrücktheit entstand zwischen ihnen. Elena wandte sich zur Seite und betrachtete nochmals ›Lord Mhorams Sieg‹. »Das Bildnis beunruhigt mich«, sagte sie. »Wo bin ich? Wenn Mhoram so ernstlich bedrängt wird, warum steh ich dann nicht an seiner Seite? Wie bin ich gefallen, daß er so allein ist?« Behutsam berührte sie das Bild, strich mit den Fingerkuppen über Mhorams vereinzelte, eingekreiste, aber unüberwindbare Gestalt. »Ich spüre in meinem Herzen, daß dieser Krieg mich überdauern wird.« Doch diese Möglichkeit erbitterte sie. Mit einem Ruck trat sie vom Gemälde zurück, verharrte hochaufgerichtet, den Stab des Gesetzes fest vor sich auf den Steinboden gestemmt. Sie schüttelte den Kopf, so daß ein Windstoß durch ihr braunes und honiggelbes Haar zu fahren schien. »Nein!« stieß sie eindringlich hervor. »Ich werde ihn beenden. Beenden!«

Als sie das Wort wiederholte, schlug sie den Boden mit der eisernen Spitze des Stabes. Hellblaues Feuer entflammte die Luft. Unter Covenants Füßen durchraste ein Zucken den Stein, und fast kam er zu Fall. Aber beinahe augenblicklich bändigte sie die Energie wieder, der Ausbruch schwand wie das zeitweilige Durchscheinen eines Alptraums. Sie packte ihn am Arm und stützte ihn, ehe er von sich aus das Gleichgewicht wiederfinden konnte. »Ach, du mußt mir vergeben«, sagte sie mit einem Blick, der einem Lachen glich. »Ich vergesse mich.«

Er spreizte die Beine, versuchte festzustellen, ob er dem Boden noch trauen durfte. Der Stein wirkte wieder wie fester Untergrund. »Das nächste Mal sag mir rechtzeitig vorher Bescheid«, brummte er, »damit ich mich hinsetzen kann.«

Der Hoch-Lord brach in helles Gelächter aus, beruhigte sich jedoch schlagartig wieder. »Erneut um Vergebung, Thomas Covenant. Doch deine Miene ist so töricht entrüstet.«

»Vergiß es«, erwiderte er. Er bemerkte, daß der Klang ihres Gelächters ihm gefiel. »Kann sein, daß Lächerlichkeit die einzige vernünftige Lösung ist.«

»Ist das ein Sprichwort aus deiner Welt? Oder bist du ein Prophet?«

»Wahrscheinlich handelt's sich um ein bißchen von beidem.«

»Du bist sonderbar. Du verwechselst Weisheit und Scherz ... du verkehrst ihre Bedeutung.«

»Ist das wahr?«

»Ja, Ur-Lord Covenant«, entgegnete sie unbeschwert und belustigt. »Es ist wahr.« Sie wirkte plötzlich, als erinnere sie sich an etwas. »Aber nun müssen wir aufbrechen. Ich glaube, wir werden erwartet. Und du hast die Hochebene noch nie geschaut. Willst du mich begleiten?«

Er zuckte die Achseln. Sie lächelte ihm zu, und er folgte ihr zur Tür der Halle. »Wer erwartet uns?« fragte er vorsichtshalber.

Sie öffnete die Tür und trat vor ihm hinaus. Sie antwortete erst, nachdem sie den Eingang hinter ihnen wieder geschlossen hatte. »Ich hätte dich gern überrascht. Aber vielleicht gäbe dir das neuen Anlaß zur Beanstandung. Dort lebt ein Mann ... ein Mann, der Träume erforscht – um in ihnen die Wahrheit aufzudecken. Ein Freischüler.« Covenants Herz tat erneut einen Satz, und er schlang wie zum Schutz die Arme um seine Brust. *Hölle und Verdammnis,* stöhnte er insgeheim. *Ein Traumdeuter. Genau, was ich brauchen kann.* Ein Freischüler hatte ihn und Atiaran beim Frühlingsfest in Andelain vor den Urbösen gerettet. Durch einen abartigen Trick seiner Erinnerung schien er nun den Todesschrei jenes Freischülers wie einen Nachhall von Elenas klarer Stimme zu hören. Und er entsann sich an Atiarans grimmige Behauptung, es sei das Verantwortungsbewußtsein der Lebenden, das den von den Toten gebrachten Opfern Sinn gebe. Mit einer knappen Geste zeigte er Elena an, sie solle vorausgehen, dann folgte er ihr, während es in ihm unablässig *Hölle und Verdammung, Hölle und Verdammnis* munkelte. Sie führte ihn durch die Etagen Schwelgensteins zurück nach oben, bis er sich wieder einigermaßen auskannte. Danach schlugen sie die westliche Richtung ein, stiegen aber weiter empor, und nach einer Weile gerieten sie auf einen breiten, hohen Gang, einem Straßentunnel ähnlich, der durch die gesamte Länge der Festungsstadt verlief und eine leichte Steigung aufwies. Mit der Zeit ersah er aus der Verringerung des Felsengewichts und der immer stärkeren herbstlichen Duftnote in der Luft, daß sie sich der Höhe des Plateaus näherten, das die Festung krönte. Nach zweimaligem engem Zickzack endete der Gang, und sie betraten das Freie. Covenant stand unter freiem Himmel in dichtem Gras. Ein oder zwei Längen weiter westwärts sah er die Berge. Im spätmorgendlichen Sonnenschein erfaßte ihn ein kühler Wind voller herbstlicher Frische, ein schwaches Lüftchen, angereichert mit dem Geruch fruchtbarer Erde und reifer Ernten, der ihm, als wäre er hellseherisch begabt, im voraus von gebündelten Garben, vollen Früchten und zum Lagern fertigem Saatgut erzählte. Bei den Bäumen auf dem Plateau handelte es sich jedoch hauptsächlich um immergrüne Pflanzen, fedrige Mimosen, hohe Kiefern und Zedern mit ausladenden Kronen, die ihr Laub nicht ablegten. Und das widerstandsfähige Gras machte dem Wechsel der Jahreszeiten keine Zugeständnisse. Das Hügelland der Hochebene war Schwelgensteins geheime Stärke. Im Osten und Süden war es durch senkrechte Klippen geschützt, im Norden und Westen von Bergen, so daß es, außer auf dem Wege durch die Herrenhöh, buchstäblich unzugänglich war; von dort konnten die Bewohner der Stadt Nahrung und Wasser beschaffen und damit einer Belagerung widerstehen. Dank dieses Rückhalts konnte Schwelgenstein aushalten, solange seine Mauern und Tore hielten.

»Du siehst«, sagte Elena, »daß die Riesen dem Lande in jeder Hinsicht bestens gedient haben. Solange Schwelgenstein steht, bleibt immer eine Stütze für Hoffnung. Auf ihre Art ist die Herrenhöh nicht minder unbezwingbar, als es Fouls Hort sein soll ... den alten Legenden zufolge. Das ist von großer Bedeutung, denn die Sagen vermelden auch, daß der Schatten der Bosheit niemals vollends aus dem Lande vertrieben sein kann, solange Ridjeck Thome überdauert, Lord Fouls schaurige Wohnstatt. So stehen wir bei den Riesen in größerer Schuld als allein für unerschütterliche Freundschaft. Wir danken ihnen mehr, als wir jemals vergelten können.« Ihr Ton war angenehm, zeugte von Dankbarkeit, aber sowohl ihr wie auch Covenant gab die Erwähnung der Riesen einen gewissen Trübsinn ein. Sie wandte sich ab und geleitete ihn nordwärts, am Umkreis der Hochebene entlang. In dieser Richtung führte das Plateau hinauf in wie gefältelte Hügel; aber bald sahen sie an der landeinwärtigen Seite der Klippe Viehherden weiden. Viehhirten grüßten den Hoch-Lord feierlich, und er erwiderte die Grüße mit stummen Verneigungen.

Etwas später überquerten Elena und Covenant eine Hügelkuppe, von der aus sie westwärts die ganze Ausdehnung der Hochebene überblicken konnten. Jenseits des schnellen Flusses, der nach Süden zur Höhe der Schleierfälle strömte, erstreckten sich Felder, auf denen im Wind Weizen und Mais wogten. Um eine Länge hinter dem Weideland, dem Fluß und den Feldern ragten die Berge auf, erhoben sich in zerklüfteter Gewaltigkeit übers Vorgebirge und die Hügel. Die Gipfel waren mit Schnee bedeckt, und in dieser weißen Umhüllung wirkten sie greisenhäuptig und fern – wild, jäh und unnahbar. Im Westen und Süden dieser Bergkette wohnten die *Haruchai.*

Covenant und der Hoch-Lord setzten den Weg nach Norden fort, entfernten sich auf gewundenem Pfad durch die Wellenformationen der Hügel, den Elena nach der Leichtbegehbarkeit wählte, von der Klippe und näherten sich dem Fluß. Anscheinend war ihr das Schweigen zwischen ihnen recht, und so wanderten sie beide dahin, ohne zu reden. Covenant schritt aus, als trinke er mit Augen und Ohren von den Eindrücken der Hochebene. Die zähe Üppigkeit der Gräser, das pure, kraftvolle Erdreich, der unantastbare Fels, die Reife von Weizen und Mais, das alles sättigte sein Blickfeld mit Leben. Das Singen und Schwirren der Vögel tränkte die Luft mit Freude. Und als er dicht an einer besonders hohen, herrischen Kiefer vorbeistrebte, war ihm, als könne er nachgerade ihre Schößlinge sprießen hören. Für ungefähr eine Länge vergaß er sich in seinem Genuß des Spätsommers im Lande. Nach einiger Zeit begann er sich jedoch verschwommen zu wundern, wie weit Elena ihn noch zu führen beabsichtige. Aber ehe er es über sich brachte, das Schweigen mit einer Frage zu brechen, überwanden sie den Kamm eines Hügels, und da verkündete sie von sich aus ihre Ankunft.

»Ach«, seufzte sie froh, »Glimmermere! Wässerbronn und Flußquell, heil dir, du reines Naß! Wie hebt's mein Herz, dich wiederzusehen!«

Sie schauten auf einen Bergsee hinunter, den Quellsee des Flusses, der zu den Schleierfällen floß; bei aller Schnellheit, mit der die Strömung sich vom See entfernte, war er ein stilles Gewässer, da Zuflüsse fehlten, denn alles Wasser kam aus Quellen in seiner Tiefe. Und seine Oberfläche war glatt und klar, reflektierte so stark wie poliertes Glas. Sie spiegelte die Berge und den Himmel mit makelloser Treue, gab die Welt mit allen Einzelheiten wieder.

»Komm«, sagte Elena plötzlich. »Der Freischüler dürfte von uns erwarten, daß wir im Glimmermere-See ein Bad nehmen.« Sie schenkte ihm ein rasches Lächeln und lief beschwingt hangabwärts. Er schloß sich an, zunächst in normaler Gangart, aber das wie elastische Gras schien ihn zu drängen, bis er in so etwas wie einen Trab verfiel. Am Ufer des Sees ließ sie den Stab fallen, als werfe sie ihn fort, straffte die Schärpe um ihr Gewand und sprang nach einem letzten Wink ins Wasser. Als er den Rand des Glimmermere-Sees erreichte, erschrak er, weil er feststellen mußte, daß sie verschwunden war; von seinem nahen Standpunkt aus war die spiegelblanke Wasseroberfläche durchsichtig, und er konnte bis auf den felsigen Grund des Sees blicken. Mit Ausnahme eines dunklen Bereichs, der wie ein tiefer Schatten im Mittelpunkt lag, ließ sich der gesamte Grund mit sämtlichen, klarumrissenen Details einsehen, als wäre der See nur wenige Meter tief. Aber Elena sah er nicht. Mit dem Untertauchen schien sie zu existieren aufgehört zu haben. Er beugte sich vor und spähte hinab ins Wasser, dann trat er ruckartig zurück, als er bemerkte, daß Glimmersee ihn nicht widerspiegelte. Die Mittagssonne schien durch ihn auf den See, als sei er unsichtbar. Im nächsten Augenblick durchbrach Elena rund zwanzig Meter entfernt den Wasserspiegel. Sie schüttelte die Nässe aus ihrem Gesicht und rief, er solle ebenfalls ins Wasser kommen. Als sie seine Miene des Staunens sah, seinen aufgesperrten Mund, lachte sie erheitert auf. »Überrascht dich Glimmermere?«

Er starrte zu ihr hinüber. Unterhalb der Stelle, wo sie aus dem Wasser schaute, war von ihr nichts zu sehen. Ihre körperliche Substanz schien am Wasserspiegel zu enden. Über der Oberfläche schaukelte sie, als trete sie unten Wasser; aber durch den Raum, den der untere Teil ihres Körpers hätte ausfüllen müssen, war der Grund des Sees deutlich sichtbar. Covenant nahm sich zusammen und machte den Mund zu. »Ich hab' dich

doch gebeten«, rief er dann hinaus zu Elena, »mir rechtzeitig Bescheid zu sagen.«
»Komm!« antwortete sie. »Sei unbesorgt. Das Wasser ist harmlos.« Er regte sich nicht. »Das ist Wasser wie jedes andere«, fügte sie hinzu, »nur kraftvoller. Es besitzt Erdkraft. Unser Fleisch ist für Glimmermere zu fadenscheinig. Er sieht uns nicht. Komm!«
Er bückte sich und steckte probeweise eine Hand ins Wasser. Seine Finger verschwanden, sobald sie unter die Oberfläche tauchten. Doch als er sie erschrocken wieder herausriß, waren sie zwar feucht, aber unversehrt, kribbelten vor Kälte. Angetrieben durch eine Anwandlung von Verblüffung und Entdeckertum, zog er Stiefel und Socken aus, rollte die Hosenbeine hoch und trat in den See. Sofort tauchte er bis über den Kopf unter. Der See war auch an den Rändern tief; die Klarheit, mit der man den Grund erkennen konnte, hatte ihn getäuscht. Aber das eiskalte, mit einem scharfen Beigeschmack versehene Wasser trieb ihn aufwärts, und gleich darauf tauchte er an der Oberfläche wieder auf. Er trat Wasser und spuckte, während er rundumspähte, bis er sah, wo Elena schwamm.
»Frühzeitig Bescheid, ha!« Trotz Glimmermeres frischer, überreichlich anregender Kühle versuchte er, seiner Stimme einen verärgerten Klang zu geben. »Ich werde dich lehren, was Bescheidsagen heißt!« Er gelangte mit wenigen schnellen Zügen zu ihr und drückte ihr den Kopf unter Wasser. Sie kam unverzüglich wieder zum Vorschein, lachte beinahe schon vorm Auftauchen. Er streckte sich nach ihr, aber sie wich aus und schob statt dessen ihn unter die Oberfläche. Er grabschte nach ihren Fußknöcheln, doch daneben. Als er hochkam, war sie außer Sicht. Er fühlte sie an seinen Füßen zerren. Er holte tief Luft, tauchte kopfüber hinab und versuchte sie zu fangen. Zum ersten Mal öffnete er unter Wasser die Augen und fand heraus, daß er ausgezeichnet sehen konnte. Elena schwamm

in seiner Nähe, im Gesicht ein Grinsen. Innerhalb eines Moments erreichte er sie und umfaßte ihre Taille. Statt es mit Ausreißen zu versuchen, drehte sie sich, schlang die Arme um seinen Hals und küßte ihn auf den Mund.

Mit einem Schlag schoß alle Luft aus seinen Lungen, als habe sie ihn gegen seine geprellten Rippen getreten. Er stieß sich von ihr ab und stieg an die Oberfläche. Unter Husten und Keuchen schlug er sich mit seinen Gliedmaßen durchs Wasser zum Ufer des Sees, wo er Stiefel und Socken zurückgelassen hatte, klomm hinaus und sackte ins Gras. Seine Brust schmerzte, als hätte sie diesmal eine ernste Verletzung davongetragen, aber er wußte, daß es sich nicht so verhielt. Schon die erste Berührung mit Glimmermeres kraftvollem Wasser hatte die Prellungen behoben, sie einfach fortgewaschen; was er jetzt empfand, war nicht ihr Schmerzen. Er litt eine andere Art von Pein; mit seinem Unterwassersport schien er sich das Herz gezerrt zu haben. Er lag auf dem Gesicht im Gras und schnaufte, und nach einer Weile mäßigten sich seine Atemzüge. Er nahm wieder andere Eindrücke wahr. Der Kontakt mit dem kalten, herben Wasser hatte seinen ganzen Körper angeregt; er fühlte sich reiner als jemals während der gesamten Zeit, seit er von seiner Leprose erfahren hatte. Die Sonne schien ihm warm auf den Rücken, und seine Fingerspitzen kribbelten lebhaft. Und sein Herz tat weh, als sich Elena zu ihm ins Gras gesellte. Er fühlte ihren Blick auf sich ruhen. »Bist du in deiner Welt glücklich?« fragte sie gleich darauf.

Er nahm seine ganze Selbstbeherrschung zusammen und wälzte sich herum; sie saß unmittelbar neben ihm und betrachtete ihn mit liebevollem Blick. Dazu außerstande, diesem Verlangen zu widerstehen, ergriff er eine Strähne ihres nassen Haares und zwirbelte sie zwischen seinen Fingerkuppen. Dann hob er seinen trostlosen, verhärmten Blick in ihre Augen. Die Strenge, mit der er sich zur Gefaßtheit zwang, ließ seine Stimme

unbeabsichtigt schroff klingen. »Um Glück geht's bei mir nicht. Ich denke nicht ans Glücklichsein. Ich denke ans Überleben.«
»Könntest du hier glücklich sein?«
»Das ist unfair. Was würdest du auf so eine Frage antworten?«
»Ja, was täte ich antworten?« Aber im folgenden Moment verstand sie, was er meinte, und straffte ihre Haltung. »Ich täte antworten, das Glück liegt im Dienst am Lande. Und ebenso, daß es in Kriegszeiten kein Glück geben kann.«
Er ließ sich rücklings ins Gras sinken, um sie nicht anschauen zu müssen. »Woher ich komme«, sagte er leise und angeödet, »dort gibt's kein ›Land‹. Nur ›Erdboden‹. Leblose Erde. Und es ist ständig Krieg.«
»Wenn ich richtig vernommen habe«, sagte sie nach kurzem Schweigen und mit einem Lächeln in der Stimme, »sind's derartige Reden, die Schwertwart Quaan so wider dich erbittern.«
»Ich kann's nicht ändern. Das sind Tatsachen.«
»Mich dünkt, du bringst Tatsachen allzu große Achtung entgegen.«
Er atmete vorsichtig rings um sein wundes Herz ein, ehe er antwortete. »Nein. Ich hasse sie. Aber sie sind alles, was ich habe.«
Ein geruhsames Schweigen entstand. Elena streckte sich neben Covenant aus, und sie lagen beide still da, um sich von der Sonne trocknen zu lassen. Die Wärme und der Duft des Grases schienen ihm ein Gefühl des Wohlbehagens anzutragen; doch als er den Versuch machte, sich zu entspannen und der Verlockung nachzugeben, begann auf unerfreuliche Weise sein Pulsschlag in der Brust zu dröhnen. Zu sehr war er sich Elenas Gegenwart bewußt. Nach und nach fiel ihm jedoch auf, daß sich ein übergeordnetes Schweigen auf Glimmermere senkte. Alle Vögel und sogar der Wind waren leise, irgendwie gedämpft geworden. Eine Zeitlang atmete Covenant flach und

erkundete die Luft ringsherum mit seinem Gehör. »Er kommt«, sagte kurz darauf Elena und ging ihren Stab holen. Covenant setzte sich auf und blickte umher. Dann vernahm er ihn – einen leisen, klaren Klang, wie von einer Flöte, der sich ohne ersichtlichen Ursprung über Glimmermere verbreitete, als habe die Luft selbst ein Lied angestimmt. Das Singen wanderte, kam näher. Bald konnte er die Worte verstehen.

»Frei und ungebunden,
Abgesegnet und frei,
Träume, daß Träume in Erfüllung gehen,
Schließ deine Augen, bis sie sehen,
Sing von der Weissagung Wohlverstehen,
Und sei
Ungebunden,
Frei.

Allein und ohne Freund,
Ohne Band und allein,
Trink vom Entsagungs-Kelch bis zur Neige,
Bis Einsamkeit kam, nur um zu scheiden,
Und Verständigung ist Schweigen –
Mußt doch sein
Ohne Freund und Band,
Allein.

Tief und ohne Grund,
Ohne Ende und tief
Erkunde die wahrhafte Rätselstätte,
Wo Treue lacht, weint, geht zu Bette,
Derweil Verräter krauchen, gefällt durch Verrates Glätte,
Durch Blut,
Ohne Grund und Ende,
Tief.

»Erhebe dich, um ihn zu grüßen«, sagte der Hoch-Lord ruhig. »Er ist Freischüler. Sein Wissen geht über die Schule der Lehre hinaus, weil er ein ureigenes Gesicht verfolgt, nur ihm allein offen.«

Covenant stand auf, lauschte noch immer dem Lied. Es hatte eine mitreißende Wirkung, die seine Fragen und Zweifel zum Verstummen brachte. Er stand aufrecht da, den Kopf erhoben, als habe ihn Eifer erfaßt. Kurz danach betrat der Freischüler auf den Hügeln nördlich Glimmermeres das Blickfeld. Er hörte zu singen auf, als er Covenant und Elena sah, aber seine Erscheinung sicherte seinen Einfluß auf sie. Er trug ein langes Gewand, das ihn umwallte und keine eigene Farbe aufzuweisen schien; statt dessen fing es die Farbschattierungen der Umgebung ein, war unterhalb der Taille grasgrün, an den Schultern himmelblau, und an der rechten Seite flimmerten die Farben von Fels und Schnee der Berge. Das ungekämmte Haar wehte, spiegelte den Sonnenschein wider. Er kam direkt auf Covenant und Elena zu, und binnen kurzem konnte Covenant sein Gesicht erkennen – weiche, zwitterhafte Gesichtszüge mit dichtem Bartwuchs und tiefen Augen. Als er vor ihnen stehenblieb, tauschten er und der Hoch-Lord keine Grußworte aus, befleißigten sich keiner rituellen Begrüßung.

»Laß uns allein«, sagte er bloß mit hoher, mädchenhafter Stimme zu Elena. Sein Tonfall drückte weder Ablehnung noch Befehlsgewohntheit aus, sondern nur etwas, das nach Notwendigkeit klang, und sie verbeugte sich ohne eine einzige Frage. Doch bevor sie ging, legte sie nochmals die Hand auf Covenants Arm, forschte eindringlich in seiner Miene. »Thomas Covenant«, wandte sie sich mit einem Beben in der Stimme an ihn, als fürchte sie sich vor ihm oder um ihn, »Ur-Lord … wenn ich in diesen Krieg ziehen muß, wirst du mich begleiten?«

Er sah sie nicht an. Er stand da, als hätten seine Zehen im Gras Wurzeln geschlagen, und starrte in die Augen des Freischülers.

Als er nach einer Weile noch nicht geantwortet hatte, neigte sie den Kopf, drückte kurz seinen Arm und entfernte sich in die Richtung Schwelgensteins. Sie schaute sich nicht um. Bald war sie hinter Hügeln außer Sicht.

»Komm!« sagte der Freischüler im selben Ton der Notwendigkeit. Ohne eine Reaktion abzuwarten, drehte er sich um und strebte dorthin zurück, woher er gekommen war. Covenant trat um zwei unsichere Schritte vor, verharrte jedoch, als eine Zuckung von Besorgnis sein Gesicht verzerrte. Er löste mühsam seinen Blick vom Rücken des Freischülers und blickte eilig umher. Als er seine Stiefel und Socken erspäht hatte, rannte er hinüber, ließ sich ins Gras fallen und zog sie an die Füße. Mit fieberhafter Umsicht, als müsse er dem Sog einer Strömung oder irgendeinem drängenden Antrieb widerstehen, schnürte er seine Stiefel und schloß die Riemen mit festen Knoten. Sobald seine Füße vorm Gras sicher geschützt waren, sprang er auf und lief dem Deuter der Träume hinterdrein.

10
Seher und Orakel

Spät am Abend des nächsten Tages begab sich Lord Mhoram auf ein Klopfen hin zur Tür seiner persönlichen Gemächer und sah, als er öffnete, draußen Thomas Covenant stehen, der sich wie eine Leidensgestalt dunkel gegen den Schein des erhellten Fußbodens abzeichnete. Er zeigte Anzeichen von Insichgekehrtheit und Ermattung, als habe er, seit er die Hochebene aufgesucht hatte, weder gegessen noch Ruhe gefunden. Mhoram ließ ihn ohne ein Wort seine schmucklosen Räume betreten und schloß die Tür, während Covenant hinüber zum steinernen Tisch in der Mitte des Empfangszimmers trat – dem Tisch, den Mhoram aus den Gemächern des Hoch-Lords hatte herbeischaffen lassen, mitsamt Loriks *Krill,* das noch unverrückbar darin stak und funkelte. Den Blick auf die verkrampften Muskeln von Covenants Rücken gerichtet, bot Mhoram ihm Essen oder Trinken oder eine Bettstatt an, aber Covenant lehnte trotz seiner Erschöpfung mit schroffer Gebärde ab. »Du hast dir die ganze Zeit über das Ding hier den Kopf zerbrochen«, sagte er mit ausdruckslosem, sonderbar verschlossenem Tonfall, »seit es … seit es zu leuchten angefangen hat. Ruhst du dich nie aus? Ich dachte, ihr Lords ruht euch hier unten aus … in euren Privatgemächern.«
Mhoram durchquerte den Raum und blieb seinem Besucher gegenüber stehen. Zwischen ihnen glomm weißlich das *Krill.* Er wußte nicht recht, woran er war; er sah die Beunruhigung in Covenants Miene, aber ihre Ursachen und ihre Bedeutung waren unklar, unersichtlich. »Warum sollte ich ruhen?« erkundigte sich der Lord vorsichtig. »Ich habe keine Gemahlin, keine Kinder. Mein Vater und meine Mutter waren beide Lords, und

Kevins Lehre ist alles, was ich an Fähigkeiten erlernt habe. Es fällt schwer, von solchem Werk zu ruhen.«

»Und du wirst gehetzt. Du bist hier der Seher und das Orakel. Du bist derjenige, der Ausblicke in die Zukunft erhascht, ob du sie willst oder nicht, ob sie dich im Schlaf schreien lassen oder nicht, ob du sie ertragen kannst oder nicht.« Für einen Moment erstickte Covenants Stimme, und er schüttelte heftig den Kopf, bis er wieder sprechen konnte. »Kein Wunder, daß du keine Ruhe findest. Es überrascht mich, daß du überhaupt schlafen kannst.«

»Ich bin kein Bluthüter«, gab Mhoram gelassen zur Antwort. »Ich brauche Schlaf wie alle anderen Menschen.«

»Was hast du herausgefunden? Weißt du inzwischen, wozu das Ding gut ist? Worum ging's eigentlich im Falle dieses Bürschleins namens Amok?«

Über das *Krill* hinweg musterte Mhoram Covenant, dann lächelte er freundlich. »Willst du dich nicht setzen, mein Freund? Ausführliche Antworten kann man sich besser anhören, wenn man seine Ermüdung lindert.«

»Ich bin nicht müde.« Der Zweifler sprach offenkundig die Unwahrheit. Schon im nächsten Moment ließ er sich ohne weitere Umschweife auf einen Sitz sinken. Mhoram nahm ebenfalls Platz, und dabei bemerkte er, daß Covenant sich direkt auf der anderen Seite des Tischs niedergelassen hatte, so daß zwischen ihren Gesichtern das *Krill* aufragte. Dieser Umstand ihrer Sitzordnung bestürzte Mhoram, aber er wußte keinen anderen Weg, um Covenant zu helfen, als ihm zuzuhören und mit ihm zu reden; also blieb er, wo er sich befand, und benutzte seine übrigen Sinne, um zu erfassen, was der Edelstein des *Krill* seinem Blick vorenthielt.

»Nein, ich bin Loriks Schwert nicht gewachsen … ich vermag's nicht aus dem Tisch zu lösen. Ich könnte es durch Zerbrechen des Steins entfernen, aber damit verfehlte ich den Zweck. Wir vermöchten kein Wissen zu erlangen – nur eine Waffe, die wir nicht berühren könnten. Wäre das *Krill* frei, es bedeutete für uns keine Hilfe. Es ist eine für uns vollauf neuartige Macht. Ihre Verwendung ist uns unbekannt. Überdies brechen wir ungern Stein oder Holz, gleichwohl mit welcher Absicht. Und was Amok anbetrifft … diese Frage ist vollkommen offen. Lord Amatin wüßte dir darauf besser zu antworten.«

»Aber ich frage dich.«

»Es ist möglich«, erwiderte Mhoram mit beherrschter Stimme, »daß Kevin ihn zum Schutz wider das *Krill* selbst geschaffen hat. Vielleicht ist seine Macht in den Händen Unwissender oder Menschen ohne Weisheit von großer Gefährlichkeit. Sollte es so sein, dann besteht Amoks Daseinszweck vielleicht darin, uns vor jedem unvorbereiteten Gebrauch seiner Macht zu warnen und uns in der Erlernung anzuleiten.«

»Du solltest nicht so überzeugt tun, wenn du so etwas daherredest. Das ist einfach falsch. Hast du nicht gehört, was er gesagt hat? ›Ich habe meinem Zweck schlecht gedient.‹«

»Mag sein, er weiß, daß wir, wenn wir zu schwach sind, um das *Krill* zum Leben zu erwecken, ohnehin zu kraftlos zu seiner Verwendung sind, sei's zum Guten oder zum Schlechten.«

»Na schön. Vergeßt das Ding. Vergeßt ganz einfach, daß ich euch damit wieder etwas angedreht habe, ohne die geringste Vorstellung davon, was ich mache. Laßt es stecken. Was veranlaßt euch überhaupt zu der Auffassung, hinter allem, was euch geschieht, stehe der gute, alte Kevin Landschmeißer, der all das hier sowieso auf dem Kerbholz hat, und habe wie eine Art von Patriarch dafür gesorgt, daß ihr nichts falsch anpackt und euch irgendwie in die Luft sprengt? Nein, vergeßt's! Ich weiß es besser, auch wenn ich nur ein paar Wochen damit zugebracht habe, über dieser ganzen Geschichte verrückt zu werden, keine vierzig Jahre wie ihr. Verrate mir eines. Was ist so besonders an Kevins Lehre? Warum seid ihr so wild darauf, sie zu erlernen und zu befolgen? Wenn ihr Macht benötigt, warum geht ihr nicht hin und seht zu, daß ihr euch mit eigenen Mitteln welche zulegt, statt ganze Generationen tadelloser Leute für eine Handvoll unbegreiflicher Kreise des Wissens einzuspannen, obwohl dabei nichts herauskommt? Wenigstens im Namen der Vernunft, Mhoram, wennschon nicht im Rahmen pragmatischer Nützlichkeitserwägungen.«

»Ur-Lord, du forderst zuviel von mir. Ich vernehme deine Worte, und doch ist mir zumute, als sei ich taub oder blind.«

»Das ist mir egal. Sag mir, warum nicht.«

»Darauf zu antworten, fällt nicht schwer – dieser Sachverhalt ist klar. Die Erdkraft ist vorhanden, ungeachtet dessen, ob wir sie meistern, ob oder wie wir sie anwenden. Das Land ist vorhanden. Und es gibt die Übel und die Schlechten – den Weltübel-Stein, den Verächter –, ob wir uns ihrer zu erwehren vermögen oder nicht. Ach, wie soll ich meine Erklärungen in Worte fassen? Bisweilen, mein Freund, sind's die einfachen Angelegenheiten, von denen am schwersten zu sprechen ist.« Er schwieg für einen Moment, um nachzudenken. Aber während seines Schweigens spürte er bei Covenant ein Aufwallen von Erregung, als klammere sich der Zweifler an die zwischen ihnen gefallenen Worte, könne ihr Vergehen nicht ertragen. Mhoram sprach weiter, obwohl seine Antwort ihn noch nicht zufriedenstellte. »Betrachte die Sache auf diese Weise. Die Erforschung von Kevins Wissen ist die einzige Wahl, die uns offensteht. Sicherlich verstehst du, daß wir nicht erwarten dürfen, daß die Erde zu uns spricht, wie sie einst zu Berek Halbhand sprach. Solches ereignet sich nicht zweimal. Ganz gleich, wie groß unser Mut sein mag, wie groß unsere Not, das Land kann nicht erneut durch dergleichen errettet werden. Doch die Erdkraft bleibt, um zum Dienst am Lande verwendet zu werden – falls wir dazu fähig sind. Aber eine solche Macht – wie alle Macht – ist gefährlich. Sie verhindert nicht aus sich selbst ihre möglichen schädlichen Wirkungen, ihren Mißbrauch. Gewiß, wir könnten, wie du geäußert hast, mit eigenen Mitteln die Meisterung der Erdkraft anstreben. Aber die Gefährlichkeit eines derartigen Beginnens verbietet es uns. Ur-Lord, wir haben einen Friedensschwur abgelegt, der keine Einschränkungen duldet. Bedenke – vergib mir, mein Freund, doch mir liegt daran, ein klares Beispiel zu nennen – das Schicksal Atiarans, Trells Gemahlin. Sie wagte sich im Umgang mit Kräften, die ihr überlegen waren, und handelte sich ihren Untergang ein. Doch ein weit schlimmeres Ergebnis hätte eintreten können. Sie hätte andere mit ins Verderben reißen können oder dem Land einen Schaden zufügen. Wie sollten wir, die Lords – die wir gelobt haben, allen Reichtum und alle Schönheiten zu behüten –, solche Fährnisse rechtfertigen? Nein, unser Wirken muß anders ablaufen. Wollen wir die Macht erlangen, derer wir zur unüberwindlichen Verteidigung der Erde bedürfen, ohne das Land selbst zu gefährden, dann müssen wir Herren dessen sein, was wir beginnen. Zu diesem Zweck war's, daß Lord Kevin seine Kreise des Wissens schuf – so daß jene, die ihm nachfolgten, Macht mit Weisheit vereinen möchten.«

»O ja, wirklich!« brauste Covenant auf. »Du siehst doch, was es ihm genutzt hat. Hölle und Verdammnis! Einmal angenommen, ihr habt das Glück oder genug Verstand oder wenigstens die Gelegenheit, alle sieben Kreise zu entdecken und zu verstehen, was – ja, Hölle und Verdammung! – soll geschehen, wenn der gute, alte, tote Kevin euch schließlich das Geheimnis vererbt hat, wie man das Ritual der Schändung durchführt? Und man stelle sich vor, es ist *wieder* eure letzte Chance, Foul im Krieg zu schlagen! Wie würdet ihr das den Menschen erklären, die in tausend Jahren erneut bei Null anfangen müssen, bloß weil es euch nicht gelungen ist, eine Wiederholung der Geschichte zu vermeiden? Oder glaubt ihr, ihr könnt's, falls diese kritische Situation eintritt, besser machen als damals Kevin?« Er sprach auf unterkühlte Art und schnell, aber ein verschmitzter Unterton in seiner Stimme verriet Mhoram, daß in seinen Gedanken nicht das Reden im Vordergrund stand. Es hatte den Anschein, als unterzöge er den Lord einer rituellen Befragung, stelle ihn auf die Probe. Mhoram antwortete wohlüberlegt und hoffte um Covenants willen, es möge ihm gelingen, keine Fehler zu begehen.

»Dieser Gefahr sind wir uns durchaus bewußt. Sie ist uns gegenwärtig, seit die Riesen uns den Ersten Kreis des Wissens aushändigten. Deshalb haben wir den Friedensschwur geleistet – und werden ihn halten –, so daß Leben und Land niemals wieder durch bloße Verzweiflung Schaden erleiden. Sollte es dahin kommen, daß wir das Land schänden oder unterliegen müssen, dann werden wir kämpfen, bis wir unterliegen. Dann wird das Schicksal der Erde in andere Hände gelegt.«

»Und ich bereite euch bei alldem nichts als Schwierigkeiten. Die bloße Tatsache, daß ich dies Weißgold besitze, hat Möglichkeiten zum Vernichten und Auslöschen aufgetan, wie sie euch noch nie in den Sinn gekommen sind … ganz davon zu schweigen, daß es für euch nutzlos ist. Vorher existierte gar nicht genug Macht, als daß es sich für euch gelohnt hätte, über Verzweiflungstaten nachzudenken, denn ihr konntet dem Land kein Unheil zufügen, wäre euch auch daran gelegen gewesen. Doch nun ist es möglich, daß sich Foul meinen Ring aneignet … oder ich könnte ihn gegen euch verwenden. Aber retten kann er euch niemals.« Covenants Hände zuckten auf der Tischplatte, als taste er nach irgend etwas. Seine Finger verknoteten sich ineinander, verkrampften sich, rückten dann auseinander, um getrennt ziellos umherzuklauben. »Na schön. Vergessen wir das. Wir werden noch sehen. Wie im Namen aller Götter wollt ihr denn einen Krieg führen – einen Krieg, Mhoram, nicht nur ein bißchen Hickhack mit einem Haufen

Höhlenschrate und Urböse durchstehen! –, wenn praktisch jeder, der groß genug ist, um ein Schwert zu halten, diesen Friedensschwur geleistet hat? Oder gibt's in euren Dokumenten so was wie Ausnahmebestimmungen, die euch Sondergenehmigungen erteilen und Kriege von moralischen Beschränkungen ausklammern, oder zumindest schlicht den Schrecken des Blutvergießens?«

In Mhorams Herz regte sich das Bedürfnis, Covenant zu entgegnen, er gehe zu weit. Aber das Tasten und Zucken von Covenants Händen – eine verstümmelt, die andere mit dem Ring versehen wie mit einer Fessel – bezeugte Mhoram, daß die Herausforderung in der Ausdrucksweise des Zweiflers auf dessen eigenes Innenleben abzielte, nicht gegen die Lords oder das Land. Diese Beobachtung verstärkte Mhorams Besorgnis, und erneut gab er gefaßt und voller Würde Antwort. »Mein Freund, Töten muß stets verabscheut werden. Es ist ein Zeichen unseres Geringseins, daß wir nicht darauf verzichten können. Doch ich darf dich an einiges erinnern. Du kennst Bereks Regel – sie gehört zu unserem Eid. Sie gebietet uns:

›Bedränge nicht, wo wehren genügt,
verwunde nicht, wo bedrängen genügt,
verstümmle nicht, wo verwunden genügt,
und töte nicht, wo verstümmeln genügt,
denn der größte Krieger ist jener,
der des Tötens entsagen kann.‹

Überdies hast du Hoch-Lord Prothall einst darauf hinweisen hören, daß dem Lande mit Blutvergießen im Zorn nicht gedient werden könne. Damit rührte er ans Herz des Friedensschwurs. Wir gedenken alles zu unternehmen, was Macht oder Meisterschaft uns gestatten, um das Land wider die Bosheit zu verteidigen. Aber wir werden nichts tun – weder wider das

Land, unsere Feinde oder uns selbst –, das uns von unserer Herzen schwarzen Leidenschaften eingeflüstert wird, das Schmerz oder Lust am Tode von uns fordern. Ist dir das nicht offensichtlich, Ur-Lord? Wenn wir kämpfen und, ja, töten müssen, dann besteht unsere einzige Verteidigung und Rechtfertigung darin, es so zu tun, daß wir nicht unseren Feinden gleichen. Hier hat Kevin Landschmeißer versagt – er war geschwächt durch Verzweiflung, die des Verächters Stärke ist. Nein, wir müssen kämpfen – und sei's nur, um uns daran zu hindern, tatenlos das Böse mitanzusehen, wie Kevin es duldete und dadurch vertan war. Doch sollten wir einander schädigen, das Land oder unsere Gegner hassen … ach, nach dem Abend eines solchen Scheiterns täte keine neue Morgendämmerung anbrechen.«

»Das ist doch alles Sophistik.«

»Sophistik? Dies Wort kenne ich nicht.«

»Ausgeklügelte Haarspaltereien, mit denen man begründet, was man ohnehin schon zu tun beschlossen hat. Rationalisierungen. Krieg im Namen des Friedens. Als ob ihr, wenn ihr das Schwert in einen Feind stecht, nicht genauso gewöhnliches Fleisch aufschlitzt, nicht ebenso Blut eines Wesens vergießt, das soviel Recht wie ihr auf Leben hat.«

»So glaubst du wahrlich, es sei kein Unterschied zwischen einem Kampf zum Verderben und einem Kampf zur Errettung des Landes?«

»Unterschied? Wie sollte einer zustande kommen? Töten ist Töten. Aber was soll's? Vergiß das ebenfalls! Du machst deine Sache zu gut. Wenn ich keine größeren Löcher in deine Argumentation reißen kann, werde ich zu guter Letzt …« Seine Hände fingen merklich an zu zittern, und er entfernte sie ruckartig aus dem Blickfeld, schob sie unter den Tisch. »Ich werde erfrieren, das werde ich.«

Covenant lehnte sich auf seinem Sitz schlaff zurück und verfiel in wehmütiges Schweigen. Mhoram spürte, wie zwischen ihnen Spannungen entstanden, und entschied, daß es nun an ihm sei, Fragen zu stellen. Bei sich sagte er die Sieben Worte auf. »Du bist aufgewühlt, mein Freund«, sagte er dann umgänglich. »Dem Hoch-Lord läßt sich schwer widerstehen, nicht wahr?«

»So?« entgegnete Covenant barsch. Im nächsten Moment stöhnte er auf. »Ja. Ja, stimmt. Aber das ist es nicht. Dem ganzen Land ist schwer zu widerstehen. Das hab' ich vom Anfang an so empfunden. Das ist es nicht.« Er legte eine verkrampfte Gesprächspause ein. »Weißt du«, fügte er dann hinzu, »was sie gestern mit mir gemacht hat? Sie hat mich in die Hochebene zu dem Freischüler gebracht … dem Mann, der behauptet, Träume zu verstehen. Ich war einen Tag lang bei ihm – oder länger. Aber du bist ja hier der Seher und das Orakel … ich brauche dir nichts von ihm zu erzählen. Wahrscheinlich warst du schon häufiger droben bei ihm als jeder andere, weil's nicht anders ging, und wenn nur, weil normale menschliche Ohren bloß soundsoviel an Verachtung und Gelächter hören können und nicht mehr, ganz egal, ob im Schlafen oder Wachen. Du wirst wissen, wie's zugeht. Du weißt, wie er einen mit seinen Augen bannt und niederhält, auseinandernimmt … aber du bist ja Seher und Orakel. Wahrscheinlich weißt du sogar, was er mir gesagt hat.«

»Nein«, widersprach Mhoram gelassen.

»Er hat zu mir gesagt … Hölle und Verdammung!« Covenant schüttelte den Kopf, als müsse er Wasser aus seinen Augen entfernen. »Er hat gesagt, daß ich die Wahrheit träume. Er hat gesagt, ich habe sehr viel Glück. Er sagte, Menschen mit solchen Träumen sind die wahren Feinde der Bosheit … nicht das Gesetz ist dessen Gegner, der Stab des Gesetzes ist nicht gemacht worden, um damit Foul zu bekämpfen – nein, wilde Magie und Träume sind der Gegensatz zur Bosheit.« Für einen

Moment schien die Luft rings um ihn von Schwingungen der Entrüstung erfüllt zu sein. »Außerdem hat er gesagt, daß ich daran Unglauben hege. Das war eine große Hilfe. Ich wüßte bloß noch gern, ob ich nun ein Held bin oder ein Feigling. Nein, gib darauf keine Antwort. Sie liegt nicht bei dir.«

Lord Mhoram lächelte, um dem Zweifler Mut zu spenden, aber Covenant redete bereits weiter. »Auf jeden Fall hege ich einen Glauben – wozu er auch gut sein mag. Er ist allerdings nicht unbedingt von der Art, den ihr gerne bei mir sehen würdet.«

Mhoram wagte einen neuen Vorstoß. »Das mag sein«, sagte er. »Aber noch sehe ich ihn nicht. Du zeigst uns keinen Glauben, sondern nur Zweifel. Falls du das Glaube nennst, so ist's kein Glaube an, sondern gegen etwas.«

Covenant sprang auf, als habe er einen Stich erhalten. »Das bestreite ich! Bloß weil ich das Land oder was alles nicht anerkenne, mich nicht aufführe wie ein hirnrissiger Fanatiker oder mir kein Schaum aus Begierde nach einer Gelegenheit zum Kämpfen vorm Maul steht – wie's bei Troy der Fall ist –, heißt das noch lange nicht ... es bedeutet nicht, daß die Benennungen und Titel, mit denen ihr hier so freigebig um euch werft, gerechtfertigt sind ... daß ihr all meiner innerlichen Zerbrochenheit, die ich nicht einmal artikulieren kann, meinem kaputten Zeug, mit dem ich nicht einmal mir selbst etwas beweisen kann, einen Namen geben dürft.«

»Und was bedeutet's?«

»Es bedeutet ...« Covenant verstummte, wirkte einen Augenblick lang, als ersticke er an den Worten, als stocke sein Herz. Dann hob er die Arme und schirmte den Edelstein des *Krill* mit seinen Händen ab, damit er ihm nicht in die Augen leuchtete. »Es bedeutet, ich muß etwas zurückhalten«, schrie er mit einer Stimme, die plötzlich und auf schreckliche Weise von der Unmöglichkeit, Tränen zu vergießen, die ihn erleichtert hätten, durchzogen war, »etwas für mich abziehen – etwas für mich behalten! Weil ich nicht weiß, warum das alles!« Im nächsten Moment fiel er zurück auf seinen steinernen Sitz und senkte den Kopf, verbarg ihn in seinen Armen, als empfände er auf einmal Scham.

»›Warum?‹« wiederholte Mhoram gedämpft. »Das andererseits ist für uns, die wir so fern vom Wie stehen, keine so unklare Sache. Manche unserer Sagen lassen eine Antwort durchblicken. Sie erzählen vom Anbeginn der Erde in einer Zeit bald nach der Zeit Geburt, als der Erde Schöpfer erkannte, daß sein Bruder und Widersacher, der Verächter, seine Schöpfung mit Makel behaftet hatte, indem er tief darin Übel von unübertrefflicher Bösartigkeit verbarg. Aus Schmerz und Zorn schmetterte der Schöpfer seinen Gegner hinab – warf ihn aus dem allumfassenden Himmel hinunter zur Erde – und setzte ihn hier innerhalb des Bogens der Zeit gefangen. So kam – den Sagen zufolge – Lord Foul ins Land.« Während er sprach, hatte er das Gefühl, Covenants Frage nicht zu beantworten, daß die Frage in eine Richtung ging, die er nicht erkannte. Aber er sprach weiter, gab Covenant die einzige Antwort, die er besaß. »Es besteht nun Klarheit darüber, daß Lord Foul nach Rache an seinem Bruder giert, dem Schöpfer. Und schließlich, nach Zeitaltern sinnloser Kriege, geführt aus nichts als Schlechtigkeit, aus dem Wunsch, die Schöpfung zu schädigen, weil ihr Schöpfer unerreichbar blieb, hat Lord Foul nun einen Weg gefunden, um ans Ziel zu kommen, den Bogen der Zeit zu zerstören, seine Verbannung zu beenden, in sein verbotenes Heim zurückzukehren – Weh und Jammer! Als der Stab des Gesetzes, von Kevin beim Ritual der Schändung verloren, in seinen Einflußbereich geriet, ergab sich für ihn die Gelegenheit, die Kluft zwischen verschiedenen Welten zu überbrücken – eine Gelegenheit, Weißgold ins Land zu holen. Um's schlicht auszudrücken: Es ist Lord Fouls Absicht, die wilde Magie zu meistern – ›dessen Macht der Anker ist des Lebensbogens, der Zeit‹ – und mit ihrer Hilfe der Zeit ein Ende zu bereiten, so daß er seiner Gefangenschaft entfliehen und seine Begierden in allen Himmeln und Welten austoben kann. Um das zu tun, muß er sich überwinden, dir das Weißgold entreißen. Dann werden Land und Erde mit Gewißheit untergehen.« Covenant hob den Kopf, und Mhoram versuchte, seiner nächsten Frage zuvorzukommen. »Doch wie …? Wie gedenkt der Verächter das zu bewerkstelligen? Ach, mein Freund, das weiß ich nicht. Er wird ein Vorgehen wählen, das so sehr auf unseren Wegen wandelt, daß er keinen Widerstand findet. Wir werden nicht unterscheiden können, was unser Dienst ist und womit wir ihm dienen, bis wir allen Beistands außer dir beraubt sind, ob du dich nun dafür entscheidest, uns zu helfen oder nicht.«

»Aber warum?« wiederholte Covenant. »Warum ich?«

Wieder erhielt Mhoram den Eindruck, daß seine Antwort der Frage nicht Genüge tun konnte. Dennoch gab er sie in aller Bescheidenheit, weil er wußte, daß sie alles war, was er seinem gemarterten Besucher zu bieten hatte. »Mein Freund, in meinem Herzen spüre ich, daß der Schöpfer dich ausersehen hat. Das ist unsere Hoffnung. Lord Foul lehrte Seibrich die Herbeirufung, weil ihm an Weißgold lag. Aber Seibrichs Hände, nicht Fouls, hielten den Stab des Gesetzes. Der Verächter besaß keinen Einfluß darauf, wer ins Land kam. Wenn du also erwählt worden bist, so muß es durch den Schöpfer geschehen sein. Bedenke, er ist der Schöpfer, der Erschaffer der Erde. Wie könnte er achtlos dastehen, während seine Werke zerstört werden? Doch er kann nicht mit eigener Hand eingreifen und uns helfen. Das liegt am Gesetz der Zeit. Wenn er den Bogen der Zeit durchbricht, um das Land mit seiner Macht zu berühren, muß die Zeit enden, und der Verächter erlangt seine Freiheit. Daher muß er Lord Foul auf andere Weise entgegentreten. Mit dir, mein Freund.«

»Verdammnis«, murmelte Covenant.
»Aber auch das mußt du recht verstehen. Er kann hier nicht an dich rühren, dich nichts lehren und dir nicht beistehen, aus selbigem Grund, warum er uns seinen Beistand nicht zukommen lassen kann. Er vermag dich auch in deiner eigenen Welt nicht anzurühren, dich dort nichts zu lehren, dir nicht zu helfen. Täte er's, du wärst unfrei. Du wärst sein Werkzeug, dein Dasein müßte den Bogen der Zeit zerbrechen und den Verächter befreien. So kam's, daß der Schöpfer dich auserwählt hat. Der Schöpfer glaubt, daß deine unbezwingbare Willenskraft und Stärke uns am Ende die Rettung bringen. Falls er sich irrt, hat er die Waffe für den eigenen Untergang in Lord Fouls Hände gelegt.«
Längeres Schweigen herrschte. »Ein verdammt großes Risiko«, meinte dann Covenant.
»Aber, wie könnte er anders handeln? Er ist der Schöpfer.«
»Er könnte alles wieder zu Klump machen und von vorn anfangen. Aber ich vermute, nach euren Vorstellungen sind Götter nicht so demütig. Oder würdet ihr so was Überheblichkeit nennen … das eigene Werk wieder zu zerstören …? Na egal. Mir ist, als könnte ich mich daran erinnern, daß nicht alle Lords in der gleichen Weise wie du an den Schöpfer glauben.«
»Das ist wahr. Doch du bist zu mir gekommen. Ich antworte dir nach meinen Erkenntnissen.«
»Ich weiß. Daran brauchst du mich nicht zu erinnern. Aber jetzt sag mir noch eines. Was würdest du an meiner Stelle tun?«
»Nein«, sagte Mhoram. Er rückte an seinem Platz ein wenig zur Seite, so daß er nunmehr Covenants Gesicht sehen konnte. »Darauf werde ich nicht antworten«, erwiderte er, seinen Blick auf die ruhelosen Gesichtszüge des Zweiflers geheftet. »Wer will Verkündigungen abgeben? Macht ist ein furchtbares Ding. Ich kann nicht mit einer Antwort ein Urteil über dich fällen.

Ich habe noch nicht einmal ein Urteil über mich gefällt.« Die Ruhelosigkeit in Covenants Miene wich vorübergehend einem Ausdruck des Erforschens. Aber er schwieg. Mhoram entschloß sich dazu, eine weitere Frage zu wagen. »Thomas Covenant, warum nimmst du all das so schwer? Warum bist du so gekränkt? Du sagst, das Land sei für dich nur ein Traum, ein Wahngebilde … wir hätten kein wahrhaftiges Leben. Nun, wenn's so ist, dann sorge dich nicht. Träum deinen Traum und lache. Wenn du erwachst, wirst du befreit sein.«

»Nein«, widersprach Covenant. »Ich sehe etwas in dem, was du erklärst – ich beginne zu begreifen. Hör zu! Die ganze Krise ist ein Kampf in meinem Innern. Zum Teufel, ich bin schon ziemlich lange leprakrank. Ich habe zu glauben angefangen, die Art und Weise, wie die Leute Lepraleidende behandeln, sei gerechtfertigt. Dadurch bin ich mir selbst zum Feind geworden, mein eigener Verächter – arbeite ich gegen mich, indem ich den Leuten beipflichte, die mir das Leben so schwermachen, während ich doch zu überleben versuche. Deswegen träum' ich das hier. Katharsis. Ich kläre das Dilemma im Unterbewußtsein, und sobald ich aufwache, werde ich dazu imstande sein, damit fertig zu werden.« Unerwartet stand er auf und begann mit einem Leuchten von Gier in den Augen Mhorams asketische Räumlichkeit abzuschreiten. »Klar. Das ist es. Warum hab' ich nicht eher daran gedacht? Die ganze Zeit hindurch hab' ich mir eingeredet, das hier sei eine Flucht, der reinste Selbstmord. Aber so ist es nicht – keineswegs. Ich kann ruhig vergessen, daß ich eine nach der anderen der Gewohnheiten ablege, die mich am Leben erhalten sollen. Das ist Traumtherapie.« Doch urplötzlich verzerrte eine Grimasse von Qual sein Gesicht. »Hölle und Verdammnis!« stieß er heiser und mit inbrünstigem Nachdruck hervor. »Das klingt wie eine Geschichte, die ich verbrannt habe … als ich noch Geschichten verbrannte … als ich noch Geschichten zum Verbrennen hatte.« Mhoram bemerkte die qualvolle Veränderung in Covenants Tonfall, das Staubwerden, und erhob sich, um seinem Gast eine tröstende Hand hinzustrecken. Doch er brauchte sich nicht von seinem Platz zu entfernen; Covenant kam zu ihm herüber, fast ziellos, als habe er innerhalb dieser vier Wände die Richtung verloren. Am Tisch blieb er in Mhorams Nähe stehen und betrachtete kummervoll das *Krill.* »Ich glaub's nicht.« Seine Stimme zitterte. »Das ist bloß wieder ein leichter Weg in den Tod. Davon kenne ich schon zu viele.« Er schien zu wanken, obwohl er reglos dastand. Er schlurfte vorwärts und stützte sich auf Mhorams Schulter. Einen Moment lang klammerte er sich an ihn, drückte sein Gesicht in Mhorams Robe. Mhoram half ihm beim Setzen.

»Ach, mein Freund, wie soll ich dir beistehen? Ich vermag dich nicht zu begreifen.«

Covenants Lippen bebten, aber er gewann, obwohl mit sichtbarer Anstrengung, seine Selbstbeherrschung zurück. »Ich bin nur müde. Ich habe seit gestern nichts gegessen. Der Freischüler … hat mich Kräfte gekostet. Etwas Eßbares wäre mir jetzt ganz recht.«

Die Gelegenheit, etwas für Covenant tun zu können, bereitete Mhoram ein Gefühl der Erleichterung. Sofort reichte er seinem Besucher eine Flasche mit Frühjahrswein. Covenant trank, als versuche er eine innere Wüste zu bewässern, und Mhoran betrat seine hinteren Zimmer, um etwas zum Essen zu holen. Während er Brot, Käse und Trauben in eine Schale legte, hörte er einen durchdringenden, entfernten Schrei; eine Stimme rief seinen Namen mit mehr Dringlichkeit, als seinem Herzen wohltat. Er stellte die Schale ab und eilte zur Tür seiner Gemächer, schwang sie weit auf. In der Helligkeit, die plötzlich aus dem Innenhof eindrang, sah er in einem der Erker hoch über sich einen Krieger stehen. Der Krieger war ein junger Mann – zu jung, um auf dem Schlachtfeld zu sterben, befand

Mhoram grimmig – und war völlig außer sich geraten. »Lord Mhoram!« platzte er beim Anblick des Lords heraus. »Komm! Sofort! In die Klause!«

»Schweig!« Die Autorität in Mhorams Tonfall wirkte auf den jungen Mann wie eine Ohrfeige. Er zuckte zusammen und nahm annäherungsweise Haltung an, hielt einen chaotischen Tumult von Worten zurück. Dann errang er seine Selbstbeherrschung wieder. »Ich höre«, sagte der Lord nachsichtiger, als er das sah. »Sprich!«

»Der Hoch-Lord ersucht, du mögest sogleich in die Klause kommen. Aus den Ebenen von Ra ist ein Bote eingetroffen. Der Graue Schlächter marschiert.«

»Der Krieg ist da?« fragte Lord Mhoram gedämpft.

»Ja, Lord Mhoram.«

»Ich bitte dich, sage dem Hoch-Lord, daß … daß ich deine Nachricht vernommen habe.« Indem er sorgsam Fassung bewahrte, drehte sich Mhoram nach Covenant um. Der Zweifler erwiderte seinen Blick aus heißen, verdrehten Augen, als wolle ihm der Schädel zwischen den Brauen platzen. »Wirst du mitkommen?« fragte Mhoram bloß.

Covenant hielt dem Blick des Lords stand. »Sag mir eines, Mhoram. Wie bist du entwischt, als dich der Wütrich packte … bei Fouls Hort?«

Mhoram antwortete mit bewußter Ernsthaftigkeit, weigerte sich, etwas von jenem Schrecken hier wiederzugeben; sein Ernst schlug sich in seinen goldfleckigen Augen wie eine Drohung nieder. »Die Bluthüter, die mich begleiteten, kamen ums Leben. Aber als der Wütrich *Samadhi* mich anrührte, erkannte er mich, so wie ich ihn erkannte. Er verzagte.«

Einen Moment lang regte Covenant sich nicht. Dann senkte er seinen Blick. Matt stellte er die Steingutflasche auf den Tisch und schob sie fort, bis sie an das *Krill* stieß. Flüchtig zupfte er an seinem Bart, bevor er aufstand, sich mühsam hochraffte.

Für Mhoram sah er aus wie eine dünne, von heruntergeronnenem Wachs verklebte Kerze – zerfurcht, zerbrechlich, wesenlos. »Ja«, sagte er. »Elena hat mich das gleiche gefragt. Was dabei auch herauskommen mag, ich gehe mit.« Schwerfällig schlurfte er hinaus auf den scheinbar glühenden Boden des Innenhofs.

2. TEIL

Der Streitmark

11
Kriegsrat

Einer Sache war sich Hile Troy sicher: Was Covenant auch reden mochte, das Land war kein Traumgebilde. Das erkannte er mit einer Deutlichkeit, die ihm Herzschmerzen bereitete. In der ›wirklichen‹ Welt war er nicht bloß blind gewesen; ihm hatten von Geburt an die Augen gefehlt. Ihm fehlten schon die Organe des Sehvermögens, die ihm einen Begriff davon hätten vermitteln können, worum es sich beim Sehen überhaupt handelte. Bis zu dem mysteriösen Vorfall, der ihn aus der Zange zweier verschiedener Todesarten riß und ins sonnenbeschienene Gras Trothgards warf, waren Helligkeit und Dunkelheit für ihn gleich unbegreiflich gewesen. Er hatte nicht gewußt, daß er in undurchdringlicher Mitternacht lebte. Seine physische Umwelt hatte er mit den Werkzeugen des Gehörs, des Tastsinns und der Sprache gemeistert. Sein Sinn für die räumliche Umgebung, sein Gespür für die Aura von Objekten und die Resonanzen des Raums fanden ihre Umsetzung in Worte, bis sie sein einziger Maßstab für die konkrete Welt geworden waren; er hatte sich zu einem hervorragenden Strategen entwickelt, gerade weil seine Wahrnehmungen des Raums und interaktiver Kräfte absolut rein blieben, keinerlei Beeinträchtigung durch das Wissen um Tag und Nacht erfuhren, um Farben, Glanz oder Trugbilder. Daher war er ganz einfach dazu außerstande, sich das Land zurechtfantasiert zu haben. Sein einstiges Bewußtsein hatte die Rohstoffe nicht besessen, aus denen solche Träume bestanden. Als er ins Land verschlagen worden war – als Lord Elena ihn davon informierte, daß dieser Zustrom von Wahrnehmungen, die ihn verwirrten, nichts anderes war als Sehen –, fing für ihn ein vollkommen neues Dasein an. Er erhielt nichts Verlorenes zurück. Etwas eröffnete sich ihm wie ein Orakel. Er wußte, das Land war eine Realität. Und er wußte, seine Zukunft hing am seidenen Faden seiner Strategie für den bevorstehenden Krieg. Wenn er einen Fehler machte, dann gerieten mehr Glanz und Farbe in den Untergang, als er jemals zu ermessen vermochte. Deshalb erlebte Troy, als Ruel, der ihm zugeteilte Bluthüter, sein Quartier betrat und ihm mitteilte, aus den Ebenen von Ra sei ein Mähnenhüter der Ramen mit der Kunde vom Anmarsch von Lord Fouls Armee gekommen, einen Augenblick der Panik. Er nahm seinen Lauf, der Testfall für all die Ausbildung des Kriegsheers, seine Pläne und Hoffnungen. Hätte er Lord Mhorams Geschichtchen von einem Schöpfer geglaubt, er wäre auf die Knie gesunken, um zu beten. Aber er hatte gelernt, auf niemanden zu bauen als sich selbst. Das Kriegsheer und die Strategie waren von ihm geformt; er hatte den Befehl. Er nahm sich gerade noch genug Zeit, um das ererbte Traditionsschwert des Streitmarks mit Ebenholzgriff umzuschnallen und den Stirnreif aufzusetzen. Dann folgte er Ruel zur Klause. Auf dem Weg dorthin war er froh um den hellen Schein der Fackeln in den Gängen. Selbst im Fackelschein blieb seine Sicht trüb. Im Tageslicht konnte er klar sehen, sogar mehr Details erfassen und weiter in die Ferne spähen als die weitsichtigen Riesen. Die Sonne brachte ihm Fernes nah; manchmal hatte er das Gefühl, mehr vom Land als jeder andere zu besitzen. Die Nacht jedoch brachte seine Blindheit wieder, wie eine hartnäckige Erinnerung daran, woher er stammte. Wenn die Sonne untergegangen war, blieb er ohne Fackeln oder Feuer hilflos. Der Sternenschein durchdrang seine persönliche Dunkelheit nicht, und selbst der Vollmond bescherte seinem Geist nichts als einen grauen Streifen. Bisweilen erschreckte die Sichtlosigkeit ihn mitten in der Nacht so, als handele es sich bei seiner Nachtblindheit um einen endgültigen Widerruf von Sonnenschein und Sehvermögen. Gewohnheitsmäßig rückte er seine Schutzbrille zurecht. Aus Rücksicht auf die Menschen mit Augen, die ihn anschauen mußten, hatte er sie so lange getragen, daß sie ihm inzwischen wie ein Teil seines Gesichts vorkam. Er sah sie nicht; sie wirkte auf seine Art von geistigem Sehen nicht ein. Nichts im Umkreis von fünfzehn Zentimetern um seine leeren Augenhöhlen war für ihn sichtbar.

Um seine Spannung in den Griff zu bekommen, ging er ohne Eile zur Klause. Einmal begegnete ihm eine Gruppe von Scharwarten, Befehlshaber von Scharen des Kriegsheers, und sie salutierten, ehe sie ihn zum Gerassel ihrer Schwerter überholten und voraushasteten. Lord Verement kam wie ein Falke über eine breite Treppe herabgesaust und stürmte an ihm vorbei. Aber er beschleunigte seinen Schritt nicht, bis er die hohen Portale zur Beratungskammer erreichte. Dort erwartete ihn Quaan. Der Anblick des alten, wackeren Schwertwarts rührte Troy. In den trüben Lichtverhältnissen verlieh Quaans schütteres weißes Haar ihm ein schwächliches Aussehen. Aber er grüßte Troy mit aller Forschheit und meldete, alle fünfzig Scharwarte seien bereits in der Klause versammelt. *Fünfzig.* Troy sagte sich die Zahlen auf wie einen Befehlsritus. *Fünfzig Scharen, tausend Fähnlein. Insgesamt einundzwanzigtausendfünfzig Krieger, Trutzmark Amorine, Schwertmark Quaan und ich.* Er nickte, als versichere er Quaan, das sei genug. Dann stapfte er hinab in die Klause, um seinen Platz an der Tafelrunde der Lords einzunehmen.

Die Ratskammer war rundum schon fast besetzt; die meisten Führer saßen an ihren Plätzen. Die Klause war so gut beleuchtet, daß er nun deutlich sehen konnte. Der Hoch-Lord saß in stiller, doch eindringlicher Gefaßtheit am Kopfende der Tafel. Zwischen Elena und ihm selbst hatten sich Callindrill, Trevor, Loerja und Amatin niedergelassen; jeder dieser Lords bewahrte seine eigene Art von Schweigen. Aber Troy kannte sie und meinte einige ihrer Gedanken zu erraten. Lord Loerja hoffte zweifelsfrei trotz der Anforderungen, die die Lordschaft an sie stellte, daß sie und Trevor nicht zur Teilnahme am Feldzug ausgewählt würden und in Schwelgenstein bei ihren drei Töchtern bleiben durften. Und ihr Mann wirkte, als erinnere er sich daran, daß er unter der Anstrengung des Kampfs gegen das Übel im Wegwahrer *Dukkha* zusammengebrochen war – sich daran zu erinnern und zu fragen, ob er für den Krieg genug Kraft besaß. Über Hoch-Lord Elena spekulierte Troy nicht. Ihre Schönheit verwirrte ihn; er wollte sich nicht mit dem Gedanken befassen, ihr könne in diesem Krieg etwas zustoßen. Er vermied es absichtlich, seinen mentalen Blick auf sie zu richten. Links von ihr saß hinter Mhorams noch leerem Platz Lord Verement, zu dessen Rechter zwei weitere Sitze frei waren – die Plätze der abwesenden Lords Shetra und Hyrim. Troy überlegte einen Moment lang, wie es um Koriks Mission stehen möge. Vier Tage nach dem Aufbruch der Truppe hatten Spähtrupps nach Schwelgenstein die Nachricht übermittelt, daß das Fähnlein in den Wald von Grimmerdhore geritten sei. Von jetzt an, wußte Troy, ließen sich allerdings keine weiteren Nachrichten erwarten; erst viele Tage nach der Erledigung der Mission, ob mit gutem oder schlechtem Ausgang, durfte damit gerechnet werden. Ganz insgeheim träumte er im Innersten seines Herzens davon, daß er irgendwann im Laufe des Krieges die Freude erleben dürfe, zu sehen, wie zu seiner Unterstützung Riesen ins Feld marschierten, angeführt von Hyrim und Shetra. Sie fehlten ihm alle, Shetra so sehr wie Korik, Hyrim so gut wie die Riesen. Er befürchtete, sie brauchen zu können.

Hinterm Hoch-Lord hatten oberhalb der Ebene des Tischs die Herdwarte Tohrm und Borillar sowie Schwertmark Quaan und Blutmark Morin ihre Plätze belegt. In den ersten Reihen der Galerie saßen hinter den Lords weitere Bluthüter: Morril, Bann, Howor, Koral, an Troys Seite Ruel; ihm gegenüber Terrel,

Thomin und Bannor. Die Mehrzahl der übrigen Anwesenden in der Klause bestand aus seinen Scharwarten. Sie waren insgesamt, als Gruppe, nervös und unruhig. Zwar hatten sie in seiner eigenen, fordernden Anleitung eine strenge, harte Ausbildung erhalten, aber die meisten besaßen keine praktische Kriegserfahrung. Troy hoffte, daß das, was sie jetzt in dieser Versammlung zu hören und zu sehen bekommen sollten, ihren Mut anspornte, ihre Anspannung in Zuversicht und Standhaftigkeit verwandelte. Vor ihnen lag eine schwere Bewährungsprobe. Ferner waren die paar Lehrwarte, die sich zur Zeit in Schwelgenstein aufhielten, und die tüchtigsten *Rhadhamaerl* und *Lillianrill* der Herrenhöh anwesend. Troy bemerkte, daß sich der Glutsteinmeister Trell nicht unter ihnen befand. Er empfand vage Erleichterung – mehr um Trells als um Covenants willen. Kurz darauf betrat Lord Mhoram die Klause und brachte den Zweifler mit. Covenant war sichtlich erschöpft – die verhärmte Bleichheit seines Gesichts zeigte deutlich Hunger und Schwäche –, aber Troy konnte erkennen, daß er keinen ernsten Schaden genommen hatte. Und daß er sich auf Mhoram stützen mußte, nahm Troy als Beweis dafür, daß er für die Lords im Moment keine Gefahr war; Troy schnitt hinter seiner Sonnenbrille eine finstere Miene, bemühte sich, seinen Groll gegen Covenant nicht wieder hochkommen zu lassen. Während Mhoram dem Zweifler beim Hinsetzen half, dann um die Tafel schritt, um seinen Platz links von Elena einzunehmen, widmete Troy seine Aufmerksamkeit dem Hoch-Lord.

Elena war bereit zum Anfangen; und wie immer faszinierte ihn jede ihrer Bewegungen, jede Silbe, die sie sprach. Langsam schaute sie in die Tafelrunde, erwiderte den Blick eines jeden Lords. »Meine Freunde«, sagte sie dann mit klarer, fester Stimme, »unsere Zeit ist gekommen. Zum Guten oder Schlechten, zum Wohl oder Weh, die Prüfung ist da. Die Kunde vom Kriegsausbruch ist eingetroffen. Nun liegt das Schicksal des

Landes in unseren Händen, um's zu halten oder zu verlieren, wie's unsere Kräfte zulassen. Die Zeit der Vorbereitungen ist vorbei. Das Planen und Vorbauen für die Zukunft hat ein Ende. Nun müssen wir in den Krieg ziehen. Sollte all unsere Macht nicht genügen, um das Land zu beschirmen, dann müssen wir fallen, und welche Macht uns auch nachfolgen muß, sie wird nicht unser, sondern des Verächters Werk sein. Lauscht meinen Worten, meine Freunde. Ich spreche nicht, um eure Herzen zu verdunkeln, sondern um vor falschen Hoffnungen und Wunschträumen zu warnen, die unsere Zielstrebigkeit mindern möchten. Wir selbst sind die Hoffnung des Landes. Wir haben nach Würde getrachtet. Nun können wir unsere Würdigkeit unter Beweis stellen. Hört meine Worte und begeht keine Fehler. Dies ist die Prüfung, die alles entscheidet.«

Sie schwieg für einen Moment, um ihren Blick über all die Mienen höchster Aufmerksamkeit in der Klause schweifen zu lassen. Als sie die Entschlossenheit in den vielen Augen gesehen hatte, lächelte sie beifällig.

»Ich hege keine Furcht«, fügte sie mit ruhiger Stimme hinzu. Troy nickte bei sich. Wenn seine Krieger so wie sie empfanden, brauchte sie wirklich nichts zu fürchten. »Nun laßt uns den Überbringer der Kunde anhören«, sagte Hoch-Lord Elena. »Man führe den Mähnenhüter herein!«

Auf ihre Anordnung hin öffneten zwei Bluthüter die Torflügel des Haupteingangs und ließen eine Ramen eintreten. Die Frau trug ein dunkelblaues Kleid, das Arme und Beine entblößt ließ, und ihr langes schwarzes Haar war im Nacken mit einer Kordel verknotet. Diese Kordel und ein kleiner, verflochtener Kranz aus gelben Blüten um ihren Hals – nach langen Tagen des Tragens nunmehr kümmerlich welk – kennzeichneten sie als Mähnenhüter, ein Mitglied des höchsten Standes bei ihrem Völkchen. Eine Ehrenwache von vier Bluthütern begleitete sie, aber sie stieg vor den vieren geschwind die Treppe herab, trug die Mattigkeit nach ihrer langen Reise mit Stolz. Aber trotz ihrer tapferen Haltung sah Troy ihr an, daß sie kaum noch stehen konnte. Die geschmeidige Anmut ihrer Bewegungen war erschlafft, ausgelaugt. Sie war nicht jung. Ihre Augen, seit langem vertraut mit offenem Himmel und ausgedehnten Weiten, saßen inmitten feiner Altersfältchen, und die Ermüdung durch mehrere Hundert Längen Wegstrecke stak ihr jetzt wie Blei im Knochenmark, unterlegte die dunkle Sonnenbräune ihrer Glieder mit Blässe. Troy verspürte eine plötzliche Anwandlung von Sorge und hoffte, daß sie nicht zu spät gekommen sei.

Als sie die untere Ebene der Klause betreten hatte und neben der Grube voller Glutgestein stehenblieb, erhob sich Hoch-Lord Elena, um sie zu begrüßen. »Heil dir, Mähnenhüter, Edler unter den Ramen, den selbstlosen Pflegern der Ranyhyn! Sei willkommen auf der Herrenhöh – sei willkommen und getreu. Sei willkommen heil oder heillos, in Güte oder Groll, nimm oder gib. Keinem Ersuchen, das du vorträgst, wollen wir uns verschließen, solange wir dazu die Macht und das Leben haben, es zu erfüllen. Ich bin Hoch-Lord Elena. Ich spreche, und ganz Schwelgenstein ist mein Zeuge.«

Troy erkannte die zeremonielle Grußformel für Freunde, aber der Mähnenhüter blickte mißmutig zu Elena hinauf, wie jeder Erwiderung abgeneigt. Dann schaute sie nach rechts. »Dich kenne ich, Lord Mhoram«, sagte die Frau mit leiser, bitterer Stimme, der die üblichen Wieherlaute der Ramen völlig fehlten. Ohne auf eine Entgegnung zu warten, ließ sie ihren Blick weiterrücken. »Und ich kenne dich, Ring-Than Covenant.« Während sie Covenant betrachtete, wechselte die Art ihrer Verbitterung merklich. Nun sprachen daraus nicht Ermüdung, Niedergeschlagenheit und die alte Abneigung gegen die Lords – weil sie die Ranyhyn dazu anhielten, sich ihnen als Reittiere zur Verfügung zu stellen –, sondern etwas anderes.

»Du hast die Ranyhyn bei Nacht gerufen, wenn kein Sterblicher sie zu behelligen wagt. Und doch kamen sie … einhundert stolze Mähnen, mehr als die meisten Ramen je an einem Ort versammelt gesehen haben. Sie bäumten sich empor, um den Ring-Than zu ehren. Aber du bist nicht geritten.« Ihr Tonfall drückte die Achtung aus, die sie für eine solche Handlungsweise empfand, die Ehrfurcht gegenüber der Ehre, die die Ranyhyn diesem Mann erwiesen hatten. »Ring-Than Covenant, erkennst du mich?«

Covenant starrte sie eindringlich an, mit einem Blick, als drohe Qual ihm die Stirn zu spalten. Ein Weilchen verstrich, ehe er mit schwerfälliger Zunge antwortete. »Gay. Du bist … du warst die Heimständige Gay. Du hast mich bewirtet … ich meine, du warst dort im Menschenheim.«

Der Mähnenhüter erwiderte seinen stieren Blick. »Ja. Doch du bist unverändert. Einundvierzig Sommer sind an mir vorübergezogen, seit du in den Ebenen von Ra und im Menschenheim gewesen bist und nicht die Speisen verzehren wolltest, die ich dir anbot. Du aber bist unverändert. Damals war ich ein Kind, eine Heimständige, stand noch vor der Seilweihe … und nun bin ich ein müdes, altes Weib, fern von daheim, aber du bist jung. Ach, Ring-Than Covenant, du hast mich schlecht behandelt.«

Er musterte sie mit einer Miene der Gekränktheit; die Erinnerungen, die die Ramen in ihm wachrief, waren unangenehm. Ein Moment verging, dann hob sie die Hände mit nach außen gekehrten Handflächen bis in Kopfhöhe und verbeugte sich vor ihm in der traditionellen Grußgebärde der Ramen. »Ring-Than Covenant, ich kenne dich. Aber du kennst mich nicht. Ich bin nicht die Heimständige Gay, die ihre Seilweihe erhielt und in jenen Tagen das Wesen der Ranyhyn lernte, da im Menschenheim die Geschichten von der Suche nach dem Stab des Gesetzes umliefen, nachdem Mähnenhüter Lithe aus der

Finsternis unter der Erde zurückgekehrt war und die Feuerlöwen des Donnerbergs erblickt hatte. Und ich bin nicht Seilträger Gay, schließlich Mähnenhüter geworden, um später das Wort der Lords zu vernehmen, das die Ramen um die Entsendung von Kundschaftern in die Verwüsteten Ebenen zwischen dem Landbruch und den Zerspellten Hügeln ersuchten. Wir nahmen das Ersuchen ernst, obschon selbige Lords wissen, daß die Ramen ihr ganzes Leben in den Ebenen von Ra verbringen, mit dem Hüten der Ranyhyn – nahmen es ernst, ja, und Mähnenhüter Gay nahm des Ersuchens Erfüllung auf sich, gemeinsam mit den Seilträgern in ihrer Obhut. Das tat sie aus Haß wider Fangzahn den Reißer, aus Bewunderung für Mähnenhüter Lithe, die um der Lords willen das Sonnenlicht verließ und hinab in die Erde stieg, und weil sie damit den Ring-Than Covenant ehren wollte, den Träger des Weißgolds, der nicht ritt, als sich die Ranyhyn vor ihm aufbäumten. Nun jedoch gibt es den Mähnenhüter Gay nicht länger.« Als sie die letzte Äußerung tat, verkrümmten sich ihre Finger zu Klauen, und ihre ermatteten Beine sanken wie zu einer geduckten Haltung der Kampfbereitschaft ein. »Ich bin Mähnenhüter Reumut – alter Träger des Fleischs, das den Namen Gay erhielt. Ich habe Fangzahn heranziehen sehen, und alle Seilträger in meiner Obhut sind tot.« Damit erschlaffte ihre Haltung wieder, und sie senkte den stolzen Kopf. »Und ich bin hier – ich, die ich die heimatlichen Ebenen nie verlassen sollte. Die Lords habe ich aufgesucht, von denen es heißt, sie seien Freunde der Ranyhyn, aufgesucht aus keinem anderen Beweggrund als Trauer.«
Die Lords schwiegen, während sie sprach, und alle in der Klause Anwesenden beobachteten sie in sorgenvoller Spannung, hin- und hergerissen zwischen Hochachtung für den Grad ihrer Aufopferung und dem Wunsch, zu hören, was sie zu berichten hatte. Doch Troy hörte gefährliche Schwingungen in ihrer Stimme. Ihr Ton besaß einen Anflug von Vorwurf, den

Anklang einer Anschuldigung, die sie noch nicht klar artikuliert hatte. Troy war vertraut mit dem grimmigen, unterdrückten Zorn, der die Ramen befiel, wenn irgendein Mensch die Frechheit aufbrachte, die nahezu blasphemische Greueltat zu begehen und einen Ranyhyn zu reiten. Aber er verstand so etwas nicht. Und er wartete mit Ungeduld auf die eigentliche Neuigkeit der Ramen.

Reumut spürte anscheinend die wachsende Spannung rundum. Sie wandte sich mit einigen fahrigen Schritten von Covenant ab und zum ersten Mal an alle Zuhörer. »Ja, es heißt, die Lords seien unsere Freunde. So heißt's. Doch weiß ich's nicht. Ihr kommt in die Ebenen von Ra und erteilt uns Aufgaben, ohne Rücksicht auf die Pein, die wir auf Hügeln leiden, die nicht unsere Heimat sind. Ihr kommt in die Ebenen von Ra und drängt euch dem Großmut der Ranyhyn auf, als sei's eine Ehre für eine Mähne, einen von euch auserwählen zu dürfen. Und wenn ihr erwählt werdet, so wie die Bluthüter – fünfhundert Mähnen wie Vieh gehalten, für Zwecke, die nicht die ihren sind! –, dann holt ihr die Ranyhyn von uns fort und bringt sie in Gefahr, bringt sie dorthin, wo niemand sie schützen kann, wo man Fleisch reißt und Blut vergießt, ohne daß *Amanibhavam* zur Hand wäre, um Schmerz zu stillen oder dem Tod zu wehren. Ach, ihr Ranyhyn! Bedenkt mich nicht mit Argwohn. Ich kenne euch alle.«

»Dennoch bist du gekommen«, sagte der Hoch-Lord mit sanfter, bedächtiger Stimme, die weder von Widerspruch noch irgendeiner Neigung zu Entschuldigungen zeugte.

»Ja«, antwortete Mähnenhüter Reumut in müder Bitterkeit. »Ich bin gekommen. Ich bin geflohen, habe gelitten und bin nun hier. Ich weiß, daß wir gegen Fangzahn eins sind, obschon ihr uns verraten habt.«

Lord Verements Haltung versteifte sich aus Ärger, aber Elena ermahnte ihn mit einem Seitenblick zur Beherrschung. »In welcher Hinsicht verraten?« erkundigte sie sich unverändert leise und bedächtig.

»Ach, die Ramen vergessen nicht. In Geschichten, die man im Menschenheim seit der Zeit des mächtigen *Kelenbhrabanal* kennt, erzählen wir von Fangzahn und den Kriegen der Alt-Lords. Immer, wenn Fangzahn im Unterland seine Heerscharen aufbot, zogen die Alt-Lords zum althergebrachten Schlachtfeld nördlich der Ebenen von Ra und der Wanderlust-Furt und kämpften am Landbruch, um Fangzahn den Zugang ins Oberland zu verwehren. So hatten die Ranyhyn Schutz, denn der Feind konnte seine Fänge nicht in die Ebenen von Ra schlagen, während er mit den Alt-Lords ringen mußte. Und zum Dank verließen die Ramen ihre Hügel, um an der Lords Seite zu kämpfen. Aber ihr ...! Fangzahn ist auf dem Kriegszug, aber euer Heer ist noch hier. Die Ebenen von Ra sind ohne Schutz oder Beistand.«

»Das war meine Idee.« Seine Ungeduld ließ Troys Tonfall ungnädiger als beabsichtigt geraten.

»Mit welcher Begründung?« Im gefaßten Ton der Ramen schwang eine bedrohliche Herausforderung mit.

»Ich halte meine Gründe für gut überlegt«, antwortete er. Angetrieben vom inneren Bedürfnis, sich selbst davon zu überzeugen, daß er keine Fehler begangen hatte, trug er schnell eine Erläuterung vor. »Denk einmal nach. Du hast recht – jedesmal in der Vergangenheit, wenn Lord Foul mit einem Heer kam, marschierten die Lords zum Landbruch, um ihn dort zur Feldschlacht zu zwingen. Und jedesmal sind sie unterlegen. Sie sind zurückgedrängt worden. Es gibt zu viele verschiedene Wege vom Unter- ins Oberland. Die Lords waren zu weit von ihren Nachschubbasen und Reserven entfernt. Klar, sie haben entschlossen gekämpft – das hat die Ebenen von Ra vom feindlichen Druck freigehalten, weil Foul andernorts beschäftigt war. Aber die Lords unterliegen auf diese Weise. Ganze

Scharen werden zu Brei gehauen, und das Kriegsheer muß sich überstürzt zurückziehen, um lange genug zur Umgruppierung bestehen zu bleiben, damit es noch einmal den gleichen Kampf führen kann, weiter westlich ... näher zu Schwelgenstein. Und das ist noch nicht alles. Diesmal kann Foul seine Armee weiter nördlich zusammenziehen – in der Sarangrave-Senke, nördlich vom Unflatfluß. Das hat er noch nie getan. Früher haben allerdings die Riesen den Norden der Sarangrave-Senke immer feindfrei gehalten. Diesmal ...« – beim Gedanken an die Riesen zuckte er zusammen – »verhält's sich anders. Ließen wir das Heer hinunter zu euch marschieren, während Foul sich nördlich des Donnerbergs nach Schwelgenstein auf den Weg macht, dann wären wir dazu außerstande, ihn an einem Angriff auf die Herrenhöh zu hindern. Schwelgenstein könnte fallen. Deshalb habe ich diese Entscheidung getroffen, hier zu warten. Mißversteh mich nicht – wir lassen euch nicht im Stich. Es ist eine Tatsache, glaube ich, daß ihr in keiner großen Gefahr schwebt. Sieh mal, wir nehmen an, Foul hat ein Heer von fünfzigtausend, von mir aus auch hunderttausend Kämpfern. Wie lange würde er brauchen, um die Ebenen von Ra zu erobern?«

»Das wird er niemals«, knirschte Reumut zwischen den Zähnen hervor.

Der Streitmark nickte. »Und wenn doch, müßte es jahrelang dauern. Ihr seid zu gute Jäger – auf eurem eigenen Grund und Boden kann er euch nicht schlagen. Ihr und die Ranyhyn würdet seine Truppen umkreisen, und jedesmal, wenn sie euch den Rücken zudrehen, murkst ihr ein paar Dutzend Feinde ab. Selbst wenn sie euch im Verhältnis fünfzig zu eins überlegen sind, ihr könnt die Ranyhyn einfach in die Berge schicken und sie weiterhin dezimieren, weiß Gott für wie lange. Er bräuchte Jahre, um die Ebenen zu besetzen, selbst wenn wir ihn nicht unterdessen von hinten angreifen würden. Nein, er kann's sich nicht erlauben, sich mit euch zu befassen, bevor er die Lords geschlagen hat. Deshalb rechne ich seit jeher damit, daß er diesmal möglicherweise im Norden angreift.«

Er verstummte, nachdem er Reumut offen mit seinen Argumenten konfrontiert hatte. Ihre Aufzählung beruhigte ihn, er wußte, seine Logik war hieb- und stichfest. Und tatsächlich sah sich der Mähnenhüter zu ihrer Anerkennung genötigt. Reumut dachte für ein Weilchen nach und seufzte zu guter Letzt. »Ach, nun wohl. Ich sehe deine Beweggründe ein. Aber derlei Erwägungen bereiten mir Mißbehagen. Du bist im Umgang mit der Gefahr für die Ranyhyn zu freimütig.« Matt wandte sie sich wieder zu Elena. »Hör mich an, Hoch-Lord«, bat sie mit trostloser, hohler Stimme. »Ich möchte meine Nachricht vortragen, denn ich bin ermüdet und muß ruhen, komme da, was mag. Von den Zerspellten Hügeln, die Fouls Hort umgeben und dessen Wehr sie sind, bin ich nach Schwelgenstein geeilt. Ich verließ jenen verunstalteten Landstrich, als ich die Hügel ein gewaltiges Heer ausspeien sah. So geradewegs, wie das Auge nach vorn schaut, zog es in die Richtung des Landbruchs und der Fälle des Landwanderers. Ein Heer von Schaurigkeit und ohne Zahl war's – ich vermochte seine Größe nicht zu schätzen und wartete nicht, um zu zählen. Mit meinen vier Seilträgern ergriff ich die Flucht, um mein den Lords gegebenes Wort zu halten und sie zu warnen.«

Die südliche Richtung, stellte Troy fest. Sofort bemächtigte sich sein Hirn der Information; konkrete Abbilder der Verwüsteten Ebenen und des Landbruchs erfüllten seinen Verstand. Er begann Lord Fouls Marschrichtung und -geschwindigkeit ins Verhältnis zu setzen.

»Doch einige Gegner erkannten meine Absicht. Man verfolgte uns. Ein schwarzer Wind suchte uns heim, und aus ihm fielen furchtbare, entartete Geschöpfe herab, Raubvögeln gleich. Meine Seilträger starben den Opfertod, so daß ich fliehen könne … doch kam ich weit vom Weg ab, mußte nach Norden durch den Rand der Sarangrave-Senke. Ich ersah die Größe der Gefahr. Doch wußte ich auch, daß jenseits des Landbruchs im Oberland kein Heer von Freunden oder Lords in Bereitschaft lag, um den Ranyhyn zu helfen. Ein Schatten kam über mein Herz. Fast verwarf ich meine Absicht, um die Lords einem Schicksal nach eigenem Verdienst zu überlassen. Doch weil meine Seilträger ihr Leben nicht vergeblich hingegeben haben sollten, maß ich meine Kräfte mit der Sarangrave-Senke. Übers uralte Schlachtfeld, durch die reiche Freude Andelains und sodann durch eine herbe Ebene südlich eines großen Waldes, Morinmoss ähnlich, doch düsterer und schläfriger – so führte mich mein Weg zu euch, auf daß von euch erwogenes Handeln Wirklichkeit werde. Das ist meine Kunde. Fragt nun, so ihr Fragen zu stellen wünscht, dann entlaßt mich, denn ich bedarf dringlich der Ruhe.«

Mit gefaßter Würde erhob sich der Hoch-Lord, hielt vor sich den Stab des Gesetzes. »Mähnenhüter Reumut, das Land steht unermeßlich tief in deiner Schuld. Du hast einen bitteren Preis entrichtet, um uns deine Kunde zu überbringen, und wir werden unser Äußerstes tun, um diesem Preis die Ehre zu geben. Ich bitte dich, hör mich an. Niemals könnten wir uns von den Ranyhyn und den Ramen abwenden. Um das zu vermögen, müßten wir zuvor das zu sein aufhören, was wir sind. Nur ein Glaube hat uns diesmal gehindert, schon im ersten Augenblick der Gefahr an eurer Seite zu stehen. Wir ahnen in unseren Herzen, daß dies der letzte Krieg wider den Verächter ist. Wenn wir untergehen, wird niemand bleiben, um ein weiteres Mal zu kämpfen. Und wir besitzen nicht die Macht der Alt-Lords. Was wir an Kräften haben, müssen wir in kluger Überlegung einsetzen. Ich ersuche euch, nicht eure Herzen gegen uns zu verhärten. Wir werden so manchen schlimmen Preis entrichten, um eurer würdig zu sein.« Sie hob den Stab in Augenhöhe und verneigte sich in einer Nachahmung der Ramen-Verbeugung.

Ein schwaches Lächeln zuckte um Reumuts Lippen – Resultat ihrer Erheiterung über Elenas plumpe Darbietung der bei den Ramen üblichen tadellosen, geschmeidigen Grußgebärde –, und sie erwiderte die Geste, um noch einmal zu zeigen, wie man sie richtig vollführte. »Es heißt unter den Ramen auch, die Lords seien höflich. Nun weiß ich's. Stellt eure Fragen. Ich will antworten, so gut ich's vermag.«

Der Hoch-Lord nahm wieder Platz. Troy hätte gerne sofort mit seinen Fragen losgelegt, aber Elena erteilte ihm nicht das Wort. Statt dessen wandte sie sich selbst erneut an den Mähnenhüter Reumut. »Eine Frage steht in meinem Herzen an vorderster Stelle. Wie steht's um Andelain? Unsere Kundschafter haben von dort kein Auftreten von Übeln vermeldet, aber sie verfügen nicht über solche Augen wie ihr. Sind die Hügel Andelains frei von Übeln?«

Eine Aufwallung von Verdruß verkrampfte Troys Schultern. Er war voller Eifer, ungeduldig wartete er auf die Gelegenheit, dem Mähnenhüter Fragen zu stellen. Aber er erkannte die Taktik hinter Elenas Erkundigung. Die Andelainischen Hügel durchzogen die Sagen der Ramen wie ein Paradiesgarten; davon zu sprechen, mußte Reumut neuen Mut einflößen. Tatsächlich wich ihre grimmige Bitternis für einen Moment. Ihre Augen füllten sich mit Tränen, die gleich darauf übers matte Lächeln ihrer Lippen rannen. »Die Hügel sind frei«, antwortete sie bloß.

Ein Murmeln freudiger Erleichterung verbreitete sich in der Klause, und mehrere Lords nickten zufrieden. Das war eine Sache, in der ein Mähnenhüter keinem Irrtum erliegen konnte. Der Hoch-Lord stieß einen frohen Seufzer aus. Als Elena dann dem Streitmark die Erlaubnis gab, Fragen zu stellen, tat sie es mit einem Blick, der ihm Umsicht riet.

»Na schön«, sagte Troy, indem er aufstand. Sein Herz pochte aus Besorgnis mühsamer als sonst, aber er achtete nicht darauf. »Ich verstehe, daß es dir unmöglich war, die Stärke von Fouls Heer zu ermitteln. Damit finde ich mich ab. Aber ich muß wissen, wieviel Vorsprung er hat. Vor wieviel Tagen genau hast du sein Heer die Zerspellten Hügel verlassen sehen?«

Der Mähnenhüter brauchte nicht nachzuzählen. »Vor zwanzig Tagen«, antwortete Reumut augenblicklich.

Für einen Moment betrachtete der Streitmark sie hinter der Sonnenbrille mit seinem augenlosen Blick, aus Schrecken sprachlos. »Zwanzig Tage?« vergewisserte er sich dann leise. Sein Gehirn schien ins Kreiseln zu geraten. »Zwanzig?« Mit einem heftigen Ruck, der sein Herz zusammendrückte, rutschte das Heer des Verächters vor seinem geistigen Auge um fünfunddreißig Längen vorwärts – fünf Tagesmärsche. Er hatte darauf gebaut, die Nachricht von Fouls Losschlagen innerhalb von fünfzehn Tagen zu erhalten. Er wußte aufs Längenmaß genau, wie weit ein Mähnenhüter an einem Tag wandern konnte, denn er hatte sich eingehend mit den Ramen befaßt. »O mein Gott!« Reumut hätte Schwelgenstein innerhalb von fünfzehn Tagen erreichen müssen. Nun war ein Rückstand von fünf Tagen vorhanden. Sie mußten in fünf Tagen weniger als geplant dreihundert Längen weit marschieren! Und in zehn Tagen würde Fouls Armee in die Mittlandebenen vordringen. Ohne zu wissen, wie es dazu gekommen war, bemerkte Troy plötzlich, daß er wieder an seinem Platz saß, das Gesicht in den Händen, als könne er den Anblick der kümmerlichen Trümmer seiner ausgeklügelten Strategie nicht ertragen. Gleichgültig, als ergäben sich daraus keine Konsequenzen, nahm er zur Kenntnis, daß er in einer Beziehung recht behalten hatte: Covenants Herbeirufung fiel mit dem Aufbruch von Lord Fouls Armee zusammen. Die Maßnahme hatte den Verächter zum Handeln gezwungen. Oder verhielt es sich umgekehrt?

Hatte Lord Foul die Herbeirufung irgendwie vorausgesehen?
»Wieso …?« Da wußte er nicht mehr, wonach er fragen wollte, und wiederholte sich einfältig. »Wieso …?«
»Frag!« forderte Reumut ihn unterdrückt auf.
Troy hörte die Warnung in ihrer Stimme, die Warnung vor der Gefährlichkeit dessen, nach ihrer harten Beanspruchung ihren Stolz zu verletzen. Sie blickte ihn voller Grimm an, und ihre Hände zuckten, als würden sie gerne die mörderische Kordel aus ihrem Haarknoten reißen. Aber um sicher sein zu können, mußte er die Frage stellen. »Was ist mit dir passiert? Warum hast du so lang gebraucht?« Seine Stimme klang in den eigenen Ohren nach Zagheit und Ratlosigkeit.
»Ich bin vom Weg abgedrängt worden«, gab sie durch zusammengebissene Zähne zur Antwort. »Nach Norden in den Rand der Sarangrave-Senke.«
»Mein Gott«, flüsterte Troy mit schwacher Stimme. Er spürte den Blick Reumuts, fühlte alle Augenpaare in der Klause auf sich gerichtet. Aber er vermochte nicht zu denken; sein Hirn war völlig abgeschlafft. Lord Foul war nur noch drei Tagesmärsche weit von Morinmoss entfernt.
Der Mähnenhüter schnob geringschätzig und wandte sich an den Hoch-Lord. »Ist das der Mann, der eure Krieger anführt?« fragte Reumut in bissigem Ton.
»Vergib ihm, ich bitte dich«, antwortete Elena. »Er ist noch neu im Land und sieht in einigen Sachverhalten nur unklar. Aber er ist von einem Ranyhyn auserwählt worden. Zur rechten Zeit wird er seinen Wert beweisen.«
Reumut zuckte die Achseln. »Habt ihr weitere Fragen?« wollte sie auf entkräftete Weise wissen. »Es verlangt mich nach Ruhe.«
»Du hast uns vieles kundgetan. Wir sind nicht länger im Zweifel über Lord Fouls Vorgehen und vermögen die Schnelligkeit seines Anmarschs zu ermessen. Nur eine Frage bleibt

noch. Sie betrifft die Zusammensetzung von Fangzahns Heerscharen. Welche Arten von Wesen ziehen darin mit?«

Erbitterung verkrampfte Reumuts Haltung. »Vom üblen Wind und den Ungeheuern, die aus der Luft über meine Seilträger herfielen, habe ich schon gesprochen. Im Heer sah ich Urböse, Höhlenschrate, eine Vielzahl von *Kresch,* große löwenhafte Geschöpfe mit Schwingen, die sowohl laufen wie fliegen konnten, sowie zahlreiche andere, arg mißratene Lebewesen mitziehen, welche die Gestalten von Hunden, Rössern oder Menschen hatten, aber keineswegs waren, wonach sie aussahen. Sie leuchteten von äußerster Übelkeit. Mein Herz erblickte in ihnen Menschen und Tiere des Landes, durch Fangzahn verderbt.«

»Das ist das Werk des Weltübel-Steins«, bemerkte der Hoch-Lord gedämpft.

Doch der Mähnenhüter Reumut war noch nicht fertig. »Eines muß ich noch berichten. Eine Täuschung war unmöglich, denn dies Wesen zog in den vordersten Reihen der Horden daher und übte den Befehl aus. Es gebot mit trostlosem grünem Licht über das Geschmeiß und nannte sich selbst Markschänder. Es war ein Riese.«

Im ersten Moment herrschte in der Klause ein unheilvolles Schweigen wie nach einem Donnerschlag. Troy widmete den Vorgängen sofort wieder seine ungeteilte Aufmerksamkeit, und in seiner Brust begann eine Flamme von Furcht zu lohen. Die Riesen! Hatte Lord Foul sie bereits überwunden? Schon?

Da stand Blutmark Morin auf. »Ausgeschlossen«, sagte er mit vor Überzeugung tonloser Stimme. »Steinbruder ist ein anderer Name für Treu und Glauben. Wütest du?« Unverzüglich brachen alle Anwesenden in der Klause in lautstarken Protest gegen den bloßen Gedanken aus, ein Riese könne auf der Seite des Verächters stehen. Diese Vorstellung war zu gräßlich, um ihr nur den geringsten Raum zu gewähren; sie veranlaßte den festen Glauben an gewisse Grundwerte zum hysterischen Aufstand. Die Scharwarte verfielen in wildes, wirres Geschrei, und mehrere brüllten durch den allgemeinen Tumult, daß Reumut lüge. Zwei Lehrwarte griffen Morins Frage auf und erhoben entsprechende Anschuldigungen: Reumut befände sich im Griff eines Wütrichs. Selbst die Lords gerieten in Verwirrung. Trevor und Loerja erbleichten vor Furcht; Verement schnauzte Mhoram an; Elena und Callindrill waren entgeistert; Amatin begann unverhohlen zu weinen. In der einwandfreien Akustik der Klause steigerte das Getöse sich rasch, verstärkte sich selbst durch seinen Widerhall, zwang jede Stimme zu noch lauterem, wüsterem Geschrei. Ein Ansatz zur Panik stak in diesem Tohuwabohu. Wenn man Riesen dazu bringen konnte, dem Verächter zu dienen, war nichts mehr sicher; Verrat mußte überall lauern. Selbst in den platten Gesichtern der Bluthüter war eine Neigung zum Entsetzen zu sehen. Doch Mähnenhüter Reumut hielt den Protestrufen und Beschimpfungen unerschütterlich stand, den Kopf hocherhoben, in den Augen ein Funkeln von Stolz und Zorn. Im nächsten Moment erreichte Covenant ihre Seite. Er schüttelte seine Fäuste gegen die Versammlung. »Hölle und Verdammung!« brüllte er. »Seht ihr denn nicht, daß sie die Wahrheit sagt?!«

Seine Stimme hatte keinerlei Wirkung. Aber irgend etwas von seinem Aufheulen drang zu Schwertmark Quaan vor. Der alte Veteran kannte die Ramen gut; er hatte Reumut während ihrer Mädchenjahre kennengelernt. »Achtung!« donnerte seine Stimme, während er aufsprang. Sofort nahmen die Scharwarte, da er ihre anerzogenen militärischen Reaktionen ansprach, Haltung an.

Da erst bemerkte auch Hoch-Lord Elena, was sich ringsum abspielte. Mit einem Lodern blauen Feuers aus ihrem Stab und einem zornigen Ausruf sicherte sie sich wieder die allgemeine

Aufmerksamkeit. »Ich schäme mich!« Ihrer Äußerung folgte betroffenes Schweigen, vermischt mit Furcht und Empörung. Sie trat der entstandenen Stimmung leidenschaftlich und streng entgegen, als gefährde man damit eine Kostbarkeit. *»Melenkurion abatha!* Sind wir so tief gesunken? Macht Furchtsamkeit uns so klein? Seht! Seht sie an! Wenn ihr die Wahrheit in ihrer Stimme nicht vernommen habt, so schaut sie nur an! Gedenkt des Friedensschwurs und seht sie an. Bei der Sieben! Welches Übel erblickt ihr? Nein – entgegnet nicht, daß Übel sich tarnen läßt, denn ich will diesen Einwand nicht hören. Wir befinden uns in der Klause Schwelgensteins. Dies ist der Großrat der Lords. Kein Wütrich vermöchte hier Falschheiten und Verrat zu begehen. Wäre der Mähnenhüter voller Schlechtigkeit, wir hätten's längst erkannt.« Als sie sah, daß sie die Versammlung wieder in der Gewalt hatte, sprach sie gemäßigt weiter. »Meine Freunde, wir sind mehr als Schreizwerge. Auch ich weiß nicht um die Bedeutung von Mähnenhüter Reumuts Kunde. Vielleicht hat der Verächter dank der Macht des Steins einen Riesen gefangennehmen und versklaven können. Vielleicht vermag er mit dem Stein Übelwesen in jeder Gestalt zu erzeugen, wie's ihm beliebt, und hat Reumut einen falschen Riesen sehen lassen, weil er weiß, daß die Kunde von einem verräterischen Steinbruder uns hart treffen müßte. Auf diese Frage müssen wir eine Antwort finden. Hier aber steht Mähnenhüter Reumut von den Ramen, erschöpft durch die Leistung eines Beistands, dem wir nicht gleichkommen und den wir nicht vergüten können. Reinigt eure Herzen von allen wider sie gerichteten Gedanken. Ein solches Unrecht dürfen wir nicht begehen.«

»Richtig.« Troy raffte sich hoch. Sein Gehirn funktionierte wieder. Er schämte sich für seine Schwäche – und darüber hinaus für seine Scharwarte. Verspätet erinnerte er sich daran, daß die Lords Callindrill und Amatin es nicht geschafft hatten, in der Sarangrave-Senke aufzuklären – Reumut jedoch hatte sie gemeistert, um Schwelgenstein erreichen zu können. Und die Vorstellung, daß Covenant sich besser benommen hatte als er, störte ihn erheblich. »Du hast recht.« Offen wandte er sich an die Ramen. »Mähnenhüter, meine Scharwarte und ich, wir müssen dich um Verzeihung bitten. Du hast einen würdigeren Empfang verdient – vor allem unsererseits.« Für die Ohren der Scharwarte träufelte er säuregleiche Schärfe in seine Stimme. »Ein Krieg behäuft Menschen mit Bürden, ob sie fähig sind, sie zu erdulden oder nicht.« Er wartete keine Antwort ab. Er drehte sich Quaan zu. »Schwertmark, meinen Dank für deine Besonnenheit«, sagte er. »Wir werden dafür sorgen, daß so etwas nicht noch einmal vorkommt.« Dann setzte er sich wieder, sein Verstand zog sich hinter seine Schutzbrille zurück, um eine Möglichkeit zur Rettung des Schlachtplans zu ersinnen.

»Rühren«, ordnete Quaan an. Die Scharwarte ließen sich wieder auf ihre Plätze nieder; sie wirkten verlegen – irgendwie zugleich aber entschlossener als vorher. Man hatte das Gefühl, eine Peinlichkeit beendet zu haben. Mähnenhüter Reumut und Ur-Lord Covenant erschlafften in ihrer Haltung, beugten sich wie in gegenseitigem Hilfegesuch müde einander zu. Der Hoch-Lord wollte das Wort erneut ergreifen, aber Reumut kam ihm mit leiser Stimme zuvor.

»Ich möchte keine weiteren Entschuldigungen hören. Entlaßt mich. Ich muß ruhen.«

Traurig nickte Elena. »Geh in Frieden, Mähnenhüter Reumut. Alle Gastfreundschaft, die Schwelgenstein zu bieten hat, soll dir zuteil werden, solange du zu bleiben beliebst. Wir wissen den Dienst zu schätzen, den du uns erwiesen hast. Doch vernimm, ich bitte dich, diese meine Worte. Niemals haben wir die Ramen als gering geachtet. Und der Wert der Ranyhyn fürs Land übertrifft jedes Maß. Wir vergessen nicht. Heil, Mähnenhüter! Möge das *Amanibhavam* immerzu gedeihen! Heil, Ramen! Mögen eure Füße auf immer über die Ebenen von Ra dahineilen! Heil, ihr Ranyhyn, Schweife des Himmels, Mähnen der Welt.« Wieder verneigte sie sich nach Ramen-Art vor Reumut.

Mähnenhüter Reumut erwiderte die Geste und ergänzte sie mit dem traditionellen Abschiedsgruß der Ramen; sie legte die Handballen an die Stirn, beugte sich vor und breitete die Arme aus, als entblöße sie ihr Herz. Gemeinsam entboten ihr die Lords ihrerseits einen Abschiedsgruß. Dann machte Reumut kehrt und begann die Treppe zum hohen Hauptportal zu ersteigen. Covenant begleitete sie, erklomm neben ihr linkisch die Stufen, als wolle er sie am Arm nehmen und brächte es doch nicht fertig. Auf dem obersten Treppenabsatz blieben die beiden stehen und schauten sich an. Covenant betrachtete sie mit Emotionen, die die Knochen zwischen seinen Augen auszubeulen schienen. Das Reden kostete ihn große Mühe. »Was kann ich … gibt's irgend etwas, das ich tun kann, um … um wieder Gay aus dir zu machen?«

»Du bist jung, ich bin alt. Diese Wanderung hat mir viel abgefordert. Mir bleiben nur noch wenige Sommer. Es gibt nichts, um das zu ändern.«

»Meine Zeit verstreicht mit einer anderen Geschwindigkeit. Beneide mich nicht um mein Leben.«

»Du bist Ring-Than Covenant. Du hast Macht. Wie sollte ich dich nicht beneiden?« Er duckte sich unter ihrem Blick. »Die Ranyhyn sind noch immer deinem Befehl unterworfen«, fügte sie nach kurzem Schweigen hinzu. »Nichts ist beendet. Sie haben dir am Donnerberg gedient, und sie werden dir wieder zu Diensten sein – bis du sie freiläßt.«

Sobald sie durchs Portal nach draußen verschwunden war, starrte Covenant seine Hände an, als quäle es ihn, sie leer zu sehen. Doch einen Moment später nahm er sich zusammen und kam die Treppe herunter, um wieder seinen Platz zu belegen.

Für eine ganze Weile herrschte in der Klause Stille. Die Versammelten beobachteten die Lords, die nun ruhig dasaßen, sich auf geistiger Ebene einander näherten, ihre mentalen Kräfte zu gemeinsamem Zweck vereinigten. Ihr Wirken übte auf die Versammlung einen beruhigenden Einfluß aus. Es gehörte zum Geheimnis, das es war, ein Lord zu sein, und alle Menschen des Landes, sowohl Steinhausener wie auch Holzheimer, vertrauten den Lords. Solange der Großrat zur geistigen Verschmelzung und zur Führerschaft in der Lage war, brauchte Schwelgenstein nicht ohne Hoffnung zu sein. Sogar Streitmark Troy bezog aus dieser Art von Verständigung, an der er nicht teilhaben konnte, eine gewisse Ermutigung. Schließlich fand der geistige Kontakt mit einem fast hörbaren Knacken aus der Richtung Lord Verements ein Ende, und der Hoch-Lord hob den Kopf, um sich an die Versammlung zu wenden. »Freunde, Krieger und Diener des Landes«, sagte Elena, »die Zeit der Entscheidung ist angebrochen. Überlegungen und Vorbereitungen nehmen ein Ende. Der Krieg zieht wider uns, und wir müssen aufbrechen und ihm begegnen. Die Hauptverantwortung für unser Handeln liegt damit bei unserem Streitmark Hile Troy. Er befiehlt das Kriegsheer, und wir werden es nach besten Kräften unterstützen, wie des Landes Not es von uns fordert. Eine Sache jedoch muß uns zuvor noch beschäftigen – dieser Riese namens Markschänder. Diese Frage muß beantwortet werden.«

»Der Stein erklärt den Fall ungenügend«, sagte Verement unwirsch. »Das ist zuwenig. Die Riesen sind stark ... ja, stark und klug. Sie müßten dem Stein widerstehen oder sich ihm entziehen können.«

»Dem pflichte ich bei«, sagte Loerja. »Die Riesen der Wasserkante kennen die Gefährlichkeit des Weltübel-Steins. Eher neige ich zum Glauben, daß sie das Land zur Suche nach ihrer verlorenen Heimat verlassen haben.«

»Ohne Güldenfahrt?« meinte Trevor mißbehaglich. »Das ist unwahrscheinlich. Und es ist nicht das ... was Mhoram geschaut hat.«
Die übrigen Lords hefteten ihre Blicke auf Mhoram. »Nein, das ist nicht, was ich geschaut habe«, bestätigte er nach kurzem Zögern. »Doch laßt uns hoffen, daß ich falsch geschaut habe – oder falsch ausgelegt, was ich schaute. Aber sei's zum Wohl oder Übel, diese Sache überfordert uns zur Zeit. Wir wissen, daß Korik sowie die Lords Hyrim und Shetra alles unternehmen werden, was den Riesen von Nutzen sein kann. Und wir vermögen jetzt nicht weitere Kräfte nach der Wasserkante zu entsenden, um in Erfahrung zu bringen, wie's denn kommt, daß ein Riese sich dazu herbeiläßt, Lord Fouls Heer zu führen. Ich fühle in meinem Herzen, daß wir den Grund weit früher erfahren werden, als uns lieb ist und jeder von uns wünscht.«
»Nun wohl«, sagte der Hoch-Lord und seufzte dabei. »Ich habe deine Worte vernommen. Dann wollen wir die Last dieses Krieges unter uns teilen.« Elena ließ ihren Blick durch die Tafelrunde der Lords schweifen, nahm insgeheim an jedem Lord mit der Verantwortung Maß, die es zu verteilen galt. »Lord Trevor, Lord Loerja«, sagte sie dann, »euch übertrage ich die Verteidigung Schwelgensteins. Eure Aufgabe wird's sein, für die Menschen zu sorgen, die dieser Krieg heimatlos macht, Vorräte anzulegen und die Verteidigungskraft der Feste gegen eine mögliche Belagerung zu stärken ... und die letzte Schlacht des Landes auszutragen, sollten wir anderen scheitern. Lauscht meinen Worten, meine Freunde. Eine schwere Bürde ist's, die ich euch zumute. Jene, die hier verbleiben, müßten am Ende mehr Kraft aufbringen als alle anderen – denn sollten wir fehlgehen, dann müßt ihr bis in den Untergang kämpfen, ohne euch ergeben oder verzweifeln zu dürfen. Ihr könntet in eine ähnliche Zwangslage geraten wie einst Hoch-Lord Kevin, den sie zum Ritual der Schändung verleitete.

Ich vertraue darauf, daß ihr widersteht. Das Land darf kein zweites Mal einem solchen Verhängnis preisgegeben werden.«
Troy nickte bei sich; Elena hatte gut gewählt. Loerja würde mit allem Einsatz kämpfen und brauchte doch nichts zu unternehmen, das ihre drei Töchter gefährden könnte; und Lord Trevor würde in der Annahme, weniger zu leisten als andere, weit mehr tun als nötig. Die beiden akzeptierten die übertragene Arbeit mit Gelassenheit.
Elena setzte ihre Ausführungen fort. »Außer der Verteidigung Schwelgensteins muß unsere Vorsorge der Schule der Lehren und Trothgard gelten. Die Schule der Lehren muß auf jeden Fall bestehen bleiben. Und Trothgard muß so lange gehalten werden wie nur möglich als Zuflucht für die Heimatlosen, seien's Menschen oder Tiere, und als ein Zeichen, daß wir uns dem Verächter niemals beugen. Im Tal der Zwei Flüsse kann man Trothgard verteidigen, wenngleich nicht allzu leicht. Lord Callindrill, Lord Amatin – diese Last bürde ich euren Schultern auf. Erhaltet Trothgard, auf daß der alte Name Kurash Plenethor, Trümmersteingau, nicht zum Namen des ganzen Landes werde.«
»Einen Moment«, mischte sich mit merklichem Zögern Streitmark Troy ein. »Dann bleiben bloß noch du, Mhoram und Verement, um mich zu begleiten. Ich glaube, ich werde mehr Kräfte brauchen.«
Elena dachte einen Augenblick lang nach. »Lord Amatin«, sagte sie dann, »magst du die Last der Verantwortung für Trothgard allein tragen? Trevor und Loerja gäben dir jede mögliche Unterstützung.«
»Wir stehen im Krieg«, antwortete Amatin schlicht. »Der Einwand, ich sei zu schwach, ist sinnlos. Ich muß lernen, stark zu sein. Die Lehrwarte werden mir helfen.«
»Du wirst stark genug sein«, erwiderte der Hoch-Lord mit einem Lächeln. »Nun wohl. Die restlichen Lords – Callindrill,

Verement, Mhoram und ich – werden mit dem Kriegsheer ziehen. Noch zwei Angelegenheiten, dann wollen wir den Streitmark anhören. Blutmark Morin!«

»Hoch-Lord ...« Morin erhob sich, um die Befehle entgegenzunehmen.

»Morin, du bist der Blutmark. Du befiehlst die Bluthüter nach Maßgabe deines Schwurs. Ich ersuche dich, Streitmark Troy jeden Bluthüter zuzuteilen, der von der Verteidigung Schwelgensteins ausgespart werden kann.«

»Jawohl, Hoch-Lord. Zweihundert Bluthüter werden mit dem Kriegsheer unterm Befehl des Streitmarks ziehen.«

»Das ist wohl ersonnen. Doch ich habe noch eine Aufgabe für dich. Reitende Boten müssen in jedes Steinhausen und jegliches Holzheim in den Mittland- und Südlandebenen gesandt werden, ebenso in die angrenzenden Hügel. Alle Menschen, die in des Verächters Stoßrichtung hausen, müssen Warnung erhalten und Zuflucht in Trothgard angeboten bekommen, falls sie's vorziehen, ihre Heimatorte zu verlassen. Und alle, die entlang der südlichen Richtung wohnen, die das Kriegsheer nehmen wird, müssen wir um Hilfe ersuchen – Nahrung für die Krieger, so daß sie unbeschwerter ziehen können, mit weniger Packzeug. *Aliantha* allein dürften nicht reichen.«

»Es wird geschehen. Die Bluthüter reiten aus, ehe der Mond untergeht.«

Beifällig nickte Elena. »Kein Dank vermag den Bluthütern zu genügen. Ihr gebt untadeligem Dienst einen neuen Namen. Solange im Lande Menschen leben, wird man sich eurer durch eure Treue erinnern.« Der Blutmark verneigte sich knapp und setzte sich wieder. Der Hoch-Lord legte den Stab des Gesetzes vor sich auf die Tafel, nahm ebenfalls erneut Platz und winkte Streitmark Troy zu. Troy atmete tief ein und stand umständlich auf. Er war sich noch über manches unsicher, suchte noch Lösungen. Doch er hatte die Lage wieder in der Hand; er konnte wieder klar denken. Als er zu sprechen begann, verstärkte sich sein Durchblick plötzlich recht schnell.

»Ich möchte keine Zeit mit Entschuldigungen für den Schlamassel verschwenden, in den ich uns gebracht habe. Meine ganze Strategie war auf die Erwartung gestützt, wir würden darüber, wo Lord Foul losmarschiert, innerhalb von fünfzehn Tagen Nachricht erhalten. Nun haben wir fünf Tage verloren. Mehr ist eigentlich nicht passiert. Die meisten hier kennen sich in groben Zügen mit meiner Planung aus. Soviel ich weiß, hatten die Alt-Lords beim Kampf gegen Foul immer zwei Probleme – den schlichten Kräfteverschleiß, den es bedeutete, weit entfernt am Landbruch zu kämpfen, und die Geländebeschaffenheit. Die Mittlandebenen geben jener Armee den Vorteil, die größer und ausgeruhter ist. Es war ursprünglich meine Idee, Foul ungehindert die Hälfte der Strecke marschieren zu lassen und ihn erst am westlichen Ende des Mithil-Tals zur Schlacht zu stellen, wo der Mithil die südliche Grenze Andelains bildet. Von dort aus hätten wir uns nach Südwesten zurückgezogen und Foul zum Unheilswinkel gelockt. Allen Sagen zufolge ist das die Örtlichkeit, wohin sich geschlagene und verfolgte Armeen zurückziehen. Konkret betrachtet, handelt es sich jedoch um die idealste Stelle überhaupt, um ein gegnerisches Heer zu stoppen, das größer und beweglicher ist. Das Terrain – der Engpaß zwischen den Bergen – liefert jedem, der sich dort als erster festsetzt, einen ungeheuren Vorteil – wenn er dort früh genug eintrifft, um sich vorm Eintreffen des Gegners anständig einzugraben. Tja, das war ein ziemlich schlauer Einfall. Aber jetzt nimmt der Krieg einen anderen Lauf. Wir sind um fünf Tage im Rückstand. In zehn Tagen dürfte Foul das Mithil-Tal durchquert haben. Dann wird er nach Norden schwenken, um uns in den Mittlandebenen zum Kampf zu zwingen, wo's ihm gerade paßt. Sollten wir uns von dort aus zurückziehen müssen, würden wir in Trothgard landen.« Er schwieg einen Moment lang, rechnete und unterdrückte ein Stöhnen des Schreckens. Die Mehrzahl der Anwesenden schaute ihn jedoch nur aufmerksam an, und in den Augen mehrerer Lords erkannte er Zuversicht. Ihr Vertrauen rührte ihn. Er mußte plötzlich einen Klumpen in seiner Kehle hinunterschlucken, bevor er weitersprechen konnte. »Es gibt eine Möglichkeit, wie wir's doch noch schaffen können. Es wird die Hölle sein – aber es ist noch mit knapper Not zu schaffen.« Da stockte er für einen Moment. *Hölle* war eine weit untertriebene Bezeichnung für das, was die Krieger zu erdulden haben würden. Wie konnte er sie zu so etwas auffordern, wenn er die Schuld an den Fehlerwartungen trug, die es notwendig machten? Wie …? Aber Elena musterte ihn mit festem Blick. Vom Anfang an hatte sie seine Bestrebung unterstützt, das Kommando übers Kriegsheer zu erhalten. Und nun war er der Streitmark. Er, Hile Troy. »Und zwar so«, sagte er in einem Ton, der seinen Verdruß über die unerhörte Zumutung ausdrückte, die er jetzt auszusprechen hatte. »Erstens. Wir haben noch neun Tage. Ich garantiere voll dafür, daß Foul das Westende des Mithil am neunten Tag von heute an erreicht. Für solche Berechnungen ist's ganz gut, keine Augen zu besitzen. Solche Sachen kann ich hundertprozentig einschätzen. Einverstanden? Neun Tage. Wir müssen vor ihm dort sein und ihm den Weg verlegen. Morin, deine zweihundert Bluthüter müssen noch heute abend aufbrechen. Callindrill, du gehst mit ihnen. Auf Ranyhyn könnt ihr in sieben Tagen dort sein. Ihr müßt Foul dort und sonst nirgends zum Stehen bringen. Borillar, wie viele von diesen großen Flößen schwimmen auf dem See?«

»Drei, Streitmark«, antwortete der Herdwart überrascht.

»Wie viele Krieger und Pferde kann so ein Floß befördern?«

Ratlos blickte Borillar hinüber zu Quaan. »Jedes Floß vermag zwei Fähnlein und ihre Streitwarte zu befördern – zweiundvierzig Krieger und die Pferde. Eine solche Last ist aufgrund der Enge aber ein Wagnis.«

»Wenn man mit dem Floß nach Andelain schwimmt, wie schnell kann man die Fähnlein ins Mithil-Tal bringen?«

»So kein Mißgeschick geschieht … in zehn Tagen. Die Verwendung von Flößen mag vier Tage einsparen.«

»Na gut. Wir haben zwölf berittene Scharen … gleich zweihundertvierzig Fähnlein. Borillar, ich brauche hundertzwanzig von diesen Flößen. Quaan, du übernimmst darüber den Befehl. Du mußt alle zwölf berittenen Scharen und Lord Verement so schnell wie möglich ins Mithil-Tal befördern und dort Callindrill und den Bluthütern dabei helfen, Foul am Durchbruch zu hindern. Du mußt uns die Zeit erkaufen, die wir benötigen. An die Arbeit.«

Schwertmark Quaan sprach ein paar Worte zu den Scharwarten, und zwölf von ihnen sprangen auf und traten hinter ihm in einer Zweierreihe an; gemeinsam eilten sie alle aus der Klause. Borillar schaute mit einer Miene der Unentschlossenheit den Hoch-Lord an, aber Elena nickte ihm zu. Er rieb sich nervös, wie um sie zu wärmen, die Hände, verließ dann mit sämtlichen *Lillianrill* die Ratskammer.

»Zweitens«, sagte Troy. »Der Rest des Kriegsheers wird von hier aus direkt in den Süden zum Unheilswinkel marschieren. Das ist eine Entfernung von etwas weniger als dreihundert Längen.« Er ließ die noch anwesenden Scharwarte aufstehen und wandte sich unmittelbar an sie. »Ich glaube, ihr solltet euren Kriegern mit allem Nachdruck erklären, was von ihnen verlangt wird. Wir müssen innerhalb von achtundzwanzig Tagen am Unheilswinkel stehen. Und das ist nur dann schnell genug, wenn der Schwertmark alles bewältigt, was ich ihm zumuten muß. Sagt euren Scharen Bescheid – zehn Längen am Tag. Und das wird der leichtere Teil des Krieges sein.« *Zehn Längen täglich*, dachte er im Hintergrund seines Bewußtseins, *ach-*

tundzwanzig Tage lang. Guter Gott! Die Hälfte wird tot sein, bevor wir die Südlandebenen erreichen. Er musterte die Scharwarte für einen Moment, versuchte ihren Schwung einzuschätzen, ihre Einsatzbereitschaft zu beurteilen. »Trutzmark Amorine«, sagte er dann.

»Streitmark?« antwortete der Trutzmark und trat vor. Amorine war eine kleinwüchsige, breitschultrige, herbe Frau mit groben Gesichtszügen, die wirkten, als seien sie aus für detailfreudige Handwerkskunst zu hartem und trockenem Lehm geformt worden. Aber sie war ein sturmerprobter Veteran des Kriegsheers – einer der wenigen Überlebenden des Fähnleins, das Quaan damals auf der Suche nach dem Stab des Gesetzes geführt hatte.

»Sorge dafür, daß das Kriegsheer sich fertigmacht. Wir marschieren beim ersten Büchsenlicht ab. Besondere Aufmerksamkeit ist dem Gepäck zu schenken. Es muß so leicht wie möglich sein. Wenn's sein muß, benutzt alle restlichen Pferde als Packtiere. Wenn wir nicht rechtzeitig am Unheilswinkel eintreffen, wird Schwelgenstein sowieso keine Verwendung für die letzten paar hundert Pferde haben. An die Arbeit!« Trutzmark Amorine rief den Scharwarten einen strengen Befehl zu. Gemeinsam entboten sie den Lords einen Gruß und stapften im Gleichschritt zur Klause hinaus. Troy sah ihnen nach, bis man das Hauptportal hinter ihnen geschlossen hatte. Dann drehte er sich dem Hoch-Lord zu. »Du weißt, daß ich noch nie einen Krieg geführt habe«, sagte er mit einiger Überwindung. »Ich habe noch nie irgendein Kommando gehabt. Ich kenne mich bloß theoretisch aus. Du bringst mir sehr viel Vertrauen entgegen.«

Falls sie die Bedeutsamkeit dessen erkannte, was er äußerte, ließ sie es sich jedenfalls nicht anmerken. »Sorge dich nicht, Streitmark«, antwortete sie mit fester Stimme. »Wir ersehen deinen Wert fürs Land. Du hast uns keinerlei Anlaß zum

Zweifel an der Richtigkeit deiner Befehle geliefert.« Eine Aufwallung von Dankbarkeit verschlug Troy die Sprache. Er salutierte, setzte sich und stemmte die Ellbogen seiner verschränkten Arme auf die Tafel, um sein Zittern zu unterbinden.

»Ach, meine Freunde«, sagte Hoch-Lord Elena gleich darauf zur restlichen Versammlung, »viel gilt's zu tun, die Nacht wird viel zu kurz für alle Erfordernisse sein. Dies ist nicht die Zeit für lange Reden oder weitschweifige Ermunterungen. Laßt uns allesamt sofort ans Werk gehen. Ich werde in der Morgendämmerung zur Herrenhöh und zum Kriegsheer sprechen. Herdwart Tohrm!«

»Hoch-Lord?« meldete sich Tohrm in lebhaftem Eifer.

»Ich nehme an, es gibt Verfahren, mit denen ihr die Flöße haltbarer machen könnt, sicherer für die Pferde. Ich ersuche euch darum. Alle deine Leute, die entbehrlich sind, sollen Herdwart Borillar beim Bau unterstützen. Meine Freunde, der Krieg ist über uns gekommen. Nun setzt euch nach euren besten Kräften für das Land ein. Wir müssen, so sterbliches Fleisch das überhaupt vermag, uns behaupten.« Sie richtete sich stolz empor und schwang den Stab. »Seid wohlgemuten Herzens. Ich bin Elena, Lenas Tochter, Hoch-Lord durch des Großrats Wahl und Träger von des Gesetzes Stab. Mein Wille gebietet. Ich spreche, und Schwelgenstein selbst bezeugt's.« Sie verbeugte sich vor der Versammlung und eilte durch eine der privaten Seitentüren aus der Klause; unterschiedlich schnell verließen sie auch die übrigen Lords.

Die Beratungskammer leerte sich rasch, indem die Versammlungsteilnehmer an ihre Aufgaben gingen. Troy erhob sich und strebte zur Treppe. Unterwegs sprach Covenant ihn an. »In Wirklichkeit«, meinte Covenant, als verriete er Troy ein Geheimnis, »bist keineswegs du es, dem sie Vertrauen entgegenbringen. Genausowenig wie sie mir Vertrauen schenken. Tat-

sächlich ist es der Schüler, der dich herbeigezaubert hat. Das ist derjenige, dem ihr Vertrauen gehört.«
»Ich bin beschäftigt«, erwiderte Troy barsch. »Ich habe zu tun. Laß mich in Ruhe!«
»Hör zu!« forderte Covenant ihn grob auf. »Ich versuche bloß, dich zu warnen. Falls du dafür ein Ohr hast. Mit dir wird's auch schiefgehen. Eines Tages in nicht allzu langer Zeit wirst du die Menschen verschlissen haben, die jetzt ums Verrecken marschieren müssen, damit deine Ideen klappen. Und dann wirst du sehen, daß du ihnen das alles umsonst angetan hast. Märsche über dreihundert Längen … Täler sperren … Ideen hast du! Verschwenderisch kostspielig und aussichtslos. Deine ganze Taktik wird am Ende keinen Pfifferling wert sein.« Er seufzte. »Meine Güte, Troy. Diese große Verantwortung wird aus dir einen neuen Kevin Landschmeißer machen.« Statt Troys angespanntes Starren zu erwidern, wandte er sich ab und schlenderte aus der Klause, als wisse er kaum, wohin, und als sei es ihm auch gleichgültig.

12
Aufbruch zum Krieg

Kurz vor der Morgendämmerung ritt Troy durch die Tore Schwelgensteins hinaus und in die Richtung des Sees unterhalb der Schleierfälle. Die Düsternis vorm ersten Dämmern trübte seine Sicht, behinderte ihn wie ein Nebel in seinem Geist. Er konnte nicht sehen, wohin er ritt, kaum die Ohren seines Tiers unterscheiden. Aber er schwebte deswegen in keiner Gefahr; er ritt Mehryl, den Ranyhyn, der ihn auserwählt hatte und ihn aufgrund dessen trug. Doch während Troy unterm hohen südlichen Wall der Herrenhöh westwärts trabte, wirkte er wie eine Person mit einem fragwürdigen Vorhaben, wie jemand, der versuchte, auf einem zu dünnen Ast zu balancieren. Ein Großteil der Nacht war für ihn damit vergangen, daß er noch einmal die Entscheidungen durchdachte, die er im Kriegsrat getroffen hatte, und sie bereiteten ihm fürchterliche Sorgen. Er hatte die Lords und das Kriegsheer auf einen Weg geleitet, der so schmal und riskant war wie das schwankende Seil eines Seiltänzers. Doch ihm fehlte jede Wahl. Er mußte entweder auf diese Weise die Flucht nach vorn antreten oder die Kommandogewalt abgeben, die Kriegführung in Quaans Hände legen, der seine Verdienste besaß, aber wenig Einfallsreichtum. Daher hatte er trotz seiner Bedenken nicht gezögert. Er hegte die Absicht, dem ganzen Lande zu zeigen, daß er aus gutem Grund der Streitmark war. Die Zeit drängte. Das Kriegsheer mußte seinen Marsch in den Süden schnellstmöglich antreten. Deshalb überließ er es Mehryl, ihn durch seinen inneren Nebel zu tragen. Indem er den Ranyhyn den Weg suchen ließ, beeilte er sich, zu dem blauen See zu kommen, wo man die Flöße baute. Ehe er den letzten Hügel des Vorgebirges umrundete, geriet er unter verstreute Haufen von Kriegern, die ihre Pferde an den Zügeln hielten. Männer und Frauen grüßten ihn, wo er vorbeiritt, aber er konnte niemanden erkennen. In blinder Erwiderung die rechte Hand erhoben, ritt er ohne ein Wort den gewundenen Pfad entlang. Falls seine Strategie Schiffbruch erlitt, mußten diese Krieger – und die zweihundert Bluthüter, die bereits mit Lord Callindrill ins Mithil-Tal unterwegs waren – als erste für sein Scheitern büßen.

Am Rauschen der Wasserfälle und den Arbeitsgeräuschen der Floßbauer erkannte er, daß er am Rande des Sees angelangt war; unverzüglich sprang er von Mehryls Rücken. Die erstbeste schemenhafte Gestalt, die ihm in die Quere kam, schickte er Schwertmark Quaan holen. Gleich darauf schälten sich die derben Umrisse Quaans aus dem Nebel, begleitet von einem hochwüchsigen Mann mit einem Stab – Lord Verement. Troy verständigte sich mit dem Schwertmark. Einem Lord Anweisungen zu geben, bereitete ihm Unbehagen. »Wie viele Flöße sind fertig?«

»Dreiundzwanzig sind bis jetzt zu Wasser gelassen worden«, antwortete Quaan. »Fünf davon entbehren noch der *Rhadhamaerl*-Ruder, doch diese werden bis zum Sonnenaufgang angebracht sein.«

»Und der Rest?«

»Herdwart Borillar und die Floßbauer haben das Versprechen abgegeben, alle einhundertzwanzig Stück bis zur morgigen Frühdämmerung fertigzustellen.«

»Verdammt! Wieder ein Tag weniger. Aber du darfst nicht warten, bis das letzte Floß fertig ist. Lord Callindrill wird früher Hilfe brauchen.« Er nahm einige schnelle Kopfrechnungen vor. »Schickt die Flöße in Schüben von je zwanzig Stück flußabwärts, jedes mit zwei Fähnlein. Ich möchte, daß sie sich zur Wehr setzen können, falls unterwegs irgendwelche Schwierig-

keiten auftreten. Du brichst zuerst auf. Und … Lord Verement, willst du Quaan begleiten?«
Verement nickte zackig. »Gut. Also, Quaan. An Bord mit dir und deinen Leuten. Gib den Befehl über die übrigen Scharen, wem du willst – sag den Unterführern, sie sollten sofort aufbrechen, sobald wieder zwanzig Flöße fertig sind, und immer so weiter. Die Krieger, die mit den letzten Schüben aufbrechen, sollen erst einmal beim Floßbau helfen. Die ganze Sache kann noch ein bißchen beschleunigt werden.« Die Sonne begann nun aufzugehen und seinen mentalen Nebel zu lichten. Quaans vom Alter gezeichnetes Bollwerk von Gesicht rückte in den Brennpunkt seines geistigen Blicks, und für einen Moment schwieg Troy, halb entsetzt über das, was zu tun er seinem Freund zumutete. Dann schüttelte er heftig den Kopf und zwang sich zum Weitermachen. »Quaan, du hast bei dieser ganzen verfluchten Angelegenheit die mieseste Aufgabe erhalten. Du und die Bluthüter unter Callindrill. Ihr müßt gewährleisten, daß mein Schlachtplan gelingt.«
»Wenn's getan werden kann, werden wir's tun.« Quaan sprach ruhig, beinahe leichthin, aber seine Erfahrungen mit grausigen Verzweiflungsunternehmen verliehen seiner Versicherung Glaubhaftigkeit.
»Du mußt Fouls Armee in dem Tal dort festhalten«, setzte Troy seine Erläuterungen hastig fort. »Selbst wenn du ohne Ausfälle eintriffst, wirst du im Verhältnis von zehn zu eins unterlegen sein. Du mußt Fouls Kräfte binden und trotzdem von deiner Streitmacht genug am Leben erhalten, um ihn weiter südwärts zum Unheilswinkel locken zu können.«
»Verstehe.«
»Nein, keineswegs. Das Schlimmste habe ich dir ja noch nicht gesagt. Du mußt Foul acht Tage lang festnageln.«
»Acht?« fuhr Verement auf. »Du machst einen Scherz!«
Troy erlegte sich strenge Selbstbeherrschung auf. »Jeder kann's

sich selber leicht ausrechnen«, entgegnete er. »Wir müssen die gesamte Strecke bis hinab zum Unheilswinkel im Gewaltmarsch zurücklegen. Wir brauchen soviel Zeit, um dort einzutreffen. Acht Tage lassen uns ja ohnehin kaum noch Spielraum, um Stellungen zu beziehen.«

»Du forderst viel«, sagte Quaan bedächtig.

»Du bist der Mann, dem so was gelingt«, antwortete Troy. »Und es ist nun mal eine Tatsache, daß die Krieger in so einer Lage lieber unter deinem als meinem Befehl stehen. Du hast zu deiner Unterstützung zwei Lords und sämtliche zweihundert Bluthüter, mit denen Callindrill bereits unterwegs ist. Niemand könnte für diese Aufgabe besser als du geeignet sein.« Quaan schwieg dazu. Trotz der Gestrafftheit seiner Schultern wirkte er, als sähe er Grund zum Zögern. Troy beugte sich vor und raunte durchs Rauschen der Schleierfälle nachdrücklich auf ihn ein. »Schwertmark, wenn du schaffst, was ich von dir erwarte, ich schwöre dir, dann gewinn ich diesen Krieg.«

»Du schwörst?« mischte sich Verement wieder ein. »Weiß der Verächter, daß du ihn mit deinen Schwüren bindest?«

Troy achtete nicht auf den Lord. »Ich mein's ernst. Wenn du mir diese Chance verschaffst, werde ich sie nicht verspielen.« Ein gemäßigtes, kriegerisches Lächeln bewegte Quaans Lippen. »Ich habe deine Worte vernommen«, sagte er. »Ich habe die harte Hand deiner Geschicklichkeit kennengelernt, als du statt meiner den Befehl übers Kriegsheer angetreten hast. Streitmark, wir werden dir die acht Tage erkämpfen, so's in der Macht menschlicher Tapferkeit und Willensstärke liegt.«

»Gut!« Quaans Zusage bereitete Troy ein Gefühl verschwommener Erleichterung, als befände er sich dadurch nicht länger allein auf seiner heiklen Gratwanderung. »Also, wenn du Foul im Mithil-Tal zum Kampf stellst, besteht dein Ziel darin, ihn nach Süden abzudrängen. Zwing ihn in die südlichen Hügel – je weiter, desto besser. Du mußt das Tal sperren, bis er von seinen Truppen genug in den Hügeln hat, um euch auch von dieser Seite angreifen zu können. Dann zieht euch schnell wie der Teufel geradewegs zum Unheilswinkel zurück.«

»Das wird vieles kosten.«

»Weniger als sein Heer nach Norden marschieren zu lassen, während wir im Süden sind.« Quaan nickte grimmig. »Und weniger, als wenn wir Foul vor uns am Unheilswinkel ankommen lassen«, fügte Troy hinzu. »Was auch passiert, das müssen wir verhindern. Kannst du ihn nicht acht Tage lang aufhalten, mußt du herausfinden, wo wir stehen, und ihn uns entgegen statt zum Unheilswinkel locken. Dann werden wir versuchen, ihn auf der letzten Strecke selbst mitzuziehen.« Quaan nickte erneut, aber mit verkrampfter Miene. »Natürlich wäre es noch besser«, sagte Troy in trockenem Humor, um die Stimmung ein wenig zu lockern, »du würdest ihn gleich an Ort und Stelle schlagen und uns die restliche Mühe ersparen.«

Der Schwertmark wollte etwas erwidern, aber Lord Verement kam ihm zuvor. »So das dein Begehr ist, solltest du andere schicken, um deinen Wunsch zu erfüllen, als einen alten Krieger und einen Lord ohne Ranyhyn.«

Troy machte Anstalten, sich dazu zu äußern, als er aus der Richtung Schwelgensteins Hufschlag näher kommen hörte. Die Sonne hatte sich mittlerweile schon vollends über den Horizont geschoben – Licht tanzte auf dem blauen Wasser, das sich über die Höhe der Fälle abwärts ergoß –, und der innere Nebel seiner Sicht schwand zusehends. Als er sich umdrehte, sah er den Bluthüter Ruel heranreiten. Ruel veranlaßte seinen Ranyhyn mit einer Berührung seiner Hand zum Stehenbleiben. »Streitmark«, sagte er, ohne abzusteigen, »das Kriegsheer ist bereit. Hoch-Lord Elena erwartet dich.«

»Bin schon unterwegs«, antwortete Troy, drehte sich jedoch noch einmal Quaan zu. Der Schwertmark hielt der Musterung mit festem Blick stand. »Bei Gott«, sagte Troy leise, hin- und

hergerissen zwischen Rührung und Entschlossenheit, »ich werde mich dessen, was du für mich leistest, als würdig erweisen.«
Er schwang sich auf Mehryls Rücken und ritt davon. Er entfernte sich so überstürzt, daß er fast Mähnenhüter Reumut niederritt. Sie hatte ein Stückchen weiter entfernt gestanden und den Ranyhyn betrachtet, als rechne sie damit, feststellen zu können, Troy habe den Ranyhyn mißhandelt. Unbeabsichtigt lenkte er das Pferd direkt auf sie zu. Aber gerade, als er den Ranyhyn zum Stehen veranlaßte, wich sie beiseite. Ihre Anwesenheit überraschte ihn. Er grüßte sie und wartete darauf, daß sie irgend etwas äußerte. Er fand, daß sie jede Höflichkeit verdient hatte, die er ihr zeigen konnte.
»Ich habe in eurem Krieg meinen Teil vollbracht«, sagte sie, als erkläre sie irgend etwas, während sie den Ranyhyn mit liebevollen Händen streichelte. »Mehr werde ich nicht beginnen. Ich bin alt und bedarf der Ruhe. Ich möchte auf einem eurer Flöße nach Andelain fahren und von dort aus heimkehren.«
»Einverstanden.« Er konnte ihr die Mitfahrt auf einem Floß unmöglich verweigern, aber er spürte, daß sie bis jetzt nur eine Einleitung zu dem gesprochen hatte, was sie wirklich zu sagen beabsichtigte.
»Ich werde dafür keine weitere Verwendung haben«, fügte sie nach einer unbehaglichen Weile des Schweigens hinzu. Mit lebhafter Bewegung löste sie die Kordel aus ihrem Haar, zögerte noch einmal, reichte sie dann Troy. »Möge zwischen uns Friede sein«, ergänzte sie gedämpft.
Weil ihm nichts Klügeres einfiel, nahm er die Kordel an. Aber die Gabe war ihm peinlich; er hatte so etwas nicht verdient. Er schob sie in seinen Gürtel, und sobald er wieder beide Hände frei hatte, ehrte er den Mähnenhüter mit seiner bestmöglichen Nachahmung einer Ramen-Verbeugung. Reumut verneigte sich ihrerseits und winkte zum Abschied. Doch als er sich entfernte, rief sie ihm noch etwas nach. »Sag Ring-Than

Covenant, daß er Fangzahn niederwerfen muß. Die Ranyhyn haben sich vor ihm aufgerichtet. Sie bedürfen seiner. Er darf sie nicht im Stich lassen.« Dann war sie verschwunden, im Dunst außer Sicht.

Der Gedanke an Covenant füllte Troys Mund mit einem bitteren Geschmack, aber er unterdrückte jeden Groll. Quaan blieb zurück, rief laut Befehle, während Ruel an Troys Seite kam, und der Streitmark ritt Mehryl in flottem Trab über den Pfad zurück zu Schwelgensteins Tor. Unterwegs verflüchtigte die aufgegangene Sonne den letzten Rest seines mentalen Nebels. Die hohen, geglätteten Wälle der Festung waren nun sichtbar; im wiedergeborenen Sonnenschein leuchteten sie in farbenprächtigem Glanz, der ihm sowohl ein Gefühl von Kleinheit wie auch gleichzeitig der Entschlossenheit vermittelte. Er erhaschte darin einen Ausblick in die wahre Tiefe seiner Bereitwilligkeit, sich fürs Land zu opfern. Jetzt ließ sich bloß noch hoffen, daß es genug war, was er dem Land zu bieten hatte. Eigentlich gab es nur eines, das er Covenant nicht verzeihen konnte: daß der Zweifler sich weigerte zu kämpfen.

Schließlich überwand er die letzte Steigung, und da sah er die Lords vorm Tor versammelt, über die ausgedehnte, diszipliniert aufgereihte Masse des Kriegsheers schauend. Der Anblick des Kriegsheers ließ Stolz in ihm emporschwellen. Diese Armee war sein Werk – ein Instrument nach seiner Formung, eine Waffe, durch ihn selbst geschärft, von der er wußte, wie er sie einzusetzen hatte. Jeder Krieger stand innerhalb seines Fähnleins an seinem Platz; jedes Fähnlein hatte seine Position um die Standarte seiner Schar eingenommen, die im Wind flatterte; und die achtunddreißig Scharen breiteten sich zu Füßen der Herrenhöh aus wie ein Mantel aus Menschen. Mehr als sechzehntausend metallene Brustplatten fingen das aufgegangene Feuer der Sonne ein. Alle Krieger waren zu Fuß, außer die Scharwarte und ein Drittel der Streitwarte. Diese Unterführer waren beritten, um auf dem Marsch die Standarten und Trommeln mitzuführen, aber auch, um innerhalb des Kriegsheers die Übermittlung von Meldungen und Befehlen zu sichern. Troy war sich unangenehm dessen bewußt, daß seiner Armee als einziges ein Mittel zur Sofortverständigung fehlte. Ohne ein solches Hilfsmittel fühlte er sich angreifbarer, als er sich gern eingestand. Um einen gewissen Ausgleich zu schaffen, hatte er eine Nachrichtentruppe aus Reitern aufgestellt, die während der Kämpfe hin- und herpreschen sollten. Und er hatte seine Offiziere in der Anwendung komplizierter Codes, Feuerzeichen und Flaggensignale gedrillt, so daß zumindest manche Sachverhalte innerhalb der Sichtweite auf visuellem Wege übermittelt werden konnten. Zufrieden war er aber nicht. Abertausende von Menschenleben lagen in seiner Hand. Während er über seine Truppen spähte, schien der Ast, auf dem er balancierte, im Wind stark zu schwanken. Er riß sich vom Anblick des Kriegsheers los und musterte die berittene Versammlung am Tor. Nur Trevor und Loerja fehlten. Die Lords Amatin und Mhoram waren dabei, zwanzig Bluthüter, eine Handvoll Allholzmeister und Glutsteinmeister, sämtliche Lehrwarte, die auf Besuch in Schwelgenstein weilten, und Trutzmark Amorine. Covenant saß auf einem *Clingor*-Sattel auf einem der Rösser Schwelgensteins. Und an seiner Seite befand sich der Hoch-Lord. Myrha, die goldbraune Ranyhynstute, ließ Elena mehr denn je wie den Inbegriff einer Heldin wirken, einer edlen Gestalt wie jene sagenhafte Königin, für die Berek seinen großen Krieg ausgefochten hatte. Sie lehnte sich hinüber zu Covenant, lauschte ihm mit einem Interesse – beinahe mit Respekt –, das sich in jedem Umriß ihrer Haltung widerspiegelte. Dieser Anblick erboste Troy. Seine eigenen Empfindungen für den Hoch-Lord waren noch wirr und unausgegoren; er wußte sie nicht in vorgefertigte Kategorien einzuordnen. Sie war der Lord, der ihn gelehrt hatte, was Sehen bedeutete. Und während er das Sehen lernte, zeigte Elena ihm das Land, zeigte es ihm mit so sanftmütigem Vergnügen, daß er seitdem immer nur an sie und das Land zugleich denken konnte, als sei sie die Summe des Landes. Als er die Gefahr begriff, in der das Land schwebte – als er nach einer Möglichkeit suchte, dem zu dienen, was er sah –, war sie es gewesen, die seinen Ideen Leben einhauchte. Sie hatte den potentiellen Wert seiner taktischen Kenntnisse erkannt und ihm Vertrauen entgegengebracht; sie verhalf seiner Stimme zu Befehlsgewalt. Dank ihr erteilte er jetzt Befehle, die große Risiken umfaßten, und führte das Kriegsheer für eine Sache, für die selbst zu sterben er sich nicht schämen würde. Covenant jedoch wirkte unempfänglich, ihr gegenüber immun. Ihn umgab eine Aura müder Bitterkeit. Sein Bart verdüsterte sein Gesicht, wie um zu bekräftigen, daß kein Jota, kein Tüpfelchen Glaube den Sinn seines Spitznamens beeinträchtigte. Er sah aus wie ein Zweifler, ein Ungläubiger. Und seine Gegenwart schien den Hoch-Lord zu erniedrigen, Elenas mit dem Land vergleichbare Schönheit zu besudeln. Verschiedenartige mürrische Gedanken gingen Troy durch den Kopf, aber einer war wichtiger als die anderen; er hatte Covenant noch etwas zu sagen – nicht etwa, weil Covenant davon profitieren sollte oder konnte, sondern vielmehr, weil er, Troy, Covenant nicht im unklaren lassen wollte. Der Streitmark wartete, bis Elena sich beiseite begeben hatte, um mit Mhoram zu reden. Dann lenkte er Mehryl an Covenants Seite. »Ich will dir noch was sagen, bevor wir losziehen«, begann er rundheraus und ohne Einleitung. »Ich möchte, daß du weißt, ich habe mich im Großrat gegen dich geäußert. Ich habe gesagt, was du mit Trells Tochter gemacht hast.«

Covenant hob die Brauen. »Und dann hast du erfahren«, antwortete er nach kurzem Schweigen, »daß sie schon längst alles wußten.«

»Ja.« Für einen Augenblick wunderte sich Troy über den

Umfang von Covenants Orientiertheit. »Deshalb wollte ich wissen«, fügte er hinzu, »wieso man sich eigentlich mit dir abgibt. Ich habe die Meinung geäußert, man dürfe keine Zeit und Kräfte dafür vergeuden, Typen wie dich zu rehabilitieren, während man sich wegen Foul Sorgen machen muß.«

»Und was haben sie geantwortet?«

»Sie haben für dich Entschuldigungen vorgetragen. Nicht alle Verbrechen, meinten sie zu mir, würden von schlechten Menschen begangen. Sie sagten, manchmal beginge auch ein guter Mensch unterm Druck seiner Seelenqual eine schlechte Tat. Wie Trell. Und Mhoram meinte zu mir, die Klinge deines Zweifels sei zweischneidig.«

»Und das überrascht dich?«

»Jawohl! Ich habe ihnen entgegengehalten ...«

»Du hättest es erwarten müssen. Oder was hast du gedacht, wozu dieser Friedensschwur gut ist? Er ist eine Verpflichtung, Lepraleidenden zu vergeben ... Leuten wie Kevin und Trell. Als wäre Verzeihung nicht genau die Sache, für die weder ein Leprakranker noch ein Krimineller irgendeine Verwendung hat.«

Troy starrte in Covenants trostloses, abgehärmtes Gesicht. Covenants Tonfall verwirrte ihn. Die Worte klangen zu bitter, sogar ironisch, aber in ihrem Hintergrund schwang ein Beben von Pein mit, eine Andeutung von Selbstverurteilung, womit Troy nicht gerechnet hatte. Von neuem fühlte er sich zwischen Wut über die dümmliche Halsstarrigkeit des Zweiflers und Erstaunen über das Ausmaß seiner Verletztheit hin- und hergerissen. Ein verschwommenes Schamgefühl legte ihm nahe, sich zu entschuldigen. Aber sosehr konnte er sich nun doch wieder nicht überwinden. Statt dessen stieß er ein nachsichtiges Seufzen aus. »Mhoram hat mir auch geraten«, sagte er, »mit dir Geduld zu haben. Geduld. Ich wünschte, ich hätte welche. Aber es ist eine Tatsache, daß ...«

»Ich weiß«, unterbrach Covenant ihn leise. »Es ist eine Tatsache, daß du allmählich kapierst, wie schrecklich all diese Verantwortung ist. Sag mir Bescheid, wenn du anfängst, dich als Versager zu fühlen. Wir werden dann gemeinsam im Elend schwelgen.«

Das stichelte Troy. »Ich werde nicht versagen!« schnauzte er.

Covenant schnitt eine vieldeutige Grimasse. »Dann sag mir Bescheid, wenn du Erfolg hast, und ich werde dir gratulieren.«

Mit innerer Anstrengung schluckte Troy seinen Ärger. Seine Stimmung wollte keine Toleranz für Covenant aufkommen lassen. »Covenant«, sagte er dennoch, mehr um seinetwillen – und Elenas willen – als aus Rücksicht auf den Zweifler, »ich kann nicht richtig begreifen, was wirklich dein Problem ist. Aber wenn ich irgend etwas für dich tun kann, will ich's tun.«

Covenant mied seinen Blick. »Wahrscheinlich werd ich's nötig haben«, nuschelte er voller gegen sich selbst gerichtetem Sarkasmus. Troy zuckte die Achseln. Er verlagerte sein Körpergewicht, um Mehryl hinüber zu Trutzmark Amorine zu lenken. Aber da sah er vom Tor der Herrenhöh mit forschen Schritten den Herdwart Tohrm kommen. Er hielt Mehryl zurück und wartete auf den Glutsteinmeister.

Als Tohrm zwischen ihren Reittieren stehenblieb, grüßte er zunächst beide Männer, wandte sich dann aber an Covenant. Die sonstige Verspieltheit seiner Miene war nun von ungewohntem Ernst verhangen. »Ur-Lord«, sagte er, »darf ich zu dir sprechen?« Covenant schaute ihn unter den Brauen finster an, schlug ihm die Bitte aber nicht aus. »Bald wirst du Schwelgenstein verlassen«, sagte Tohrm nach kurzer Pause, »und es mag sein, daß nochmals vierzig Jahre verstreichen, ehe du zurückkehrst. Womöglich werde ich weitere vierzig Jahre lang leben … doch mangelt's dieser Aussicht an Sicherheit. Und ich stehe noch immer in deiner Schuld. Ur-Lord Covenant, darf ich dir ein Geschenk machen?« Er griff unter sein Gewand, holte einen glatten, unsymmetrischen Stein heraus, nicht größer als seine Handfläche, und hielt ihn in die Höhe. Das Aussehen des Steins bestürzte den Streitmark. Er erweckte den Eindruck, als sei er durchsichtig, aber er konnte nicht hindurchsehen, er schien den Blick in unermeßliche Tiefen freizugeben, wie ein Loch im sichtbaren Gewebe von Tohrms Hand, in der Materie von Luft und Erdboden.

»Was ist das?« erkundigte sich Covenant verblüfft.

»Das ist *Orkrest,* ein seltener Brocken vom Einstückfelsen, der das Herz der Erde ist. Die Erdkraft ist darin gegenwärtig, und er kann dir in mancherlei Hinsicht dienlich sein. Wirst du ihn nehmen?«

Covenant stierte den *Orkrest* an, als beabsichtige Tohrm mit seinem Angebot irgendeine Grausamkeit. »Ich will ihn nicht.«

»Ich reiche ihn dir nicht in Anbetracht irgendeines Wollens oder Nichtwollens«, entgegnete Tohrm. »Du besitzt das Weißgold und bedarfst von mir keiner Geschenke. Nein, ich biete ihn dir aus Hochachtung vor meinem alten Freund Birinair an, den du aus dem Feuer befreit hast, das ihn verzehrte. Ich biete ihn dir aus Dankbarkeit für eine tapfere Tat.«

»Tapfer?« meinte Covenant schwerfällig. »Ich hab's nicht seinetwegen getan. Weißt du das nicht?«

»Die Tat ist durch deine Hand geschehen. Niemand im Lande vermöchte so etwas zu vollbringen. Wirst du den Stein annehmen?«

Langsam streckte Covenant einen Arm aus und nahm den Stein. Als er die linke Hand um ihn schloß, wechselte er die Farbe, glomm plötzlich in silbernem Glanz, der ihm aus Covenants Ehering zugeströmt zu sein schien. Covenant schob ihn hastig, als er das sah, in seine Hosentasche. Dann räusperte er sich. »Wenn ich je … sollte ich je Gelegenheit haben …«, sagte er, »geb ich ihn dir zurück.«

Tohrm lächelte breit. »Höflichkeit ist wie ein Trunk aus einem

Bergbach. Ur-Lord, ich ahne in meinem Herzen, daß du jenseits der Gewitterwolken deiner Brauen ein sonderbar höflicher Mensch bist.«

»Jetzt verarschst du mich«, erwiderte Covenant mißmutig. Der Herdwart lachte wie über einen gelungenen Scherz. Mit spritzigmunterem Schritt entfernte er sich, um in die Herrenhöh zurückzukehren. Streitmark Troy runzelte düster die Stirn. Jeder in Schwelgenstein sah anscheinend irgendeine Besonderheit in Covenant, nur er konnte nichts dergleichen bemerken. Um sich weiteren so unerfreulichen Überlegungen zu entziehen, lenkte er Mehryl von Covenants Seite fort und trabte hinüber zu seiner angetretenen Armee. Nach einem kurzen Stück hangabwärts stieß Trutzmark Amorine zu ihm, und gemeinsam besprachen sie sich kurz mit den berittenen Scharwarten, die die Trommeln mitführten. Troy zählte den Takt ab, den er von ihnen geschlagen haben wollte, und vergewisserte sich, daß sie ihn völlig beherrschten. Dieser neue Takt war schneller als der Trommelschlag, den er ihnen ursprünglich beigebracht hatte, und er wollte nicht, daß die Armee ins Bummeln geriet. Insgeheim war er bereits verstimmt wegen der Verzögerung, die das Heer noch aufhielt. Die Sonne war längst aufgegangen; das Kriegsheer hatte die Dämmerung schon verpaßt. Er diskutierte mit dem Trutzmark das Gelände, das sich voraus erstreckte, da durchlief ein Gemurmel die Truppe. Sämtliche Krieger wandten sich der Herrenhöh zu. Endlich waren auch die Lords Trevor und Loerja zur Stelle. Sie standen droben auf dem Turm, der Schwelgensteins Tore bewachte. Zwischen sich hielten sie ein Bündel aus blauem Tuch. Mit dem Erscheinen der Lords auf dem Turm zeigte sich auch die Einwohnerschaft Schwelgensteins an der Südwand der Festung, belegte mit einem Schlag die Balkone, besetzte die Zinnen, füllte die Fenster, drängte sich am Rand des Plateaus. Ihre Stimmen murmelten erwartungsvoll. Streitmark

Hile Troy ließ Amorine beim Heer zurück und ritt wieder auf den Hügel, um sich zu den dort versammelten Lords zu gesellen, während sich Trevor und Loerja damit befaßten, am hohen Fahnenmast auf dem Turm die blaue Fahne zu hissen. Sein Blut wallte auf einmal vor Tatendrang, und er hätte zu gern irgendeinen Kriegsruf ausgestoßen, dem Verächter irgendeine leidenschaftliche Herausforderung hingeschleudert. Als Trevor und Loerja bereit waren, winkten sie Hoch-Lord Elena zu.

Auf das Zeichen hin ließ Elena Myrha ihre Fersen spüren und entfernte sich im Galopp von ihrer berittenen Begleitung. Sie hielt in einiger Entfernung wieder, an einer Stelle zwischen dem Festungswall und der Hauptmasse des Kriegsheers. Sie lenkte Myrha durch einen engen Kreis und schwang den Stab des Gesetzes hoch über ihrem Kopf.

»Heil«, rief sie den Kriegern und den Bewohnern Schwelgensteins zu. Ihr klarer Ruf hallte von der Steilwand wider wie ein Fanfarenstoß, und sofort antworteten zahllose Stimmen in gemeinsamem mitreißendem Aufschrei.

»Heil!«

»Meine Freunde, Menschen des Landes«, rief sie der Menge zu, »die Zeit zu Taten ist da. Der Krieg ist ausgebrochen, und wir müssen uns ihm stellen. Hört mich an, ihr alle! Ich bin der Hoch-Lord, Träger von des Gesetzes Stab, dem Dienst am Lande verschworen und ergeben. Durch meinen Willen ziehen wir aus, um den Grauen Schlächter zu bekämpfen, um im Namen der Erde unsere Kräfte mit ihm zu messen. Hört mich an! Ich bin's, Elena, Tochter Lenas, die euch sagt: Fürchtet euch nicht! Seid starken Herzens und kühn im Handeln. So's in unserer Macht liegt, werden wir obsiegen.« Während sie den Stab schwang, fiel heller Sonnenschein auf sie. Ihr Haar schimmerte rings um sie wie ein Heiligenschein, und der goldbraune Ranyhyn trug sie wie ein Geschenk an den neuen weiten Tag. Für einen Moment sah sie aus wie ein Schlachtopfer, und die Furcht, sie zu verlieren, schnürte Troy so die Kehle zu, daß er zu ersticken glaubte. Aber im aufrechten, entschlossenen Klang ihrer Stimme lag nichts Opferartiges, als sie sich erneut an Schwelgensteins Einwohner wandte. »Doch mißversteht mich nicht. Die Gefahr ist riesig – die gewaltigste Bedrohung unseres Zeitalters ist heraufgezogen. Es mag sein, daß alles, was wir jemals gesehen, gehört oder empfunden haben, untergehen muß. Aber wenn wir leben wollen – wenn das Land leben soll –, müssen wir dem Verächter das Leben nehmen. Diese Aufgabe überstieg sogar die Kräfte der Alt-Lords, die uns vorausgingen. Dennoch sage ich: Seid ohne Furcht! Der Kampf, der uns bevorsteht, ist unsere allergrößte Prüfung, das Maß, das unsere Seelengröße ermessen wird. Zugleich ist er unsere Gelegenheit zur vollkommenen Ausmerzung der Schändung des Landes, die zerstört, was sie liebt. Er ist unsere Gelegenheit, aus dem harten Stein drohenden Unheils Mut, Dienst am Land und Treue zu schlagen. Wenn wir unterliegen, werden wir nicht verzweifeln. Doch ich glaube nicht, daß wir scheitern werden.«

Sie packte den Stab und stieß ihn senkrecht himmelwärts, und aus dem oberen Ende schoß eine helle Flamme.

»Hört mich an, ihr allesamt«, rief sie. »Vernehmt den Weihgesang für des Krieges Zeiten!«

Sie öffnete ihre Kehle und begann ein Lied zu singen, das wie Trommelklang wummerte.

»Freunde! Gefährten!
Stolzes Volk des Landes!
Krieg herrscht,
Blut, Weh und Töten heißt's,
gemeinsam trotzen dem Tod.

Freunde und Gefährten,
gedenkt des Friedens!
Euer Atem hauche den Friedensschwur.
Bis zum Ende von Welt und Zeit
säen wir nicht Zorn noch Verzweiflung,
kennen nicht Haß, Roheit noch Metzeln,
entweihen wir nicht den Dienst am Land.
Kämpft für Einheit, Härtung, Heilung,
Befreiung der Erde von Greueln,
für Wohlstand und Haus, Holz und Stein,
der Schönheit zarte Blume, ihren Glanz,
und Flüsse, hell und klar,
all dem gilt unser Kampf –
und wir werden nicht ruhen,
unsre Häupter nicht senken in Asche und Staub,
nicht Glaub und Herz verlieren, Hoffnung und Bein.

Wir kämpfen das Land frei von Weh und Übeln,
beweisen so unsre Treue.
Laßt kein Übermaß an Bösem Verzweiflung stiften!
Gedenkt des Friedens!
Trotzt dem Tod!
Wir sind des Landes stolze Schatzbewahrer!«

Als sie verstummte, drehte sie Myrha dem Festungsturm zu. Aus dem Stab des Gesetzes ließ sie einen großen, verzweigten Blitz an den Himmel hinaufknistern. Auf dies Zeichen hin warf Lord Loerja das Bündel in die Luft, und Lord Trevor zog kraftvoll an den Leinen des Fahnenmastes. Die stolze Kriegsfahne Schwelgensteins entfaltete sich mit einem Ruck und begann im Wind der Berge zu wehen. Es handelte sich um ein großflächiges Banner, doppelt so hoch wie die Lords, die es hißten, und von hellblauer Färbung, genauso wie das Banner des Hoch-Lords, aber durchzogen mit einem dicken schwarzen Streifen. Als die Fahne zu flattern und zu knattern anfing, brach das Kriegsheer in gewaltigen Jubel aus, in den die Menge an Schwelgensteins Steilwand sofort einstimmte. Hoch-Lord Elena ließ den Stab für einen ausgedehnten Moment lohen. Dann beendete sie die Demonstration ihrer Kraft. Während das Brausen des Beifalls abebbte, schaute sie herüber zur Gruppe von Reitern. »Streitmark Hile Troy«, rief sie mit fester Stimme, »es ist soweit!«

Sofort trieb Troy seinen Ranyhyn Mehryl in die Richtung zum Kriegsheer. Sobald er sich allein vor den Reitern befand, salutierte er hinüber zu seiner Stellvertreterin. »Trutzmark Amorine«, sagte er mit beherrschter Stimme, um seine Erregung zu verheimlichen, »es ist soweit.«

Sie erwiderte seinen Gruß und drehte ihr Reittier dem Heer zu. »Krieger!« brüllte sie. »Achtung!« In einer merklichen Welle von Bewegung nahmen die Krieger Haltung an. »Trommler – fertig!« Die Trommler hoben ihre Schlegel. Als sie ihre rechte Faust emporriß, begannen sie ihren Takt zu hämmern, trommelten gemeinsam den Rhythmus, den Troy ihnen beigebracht hatte. »Krieger – marsch!« Als sie diesen Befehl gab, senkte sie die Faust. Sechzehntausend Krieger begannen zum Klang der Trommeln im Gleichschritt loszuziehen. Troy beobachtete ihre Präzision mit einem Klumpen von Stolz in der Kehle. An Amorines Seite ritt er mit seinem Heer auf der Landstraße zum Fluß. Die übrigen Reiter folgten gleich hinter ihm. Zusammen hielten sie Schritt mit dem Kriegsheer, als es unterm hohen Südwall Schwelgensteins nach Süden marschierte.

13
Die Steingärten am Maerl

Vereint zogen die Reiter und das Heer der Fußtruppen auf der Landstraße zur breiten steinernen Brücke, die ein kurzes Stück südlich des Sees den Weißen Fluß überspannte. Als sie die Brücke zu überqueren begannen, ertönte von den Reitern und Floßbauern auf dem See eine Vielfalt ermutigender Zurufe; aber Streitmark Troy schaute nicht hin. Von der Höhe des Brückenbogens spähte er flußabwärts: dort konnte er die letzten jener Flöße, auf denen Schwertmark Quaans erste zwei Scharen davonschwammen, in einer Flußbiegung außer Sicht verschwinden sehen. Sie machten nur einen kleinen Teil von Troys Streitkräften aus, aber ihr Einsatz hatte eine entscheidende Bedeutung. Auf seinen Befehl hin riskierten sie das Leben – und das Schicksal des Landes hing von ihnen ab. Stolz und gleichzeitig betroffen schaute er ihnen nach, bis sie verschwunden waren, auf ihrem Weg, um das Maß an Blutvergießen kennenzulernen, das er ihnen vorbestimmt hatte. Dann ritt er in innerlicher Zerrissenheit von der Brücke. Dahinter wand sich die Straße nach Süden und schlängelte sich vom hochgelegenen Standort der Herrenhöh hinunter zum rauhen Grasland, das zwischen Schwelgenstein und Trothgard lag. Auf dem Weg durch die Hügel des Vorgebirges zählte Troy die mit dem Heer aufgebrochenen Allholz- und Glutsteinmeister, um sich dessen zu vergewissern, daß das Kriegsheer angemessene Unterstützung durch die *Lillianrill* und *Rhadhamaerl* genoß. Dabei bemerkte er am Schluß der Reitergruppe einen zusätzlichen berittenen Glutsteinmeister. Trell. Der kraftvolle Glutsteinmeister hielt sich im Hintergrund, tat jedoch nichts, um sein Gesicht oder seine Anwesenheit zu verbergen. Dennoch bereitete sein Anblick Troy eine Anwandlung von Unruhe.

Er blieb zurück und wartete auf den Hoch-Lord, winkte die anderen Reiter vorbei. »Weißt du, daß er uns begleitet?« fragte er Elena mit gedämpfter Stimme. »Hat er dein Einverständnis?«

Hoch-Lord Elena begegnete ihm mit einem Blick stummer Fragestellung, auf den er mit einem Nicken hinüber zu Trell antwortete. Zugleich mit Elena hatte Covenant sein Reittier angehalten, und angesichts von Troys Nicken schaute er sich um. Als er den Glutsteinmeister sah, stöhnte er auf. Die Mehrzahl der Reiter war inzwischen an Elena, Troy und Covenant vorüber, und Trell bemerkte nun, daß das Trio ihn ins Augenmerk genommen hatte. Er hielt ebenfalls an – noch zwanzig Meter entfernt – und erwiderte Covenants Blick mit einer Miene noch wunder, ungeminderter Gekränktheit. Einen Moment lang verharrten alle reglos, musterten einander eindringlich. Dann stieß Covenant einen unterdrückten Fluch aus, packte die Zügel seines Tiers und ritt die Straße hinauf zu Trell.

Bannor machte Anstalten, sich dem Zweifler anzuschließen, aber Hoch-Lord Elena hinderte ihn mit einer raschen Geste daran. »Er braucht keinen Schutz«, sagte Elena ruhig. »Beleidige Trell nicht mit deinem Zweifel.«

Covenant stoppte vor Trell, und die beiden Männer starrten sich an. Dann sagte Covenant etwas. Troy konnte die Äußerung nicht verstehen; der Glutsteinmeister beantwortete sie mit dem rot umränderten Blick eines Bluthunds. Unter seinem Gewand wogte seine breite Brust, als keuche er mühsam. Seine Antwort war ebenfalls unverständlich. In Trells Gliedmaßen stak bezähmte Gewaltsamkeit, die um Handlungsfreiheit rang; Troy sah deutlich, wie sehr sich der Glutsteinmeister zusammenreißen mußte. Er verstand Elenas Versicherung nicht, Covenant sei ungefährdet. »Was hat Covenant gesagt?« flüsterte er ihr zu, während er die zwei Männer beobachtete.

Elena antwortete, als sei jeder Irrtum ausgeschlossen. »Der Ur-Lord verspricht, mir nichts anzutun.«

Troy verspürte Überraschung. Er hätte gerne gewußt, wieso sich Covenant dazu veranlaßt sah, Trell ein solches Versprechen zu geben, aber ihm fiel keine diskrete Art und Weise ein, wie er sich nach der Verbindung zwischen Elena und Trell erkundigen konnte. »Was hat Trell erwidert?« fragte er statt dessen.

»Trell glaubt dem Versprechen nicht.«

Insgeheim gratulierte Troy Trell zu seinem gesunden Menschenverstand. Im nächsten Moment trieb Covenant sein Pferd erneut an und trabte die Straße wieder hinab. Mit der freien Hand zupfte er sich heftig am Bart. Ohne Elena anzusehen, zuckte er bedrückt die Achseln. »Naja, er hat guten Grund«, meinte er. Dann drängte er sein Pferd in einen Handgalopp, um die anderen Reiter einzuholen.

Troy wollte auf Trell warten, aber der Hoch-Lord nahm ihn sehr entschieden mit, als er sich Covenant anschloß. Aus Respekt vor dem Glutsteinmeister blickte Troy sich nicht um. Aber als das Kriegsheer zur Mittagszeit den Marsch unterbrach, um zu rasten und zu essen, sah Troy, daß Trell in Gesellschaft der übrigen *Rhadhamaerl* aß. Zu diesem Zeitpunkt hatte der Heerwurm sich aus den Hügeln des Vorgebirges gewunden und lagerte daher im weniger schwierigen Gelände des Graslands westlich vom Weißen Fluß. Bis jetzt war das Marschtempo gehalten worden. Aber einen Tagesmarsch beeinflußten viele Faktoren. Der Streitmark verbrachte einen Teil des Nachmittags im Gespräch mit Trutzmark Amorine, diskutierte mit der Frau, wie man die Häufigkeit und jeweilige Dauer der Marschpausen mit so variablen Größen wie Terrain, schon zurückgelegter Strecke und dem Stand der Vorräte abstimmen könne.

Ihm lag daran, sie zu selbständigem Handeln in seiner Abwesenheit zu qualifizieren. Er war froh, über seinen Schlachtplan reden zu können; er war auf ihn stolz, als handele es sich um ein Werk von objektiver Schönheit. Nach aller Überlieferung des Landes pflegten Geschlagene sich in den Unheilswinkel zu flüchten, aber er beabsichtigte, jenen Ort in eine Stätte des Sieges zu verwandeln. Sein Plan bestand aus der Art waghalsigen strategischen Entscheidungsschlags, die nur ein Blinder ersinnen konnte. Aber nach einer Weile reagierte Amorine auf seine Darlegungen, indem sie hinüber zum Heer wies und eine verdrossene Äußerung machte. »Ein Tag mit solcher Geschwindigkeit ist keine sonderliche Leistung. Selbst fünf Tage möchten einen tüchtigen Krieger nicht übers Maß ermatten. Doch zwanzig oder dreißig Tage … bei solcher Dauer kann diese Geschwindigkeit Leben kosten.«

»Ich weiß«, erwiderte Troy nachdenklich. Seine Betroffenheit kehrte schlagartig zurück. »Aber wir haben nun einmal keine Wahl. Selbst wenn wir das Tempo durchhalten, dürften zu viele Krieger und Bluthüter dabei fallen, uns die Zeit zu erkämpfen, die wir für den Marsch brauchen.«

»Ich höre deine Worte«, brummte Amorine. »Wir werden die Geschwindigkeit durchhalten.«

Als das Heer sich zur Nacht gelagert hatte, wanderten Mhoram, Elena und Amatin zwischen den hellen Lagerfeuern dahin, sangen Lieder und erzählten heitere Riesen-Geschichten, um die Herzen der Krieger zu stärken. Während er zuhörte, empfand Troy lebhaftes Bedauern darüber, daß lange Tage verstreichen sollten, bevor die Lords Amorine erneut dabei helfen konnten, die Moral des Kriegsheers zu festigen. Aber die Trennung war unvermeidlich. Hoch-Lord Elena hatte mehrere Gründe, um die Schule der Lehre aufzusuchen. Aber Schwelgenholz lag nicht auf der Marschroute; und ein Umweg konnte den Fußtruppen nicht auch noch zugemutet werden. Infolgedessen trennten sich am folgenden Nachmittag die Wege der Lords und des Kriegsheers. Die drei Lords, begleitet von Covenant, Troy, ihrer Leibwache von zwanzig Bluthütern und den Lehrwarten, nahmen die südwestliche Landstraße nach Trothgard und Schwelgenholz. Trutzmark Amorine führte das Kriegsheer mitsamt den berittenen Allholz- und Glutsteinmeistern unterdessen in fast genau südliche Richtung, in direkter Linie auf den Unheilswinkel zu. Troy hatte an der Schule der Lehre eigene Angelegenheiten zu erledigen, aus denen er dazu gezwungen war, das Heer zeitweilig Amorines alleinigem Befehl zu unterstellen. An diesem Nachmittag verdunkelte sich der herbstliche Himmel von Regenwolken, die schwerfällig ostwärts zogen. Als Troy dem Trutzmark seine letzten Instruktionen erteilte, war seine Sicht bereits getrübt; er mußte durch einen unheilvollen mentalen Nebel spähen. »Sorg dafür, daß das Marschtempo beibehalten wird«, ordnete er kurz und knapp an. »Treib's in die Höhe, wenn ihr das leichtere Gelände hinterm Grauen Fluß erreicht. Wenn ihr dort ein wenig Zeit herausschindet, brauchen wir uns nachher bei den letzten Hügeln nicht so abzuhetzen. Wenn die Bluthüter, die der Hoch-Lord vorausgeschickt hat, anständige Arbeit leisten, müßtet ihr unterwegs ausreichend mit Nachschub beliefert werden. In den Mittlandebenen stoßen wir wieder zu euch.« Im Bewußtsein der Probleme, vor denen der Trutzmark stand, klang seine Stimme nach Gezwungenheit. Amorine bestätigte seine Anweisungen mit einem Nicken, das ihre veteranenmäßige Entschlossenheit ausdrückte. Schwacher Regen hatte eingesetzt. Troys Sicht trübte sich so stark, daß er in der Masse des Heers nicht länger einzelne Gestalten erkennen konnte. Er entbot dem Trutzmark einen eckigen Gruß, und Amorine ritt weiter, um die Krieger von der Straße ins offene Land zu führen. Die Lords und Lehrwarte schickten ihr einen einmütigen Ruf der Ermutigung hinterdrein, in den Troy allerdings nicht einstimmte. Er lenkte Mehryl auf die Höhe eines kahlen Hügels und wartete dort, das Schwert mit dem Ebenholzgriff in den Nieselregen emporgereckt, bis die gesamte Länge des Heerwurms unter ihm wie ein Schatten im Nebel vorübergezogen war. Er sagte sich, daß das Kriegsheer nicht ohne ihn in die Schlacht gehen mußte – daß seine Krieger nur eine Strecke weit ohne ihn marschieren mußten, bis er sich wieder an ihre Spitze stellte. Doch das beruhigte ihn nicht. Das Kriegsheer war sein Werkzeug, sein Mittel zum Dienst am Lande; und als er sich zu den anderen Reitern gesellte, fühlte er sich irgendwie abgenabelt, unbeholfen, fast verstümmelt, und ihm war zumute, als hielten nur die geschmeidigen Bewegungen des Ranyhyn ihn im Gleichgewicht. Für den Rest des Tages ritt er im Mantel der altbekannten Einsamkeit des Blinden dahin. Der Nieselregen fiel während des ganzen Nachmittags, die ganze Nacht hindurch und auch in der meisten Zeit des nächsten Tages. Trotz der aufgetürmten Dichte der Wolken fehlte dem Regen Wucht; aber der Sonnenschein drang nicht durch, und infolgedessen quälte sie Troy mit der Trübung seiner Sicht. Mitten in der Nacht, in nasse Decken gehüllt, die sich wie Leichentücher um ihn schlangen, schreckte ihn die wilde, ansatzweise Überzeugung hoch, der Himmel werde gleichermaßen verhangen sein, wenn er am Unheilswinkel zur Schlacht antrat. Er brauchte Sonnenschein, klare Sichtverhältnisse. Wenn er nicht sehen konnte …! Er stand in depressiver Stimmung auf und erlangte seine übliche Zuversicht nicht zurück, bis der Wind die Regenwolken nach Osten fortblies und die Sonne sich wieder zeigte.

Noch bevor am nächsten Tag die Hälfte des Vormittags verstrich, kamen die Lords und ihre Begleitung in Sichtweite des Maerl. Nach der Trennung vom Kriegsheer waren sie schneller vorangekommen, und als sie den Fluß erreichten, der die Nordgrenze Trothgards bildete, lag bereits die halbe Strecke nach Schwelgenholz hinter ihnen. Der Maerl floß von Höhen des Westlandgebirges herab, zuerst nach Nordosten, dann in den Südosten, bis er in den Grauen Fluß mündete und – mit ihm vereint – nach Osten in den Seelentrostfluß strömte. Jenseits des Maerl lag die Region, in der die Lords ihre Anstrengungen konzentrierten, die darauf abzielten, die durch Schändung und Krieg entstandenen Verwüstungen zu heilen. Seit den letzten Jahren der Zeit Kevin Landschmeißers hatte Trothgard den Namen Kurash Plenethor getragen, Trümmersteingau, bis die neuen Lords nach der Schändung erstmals den Friedensschwur ablegten und den Landstrich umbenannten. Damals war diese Gegend vollständig versengt und zerborsten worden. Dort hatte die letzte große Schlacht zwischen den Lords und dem Verächter stattgefunden und das Gebiet verbrannt, zerspellt, in verschmortem Blut getränkt zurückgelassen, fast völlig verödet, nahezu ohne fruchtbares Erdreich. In einigen alten Sagen hieß es, der Kurash Plenethor habe nach dem Endkampf noch hundert Jahre lang gestöhnt und geraucht. Und noch vor vierzig Jahren war der Maerl lehmig von zersetztem, unfruchtbarem Schlamm gewesen. Nun jedoch sah man nur noch Spuren von Schlick in der Strömung. Trotz aller Begrenztheit ihrer Erkenntnisse hatten die Lords aus dem Zweiten Kreis des Wissens viel über die Nährung geschädigter Erde gelernt, und daher wies der Maerl heute bloß noch geringfügige Verunreinigungen auf. Infolge jahrhundertelanger Erosion floß er durch ein Flußbett, das einer Spalte quer durchs Land glich. Aber dieser ursprünglich schroffe Riß war inzwischen an den Seiten durch tief eingewurzeltes Gras und Gesträuch sanfter gestaltet, und Bäume, die von Gesundheit strotzten, reckten ihre Äste aus dem schluchtartigen Flußtal. Der Maerl war wieder ein lebendiger Strom. Die Reiter hielten für eine Weile am Rand der Schlucht, um freudig hinabzuschauen. Elena, Mhoram und Amatin sangen gemeinsam mit leisen Stimmen einen Teil des Schwurs der Lords. Dann galoppierten alle den Hang hinunter und durch die zur Landstraße gehörige Furt, so daß die Hufe der Ranyhyn ein lautes, lustiges Geplatsche erzeugten, während sie nach Trothgard übersetzten. Die Region lag zwischen dem Westlandgebirge und den Flüssen Maerl und Rill sowie dem Grauen Fluß. In diesem Umkreis sah man überall die Resultate der Fürsorge, die die Lords dieser Gegend angedeihen ließen, sah sie in allem. Generationen von Lords hatten den Trümmersteingau in ein gesundes, kraftvolles Waldgebiet verwandelt, eine weiträumige Hügellandschaft aus Wäldern, Lichtungen und Tälern. Grasbewachsene Hänge leuchteten lebhaft von kleinen Blumen in Blau und Gelb. Beiderseits der Reiter, Dutzende von Längen weit nach Süden und Westen, erstreckten sich üppige *Aliantha* und hohes Gras, durchsetzt von goldfarben belaubten Güldenblattbäumen und anderen Baumbeständen, Kirsch- und Apfelbäumen und Linden, gewaltigen Eichen, Ulmen und Ahorn, alle gekleidet in herbstliche Pracht. Und die Luft, die noch jahrzehntelang nach der Schlacht vom Krachen und Kreischen des Krieges gehallt hatte, war nun so klar und rein, daß sie von Vogelstimmen zu gleißen schien.

Das waren die Dinge, die Troy als erste erblickt hatte, als sein Sehen anfing; sie hatte Elena benutzt, um ihn die Bedeutung des Sehens zu lehren. Während Troy jetzt auf Mehryls Rücken in hellem Sonnenschein durch Trothgards lichtvolle Umgebung ritt, fühlte er sich so sorgenfrei, wie er sich schon seit langem nicht hatte fühlen können. Indem die Lords und ihre Begleiter in den frühen Nachmittag hineinritten, begann die Landschaft ringsum sich anders zu zeigen. Unter den Bäumen und im Gras ließen sich Stapel aufgetürmter Steine sehen; aus dem Untergrund ragten schroffe Findlinge auf, mehrmals so hoch wie die Reiter, und überall sah man kleinere, mit Moos und Flechten bewachsene Steine liegen. Nicht lange, und die

Gruppe schien durch den uralten Schutt eines auseinandergebrochenen Bergs zu reiten, eines hohen, zerklüfteten Gipfels, der sich aus den Hügeln des Kurash Plenethor erhob, bis irgendeine ungeheure Gewalt ihn in Stücke zerschmettert hatte. Sie näherten sich den Steingärten am Maerl. Troy hatte sich nie die Zeit zur Besichtigung der Steingärten genommen, obwohl er wußte, daß sie die Örtlichkeit sein sollten, wo die besten *Rhadhamaerl*-Kunstmeister der *Suru-pa-maerl* ihre herausragendsten Werke schufen. In den vergangenen Jahren war er oft auf dieser Landstraße durch das Felsengewirr geritten; trotzdem wußte er nicht, wo die Steingärten selbst eigentlich begannen. Daher konnte er auch nun lediglich feststellen, daß immer mehr Steintrümmer herumlagen oder aus dem Gras ragten, aber keine auffälligen Merkmale oder Eingrenzungen erkennen, bis die Reiter schließlich eine Hügelkuppe oberhalb eines weiten Tals überquerten. Da erst war er endlich sicher, daß sie sich in einem Steingarten befanden. Die meisten der langgestreckten, steilen Hänge rings um das Tal waren dicht an dicht mit Steinen bedeckt, als sei das Tal einst das Herz des uralten, inzwischen geborstenen Berggipfels gewesen. An allen Seiten lagen dichtgedrängt Steine und wuchtige Felsbrocken, hoben sich in großen Stapeln oder als einzelne schwere Findlinge von den Hängen ab, und der einzige von Steinen freie Untergrund im Tal war in der Tat die Landstraße. Keiner dieser Steine und Felsklötze war geschliffen, behauen oder sonst irgendwie bearbeitet worden, doch sahen einzelne, verstreute Steine und Steinhaufen so aus, als habe man sie von ihrer Schicht aus Moos und Flechten gesäubert. Alle Steine und Felsen waren anscheinend nach ihrer naturgegebenen Groteskheit ausgesucht worden. Statt einfach auf dem Untergrund zu stehen oder zu liegen, sprangen sie vor, bildeten Keile, drohten düster, kauerten da, glotzten, bäumten sich auf, duckten sich und bliesen sich auf wie eine verrückte, zusammengedrängte Horde von Troglodyten, zutiefst entsetzt oder ekstatisch begierig nach frischer Luft. Auf ihrem Verlauf durchs Tal wand die Straße sich durch ihre seltsamen Umrisse dahin wie durch einen gräßlichen Wald; auf dem Weg talabwärts befanden sich die Reiter ständig im Schatten der einen oder anderen zermarterten Gestalt. Troy wußte, daß diese staunenswerten Haufen an den Abhängen keine natürliche Anordnung hatten; sie waren von Menschen so verteilt worden, aus Gründen, die er nicht begriff. Während seiner vorherigen Durchquerungen war er nie interessiert genug gewesen, um nach der Bedeutung zu fragen. Deshalb erhob er nun keine Einwände, als Hoch-Lord Elena vorschlug, die Reisegesellschaft solle einen bestimmten Punkt aufsuchen, um das ausgedehnte Werk aus geeignetem Abstand zu betrachten. Hinter der grasbewachsenen Tiefe des Tals stieg ein anderer Hügel an, noch steiler und höher als der auf der anderen Seite; die Landstraße bog nach links ab, blieb jedoch auf dem Grund des Tals, führte am flachen Hügel vorbei. Elena schlug vor, daß die Reiter sich auf die letztere Anhöhe begeben sollten, um von oben über den Garten auszuschauen. Sie sprach zu ihrer gesamten Begleitung, doch ruhte ihr Blick dabei auf Covenant. Als er mit einem nichtssagenden Schulternheben reagierte, verfuhr sie, als habe er für sämtliche Reiter Zustimmung geäußert. Die Vorderseite des Hügels war für Pferde zu steil, also wandten sie sich nach rechts und trabten durchs Tal, bis sie eine Stelle fanden, wo sie die Reittiere vom Weg ab und von hinten auf die Höhe lenken konnten. Unterwegs begann Troy gelinde Erwartung zu verspüren. Die eifrige Bereitschaft des Hoch-Lords, Covenant die Aussicht zu zeigen, machte sie auch für ihn interessant. Er entsann sich an andere Überraschungen – zum Beispiel die Halle der Geschenke, der er kein Interesse entgegenbrachte, bis Mhoram ihn praktisch hineingeschleppt hatte. Auf seiner Kuppe lief der Hügel in einer kahlen Erhebung zu. Die Reiter ließen ihre Pferde stehen und legten das letzte Stück zu Fuß zurück. Sie entwickelten Eile, von Elenas Stimmung angesteckt, und erreichten die Hügelkuppe binnen kurzem.

Der Steingarten lag im Tal unter ihren Blicken ausgebreitet, ähnlich wie ein Flachrelief. Aus diesem Abstand konnte man deutlich erkennen, daß all die scheinbar wahllos aufgehäuften Steine und Felsen gemeinsam ein Muster bildeten. Die Erbauer des Gartens hatten aus gequältem Stein ein riesiges Antlitz geschaffen – eine breitflächige Miene mit knotig-knorrigen, verzerrten Gesichtszügen. Die Unregelmäßigkeit des Gesteins ließ das Angesicht beulig und gequetscht wirken; die Augen waren so zerfurcht wie tiefe Wunden, und die Landstraße schnitt hindurch wie eine Narbe ohne Ende. Aber trotz alldem war das Gesicht zu einem Lächeln unermeßlicher Heiterkeit verzogen. Dieser unvermutete Anblick veranlaßte Troy zu einem gedämpften, aber ehrlich frohen Auflachen. Obwohl die Lords und Lehrwarte den Garten allem Anschein nach schon kannten, spiegelten ihre Mienen ausnahmslos Freude wider, als übertrage sich ihnen das fröhliche Lächeln. Hoch-Lord Elena faltete die Hände, um eine heftige Anwandlung von ausgelassenem Frohsinn zu meistern, und Lord Mhorams Augen glitzerten in intellektuellem Vergnügen.

Nur Covenant lächelte nicht, er nickte nicht einmal, zeigte keinerlei Anzeichen von Freude. Seine Miene war so schauerlich wie das Wrack eines Schiffs. Seine Augen behielten ihren eigenen verhärmten Blick bei, und seine Rechte fummelte auf eine Weise an seinem Ehering, die das Fehlen der zwei Finger geradezu herausstellte. »Na«, brabbelte er nach einem Weilchen ins Murmeln seiner Begleiter, »die Riesen müssen ja stolz auf euch sein.« Sein Ton war zweideutig, als versuche er zwei gegensätzliche Dinge zugleich auszusprechen. Aber seine Erwähnung der Riesen überschattete augenblicklich alles, was er anderes gemeint haben mochte. Lord Amatins Lächeln schwand schlagartig, und unter Mhorams Brauen begann sein Blick plötzlich die Miene des Zweiflers eindringlich zu erforschen. Elena trat zu Covenant, offenbar mit der Absicht, irgend etwas zu sagen, aber er sprach weiter, ehe sie dazu kam. »Ich habe mal eine Frau gekannt, die so aussah.« Er bemühte sich um einen gleichmütigen Ton, aber seine Stimme entglitt ständig seiner Beherrschung. »Im Leprosorium.« Innerlich stöhnte Troy auf, aber er nahm sich zusammen. »Sie war schö… das heißt, zu der Zeit kannte ich sie ja nicht. Und sie hatte keine Bilder von sich dabei, oder falls doch, zeigte sie sie jedenfalls nicht herum. Ich glaube, sie konnte es nicht einmal noch ertragen, in den Spiegel zu blicken. Aber die Ärzte haben mir erzählt, daß sie früher schön war. Sie hatte ein Lächeln … selbst als ich sie kennenlernte, hatte sie's noch. Es sah genauso aus.« Er nickte in die Richtung des Steingartens, aber ohne hinzusehen. Er konzentrierte sich voll auf seine Erinnerung. »Sie war ein klassischer Fall.« Mit der Zeit geriet sein Ton immer rauher und bitterer. Er sprach jedes Wort so sorgsam aus, als hätte es scharfe Kanten. »Sie war der Leprose als Kind ausgesetzt worden, auf den Philippinen oder so – ich vermute, ihre Eltern waren mit dem Militär dort –, und kurz nach ihrer Hochzeit holte die Lepra sie ein. Ihre Zehen starben ab. Da hätte sie sofort zum Arzt gehen müssen, aber sie tat's nicht. Sie gehörte zu dieser Sorte Menschen, die man bei nichts stören kann. Sie war nicht dazu imstande, genug Zeit vom Zusammensein mit ihrem Ehemann und den Freunden abzuzweigen, um sich über kalte Zehen Gedanken zu machen. Deswegen verlor sie dann die Zehen. Als sie solche Krämpfe in den Füßen bekam, daß sie kaum noch gehen konnte, suchte sie endlich einen Arzt auf, und der fand schließlich heraus, was mit ihr nicht stimmte, und schickte sie ins Leprosorium, wo die Ärzte die Zehen amputierten. Das bereitete ihr natürlich Schwierigkeiten – ohne Zehen kann man schlecht laufen –, aber sie war nicht zu bremsen. Nach kurzer Zeit war sie wieder bei ihrem Mann. Allerdings durfte sie keine Kinder bekommen. Es ist ganz einfach verbrecherische Dummheit von Lepraleidenden, die's ja besser wissen, Kinder zu kriegen. Ihr Mann sah das ein – aber er wollte nun einmal Kinder, deshalb verhielt er sich konsequent und verließ sie. Das tat ihr weh, aber sie überstand's. Binnen kurzer Zeit hatte sie wieder Arbeit, neue Freunde, führte ein neues Leben. Und landete wieder im Leprosorium. Diesmal waren zwei Finger taub. Das kostete sie die Stellung. Sie war Sekretärin und brauchte ihre Finger. Und natürlich mochte ihr Chef keine Leprakranken in seinem Laden. Aber sobald die Krankheit nochmals zum Stillstand gebracht worden war, lernte sie, ohne die beiden toten Finger zu tippen. Sie zog in eine andere Gegend, fand wieder neue Arbeit, neue Freunde, und lebte weiter, als wäre nichts passiert. Ungefähr zu dem Zeitpunkt – so hat man's mir jedenfalls erzählt – entdeckte sie eine Vorliebe für Volkstänze. Während sie als Kind mit ihren Eltern auf Reisen gewesen war, hatte sie darüber einiges in Erfahrung gebracht, und nun machte sie ausgerechnet so was zu ihrem Hobby, das war ihre neue Art und Weise, Freunde zu gewinnen, ihnen zu zeigen, daß sie sie mochte. Mit ihren prächtigen Kleidern und ihrem Lächeln war sie …« Seine Stimme versagte, aber er sprach fast augenblicklich weiter. »Aber zwei Jahre später saß sie wieder im Leprosorium. Sie hatte ja keine besonders gute Standfestigkeit, weil die Zehen fehlten, und infolgedessen fiel sie zu häufig hin. Und nahm zuwenig vom Medikament. Diesmal verlor sie das rechte Bein unterhalb des Knies. Ihr Sehvermögen ließ nach, und ihre rechte Hand war ziemlich stark verkrüppelt. In ihrem Gesicht bildeten sich Knoten, und die Haare fielen ihr aus. Sobald sie gelernt hatte, auf ihrer Prothese herumzuhumpeln, legte sie mit Volkstanzkursen für Leprakranke los. Die Ärzte behielten sie lange in Behandlung, aber sie überredete sie letzten Endes dazu, sie wieder zu entlassen. Sie schwor, fortan besser auf sich achtzugeben. Sie habe ihre Lehren gehabt, sagte sie, und würde nicht wiederkommen. Für lange Zeit kam sie auch nicht. Aber keineswegs aus dem Grund, weil sie's nicht nötig gehabt hätte. Sie vermoderte Stück um Stück. Als ich sie kennenlernte, war sie schließlich doch wieder im Leprosorium untergebracht, weil ein Pflegeheim sie auf die Straße gesetzt hatte. Nichts war von ihr übriggeblieben als ihr Lächeln. Ich habe mich oft in ihrem Zimmer aufgehalten, bin bei ihr gesessen, während sie dort in ihrem Bett lag ... habe mir angehört, was sie zu erzählen hatte. Ich wollte versuchen, mich an den Gestank zu gewöhnen. Ihr Gesicht sah aus, als schlügen die Ärzte jeden Morgen mit Knüppeln darauf ein, aber noch zeigte es ihr Lächeln. Freilich, ihre Zähne waren größtenteils ausgefallen ... aber ihr Lächeln war unverändert geblieben. Sie bemühte sich, mir Volkstänze beizubringen. Ich mußte mich hinstellen, wo sie mich sehen konnte, und dann erklärte sie mir, wie ich die Füße zu setzen, wann ich zu hüpfen, wie ich die Beine zu bewegen hatte ...« Wieder erstickte seine Stimme. »Und dazwischen erzählte sie mir stundenlang, was für ein erfülltes Leben sie geführt habe. Sie muß knapp vierzig Jahre alt gewesen sein.« Plötzlich bückte er sich, packte einen Stein und schleuderte ihn mit aller Kraft hinunter ins Grinsen des Steingartengesichts. Der Wurf geriet viel zu kurz, aber er schenkte dem Stein, als er ins Tal hinabrollte, keine Beachtung, sondern wandte sich ab. »Falls ich je ihren Mann in die Finger kriege«, raunzte er heiser, »dreh' ich ihm den verdammten Hals um.« Er verließ die Hügelkuppe und stieg hinab zu den Pferden. Gleich darauf saß er wieder auf seinem Tier und galoppierte zurück zur Straße. Dicht hinter ihm folgte Bannor.

Troy atmete tief ein und versuchte, die Wirkung von Covenants Erzählung abzuschütteln, doch er wußte nichts zu sagen. Als er Elena sah, bemerkte er, daß sie auf geistiger Ebene mit Mhoram und Amatin verschmolzen war, als bedürfe sie deren Stärkung, um ertragen zu können, was sie gehört hatte. »Ur-Lord Covenant«, sagte Mhoram einen Moment später laut, »ist ein Prophet.«

»Sagt er das Schicksal des Landes voraus?« erkundigte sich Amatin gequält.

»Nein!« Elena verlieh ihrer Verneinung leidenschaftlichen Nachdruck.

»Nein«, antwortete auch Mhoram, aber leiser. Doch Troy hörte heraus, daß Mhoram etwas anderes meinte. Damit endete der geistige Kontakt der Lords, und sie kehrten zurück zu den Pferden. Bald darauf befand die Reitergruppe sich wieder auf der Landstraße und folgte Covenant in die Richtung nach Schwelgenholz.

Während des restlichen Nachmittags war Troy durch die Reaktion der Lords auf Covenants Verhalten zu aufgewühlt, um den Ritt ruhig genießen zu können. Am folgenden Tag fiel ihm jedoch ein Mittel ein, um seinen unklaren Mißmut zu lindern. Er malte sich in allen Einzelheiten den gesonderten Vormarsch des Kriegsheers aus – der Bluthüter, die mit Lord Callindrill ritten, der Reiterscharen auf ihren Flößen und dann im Galopp, der Krieger, die hinter Amorine marschierten. Auf seiner geistigen Landkarte zeichneten diese verschiedenen Vorstöße sich durch planmäßige Symmetrie aus, die ihm auf grundlegende Weise Freude bereitete. Nach nicht allzu langer Zeit begann er sich wohler zu fühlen. Auch Trothgard half ihm dabei.

Südlich der Steingärten war der Mantel aus Erdreich, der das Land bedeckte, dicker und fruchtbarer, so daß aus dem Gras und den Blumen der Hügel, die die Truppe durchquerte, nirgends länger bloßer Stein ragte. Statt dessen wuchsen überall Gestrüpp und breite Streifen an Baumbestand, lockerten die Hänge auf und betonten in andächtigem Schwung den Verlauf der Täler und Mulden im Gelände. Unterm lichten Himmel und in der herbstlichen Wohltat Trothgards konnte Troy seine Unsicherheit bezüglich Covenants in den Hintergrund seines Bewußtseins abschieben wie einen Alptraum. In dieser Stimmung beschäftigte ihn nicht einmal das Problem der Kommunikation noch. Normalerweise hätte ihn die Unmöglichkeit, mit Quaan Verbindung aufzunehmen, noch mehr gesorgt als die Ungewißheit darüber, was aus Koriks Mission geworden war; aber er befand sich unterwegs nach Schwelgenholz. Hoch-Lord Elena hatte ihm versprochen, daß man sich an der Schule der Lehre mit seinem Problem befaßte. Er blickte der Chance, daß die Schüler des Stabwissens für ihn eine Lösung gefunden hatten, hoffnungsvoll entgegen. Am Abend dieses Tages war er wieder dazu in der Lage, am Gesang und an den Geschichten, von den Lords am Lagerfeuer vorgetragen, seine Freude zu haben. Mhoram allerdings blieb stumm und zeigte Zurückhaltung, und Covenant stierte düster und wortkarg in die Glut des Feuers. Hoch-Lord Elena dagegen war geradezu spritzig gutgelaunt. Gemeinsam mit Amatin verbreitete sie eine vergnügliche, heitere Stimmung unter den Reisenden, bis selbst die ernstesten Lehrwarte eine gewisse Lokkerheit entfalteten. Troy fand, daß Elena noch nie wundervoller ausgesehen hatte. Dennoch suchte er die Blindheit seiner Lagerstatt mit einem Schmerz im Herzen auf. Es ließ sich nicht leugnen, daß Elena ihren Geistreichtum nicht für ihn bemühte, sondern um Covenants willen. Er schlief sofort ein, wie um seiner Sichtlosigkeit zu entfliehen. Doch in der finstersten Stunde der mondlosen Nacht weckten ihn scharfe Stimmen und das Stampfen von Hufen. In der nebelhaft trüben Helligkeit, die von der Glutasche ausging, erspähte er mitten im Lager einen Bluthüter auf einem Ranyhyn. Der Ranyhyn dampfte in der kühlen Luft; er war feurig galoppiert, um die

Lords zu erreichen. Blutmark Morin und Lord Mhoram standen schon bei dem Ankömmling; der Hoch-Lord eilte gerade von seiner Schlafstatt herbei, gefolgt von Lord Amatin. Troy warf einen Armvoll Reisig in die Restglut des Feuers. Das plötzliche Aufflammen gewährte ihm eine bessere Ansicht des Bluthüters. Der Schmutz harten Kampfes hatte ihm das Gesicht mit Streifen verschmiert, und zwischen den Rissen seines Gewands sah man Flecken geronnenen Bluts. Er stieg langsam ab, als zögere er oder sei erschöpft.

Troy fühlte sein Gleichgewicht plötzlich ins Wanken geraten, als durchfahre den Ast, auf dem er seinen waghalsigen Dienst am Lande verrichtete, unvermittelt ein Ruck. Er erkannte den Bluthüter. Es war Runnik, einer der Angehörigen von Koriks zur Wasserkante aufgebrochener Entsatztruppe.

14
Runniks Bericht

Einen Moment lang fuchtelte Troy mit den Armen, bis er die Balance wiedererrungen hatte. Runnik durfte nicht hier sein; er kam viel zu früh. Seit dem Aufbruch von Koriks Mannschaft waren erst dreiundzwanzig Tage verstrichen. Nicht einmal der kraftvollste Ranyhyn konnte in diesem Zeitraum bis zur Wasserkante und wieder zurück galoppieren. Folglich bedeutete Runniks Ankunft … sie bedeutete … »Was ist passiert?« hörte Troy sich mit gepreßter Stimme fragen, noch ehe der Hoch-Lord den Mund öffnen konnte. »Was ist passiert?«

Aber Elena hielt ihn mit einem harschen Zuruf zurück. Er begriff, daß sie die Bedeutsamkeit von Runniks Erscheinen erkannte. Sie stand mit hitziger Miene da, den Stab des Gesetzes fest auf den Untergrund gestemmt. An ihrer Seite wirkte Covenant, als habe ihn Übelkeit befallen, als sei ihm jetzt schon schlecht von dem, was er zu hören erwartete. An ihm war in diesem Augenblick etwas von einem Menschen, der wissen wollte, ob er an einer tödlichen Krankheit litt oder nicht. »Sind sie tot?« rasselte seine Stimme dem Bluthüter entgegen.

Runnik ignorierte sowohl Covenant wie auch Troy. Zuerst nickte er Blutmark Morin zu, dann verneigte er sich knapp vorm Hoch-Lord. Trotz seiner Ausdrucksarmut verriet sein Gebaren einen gewissen Widerwillen, zeugte von einem Zögern, das Troy aus unheilvoller Erwartung aufstöhnen ließ.

»Sprich, Runnik!« befahl Elena streng. »Welche Nachricht bringst du uns?«

»Sprich«, bekräftigte sofort nach Elena Blutmark Morin, »auf daß die Lords deine Kunde vernehmen.«

Aber Runnik begann noch immer nicht. In der Tiefe seines oberflächlich gleichmütigen Blicks war gerade noch ein Schmerz erkennbar – eine tief eingefressene Pein, wie Troy sie bei einem Bluthüter nie zu sehen erwartet hatte. »Gütiger Gott«, flüsterte er. »*Wie* schlimm steht's denn?«

Dann ergriff Lord Mhoram das Wort. »Runnik«, sagte er leise, »der Entsatz der Wasserkante ist in die Hände der Bluthüter gelegt worden. Eine heikle Aufgabe, denn euer Eid zwingt euch, den Schutz der Lords über alles andere zu stellen. Kein Vorwurf trifft dich, sollten euer Auftrag und der Eid miteinander in Widerstreit geraten sein, sollte es sich ergeben haben, daß eine Pflicht zurückstehen mußte. Es kann an den Bluthütern keinen Zweifel geben, welches Unheil dich auch so abgekämpft in dieser mondlosen Stunde zu uns bringen mag.«

Runnik zögerte noch einen weiteren Moment lang. »Hoch-Lord«, begann er zu guter Letzt, »ich komme aus den Schlünden der Sarangrave-Senke … vom Unflatfluß … kehre zurück vom Auftrag an der Wasserkante. Korik sprach zu mir und ebenso zu Pren und Porib: ›Kehrt um zum Hoch-Lord. Berichtet ihm alles – die Worte von Streitwart Hoerkin, über all die Mühsal der Ranyhyn, all die Anschläge des Lauerers. Berichte, daß Lord Shetra gefallen ist.‹«

Amatin stöhnte in ihrer Kehle dumpf auf, und Mhorams Haltung versteifte sich; aber Elena hielt Runnik mit ihrer eindringlichen Miene in ihrem Bann.

»›Der Hoch-Lord wird wissen, wie dieser Bericht von Riesen und Wütrichen aufzunehmen ist. Sagt ihm, daß wir nicht scheitern werden.‹ Wir drei erwiderten ihm: ›Faust und Felsenfest-Treue! Wir werden nicht scheitern.‹ Vier Tage lang rangen wir mit den Tücken der Sarangrave-Senke, und Pren erlag den Anschlägen des wiedererwachten Lauerers. Wir schlugen uns in den Westen der Senke durch und trafen dort unsere Ranyhyn wieder. So schnell wie möglich ritten wir gen

Schwelgenstein. Doch als wir den Wald von Grimmerdhore durchquerten, fielen Wölfe und Urböse uns an, obschon wir zuvor auf dem Weg nach Osten keine Anzeichen ihrer Umtriebe bemerkt hatten. Porib und sein Ranyhyn fielen im Kampf, so daß ich entfliehen konnte, und ich ritt weiter. Dann begegnete ich westlich von Grimmerdhore Kundschaftern des Kriegsheers und erfuhr, daß die Verderbnis wider das Land zieht und daß der Hoch-Lord nach Schwelgenholz aufgebrochen sei. So lenkte ich meinen Weg von der Richtung nach Schwelgenstein und eilte, um dich einzuholen. Hoch-Lord, ich habe vieles zu berichten.«

»Wir werden dich anhören«, sagte Elena. »Komm!« Sie drehte sich um und schritt zum Lagerfeuer. Dort ließ sie sich nieder; Amatin und Mhoram taten das gleiche zu ihren Seiten. Auf ihr Zeichen hin nahm Runnik ihr gegenüber Platz; einer der Lehrwarte, der Heilkenntnisse besaß, machte sich daran, seine Wunden zu reinigen. Troy häufte Holz ins Feuer, um besser sehen zu können, und setzte sich in die Nähe der Lords, genau Covenant gegenüber. Gleich darauf setzte Runnik seinen Bericht fort. Anfangs war seine Erzählung knapp und umständlich. Den Bluthütern fehlte die Begabung der Riesen zum Geschichtenerzählen. Runnik streifte entscheidende Sachverhalte lediglich und übersah Angelegenheiten, die seine Zuhörer unbedingt wissen mußten. Aber die Lords stellten ihm sorgfältig überlegte Zwischenfragen. Und Covenant beharrte wiederholt darauf, Einzelheiten zu erfahren. Manchmal hatte es den Anschein, als versuche er, den Bericht auszudehnen, den Augenblick hinauszuschieben, in dem er das Resultat hören mußte. Nach und nach begannen die Vorkommnisse während des Ritts zur Wasserkante in ihren Zusammenhängen deutlich zu werden. Troy lauschte in äußerster Aufmerksamkeit. Außerhalb des unmittelbaren Lichtkreises rings ums Lagerfeuer konnte er nichts sehen; nichts lenkte ihn ab. Trotz der

Ausdruckslosigkeit von Runniks Tonfall schien der Streitmark zu sehen, was er hörte, als spiele es sich vor ihm in der Luft ab.

Die Entsatztruppe war durch den Wald von Grimmerdhore nach Osten geritten und anschließend in einen dreitägigen Regen geraten. Aber kein Regen konnte die Ranyhyn aufhalten, und es handelte sich um kein sonderlich schweres Unwetter. Am achten Tag nach dem Abmarsch befanden sich Korik und seine Begleiter, wie sie feststellten, als die Wolkendecke aufbrach und wieder Sonnenlicht auf die Erde ließ, in Sichtweite des Donnerbergs. Während sie durch den Sonnenschein dahinritten, wuchs er gegen den Hintergrund des Himmels ständig höher empor. Sie passierten ihn im Abstand von fünfundzwanzig Längen nördlich seines Standorts und erreichten am Spätnachmittag desselben Tages die hohe Klippe des Landbruchs. Sie gelangten an eine seiner höchsten Stellen und konnten mit einem Höhenvorteil von rund vierhundert Metern übers Unterland ausschauen. Hier war der Landbruch so schroff senkrecht, als sei das Unterland mit einer Axt abgetrennt worden. Und darunter erstreckte sich hinter einem Streifen hügeligen Graslands, kaum fünf Längen breit, die weite Sarangrave-Senke. Die Senke war ein feuchtnasser Landstrich, kreuz und quer durchzogen von Wasserwegen, die wie offene Adern im Fleisch des Untergrunds wirkten, bewuchert in saftiger Wüstheit, und voller unterschwelliger Gefahren: seltsame, tückische, im Wasser beheimatete menschenscheue Tiere; verschlagene, alte, halb faule Weiden und Zypressen sangen stille Weisen, die den Unvorsichtigen umgarnen konnten; giftige, stehende Tümpel, so mit Schlick, Schmutz und niedrigen Gewächsen überwachsen, daß sie aussahen wie fester Erdboden; üppige Blumen, wunderschön betaut mit klaren Flüssigkeiten, die Menschen in den Wahnsinn stürzen konnten; trügerische Flächen trockenen Bodens, die sich plötzlich in Treibsand verwandelten. Mit alldem kannten die Bluthüter sich aus. Wie unheimlich sie auch für menschliche Augen aussehen mochte, oder wie wenig sie auch dem menschlichen Dasein entgegenkam, die Sarangrave-Senke war nicht von Natur aus so schaurig. Vielmehr war sie ganz einfach infolge der Finsternis, die darunter schlummerte, so gefahrvoll – ein wilder Zufluchtsort für das Mißratene im Land, die entstellte Frucht längst vergangener Greuel. Die Riesen, die sich auf Vorsichtigkeit verstanden, waren immer dazu in der Lage gewesen, sich unbekümmert durch die Senke zu bewegen, und sie hatten für andere Reisende Wege geschaffen, so daß sich mit der Durchquerung der Sarangrave-Senke unter normalen Umständen kein allzu großes Risiko verband. Doch nun tat sich im Blickfeld der kleinen Truppe etwas anderes. Schläfrige Bosheit regte sich; die Hand der Verderbnis war am Werk, weckte alte Übel. Die Gefahr war groß, und Lord Hyrim zeigte Entsetzen. Dennoch waren weder die Lords noch die Bluthüter überrascht. Die Lords Callindrill und Amatin – ebenso wie die Bluthüter Morril und Koral – hatten von dieser Bedrohung gesprochen. Und trotz seines Schreckens verzichtete Lord Hyrim auf den Vorschlag, der Gefährdung auszuweichen, indem man nach Norden ritt und die Senke umrundete, denn das hätte einen Umweg von hundert Längen bedeutet. Daher stieg die Truppe in der Morgendämmerung des neunten Tags den Landbruch hinab, nahm dazu einen alten Pferdepfad, den schon die Alt-Lords in die gewaltige Klippe gehauen hatten; dann ritten sie durch die grasbewachsenen Hügel ostwärts zur wichtigsten der Riesen-Straßen durch die Sarangrave-Senke. Die Luft war unten merklich wärmer und dichter als oberhalb des Landbruchs. Sie atmete sich, als wäre sie mit unsichtbaren nassen Fasern durchsetzt, und wenn man sie wieder ausatmete, schien sie irgend etwas in den Lungen zurückzulassen. Mit der Zeit hoben sich immer mehr Sträucher und niedrige, verkrümmte Büsche aus dem Gras. Das Gras selbst sproß höher und war feuchter. In irgendwie sonderbaren Abständen klatschten unter den Hufen der Ranyhyn verstreut verborgene Tümpel brackiger Brühe. Bald sah man knorrige, mit Flechten überwucherte Bäume ihre mit Moos überzogenen Äste ausbreiten. Sie wuchsen dichter und höher, je weiter die Truppe in die Sarangrave-Senke vordrang. Nach einem Weilchen gelangten die Reiter auf eine grasige Landstraße, die zwischen zwei nicht von den schwächsten Wellen gekräuselten Gewässern hindurchführte und mit leichter nördlicher Abweichung ostwärts in einen Dschungel führte, der schon hier einen undurchdringlichen Eindruck machte. Die Ranyhyn verlangsamten und schritten vorsichtiger aus. Dann mußten sie sich unvermittelt durch brusthohes Elefantengras pflügen. Wenn die Reiter nach hinten schauten, konnten sie von der Riesen-Straße keine Spur mehr sehen. Die Senke schloß sich um sie wie mit Kiefern. Aber die Bluthüter wußten, daß es sich nun einmal so mit der Sarangrave-Senke verhielt. Nur der Pfad voraus war sichtbar. Die Ranyhyn setzten den Weg fort, schoben ihre breiten Pferdebrustkörbe durchs Gras. Indem sich der Urwald verdichtete, verengte sich die Riesen-Straße, bis nicht länger mehr als drei Reiter nebeneinander bleiben konnten; je zwei Bluthüter nahmen einen Lord in die Mitte. Doch dafür lichtete sich allmählich das Elefantengras, und die Truppe kam zügiger voran. Ihr Vorwärtskommen geschah mit erheblicher Geräuschentwicklung. Sie störte die Senke, und beim Dahinziehen erzeugte sie beiderseits ihres Wegs Wogen und Wellen der Unruhe, verursachte Lärm. Vögel und Affen schnatterten auf sie ein; kleine Pelztiere, die wie Hyänen kläfften, kamen vor ihr aus dem Gras gehuscht und wieselten fort; und wenn einmal an einer Seite der Urwald einem düsteren, widerwärtigen Teich oder einem wie ranzig trägen Bach wich, flatterte Wassergeflügel in schillerndem Federkleid

in die Luft auf. Über stille Weiher hallten plötzliche Plätschergeräusche; unter den Ringen auf dem Wasserspiegel schossen bleiche, verschwommen menschliche Gestalten davon.
Während des ganzen Morgens folgte die Truppe dem Verlauf des gewundenen Pfads, den in längst vergangenen Zeiten umsichtige Riesen geschaffen hatten. Keine direkte Gefahr ergab sich; dennoch verstärkte sich die Ruhelosigkeit der Ranyhyn. Als die Reiter neben einem seichten See hielten, um zu rasten und zu essen, zeigten ihre Reittiere zusehends störrisches Benehmen. Mehrere von ihnen stießen gedämpftes Schnauben aus; ihre Ohren waren wachsam gespitzt, wechselten scharf ruckartig die Lauschrichtung, beinahe zittrig. Ein Ranyhyn – der jüngste Hengst, der den Bluthüter Tull trug – stampfte in hektischer Unregelmäßigkeit mit einem Huf auf. Die Lords und Bluthüter ließen erhöhte Vorsicht walten, als sie den Ritt auf der Riesen-Straße fortsetzten. Sie hatten erst zwei weitere Längen zurückgelegt, als Sill, Lord Hyrims Bluthüter, die übrigen Bluthüter anhielt, den Lord genauer zu beobachten. Das Gesicht des Lords war gerötet, als habe er hohes Fieber. Schweiß rann ihm die Wangen herab, und er keuchte heiser, als schnappe er nach Luft. Seine Augen glitzerten. Aber es ging ihm nicht allein so. Auch Lord Shetra war gerötet und atmete mühsam. Da machte sich auch bei den Bluthütern Atemnot bemerkbar. Die Luft fühlte sich wie aufgedunsen an. Sie wollte sich nicht in die Lungen saugen lassen, und war sie dann doch einmal drinnen, klammerte sie sich mit klebrigen Fingern darin fest, wie der Zugriff von Treibsand. Der scheußliche Eindruck bedrückte die Reiter immer schlimmer. Und urplötzlich verstummten in der Sarangrave-Senke alle Laute. Genauso hatte Lord Callindrill es beschrieben. Aber Lord Amatins Reittier war kein Ranyhyn gewesen. Im Vertrauen auf die großen Rösser blieb die Truppe hartnäckig auf ihrem Weg. Sie bewegte sich jedoch langsam weiter. Die Ranyhyn schritten mit nach vorn

gereckten Köpfen aus, die Ohren aufgerichtet, ihre Nüstern geweitet. Die Luft war keineswegs warm, trotzdem schwitzten sie. Auf diese Weise legten sie etwa einhundert Meter zurück – erzwangen sich den Weg durch die widerspenstige, schleimartige Luft. Nach dieser Strecke wich der Urwald unvermittelt an beiden Seiten zurück. Die Riesen-Straße verlief voraus als Damm zwischen zwei reglosen Weihern. Einer war blau und hell, spiegelte den Himmel und den nachmittäglichen Sonnenschein wider, aber der andere war dunkel und dreckig. Die Truppe befand sich auf halber Länge des Damms, als der Laut einsetzte. Er begann leise, schwach und mit Mißtönen, wie das Stöhnen eines Sterbenden. Anscheinend kam er aus dem dunklen Pfuhl. Er ließ die Reiter wie gebannt erstarren. Während sie lauschten, schwoll der Klagelaut an. Er steigerte sich sowohl in der Tonlage wie auch seiner Lautstärke, verwandelte sich in einen rauhen Schrei, der über die Weiher hallte. Er heulte immer schriller und lauter weiter. *»Melenkurion abatha!«* riefen die Lords gemeinsam. *»Duroc minas mill khabaal!«* Aber ihre Stimmen waren kaum vernehmbar. Da verlor der junge Ranyhyn unter Tull die Beherrschung. Er wieherte furchterfüllt auf, wirbelte herum und tänzelte zum blauen Weiher hinüber. Als er sprang, warf sich Tull hinunter ins Gras. Der Ranyhyn klatschte ins brusthohe Wasser. Sofort stieß er ein Schmerzkreischen aus, das sich nahezu mit dem Geheul in der Luft messen konnte. Mit rasereiartigen Hüpfern warf er sich aus dem Tümpel, kletterte wieder auf den Damm und floh nach Westen, auf der Riesen-Straße zurück. Das Heulen gellte noch höher und lauter. Die anderen Ranyhyn wimmelten durcheinander und keilten aus. Sie bäumten sich auf, machten kehrt und galoppierten ihrem ausgerissenen Bruder hinterdrein. Die Schlagartigkeit ihres Handelns brachte Lord Hyrim zu Fall, und er rettete sich nur vorm Sturz in den dunklen Pfuhl, indem er sich mit seinem Stab abstieß. Unverzüglich schwang sich Lord Shetra von ihrem Tier, um ihm beizustehen. Sill, Cerrin und Korik stiegen ebenfalls ab. Beim Abspringen befahl Korik den übrigen Bluthütern, die Ranyhyn zu schützen. Runnik und seine Kameraden klammerten sich an ihre Pferde. Die Ranyhyn folgten dem verwundeten Hengst. Während sie davonsprengten, verstummte hinter ihnen das Heulen, und die Luft begann sich zu verdünnen. Dennoch konnten die Bluthüter ihre Reittiere noch für eine ganze Strecke nicht bändigen. Die Ranyhyn preschten einen breiten, jedoch unbekannten Pfad entlang; die Bluthüter erkannten, sie waren von der Riesen-Straße abgeirrt. Dann überquerte der vorderste Ranyhyn eine kahle Erhebung und geriet ohne Vorwarnung in tiefen Schlick. Aber die übrigen Pferde konnten noch rechtzeitig stehenbleiben. Die Bluthüter sprangen ab und holten aus ihrem Gepäck *Clingor*-Stränge. Als Korik, Cerrin, Sill, Tull und die Lords sie erreichten, befreiten die um ihre Reiter erleichterten Ranyhyn ihren unglücklichen Artgenossen aus dem Sumpf. Sobald die Lords sahen, daß die übrigen Ranyhyn unversehrt waren, kümmerten sie sich um den Hengst, der sich in den blauen Weiher geworfen hatte. Er stand abseits, knirschte mit den Zähnen und ruckte den Kopf vor Schmerz hin und her. Das Fleisch an den Beinen und am Bauch war unterm Fell mit schaumigen Blasen bedeckt. Aus den Wunden strömte Blut. An einigen Stellen traten die Knochen entblößt hervor. Trotz der Entschlossenheit in seinen Augen wimmerte der Hengst vor Qual. Die Lords waren tief erschüttert. In Hyrims Augen standen Tränen, und Shetra stieß bittere Verwünschungen aus. Aber sie konnten nichts tun. Sie waren keine Ramen. Und hier ließ sich kein *Amanibhavam* finden, das kraftvolle Gras mit den gelben Blüten, das Pferde heilte, aber Menschen um den Verstand brachte. Sie konnten nur der Pein des Ranyhyn ihre Ohren verschließen und zu entscheiden versuchen, was sie nun unternehmen sollten. Bald befanden alle

Ranyhyn sich wieder sicher auf festem Boden. Den Schmutz des Schlammlochs vermochten sie leicht abzuschütteln, aber der Schande ihrer Panik konnten sie sich nicht so leicht entledigen. Ihre Augen zeigten, daß sie das Gefühl hatten, sich selbst entehrt zu haben. Aber beim Wimmern ihres verletzten Bruders stellten sie die Ohren auf. Sie scharrten mit den Füßen und stießen einander mit den Schnauzen an. Langsam trat der älteste Ranyhyn vor Tulls Reittier. Einen Moment lang verständigten sich die zwei, Nase an Nase. Mehrmals nickte der jüngere Ranyhyn. Dann bäumte der ältere Ranyhyn sich hoch, reckte sich im uralten Ranyhyn-Ausdruck der Ehrerbietung empor. In der Abwärtsbewegung schlug er dem todwunden Bruder beide Vorderhufe wuchtig auf den Kopf. Das jüngere Roß erbebte ein einziges Mal unter der Gewalt des Hiebs und fiel tot um. Die anderen Ranyhyn sahen stumm zu. Als ihr Ältester sich von dem zusammengebrochenen Pferd abwandte, wieherten sie leise aus Billigung und Trauer. Auf ihre Weise blieben auch die Bluthüter nicht ungerührt. Aber Hoch-Lord Elena hatte die Interessen der Riesen in ihre Hände gelegt.

»Wir müssen weiter«, sagte Korik zu den Lords. »Unser Auftrag drängt. Tull kann auf Doars Roß mitreiten.«

»Nein«, rief Lord Shetra. »Wir werden die Ranyhyn nicht noch tiefer in die Sarangrave-Senke mitnehmen.«

»Freund Korik«, sagte Lord Hyrim, »gewißlich begreifst du diese Macht, die uns die Durchquerung der Senke verwehren will, so gut wie wir. Sicherlich verstehst du ihre Art auch so, daß sie uns wahrnehmen muß, wenn sie uns den Weg versperren will. Sie muß uns erkennen können und wissen, wo wir sind.«

Korik nickte. »Dann dürftest du dir auch darüber im klaren sein, daß es nicht leicht ist, die Gegenwart von Menschen festzustellen. Wir sind nur gewöhnliches Leben inmitten all des Lebensgetümmels der Sarangrave-Senke. Die Ranyhyn jedoch sind außergewöhnlich. Sie sind stärker als wir – in ihnen brennt die Glut des Lebens heller. Ihre Anwesenheit ist leichter erkennbar als unsere. Es mag wohl sein, daß die Wehrkraft auf ihre Wahrnehmung abgestellt ist. Für so etwas ist der Verächter wahrlich schlau genug. Aus diesem Grunde sollten wir ohne die Ranyhyn weiterziehen.«

»Unser Auftrag bedarf ihrer Schnelligkeit«, entgegnete Korik. »Zum Laufen ermangelt's uns an Zeit.«

»Das weiß ich wohl.« Hyrim seufzte. »Selbst ohne Zwischenfälle müßten wir für einen vollen Mond unterwegs sein. Doch ebenso fehlt uns die Zeit zur Umrundung der Sarangrave-Senke.«

»Deshalb müssen wir reiten. Wir müssen kämpfen und uns durchschlagen.«

»Wahrlich!« fuhr Lord Shetra auf. »Kämpfen! Wir wissen nicht, wie man solch ein Ding bekämpft – oder wir wären längst zum Kampf angetreten. Um's unumwunden auszusprechen, Korik, legen wir uns nochmals mit diesem Wehrgebilde an, werden wir mehr verlieren als Ranyhyn. Nein! Wir müssen einen anderen Weg wählen.«

»Welchen Weg?«

Für einen Moment versenkten die Lords ihre Blicke ineinander. »Wir werden ein Floß bauen«, sagte dann Lord Shetra, »und den Unflatfluß hinabfahren.«

Die Bluthüter stutzten. Selbst die Riesen, die gerne Boote benutzten, zogen es vor, die Sarangrave-Senke auf dem Landweg zu durchqueren, als sich diesem Fluß anzuvertrauen. »Ist das möglich?« fragte Korik.

»Wir machen's möglich«, gab ihm Shetra zur Antwort.

»Wir machen's«, versicherten sich die Bluthüter untereinander, als sie Shetras Zielstrebigkeit bemerkten.

»Wir müssen uns also, solange wir die Ranyhyn noch benutzen«, sagte Korik, »großer Eile befleißigen.«

So kam es zum großen Galopp der Ranyhyn, durch den die Rösser aus den Ebenen von Ra ihre Schmach tilgten. Als alle Reiter wieder aufgestiegen waren, kehrten sie umsichtig zurück auf den tatsächlichen Verlauf der Riesen-Straße. Von dort ab jedoch schlugen die Ranyhyn alles außer der simpelsten Vorsicht in den Wind. Sie liefen westwärts, erst im Handgalopp, dann im Galopp, verließen die gefährlichen Gefilde der Sarangrave-Senke. Sie hielten sich nicht an eine Geschwindigkeit, die sich über längere Strecken beibehalten ließ, schonten ihre Kräfte nicht im mindesten. Sie liefen in einem Galopp, der die Schnelligkeit gewöhnlicher Pferde weit in den Schatten stellte. Und sie verlangsamten nicht, erschlafften kein einziges Mal. Noch vor Mondaufgang verließen die Ranyhyn unterhalb des Landbruchs mit unverminderter Schnelligkeit die Sarangrave-Senke. Dann wandten sie sich entlang der steilen Klippe des Landbruchs nach Südosten. Im offenen Gelände fiel ihnen das Laufen schwerer. Das wilde Hügelland am Fuß des Landbruchs hinderte sie wie ein wirrer Faltenwurf der Erde, zwang sie dazu, je Länge zwanzigmal unsichere Hänge hinaufzustürmen und wieder hinabzuschlittern. Und je weiter sie in den Süden gelangten, um so ungünstiger war die Landschaft. Nach und nach verschwand das Gras, und die Ranyhyn mußten über nackten Fels, Schieferplatten und Geröllhalden dahinsprengen. Der Mond war fast voll, und in seinem Schein hob sich der Donnerberg, einst Gravin Threndor genannt, gegen den Himmel ab. Schon beherrschte er den südlichen Horizont, und während die Reiter weiterpreschten, hob er seine Krone immer höher himmelwärts. In seinem Schatten überwanden die Ranyhyn sowohl die Nacht wie auch die Hügellandschaft. Sie schnauften mühevoll, Dunst stob ihnen aus den Nüstern, sie schwitzten so extrem, wie sie sich anstrengten, aber sie ließen nicht locker, und so trennten sie im ersten Morgenlicht bloß noch fünf Längen vom Unflatfluß. Nun fingen sie an zu straucheln, an den Abhängen auszurutschen, verspritzten von ihren Mäulern Schaum, rissen sich an den Knien das Fell auf. Aber sie verweigerten sich jeder Schwäche.

Am zehnten Tag schleppten sie sich ungefähr in der Mitte des Vormittags über den Kamm eines Ausläufers des Donnerbergs und stiegen in das enge Tal zwischen seinen Wurzeln hinab – die Schlucht, durch die der Unflatfluß strömte. Der Fluß entsprang zur Rechten aus dem Sockel des Bergs. Unter einer steilen, kahlen Klippe schoß das ekelhafte schwarze Wasser mit Donnergetöse ins Freie. Es kam in veränderter Form vom Seelentrostfluß Andelains. Dieser saubere Strom floß durch die Verräterschlucht in die Tiefen des Donnerbergs, gluckerte hinab in die Abgründe der Erde, wo er durch verlassene Schrathöhlen und Brutstätten der Dämondin dahinschäumte, durch Schlacken- und Abfallgruben der Höhlenschrate, Grabgewölbe und Schindanger, Seen von Säure, die Ausscheidungen begrabener Übel. Wenn er zu Füßen des Gravin Threndor wieder zum Vorschein kam, war er ölig zähflüssig und trübe vom Schmutz, trug mit sich die Abwässer der Katakomben, den Dreck langer Zeitalter schmieriger Umtriebe. Vom Donnerberg bis zum Lebensverschlinger, dem Großen Sumpf, gedieh beiderseits der Ufer des Unflatflusses nichts außer der Sarangrave-Senke, die unmittelbar an den beiden Seiten seines Verlaufs am üppigsten wucherte, sich vom schwarzen Wasser nährte. Doch flossen hoch in den steilen Hängen der Schlucht zwei oder drei Bächlein mit sauberem Wasser, die Gras, Sträuchern und ein paar Bäumen das Dasein ermöglichten, so daß sich nur der Grund der Schlucht mit den Flußufern durch völlige Trostlosigkeit auszeichnete. Dort durften die Ranyhyn endlich rasten. Sie schnoben und zitterten, senkten ihre Mäuler in einen Bach, um zu trinken. Die Lords mißachteten die eigene Müdigkeit und gingen unverzüglich *Amanibhavam* suchen. Kurz darauf brachte Shetra zwei Handvoll von diesem für

Pferde heilsamen Gras an. Sie bot den Ranyhyn davon an, während Hyrim von der Fundstelle mehr holte. Erst als alle Rösser vom *Amanibhavam* gegessen hatten, gönnten auch die Lords sich Ruhe. Danach richteten die Bluthüter ihre Aufmerksamkeit auf die Aufgabe, ein Floß zu bauen. Die einzigen Bäume, die genug Widerstandsfähigkeit besaßen, um an den Hängen zu wachsen, waren Teakholzbäume, in einem nahen Gehölz waren drei der größten Bäume tot. Ihre eisenharten Stämme verwiesen darauf, was ihnen widerfuhr: sobald sie eine gewisse Höhe überschritten, hatten ihre Wurzeln sich tief genug ins Erdreich gebohrt, um in vom Fluß feuchte Erde zu gelangen, und dadurch waren sie abgestorben. Unter Verwendung von *Clingor*-Strängen und Beilen fällten die Bluthüter diese drei Bäume. Jeden der Stämme zerteilten sie in vier Balken von ungefähr gleicher Länge. Sobald sie die Balken zum öden Ufer des Unflatflusses hinuntergerollt hatten, machten sie sich daran, sie mit *Clingor*-Strängen zusammenzufügen. Aufgrund der Maße und des Gewichts der eisenhölzernen Stämme machte die Arbeit nur langsame Fortschritte, zumal die Bluthüter sorgsam arbeiteten, um dem Floß die größtmögliche Sicherheit zu geben. Aber sie waren fünfzehn an der Zahl und kamen stetig voran. Kurz nach der Mittagsstunde war das Floß fertig. Nachdem sie zum Zwecke des Steuerns mehrere Staken angefertigt hatten, waren sie dazu bereit, den Weg wieder anzutreten. Die Lords bereiteten sich ebenfalls vor. Nach einem Moment nochmaliger geistiger Verschmelzung entboten sie den Ranyhyn einen zeremoniellen Abschiedsgruß. Dann kamen sie herunter zum Ufer des Unflatflusses und baten Korik, das Floß zu Wasser zu bringen. Zwei Bluthüter befestigten Seile am Floß, während die anderen sich an den Seiten aufstellten. Gemeinsam hoben sie das schwere eisenhölzerne Floß an und wasserten es. In der starken Strömung hüpfte es, aber die zwei Seile hielten es fest. Cerrin und Sill sprangen auf das Floß, um zu prüfen, ob es stabil genug sei. Als sie es für gut befunden hatten, winkte Korik den Lords, ihm zu folgen. Lord Shetra sprang aufs Floß und machte sich sofort daran, ihren Stab zwischen die mittleren Balken zu zwängen, um ihn dank seiner immanenten Kraft als Steuerruder zu benutzen. Lord Hyrim folgte ihr, ebenso die anderen Bluthüter, bis auf jene zwei, die am Ufer die Leinen hielten. Lord Shetra begann mit ruhiger Stimme zu singen, rief durch ihren Stab die Erdkraft an. Als sie soweit war, nickte sie Korik zu. Auf seinen Befehl setzten die beiden zurückgebliebenen Bluthüter in weiten Sprüngen auf das Floß über, als die Strömung es hinaus in den Fluß riß. Das Floß trieb ab, drehte sich um seine Achse; das brodelnde Wasser zerrte es in die Flußmitte. Dann jedoch bekam Lord Shetra es in die Gewalt. Die Kraft ihres Stabs wirkte wie ein Güldenfahrtruder in der Hand eines Riesen. Das Floß schien sich zu widersetzen, aber allmählich nahm es gleichmäßige Fahrt auf. Sie lenkte es zur Mitte der Flußströmung, und binnen kurzem schwamm die Truppe aus der Schlucht zurück in die Gefilde der Sarangrave-Senke. Von der Enge des Tals frei, verbreiterte sich der Unflatfluß mit der Zeit, floß langsamer. Dann begann er sich zu winden und in die Wasserwege der Sarangrave-Senke zu verzweigen, und die schlimmste Wildheit der Strömung war vorbei. Für den restlichen Nachmittag blieb Lord Shetra am Steuer und lenkte das Floß durch das schwarze Wasser. Das Flußbett schlängelte und bog sich, je mehr der Unflatfluß sich den Gegebenheiten der Sarangrave-Senke anglich. Nebenflüsse führten vom Hauptstrom fort oder hinein, und felsige Flußinselchen, gekrönt mit Urwaldhainen, begannen ihn zu durchsetzen.

Sobald der Fluß träger strömte, trieb Shetra das Floß mit ihrem Stab an, sie brauchte einen gewissen Schwung, um in der Fahrrinne zu bleiben. Gegen Abend war sie infolgedessen stark ermüdet. Daraufhin ergriffen vier Bluthüter die angefertigten Staken und begannen das Floß aus dem abendlichen Dämmerlicht in die Nacht hineinzuschieben, in deren Düsternis nur ihre mit der Dunkelheit wohlvertrauten Augen sehen konnten, um das Gefährt weiter sicher voranzubewegen. Lord Shetra verzehrte die Mahlzeit, die Hyrim auf einem kleinen *Lillianrill*-Feuer zubereitete, und sank dann trotz des Gestanks und der greulichen Dünste überm Fluß in festen Schlaf. In der Morgendämmerung begab sich Shetra von neuem an die Arbeit, steuerte das Floß mit ihrem Stab weiter den Unflatfluß entlang. Lord Hyrim unterstützte sie nunmehr jedoch, indem er sie ablöste. Im Lauf des Tages lenkten sie das Floß abwechselnd, und in der Nacht schliefen sie beide, während die Bluthüter mit ihren Staken weitermachten. Auf diese Weise fuhr die Truppe bis zum Abend des zwölften Tages nach ihrem Aufbruch den Unflatfluß hinab. An den Tagen war der Himmel klar, die Luft voller Schmetterlinge. Das Floß schwamm zügig dahin. Aber in der folgenden Nacht verdunkelten Wolken den Mond, Regen durchtränkte die Lords, beeinträchtigte ihre Nachtruhe. Als Korik sie in der letzten Schwärze unmittelbar vor der morgendlichen Dämmerung rief, warfen sie beide sofort ihre Decken beiseite und standen auf.

Korik deutete hinaus in die Nacht. In der Finsternis sah man im Dschungel eines Inselchens, das genau auf ihrem Kurs lag, ein schwaches Licht. Es flackerte, schwand bisweilen ganz, als handele es sich um ein ersterbendes, mit feuchtem Holz entzündetes Feuer, enthüllte jedoch nichts. Die Lords spähten hinüber, während sich das Floß dem Inselchen näherte.

»Das ist ein Licht, das irgend jemand entfacht hat«, sagte schließlich Lord Shetra im Flüsterton. »Es ist nichts Natürliches der Sarangrave-Senke.«

Der Bluthüter stimmte zu. Im Regen waren keine der zur

Lichterzeugung fähigen Tiere beziehungsweise Insekten der Senke unterwegs.
»Lenkt das Floß zur Insel!« gebot Shetra leise. »Wir müssen wissen, wer das Licht geschaffen hat.«
Korik erteilte die entsprechenden Befehle. Die Bluthüter mit den Staken steuerten das Floß zum diesseitigen Zipfel der Insel. Als es nur noch zehn Meter vom Ufer entfernt war, ließen sich die Bluthüter Doar und Pren ins Wasser gleiten. Sie schwammen zum Inselchen voraus und verschwanden dort im Unterholz. Die Steuerleute drehten das Floß bei, so daß es nah genug an der Insel vorbei flußabwärts schwamm, um ans Ufer springen zu können. Die kleine Insel war lang und schmal. Während die Truppe daran entlangstakte, den unteren Ästen fast zum Greifen nah, konnte sie den Lichtschein besser erkennen. Die Helligkeitsquelle war ein winziges Flämmchen – ein schwächliches Feuerchen wie von einer einzelnen Fackel. Und ringsherum ließ sich nichts erkennen; nur die Schatten der Bäume zwischen der Flamme und dem Floß waren sichtbar.
Als das Floß ein Stück weiter war, erlosch der Schein plötzlich. Beide Lords fuhren zusammen und hoben ihre Stäbe, bewahrten jedoch Schweigen. Die Bluthüter, die sich als Steuermänner betätigten, stemmten sich gegen ihre Staken, bis die Floßseite das Ufer berührte. Fast sofort sprangen aus dem Dunkeln Doar und Pren auf die Balken, zwischen sich die verkommene Gestalt eines Menschen. Unverzüglich stießen die Steuermänner das Floß wieder ab und lenkten es zurück in die Hauptströmung. Lord Hyrim beugte sich hinab und entzündete eine *Lillianrill*-Fackel. Im Regen brannte die Fackel nur mangelhaft, erlaubte jedoch einen Blick auf den Mann. Sein Gesicht und die Gliedmaßen waren gestreift von Dreck und Schmiere, verklebt mit Blut aus zahlreichen winzigen Wunden, Schnitten und Kratzern. Das Weiß seiner Augen glitzerte, umkrustet von Blut und Schmutz. Seine Kleidung zeugte nicht weniger als die

Wunden seines Körpers und seine Verunreinigung von einem langen Kampf ums Überleben in der Sarangrave-Senke. Reste seiner Kriegertracht hingen ihm fetzenweise am Leib. Nur ein Stück seiner Kleidung war unbeschädigt. Er trug eine verkratzte metallene Brustplatte, unterm Unrat noch gelb, mit einem schwarzen diagonalen Zeichen.

»Bei den Sieben«, rief Shetra. »Ein Streitwart!« Sie faßte den Mann an den Schultern. Aber sofort schrak sie zurück, als habe sie sich an ihm verbrannt. *»Melenkurion!«* schrie sie auf. »Streitwart, was ist dir angetan worden? Dein Fleisch ist wie Eis!« Nichts an dem Mann ließ erkennen, daß er sie gehört hatte. Er stand, wo Doar und Pren ihn hingestellt hatten, den Kopf zur Seite gesunken. Seine Atmung war flach. Er regte sich so gut wie überhaupt nicht; nur seine Wimpern zuckten in unnatürlich langen Abständen. Doch Shetra wartete ohnehin keine Antwort ab. »Hyrim«, sagte sie, »dieser Mann erfriert.« Sie packte ihre Decke und warf sie ihm um. Lord Hyrim verstärkte seine Fackel zu einem Feuer. Er erhitzte auf den Flammen in einem Steinguttopf Wasser, bis es abgekocht war, während Shetra den Mann am Feuer zurechtsetzte. Sie hielt ihm den Kopf und ließ Frühjahrswein zwischen seine Lippen sickern. Die Kälte seiner Haut schien ihr die Finger abzufrieren. Sie und Hyrim schützten ihre Hände mit Decken und streckten den Mann neben dem Feuer aus, um ihn seiner Lumpen zu entledigen. Mit dem heißen Wasser wuschen sie ihn. Als er einigermaßen gesäubert war, holte Lord Shetra aus dem Gewand ein kleines steinernes Gefäß voller Heilerde und strich etwas davon auf die schlimmsten Verletzungen. Die Morgendämmerung brach an, während es noch regnete. In der frühmorgendlichen Helligkeit sahen die Bluthüter das Resultat, zu dem die Bemühungen der Lords geführt hatten. Die Haut des Mannes sah nach dem Fleisch eines Leichnams aus. Die Heilerde blieb auf seinen Wunden wirkungslos. Unvermindert war er eiskalt. Doch er atmete und blinzelte. Als die Lords ihn in Decken hüllten und aufsetzten, verkniff er die Lider, und Wasser rann heraus wie Tränen. Es verbreitete sich über seine Wangen und bildete in seinem Bart Eisklümpchen. »Bei der Sieben«, stöhnte Lord Shetra. »Bei der Sieben, er ist tot, und doch lebt er! Was hat man mit ihm gemacht?« Lord Hyrim gab keine Antwort.

»Das ist Hoerkin«, sagte nach einer Weile Korik, »ein Streitwart des Kriegsheers. Er befehligte das Erste Fähnlein der Zehnten Schar. Der Hoch-Lord hat ihn mit seinem Fähnlein zu den Riesen der Wasserkante gesandt.«

»Ja«, bestätigte Hyrim gedämpft, »ich entsinne mich. Als das Fähnlein nicht wiederkehrte, entsandte der Hoch-Lord die Lords Callindrill und Amatin, in der Hoffnung, sie vermöchten die Sarangrave-Senke zu meistern. Einundzwanzig Krieger … Streitwart Hoerkin und sein ganzes Fähnlein … alle vermißt. Callindrill und Amatin fanden von ihnen keine Spur.«

Lord Shetra wandte sich direkt an den Mann. »Hoerkin! Streitwart Hoerkin, hörst du mich? Sprich! Ich bin Shetra, Verements Gemahlin, Lord im Großrat der Lords zu Schwelgenstein. Sprich, ich beschwöre dich!«

Zuerst reagierte Hoerkin nicht. Dann bewegten sich seine Kiefer, und gepreßte Laute kamen heraus. »Ich bin *Ahamkara*, die Pforte. Ich bin geschickt …« Inmitten der Flut seiner Tränen erstickte seine Stimme.

»Geschickt?« meinte Shetra. »Pforte? Sprich, Hoerkin!« Der Streitwart schien sie nicht zu hören. Er saß stumm da, während seine Tränen sich in seinem Bart zu einer Eiskruste verdichteten.

»*Ahamkara,* antworte!« gebot Lord Hyrim.

Hoerkin schluckte und antwortete. »Ich bin *Ahamkara,* die Pforte. Ich bin geschickt, um … um …« Wieder versagte seine Stimme; doch schon im nächsten Moment sprach er weiter. »Ich bin geschickt, um den Niedergang von Riesen zu künden.«

»Du lügst!« stieß augenblicklich im Namen aller Bluthüter Korik hervor.

»Verächter!« schrie Shetra und stürzte sich auf Hoerkin. Ohne den Schmerz zu beachten, den seine Eiseskälte ihr bereitete, krallte sie sein Gesicht zwischen ihre beiden Hände. Er schrie auf und entriß sich ihrem Zugriff. Er drückte sein Gesicht auf die Balken des Floßes und schluchzte wie ein Kind. Entsetzt wich Shetra zurück. An Lord Hyrims Seite blieb sie stehen und wartete. Lange Momente verstrichen, ehe sich Hoerkin wieder regte. Er setzte sich wieder auf, nahm die vorherige Haltung ein. Noch immer rannen ihm Tränen wie ein Sturzbach in den Bart.

»… den Niedergang von Riesen zu künden. Drei waren sie, Brüder aus einer Geburt. Das ist das Omen des Endes. Sie dienen Satansherz Seelenpresser.« Er verstummte erneut.

»Das kann nicht sein«, sagte Korik nach kurzem Schweigen. »Es ist unmöglich. Die Riesen der Wasserkante sind die Steinbrüder des Landes.«

Hoerkin gab keine Antwort. Er starrte die Balken an, aus denen das Floß bestand, und saß da wie aus totem Lehm gemacht. Doch gleich darauf sprach er wieder. »… Seelenpresser. Ihre Namen lauten Markschänder und Satansfaust und … und einer ist nicht zu nennen.« Wieder schluckte er. »Sie sind die drei Wütriche.«

Für eine Zeitlang herrschte Schweigen. Dann versuchten Hyrim und Shetra, mehr von Hoerkin zu erfahren. Aber nichts ließ sich noch herausholen; er blieb unzugänglich. »Was vernimmst du aus seinen Worten?« meinte Lord Shetra schließlich zu Hyrim. »Welche Bedeutung mißt du ihnen bei?«

»Ich vernehme Wahrheit«, erwiderte Lord Hyrim. »Omen des Endes.«

»Nein«, sagte Korik. »Beim Eid, das ist unmöglich.«
»Schweig hier von deinem Eid«, sagte Lord Hyrim hastig.
Der Hinweis war gerechtfertigt. Der Bluthüter blieb über seinen Sinn nicht im unklaren. Korik schwieg.
»Ich teile Koriks Auffassung«, äußerte jedoch Lord Shetra. »Es muß unglaubhaft dünken, daß ein Wütrich eines Riesen Herr werden können soll. Reichte des Verächters Macht so weit, warum hat er nicht bereits in früheren Zeiten Riesen versklavt?«
»Diese Erwägung ist richtig«, entgegnete Lord Hyrim. »Die Wütriche allein sind zu so etwas außerstande. Sie sind keine Erklärung für diese Kunde. Nun jedoch befindet sich Lord Foul im Besitz des Weltübel-Steins. Das war zur Zeit der Alt-Lords nicht der Fall. Mag sein, daß der Stein und die Wütriche gemeinsam ...«
»Hyrim, wir sprechen von den Riesen! Wäre ein solches Übel über sie gekommen, sie hätten nach uns um Hilfe geschickt.«
»Ja«, sagte Lord Hyrim. »Wie ist's nur geschehen?«
»Geschehen?«
»Wie hat man sie daran gehindert? Was ist ihnen widerfahren?«
»Ihnen?« meinte Shetra. »Stell eine vordringlichere Frage. Was hat man Hoerkin angetan? Was ist mit uns gemacht worden?«
»So ist des Verächters Art. Aus Anlaß des Kampfs um Holzheim Hocherhaben – so ist's uns berichtet worden – fügte er Heer Llaura und dem Kind Pietten Schaden zu, dessen Natur sie zwang, an der Vernichtung dessen mitzuwirken, was sie liebten.«
»Sie waren der Köder in einer Falle. Hyrim, wir sind drauf und dran, in eine Falle zu geraten!« Shetra wartete keine Entgegnung ab. Sie sprang ans heckwärtige Floßende und rammte ihren Stab zwischen die Balken, stimmte ihr Lied an. Kraft

durchströmte das Eisenholz; das Floß bewegte sich durch den Regen vorwärts. »Komm!« rief sie Lord Hyrim zu. »Steh mir bei, auf daß wir schnellere Fahrt machen! Wir müssen diesen Ort fliehen.«

Matt richtete Lord Hyrim sich auf. »Am Holzheim Hocherhaben war die Falle auch ohne Llaura und Pietten vollständig. Sie waren nur ein Ausdruck überheblichen Spotts … überflüssig.« Während er sprach, atmete seine Brust auf einmal wieder mühseliger. Seine Halsmuskeln traten durch die Anstrengung des Einatmens hervor. Auch die Bluthüter konnten nicht länger mühelos atmen. Nach wenigen Augenblicken sackte Lord Hyrim auf die Knie nieder, hielt sich den Brustkorb. Lord Shetra keuchte unter der Mühsal jedes einzelnen Atemzugs. Der Regen, der auf den Fluß herabfiel, schien kein Geräusch zu erzeugen. Da sprang Streitwart Hoerkin auf die Füße. Zwischen seinen Lippen zwängte sich ein gedämpftes Stöhnen der Qual hervor. Der Laut war gräßlich. Hoerkin warf den Kopf in den Nacken, und sein Wimmern steigerte sich zu einem Schrei. Zu jenem gleichen Schrei, der die Ranyhyn in Panik versetzt hatte. Als erster der Bluthüter raffte Korik wieder alle Kräfte zusammen. Sofort stieß er den Streitwart vom Floß. Hoerkin sank wie ein Stein. Unverzüglich verstummte das Geheul. Aber die Dichte der Luft nahm trotzdem noch zu. Das Element schloß sich um die Truppe wie eine Faust.

Lord Hyrim kämpfte sich hoch, bis er wieder auf den Beinen stand. »Habt ihr sein Feuer gelöscht?« röchelte er Doar zu. »Hoerkins Feuer?«

»Nein», antwortete Doar. »Es erlosch von selbst, als wir Hand an ihn legten.«

»Bei der Sieben«, ächzte Hyrim. »Ihr seid's! Die Bluthüter! Nicht die Ranyhyn. Diese Übelgewalt lauscht nach euch … sie lauert auf die Kraft eures Schwurs.« Die Bluthüter wußten darauf keine Antwort zu geben. Ihr Eid ließ sich nun einmal nicht verheimlichen oder verleugnen. Lord Shetra jedoch war vollkommen fassungslos. Ihre Kräfte verließen das Floß. Auf Koriks Anweisung ergriffen die vier Steuermänner wieder ihre Staken und brachten das Floß zum Nordufer des Unflatflusses. Er wollte einem Überfall möglichst am Land entgegentreten. Er machte die Steuerleute für das Floß verantwortlich und rief die übrigen Bluthüter zum Schutz der Lords zusammen. In diesem Moment schien sich der Fluß emporzuwölben. Lautlos bäumte sich das Wasser auf, warf das Floß in die Höhe, kippte es um. Hinter den emporgeschwappten Wassermassen fuhr ein schwarzer Tentakel aus der Tiefe. Er zuckte hin und her, wand sich, umklammerte Lord Shetra. Die Mehrzahl der Bluthüter fiel ins Wasser, ohne durch das Floß gefährdet zu werden. Aber Sill und Lord Hyrim gerieten mitten darunter. Als Pren, Tull und Korik zu der Stelle schwammen, wo der Fangarm Lord Shetra gepackt hatte, konnten sie dort nichts mehr entdecken. Die Dunkelheit des Wassers behinderte die Sicht; sie sahen nichts, fanden nichts. Der Fluß schien keinen Grund zu besitzen. Korik fällte seine Entscheidung. Ihm war der Auftrag erteilt worden, auf jeden Fall die Wasserkante zu erreichen. In einem Ton, der keinen Widerspruch duldete, befahl er den Bluthütern, aus dem Unflatfluß zu steigen. Bald stand er auf dem Nordufer am Rand des Dschungels. Die meisten Bluthüter waren bei ihm. Sill und Lord Hyrim waren schon vor ihnen an Land gekrochen. Der Lord war unverletzt; Sill hatte ihn unterm Floß gerettet. Flußabwärts vertäuten zwei der Steuermänner gerade das Floß, während die beiden anderen nach dem Proviant der Truppe tauchten. Von Cerrin und Lord Shetra allerdings sah man keine Spur. Hyrim hustete fürchterlich – er hatte einiges von dem widerwärtigen Wasser geschluckt –, aber er raffte sich auf die Füße hoch. »Rettet sie!« keuchte er. Doch die Bluthüter unternahmen nichts. Der Erfolg des erteilten Auftrags lag in ihren Händen. Und sie wußten, daß Cerrin noch lebte. Er hätte sie zu Hilfe gerufen, wäre ihr Beistand den hohen Preis wert gewesen.

»Ich hab's versucht«, ächzte Hyrim. »Aber ich kann nicht schwimmen. Ach, Nichtswürdigkeit!« Krampfartige Zuckungen befielen ihn; er riß die Arme weit auseinander. »Shetra!« brüllte er in den Regen. Ein ungeheurer Blitz schlug aus seinem Stab ins Wasser und bis auf den Grund des Flußbetts. Dann brach er zusammen und sackte Sill in die Arme.

Der Blitz hatte offenbar irgendeine Wirkung. An der Stelle von Lord Shetras Verschwinden fing der Fluß an zu brodeln. Ein Aufruhr im Wasser stieß Blutschwälle und Klumpen von schwarzem Fleisch an die Oberfläche. Dampf erhob sich aus dem Strom. Kurz ließ sich tief drunten im Unflatfluß ein blaues Aufblitzen erkennen. Dann erschütterte ein Knall wie ein Donnerschlag den Erdboden. Der Fluß zischte wie ein Quälgeist. Und die Verdickung der Luft schwand. Sie verflog, als werde sie zur Sarangrave-Senke hinausgespült. Die Bluthüter wußten, nun war Cerrin tot. Nur ein weiteres Anzeichen zeigte sich noch von Lord Shetras Ringen. Porib sah es zuerst und sprang in den Fluß, um es zu bergen. Wortlos übergab er den Gegenstand Lord Hyrims Händen – Lord Shetras Stab. Zwischen seinen mit Metall umhüllten Enden war er völlig verkohlt und brüchig. Er barst in Hyrims Griff wie Reisig. Der Lord entzog sich Sills Obhut, setzte sich rücklings an einen Baum. Während unverhohlene Tränen über seine Wangen liefen, drückte er die Bruchstücke von Shetras Stab an seine Brust.

Aber die Gefahr war nicht vorüber. »Der Lauerer ist nicht tot«, wandte sich Korik um seines Eids willen an den Lord. »Wir haben ihn hier nur abgewiesen. Wir müssen weiter.«

»Weiter?« meinte Hyrim. »Weiter? Shetra ist tot. Wie kann ich weiter? Ich habe sogleich befürchtet, daß euer Eid eine Stimme sei, die das Böse in der Sarangrave-Senke hören kann. Doch ich habe geschwiegen.« Sein Tonfall bezeugte Bitterkeit. »Ich habe geglaubt, ihr würdet davon sprechen, wäre meine Sorge gerechtfertigt.« Wieder wußten die Bluthüter nichts zu antworten. Sie hatten nicht ohne jeden Zweifel oder die Möglichkeit eines Irrtums davon ausgehen können, daß der Lauerer ihre Gegenwart so wachsam beachtete. Und so viele Manifestationen von Kraft waren nicht, was sie zu sein schienen. Aus Respekt vorm Kummer des Lords überließen sie ihn vorerst sich selbst, während sie das Floß zur Fortsetzung der Fahrt vorbereiteten. Die Steuermänner hatten die Staken und die Vorräte sowie einen Großteil des *Clingor* und der *Lillianrill*-Fackeln retten können, aber keine Kleidung und Decken. Das Floß selbst war unbeschädigt. Dann besprach sich Korik mit Runnik, Pren und Porib, erteilte ihnen den Auftrag, Hoch-Lord Elena vom bisherigen Schicksal der Entsatztruppe zu unterrichten. Die drei übernahmen die Aufgabe mit der Bluthütern eigenen Selbstverständlichkeit, warteten jedoch, bis die Truppe abfuhr, bevor sie wieder den Weg nach Westen antraten. Sobald alle Vorbereitungen getroffen waren, richteten Korik und Sill Lord Hyrim zwischen sich auf und führten ihn wie ein Kind hinab zum Ufer und aufs Floß. Er wirkte unwohl. Vielleicht bereitete das Flußwasser, das er geschluckt hatte, ihm Übelkeit. Als die Steuerleute das Floß in die Mitte des Unflatflusses hinauslenkten, begann er bei sich zu murmeln. »Damit ist noch nichts zu Ende. Es werden Schmerzen und Schrecknisse folgen, die das hier weit in den Schatten stellen. Hyrim, Hooles Sohn, du bist ein Feigling.« Dann war die Truppe erneut auf und davon. Runnik, Pren und Porib traten den Rückweg durch den Dschungel der Sarangrave-Senke an.

Das Feuer war wieder herabgeglüht, und ohne seinen Helligkeitsschein konnte Troy nichts sehen – nichts, das die Bilder von Tod und Trauer in seinem Bewußtsein hätte verdrängen können. Er wußte, es gab Fragen, die er Runnik stellen sollte, aber inmitten der Dunkelheit schienen sie unwichtig zu sein. Es wühlte ihn auf, daß Shetra schon vor zehn Tagen gefallen war; er empfand ihren Verlust zu unmittelbar für eine derartige zeitliche Lücke. Die Lords neben ihm saßen still da, als seien sie gelähmt oder befänden sich in ihrem geistigen Kontakt; und Covenant schwieg – er war zu erschüttert, um zu sprechen. »Ach, Verement!« meinte dann schließlich Elena mit einem Beben der Rührung in ihrer Stimme. »Wie wirst du das ertragen?« Ihre Augen waren nur wie glühende Kohlen sichtbar. Im Dunkeln schienen sie eine ungeheure Schärfe und unerträgliche Heftigkeit zu besitzen. Lord Mhoram begann leise zu singen.

»Tod zieht vorüber …
das ist des Lebens Machart und der Zeit zum Leben.
Hasse Sterben und Töten, nicht den Tod.
Sei still, Herz:
führ keine Klage.
Bewahre Frieden und Gram
und sei still.«

15
Schwelgenholz

Die Gruppe um den Hoch-Lord erreichte die Schule der Lehre am Abend des sechsten Tages. Auf den letzten Längen führte die Landstraße allmählich ins Tiefland von Trothgard hinunter; und genau in dem Moment, als die Sonne im Sinken das Westlandgebirge berührte, gelangten die Reiter ins weite Tal der Zwei Flüsse. Dort strömten Rill und Llurallin in einem breiten V zusammen, trafen sich im schmaleren Ende des Tals zur Linken der Reiter. Der Llurallin floß zu ihren Füßen beinahe geradeaus ostwärts; er entsprang klaren Quellen hoch in den schroffen Felsen der Berge jenseits des Hüterstiegs und besaß eine Kraftfülle der Reinheit, dank der er sogar aus all dem Blutvergießen, Fleischzerhauen und Erdversengen unbeschadet hervorgegangen war, das den Kurash Plenethor einst verheert hatte. Heute, Generationen nach der Schändung, floß der Llurallin in der gleichen kristallklaren Makellosigkeit dahin, von der sein Name herrührte. Auf der anderen Seite des Tals strömte der Rill und bildete die Südgrenze Trothgards. Wie der Maerl war auch der Rill mittlerweile durch die langen Bemühungen der Lords wieder in erheblichem Maße gesäubert worden, und das Wasser, das zum Tal der Zwei Flüsse hinausfloß, verdiente nicht länger die Bezeichnung ›grau‹.

Am Mittelpunkt des Tals, im breiteren Teil des V der Flüsse, stand Schwelgenholz, die Baumstadt der Schule der Lehre. Es handelte sich um eine gewaltige, ausgedehnte Baumsiedlung. Im Wuchs angeregt und gestärkt durch die neuen Kenntnisse aus dem Zweiten Kreis des Wissens und den Stab des Gesetzes, ragte ein Feigenbaum so hoch wie eine riesenhafte Eiche empor, verteilte von Ästen, die die Maße von Fußgängerwegen besaßen, kabeldicke Luftwurzeln abwärts, aus denen weitere Stämme mit neuen Ästen und Wurzeln erstanden waren – und zwar, bis rings um den ursprünglichen Baum sechs weitere gediehen, alle miteinander verwachsen, jeder ein Teil der anderen, aber alle gemeinsamer Sproß einer Saat. Sobald diese sieben Stämme vorhanden waren, hatten die Gestalter des Gewächses am Mittelbaum verhindert, daß weitere Luftwurzeln den Erdboden erreichten, und statt dessen deren dicke Bündel zu nestartigen Kammern und Räumlichkeiten verbunden und verwoben – Wohnungen und Unterrichtsstätten für Schüler und Lehrer der Schule der Lehre. An dreien der äußeren Bäume hatte man die Luftwurzeln gleichartig genutzt, ehe sie sich in der Erde festsetzen konnten, und Hohlräume geschaffen, die groß genug waren für Versammlungshallen und Bibliotheken. Auf der geschützten Fläche unter den Bäumen waren Gärten und Übungsgelände angelegt worden, Freiräume zur Ausbildung der Schüler sowohl des Stab- wie auch des Schwertwissens. Und oberhalb der dicken, großen Hauptverzweigungen des Astwerks der Bäume hatte man die dünneren Äste zu mit Laub überdachten Behausungen und offenen Aussichtsgelegenheiten verflochten. Schwelgenholz war eine blühende Stadt, durch die fruchtbare Tiefebene Trothgards reichlich versorgt; und die Schule der Lehre war gegenwärtig geschäftiger als je zuvor in ihrer Geschichte. Die Lehrwarte und Schüler von Schwert und Stab erledigten für die Stadt sämtliche Arbeiten – das ganze Kochen, Anbauen, Hüten und Säubern –, aber sie waren keineswegs ihre einzigen Bewohner. Eine Anzahl von *Lillianrill* wohnte dort und kümmerte sich um das Baumgewächs selbst. Von überall aus dem Land kamen Gäste. Dorfgemeinschaften schickten Abgesandte, um von den Lehrwarten Wissen einzuholen; Allholzmeister kamen, um den Baum zu begutachten; und Glutsteinmeister bezogen in Schwelgenholz Quartier, um von dort aus die Steingärten zu besuchen. Und auch die Lords arbeiteten in Schwelgenholz daran, ihre dem Land gegebenen Versprechen einzulösen.

Als die Reiter über die Stadt im Tal ausschauten, fingen ihre breiten, glänzenden Blätter das orangerote Feuer der Sonne ein, so daß sie über den Schatten, die sich talabwärts verbreiteten, prachtvoll zu lohen schien. Auf diesen Anblick reagierte der Trupp mit einem frohen Heilruf. Die Reiter stießen ihren Tieren die Fersen in die Flanken und galoppierten bergab zur Llurallin-Furt. Während der Zeit, als Schwelgenholz heranwuchs, hatten sich die Lords bereits Gedanken über seine Verteidigung gemacht. Sie schufen für das gesamte Tal nur zwei Furten, eine über jeden Fluß. Und der Grund dieser Überwege war versenkt; man mußte ihn heben, ehe man die Furt benutzen konnte. Alle Personen in der Begleitung des Hoch-Lords, ausgenommen Covenant, verfügten über das erforderliche Wissen und die nötigen Fertigkeiten, und daher verspürte Troy eine undeutliche Verblüffung, als Elena am Flußufer anhielt und mit gesetzten Worten Trell bat, die Furt zu heben. Troy begriff, daß sie dem Glutsteinmeister eine Ehre erwies, aber er wußte nicht, warum. Ihre Geste vertiefte das Rätsel um Trell.

Ohne Elenas Blick zu erwidern, stieg Trell ab und trat ans Ufer des Llurallin. Zuerst schien es, als kenne er das Geheimnis der Furt gar nicht. Troy hatte ein paar kurze Wendungen in einer fremdartigen Sprache und zwei Gebärden gelernt, um das Flußbett in der Breite anzuheben, aber Trell verwendete nichts davon. Er stand am Ufer, als stelle er sich dem tiefen Strom mit aller Förmlichkeit vor, und begann ein grollendes, untergründiges Lied zu singen. Die übrigen Reiter sahen ihm in gedämpftem, ruhigem Verhalten zu. Troy konnte den Sinn der Worte nicht verstehen, aber er spürte ihre Wirkung. Sie besaßen einen alten, verschütteten, höhlen-hohlen Klang, als sänge ihn in Wirklichkeit das Grundgestein des Tals. Anfangs rührten sie ihn fast zu Tränen. Doch bald verstummte Trells Gesang. Stumm hob er seine Arme, und der flache Fels der Furt kam aus den Fluten zum Vorschein. Er bestand aus mehreren Abschnitten mit Rinnen dazwischen, so daß er die Strömung nicht wie ein Damm staute. Sobald er zur Überquerung bereitlag, war er so trocken, als habe er sich nie unter Wasser befunden. Mit gesenktem Kopf kehrte Trell zurück zu seinem Reittier. Als das letzte Pferd über den Fluß gesetzt hatte und der ganze Trupp sich im Innern des Tals aufhielt, verschwand die Furt von selbst wieder, ohne daß es einer der gebräuchlichen Anwendungen bedurfte.

Troy fühlte sich beeindruckt. Er entsann sich an Trells Angriff auf Covenant und fand, daß der Zweifler wahrhaftig von Glück reden konnte, mit dem Leben davongekommen zu sein. Und langsam gelangte er zum Empfinden, daß es angebracht war, Trells Rätsel zu lösen, ehe er Trothgard wieder verließ. Im Moment konnte er allerdings nichts unternehmen. Das letzte Licht der Abenddämmerung wich aus dem Tal, als ob die Strömungen im Fluß es mit sich forttrügen, und er mußte sich stark konzentrieren, um eine gewisse Orientierung zu bewahren. Die Lehrwarte entzündeten Fackeln, aber was Troy anging, waren sie kein Ersatz für die Sonne. Indem er sich streng zum Geradeausspähen zwang, ritt er zwischen Lord Mhoram und Ruel durchs Tal nach Schwelgenholz.

In der Nähe eines der sieben Bäume begrüßte eine Empfangsabordnung von Lehrwarten den Hoch-Lord und seine Begleitung schon am Boden. Sie hieß die Lords in feierlicher Würde willkommen und umarmte ihre Kollegen, die mit ihnen vom Besuch auf Schwelgenstein zurückkehrten. Streitmark Troy, den sie gut kannten, entboten sie einen besonderen Willkommensgruß. Doch als sie Covenant sahen, wandten sie sich allesamt sofort ihm zu. Sie strafften ihre Schultern, als käme ein Generalinspektor, und grüßten ihn. »Heil, Weißgoldträger«, riefen sie wie aus einem Mund, »den man Ur-Lord Covenant nennt, Zweifler und Ring-Than. Sei willkommen in Schwelgenholz. Du bist im Lande Kern und Angelpunkt unseres Zeitalters, der Hüter der wilden Magie, die den Frieden stört. Ehre uns, indem du unsere Gastfreundschaft annimmst.«

Troy erwartete von Covenant irgendeine unerfreuliche Spöttelei. »Eure Gastfreundschaft ehrt mich«, erwiderte der Zweifler jedoch bloß mit barscher Stimme, die Verlegenheit verriet.

Daraufhin verbeugten sich die Lehrwarte, und ihr Anführer trat vor. Er war ein alter, verhutzelter Mann mit verschleierten Augen und krummer Haltung – den Folgen jahrzehntelanger rückgratschädigender Studien. Seine Stimme zeichnete sich durch ein leichtes Zittern der Greisenhaftigkeit aus. »Ich bin Corimini«, sagte er, »Ältester an der Schule der Lehre. Ich spreche für alle Erkunder der Lehre, sowohl des Schwert- wie auch des Stabwissens. Die Annahme einer Gabe ehrt den Geber. Sei willkommen.«

Während er noch sprach, streckte er eine Hand aus, um Covenant beim Absteigen behilflich zu sein. Aber entweder mißverstand Covenant die Geste, oder er ging intuitiv über ihre engere Bedeutung hinaus. Statt sich von seinem Tier zu schwingen, zog er ruckartig den Ehering von seiner linken Hand und ließ ihn in Coriminis entgegengestreckte Handfläche fallen. Dem Ältesten verschlug es den Atem; ein Ausdruck des Erstaunens weitete seine Augen. Fast unverzüglich wandte er sich ab, um den Ring den anderen Lehrwarten zu zeigen. Mit gedämpftem, ehrfürchtigem Murmeln der Beschwörung, das wie leise Fetzen von Gebeten klang, drängten sie sich um Corimini, um das Weißgold anzustarren, es mit zittrigen Fingern reihum zu reichen. Doch sie betasteten es nur für kurze Zeit. Gleich darauf kehrte Corimini zurück zu Covenant. Die Augen des Ältesten waren feucht aus Gerührtheit, und seine

Hand bebte, als er dem Zweifler den Ring wiedergab. »Ur-Lord«, sagte er mit merklichem Schwanken in der Stimme, »du bist uns weithin über. Viele Geschlechter werden dahinziehen müssen, bis wir diese Ehre zu begleichen vermögen. Gebiete über uns, so daß wir dir dienen dürfen.«

»Ich brauche keine Dienste«, entgegnete Covenant rundheraus. »Ich brauche eine Alternative. Findet irgendeinen Weg, um das Land ohne mich zu retten.«

»Ich verstehe deine Worte nicht vollauf«, sagte Corimini. »Alle unsere Kräfte sind auf die Bewahrung des Landes gerichtet. Wenn auch das dir dienlich sein kann, müssen wir hocherfreut sein.« Er sprach die Lords allgemein an. »Wollt ihr nun mit uns Schwelgenholz betreten? Wir haben Speisen und Erquickungen für euch vorbereitet.«

Hoch-Lord Elena gab höflich eine positive Antwort und sprang anmutig von Myrhas Rücken. Sofort stiegen auch die übrigen Reiter ab. Aus den Schatten des Baums eilte eine Gruppe von Schülern herbei und nahm sich der Rösser an. Dann führte man die Besucher durch den Ring aus Bäumen zum Mittelbaum. Inzwischen waren überall in Schwelgenholz Lichter aufgeleuchtet, und die Gesamtheit ihrer Leuchtkraft genügte, um die Trübnis von Troys Sicht aufzuhellen. Er konnte sich selbstbewußt den Lords anschließen und angetan hinauf ins Astwerk der ihm wohlvertrauten Stadt schauen. In mancher Hinsicht fühlte er sich hier mehr zu Hause als auf der Herrenhöh. In Schwelgenholz hatte er das Sehen gelernt. Und nach seinem Empfinden paßte Schwelgenholz auch besser zum Hoch-Lord. Beide waren für ihn untrennbar miteinander verbunden. Er hatte seine tiefe Freude an ihrer berechtigten Vorrangstellung, ihrer Ausstrahlung nachsichtiger Autorität, ihrer mühelosen Beschwingtheit, als sie die breite Leiter des zentralen Baumstamms erklomm. Unter ihrem Einfluß überwand er sich und sagte Covenant ein paar Worte der Ermutigung, als der Zweifler sich über die Notwendigkeit beschwerte, in den hohen Baum hinaufzuklettern.

»Du kapierst das nicht«, antwortete Covenant unbestimmt. »Ich fürchte mich vor Höhen.« In ersichtlicher krampfartiger Unsicherheit zwang er sich dazu, seine Hände auf die Sprossen der Leiter zu legen. Bannor folgte Covenant dichtauf und übernahm die Verantwortung für die Sicherheit des Ur-Lords. Bald erreichten die zwei die Höhe der ersten Äste. Troy stieg hinter ihnen mit Leichtigkeit in den Baum empor. Das glatte, starke Holz der Sprossen gab ihm das Gefühl, ein Fehlgriff sei unmöglich; es schien ihn beinahe zu heben, als erwarte Schwelgenholz ihn in freudigem Eifer. Innerhalb weniger Augenblicke befand er sich hoch im Baum und entfernte sich von der Leiter auf einen der Hauptäste der Baumstadt. Die Gestalter von Schwelgenholz hatten den Feigenbaum so wachsen lassen, daß die Oberseiten der Äste flach waren, und die waagerechte Länge des Asts, dessen Verlauf Troy folgte, war breit genug für drei oder vier Personen. Unterwegs winkte er zum Gruß Bekannten zu – vorwiegend Lehrwarten des Schwertwissens, ferner einigen Schülern, deren Familien auf der Herrenhöh lebten. Die Kolonne mit den Lords überquerte einen Kreuzungspunkt, wo mehrere Äste zusammenliefen, und setzte den Weg dahinter in die Baumkrone eines der äußeren Stämme fort. In diesem Baum hatte man eine geräumige Halle geschaffen, und als Troy sie betrat, sah er, daß sie für ein Bankett hergerichtet worden war: die Räumlichkeit war hell mit *Lillianrill*-Fackeln erleuchtet; lange Tafeln mit Teppichen aus Moos dazwischen waren aufgebaut; Schüler jeglichen Alters eilten fleißig umher, trugen Tabletts mit Flaschen und dampfenden Schüsseln herein. Dort begrüßte Drinishok, Schwertwissen-Weiser an der Schule der Lehre, den Streitmark; er war Troys erster Lehrer in praktischer Kriegführung gewesen. Sah man einmal von seinen zottigen Brauen ab, wirkte Drinishok nicht wie ein Kriegsmann; seine spinnenhaft dünnen Gliedmaßen und Finger erweckten den Anschein, als könnten sie unmöglich Schwert oder Bogen handhaben. Doch drei Lords und drei Viertel von Troys Kriegsheer verdankten dem alten Schwertwissen-Weisen ihre kriegerische Ausbildung, und die weißen Narben vieler Kämpfe bedeckten seine sonnengebräunten Unterarme. Troy grüßte seinen Mentor überaus herzlich, und nachdem man, wie's der Brauch vorschrieb, dem Lande gemeinsam Dank für die Nahrung ausgesprochen hatte, nahm man zum Festessen Platz.

Die Kost in Schwelgenholz war schlicht, aber in ihrer Art vortrefflich – sie glich durch ihre gesellige Natur aus, was ihr an Raffinesse fehlte –, und allen Lords und Lehrwarten tischte man zur Genüge Fleisch, Reis, Käse, Brot, Obst und Frühjahrswein auf. Angeregt durch die Prächtigkeit des Willkommens in Schwelgenholz, speisten der Hoch-Lord und die übrigen Ankömmlinge mit wahrer Begeisterung, und während der ganzen Zeit plauderten und scherzten sie mit den Gastgebern und den betriebsamen Schülern. Danach präsidierte Hoch-Lord Elena über ein von den Schülern vorbereitetes Unterhaltungs-Repertoire. Schwertmeister demonstrierten buchstäblich messerscharfe akrobatische Geschicklichkeit, und die Erkunder des Stabwissens erzählten eine verwickelte Geschichte, eine Kurzfassung der uralten Riesen-Geschichte von Bahgoon dem Ungezogenen und seiner Bändigerin Thelma Zweifaust. Troy hatte sie noch nie gehört, und sie belustigte ihn.

Es widerstrebte ihm, diese angenehme, tröstliche Wohlgelauntheit so bald wieder abzulegen, und daher begleitete Troy sie nicht, als die Lords mit den Lehrwarten die Festhalle verließen, um miteinander die Kunde zu besprechen, die Runnik aus der Sarangrave-Senke gebracht hatte. Statt dessen nahm er Drinishoks Einladung an, die Nacht im Heim des alten Schwertwissen-Weisen zu verbringen. Hoch in einem der äußeren Bäume saßen er und Drinishok in einer aus Zweigen und Laub geflochtenen Kammer noch lange beisammen, tranken Frühjahrswein und diskutierten über den Krieg. Die Aussicht auf Kampf erregte Drinishok, und er schwor, daß nur die Notwendigkeit einer starken Verteidigung Schwelgenholz' ihn davon zurückgehalten habe, mit dem Kriegsheer zu ziehen. Wie immer begriff er Troys Gedankengänge schnell, und als der Streitmark sich zuletzt auf der Bettstatt ausstreckte, war der einzige unmittelbar beachtenswerte dunkle Punkt in seiner persönlichen Zufriedenheit das Rätsel um Trell.

Der schwache Wind in den Wipfeln wiegte ihn in einen ausgezeichneten Schlaf, und am nächsten Morgen erwachte er voller Eifer nach den Taten des neuen Tages. Es amüsierte, überraschte ihn jedoch nicht, als er bemerkte, daß sein Gastgeber schon vor ihm aufgestanden und gegangen war; er kannte die rigorose Zeitplanung an der Schule der Lehre. Er badete und kleidete sich an, zog die hohen Stiefel über seine schwarzen Beinkleider, setzte sorgfältig seinen Stirnreif und die Schutzbrille auf. Nach einem rasch eingenommenen Frühstück opferte er ein wenig Zeit dafür, seine Brustplatte und das Ebenholz seines Schwertes zu polieren. Sobald er hinreichend wie der Streitmark des Kriegsheers der Lords aussah, verließ er Drinishoks Gemächer, begab sich hinüber zum Mittelbaum und stieg hinauf zum Beobachtungsposten von Schwelgenholz. Auf der kleinen Plattform in den höchsten Zweigen des Baums gesellte er sich zu den beiden Schülern, die dort auf Wachdienst standen. Während er sich freundlich mit ihnen unterhielt, atmete er die herbstlich frische Luft und hielt über die gesamte Länge und Breite des Tals der Zwei Flüsse Ausschau. Im Westen konnte er die schneebedeckten Gipfel der Berge sehen. Er war nicht irgendwie wachsam, spähte nicht nach Gefahr aus. Er liebte die fruchtbaren Hügel Trothgards und wollte sie seinem Gedächtnis so einprägen, daß er sie nie vergaß. Falls ihn in diesem Krieg irgend etwas niederstreckte, wollte er bis zum bitteren Ende, Tod oder Blindheit, sicher sein dürfen, diesen Landstrich gesehen zu haben.

Er befand sich noch oben auf der Plattform, als er das Signal hörte, das zur Versammlung rief. Sofort verabschiedete er sich von den zwei Schülern und stieg stammabwärts. Binnen kurzem erreichte er die weite, dachfreie, stadionähnliche Räumlichkeit, die als Versammlungssaal diente. Recht hoch in der Baumstadt hatten die Gestalter von Schwelgenholz um vier dicke, als Streben geeignete Äste ein sehr großes Geflecht aus Luftwurzeln rings um den zentralen Baumstamm geschaffen. Es bildete eine weiträumige Mulde, gestützt auf die vier starken Äste und mit den Luftwurzeln selbst an den sechs äußeren Bäumen verankert. Das Resultat nannte sich *Viancome* und war ein Versammlungsort, groß genug für die Hälfte der Einwohnerschaft von Schwelgenholz. Die Menschen saßen auf den Luftwurzeln und ließen die Füße durch deren Netzwerk baumeln. Die Lücken im Geflecht waren kaum größer als dreißig mal dreißig Zentimeter, machten die *Viancome* für Neulinge jedoch zu einer etwas unangenehmen Überraschung. Schwelgenholz' Einwohner liefen unbeschwert in diesem Flechtwerk umher, rannten sogar. Streitmark Troy setzte seine Füße mit der gewohnheitsmäßigen Umsicht und Behutsamkeit eines Blinden und konnte infolgedessen selbstbewußt vom zentralen Stamm hinüber zu der Stelle schreiten, wo in halber Höhe der Seitenwände Drinishok und die anderen Schwertwissen-Lehrwarte beieinander standen. Lord Amatin war bereits anwesend, umgeben von einer Traube Stabwissen-Lehrwarte und fortgeschrittener Schüler. Die Mehrzahl der Bluthüter hatte sich ringsherum an den Rändern des Geflechts postiert, und an ihnen vorbei kam ein steter Strom von Einwohnern Schwelgenholz' in die Versammlungsstätte. Als Troy zu Drinishok trat, sah er Lord Mhoram die stadionartige Anlage unterwegs zu Amatin durchqueren. Falls die *Viancome* Mhoram Unbehagen verursachte, zeigte er es nicht; er schritt forsch von einer zur anderen Luftwurzel, seinen Stab in der Armbeuge.

Kurze Zeit später traf Hoch-Lord Elena in Begleitung des Stabwissen-Weisen Asuraka ein. Troy war gelinde schockiert; er hatte sie mit Corimini zu sehen erwartet, dem Ältesten an der Schule der Lehre. Doch als Corimini hereinkam, brachte er Ur-Lord Covenant mit. Troy begriff, was das bedeutete. Die Schule der Lehre schätzte Covenant höher ein als Elena, und daher war die höchste Ehre, die Schwelgenholz vergeben konnte, die Einladung durch den Ältesten, dem Zweifler zugefallen. Das ärgerte Troy; es mißfiel ihm, den Hoch-Lord hinter Covenant zurückgesetzt zu sehen. Aber der Blick des Mißbehagens, mit dem Covenant das Geflecht und die Tiefe darunter betrachtete, entschädigte ihn ein wenig.

Bald darauf hatten alle Lehrwarte ihre Plätze eingenommen. Die Seiten der *Viancome* und das Astwerk darüber waren dichtgedrängt von Bewohnern Schwelgenholz' besetzt. Covenant klammerte sich über einem der Stützäste an eine Luftwurzel; in seiner Nähe kauerte wie sein Schutzengel Bannor. Die Lords und Streitmark Troy saßen in lockerer Gruppierung mit den Weisen unter den Lehrwarten nach Süden gewandt, und vor ihnen stand Corimini, schaute mit würdevoller Miene über die Versammelten. Als alle Anwesenden still waren, ruhig und erwartungsvoll, begann er die zeremonielle Eröffnung der Zusammenkunft.

Er und der Hoch-Lord tauschten traditionelle Begrüßungen aus und sangen einander die rituellen Beschwörungsformeln vor, die sie für eine solche Versammlung und ihren Zweck als angemessen erachteten. Ihr feierlicher Wechselgesang verbreitete in der *Viancome* eine Stimmung ehrerbietigen Ernstmuts, die die zusammengekommenen Menschen umfing, als webe

sie sie alle in die grausige, wundersame Geschichte des Landes ein. Unterm Einfluß der zeremoniellen Feierlichkeit konnte Troy nahezu vergessen, daß fast die Hälfte von allem, was man sprach oder sang, die Absicht verfolgte, den Weißgoldträger zu ehren. Doch Covenant wirkte nicht, als widerführen ihm Ehren. Verkrampft und linkisch hockte er da, als drücke ihm jemand die Spitze eines Dolchs in den Rücken. Nachdem der letzte Gesang verstummt war, blickte Corimini wortlos hinüber zu Covenant, gab dem Zweifler zum Sprechen Gelegenheit. Aber unterm wüsten Stieren, mit dem Covenant ihm begegnete, duckte der Älteste sich fast zusammen. Er wandte sich ab. »Hoch-Lord Elena«, sagte er, »Lord Mhoram, Lord Amatin, Streitmark Troy, seid willkommen in der *Viancome* zu Schwelgenholz. Wir sind die Schule der Lehre, die Erforscher und Diener von Kevins Lehre. Wir haben uns zusammengefunden, um euch zu ehren – und euch in Anbetracht des herangenahten Krieges den Beistand all unseres Wissens anzubieten. Die Bewahrung von Land und Lehre liegt in euren Händen, so wie in unseren Händen das Geheimnis um Land und Lehre liegt. Gibt's irgendeinen Weg, mit dessen Beschreiten wir euch Hilfe zu leisten vermögen, so sprecht, und wir werden all unsere Kräfte aufwenden, um eurem Bedürfnis zu genügen.«
Hoch-Lord Elena verneigte sich tief. »Die Versammlung der Schule der Lehre ist für uns eine große Ehrung«, antwortete sie förmlich, »und ebenso ehrt's mich, vor den Bürgern Schwelgenholz' sprechen zu dürfen.« Troy fand, daß er sie kaum jemals mit größerer Ausstrahlung als jetzt gesehen hatte. »Ältester, Weise, Lehrwarte, Schüler des Schwert- und Stabwissens, Freunde des Landes – meine Freunde, im Namen aller Lords danke ich euch. Wir werden niemals unterliegen, solange im Lande solche Treue lebt. Ja, bestimmte Dinge gibt's, von denen ich sprechen möchte. Nicht will ich von der Gefahr sprechen, die durch den Krieg auch Schwelgenholz droht. Das

Schwertwissen verleiht euch Macht zur Gegenwehr. Und Lord Amatin wird bei euch bleiben, um alles zu tun, was ein Lord zu tun vermag, um das Tal der Zwei Flüsse zu schützen.« An den Rändern der Versammlungsstätte begann Jubel aufzubranden, aber sie brachte ihn mit einem gebieterischen Blick zum Abebben und sprach weiter. »Auch von Steinhausen und Holzheimen brauche ich nicht zu reden, die der Krieg zerstören wird – nicht von den Menschen, die durch ihn ihr Heim verlieren werden. Ich weiß, daß die Obdachlosen und die ihrer Habe Beraubten dieses Krieges hier allen Trost, alle Hilfe und jeglichen Beistand finden werden, welche ein Menschenherz erbitten oder geben kann. Das ist gewiß und bedarf keiner Nahelegung. Selbst von der Notwendigkeit, Kevins Lehre zu meistern, mag ich nicht Rede führen. Ihr habt nach besten Kräften gewirkt und vieles erreicht. Ihr werdet noch mehr Kräfte aufbieten und noch mehr erreichen. In all diesen Angelegenheiten vertrauen wir euch vollkommen. Zwei Fragen jedoch haben sich erhoben, von denen ich sprechen muß.« Eine Veränderung in der Tonlage ihrer Stimme deutete an, daß sie nun zum Kern der Gründe kam, aus welchen sie Schwelgenholz aufgesucht hatte. »Der zweitrangige Grund unserer Anwesenheit betrifft einen Fremdling, der sich auf der Herrenhöh hat blicken lassen. An erster Stelle jedoch steht eine andere Angelegenheit, die wir euch bereits vor einem Jahr unterbreitet haben – auf Streitmark Troys Ersuchen.« Sie räumte Troy eine Chance ein, selbst das Wort zu ergreifen, aber er lehnte mit einem Kopfschütteln ab, und Elena beschloß ihre Ausführungen. »Wir hoffen, daß die Schule der Lehre ein Mittel entdeckt hat, das eine Verständigung aus der Ferne erlaubt, es ermöglicht, über größere Entfernungen hinweg Nachrichten zu sprechen und zu vernehmen. Der Streitmark glaubt, daß eine solche Möglichkeit in diesem Krieg von hohem Nutzwert sein wird.« Coriminis befriedigte Miene verriet seine Antwort, noch ehe er sie äußerte. »Hoch-Lord, wir haben fürwahr eine solche Möglichkeit entdeckt.« Bei dieser Neuigkeit tat Troys Herz einen Hüpfer, und er umklammerte den Griff seines Schwerts fester. Sein Schlachtplan wirkte plötzlich perfekt. Er grinste breit, während der Älteste Näheres bekanntgab. »Mehrere unserer besten Schüler und Lehrwarte widmeten sich dieser Aufgabe. Dabei unterstützten sie Allholzmeister des *Lillianrill.* Dank der Allholzmeister und zweier Schüler fand der Stabwissen-Weise Asuraka heraus, daß man Nachrichten durch das *Lomillialor* übermitteln und empfangen kann, das Hehre Holz des *Lillianrill.* Die Verrichtung ist schwierig und verlangt Kraft, doch wird sie keinen mit der Erdkraft vertrauten Lord überfordern.«

Das *Lomillialor.* Troy hatte davon gehört. Es handelte sich um das *Lillianrill*-Gegenstück zum *Orkrest* – ein krafterfülltes weißes Holz, das vom Einstückbaum stammte, aus dem Berek Halbhand auch den Stab des Gesetzes gemacht hatte. Die Allholzmeister verwendeten es – so wie die Glutsteinmeister den *Orkrest* – zum Zweck der Wahrheitsprobe. Es hieß vom *Lomillialor,* es sei ein untrügliches Prüfmittel für jemandes Treue – allerdings vorausgesetzt, der Geprüfte war nicht stärker als der Prüfer. In einigen der alten Geschichten um den ersten Besuch Covenants im Lande erwähnte man, der Zweifler habe eine Wahrheitsprobe bestanden, der man ihn im Holzheim Hocherhaben unterzog. Und später war Holzheim Hocherhaben vernichtet worden. Als Troy sich erhob, um im Anschluß an Elena der Schule der Lehre für das zu danken, was sie geleistet hatte, blickte er hinüber zu Covenant, um zu schauen, wie er Coriminis Neuigkeit aufnahm. Aus irgendeinem Antrieb stand der Zweifler jetzt auf den Beinen. *»Lomilliar«,* nuschelte er und wankte aus Furcht vorm Fallen unsicher hin und her. »Die Wahrheitsprobe. Wollt ihr solchem Mist vertrauen?«

Eine hitzige Entgegnung rutschte Troy auf die Lippen, aber irgend etwas an Covenants Aussehen hielt sie dann doch zurück. Troy hob eine Hand zwischen sich und Covenant, rückte seine Schutzbrille zurecht und schaute noch einmal hin. Die Unregelmäßigkeit war noch vorhanden. Covenants Brust schien sich zu kräuseln wie aufgerührtes Wasser. Seine Gestalt war stofflich fest, aber durch irgendeinen Umstand geriet die Mitte seines Brustkorbs visuell in Unruhe, ließ sie wallen wie eine Luftspiegelung. Troy hatte einen derartigen Effekt schon einmal beobachtet. Hastig lenkte er seinen Blick hinüber zum Hoch-Lord. Elena musterte ihn mit stummer Fragestellung in den Augen. An ihr tat sich nichts. Die Unregelmäßigkeit zeigte sich sonst vor niemandem in der *Viancome*. Und Covenant war sich der Erscheinung allem Anschein nach auch nicht bewußt. Aber die Bluthüter rings um die Versammlung standen in Haltungen bis zum äußersten angespannter Wachsamkeit da, und Bannor befand sich in einer sprungbereit geduckten Weise dicht an Covenants Seite, die seiner ausdruckslosen Miene widersprach. Dann sah Troy die Verzerrungserscheinung sich von Covenant lösen und träge hinüber zum Hoch-Lord schweben. Als er sie das erste Mal bemerkt hatte, war sie so flüchtig gewesen, für ein nur so kurzes Momentchen sichtbar, daß er anschließend an eine Sinnestäuschung glaubte, eine geringfügige Störung seiner mentalen Sicht. Aber jetzt wußte er, um was es sich handelte. Troy verbeugte sich wohlüberlegt vor Corimini. »Verzeih die Unterbrechung. Ich habe vergessen, was ich zu sagen beabsichtigte.« Ohne dem Ältesten eine Gelegenheit zu einer Erwiderung zu geben, wandte er sich an Elena. Er hoffte, sie werde aus der betonten Gleichgültigkeit seines Tons ihre Schlußfolgerungen ziehen. »Warum machst du nicht erst mal weiter? Du wolltest der Schule der Lehren doch noch etwas vortragen.« Während er sprach, tat er einige Schritte in ihre Richtung, als wären sie ein natürlicher Ausdruck seiner

Ehrerbietigkeit. Am Rand seines Blickfelds sah er die Erscheinung auf sie zuschweben. Er drehte sich, um sich dem Gebilde nähern zu können, wandte sich auf eine Weise Covenant zu, die es ihm gestattete, zwei weitere Schritte zu tun. »Weißt du«, sagte er mit Nachdruck, »es könnte sein, daß sich dein Weißgold jetzt doch als nützlich erwiesen hat.« Etwas von seiner Erregung floß seiner Stimme ein. Im nächsten Moment handelte er. Er vollführte drei schnelle Schritte und stürzte sich auf die Wallerscheinung in der Luft. Sie versuchte, ihm auszuweichen, aber er bekam sie noch rechtzeitig zu fassen. Er warf sich mit unwiderstehlicher Wucht auf sie und fiel auf den Netzwerkboden, das Etwas in den Armen. Es wehrte sich – er spürte unsichtbare Arme und Beine –, aber er behielt es in der Umklammerung. Er drückte fester zu, bis die unsichtbare Gestalt den Widerstand aufgab und reglos blieb. Als Troy sich wieder aufrichtete, hob er ihr geringes, erschlafftes Gewicht in seinen Armen mit sich hoch. »So, Freundchen«, knirschte er sie an. »Nun zeig dich! Oder soll ich den Hoch-Lord bitten, dich mit dem Stab des Gesetzes an den Rippen zu kitzeln?«

Covenant starrte Troy an, als habe der Streitmark den Verstand verloren. Aber Lord Amatin beobachtete ihn in höchster Aufmerksamkeit, und der Hoch-Lord trat vor, wie um der Drohung Nachdruck zu verleihen.

Ein helles, jugendliches Gelächter erscholl. »Ach, sei's drum«, sagte eine körperlose, aus Heiterkeit breiige Stimme. »Ich bin gefangen. Du besitzt ein bemerkenswertes Sehvermögen. Gib mich frei. Ich werde nicht entweichen.« Plötzlich entstand in der Luft eine Art von Strudel; dann war in Troys Umklammerung Amok sichtbar. Er war noch derselbe unpassend alte Jüngling, der zu Schwelgenstein vor den Großrat der Lords getreten war. »Heil, Hoch-Lord«, rief er belustigt. Als Troy ihn losließ, verbeugte er sich launig vor Elena, dann drehte er sich um und wiederholte die Verbeugung vor Troy. »Heil, Streitmark! Dein Augenlicht ist scharf – aber dein Griff roh. Ist das Schwelgenholz' Gastfreundlichkeit?« Vergnüglichkeit erfüllte seine Stimme, machte es unmöglich, seine Äußerungen als echten Vorwurf zu empfinden. »Doch dein Kraftaufwand war unnötig. Ich bin hier.«

»Hölle und Verdammung«, murmelte Covenant. »Hölle und Verdammnis.«

»Wahrhaftig?« meinte Amok mit knabenhaftem Grinsen, das die Fröhlichkeit der Locken auf seinem Kopf aufzuhellen schien. »Nun, darüber zu befinden, obliegt mir nicht. Aber ich bin wohlbedacht erschaffen. Du trägst das Weißgold. Deinetwillen bin ich zurückgekehrt.«

Alle Bürger von Schwelgenholz waren aufgesprungen, als sich Amok zeigte, und die Lehrwarte umstanden nunmehr, zu allem bereit, im Kreis den Streitmark und seinen Gefangenen. Sowohl Corimini wie auch Asuraka überhäuften den Hoch-Lord verwirrt mit Fragen. Aber Elena verwies sie an Lord Amatin.

»Wieso?« wandte sich Amatin an Amok, als sie in den Kreis trat.

»Lord«, antwortete Amok, »das Weißgold übersteigt meine Bestimmung. Als Loriks *Krill* zum Leben erwachte, spürte ich Anzeichen der Bereitschaft. Ich ging nach Schwelgenstein. Dort erfuhr ich, daß das *Krill* nicht durch die Lords und nicht dank Kevins Lehre erwacht war, und ich fürchtete, in die Irre gewandelt zu sein. Doch inzwischen bin ich landauf, landab gewesen und habe die Gefahr erkannt. Und ich habe vom Weißgold erfahren, das Loriks *Krill* weckte. Daran zeigt sich die Weisheit meiner Erschaffung. Wenngleich die Umstände, die mein Dasein erfordern, noch nicht eingetreten sind, ersehe ich die Notwendigkeit meines Daseins, und deshalb bin ich hier.«

»Bist du verändert?« fragte Amatin. »Wirst du uns nun dein Wissen mitteilen?«

»Ich bin, der ich bin. Ich erweise dem Weißgold meine Hochachtung, aber ich bin unverändert.«

»Wer ist das?« wollte zum wiederholten Male hartnäckig Corimini wissen.

Indem sie dem Ältesten endlich antwortete, verhalf Hoch-Lord Elena Lord Amatin zu einer Pause, die Amatin zur besseren Vorbereitung nutzen konnte. »Er ist Amok, der Träger eines Wissens, mit dem er wartet. Hoch-Lord Kevin hat ihn erschaffen, auf daß er … gewisse Fragen beantworte. Kevins Gedanke war, daß jene, die ihm nachfolgten, für Amoks Wissen reif seien, sobald sie das *Krill* gemeistert hätten. Doch wir haben das *Krill* nicht gemeistert. Wir kennen die Fragen nicht.«

Nach dieser Erläuterung durchwisperte ein Geflüster des Staunens die Anwesenden. Troy sah jedoch, daß die Lehrwarte die Situation auf Anhieb besser als er durchschauten. Ihre Augen schimmerten von Einsichten in Möglichkeiten, die er nicht verstand. Auf ein Nicken Coriminis hin kamen die beiden Weisen Asuraka und Drinishok in den Kreis und bezogen beiderseits Lord Amatins Aufstellung, um ihm mit ihren vereinten Kenntnissen auszuhelfen.

Amatin nahm ihre Dienste dankbar an, dann hob sie ihr von Forschergeist gekennzeichnetes Gesicht Amok entgegen. »Fremder«, fragte sie, »wer bist du?«

»Lord, ich bin, wen du vor dir siehst«, gab Amok rätselhaft zur Antwort. »Die mich kennen, bedürfen meines Namens nicht.«

»Wer hat dich geschaffen?«

»Hoch-Lord Kevin, Loriks Sohn, dem Sohn Damelons, der Bereks Sohn war, des Herzens der Heimat und Lord-Zeugers.«

»Warum bist du geschaffen worden?«

»Ich warte. Und ich antworte.« Das unverhohlene Grinsen des Jungen schien die Ungeeignetheit von Amatins Fragen zu verspotten.

»Knabe«, mischte sich Drinishok ein, durch Amoks Geheimnistuerei gereizt, »besitzt du Kenntnisse, die zum Schwertwissen zählen?«

Amok lachte. »Alter, ich war schon alt, als der Großvater von deines Großvaters Großvater noch ein Säugling war. Sehe ich aus wie ein Krieger?«

»Alter schert mich nicht«, fuhr der Schwertwissen-Weise ihn an. »Du verhältst dich wie ein Kind.«

»Ich bin, was ich bin. Ich verhalte mich so, wie mich zu verhalten ich geschaffen worden bin.«

Als Lord Amatin eine neue Frage an ihn richtete, betonte sie jedes einzelne Wort sehr deutlich. »Amok, was bist du?«

Amok antwortete ohne zu zögern. »Ich bin der Siebte Kreis des Wissens von Hoch-Lord Kevins Lehre.«

Seine Auskunft schlug die ganze Versammlung mit fassungsloser Stummheit. Beide Weisen keuchten auf, und Corimini mußte sich auf Elenas Schulter stützen. Eine wilde Gefühlsaufwallung spiegelte sich in Elenas Gesicht wider. In Mhorams Augen knisterte plötzlich visionäres Feuer. Und Lord Amatin starrte entgeistert drein – verblüfft oder entsetzt über diese Entdeckung. Selbst Troy, der ja nicht sein ganzes Leben den Rätseln der Kreise des Wissens verschrieben hatte, fühlte sich urplötzlich aus dem Gleichgewicht gebracht, als sei seine sorgsam ausbalancierte Position auf dem Ast seines Dienstes am Land durch irgendeine Unvorhergesehenheit schlagartig erschüttert worden. Dann brach unter den Schülern Jubel der Begeisterung aus. Die Lehrwarte drängten aufgeregt vorwärts, als wollten sie sich von Amoks Existenz überzeugen, indem sie ihn berührten. »Bei der Sieben«, hörte Troy durch den Lärm Hoch-Lord Elena ausrufen. »Wir sind gerettet!«

Covenant hörte sie ebenfalls. »Gerettet?« krächzte er in den Tumult. »Ihr wißt nicht einmal, was der Siebte Kreis überhaupt ist!«

Elena achtete nicht darauf. Sie lächelte Lord Amatin zum

Glückwunsch voller froher Dankbarkeit zu, dann hob sie die Arme, um die Versammlung wieder zur Ruhe zur bringen. »Amok«, sagte sie, sobald in der *Viancome* wieder ein gewisses Maß an Ordnung herrschte, »du bist in der Tat wohlbedacht geschaffen worden. Dein Entschluß, zu uns zurückzukehren, war klug. Nun kann der Verächter uns beileibe nicht so leicht niederwerfen, wie er wohl glauben mag.«

Mit Mühe rief sich der alte Corimini seine langen Erfahrungen der Unzugänglichkeit der Kreise des Wissens in Erinnerung. »Aber noch kennen wir nicht die Fragen«, meinte er mit schwacher, quengliger Stimme, »die uns dies Wissen erschließen.«

»Wir werden sie herausfinden«, erwiderte Elena. Ihre Stimme klang nach schärfster Entschlossenheit.

Nach einer kurzen Verschnaufpause, die sie brauchte, um sich erneut innerlich zu sammeln, setzte Amatin die Befragung fort. »Amok, die Kreise des Wissens, deren Auffindung uns bereits vergönnt war, umfassen verschiedenerlei Wissen über zahlreiche Dinge. Verhält's sich ebenso mit dem Siebten Kreis?«

Anscheinend maß Amok dieser Frage ausnahmsweise tiefere Bedeutung bei. Er verneigte sich so ernsthaft vor Lord Amatin, wie sein quirliges Gemüt es ihm gestattete, ehe er sich äußerte. »Lord, der Siebte Kreis ist von vielerlei Nutzen, aber ich bin nur eine Antwort.«

»Welche Antwort bist du?«

»Ich bin der Weg und das Tor.«

»Wie das?«

»Das ist meine Antwort.«

Lord Amatin blickte Elena und Mhoram an, um zu sehen, ob sie irgendwelche Anregungen hätten, und Troy nutzte die Gelegenheit, um seinerseits eine Frage zu stellen. »Der Weg und das Tor zu was?«

Amok lachte unterdrückt. »Jene, die mich kennen«, entgegnete er, »bedürfen meines Namens nicht.«
»Ja, ich erinnere mich«, brummte Troy. »Und unter jenen, die dich nicht kennen, heißt du Amok. Fällt dir nicht mal was anderes ein, das du uns erzählen könntest?«
»Dazu denk dir erst eine andere Frage aus«, erwiderte der Junge heiter.
Ratlos gab Streitmark Troy seine Bemühungen auf, und da war Lord Amatin auch schon bereit zum Weitermachen. »Amok, Wissen ist der Weg und das Tor zur Macht. So antwortet die Erdkraft jenen, die ihren Namen wissen. Wie groß ist die Macht des Siebten Kreises?«
»Er ist die Krone von Kevins Lehre«, gab Amok so verschmitzt Auskunft, als sei das ein feinsinniger Scherz.
»Kann man ihn verwenden, um den Verächter zu schlagen?«
»Macht ist Macht. Ihre Nutzanwendung liegt in des Benutzers Händen.«
»Amok ...«, begann Amatin wiederum, zögerte jedoch. Sie wirkte fast, als fürchte sie sich vor ihrer nächsten Frage. Aber sie zwang sich zur Entschiedenheit und sprach sie aus. »Enthält der Siebte Kreis das Wissen des Rituals der Schändung?«
»Lord, Schändung bedarf keines Wissens. Sie findet freiweg in jede willige Hand.«
Der Lord seufzte, wandte sich dann an Asuraka und bat den Stabwissen-Weisen um Rat.
Asuraka gab die Frage an Drinishok weiter, aber der Schwertwissen-Weise sah sich außerhalb seines Fachs und wußte nichts zu empfehlen. Aufgrund irgendeiner Eingebung sprach sie plötzlich Corimini an. Die beiden verständigten sich einen Moment lang in gedämpfter Lautstärke. Schließlich richtete Asuraka versuchsweise eine Frage direkt an Amok. »Die anderen Kreise des Wissens, Amok«, sagte sie, »lehren Wissen, das Macht betrifft. Bist du die Macht des Siebten Kreises?«

»Ich bin der Weg und das Tor.«
»Trägst du seine Kraft selbst in dir?« beharrte sie.
Amok erregte für einen Augenblick den Eindruck, als prüfe er erst die Rechtmäßigkeit dieser Frage. »Nein«, gab er dann schlicht zur Antwort.
»Bist du ein Lehrer?«
»Ich bin der Weg und …«
Plötzlich kam Amatin eine neue Idee, und der Lord unterbrach Amok. »Du bist ein Führer.«
»Ja.«
»Du bist erschaffen worden, um uns den Sitz neuen Wissens oder neuer Kräfte zu zeigen?«
»Ach, das mag so geschehen oder nicht. Vieles wird gelehrt, aber wenige lernen.«
»Wo befindet sich diese Macht?«
»Wo jede derartige Macht sich befinden sollte – im Verborgenen.«
»Was ist's für eine Kraft?«
Der Junge lachte. »Ein jedes Ding hat seine Zeit«, antwortete er. »Die mich kennen, bedürfen meines Namens nicht.«
Amatins Schultern sanken herab, und sie drehte sich zum Hoch-Lord um. Ihr schmales Gesicht spiegelte Bedrücktheit wider, als sie ihre Hilflosigkeit eingestehen mußte. Ringsum ertönte vielfaches Seufzen aus den Reihen der Bürger; die ganze Schule der Lehre teilte mit ihr die Enttäuschung. Aber der Hoch-Lord reagierte auf Amatins Scheitern, indem er ruhig vortrat und den Stab des Gesetzes vor Amok stellte. »Amok«, erkundigte sich Elena mit leiser, zuversichtlicher Stimme, »willst du mich führen?«
Mit unvermuteter Ernsthaftigkeit verneigte sich Amok. »Ja, Hoch-Lord. Wenn's das Weißgold gestattet.«
»Fragt bloß nicht mich um Erlaubnis«, bemerkte Covenant hastig. Aber niemand hörte ihm zu.

Der Hoch-Lord lächelte. »Wohin werden wir gehen?« lautete seine nächste Frage. Der Junge schwieg, nickte jedoch in die ungefähre Richtung des Westlandgebirges. »Und wann werden wir gehen?«

»Wann immer der Hoch-Lord es wünscht.« Amok warf den Kopf zurück und begann so ausgiebig zu lachen, als lasse er ein Übermaß angestauter Fröhlichkeit ab. »Denk an mich, dann werde ich mich zu dir gesellen.« Während er noch lachte, vollführte er mit beiden Armen eine verwickelte Gestik, und plötzlich war er verschwunden. Entweder hatte er diesmal mehr Kraft eingesetzt oder sich schneller bewegt; jedenfalls erhaschte Streitmark Troys mentaler Blick nun keinen letzten Schemen von seiner Gestalt. Der Streitmark stellte fest, daß er Amoks Aufkreuzen lebhaft bedauerte.

Kurze Zeit später löste die Versammlung der Schule der Lehre sich auf. Die Lehrwarte und Schüler des Stabwissens eilten davon, um zu analysieren, was geschehen war, und Drinishok schickte all seine Schüler und Lehrkräfte hinaus auf die Übungsplätze. Elena, Mhoram und Amatin suchten mit Corimini und dem Stabwissen-Weisen Asuraka die Großbibliothek auf. Binnen kurzem waren nur noch Troy, Covenant und Bannor in der Halle aus Luftwurzelgeflecht. Troy hatte das Empfinden, es lohne sich, mit Covenant zu reden; es gab Dinge, die er endlich begreifen mußte. Aber er befürchtete, nicht die Beherrschung bewahren zu können, daher ging er ebenfalls und überließ Bannor die Aufgabe, Covenant hinauszuhelfen. Er hätte zu gerne mit dem Hoch-Lord gesprochen, ihn gefragt, warum er Amok so ein tollkühnes Angebot gemacht hatte. Doch er konnte seine Gefühle nicht kontrollieren. Er kletterte aus der *Viancome* und begab sich über einen der Äste in Drinishoks Behausung. In der Speisekammer des Schwertwissen-Weisen aß er ein bißchen Brot und Fleisch und trank gehörig Frühjahrswein, um die dunkle Ahnung von Unheil zu zerstreuen, die ihm Amok einflößte. Die Vorstellung, daß Elena mit dem Jungen sonstwohin ziehen würde, auf der Jagd nach irgendeiner geheimnisumwitterten und wahrscheinlich nutzlosen Kraft, während man sie verzweifelt andernorts benötigte, ließ ihn aus Erbitterung mit den Zähnen knirschen. Sein Herz stöhnte unter einer Vorahnung auf, die besagte, daß er sie verlieren werde. Das Land sollte sie verlieren. Auf inneres Gleichgewicht bedacht, trank er sehr viel Frühjahrswein. Aber er beruhigte ihn nicht; sein Gehirn schien sich zu drehen, als schwanke er in gefährlichen Windstößen.

Noch früh am Nachmittag machte er sich auf die Suche nach den Lords, doch teilte ihm ein Lehrwart mit, sie seien mit Asuraka in Klausur gegangen, um die *Lomillialor*-Verständigungsmethode zu untersuchen. So stieg er hinab auf den Erdboden, pfiff nach Mehryl und verließ Schwelgenholz, Ruel an seiner Seite. Er beabsichtigte, das Grab des Schülers zu besuchen, der ihn ins Land geholt hatte. *In Wirklichkeit bist keineswegs du es,* hatte Covenant gesagt, *dem sie Vertrauen entgegenbringen. Tatsächlich ist es der Schüler, der dich herbeigezaubert hat.* Troy verspürte das Bedürfnis, darüber nachzudenken. Es ließ sich nicht mit einem Achselzucken übergehen. Ein Grund, warum er Covenant mißtraute, war der, daß der Zweifler beim ersten Mal durch Seibrich Felswürm ins Land versetzt worden war, auf Lord Fouls Veranlassung. Stand die Natur des Herbeirufers im Zusammenhang mit dem Wert des Hergerufenen? Außerdem hatte Covenant seine Äußerung über den Schüler so merkwürdig gefällt, als wüßte er über den jungen Mann etwas, das Troy nicht wußte. Troy suchte den Ort seiner Herbeirufung in der Hoffnung auf, sein physischer Kontext, seine konkrete Lage in Trothgard, könne ihn von seinen ungewissen Befürchtungen und Vorahnungen befreien. Er mußte sein Selbstvertrauen zurückgewinnen. Ihm war klar, daß er Elenas Entscheidung, mit Amok loszuziehen, nicht in

Frage stellen konnte, wenn er nicht einmal an sich selbst glaubte. Doch als er die Grabstätte erreichte, traf er dort Trell an. Der hünenhafte Glutsteinmeister kniete an dem grasbewachsenen Hügel, als bete er. Als er Troys Annäherung hörte, hob er ruckartig den Kopf, und sein Gesicht war aus Gram so geschwollen, daß sein Anblick Troy im ersten Moment die Sprache verschlug. Er konnte sich keinen Grund vorstellen, weshalb der Glutsteinmeister Trell hier voller Trauer verweilen sollte. Bevor Troy sich soweit gefaßt hatte, daß er dazu imstande war, eine Erklärung zu verlangen, sprang Trell auf und hastete zu seinem Reittier, das er in der Nähe angebunden hatte. »Trell ...!« begann Troy ihm nachzurufen.

»Laß ihn gehen, Streitmark«, unterbrach ihn Ruel fast ausdruckslos.

Verblüfft drehte sich Troy zum Bluthüter um. Ruels Miene war so leidenschaftslos wie stets, aber irgend etwas in der Art, wie sein Blick Trell folgte, zeugte von ungewohnter Sympathie. »Warum?« erkundigte sich Troy beherrscht. »Ich begreife das nicht.«

»Diese Frage mußt du an den Hoch-Lord richten«, entgegnete Ruel ohne besondere Betonung.

»Ich frage dich!« schnauzte der Streitmark, ehe er seinen Ärger bezähmen konnte.

»Trotzdem.«

Mit innerer Anstrengung nahm sich Troy zusammen. Ruels Gesicht verriet so deutlich wie Worte, daß er auf Anweisung des Hoch-Lords handelte und nichts, was nicht dessen Leben bedrohte, ihn zum Ungehorsam zu bewegen vermochte. »Na gut«, erwiderte Troy gezwungen sachlich. »Dann werde ich ihn fragen.« Er wendete Mehryl und trabte Trells Tier, das davongaloppierte, nach Schwelgenholz hinterdrein.

Aber als er sich wieder im Tal der Zwei Flüsse befand und der Baumstadt näherte, wartete schon Drinishok ungeduldig auf ihn. Die Lords hatten ihre Absicht bekanntgegeben, am folgenden Morgen Schwelgenholz wieder zu verlassen, und der Schwertwissen-Weise wünschte, daß Troy mit sämtlichen Lehrwarten und Schülern des Schwertwissens die Verteidigung der Stadt diskutierte. Diese Verantwortung konnte Troy nicht mißachten, und während sein privater Nebel erst in Trübnis und dann in nächtliche Blindheit überging, sprach er zu den versammelten Kundigen und Erkundern des Schwertwissens. Er verzichtete sogar auf jeden Wunsch, zu sehen, wovon er sprach; er befaßte sich völlig aus dem Gedächtnis mit dem Tal und der diesbezüglichen Strategie. Doch als er fertig war, mußte er sich damit abfinden, daß seine Chance verflogen war, mit den Lords zu sprechen. In der Dunkelheit schien es ihm nicht bloß an Sicht, sondern auch an Mumm zu fehlen. Nach seinem Vortrag zog er sich in Drinishoks Unterkunft zurück und teilte mit dem Schwertwissen-Weisen ein mit unverdaulichen Klumpen von Schweigen durchsetztes Mahl. Dann ging er früh zu Bett; er mochte nicht noch mehr vom verwaschenen Halbsehen im Fackelschein ertragen. Drinishok respektierte seine Stimmung und ließ ihn in Ruhe. In blinder Absonderung starrte Troy sinnlos in die Finsternis und rang um sein seelisches Gleichgewicht. Er war sicher, daß er Elena verlieren mußte. Er sehnte sich danach, mit ihr zu reden, sie von ihrem Vorhaben abzubringen, sich an sie zu klammern.

Am nächsten Morgen aber, als sich alle Reiter mit ihren Tieren kurz nach der Dämmerung an der Südseite des hohen Mittelbaums zusammenfanden, verhielt es sich so, daß er den Hoch-Lord nicht wegen seiner Befürchtungen ansprechen konnte. Wie sie da in aufrechter Haltung im ersten Glanz des Tages auf Myrhas Rücken saß, strahlte sie zuviel Eindruckskraft aus, zuviel persönliche Autorität. Er fühlte sich dazu außerstande, ihr irgend etwas zu verwehren, sie in einer strittigen Frage herauszufordern. Und während so viele Leute sie umgaben, konnte er sie nicht in bezug auf Trell ausfragen. Seine Ahnungen waren zu persönlicher Natur, um öffentlich behandelt zu werden. Er bemühte sich, seine Gedanken mit anderen Angelegenheiten zu beschäftigen, bis eine Gelegenheit eintrat, um mit jemandem zu reden. Überlegt unterzog er die Gruppe von Reitern einer aufmerksamen Musterung. Hinter den Lords standen zwanzig Bluthüter neben ihren Ranyhyn – Blutmark Morin, Terrel, Bannor, Ruel, Runnik sowie fünfzehn andere. Koral blieb zweifelsohne in Schwelgenholz bei Lord Amatin. Ferner umfaßte die Gruppe fünf weitere Personen: Hoch-Lord Elena, Lord Mhoram, Covenant, ihn selbst – Troy – und Trell. Als er den Glutsteinmeister sah, empfand Troy erneut das Bedürfnis nach einer Aussprache mit ihm. Die unverhohlene Wundheit von Trells Miene war aus Angespanntheit verkrampft, als erwarte er irgendeine Entscheidung Elenas in einem Maß von Qual, das Troy einfach verwundern mußte. Aber der Streitmark hielt sich zurück, obwohl seine Besorgnis noch wuchs. Der Hoch-Lord hatte unterdessen zu Lord Amatin und dem Ältesten Corimini zu reden angefangen.

»Meine Freunde«, sagte Elena würdevoll, »ich hinterlasse Schwelgenholz in eurem Schutz. Behütet es wohl! Die Baumstadt und die Schule der Lehre sind zwei große Errungenschaften der neuen Lords – zwei Wahrzeichen unseres Dienstes am Lande. Sie müssen bestehen bleiben, solange es nur irgendwie möglich ist. Gedenkt der Wachsamkeit und beobachtet die Mittlandebenen. Sollte der Krieg auch nach euch greifen, so darf er euch nicht überraschen. Und beachtet, falls Schwelgenholz trotz allem nicht errettet werden kann: die Lehre muß bewahrt bleiben, und ihr müßt die Herrenhöh warnen. Die Schule der Lehre und die Kreise des Wissens müssen im Fall ärgster Not auf die Herrenhöh gerettet werden. Schwester Amatin, das sind schwere Bürden. Doch ich lege sie ohne Furcht in deine Hände. Sie wiegen nicht zu schwer für dich.

Und der Beistand Coriminis, des Ältesten an der Schule der Lehre, sowie der Weisen Asuraka und Drinishok ist unvergleichlich kostbar. Ich glaube, daß das Kriegsheer in diesem Krieg nicht scheitern wird. Aber du mußt auf alles vorbereitet sein, selbst auf das Schlimmste. Du wirst nicht versagen. Dies Vertrauen bringen wir dir entgegen.« Lord Amatin zwinkerte einen Moment lang, um Tränen zu vertreiben, und verbeugte sich wortlos vorm Hoch-Lord. Dann hob Elena den Kopf und lenkte ihre Stimme so aufwärts, daß ganz Schwelgenholz sie hören konnte. »Freunde! Gefährten! Stolze Menschen des Landes! Der Krieg ist herangerückt. Gemeinsam harren wir der Prüfung des Todes. Die Zeit des Abschieds ist gekommen, da alle Verteidiger des Landes ihre verschiedenen Aufgaben angehen müssen. Verlangt nicht danach, euer Schicksal mit dem anderer tauschen zu können. In dieser Zeit der Not sind jede Treue und jeder Dienst gleich, in gleichem Maße wertvoll und gefährlich. Seid nicht bekümmert beim Abschied. Wir sehen dem höchsten Ruhm unseres Zeitalters entgegen – wir werden durch die Gelegenheit geehrt, für das Land unser Äußerstes leisten zu dürfen. Dies ist des Todes Prüfung, auf daß wir uns endlich als dessen würdig erweisen mögen, dem wir dienen. Seid hochgemuten Herzens. Fordert uns dieser Krieg über unsere Kräfte, dann verzweifelt nicht. Setzt all eure Stärke ein, hütet den Frieden und wehrt der Verzweiflung. Haltet Mut und Treue hoch im Ansehen! Besser ist's, zu fallen und im Friedensschwur zu sterben, als das Land von neuem zu schänden. Meine Freunde, ich fühle mich geehrt, mit euch die Zeit teilen zu dürfen, in der wir leben.«
»Heil dem Hoch-Lord und dem Stab des Gesetzes«, rief hoch oben in Schwelgenholz eine durchdringende Stimme.
Alle Menschen in der Baumstadt und darunter auf der Erde antworteten. »Heil! Heil dem Hoch-Lord!«
Elena verbeugte sich tief vor ganz Schwelgenholz, breitete ihre

Arme in der gebräuchlichen, weiten Gebärde der Abschiednahme nach den Seiten aus. Dann drehte sie Myrha den Reitern zu und wandte sich an Lord Mhoram. »Mein vertrauenswürdigster Freund, Mhoram, du mußt nun aufbrechen. Du und Streitmark Hile Troy, ihr müßt wieder zum Kriegsheer stoßen, um es in die Schlacht zu führen. Was mich angeht, so habe ich meine Entscheidung getroffen. Ich werde euch nun allein ziehen lassen und Amok zum Siebten Kreis des Wissens von Kevins Lehre folgen.« Unwillkürlich stöhnte Troy laut auf, ohne es verhindern zu können, und klammerte sich an Mehryls Mähne, als drohe er von seinem Ranyhyn zu stürzen. Doch der Hoch-Lord beachtete ihn nicht. »Du weißt«, sagte Elena statt dessen zu Mhoram, »daß ich dies Unternehmen nicht beginne, um den Fährnissen des Krieges auszuweichen. Doch ebenso weißt du, daß du im Kampf erfahrener und tüchtiger bist. Überdies ist gewiß auch dir klar, daß des Krieges Ausgang uns womöglich keine zweite Gelegenheit zugesteht, diesen Kreis des Wissens zu entdecken. Er mag uns jedoch zu einem Sieg verhelfen, der uns andernfalls vielleicht vorenthalten bleibt. Ich kann mich nicht anders entscheiden.«

Lord Mhoram betrachtete sie eine Zeitlang mit eindringlichem Blick. Als er zuletzt sprach, klang seine Stimme von zurückgehaltenem Zureden schwerfällig. »Sei auf der Hut, Hoch-Lord. Selbst der Siebte Kreis ist zuwenig.«

Elena erwiderte seinen Blick mit offener Miene, aber ihre Augen wirkten irgendwie, als besäßen sie keinen Fokus. Die zusätzliche Dimension ihrer Sicht trat in diesem Moment so deutlich hervor, daß es aussah, als nähme sie ihre Umgebung gar nicht wahr. »Mag sein, daß er zuwenig für Kevin Landschmeißer war«, antwortete sie nachsichtig. »Mir jedoch wird er genügen.«

»Nein«, widersprach Mhoram. »Die Gefahr ist zu groß. Entweder entsprach diese Kraft nicht dem, dessen Kevin bedurfte, oder seine Gefährlichkeit war so gewaltig, daß er ihre Anwendung fürchtete. Geh dieses Wagnis nicht ein.«

»Hast du das gesehen?« fragte sie. »Sprichst du aus einem Gesicht?«

»Ich hab's nicht geschaut«, erwiderte Mhoram mit Mühe. »Aber ich spüre es in meinem Herzen. Es wird um dieser Sache willen Tod geben. Menschen werden fallen.«

»Mein Freund, du läßt zuviel Vorsicht in Anbetracht aller Wagnisse walten, die du nicht selber eingehst. Trügst du an meiner Stelle den Stab des Gesetzes, du würdest Amok bis zu den Grenzen der Erde folgen. Und auch dann fielen Menschen. Mhoram, frage dein Herz – glaubst du wahrlich, daß sich des Landes Zukunft in einem Krieg erringen läßt? So war's für Kevin nicht. Ich darf keine Möglichkeit außer acht lassen, die mir einen anderen Weg zeigten könnte, um dem Verächter zu widerstehen.«

Mhoram neigte den Kopf, zu aufgewühlt, um zu antworten. Stumm verschmolzen er und Elena ihre Gedanken miteinander, und einen Moment später wich die Bedrücktheit aus Mhorams Gesicht. Als er wieder aufschaute, richtete er seinen Blick unmißverständlich auf Covenant und Troy. »Dann geh, wenn du gehen mußt, nicht allein, darum bitte dich«, sagte er leise. »Nimm jemanden mit … jemanden, der … dienlich sein kann.«

Einen aufregenden Moment lang dachte Troy, der Hoch-Lord werde ihn zum Begleiter wählen. Trotz seiner Verantwortlichkeit für das Kriegsheer bildeten seine Lippen bereits die beabsichtigte Antwort – *Ja!* –, da antwortete Elena Lord Mhoram.

»Das ist mein Wunsch. Ur-Lord Covenant, willst du mich begleiten? Ich möchte diese Suche zu unserer gemeinsamen Sache machen.«

»Glaubst du wirklich«, meinte Covenant unbeholfen, als bringe ihre Bitte ihn in Verlegenheit, »daß ich dienlich sein könnte?«

Ein sanftes Lächeln zeichnete sich auf Elenas Lippen ab. »Dennoch.«

Er glotzte eine Sekunde lang in ihre Augen. Dann schaute er mit einem Ruck fort und zuckte die Achseln. »Gut. Ja, ich komme mit.«

Die nächsten Worte, die man sprach, hörte Troy kaum noch – die letzten formellen Ansprachen Elenas und Coriminis, der kurze, zur Ermutigung gedachte Gesang der ganzen Schule der Lehre, den Austausch von Abschiedsgrüßen. Als der Hoch-Lord auch an ihn ein paar abschließende Worte richtete, konnte er sich mit knapper Not zu einer Verneigung zwingen. Mit dem erstarrten Ja auf seinen Lippen sah er der Beendigung der Zeremonien zu, sah Elena und Covenant zusammen nach Westen reiten, nur begleitet von Bannor und Blutmark Morin. Ihm war zumute, als sei er inmitten eines Falls versteinert – mitten im Aufschrei: Ich werde dich verlieren! Lord Mhoram kam zu ihm und sagte etwas. Aber er rührte sich nicht, bis ihm durch den Schleier seines Kummers auffiel, daß Trell nicht mit dem Hoch-Lord und Covenant geritten war. Da löste sich seine Erstarrung. Überstürzt wandte er sich Trell zu, wendete seinen Ranyhyn gerade noch rechtzeitig, um zu sehen, wie der Glutsteinmeister seine Fäuste aus seinem Kopfhaar nahm, in das er sie zuvor verkrallt hatte, dann die Zügel seines Tiers ergriff und sich im Galopp in die Richtung der Llurallin-Furt nördlich von Schwelgenholz entfernte. Troy folgte ihm. Mehryl fegte unter der Baumstadt dahin und holte Trell im Sonnenlicht außerhalb des Stadtbereichs schnell ein. Troy befahl dem Glutsteinmeister, er solle halten, aber Trell scherte sich nicht darum. Sofort ließ der Streitmark Mehryl Trells Reittier zum Stehenbleiben veranlassen. Mehryl stieß ein kurzes, gebieterisches Wiehern aus, und das Pferd stoppte so schlagartig, daß Trell fast herabstürzte. Als der Glutsteinmeister den Kopf hob – er mußte sich sichtlich dazu zwingen –

und Troy entgegensah, standen Tränen in seinen Augen, und er atmete so mühselig, als werde er langsam erdrosselt. Doch Troy fehlte die Zeit für weitere Rücksichten. »Was treibst du eigentlich?« schnauzte er. »Wohin willst du?«
»Nach Schwelgenstein«, krächzte Trell. »Hier hab' ich nichts zu suchen.«
»So? Wir ziehen allerdings in den Süden ... weißt du das nicht? Du bist doch in den Südlandebenen zu Hause, oder? Willst du nicht helfen, deine Heimat zu verteidigen?« Das waren nicht die Fragen, die Troy zu stellen beabsichtigte, aber er hatte für seine wirklichen Fragen noch nicht die richtigen Worte gefunden.
»Nein.«
»Warum nicht?«
»Ich kann nicht zurückkehren. Sie ist dort ... ich kann's nicht ertragen. Nach dem hier!«
Während Trell seine abgehackten Antworten herauskeuchte, ritt Lord Mhoram herbei. Der Lord wollte sich sofort einmischen, aber Troy hinderte ihn mit einer wüsten Gebärde daran. »Sie?« meinte der Streitmark. »Wer? Deine Tochter?« Trell nickte wie benommen. »Moment mal«, sagte Troy. »Moment mal.« Heimlichtuerei verdroß ihn; er wollte Auskünfte. »Ich kapiere das nicht. Warum willst du nicht zurückkehren ... nicht zu deiner Tochter? Sie könnte dich schließlich nötig haben.«
»Melenkurion!« fauchte Trell. »Ich vermag's nicht! Wie sollte ich ihr ins Antlitz schauen ... Fragen beantworten ... nachdem das hier geschehen ist? Martere mich nicht!«
»Streitmark!« Mhorams Stimme klang hart und gefährlich – nach einer Warnung, fast einer Drohung. »Laß ihn in Ruhe! Nichts, was er dir sagen kann, wird dir hilfreich sein.«
»Nein!« entgegnete Troy heftig. »Ich muß wissen, was los ist. Trell, hör zu! Ich muß wissen, was das alles bedeutet. Glaube mir, ich verstehe, wie du in seinem Fall empfindest.«

Trell wirkte, als höre er Troy nicht länger. »Sie hat gewählt«, röchelte er, »gewählt …« Er quetschte die Wörter zwischen zusammengebissenen Zähnen hervor, als müßten sie sich sonst in Schreie verwandeln. »Sie hat ihn gewählt … ihn!«

»Trell, antworte mir. Was hast du gestern getan? Draußen am Grab? Trell!«

Das Wort ›Grab‹ durchdrang das Wüten von Trells Leidenschaft. Urplötzlich schlang er die Arme um seine Brust, beugte sich vor. Durch seine Tränen starrte er Troy an. »Du bist ein Narr!« knirschte er. »Blind! Sie hat ihr Leben verschwendet.«

»Verschwendet?« Troys Unterkiefer sackte abwärts. »Verschwendet?« *Tatsächlich ist es der Schüler, der dich hergezaubert hat.* War Covenant im Recht?

»Vielleicht«, sagte Lord Mhoram grimmig. Diesmal erregte sein Ton Troys ungeteilte Aufmerksamkeit. Troy maß Mhoram mit einem Blick voller stummer Drohungen. »Trell hat hinreichenden Grund«, ergänzte der Lord, »jenes Grab aufzusuchen. Atiaran, Trells Gemahlin, liegt dort begraben. Sie starb bei der Verrichtung, die dich ins Land geholt hat. Sie opferte ihr Leben beim Versuch, Ur-Lord Covenant ins Land zurückzuholen … doch verfehlte sie ihre Absicht. Deine Anwesenheit im Land ist das Ergebnis ihres friedlosen Kummers und Trachtens nach Vergeltung.«

Mhorams Erklärung überschritt die Grenzen von Trells Leidensfähigkeit. Sein Gesicht zuckte aus innerer Qual. Er trat sein Pferd heftig mit den Fersen, so daß es sich erschrocken wieder in Bewegung setzte und hinüber zur Furt über den Llurallin galoppierte. Doch Troy schaute ihm nicht nach. Der Streitmark ließ seinen Ranyhyn eine scharfe Wendung vollführen und sah, daß er noch Elena, Covenant und die zwei Bluthüter erspähen konnte, wie sie westwärts aus dem Tal ritten. Amok befand sich bereits bei ihnen, marschierte munter an der Seite des Hoch-Lords dahin. Atiaran, Trells Gemahlin?

Trells Gemahlin? Sie war seine Frau gewesen? Er wußte von Atiaran – er hatte schon zu viel über Covenant erzählen gehört, um nicht zu wissen, daß sie die Frau gewesen war, die den Zweifler vom Steinhausen Mithil nach Andelain und zum Seelentrostfluß geführt hatte. Nicht gewußt hatte er jedoch, daß Trell ihr Ehemann war; das hatte man ihm verschwiegen. Dann überlegte er noch um einen Schritt weiter. Covenant hatte Trells Tochter vergewaltigt … *Atiarans* Tochter … die Tochter der Frau, die …! »Covenant!« heulte Troy auf. »Du Schweinehund! Was hast du getan?« Aber er war sich dessen bewußt, daß das Trüppchen ihn aus diesem Abstand nicht hören konnte; das Rauschen der beiden Flüsse übertönte Rufe über größere Entfernungen. Eine herbe Erkenntnis der Hilflosigkeit nahm seinem Ausbruch den Wind aus den Segeln, so daß seine Stimme brach und herabsank, verstummte. Kein Wunder, daß Trell nicht nach Hause zurückkehren, seiner Tochter unter die Augen treten konnte. Wie hätte er ihr beibringen sollen, daß der Hoch-Lord es vorzog, dem Mann, der sie vergewaltigt hatte, mit Freundschaft zu begegnen, statt ihn zu bestrafen? Troy begriff nicht, wie Elena Trell so etwas antun konnte. Ein weiterer Moment verstrich, ehe er die restliche Bedeutung dessen erkannte, was Mhoram gesagt hatte. *Sie starb bei der Verrichtung* … Atiaran hatte ihn ins Land versetzt, nicht irgendein junger, mit Unwissenheit oder Übereifer geschlagener Schüler. Auch das war ihm verschwiegen worden. Er war das Resultat und die Konsequenz ihres unstillbaren Leids. *In Wirklichkeit bist keineswegs du es* … Hatte Covenant recht? Waren all seine Pläne nur Werke der Verzweiflung, in Bewegung gebracht durch die Außergewöhnlichkeit von Atiarans Tod?

»Streitmark …« Lord Mhorams Ton war streng. »Das war nicht wohlgetan. Trells Schmerz ist groß genug.«

»Ich weiß«, knirschte Troy überm Schmerz in seinem eigenen

Herzen. »Aber warum habt ihr mir von alldem nichts verraten? Euch ist doch alles bekannt.«

»Der Großrat hat gemeinsam beschlossen, dir dies Wissen vorzuenthalten. Wir sahen nur Schaden ab, hätten wir's dir mitgeteilt. Wir wollten dir Pein ersparen. Und wir hofften, du könntest lernen, Ur-Lord Covenant Vertrauen zu schenken.«

»Ihr habt am hellen Tag geträumt«, stöhnte Troy. »Dieser Drecksack meint, diese ganze Sache sei bloß so was wie irgendein geistiges Spielchen. All seine Zweifelei ist nur ein Bluff. Er glaubt, dadurch kann er mit allem durchkommen. Ihr dürft ihm nicht trauen.« In grimmiger Entschlossenheit führte er die Beweiskette zu ihrem bitteren Ende. »Und ihr traut auch mir nicht. Sonst hättet ihr mir das alles schon längst verraten. Sie hat versucht, ihn ins Land zu holen. Soviel ihr wißt, bin ich nur irgendein Ersatz.« Er bemühte sich um klare Worte, aber seine Stimme zitterte.

»Du hast mich mißverstanden«, sagte Mhoram bedächtig.

»Nein, ich mißverstehe die Angelegenheit absolut nicht.« Troy fühlte ringsum mörderische Gewalten an der Arbeit – sie sondierten und sortieren, manipulierten, bestimmten. Er mußte sich sehr zusammenreißen, um sprechen zu können. »Mhoram, ihr wird irgend etwas Schreckliches zustoßen.« Er sah den Lord an, wandte sich jedoch sofort wieder ab; das Mitgefühl in Mhorams Blick konnte er nicht ertragen. Er tätschelte Mehryls Hals und ließ den Ranyhyn an der Ostseite von Schwelgenholz entlangtraben. Die Lehrwarte, die noch bereitstanden, mied er, drückte sich vor der Verabschiedung. Indem er den Bluthütern und Lord Mhoram schroff winkte, damit sie ihm folgten, kehrte er Schwelgenholz den Rücken und sprengte in die Richtung zur südlichen Furt. Diesem Krieg sah er erwartungsvoll entgegen. Er hatte es plötzlich eilig.

16
Gewaltmarsch

Doch nicht einmal in dieser Stimmung war er dazu in der Lage, die Furt über den Rill, die aus Trothgard fortführte, ohne Bedauern zu überqueren. Er liebte die sonnenerhellte Schönheit Schwelgenholz', schätzte die unkomplizierte Freundschaftlichkeit der Lehrwarte; er mochte ihrer nicht verlustig gehen. Aber er blickte sich nicht um. Es blieb ihm unbegreiflich, weshalb Elena den gerechten Zorn und die gerechtfertigte Trauer Trells, Atiarans Gemahl, so übergangen hatte. Er spürte nun in grundlegenderer Weise als je zuvor, daß er sich in diesem Krieg beweisen mußte. Er hatte zu beweisen, daß er eine Frucht der Hoffnung war, nicht der Verzweiflung. Es war seine Aufgabe, den Krieg zu gewinnen. Gelang ihm das nicht, war er mehr als ein Versager; er war ein aktives Übel – ein Stück Verrat, gegen das Land eingesetzt, ungeachtet seiner persönlichen Liebe zu ihm oder seines guten Willens –, schlimmer als Covenant, denn Covenant versuchte wenigstens, die Unwahrheit zu vermeiden, sich irgendwelches Vertrauen entgegenbringen zu lassen. Aber er, Hile Troy, hatte vorsätzlich um Vertrauen geworben, Verantwortung gesucht, Befehlsgewalt … nein, dieser Gedanke war unerträglich. Er mußte siegen, mußte siegen!

Sobald er den Kamm des südlichen Hügels überwunden hatte, ließ er Mehryl auf normales Marschtempo verlangsamen, so daß Lord Mhoram und die restlichen achtzehn Bluthüter ihn einholen konnten. »Warum nimmt sie ihn mit?« fragte er dann durch die Zähne, mit gemäßigter Stimme, um Mhoram nicht in vorwurfsvollem Ton anzusprechen. »Er hat Trells Tochter vergewaltigt.«

Mhoram antwortete mit Nachsicht. »Streitmark Troy, mein Freund, du mußt verstehen, daß der Hoch-Lord kaum eine Wahl besitzt. Der Pfad seiner Pflichterfüllung ist schmal und behäuft mit gefahrvollen Hemmnissen. Er muß versuchen, sich den Siebten Kreis des Wissens anzueignen. Und sie muß Ur-Lord Covenant mitnehmen – um des Weißgolds willen. Mit dem Stab des Gesetzes gilt's zu verhüten, daß sein Ring in Lord Fouls Hände gerät. Und sollte er sich wider das Land stellen, so muß sie gleichfalls in seiner Nähe sein – um ihn im Kampf zu überwinden.«

Troy nickte vor sich hin. Das waren Überlegungen, die er als einsichtig betrachtete. Unvermittelt schüttelte er sich, unterdrückte seine Neigung zum instinktiven Widerspruch. Mühevoll entkrampfte er seine Kiefer und stieß einen Seufzer aus. »Ich will dir mal was sagen, Mhoram. Wenn ich mit diesem Krieg fertig bin – wenn ich in der Überzeugung zurückschauen kann, der armen Atiaran eine Genugtuung erwiesen zu haben –, dann werde ich für einige Jahre hintereinander in Andelain Urlaub machen. Ich werde mich in Andelain auf den Hintern setzen und keinen Finger rühren, bis ich das Frühlingsfest zu sehen bekomme. Andernfalls werde ich diesem verfluchten Covenant nie verzeihen können, daß er glücklicher als ich dran ist.« Aber in Wahrheit meinte er ›glücklicher‹ in anderer Beziehung. Obwohl er jetzt einsah, daß es keine Alternative gab, schmerzte ihn der Gedanke, daß Elena nicht ihn zum Begleiter auserwählt hatte, sondern Covenant.

Falls Mhoram ihn jedoch durchschaute, richtete sich der Lord trotzdem taktvoll nach dem, was gesagt worden war, nicht danach, was Troy meinte. »Ach, wenn wir siegreich sind« – Mhoram lächelte, doch war sein Tonfall ernst –, »wirst du dabei nicht allein sein. Die Hälfte aller Bewohner des Landes wird dann in Andelain sein, sobald das Dunkel des Mondes zum nächsten Mal in des Frühlings Mitte fällt. Nur wenige leben noch, die einst den Tanz der Flammengeister von Andelain schauen durften.«

»Na, ich werde auf jeden Fall als erster dort sein«, bemerkte Troy leise, darum bemüht, die Konversation in Gang zu halten. Aber dann konnte er es sich doch nicht verkneifen, wieder vom Zweifler anzufangen. »Mhoram, verabscheust du ihn eigentlich gar nicht? Nach dem, was er angestellt hat?«

»Ich besitze keine besondere Tugend«, antwortete Lord Mhoram offenherzig und gleichmütig, »die mich befähigen könnte, ihn zu verabscheuen. Man muß Stärke besitzen, um über die Schwäche anderer urteilen zu dürfen. So machtvoll bin ich nicht.«

Diese Antwort verblüffte Troy. Einen Moment lang starrte er Mhoram an, fragte stumm: *Ist das wahr? Glaubst du das?* Aber er sah, daß Mhoram es glaubte. Verwirrt wandte sich Troy ab.

Umgeben von den Bluthütern, ritten er und Lord Mhoram in einem Halbkreis durch die Hügel, der sie in allgemein ostsüdöstliche Richtung brachte und es ihnen ermöglichen sollte, das Kriegsheer abzupassen. Während der Tag verstrich, war Troy immer mehr dazu in der Lage, seine Gedanken dem auf dem Marsch befindlichen Heer zu widmen. Fragen begannen ihn zu beschäftigen. Waren die Dörfer entlang der Marschroute dazu imstande, den Kriegern genug Proviant zu liefern? War Trutzmark Amorine fähig genug, um das Durchhalten des Marschtempos durchzusetzen? Solche Sorgen machten es ihm möglich, seine bösen Ahnungen zu verdrängen, das schmerzliche Gefühl des Verlusts zu überspielen. Im Zuge dieser Überlegungen verwandelte er sich wieder in einen anderen Menschen – weniger der blinde, unsichere Fremde im Land, mehr der Streitmark des Kriegsheers der Lords von der Herrenhöh. Diese Wandlung verlieh ihm Fassung. Mit dieser Seite seines Daseins war er weitaus zufriedener. Es verlangte ihn nach Eile, aber er widerstand der Versuchung, weil er die

Ranyhyn auf diesem Abschnitt der Strecke möglichst schonen wollte. Dennoch hatten er, Lord Mhoram und die Bluthüter am Abend desselben Tages, des achten seit ihrem Aufbruch von Schwelgenstein, die wiedererblühte Pracht Trothgards hinter sich gelassen. Selbst bei einer Geschwindigkeit, in der sie täglich nicht mehr als siebzehn Längen zurücklegen konnten, erlebten sie einen raschen Wechsel der Landschaft, durch die sie ritten. Östlich und südöstlich von ihnen erstreckte sich das eher rauhe Land der Mittlandebenen. In dieser weitläufigen Region schien der strenge Fels der Erde näher unter der Erdoberfläche zu liegen als in Trothgard. Die Ebenen ernährten Leben, ohne es zu begünstigen, unterhielten Menschen, die herb waren und zäh. Die Mehrheit aller Männer und Frauen, aus denen das Kriegsheer bestand, stammte aus den Dörfern der Mittlandebenen. Das war schon immer so gewesen – und aus gutem Grund. In allen großen Kriegen des Landes war der Verächter durch die Mittlandebenen vorgestoßen, in der Absicht, Schwelgenstein zu erreichen. Infolgedessen hatten diese Ebenen jedesmal einen Großteil von Lord Fouls Bösartigkeit zu spüren bekommen. Die Bewohner der Ebenen erinnerten sich daran und schickten ihre Söhne und Töchter zur Schule der Lehre, um sie das Schwertwissen lehren zu lassen.
Als sie am Abend ein Lager errichteten, war sich Troy eindringlich der Tatsache bewußt, wie sehr seine Krieger von ihm persönlich abhingen. Ihr Zuhause und ihre Familien unterlagen den Folgen seines Erfolgs oder seines Scheiterns. Auf seinen Befehl hin erduldeten die Krieger die langsame Hölle des Gewaltmarschs. Und er wußte, am morgigen Tag ging der Krieg richtig los. Die Vorhut von Lord Fouls Heer mußte jetzt das westliche Ende des Mithil-Tals erreichen und auf Schwertmark Quaan und die Lords Callindrill und Verement stoßen. Darin war er sicher: keinesfalls später als am Abend des neunten Tages. Dann würde das Sterben von Männern und

Frauen beginnen – seiner Krieger. Bluthüter würden sterben. Er wünschte, er könnte bei ihnen sein, dafür sorgen, daß sie am Leben blieben; doch das war unmöglich. Und der Marsch zum Unheilswinkel mußte immer weiter und weiter gehen, das Kriegsheer schinden wie der Mühlstein einer unstillbaren Not. Bald streckte sich Troy in seinen Decken aus; er preßte sein Gesicht an die Erde, als wäre das seine einzige Chance zur Bewahrung seines inneren Gleichgewichts. Die meiste Zeit der Nacht verwendete er dafür, noch einmal jede kleine Einzelheit seines Schlachtplans zu durchdenken, um sich zu vergewissern, daß er keinen Fehler begangen hatte.

Am folgenden Morgen empfand er seine drangvolle Unruhe noch stärker und stellte fest, daß er Mehryl jedesmal, wenn er sich nicht bewußt daran hinderte, schneller antrieb. Deswegen wandte er sich an Mhoram und bat den Lord, über irgend etwas zu reden, ihn abzulenken. Der Lord ging darauf ein, indem er bedächtig in einen sinnigen Sprechgesang verfiel und Troy von den verschiedenen Sagen oder maßgeblichsten Teilen der Gebiete des Landes zu erzählen anfing, die zwischen ihnen und dem Unheilswinkel lagen. Besonders verlegte er sich auf einige der alten Geschichten über den Einholzwald, den riesigen Wald, der einst das ganze Land bedeckt hatte, in einem Zeitalter, das schon vor der Zeit Berek Halbhands als uralte Vergangenheit galt, und seine Forstwärtel und wütigen Widersacher, die Wütriche. Während jener Jahrhunderte, als die Bäume noch lebten, erzählte Mhoram, hätten die Forstwärtel deren Seelen erhalten, sie gehegt und gepflegt, und sie in der Abwehr von *Turiya, Moksha* und *Samadhi* angeleitet. Doch nun, falls die alten Geschichten die Wahrheit überlieferten, war kein aktives Überbleibsel des Einholzwaldes oder Vertreter des Forstwärteltums noch im Lande verblieben, mit einer einzigen Ausnahme: dem finsteren Wald der Würgerkluft und seinem Forsthüter Caerroil Wildholz. Und niemand, der sich in die Würgerkluft wagte, ob mit guten oder schlechten Absichten, kehrte je zurück. Dies düstere Gehölz lag neben der Marschrichtung des Kriegsheers, jenseits der Letzten Hügel.

Anschließend sprach Troy eine Zeitlang über sich selbst und seine Reaktionen aufs Land. Er fühlte sich Mhoram eng verbunden, und das gab ihm genug Mut, über die Art und Weise zu reden, wie Hoch-Lord Elena für seine Begriffe das Land personifizierte. Mit der Zeit lockerte sich seine Stimmung, und er sah sich dazu imstande, sich zu sagen: *Spielt keine Rolle, wer mich hergezaubert hat. Ich bin, wer ich bin. Ich werde es schaffen.*

So war er nicht bloß verdutzt, als er und Mhoram mitten am Nachmittag den Heerwurm der Krieger einholten, der sich unter Strapazen vorankämpfte. Er war entsetzt. Das Kriegsheer war fast um einen halben Tagesmarsch hinterm Zeitplan zurück. Die Krieger begrüßten ihn mit flauem Jubel, der rasch verebbte, als man sah, daß sich der Hoch-Lord nicht bei ihm befand. Aber Troy achtete ohnehin nicht darauf. Er ritt geradewegs zu Trutzmark Amorine. »Ihr seid zu langsam!« schnauzte er. »Den Takt beschleunigen! In diesem Tempo werden wir ja genau eineinhalb Tage zu spät eintreffen!« Das Willkommen in Amorines Gesicht wich dem Ausdruck von Verdruß, und sie wirbelte sofort herum und galoppierte zu den Trommlern. Mit einem vielfachen, weithin hörbaren, mehr geseufzten Stöhnen der Qual beschleunigten die Krieger ihren Schritt, bis sie sich halb im Laufschritt bewegten. Dann ritt Streitmark Troy an ihren Reihen entlang wie ein leibhaftiger Dreschflegel, erzwang den schnelleren Rhythmus mit seiner zorngeladenen Gegenwart. Als er eine Schar leicht nachhinken sah, brüllte er dem jungen Trommler ins Gesicht: »Bei Gott! Deinetwegen werde ich diesen Krieg nicht verlieren!« Er klatschte dem beschämten Scharwart den richtigen Takt direkt ins Ohr, bis der Trommler ihn exakt einhielt. Erst als seine anfängliche Wut sich legte, bemerkte er, wie neun Tage anstrengenden Marsches auf das Kriegsheer gewirkt hatten. Die Krieger litten ernste Beschwerden. Fast ausnahmslos humpelten sie auf irgendeine Weise, zwangen sich wacklig gegen den ständigen Schmerz von Kratzwunden, gezerrten Muskeln und geprellten Knochen vorwärts. Viele waren so ausgelaugt, daß sie nicht länger schwitzten, und die überhitzte Röte ihrer Gesichter war von Staub verkrustet, der ihnen ein gelbliches, irres Aussehen verlieh. Mehr als eine Handvoll bluteten aus entzündeten Wunden an ihren Schultern, wo die Riemen ihres Gepäcks eingeschnitten hatten. Trotz ihrer Hartnäckigkeit marschierten sie unordentlich dahin, als könnten sie sich der Marschordnung, auf die sie bei Schwelgenstein, neunzig Längen weit zurück, gedrillt worden waren, kaum noch entsinnen. Und sie waren hinterm Zeitplan zurückgeblieben. Bis zum Unheilswinkel waren es noch einhundertachtzig Längen. Zum Zeitpunkt, als sie an die Stätte ihres Nachtlagers schlurften und keuchten, befaßte sich Troy nachgerade rasereiartig mit der Suche nach einem Weg, um das Heer durchzubringen. Er spürte, daß bloße Entschlossenheit nicht ausreichte. Sobald die mitmarschierten Allholz- und Glutsteinmeister die Lagerfeuer entfacht hatten, machte sich Lord Mhoram daran, fürs Kriegsheer zu tun, was er zu tun vermochte. Er eilte von Schar zu Schar und half den Köchen. In jedem Kessel übte sein blaues Feuer irgendeine Wirkung auf die Verpflegung aus, verbesserte sie, erhöhte ihren Gehalt an Kraft- und Lebensspendern. Und als er zur Nahrungszubereitung das Seine geleistet hatte, wanderte er durchs ganze Kriegsheer und verbreitete den Balsam seiner Anwesenheit – sprach mit den Kriegern, half ihnen bei der Behandlung ihrer Verletzungen und bei ihren Verbänden, scherzte mit jedem, der noch genug Kraft zum Lachen besaß. Während der Lord sich damit beschäftigte, kam Troy mit seinen Offizieren zur Beratung zusammen, den Schar-

und Streitwarten. Nachdem er Hoch-Lord Elenas Ausbleiben erklärt hatte, widmete er sich sofort dem Problem des Marsches. Peinlich genau erläuterte er nochmals die Umstände, dieses dies Joch so unumgänglich, gebieterisch notwendig machten. Dann schenkte er seine Aufmerksamkeit speziellen Einzelheiten. Er organisierte einen Rotationsplan für die ledernen Wasserbehälter, damit sie künftig ständig in den Kolonnen unterwegs waren und sich nicht länger Krieger überhitzten; er veranlaßte, daß Pferde das Gepäck der Frauen und Männer mit blutig wunden Schultern übernahmen; er befahl, daß alle berittenen Unterführer zu zweit auf einem Pferd reiten sollten, ausgenommen die Trommler, so daß jeweils die allererschöpftesten Krieger auf Pferderücken verschnaufen konnten; und er ordnete an, daß diese Offiziere beim Reiten *Aliantha* für die Marschierenden sammeln sollten. Er übertrug alle Aufgaben der Wasserversorgung und Aufklärung den Bluthütern und stellte damit weitere Pferde zur Unterstützung des Kriegsheers frei. Dann schickte er die Schar- und Streitwarte wieder zu ihren Abteilungen. Als sie fort waren, trat Trutzmark Amorine zu ihm, um mit ihm zu reden. Amorines derbes, strenges Gesicht verriet die Absicht einer sauren Einlassung, doch er kam ihr schnell zuvor. »Nein, Amorine«, sagte er. »Ich werde dich nicht ablösen lassen.« Sie wollte Einwände erheben, deshalb sprach er schnell nachsichtiger weiter. »Ich weiß, ich habe den Eindruck erweckt, als würde ich dir daran die Schuld geben, daß wir hinter dem Zeitplan zurückgeblieben sind. Aber das kommt bloß daher, daß ich in Wahrheit mir selbst die Schuld gebe. Du bist die einzige geeignete Person für diesen Job. Das Kriegsheer respektiert dich … so wie's Quaan respektiert. Die Krieger vertrauen deiner Aufrichtigkeit, deiner Erfahrung. Wie sie von mir denken, darüber bin ich mir nach alldem nicht so sicher.« Den letzten Satz äußerte er ziemlich trübsinnig.

Schlagartig verschwanden Amorines Selbstzweifel. »Du bist der Streitmark. Wer hat's gewagt, dich in Frage zu stellen?« Ihr Tonfall deutete an, daß jeder, der ihn herauszufordern gedachte, sich zuerst mit ihr befassen müsse.

Ihre anhängliche Treue rührte ihn. Er war nicht völlig davon überzeugt, daß er sie verdiente. Doch er beabsichtigte, sie sich zu verdienen. Er würgte seine Emotionen hinunter. »Niemand wird mich in Frage stellen, solange wir das vorgesehene Marschtempo beibehalten«, antwortete er. »Und wir werden's durchhalten.« *Ich hab's Quaan versprochen,* fügte er zu sich selbst hinzu. »Wir müssen die verlorene Zeit wieder rausholen – und zwar hier in den Mittlandebenen. Südlich vom Schwarzen Fluß wird das Gelände schwieriger.« Der Trutzwart nickte, als ob er ihm glaubte.

Nachdem Amorine ihn verlassen hatte, kroch er unter seine Decken und verbrachte die Nacht damit, die private Finsternis seines Hirns nach einer Alternative zu seinem Dilemma zu zermartern. Aber ihm fiel nichts ein, das die Notwendigkeit dieses Gewaltmarsches aufhob. Als er endlich doch einschlief, träumte er von Kriegern, die sich in den Süden schleppten wie in ein offenes Grab. Am nächsten Morgen, als die Reihen des Kriegsheers sich wieder regten, die Krieger sich matt strafften, sich taumelig in Bewegung setzten wie ein langes, dumpfes Stöhnen über den gesamten Ebenen, da marschierte Streitmark Hile Troy mit. Statt seinen Ranyhyn zu besteigen, leitete er persönlich den Rhythmus der Trommler ein, überprüfte dessen Einhaltung, schritt selber in seinem Takt aus. Auf dem Marsch strebte er an den Scharen entlang, stattete jedem einzelnen Fähnlein einen Besuch ab, nannte jeden Streitwart beim Namen und ermutigte ihn, schreckte die Krieger mit seinem Erscheinen und persönlicher Sorge aus ihrer stumpfsinnigen Mattigkeit – er hielt trotz seines mangelhaften körperlichen Trainings durch, um ein Beispiel zu geben, das seinem Heer eine gewisse Ermunterung sein konnte. Am Ende des ersten Tags unter den Mannschaften war er so müde, daß er kaum noch das kleine Camp erreichte, das er mit Lord Mhoram und Amorine teilte, ehe er etwas vom Sterben murmelte und auf der Stelle einschlief. Dennoch raffte er sich am nächsten Tag hoch und wiederholte seinen demonstrativen Einsatz, verbarg seine Mühsal hinter dem Verständnis, das er den Kriegern auf die eine oder andere Weise zeigte. Vier Tage lang marschierte er so mit dem Kriegsheer durch die Mittlandebenen. Nach jedem Tagesmarsch in diesem rücksichtslosen Tempo hatte er das Gefühl, seine Grenzen überschritten zu haben – daß der ganze Gewaltmarsch eine Unmöglichkeit sei und aufgegeben werden müsse. Aber an jedem Abend unterstützte Lord Mhoram die Köche bei der Zubereitung der Verpflegung fürs Heer und begab sich anschließend unter die Krieger, um ihnen Mut einzuflößen. Und zweimal im Laufe dieser vier Tage gelangte die Armee an umfangreiche, von Bluthütern bewachte Vorratslager – von den Dorfbewohnern der Mittlandebenen gelieferter und bereitgestellter Nachschub. Die frische, reichhaltige Nahrung wirkte sich überraschend positiv aus; sie verhalf jenen Kriegern, die glaubten, keinesfalls länger durchhalten zu können, zu neuer Zuversicht.

Am Ende seines vierten Tages zu Fuß – dem dreizehnten Tag des Gewaltmarsches – neigte Troy endlich zu der Einschätzung, daß die Verfassung des Kriegsheers sich stabilisiert hatte. Mehr als vierzig Längen weit war er mitmarschiert. Aus Furcht, das wiedergefundene, aber noch wacklige moralische Gleichgewicht der Armee zu gefährden, hegte er die Absicht, das Mitmarschieren fortzusetzen. Sowohl Mhoram wie auch Amorine rieten ihm dringend davon ab – sie sorgten sich aufgrund seiner Erschöpfung, seiner wunden Füße und unsicheren Gangart –, aber er tat ihre Argumente ab. Insgeheim schämte er sich zu reiten, wenn seine Krieger sich zu Fuß abschunden.

Aber am nächsten Morgen bekam er Anlaß zu viel größerer Scham. Als das Licht der Morgendämmerung ihn weckte, und er sich aus seinen Decken befreite, stand bereits Amorine vor ihm. Mit grimmiger Stimme meldete sie, daß das Heer in der Nacht überfallen worden war. Kurz nach Mitternacht hatten die als Späher eingesetzten Bluthüter berichtet, daß ein Rudel *Kresch* die eingepferchten Pferde beschlich. Sofort war im ganzen Lager Alarm gegeben worden, aber nur die berittenen Schar- und Streitwarte waren zum sofortigen Eingreifen imstande gewesen. Gemeinsam mit den Bluthütern eilten sie zu den Pferchen, um die Pferde zu verteidigen. Sie sahen sich einem sehr starken Rudel der großen, gelben Wölfe gegenüber – mindestens zwölf Dutzend *Kresch*. Die Bluthüter auf ihren Ranyhyn fingen die erste Wucht des Angriffs auf, aber sie waren im Verhältnis zehn zu eins unterlegen. Und die Unterführer hinter ihnen mußten zu Fuß kämpfen. Der *Kresch*-Geruch versetzte die Pferde in solche Panik, daß sie sich weder reiten noch aus der Gefahrenzone treiben ließen. Ein Ranyhyn, fünf Pferde und nahezu ein Dutzend Schar- und Streitwarte kamen ums Leben, bevor Amorine und Lord Mhoram eine ausreichend wirksame Abwehr mobilisieren konnten, um die Wölfe zurückzuscheuchen. Und ehe man die *Kresch* zurückschlug, durchbrach ein Dutzend oder mehr von ihnen die Verteidigung der Offiziere und stürzte in einen Teil des Lagers, wo noch zahlreiche Krieger in tiefem Erschöpfungsschlaf lagen. Nachdem eine Anzahl Bluthüter und Mhoram die eingedrungenen Wölfe niedergemacht hatten, fanden sie zehn dieser Männer und Frauen in ihren Decken tot oder verstümmelt vor. Als er das hörte, war Troy mit einem Schlag hellwach.
»Warum habt ihr mich nicht geweckt?« wollte er wissen und ballte aus Wut und Erbitterung die Hände zu Fäusten.
»Ich habe zu dir gesprochen«, antwortete der Trutzmark und mied dabei Troys Blick, »dich geschüttelt, in deine Ohren

geschrien. Doch ich vermochte dich nicht zu wecken. Die Gefahr drängte zum Handeln, also ging ich und trat ihr entgegen.«

Daraufhin nahm Troy von weiterem Marschieren Abstand. Er wollte nicht noch einmal von seiner Schwäche so hereingelegt werden. Auf Mehryl folgte er mit Ruel der Fährte der *Kresch;* und sobald er sich davon überzeugt hatte, daß das Rudel kein Teil einer gemischten Heersabteilung gewesen war, kehrte er zurück an seinen Platz an der Spitze des Kriegsheers. Von Zeit zu Zeit umkreiste er sein Heer im Handgalopp, als sei er bereit, es notfalls mit seiner Hand zu verteidigen.

In der folgenden Nacht griffen die *Kresch* nochmals an, und in der nächsten Nacht noch einmal. Doch beide Male war Streitmark Troy auf ihren Empfang eingestellt. Im Dunkeln war er blind, zum Kampf unfähig, aber vorm Einbruch der Abenddämmerung begutachtete er jeweils sorgfältig das umliegende Gelände. Dadurch konnte er Maßnahmen zum Schutz der Pferde treffen und die Abwehr planen. Mit Bluthütern, Bogenschützen und Feuer stellte er Fallen. Viele *Kresch* blieben auf der Strecke, wogegen das Kriegsheer keine weiteren Verluste erlitt. Nach dem dritten Angriff ließen die Wölfe es in Ruhe. Aber da hatte Troy bereits andere Sorgen.

Am sechzehnten Tag des Marsches zog am Vormittag eine Wand schwarzer Wolken aus dem Osten auf die Krieger zu. Noch vor der Mittagszeit spürte man Windstöße, die ihnen das Haar zerzausten, durchs hohe Gras der Ebenen fuhren. Der Wind blies stärker, während sich die Ausläufer des Unwetters heranschoben. Bald begann es vom verdüsterten Himmel herab zu regnen. Die tiefe Schwärze der Wolken verhieß ein mörderisches Gewitter mit wolkenbruchartigen Regenfällen. Troy war unter dieser Wolkendecke vollkommen blind. Sämtliche Allholz- und Glutsteinmeister entzündeten ihre Feuer, um mit deren Lichtschein das Heer auch in schwerem Regen zusammenzuhalten. Aber das Zentrum des Ungewitters drang nicht so weit in den Westen vor; anscheinend konzentrierte es seine Gewalt auf irgendeinen Punkt entfernt im Osten, und sobald es dort festhing, blieb es dort. Die Krieger brauchten lediglich durch die Randzonen des heftigen Unwetters zu marschieren. Der unregelmäßige, wüst gepeitschte Regen, der aus den infernalischen Tiefen des Sturms auf sie herabfegte, fügte ihnen kaum irgendeinen Schaden zu, aber trotzdem litt darunter ihre Moral. Alle spürten sie die Übelmacht hinter dem Ausbruch. Troy brauchte ihnen gar nicht erst zu sagen, daß er sich nahezu mit Sicherheit gegen Schwertmark Quaan und seine Truppe richtete. Bis der Sturm sich spät am darauffolgenden Tag verflüchtigte, verlor Troy beinahe ein komplettes Fähnlein. Irgendwo inmitten der Düsternis und ihrer Furcht vor dem, was Quaan heimsuchte, gaben fast zwei Dutzend der am wenigsten zähen Krieger allen Mut auf; mitten im rutschigen Vorwärtskämpfen des Kriegsheers ließen sie sich ganz einfach in den Schlamm sacken und starben. Aber sie waren nur achtzehn. Rund sechzehntausend Männer und Frauen überstanden den Sturm und marschierten weiter. Und im Interesse der Lebenden verhärtete Streitmark Troy bezüglich der Toten sein Herz. Er ritt Mehryl, als kenne sein Mut keine Schranken, und führte seine Armee südwärts, immerzu südwärts, duldete kein Erschlaffen der fürchterlichen Marschgeschwindigkeit.

Dann mußte das Kriegsheer, drei Tage später – am Tag nach dem Vollmond –, den Schwarzen Fluß durchschwimmen. Dieser Fluß bildete die Grenze zwischen den Mittland- und den Südlandebenen. Er floß aus dem Westlandgebirge nach Nordosten und traf sich etliche Dutzend Längen weit im Innern der Mittlandebenen mit dem Mithil, mit dessen Wassern er dann gemeinsam seinen Lauf in die Richtung Andelains fortsetzte. In alten Sagen hieß es, daß der Schwarze Fluß, wenn er unter der großen Klippe mit dem Namen Spaltfelsen, der Ostseite *Melenkurion* Himmelswehrs, ins Freie brach, Wasser führe, das so rot sei wie Herzblut. Vom Spaltfelsen strömte der Schwarze Fluß mitten durch die Würgerkluft. Bevor er die Letzten Hügel durchquerte und sich in die Ebenen ergoß, kam er noch am Fuß des Galgenhöckers vorbei, der uralten Hinrichtungshöhe der einstigen Forstwärtel. Das Wasser, das nun die Krieger zu durchqueren hatten, war rötlich-schwarz, wie vermischt mit irgendeiner sonderbaren Ablagerung. In der gesamten Geschichte des Landes hatte sich der Schwarze Fluß auf der Strecke zwischen den Letzten Hügeln und dem Mithil immer dem Bau einer Brücke oder der Einrichtung einer Furt widersetzt; er hatte ganz einfach alles hinweggespült, das einen Überweg gestatten sollte. Den Kriegern stand keine andere Wahl offen, als zu schwimmen. Als sie ans Südufer kletterten, wirkten sie ausgemergelt, als habe der schwarze Hunger des Stroms ihnen irgendeinen wesentlichen Lebensbestandteil oder inneren Antrieb aus den Knochen gesaugt. Dennoch marschierten sie weiter. Der Streitmark befahl es ihnen, und deshalb marschierten sie auch danach weiter. Aber nun strebten sie wie heruntergekommene leere Hülsen dahin, als wehe ein sinnloser Wind sie durch die weg- und steglose Sargasso der Südlandebenen vorwärts. Bisweilen schien es, als hielte nur das vereinzelte Feuer von Troys Wille sie im Voranstolpern, am Dahinstapfen, in bitterer Bewegung. Und in den Südlandebenen erwartete sie eine neue Schwierigkeit. Das Gelände war rauher. Am südwestlichen Ende der Mittlandebenen trennte nur der breite, gebogene Streifen der Letzten Hügel die Würgerkluft von den Ebenen. Südlich vom Schwarzen Fluß wuchsen diese Hügel allerdings zu richtigen Bergen empor – einem steilen Bergrücken zerklüfteter Gipfel, dessen drei Eckpunkte im Norden der Fluß, im Osten der flaschenhalsartige Engpaß des Unheilswinkels und im Westen das Memmeneck

bildeten, wo die Würgerkluft vierzig Längen südlich vom Unheilswinkel an die Südlichen Einöden grenzte. Die Marschroute des Kriegsheers führte es immer tiefer ins schroffe Vorgebirge der Bergkette. Nach zweitägigem Ringen mit diesem vorgebirgigen Hügelland sahen die Krieger aus wie wiederbelebte Tote. Sie blieben nicht erheblich hinterm Marschtempo zurück, aber es war offensichtlich nur noch eine Frage der Zeit, bis sie reihenweise zusammenzubrechen begannen.
Als die Sonne von neuem sank, Troys Blickfeld sich vernebelte, traf der Streitmark eine Entscheidung. Der Zustand seiner Krieger drohte ihm das Herz zu zerreißen; er spürte, daß die Armee in einer Krise steckte. Das Kriegsheer war noch fünf Tagesmärsche weit vom Unheilswinkel entfernt, fünf schreckliche Tage. Und er wußte nicht, wo Quaan stand. Ohne ein Minimum an Erkenntnissen über die Position des Schwertmarks und seine Lage sowie über Lord Fouls Heer konnte Troy sich auf das Bevorstehende nicht vorbereiten. Und sein Heer erweckte den Eindruck, als sei es nicht länger zu irgendwelchen Vorbereitungen fähig. Die Zeit zum Handeln war für ihn gekommen. Obwohl an der planmäßigen Tagesstrecke noch eine Länge fehlte, ließ er für die Nacht Rast machen. Und während die Krieger umherschlurften und das Lager aufschlugen, nahm er Lord Mhoram beiseite. Im Dämmerlicht vermochte er die Gesichtszüge des Lords kaum noch zu erkennen, aber er konzentrierte sich mit aller Entschlossenheit darauf, weil er Mhoram sein Anliegen mit größtmöglicher Überzeugungskraft vortragen wollte. »Mhoram«, sagte er leise, »es muß doch irgend etwas geben, was du für sie tun kannst. Irgendwas … das ihnen hilft, sich zusammenzureißen. Irgendwas mit deinem Stab, mit einem Gesang oder ins Essen getan, irgend etwas. Es muß doch was geben!«
Aufmerksam musterte Lord Mhoram die Miene des Streitmarks. »Mag sein«, antwortete er einen Moment später. »Es gibt

ein Mittel, das wider die Berührung des Schwarzen Flusses in gewissem Maß abhelfen kann. Doch ich scheue mich, es anzuwenden, denn hat man's einmal benutzt, kann man's nicht wieder verwenden. Noch trennen uns fünf lange Tage vom Unheilswinkel – und die Krieger werden dringlich Kräfte für den Kampf benötigen. Sollen wir, was noch an Unterstützung möglich ist, nicht bis zur rechten Zeit zurückhalten?«

»Nein.« Troy versuchte, Mhoram die Tiefe seiner Überzeugung hörbar zu übermitteln. »Der richtige Zeitpunkt ist jetzt. Die Leute benötigen jetzt ausreichende Kräfte, für den Fall, daß sie Kämpfe durchstehen müssen, ehe sie den Unheilswinkel erreichen. Oder für den Fall, daß sie die Beine in die Hand nehmen müssen, um noch rechtzeitig dort einzutreffen. Wir haben keine Ahnung, was inzwischen mit Quaan los ist. Und nach dem heutigen Abend wird's keine zweite Gelegenheit geben, bis die Kämpfe ausgebrochen sind.«

»Wie das?« erkundigte sich der Lord nachdenklich.

»Weil ich morgen früh fortreite. Ich will auf den Kevinsblick. Ich muß mir einen Ausblick auf Fouls Armee verschaffen. Ich muß genau wissen, wieviel Zeit Quaan für uns herausschindet. Und du kommst mit mir. Du bist hier derjenige, der weiß, wie man das Hehre Holz zur Verständigung benutzt.«

Mhoram wirkte überrascht. »Das Heer verlassen?« meinte er hastig und gedämpft. »Jetzt? Ist das klug?«

Troy war seiner Sache sicher. »Es muß einfach sein. Ich bin – zu lange im unklaren geblieben. Jetzt muß ich Klarheit haben. Wir können uns von hier an keinerlei Überraschungen von Fouls Seite leisten. Und ich« – er schnitt dem Nebel eine Grimasse – »bin der einzige, der weit genug ins Land spähen kann, um zu erkennen, was Foul treibt.« Er schwieg einen Moment lang. »Deshalb heißt's wohl Kevinsblick«, ergänzte er dann. »Selbst er mußte wissen, worauf er sich einläßt.«

Unvermittelt strich der Lord sich mit einer Hand übers von den

Anstrengungen gezeichnete Gesicht und nickte. »Nun wohl. Es soll geschehen. Dies ist die Stütze, die zuteil werden kann. Jeder Glutsteinmeister trägt bei sich eine geringe Menge Heilerde. Und die Allholzmeister haben ein seltenes Holzmehl dabei, das sie *Rillinlure* nennen. Ich hoffte darauf, diese Hilfsmittel für die Heilung von in der Schlacht geschlagenen Wunden aufheben zu können. Doch nun werden wir sie heute abend der Verpflegung beimengen. Mögen sie eine hilfreiche Wirkung ausüben.«

Ohne weitere Fragen wandte er sich ab, um den Glutstein- und Allholzmeistern seine Anweisungen zu erteilen. Kurz darauf waren diese Männer durchs ganze Lager unterwegs und taten entweder Heilerde oder *Rillinlure* in jeden Kessel. Nur eine Prise kam jeweils in einen Kessel; jeder Krieger verzehrte davon nur ein winziges Quentchen. Aber die Allholzmeister und Glutsteinmeister verstanden sich darauf, dem Holzmehl und der Heilerde ein Maximum an Wirksamkeit zu verleihen. Innerhalb kurzer Zeit nach dem Abendessen begannen die Krieger einzuschlafen; manche fielen einfach auf den Erdboden und verloren die Besinnung. Erstmals während der ausgedehnten Härte des Gewaltmarsches lächelten einige von ihnen in ihren Träumen. Als sich Mhoram nach dem Essen wieder zu Streitmark Troy gesellte, lächelte er beinahe selbst.

Dann begann Troy Trutzmark Amorine die Instruktion für die Schlacht am Unheilswinkel zu geben. Nach der Besprechung der Verpflegungslage und der Schlußetappe des Marsches unterhielten sie sich über den Unheilswinkel. Trotz der Aufmunterung durch Troy betrachtete Amorine die Lokalität als bedrohlich. In allen Kriegen des Landes war sie der Ort gewesen, an den Armeen flohen, wenn all ihre Hoffnungen zerstoben waren; düstere alte Sagen erzählten von den Raben, die beiderseits an den Höhen des engen Hohlwegs nisteten, hoch über den steilen Geröllhalden und den Findlingen, die ihn säumten, und nach dem Fleisch der Gefallenen krächzten. An diesem Teil seines Plans hatte er nie den leisesten Zweifel gehegt. Der Unheilswinkel war eine ideale Örtlichkeit für eine kleine Armee, um einen zahlenmäßig überlegenen Gegner zu bekämpfen. Der Feind konnte in den Cañon gelockt und abteilungsweise zerschlagen werden. »Das ist das Schöne daran«, sagte Troy zuversichtlich. »Bei dieser Gelegenheit schlagen wir Foul in seinem eigenen Stil – wir nehmen ein Unheil und verwandeln es in einen Segen. Sobald Quaan am Unheilswinkel eintrifft, haben wir die Oberhand. Vielleicht merkt Foul nicht mal, daß wir schon dort sind, bevor's zu spät ist. Aber selbst wenn er's weiß, muß er den Kampf fortsetzen. Er kann es sich nicht erlauben, uns einfach den Rücken zuzuwenden. Du brauchst nur dafür zu sorgen, daß das Marschtempo noch fünf Tage lang durchgehalten wird.« Amorines mürrisches Stirnrunzeln erinnerte ihn daran, daß sich genau das als undurchführbar erweisen mochte. Am nächsten Morgen hatte er jedoch den Eindruck, daß seine Zuversicht ihre Berechtigung besaß. Dank der Stärkung durch *Rillinlure* und Heilerde stellten seine Krieger sich der Herausforderung des neuen Tages mit erneuerter Entschlossenheit in ihren Augen und so etwas wie neuem Schwung in den Gliedmaßen. Als Troy auf eine Anhöhe stieg, um zu ihnen zu sprechen, scharten sie sich um ihn und brachen in einen Jubel aus, der ihm vor Stolz die Brust einschnürte. Am liebsten hätte er sie allesamt umarmt.

Er stellte sich mit seinem Rücken zum Sonnenaufgang vors Kriegsheer, und sobald er durch seinen visuellen Nebel ihre Gesichter unterscheiden konnte, fing er an. »Meine Freunde«, brüllte er, »hört mir zu! Ich gehe hinauf zum Kevinsblick, um zu erspähen, was Foul macht, also ist dies wahrscheinlich meine letzte Gelegenheit zu einem Wort an euch, bevor es zur Schlacht kommt. Deshalb möchte ich nun kein Blatt vor den

Mund nehmen. In den vergangenen zweiundzwanzig Tagen hatten wir's ziemlich leicht. Aber jetzt ist der gemütliche Teil des Feldzugs vorbei. Wir müssen uns dranmachen und unsere Löhnung verdienen.« Er riskierte diesen trostlosen Scherz sehr sorgenvoll. Falls die Krieger ihn verstanden, mochte es sein, daß sie sich etwas entkrampften, ein bißchen von ihrer Zermarterung und Furcht abstreiften, sich enger zusammenschlossen. Sollten sie jedoch seine Äußerung als Herabsetzung empfinden, sich durch seinen grimmigen Humor nur gekränkt fühlen – dann hatte er sie verloren. Er verspürte gewaltige Erleichterung und war heilfroh, als er viele Krieger lächeln sah. Ein paar lachten sogar laut. Ihre Reaktion ließ ihn sich plötzlich mit ihnen in wundervoller Harmonie fühlen – im Einklang mit seiner Armee, dem Werkzeug seines Willens. Sofort war er sich seines Kommandos wieder völlig sicher. »Wie ihr wißt«, sprach er forsch weiter, »trennen uns bloß noch fünf Tage vom Unheilswinkel. Wir haben noch fast genau achtundvierzig Längen weit zu marschieren. Nach dem, was ihr bereits geleistet habt, müßtet ihr das eigentlich im Schlaf schaffen. Aber es gibt da einige Dinge, die möchte ich euch noch sagen. Zuerst einmal sollt ihr wissen, daß ihr bereits mehr vollbracht habt als jedes andere Heer in der gesamten Geschichte des Landes. Kein anderes Kriegsheer ist jemals eine so weite Strecke so schnell marschiert. Daher ist jeder einzelne von euch schon heute ein Held. Ich übertreibe nicht – Tatsache bleibt Tatsache. Ihr seid die besten Krieger, die's jemals gegeben hat. Aber Helden oder nicht, unser Werk ist nicht getan, ehe wir gesiegt haben. Deshalb ziehen wir zum Unheilswinkel. Er ist haargenau der richtige Ort für eine Falle. Sind wir erst einmal dort, können wir's mit einem Heer aufnehmen, das fünfmal so stark wie unseres ist. Und indem wir uns dort festsetzen – dadurch Fouls Heer lediglich in den Süden locken –, haben wir bereits viele Dutzend Steinhausen und Holzheime in den Mittlandebenen vor der Zerstörung bewahrt. Für die meisten unter euch heißt das, wir haben ihr Zuhause gerettet.« Er schwieg für einen Moment und hoffte, etwas von seiner Zuversicht werde den Herzen seiner Krieger zuströmen. »Aber wir müssen rechtzeitig am Unheilswinkel eintreffen«, fügte er dann hinzu. »Schwertmark Quaan erwartet, uns dort vorzufinden. Er und seine Scharen kämpfen in diesen Augenblicken wie Besessene, um uns diese weiteren fünf Tage zu sichern. Falls wir den Unheilswinkel nicht vor ihnen erreichen, müssen wir alle sterben. Der Wettlauf wird knapp. Doch ich darf euch sagen, es ist eine Tatsache, daß der Schwertmark uns bereits drei von diesen fünf Tagen erkämpft hat. Ihr alle habt vor sechs Tagen das Unwetter mitbekommen. Ihr wißt, was das war – ein Angriff auf die Scharen des Schwertmarks. Das bedeutet, vor sechs Tagen hat er Fouls Heer noch im Mithil-Tal gebunden. Und ihr kennt Schwertmark Quaan. Euch ist klar, daß er unseren Sieg nicht an lächerlichen zwei Tagen scheitern lassen wird. Ja, die Zeit ist knapp. Wir werden uns nicht viel Ruhe gönnen dürfen. Aber sind wir einmal am Unheilswinkel, brauchen wir uns um das Ergebnis nicht zu sorgen.« Nach diesen Ausführungen stimmten die Scharwarte Jubelrufe auf Troys entschiedenen Mut an; er stand während dieser Ovation stumm und mit gesenktem Kopf da, nahm sie nur hin, weil die Tapferkeit, die aus ihren Rufen sprach, die Beherztheit seines Heers, ihn insgeheim überwältigten. »Meine Freunde«, sagte er schwerfällig in die Stille, als der Beifall abgeebbt war und das Kriegsheer wieder ruhig, »ich bin auf euch alle stolz.« Dann drehte er sich um und rannte nahezu die Anhöhe hinab.

Lord Mhoram folgte ihm, als er auf Mehryls Rücken sprang. Begleitet von Ruel, Terrel sowie acht anderen Bluthütern, entfernten sich die beiden Männer im Galopp vom Kriegsheer. Troy ritt sehr schnell, bis sein Heer hinter den Hügeln in seinem Rücken außer Sicht war; dann mäßigte er Mehryls Tempo auf eine Gangart, in der sich Steinhausen Mithil und der Fuß des Kevinsblicks innerhalb von drei Tagen erreichen ließen. Mit Mhoram an seiner Seite ritt er im Handgalopp durch die gewellten Ebenen ostwärts. »Streitmark Troy«, bemerkte der Lord nach einer Weile in beschaulichem Ton, »du hast die Herzen der Krieger gerührt.«

»Du siehst das genau verkehrt«, antwortete Troy mit vor Gefühl rauher Stimme. »Sie haben mich gerührt.«

»Nein, mein Freund. Sie haben eine sehr starke Treue zu dir entwickelt.«

»Sie sind treue Menschen. Sie ... na schön, ja, ich verstehe, was du meinst. Sie sind mir treu. Falls ich sie je im Stich lasse – das heißt, bloß irgendeinen ganz normalen menschlichen Fehler begehe –, werden sie sich hintergangen fühlen. Ich weiß. Ich habe zuviel von ihrem Wagemut und ihrer Hoffnung in meiner Person konzentriert, in meinen Plänen. Aber wenn ich sie dadurch rechtzeitig zum Unheilswinkel bringe, ist es das Risiko wert.«

Lord Mhoram stimmte ihm mit einem Nicken zu. »Aber du hast deinen Beitrag schon geleistet«, meinte er nach kurzer Gesprächspause. »Mein Freund, ich muß dir folgendes sagen: als ich erstmals deine Absicht vernahm, mit solcher Geschwindigkeit zum Unheilswinkel zu ziehen, erachtete ich diese Aufgabe als unmöglich.«

»Warum hast du dann zugesehen, wie ich sie anfange?« erkundigte sich Troy heftig. »Wieso hast du bist jetzt damit gewartet, dich zu äußern?«

»Ach, Streitmark«, antwortete der Lord, »alles, was unversucht bleibt, ist unmöglich.«

Auf diese Entgegnung wandte sich Troy ruckartig Mhoram zu. Aber als er den aufmerksamen Blick des Lords erwiderte, erkannte er, daß Mhoram eine solche Angelegenheit niemals grundlos zur Sprache gebracht hätte. Er zwang sich zur Ruhe.

»Du glaubst ja wohl nicht im Ernst«, sagte er, »daß ich mit so einer Antwort zufrieden bin.«
»Nein«, erwiderte der Lord unumwunden. »Ich spreche davon, um meiner Wertschätzung dessen, was du vollbracht hast, Ausdruck zu verleihen. Ich vertraue dir. Ich werde dir in diesem Krieg in jede Gefahr folgen.«
Urplötzlich füllte eine Aufwallung von Dankbarkeit Troys Kehle aus wie ein Klumpen, und er mußte die Zähne zusammenbeißen, um nicht dümmlich zu grinsen. »Ich werde euch nicht im Stich lassen«, sagte er leise, um auf das von Mhoram ausgesprochene Vertrauen einzugehen. Aber später, als seine Gefühlsregungen sich geglättet hatten, erinnerte er sich bestürzt daran, wie viele diesbezügliche Versprechen schon von ihm abgegeben worden waren. Seine Rede vorm Kriegsheer hatte nur eine von einer ganzen Reihe derartiger Zusicherungen enthalten. Nun hatte er das Gefühl, seine persönliche Garantie des Erfolgs praktisch dem ganzen Lande gegeben zu haben. Er hatte sich selbst in die Ecke manövriert – in eine Situation, worin Niederlage und Verrat aufs gleiche hinausliefen. Der bloße Gedanke an einen Mißerfolg brachte seinen Pulsschlag auf schwindelerregende Weise in seinem Schädel zum Wummern. Falls das die Art von Erwägungen war, die Covenants Zweiflertum auslösten, sah Troy darin einen gewissen Sinn. Aber er wußte eine unnachsichtigere Bezeichnung dafür: er nannte dergleichen *Feigheit.*
Er verdrängte diese Überlegungen und schenkte seine Aufmerksamkeit den Südlandebenen. In einigem Abstand von den Bergen verflachte das Terrain und ging über in breite Streifen von scharfrandigem, harschem Gras, durchsetzt mit Schwaden trübseligen Farnkrauts sowie von Heidekraut, das der Herbst nun purpurn färbte. Dies war kein wohnlicher Landstrich – man hatte Troy gesagt, daß es im gesamten Bereich der Südlandebenen nur fünf Steinhausen gab –, doch seine unver-

schwenderische Fruchtbarkeit war vital und kraftvoll, so wie die gedrungenen, muskulösen Menschen, die darin lebten. Irgend etwas an seiner Genügsamkeit sprach Troy an; es schien, als bereite der Erdboden selbst sich zum Krieg vor. Er überquerte ihn in zügigem Ritt, behielt eine schwungvolle Gangart bei, die trotzdem Mehryls Kräfte für den eiligen Ritt vom Kevinsblick zum Unheilswinkel schonten.

Aber in der zweiten Nacht erlitt seine Zuversicht einen Rückschlag. Kurz nach dem Mondaufgang schrak Lord Mhoram urplötzlich aus dem Schlaf hoch und sprang auf, schrie so grauenhaft, daß Troy meinte, ihm müsse das Blut in den Adern gerinnen. Troy tastete in der Dunkelheit nach dem Lord, aber Mhoram stieß ihn mit seinem Stab über den Haufen und begann heftige energetische Blitze an den unverwundbaren Himmel zu schleudern, als werde er von droben angegriffen. Raserei befiel ihn. Er hörte nicht auf, bis Terrel ihn an beiden Armen zu packen bekam und ihm mitten ins Gesicht brüllte: »Lord! Die Verderbnis wird dich sehen!«

Mit einer ungeheuren inneren Willensanstrengung beherrschte sich Mhoram, bändigte den wilden Ausbruch seiner Kräfte. Ohne die Blitze konnte Troy überhaupt nichts sehen. In blinder Anspannung mußte er warten, bis er von Mhoram ein Flüstern vernahm. »Es ist vorüber. Meinen Dank, Terrel.« Die Stimme des Lords klang nach völliger Ermattung. Troy quoll von Fragen nahezu über, aber entweder wollte oder konnte Mhoram sie nicht beantworten. Die Gewaltsamkeit seiner Vision machte ihn benommen und zittrig. Er vermochte seinen Lippen kaum die paar Worte zu entringen, die er äußerte, um Troy zu beruhigen. Der Streitmark gab sich allerdings nicht so rasch zufrieden. Er forderte Licht. Doch als Ruel das Lagerfeuer wieder entfacht hatte, sah Troy das entsetzliche Lodern von Qual und Gefahr in Mhorams Augen. Es wies ihn ab, verwarf sein Angebot von Beistand oder Zuspruch. Er war genötigt, den Lord in seiner grausigen, rätselhaften Orakel-Pein allein zu lassen. Für den Rest der Nacht lag Troy wach und wartete voller Sorge. Doch als die Morgendämmerung anbrach und seine geistige Sicht wiederkehrte, bemerkte er, daß Mhoram die Krise gemeistert hatte. Die Fiebrigkeit seines Blicks war einem harten Glanz gewichen, der einer Warnung glich, ihn nicht herauszufordern – einem Glanz, der Troy an die Darstellung des Lords auf dem ›Lord Mhorams Sieg‹ genannten Gemälde in der Halle der Geschenke erinnerte. Der Lord gab keine Erklärung ab. Stumm ritten sie hinein in den dritten Tag.

Voraus am Horizont konnte Troy den dünnen schwarzen Finger des Kevinsblicks erspähen, obwohl das Tal mit dem Steinhausen Mithil noch zwanzig Längen weit entfernt lag. Nach dem erschreckenden nächtlichen Zwischenfall hatte er es noch eiliger, auf den Kevinsblick zu klettern und Lord Fouls Heer zu sehen. In diesem Ausblick würde er das Schicksal seines Schlachtplans absehen können. Aber er trieb die Ranyhyn nicht übers optimale Marschtempo hinaus an. So war das Tal bereits voller abendlicher Schatten, als er und Mhoram den Mithil erreichten und seinem Verlauf stromaufwärts in die Richtung des Südlandrückens folgten. Durch seine privaten Dunstschleier konnte er bloß noch einen flüchtigen Anblick vom Steinhausen Mithil erhaschen. Auf dem Scheitelpunkt einer klotzigen steinernen Brücke über den Fluß schaute er in den Süden des Ostufers und sah undeutlich eine dunkle, im Rund angelegte Ansammlung von Steinbehausungen. Dann verschwand auch der Rest seines geistigen Sehvermögens, und er mußte aufs Geratewohl in die Ortschaft reiten.

Als Troy und seine Begleiter im runden, offenen Zentrum des Steinhausens abgesessen waren, unterhielt sich Lord Mhoram in aller Ruhe mit den Leuten, die ins Freie traten, um ihn zu begrüßen. Bald darauf gesellte sich zu diesen Steinhausenern eine fünfköpfige Abordnung, die einen großen Topf voller Glutsteine mitbrachte. Man stellte ihn auf eine niedrige Felsplatte am Mittelpunkt des Dorfplatzes, von wo aus sich das behagliche Leuchten und der frische, lehmige Duft bald ringsum verbreitete. Der Helligkeitsschein ermöglichte Troy eine trübe Sicht. Das Fünfergrüppchen bestand aus drei Frauen und zwei Männern. Vier dieser Personen waren würdevoll weißhaarig und im Greisenalter, wogegen einer der beiden Männer sich anscheinend erst in mittleren Jahren befand. Sein dichtes schwarzes Haar wies graue Strähnen auf, und seine untersetzte, kraftvoll stämmige Gestalt war in ein traditionelles braunes Steinhausenergewand gehüllt, mit einem seltsamen Muster auf den Schultern, das aussah wie viele gekreuzte Blitze. Seine Miene war auf Dauer zu einem Ausdruck der Bitterkeit verzerrt, als sei recht früh in seinem Leben etwas in seinem Innern zerbrochen, so daß alle seine seitherigen Erfahrungen ihm sauer geschmeckt hatten. Aber trotz seiner Verbittertheit und seiner vergleichsweise jungen Jahre ließen seine viel älteren Begleiter ihm den Vortritt. Er sprach als erster. »Heil dir, Mhoram, Variols Sohn, Lord des Großrats zu Schwelgenstein. Heil, Streitmark Troy. Seid willkommen im Steinhausen Mithil. Ich bin Triock, Thulers Sohn, Erster im Kreis der Ältesten des Steinhausens Mithil. Es ist nicht unser Brauch, Gäste zu befragen, ehe unsere Gastfreundschaft sie von des Weges Mühe erleichtert hat. Doch wir leben in gefahrvollen Zeiten. Ein Bluthüter hat uns vom Krieg Kunde übermittelt. Was bringt euch zu uns?«

»Triock, dein Willkommensgruß ehrt uns«, gab Lord Mhoram zur Antwort. »Ferner ehrt's uns, daß du uns kennst. Wir sind einander nie begegnet.«

»Das ist wahr, Lord. Doch ich habe für einige Zeit die Schule der Lehre besucht. Die Lords und die Freunde der Lords« – er nickte Troy zu – »sind mir gezeigt worden.«

»Dann muß ich euch sagen, Triock, ihr Ältesten, ihr Bewohner von Steinhausen Mithil, daß in der Tat der Krieg übers Land gekommen ist. Das Heer des Grauen Schlächters zieht über die Südlandebenen, um das Kriegsheer Schwelgensteins am Unheilswinkel zur Schlacht zu treffen. Wir sind hier, auf daß Streitmark Troy den Kevinsblick besteigen und des Gegners Maßnahmen beobachten kann.«

»Sein Blick muß einzigartig sein, wenn er so weit zu spähen vermag – doch heißt's ja, Hoch-Lord Kevin hätte von dieser Höhe herab das gesamte Land schauen können. Aber derlei ist nicht unsere Sache. Ich bitte euch, nehmt die Gastfreundschaft von Steinhausen Mithil an. Wie dürfen wir euch zu Diensten sein?«

Mhoram lächelte. »Ein warmes Mahl gälte uns als großes Zeichen der Gastfreundschaft«, antwortete er. »Viele Tage lang haben wir die Nahrung des Feldlagers verzehrt.«

Daraufhin trat ein anderer der Ältesten vor. »Lord Mhoram, ich bin Terass, Slens Gemahlin. Unser Heim ist geräumig, und mein Gemahl Slen ist stolz auf seine Kochkünste. Wünscht ihr mit uns zu speisen?«

»Mit Freuden, Terass, Slens Gemahlin. Ihr ehrt uns.«

»Die Annahme einer Gabe ehrt den Geber«, erwiderte die Frau würdevoll. Begleitet von den übrigen Ältesten, geleitete sie Mhoram und Troy aus dem Zentrum des Steinhausens. Ihr Zuhause war ein großflächiger, flacher Bau, geschaffen aus einem einzigen gewaltigen Findling. Innen war er freundlich hell mit Glutsteinen erleuchtet. Nach mehrfachem feierlichem Miteinanderbekanntmachen nahmen Troy und Lord Mhoram an einer langen steinernen Tafel Platz. Das Mahl, das Slen auftischte, rechtfertigte seinen Stolz. Sobald alle Gäste sich sattgegessen hatten und die Teller und Töpfe aus Steingut abgetragen worden waren, erklärte Lord Mhoram seine Bereitschaft, die Fragen der Ältesten zu beantworten. Terass machte den Anfang und stellte allgemeine Fragen zum Krieg, aber schon bald unterbrach Triock sie.

»Lord, was ist mit Hoch-Lord Elena? Ist sie wohlauf? Nimmt sie in diesem Krieg am Kampf teil?«

Eine gewisse Barschheit in Triocks Ton reizte Troy, aber er überließ die Antwort Mhoram. »Der Hoch-Lord befindet sich wohlauf«, gab der Lord Auskunft. »Er hat neue Kunde über einen der noch verborgenen Kreise des Wissens von Kevins Lehre erhalten und ist auf die Suche nach besagtem Kreis gegangen.« Sein Ton klang nach Zurückhaltung, als sähe er einen Anlaß zum Argwohn gegen Triock.

»Und Thomas Covenant der Zweifler? Der Bluthüter berichtete, er sei ins Land zurückgekehrt.«

»Er ist wiedergekehrt, ja.«

»Aha, so«, meinte Triock. Anscheinend war er sich Mhorams Vorsicht bewußt. »Und wie steht's um Trell, Atiarans Gemahl? Viele Jahre lang war er im Steinhausen Mithil Glutsteinmeister. Wie begegnet er den Anforderungen des Krieges?«

»Er weilt in Schwelgenstein, wo seine Fähigkeiten dem Schutz der Herrenhöh dienen.«

Sofort änderte sich Triocks Benehmen. »Trell befindet sich nicht beim Hoch-Lord?« wollte er in scharfem Tonfall wissen.

»Nein.«

»Warum nicht?«

Einen Moment lang forschte Lord Mhoram in Triocks Miene. »Ur-Lord Covenant, Zweifler und Ring-Than«, sagte er dann, als gehe er bewußt ein Risiko ein, »ist mit dem Hoch-Lord geritten.«

»Mit Elena?« schrie Triock und sprang auf. »Das hat Trell geduldet?« Erbittert starrte er Mhoram an, dann wirbelte er herum und lief aus dem Haus.

Seine Heftigkeit hinterließ in der Räumlichkeit verlegenes Schweigen. »Ich bitte dich, Lord«, sagte Terass ruhig, um die

Peinlichkeit zu überwinden, »sei wegen seines Betragens nicht beleidigt. Sein Leben ist voller Kummer. Es mag sein, daß dir seine Geschichte zum Teil bekannt ist.«

Mhoram nickte und versicherte Terass, er fühle sich nicht beleidigt. Doch Triocks Verhalten beunruhigte Streitmark Troy; es erinnerte ihn an Trell. »Mir ist sie unbekannt«, sagte er rundheraus. »Was geht ihn der Hoch-Lord an?«

»Ach, Streitmark«, erwiderte Terass traurig, »er wäre nicht froh, spräche ich davon. Ich ...«

Ein strenger Blick Mhorams brachte sie zum Schweigen. Troy wandte sich Mhoram zu, aber der Lord mied seinen Blick. »Vor Ur-Lord Covenants erstem Aufenthalt im Lande«, sagte Mhoram bedächtig, »hat Triock die Tochter Trells und Atiarans geliebt.« Troy konnte sich nur mit äußerster Mühe beherrschen. Am liebsten hätte er Covenant lauthals verflucht; anscheinend kannte das Unheil, das Covenant schon im Land angerichtet hatte, kein Ende. Doch aus Rücksicht auf die Gastgeber nahm er sich zusammen. Die Fragen, die Mhoram anschließend stellte, hörte er kaum. »Wie geht es Trells Tochter? Vermöchte ich ihr auf irgendeine Weise zu helfen?«

»Nein, Lord«, seufzte Terass. »Ihres Leibes Gesundheit ist stark, aber ihr Geist ruhelos. Sie hat immer geglaubt, der Zweifler werde zu ihr zurückkehren. Den Kreis der Ältesten hat sie um Erlaubnis ersucht, ihn ... zum Gemahl nehmen zu dürfen. Wir vermögen keinen Heiler zu finden, der dies Übel beseitigen kann. Ich fürchte, du könntest ihre Gedanken nur noch stärker auf ihn richten.«

Trübsinnig fand sich Mhoram mit ihrer Einschätzung ab. »Ich verspüre Bedauern. Diese Hilflosigkeit bereitet mir Kummer. Aber die Lords kennen nur einen Heiler, eine Freischülerin, mit der Macht zur Heilung solcher Nöte – und diese Freischülerin verließ schon vor vierzig Jahren ihren Wohnsitz mit unbekanntem Verbleib, noch vor der Schlacht von Holzheim

Hocherhaben. Es erniedrigt uns, solchen Bedürfnissen so wenig abhelfen zu können.« Seine Worte erzeugten eine dumpfe Stille. Für eine Zeitlang, die einem unterdrückten Seufzen glich, betrachtete er seine gefalteten Hände. Dann löste er sich mit einem Ruck aus seiner Niedergeschlagenheit. »Älteste«, fragte er nach, »wie werdet ihr den möglichen Gefahren des Krieges entgegentreten? Habt ihr Vorbereitungen getroffen?«

»Ja, Lord«, antwortete eine der anderen Frauen. »Wir sehen kaum einen Grund, die Zerstörung unserer Häuser zu befürchten, deshalb werden wir uns in den Bergen verstecken, sollte der Krieg zu uns vordringen. Von den Bergen aus werden wir jeden, der Steinhausen Mithil überfällt, in seinem Treiben stören.«

Mhoram nickte. »Lord, Streitmark«, meinte einen Moment später Terass, »wollt ihr bei uns nächtigen? Es soll uns eine Ehre sein, euch Nachtlager zur Verfügung zu stellen. Und werdet ihr vielleicht zur Dorfversammlung sprechen können?«

»Nein«, sagte Troy schroff. Dann bemerkte er seine Unhöflichkeit und mäßigte seinen Ton. »Wir sind euch dankbar, aber nein. Ich muß auf den Kevinsblick ... so schnell wie möglich.«

»Was willst du nun noch sehen? Die Nacht ist dunkel. Ihr könntet hier in aller Behaglichkeit schlafen und dennoch vor der Morgendämmerung zum Kevinsblick aufbrechen.« Aber Troy blieb hart. Sein Zorn auf Covenant erhöhte seine Ungeduld noch; er hatte ein deutliches Gefühl, unter starkem Druck zu stehen, die Ahnung einer nahen Krise. Lord Mhorams höfliche, aber nachdrückliche Unterstützung seiner Haltung vermittelte den Steinhausenern hinreichend den Eindruck, daß diese Entscheidung notwendig war, und binnem kurzem machten er und Troy sich auf den Weg. Sie nahmen von den Ältesten einen Topf voller Glutgestein entgegen, um Licht zu haben, und ließen außer Terrel und Ruel alle Bluthüter zurück, damit sie sich um die Ranyhyn kümmerten und das Tal bewachten, dann schritten sie lebhaft am Mithil entlang hinaus in die Nacht. Außerhalb des unmittelbaren Helligkeitskreises um den Topf mit dem Glutgestein konnte Troy nichts erkennen; aber er sprach Mhoram an, sobald er sicher sein durfte, daß sie sich außerhalb der Hörweite der Steinhausener befanden.

»Du hast schon eher als heute abend über Triock Bescheid gewußt. Warum hast du mir nichts davon erzählt?«

»Das Ausmaß seines Kummers war mir unbekannt. Warum hätte ich dich mit diesem Wissen belasten sollen? Nun jedoch spüre ich in meinem Herzen, daß ich ihn falsch behandelt habe. Ich hätte offen mit ihm reden und darauf vertrauen sollen, daß er meine Worte ertragen kann. Meine Zurückhaltung hat seinen Schmerz unnötig erhöht.«

Troy sah die Sache anders. »Ohne diesen verdammten Covenant hättest du überhaupt keinen Anlaß zu irgendwelcher Zurückhaltung.« Doch Mhoram schritt nur stumm weiter durchs Tal. Gemeinsam gingen sie ihren Weg ins Vorgebirge der umliegenden Berge und schlugen dann die nördliche Richtung ein, erstiegen die westlichen Abhänge. Die Strecke am Berg war schwierig. Terrel führte Lord Mhoram, und Troy folgte dicht dahinter, im Rücken Ruel. Troy war beim Erklimmen des Bergpfads dazu außerstande, die Verhältnisse ringsum zu erkennen – für ihn war das Licht des Glutsteins von dichtem Nebel umgeben –, aber allmählich fiel ihm eine Veränderung der Luft auf. In dieser Höhe war sie kühler und dünner als in der lauen Herbstnacht drunten in den Südlandebenen; sie verursachte ihm Herzklopfen. Als er ungefähr sechshundert Meter hoch war, spürte er, daß er sich nunmehr inmitten von Bergen aufhielt, die bereits den ersten herbstlichen Schnee auf den Kuppen trugen. Einige Zeit später verließen er und seine Begleiter den offenen Berghang und setzten den Aufstieg durch Felsspalten, Risse und verborgene Täler fort. Als sie wieder freien Ausblick hatten, betraten sie ein Felssims an einer senkrechten Steilwand und wanderten unter den hohen, bedrohlich düsteren Umrissen eines Gipfels ostwärts. Das Sims brachte sie zum Sockel der langgestreckten, schrägen Steinsäule des Kevinsblicks. Von dort aus stiegen sie die ungeschützte Treppe des schrägen Felsvorsprungs empor, klommen durch leere Luft wie einzelne Traumgestalten. Nach weiteren rund hundert Metern gelangten sie auf den mit einer Brüstung ummauerten Balkon des Kevinsblicks. Troy bewegte seine Füße auf dem Steinboden sehr vorsichtig und setzte sich rücklings an das Ringmäuerchen. Aus Beschreibungen wußte er, daß er sich jetzt auf der Spitze der Säule befand, tausend Meter über einem ausläuferartigen Vorgebirge der Bergkette, und er wollte die Wahrscheinlichkeit weitestmöglich ausschließen, daß seine Blindheit ihm einen fatalen Streich spielte. Selbst mit solidem Stein zwischen seinem Rücken und der Tiefe hatte er ein aufdringliches Wahrnehmungsgefühl von schauerlichen Abgründen. Sein Sinn für Raumverhältnisse vermittelte ihm das unbehagliche Fehlen von Einfassungen, Umwandungen und Grenzen. Seine Empfindungen kamen dem Eindruck nah, als schwebe er unterm weg- und pfadlosen Himmel dahin, und auf so etwas reagierte er wie ein Blinder – mit Furcht und der Überzeugung unüberbrückbarer Vereinzelung. Er stellte den Topf voll Glutgestein vor sich auf den steinernen Boden, so daß er seine drei Begleiter wenigstens als Schemen sehen konnte. Dann stemmte er an seinen Seiten die Arme gegen den Stein der Brüstung, als müsse er einen Sturz verhindern. Vom Berghang, der südlich des Kevinsblicks aufragte, wehte schwacher Wind herab, und die Luft trug mit sich eine Vorankündigung des Winters, die Troy zusammenschauern ließ. Als inmitten der Dunkelheit die Mitternacht verstrich, begann er unzusammenhängend zu reden, als wolle er die nächtliche Wache mit dem Klang seiner Stimme aufwärmen.

Sein gegenwärtiges Empfinden eines Schwebezustands und von leerem Raum erinnerten ihn an seine letzten Augenblicke in jener Welt, bei der Covenant darauf bestand, sie ›real‹ zu nennen – an Momente, in denen er, während aus seinem Apartment Flammen schlugen, an Fingern, die einfach irgendwann loslassen mußten, am Fenstersims hing, mit keiner anderen Aussicht als einem langen Fall und dem nachfolgenden Aufprall auf Beton. Er erzählte sprunghaft aus jener Welt, bis die Lebhaftigkeit des Vergangenen nachließ. »Freund Mhoram«, meinte er danach, »erinnere mich daran … erinnere mich gelegentlich daran, einmal mit aller Deutlichkeit auszusprechen, wie dankbar ich … für alles bin.« Es bereitete ihm Verlegenheit, derartige Dinge laut zu äußern, aber diese Gefühle waren zu wichtig, um unausgesprochen zu bleiben. »Du und Elena, Quaan und Amorine … ihr alle seid für mich unglaublich kostbare Menschen. Und das Kriegsheer … ich glaube, ich wäre bereit, von hier aus in die Tiefe zu springen, müßte es fürs Kriegsheer sein.« Er verstummte, und weiter verstrich die Zeit. Obwohl ihn im kühlen Wind fröstelte, hatte das Reden ihm neuen inneren Halt gegeben. Er versuchte, seine Gedanken mit der bevorstehenden Schlacht zu beschäftigen, aber der noch unbekannte Ausblick der sich ihm in der Morgenfrühe bieten sollte, beherrschte sein Gehirn vollkommen, verwirrte all seine Erwartungen und Pläne. Und ringsum blieb die inhaltslose Nacht unverändert, undurchdringlich wie ein Chaos. Er mußte wissen, wo er stand. Aus der Ferne glaubte er einmal leisen Hufschlag zu hören, aber keiner seiner Begleiter zeigte irgendeine diesbezügliche Reaktion; er konnte nicht sicher sein, wirklich etwas gehört zu haben. Er brauchte Ablenkung. »Die Dämmerung ist mir verhaßt«, brummte er, halb an Mhoram gewandt. »Mit den Nächten finde ich mich zurecht. Sie halten mich in … Ich meine, mit so etwas hatte ich ja wenigstens schon Erfahrung. Aber die Dämmerung …! Ich kann's nicht ertragen, auf das zu warten, was ich sehen werde.« Unvermittelt stellte er eine Frage. »Ist der Himmel klar?«

»Er ist klar«, antwortete Mhoram gedämpft.

Erleichtert seufzte Troy. Für eine Weile vermochte er sich zu entkrampfen. Auf dem Kevinsblick herrschte wieder Schweigen. Das Warten zog sich hin. Mit der Zeit verschlimmerte sich Troys Frösteln. Der Stein, an dem er lehnte, blieb kalt, als wäre er seiner Körperwärme verschlossen. Gerne wäre er aufgestanden, um hin- und herzugehen, aber er wagte es nicht. Mhoram, Ruel und Terrel umgaben ihn so reglos wie Statuen. Nach einiger Zeit konnte er es sich nicht länger verkneifen, den Lord zu fragen, ob er Neues von Elena wisse. »Hat sie versucht, mit dir Verbindung aufzunehmen? Wie klappt's bei ihr?«

»Nein, Streitmark«, antwortete Mhoram. »Der Hoch-Lord führt kein *Lomillialor*-Holz mit.«

»Nicht?« Diese Neuigkeit bestürzte Troy. Bis zu diesem Moment hatte er nicht begriffen, wie uneingeschränkt sein Vertrauen auf Mhorams Fähigkeit gewesen war, mit Elena in Kontakt zu treten. Er wollte wissen, ob sie sich in Sicherheit befand. Und als letzte Möglichkeit hatte er in Betracht gezogen, sie zu rufen. Aber nun war sie für ihn so vollständig dahin, als sei sie schon tot. »Nicht?« Er fühlte sich plötzlich so blind, daß er Mhorams Gesicht nicht länger erkennen konnte, als habe er Mhorams Gesicht noch nie richtig gesehen. »Warum nicht?«

»Der Hehren Hölzer waren's nur drei. Eines verbrachte man nach Schwelgenstein und eines verblieb in Schwelgenholz, auf daß die Schule der Lehre und die Herrenhöh sich zum Zwecke ihrer Verteidigung zu verständigen vermöchten. Eines war folglich übrig. Man gab's zur Verwendung in diesem Krieg in meine Hände.«

In Troys Stimme knisterte Protest. »Wozu soll das gut sein?«

»Bei Bedarf kann ich mit Schwelgenholz und der Herrenhöh sprechen.«

»Oh, du Esel ...« Troy wußte nicht, ob er Mhoram oder sich selbst meinte. So vieles war ihm verschwiegen worden. Doch er hatte nie daran gedacht, von sich aus zu fragen, in wessen Besitz sich die Holzstäbe befanden. Er hatte das ganze Thema auf den Zeitpunkt verschoben, an dem er Lord Fouls Heer sah und feststellen konnte, welcher Maßnahmen es bedurfte. »Warum hast du mir nichts gesagt?« Zur Antwort musterte Mhoram ihn bloß. Aber Troy war dazu außerstande, durch seinen geistigen Dunst die Miene des Lords zu erkennen. »Warum hast du mir das nicht gesagt?« wiederholte er bitterer als vorher. »Wie viele andere Dinge verschweigst du mir eigentlich außerdem?«

Mhoram seufzte. »Was das *Lomillialor* anbetrifft – ich habe davon nicht gesprochen, weil du mich nicht gefragt hast. Diese Hölzer sind keine Werkzeuge, die du verwenden könntest. Sie sind für die Lords gemacht worden, und wir haben sie nach unserem Gutdünken aufgeteilt. Es lag uns fern, zu wähnen, deine Wünsche könnten anders sein.«

Seine Stimme klang müde und nach Insichgekehrtheit. Erstmalig fiel Troy auf, wie unzugänglich der Lord sich am ganzen vergangenen Tag verhalten hatte. Schüttelfrost packte ihn. Der Traum, den Mhoram in der vorangegangenen Nacht gehabt hatte – was bedeutete er? Was wußte der Lord, daß er so anders war als sonst? Troy verspürte eine plötzliche Ahnung von Gefahr. »Mhoram«, begann er, »Mhoram ...«

»Friede, Streitmark«, flüsterte der Lord. »Jemand naht.«

Sofort raffte sich Troy hoch, stützte sich auf Ruels Schulter. Obwohl er angestrengt lauschte, hörte er nichts als den leisen Wind. »Wer denn?«

Einen Augenblick lang gab niemand Antwort. Als endlich Ruel Auskunft gab, klang seine Stimme so leidenschaftslos und distanziert wie die Dunkelheit. »Es ist Tull, der mit Korik zu den Riesen der Wasserkante aufbrach.«

17
Tulls Bericht

Troys Herz tat einen Satz und begann wuchtig zu hämmern. Tull! Er konnte seinen Pulsschlag in den Schläfen spüren. Von Koriks Mannschaft! Nach dem Schock, den Runniks Nachricht ihm bereitete, hatte er jeden weiteren Gedanken an die Riesen unterdrückt, es sich verweigert, an sie zu denken. Er hatte sich auf den Krieg konzentriert, auf Angelegenheiten, in denen er konkrete Maßnahmen ergreifen konnte. Aber nun schwindelte ihn. Die Riesen! Fast augenblicklich fing er mit Kopfrechnen an. Vor fünfundzwanzig Tagen war er von Schwelgenstein aufgebrochen. Die zur Wasserkante entsandte Abteilung war achtzehn Tage früher losgeritten. Das war beinahe genug Zeit, beinahe genug. Die Riesen waren nicht so schnell wie Bluthüter auf Ranyhyn – aber sie konnten bestimmt nicht weit hinter ihnen sein. Bestimmt … Troy besaß eine Vorstellung davon, wie Tull hergelangt war, und sie ergab einen Sinn. Die anderen Bluthüter führten die Riesen, und Tull war vorausgeritten, um das Kriegsheer davon zu unterrichten, daß sich Hilfe unterwegs befand. Da das Land im Kriegszustand war und Lord Foul bereits marschierte, wäre es unvernünftig von den Riesen gewesen, erst nach Schwelgenstein zu gehen, überhaupt einen Weg durch den Norden einzuschlagen. Mit Sicherheit zogen sie südwärts, umrundeten die Sarangrave-Senke, falls sie es sich nicht sogar leisten konnten, sie zu durchqueren. Die Bluthüter kannten Troys Schlachtplan; sie wußten, was zu tun war. Wahrscheinlich folgten sie der Spur von Lord Fouls Heer südlich vom Donnerberg über den Landbruch – würden an der feindlichen Armee vorbei am Wald von Morinmoss, durchs

Mithil-Tal und dann südwestwärts zum Unheilswinkel folgen. Sicherlich hofften sie darauf, Lord Foul während der Schlacht am Unheilswinkel in den Rücken fallen zu können. Und Tull hatte sich gewiß aufgrund der Notwendigkeit, auf der Suche nach dem Kriegsheer Lord Fouls Truppen zu überholen, nach Süden gewandt und war längs des Südlandrückens in die Richtung des Unheilswinkels geritten. Auf dieser Route mußte er fast zwangsläufig am Steinhausen Mithil vorüberkommen. Bestimmt …!

Als Tull die steile Treppe erstiegen hatte und den Kevinsblick betrat, war Troys Eifer so übermächtig, daß er alle einleitenden Fragen überging. »Wo sind sie?« Die Wörter schossen derartig aus seinem Mund, daß er sie kaum richtig artikulieren konnte. »Wie weit hinter dir kommen sie?«

Im schwachen Lichtschein der Glutsteine vermochte er Tulls Gesichtsausdruck nicht zu unterscheiden. Aber er sah, daß der Bluthüter nicht ihn anschaute. »Lord«, sagte Tull, »Korik hat mir den Auftrag erteilt, dem Hoch-Lord Kunde zu bringen. Gemeinsam mit Shull und Vale erhielt ich diesen Auftrag …« Einen Moment lang versagte seine ausdrucksarme Stimme. »Doch die Bluthüter drunten im Steinhausen gaben mir Bescheid, der Hoch-Lord sei mit Amok ins Westlandgebirge gegangen. Ich muß meine Kunde dir ausrichten. Wirst du mich anhören?«

Trotz seiner Aufregung spürte Troy irgendeine Seltsamkeit in Tulls Ton, irgend etwas, das nach Pein klang. Aber er mochte keine Erklärungen abwarten. »Wo sind sie?« wiederholte Troy, bevor Lord Mhoram antworten konnte.

»Sie?« meinte der Bluthüter.

»Die Riesen! Wie weit sind sie noch zurück?«

Tull kehrte ihm bewußt den Rücken und sich Lord Mhoram zu.

»Wir werden dich anhören«, sagte Mhoram. Seine Stimme zeugte von der gespannten Erwartung neuer Schrecken, aber er sprach gleichmäßig, ohne Zögern und Stocken. »Dieser Krieg liegt in unseren Händen. Sprich, Bluthüter!«

»Lord, sie … wir konnten nichts … die Riesen …« Plötzlich war die gewohnte Ausdruckslosigkeit von Tulls Stimme dahin. »Lord …!« In diesem einzelnen Wort schwang ein so abgrundtiefer Gram mit, daß der Bluthüter ihn nicht zu unterdrücken vermochte. Troy stutzte, als er das hörte. Er war an den charakteristischen, fremdartigen Mangel an Modulation bei den Bluthütern gewöhnt. Längst hatte er sich die Erwartung aus dem Kopf geschlagen, daß sie ausdrückten, was sie fühlten – buchstäblich vergessen, daß auch sie Emotionen besaßen. Und er war nicht auf Kummer eingestellt; seine Erwartungshaltung in bezug auf gute Neuigkeiten war so stark, daß er schon vorher darin schwelgte.

Im selben Augenblick, noch ehe er oder Lord Mhoram irgend etwas äußern, irgendwie reagieren konnten, trat Terrel zu Tull. Mit so blitzartiger Bewegung, daß Troy sie kaum wahrnahm, schlug er Tull ins Gesicht. Der Hieb erzeugte in der leeren Luft ein dumpfes Klatschen. Sofort straffte sich Tull, nahm eine zackige Haltung an. »Lord«, begann er von vorn, »gemeinsam mit Shull und Vale erhielt ich den Auftrag, dem Hoch-Lord Kunde zu bringen.« Nun war seine Stimme wieder so ausdruckslos wie die Finsternis der Nacht. »Am vierundzwanzigsten Tag nach unserem Aufbruch verließen wir *Coercri* noch vor der Dämmerung – vorm Dämmern nach dem Dunkel des Mondes – und wandten uns, wie von Korik geheißen, nach Süden, im Glauben, den Hoch-Lord am Unheilswinkel in der Schlacht anzutreffen. Doch aufgrund der Übel, die in der Sarangrave-Senke erwacht sind, mußten wir selbige zu Fuß umgehen und verloren dadurch zwölf Tage. Wir kamen den Zerspellten Hügeln zu nah, und Vale und Shull verfielen den Spähern und Schergen der Verderbnis. Ich aber schlug mich durch. Auf meinem Ranyhyn floh ich zum Landbruch und ins

Oberland, folgte der Fährte von der Verderbnis Heerscharen. Im Bestreben, an ihnen unbehelligt vorüberzugelangen, ritt ich durchs Hügelland unterhalb des Südlandrückens und geriet so auf Rufweite ans Steinhausen Mithil – nachdem mein Ranyhyn acht Tage lang ohne Ruh und Rast gelaufen war. Lord ...« Erneut drohte seine Stimme zu ersticken, aber er bewahrte Beherrschung. »Ich muß dir vom Verlauf unserer Fahrt zur Wasserkante und vom Übelverhängnis berichten, das die Stadt des Heimwehs befallen hat.«

»Ich vernehme deine Worte«, sagte Mhoram gequält. »Doch vergib ... ich muß mich setzen.« Auf seinen Stab gestützt, ließ er sich an der Brüstung nieder, als sei er ein steinalter Greis, und lehnte seinen Rücken dagegen. »Mir mangelt's an Kraft, um solche Kunde aufrecht zu ertragen.« Tull kauerte sich auf der anderen Seite des Topfs voller Glutgestein hin, dem Lord gegenüber, und Troy nahm ebenfalls Platz, als habe Tulls Handlung ihn mit hinabgezogen. Der Brennpunkt seines geistigen Blicks ruhte auf dem Bluthüter. »Runnik hat uns in Trothgard erreicht«, sagte Mhoram nach einem Augenblick der Stille. »Er hat uns vom Schicksal Hoerkins und Lord Shetras sowie vom Treiben des Lauerers in der Sarangrave-Senke vermeldet. Es erübrigt sich, von diesen Dingen erneut zu sprechen.«

»Sehr wohl.« Tull sah den Lord an, aber für Troy blieb seine Miene im Dunkeln verschleiert. Troy konnte seine Augen nicht sehen; er schien keine Augen, keinen Mund, überhaupt keine Gesichtszüge zu besitzen. Als er seinen Bericht begann, schien seine Stimme die Stimme der blinden Nacht zu sein. Doch er gab seine Darstellung deutlich und mit allen Zusammenhängen ab, als habe er sie während des Wegs von der Wasserkante bis hier viele Male durchdacht. Unterdessen erinnerte sich Troy daran, daß er der Jüngste unter den Bluthütern war – ein *Haruchai,* nicht älter als Troy selbst. Tull hatte sich in Schwelgenstein eingefunden, um die Stelle eines der Bluthüter einzunehmen, die bei Lord Mhorams Versuch ums Leben gekommen waren, die Zerspellten Hügel zu erkunden. Er hatte seinen Eid erst vor relativ kurzer Zeit geleistet. Vielleicht erklärte das seinen ungewohnten Gefühlsausdruck und seine Fähigkeit, eine Geschichte so zu erzählen, daß seine Zuhörer innerlich mitgehen konnten.

Nach dem Tod Lord Shetras und des Bluthüters Cerrin fiel in der Sarangrave-Senke an jenem ganzen Tag Regen. Er war eisig und unerbittlich und wirkte sich für das Aufgebot nachteilig aus, denn infolge des geschluckten Flußwassers war Lord Hyrim krank, und der Regen verschlimmerte seinen Zustand. Die Bluthüter vermochten ihm keinerlei Abhilfe zu verschaffen, ihn weder mit Wärme noch mit irgendeinem Regenschutz zu versehen. Als das Floß kenterte, waren alle Decken verlorengegangen. Damit nicht genug der Schäden, die das eklige Wasser des Unflatflusses angerichtet hatte: alle Verpflegung war ungenießbar geworden, außer jener in festverschlossenen Behältern; die *Lillianrill*-Fackeln waren verdorben und hatten nicht länger die Kraft, sich im Regen zu behaupten; es verdreckte sogar die Kleidung, so daß Lord Hyrims Robe und die Gewänder der Bluthüter nun wie geschwärzt aussahen. Noch ehe der Tag endete, schwanden dem Lord die Kräfte zum Antreiben oder bloß Lenken des Gefährts. Fieber flackerte in seinen Augen, seine Lippen waren blau und bebten vor Kälte. Er saß mitten auf dem Floß und klammerte sich an seinen Stab, wie um ihm Wärme zu entziehen. Im Laufe der Nacht fing er an zu fabeln. Mit einer Stimme, die aus den Strömen von Regen hervorgurgelte, die ihm übers Gesicht rannen, sprach er zu sich selbst wie zu einem Bedränger und Quälgeist, schimpfte und flehte abwechselnd. Zeitweise weinte er wie ein Kind. Sein Delirium war durch und durch grausam und erniedrigte ihn, als sei er ohne Nutzen oder Wert. Und die Bluthüter konnten ihm in keiner Beziehung helfen. Aber kurz vor der morgendlichen Dämmerung versiegte der Regen endlich, der Himmel klärte sich; da befahl Korik, das Floß ans Ufer zu steuern. Obwohl es riskant war, im Dunkeln zu halten, schickte er die Hälfte der Bluthüter in den Dschungel, damit sie Brennholz und *Aliantha* sammelten. Sobald Sill ihn mit einer Handvoll der Beeren gefüttert hatte, riß der Lord sich soweit zusammen, daß er seinem Stab eine Flamme entlocken konnte. Damit entfachte Korik ein Feuer, das er ungefähr in der Floßmitte unterhielt, es nährte, bis es gleichmäßige Glut verbreitete. Dann schoben die Steuerleute das Floß mit ihren Staken erneut hinaus in die Nacht; man setzte die Fahrt fort.

Im Verlauf desselben Tages verließ das Floß langsam die Sarangrave-Senke. Über etliche Längen hinweg verbreiterte sich der Unflatfluß stetig, seine Gewässer verflachten, sein Flußbett unterteilte sich in eine ganze Anzahl von Fahrrinnen, während immer mehr Inselchen und Sandbänke auftauchten. Diese Rinnen waren tückisch – seicht, durchzogen von Sandbänken, voller fauliger Baumstümpfe und -stämme. Und ringsum veränderte sich allmählich auch der Urwald. Die Vegetation der Sarangrave-Senke wich einer vielfältigeren Flora: hohen, düsteren Bäumen mit Astwerk, das oberhalb kahler Stämme in ausladender Weise nach den Seiten und oben sproß, Farnen aller Art, Hängemoosen, mit dünnen Wurzelfingern an nackten Fels gekrallten Sträuchern, die durch Blätter und Zweige aus dem Fluß zu trinken schienen. Wasserschlangen schlängelten sich dem Floß aus dem Weg. Und der Gestank des Unflatflusses ließ mit der Zeit nach; statt dessen bemerkte man nur noch einen Geruch von angesammeltem feuchten Moder und Abgestandenheit. So gelangte das Trüppchen in den Lebensverschlinger, den Großen Sumpf. Von nun an hielt Korik das Floß in den nördlichen Durchfahrten. Auf diese

Weise blieb er in nordöstlicher Richtung – der Richtung zur Wasserkante – und konnte das Herz des Lebensverschlingers meiden. Als der Abend anbrach, erwies es sich als glücklicher Umstand, daß der Himmel frei von Bewölkung war; auf dieser verwundenen Wasserstraße hätte eine sternlose Nacht zur völligen Unterbrechung der Fahrt gezwungen. Aber dies war noch eine weniger schwierige Region des Lebensverschlingers; über dem tiefen Schlamm und Treibsand floß noch reichlich Wasser. Ostwärts, im Herzen des Großen Sumpfs, sank der Wasserspiegel nach und nach bis auf den Grund, so daß es über Dutzende von Längen hinweg in allen Richtungen nichts gab als Schlick, wäßrigen Schlamm, der kaum merklich wanderte und brodelte.

In anderer Hinsicht jedoch blieb das Glück aus. Das Fieber wütete jetzt mit aller Heftigkeit in Lord Hyrim. Obwohl Sill ihm *Aliantha* und abgekochtes Wasser gereicht hatte, ließen seine Kräfte immer mehr nach. Er sah bereits erheblich magerer aus und schlotterte, als wäre ihm Schüttellähmung in die Knochen gefahren. Und ohne ihn – ohne die Macht seines Stabes – konnte das Floß dem Lebensverschlinger nicht entrinnen. Die Steuermänner sahen sich dazu genötigt, das Floß immer dort zu halten, wo das Wasser am tiefsten war, denn der Sumpf saugte regelrecht an ihren Staken. Falls die Balken, aus denen das Floß bestand, mit diesem klebrigen Matsch in Berührung kamen, waren die Bluthüter dazu außerstande, das Floß wieder zu befreien. Selbst in der Mitte des Kanals war das Floß durch die sonderbaren Bäume im Lebensverschlinger gefährdet. Die Riesen nannten diese Bäume ›Moorwater‹. Trotz ihrer Höhe und der weitverzweigten Kronen waren ihre Wurzeln in keinem festen Erdreich verankert. Statt dessen blieben sie inmitten des Schlamms in der Senkrechten, bewegten sich anscheinend mit den unauffälligen, unterschwelligen Strömungen des Sumpfs. Durchfahrten, die aus einigem Abstand passierbar wirkten, stellten sich als verstopft heraus, sobald das Floß sie erreichte; Rinnen zeigten sich, wo man zuvor keine gesehen hatte. Mehr als einmal regten sich beiderseits vom Floß Bäume, wenn es zwischen ihnen hindurchschwamm, als wollten sie es ergreifen.

Während die Tage verstrichen, verschlimmerten sich alle diese Umstände. Der Wasserstand sank. Auf dem Weg der kleinen Truppe nach Norden und Osten versickerte immer mehr vom Floß im Morast, und das Floß näherte sich dem Schlamm, über den es dahinglitt. Die Bluthüter fanden keinen Ausweg. Der Lebensverschlinger bot ihnen keine Gelegenheit zur Fortsetzung der Fahrt zum festen Untergrund im Norden. Obwohl stets nur eine halbe Länge sie vom kargen Marschland trennte, das den Sumpf säumte, konnten sie nicht hingelangen. Sie schoben das Floß mühsam vorwärts, schufteten unermüdlich bei Tag und Nacht, nur mit Unterbrechungen zum Sammeln von Brennholz und *Aliantha*. Doch sie entdeckten keinen Ausweg. Sie benötigten Lord Hyrims Kräfte – und der Lord befand sich im Delirium. Seine Augen waren verkrustet, als sei daran Schaum getrocknet, und nur das abgekochte Wasser und die Schatzbeeren, womit Sill ihn zwangsernährte, hielten ihn am Leben. Am Nachmittag des achtzehnten Tages liefen die Balken auf Schlamm. Zwischen den Bäumen glänzten noch Tümpel niedrigen Wassers, aber das Floß schwamm nicht weiter. Trotz aller Anstrengungen der Steuerleute hatte der Schlamm es jetzt in festem Griff und trieb es ganz langsam nach Osten ab, tiefer in den Sumpf hinein, schleppte es im behäbigen Strömen des Schlicks mit.

Korik sah keine Hoffnung. Sill dagegen vertrat eine andere Meinung. Er beharrte darauf, daß in Lord Hyrims gemartertem Fleisch ein noch ungebrochener Geist lebe. Seine Hand spürte ihn auf Hyrims Stirn; nach wie vor widersetzte sich irgend etwas in Hyrim dem Fieber. Während der langen Untätigkeit, die an diesem Tag dem Auflaufen des Floßes folgte, stärkte er den erwähnten Geist mit abgekochtem Brackwasser und Schatzbeeren. Und am Abend begann sich der Lord zu erholen. Etwas von der spröden Rötung wich aus seinem Gesicht, er fing zu schwitzen an. Indem sein Schüttelfrost nachließ, atmete er leichter. Als der Abend kam, lag er in ruhigem Schlaf. Doch es hatte den Anschein, als habe er sich zu spät erholt. Tief im Dunkel der Nacht trugen die Pfoten des Schlamms das Floß auf eine offene Fläche ohne Baumbestand. Dort lief die Strömung in eine Kreisbewegung über, kehrte sich einwärts und bildete einen trägen Strudel, gerade breit genug, um das Floß an allen vier Ecken zu erfassen und sich anzuschicken, es zu verschlingen. Und die Bluthüter waren machtlos. Hier verloren alle Stärke und Treue ihren Wert; kein Eid hatte da Bedeutung. Das Schicksal des Trupps lag völlig in Lord Hyrims Hand, und er war geschwächt, aber als Korik ihn weckte, leuchteten die Augen des Lords in alter Klarheit. Er lauschte, während Korik ihm die Situation erläuterte. »Wie weit müssen wir uns entfernen«, fragte er nach einem Weilchen, »um zu entweichen?«

»Eine Länge, Lord.« Korik wies mit einem Nicken die entsprechende Richtung.

»So weit? Freund Korik, eines Tages mußt du mir erzählen, wie wir auf diese schlechte Wasserstraße verschlagen worden sind.« Er seufzte, rückte näher ans Feuer und machte sich zunächst daran, den Vorrat an *Aliantha*-Beeren aufzuessen. Er verzichtete auf jeden Versuch, sich zu erheben, bis er ihn restlos verzehrt hatte. Dann stand er mit Sills Hilfe auf und begab sich an seinen Platz. Das Floß drehte sich langsam überm Strudel. Während Hyrim sich auf den Bluthüter stützte, stieß er seinen Stab zwischen den Balken hinab in den Schlamm. Er knirschte Gesang zwischen seinen Zähnen hervor; der Stab begann in seinen Händen Schwingungen zu erzeugen. Für eine Weile blieben seine Anstrengungen erfolglos. Kräfte ballten sich in seinem Stab zusammen, schwollen unterm Einfluß seiner noch unsicheren Bemühungen an, aber noch immer sackte das Floß tiefer in den Sumpf. Der Gestank nach Verwesung und Tod nahm zu.

Lord Hyrim stöhnte unter der Mühe und bot noch mehr Kraft auf. Er fing an, laut zu singen. Blaue Funken barsten aus dem Holz seines Stabes, knisterten hinunter in den Morast. Mit einem hörbaren Schmatzgeräusch löste sich das Floß aus der Jauche und schob sich vorwärts. Es umquerte den Strudel und pflügte sich einen Weg nach Norden.

Lord Hyrim hielt das Floß für geraume Zeit in Fahrt. Dann erreichte er die Moorwater am Nordrand des Strudelgebiets. Dort warfen die Bluthüter *Clingor*-Stränge um die Bäume und zogen das Floß in deren Richtung. Sofort stellte Hyrim seinen Kraftaufwand ein und sackte vornüber. Sill trug ihn wieder in die Mitte des Floßes. Kaum lag er an der Glut der Feuerstelle ausgestreckt, schlief er von neuem ein. Doch nun bedurften die Bluthüter seiner Unterstützung nicht länger. Sie schlangen die *Clingor*-Stränge um Baum nach Baum und brachten das Floß auf diese Weise zwischen den Bäumen weiter voran. Das Vorwärtskommen gestaltete sich langwierig, aber sie blieben unermüdlich. Und als der Morast schließlich so dick und zäh war, daß die Stränge unter der Belastung rissen, legten sie sie vom einen zum nächsten Baum und ließen das Floß zurück. Sill trug Lord Hyrim auf seinem Rücken, mit *Clingor* darauf befestigt, und durchquerte den Schlamm, indem er sich an den Strängen entlangzog, während die anderen Bluthüter sie hinter ihm lösten und voraus neu verlegten.

Im ersten Licht der Morgenfrühe gerieten sie endlich aus dem Matsch auf rutschigen Untergrund aus durchweichtem Lehm, und statt der Bäume zeigten sich Schilf und Sumpfgras; allmählich begannen die Bluthüter unter ihren Füßen wieder festen Boden zu fühlen. Sie gelangten in den breiten Saum aus Marschland rings um den Lebensverschlinger. Voraus konnten sie in der Ferne bereits die steilen Berge erspähen, die die Wasserkante im Süden begrenzten. Drei Tage Verzögerung hatten sich ergeben. Doch die Bluthüter ließen Lord Hyrim die Zeit zur Zubereitung eines warmen Mahls unter Verwendung der letzten Vorräte. Der Lord wirkte ausgemergelt und verhärmt; sein vormals rundes Gesicht war nun hager wie bei einem Wolf. Er benötigte Essen und Ruhe. Und durch die Wasserkante konnte der Trupp nach *Coercri* zügig vorwärts kommen. Notfalls vermochten die Bluthüter Lord Hyrim ja jederzeit zu tragen.

Sobald er gegessen hatte, raffte der Lord sich mit einem Ächzen auf die Beine empor und trat als erster den Weg in die Richtung der Hügellandschaft an. Allerdings ging er langsam, und er mußte häufig und für längere Zeit Pausen einlegen. Die Bluthüter sahen bald ab, daß sie in dieser Geschwindigkeit den ganzen Tag brauchen würden, um die fünf Längen bis zu den Bergen hinter sich zu bringen. Aber der Lord lehnte ihren Beistand ab.

»Hast?« meinte er. »Mein Herz sinnt nicht auf Hast.« Und seine Stimme zeichnete sich durch eine Bitterkeit aus, die die Bluthüter überraschte, bis Korik daran erinnerte, was sie von Streitwart Hoerkin gehört und wie der Lord darauf reagiert hatte. Anscheinend glaubte Hyrim die Prophetie Hoerkins bezüglich des Niedergangs der Riesen. Doch immerhin ließ der Lord den ganzen Tag hindurch nicht locker, um die Berge zu erreichen, und am folgenden Tag rackerte er sich ab, um sie zu erklettern, als habe er sich während der Nacht wieder verändert, treibe ihn wieder die vorherige Dringlichkeit an. Er verdrehte auf den schwierigen Hängen die Augen, aber er kämpfte sich hinauf, belastete sich bis an die Grenzen seiner im Zurückkehren begriffenen Kräfte. Als sie schließlich auf die

Höhen des Bergrückens gelangten, verharrten er und die Bluthüter, um über die Wasserkante auszuschauen. Das Land, das die Alt-Lords den Riesen zur Verfügung gestellt hatten, war weit und freundlich. Im Süden von Hügeln, westwärtig von Bergen und im Osten vom Meer der Sonnengeburt umschlossen, war es ein grüner Zufluchtsort für die schiffbrüchigen Seefahrer. Doch obwohl sie den Landstrich bebauten – in seinen gewellten Ebenen vielerlei Felder und Pflanzungen bewirtschafteten, riesige Weingärten kultivierten, ganze Wälder mit den besonderen Rot- und Teakhölzern hochpäppelten, aus denen sie ihre großen Schiffe bauten –, bewohnten sie ihn nicht. Sie liebten das Meer und zogen es vor, ihre Behausungen in die Klippen der felsigen Küste zu hauen, vierzig Längen östlich des gegenwärtigen Standorts von Koriks kleiner Truppe. Während des Zeitalters Damelon Riesenfreunds, als die Entwurzelten noch zahlreich waren, hatten sie sich längs der Küste niedergelassen, an der gesamten Ostseite der Wasserkante gebaut und gesiedelt. Aber im Laufe der Zeit hatte ihre Zahl langsam abgenommen, bis ihr Völkchen heute bloß noch ein Drittel der ursprünglichen Größe umfaßte. Aber sie waren langlebige, heitere Leute, die lange Geschichten schätzten, und empfanden das Ausbleiben der Nachkommenschaft als grausam. Unterm Druck der schleichenden Vereinsamung hatten sie die Wohnstätten im Norden und Süden der Wasserkante nach und nach wieder aufgegeben und sich alle zu einer Gesamtgemeinschaft zusammengefunden – eine Klippenstadt am Meer, in der sie alle Teil an ihren wenigen Kindern, ihren Liedern und langen Erzählungen haben konnten. Trotz ihres uralten, überlieferten Brauchs, allem umständliche Namen zu verleihen – Namen, die bereits die Geschichte der benannten Dinge erzählten –, gaben sie dieser ihrer Stadt den schlichten Namen *Coercri* oder Herzeleid. Dort wohnten sie schon seit der Jugend Hoch-Lord Kevins.

Lord Hyrim schrie unterdrückt auf, während er über den Landstrich blickte. »Korik! Laß uns hoffen, daß Hoerkin die Unwahrheit gesprochen hat. Hoffen wir, daß seine Botschaft eine Lüge war! Ach, mein Herz!« Er preßte beide Hände auf die Brust und begann den weniger steilen Abhang zur Wasserkante regelrecht hinabzurennen. Korik und Sill griffen rasch zu und stützten ihn jeder mit einer Hand unter den Armen; sie hielten ihn in ihrer Mitte aufrecht, so daß das Laufen ihn weniger anstrengte. So setzten sie den Weg zur Stadt des Heimwehs fort. Für den Rest des Tages behielt Lord Hyrim auf diesem Weg den Laufschritt bei und verschnaufte nur, wenn der Schmerz in seiner Brust einmal wirklich unerträglich war. Und die Bluthüter wußten, daß er allen Grund besaß. *Zwanzig Tage*, hatte Lord Mhoram gesagt. Dies war der zwanzigste Tag seit ihrem Aufbruch. In der folgenden Morgenfrühe wies Lord Hyrim eine weitere Unterstützung durch Korik und Sill zurück, sobald er aus seinem Erschöpfungsschlaf erwachte, und lief allein. Sein Tempo brachte die Gruppe bald zum am weitesten im Süden gelegenen Weingarten der Riesen. Korik schickte Doar und Shull durch die Reihen von Reben auf Erkundung. Als sie zurückkamen, meldeten sie, daß die Riesen, die in diesem Weingarten tätig gewesen waren, ihn offenkundig gemeinsam in großer Eile verlassen hatten. Der Fall war klar. Zwischen den Rebstöcken lagen riesengemäße Hacken und Harken umher, so lang wie erwachsene Menschen groß waren, und an den Spitzen und Zähnen der Werkzeuge sah man noch die Spuren ihrer Benutzung; mehrere jener Ledersäcke, in denen die Riesen ihre Verpflegung und Habseligkeiten mitzutragen pflegten, waren achtlos hingeworfen und liegengelassen worden. Anscheinend hatten die Entwurzelten irgendein Zeichen oder irgendeine Nachricht erhalten und ihre Arbeit augenblicklich unterbrochen, um zu tun, was demnach getan werden mußte. Ihre Fußabdrücke im offenen Erdreich des

Weingartens wiesen in die Richtung nach *Coercri.* An diesem Tag kam der Trupp immer wieder durch Weingärten, Teakholz-Baumbestände und Felder. Überall erzählten die verstreuten Werkzeuge und Vorräte die gleiche Geschichte. Am nächsten Tag fiel jedoch Regen und verwischte die Fußabdrücke und Anzeichen der Bearbeitung. Die Bluthüter konnten nichts mehr aus derartigen Spuren ablesen.

In der Nacht hörte der Regen auf. Im schwachen Wind vermochten die Bluthüter schon den salzigen Duft der See zu riechen. Der unbedeckte Himmel verhieß einen klaren Tag, aber die Morgendämmerung des zweiundzwanzigsten Tages wies gelegentliches rotes Flackern in der Ferne auf, durchsetzt mit Andeutungen von grausigem Grün, und der Lord sah darin alles andere als Anlaß zur Zuversicht. Er erhob sich nicht, nachdem er die von Sill angebotenen Schatzbeeren gegessen hatte. Statt dessen schlang er die Arme um seine Knie und zog den Kopf ein, als suche er Deckung. »Lord«, sagte Korik im Interesse der Sache, »wir müssen weiter. Die Stadt des Heimwehs ist nah.«

Der Lord hob nicht den Kopf. Seine Stimme klang zwischen den Knien dumpf. »Steht ihr über jeglicher Furcht? Wißt ihr nicht, was wir vorfinden werden? Oder berührt's euch nicht?«

»Wir sind die Bluthüter«, antwortete Korik.

»Ja«, seufzte Lord Hyrim. »Die Bluthüter. Und ich bin Hyrim, Hooles Sohn, Lord im Großrat der Lords zu Schwelgenstein. Ich bin dem Dienst am Lande verschworen. Ich hätte an Shetras Stelle sterben sollen. Aber zur Voraussetzung hätte ich ihrer Stärke bedurft.« Urplötzlich sprang er auf. Er breitete die Arme aus und schrie Worte des alten Rituals. »Wir sind die neuen Bewahrer des Landes … Vorkämpfer der Erdkraft … verschworen und geweiht … geweiht … wir werden nicht ruhen …« Aber er brachte nichts Vollständiges zustande. *»Melenkurion!«* stöhnte er und krallte die Hände über seiner Brust in die geschwärzte Robe. »*Melenkurion* Himmelswehr! Steh mir bei!«

Korik war es zuwider, den Lord in dieser seiner Verfassung zu drängen, aber um der Sache willen sah er keine Wahl. »Sollten die Riesen Beistand brauchen«, sagte er, »müssen wir zu ihnen und ihn gewähren.«

»Beistand?« keuchte Lord Hyrim hervor. »Für sie gibt's keinen Beistand!« Er verstummte und riß seinen Stab an sich; für die Dauer mehrerer zittriger Atemzüge hielt er ihn in fester Umklammerung, als könne er ihm Mut entwringen. »Aber anderes gibt's zu beachten. Wir müssen herausfinden, was ... der Hoch-Lord muß erfahren, welche Macht diese Greuel ermöglicht hat!« In seinen Augen saßen Schatten, und seine Lippen waren gerötet wie in Panik. Wacklig drehte er sich um und strebte erneut in die Richtung, die nach *Coercri* führte.

Nunmehr verzichtete das Trüppchen auf Hast. Es wanderte umsichtig zum Meer, gab acht, daß es in keinen Hinterhalt geriet. Aber der Morgen verstrich rasch. Noch vor der Mittagsstunde erreichten die Bluthüter und der Lord den hohen Leuchtturm vor der Stadt des Heimwehs. Der Leuchtturm bestand aus einem sehr hohen, nach oben zugespitzten Steinbau auf dem letzten und höchsten Hügel vor den Klippen der Küste. Die Riesen hatten ihn errichtet, um ihre Suchschiffe zur Stadt zu lotsen, und es war immer jemand im Turm, um die meerwärts gerichtete Helligkeit des Leuchtfeuers zu beaufsichtigen. Als die Bluthüter jedoch die Anhöhe unterhalb des Leuchtturms erstiegen, sahen sie, daß das Feuer erloschen war; kein noch so schwacher Schimmer, nicht einmal ein Rauchfähnchen drang aus dem Kuppeldach des Bauwerks. Auf den Stufen zum Leuchtturm entdeckten sie Blut; es war geronnen und schwarz, alt genug, um den Regen überdauert zu haben. Korik erteilte einen Befehl, und Vale eilte die Treppe des Turms hinauf. Die übrigen Bluthüter warteten, schauten nach *Coercri* und übers Meer der Sonnengeburt aus. Unter der mittäglichen Sonne am wolkenlosen Himmel glitzerte die See von Spiegelungen, und unterhalb des Rands der Klippe, außerhalb des Sichtbereichs, rollten die Wellen in dunklen Donnertönen gegen die Hafendämme und Deiche der Stadt des Heimwehs. Die Stadt der Riesen lag im Innern der Klippe wie ein Bienenstock. Alle Wohnungen, Hallen und Korridore, alle Eingänge und Befestigungen waren im Fels der Küste geschaffen worden. Sie war riesenhaft. Sie hatte Säle, in denen sich fünfhundert Riesen zu ihren Riesen-Palavern und zum Erzählen ihrer Geschichten zusammensetzen konnten, für die sie Tage brauchten; sie verfügte über Docks für acht bis zehn ihrer gewaltigen Riesen-Schiffe; sie hatte Heime und Herde für den gesamten Rest der Entwurzelten. Nun jedoch zeigte sie keinerlei Anzeichen von Bewohntheit. Die Rückseite der Stadt des Heimwehs, die landwärtige Seite, machte einen verlassenen Eindruck. Hoch darüber schrie dann und wann eine einzelne Möwe. Drunten brandete laut die See heran. In der Stadt jedoch regte sich nichts. Doch *Coercri* war dem Meer zugewandt gebaut worden. Die Bluthüter durften noch immer darauf hoffen, in der Stadt Riesen anzutreffen. Dann kam Vale wieder aus dem Leuchtturm. Er erstattete bei Lord Hyrim direkt Meldung. »Eine Riesin ist droben.« Mit einer ruckartigen Kopfbewegung deutete er hinauf zum Kuppeldach des Turmbaus. »Sie ist tot.« Für einen Moment zögerte er. »Sie ist getötet worden«, fügte er hinzu. »Das Angesicht und die Schädeldecke sind fort. Ihr Gehirn ist verschwunden. Verzehrt.« Sämtliche Bluthüter sahen Lord Hyrim an. Er stierte seinerseits Vale an, rot in den Augen. Sein eingefallenes Gesicht war verzerrt. In seiner Kehle entstand ein unbeschreiblicher Laut, am ehesten einem Knurren ähnlich. An seinen um den Stab geklammerten Fäusten traten weiß die Knöchel hervor. Ohne ein Wort wandte er sich um und schritt hinab zum Haupteingang der Stadt des

Heimwehs. Korik gab seine Befehle. Von den elf Bluthütern wies er Vale, Doar, Shull und zwei weitere an, im Leuchtturm zu bleiben und auszuspähen, im Fall einer Gefahr Warnung zu geben und den Auftrag zu beenden, falls die anderen umkamen. Drei weitere Bluthüter schickte er nordwärts, damit sie *Coercri* von der dortigen Seite aus erkundeten. Er selbst schloß sich mit Tull und Sill Lord Hyrim an. Die drei Bluthüter redeten dem Lord den Haupteingang aus und führten ihn in den Süden der Stadt. Zusammen drangen die vier an der Südseite in die Stadt des Heimwehs ein. Der Zugang, den sie nahmen, bestand aus einem Stollen, der mit leichter Abwärtsneigung geradewegs durch die gesamte Klippe verlief. Sie durchquerten ihn bis zum Ende, wo sie auf einen dachfreien Erker mit Brustwehr gelangten, der übers Meer auswärtsragte. Von diesem Standort herab konnten sie einen Großteil der seewärtigen Steilwand überblicken. Die Klippe wies zahlreiche derartige, entweder nach hinten versetzte oder vorspringende Befestigungen auf, die der Stadt an dieser Seite ein knubbligknotiges Aussehen verliehen. Viele der hinausragenden Erker ließen sich einsehen, bis weit in den Norden, wo ein Teil der Stadt hinter einer Biegung der Klippe außer Sicht lag. Unten in Meereshöhe befand sich unmittelbar südlich der Klippenrundung zwischen zwei langen steinernen Hafendämmen eine breite Anlegestelle. Weder an der Anlegestelle noch auf den Dämmen war jemand zu sehen. Nichts rührte sich auf den Befestigungen. Abgesehen vom Lärm der See lag die Stadt vollkommen still da. Doch als Lord Hyrim eine hohe steinerne Tür öffnete und die Behausungen dahinter betrat, fand er zwei Riesen in einer Lache von geronnenem Blut. Bei beiden war der Schädel aufgebrochen und leer, als seien die Schädelknochen von innen gesprengt worden. In der benachbarten Zimmerflucht befanden sich noch drei Riesen, in der nächsten Zimmerflucht nochmals drei, darunter ein Kind – alle tot.

Alle ruhten inmitten von Blutlachen, und Blut war verspritzt, als sei jemand, als es noch frisch war, durch die Pfützen gestampft. Alle waren sie, auch das Kind, durchs Bersten der Schädeldecke gestorben. Aber sie waren noch nicht verwest. Sie konnten noch nicht seit langem tot sein – nicht länger als drei Tage.

»Drei Tage«, sagte Korik.

»Drei Tage …«, wiederholte Lord Hyrim bitter. Sie suchten weiter. Sie schauten in der Höhe der Brustwehr, die sie zuerst betreten hatten, in jede Wohnstätte, bis sie sich weiter nördlich direkt über der Anlegestelle aufhielten. In jeder Behausung entdeckten sie einen, zwei oder drei tote Riesen, alle auf die gleiche Art und Weise abgeschlachtet. Aber keinem außer den jüngsten Kindern sah man irgendwelche Zeichen eines Kampfs an. Die Leichen dieser Kinder wirkten wie im Krampf verkrümmt; alle anderen lagen da, als seien sie einfach totgeschlagen worden, wo sie gerade standen oder saßen. Als die vier eine gewaltige Versammlungshalle betraten, fanden sie sie leer vor; ebenso war die große Küche daneben verlassen. Die Feuer in den Herden waren zu Asche geworden, aber das Unheil hatte die Köche nicht an ihrer Wirkungsstätte erreicht. Diese Feststellung erschütterte Lord Hyrim. »Sie haben ihre Gemächer aufgesucht, um zu sterben«, stöhnte er. »Sie kannten die Gefahr … und begaben sich in ihre Gemächer, um sie zu erwarten. Sie leisteten dabei aber keine Gegenwehr … sie flohen nicht … sandten nicht um Hilfe. *Melenkurion abatha!* Nur die Kinder … welches Grauen mag wohl über sie gekommen sein?!«

Die Bluthüter wußten keine Antwort. Ihnen war kein Übel bekannt, das stark genug war, um ein solches Gemetzel anzurichten, ohne auf Widerstand zu stoßen. Lord Hyrim weinte unverhohlen, als er die Halle verließ. Von diesem Stockwerk aus stiegen er und die Bluthüter durch die verschiedenen Ebenen von *Coercri* abwärts. Ihr Weg führte über eine Wendeltreppe zuerst wieder ins Innere der Klippe, dann erneut seewärts. Im unteren Stockwerk blickten sie ebenfalls zunächst in sämtliche Wohnräume. Auch hier waren alle Riesen tot. Überall war es das gleiche. Die Entwurzelten hatten sich in ihre privaten Räume zurückgezogen, um zu sterben.

Da befiel ein Drängen die Bluthüter und den Lord. Sie fingen zu hasten an. Der Lord sprang die hohen Stufen hinab und rannte über den meerwärtigen Schutzwall, um in die Wohnungen zu schauen. In ihrer geschwärzten Kleidung wirkten die vier, als sie abwärts stürmten, wie Raben der Mitternacht, die eifrig die Geschichte des Blutvergießens und Schädelberstens auswendig lernen wollten. Als sie bereits in die untere Hälfte der Stadt des Heimwehs vorgedrungen waren, hielt Korik sie plötzlich an. Ihm war in der Luft der Stadt eine Veränderung aufgefallen. Aber sie war sehr feiner Natur; anfangs konnte er den Unterschied nicht feststellen. Dann stürzte er in die nächste Behausung, eilte zu dem einzelnen toten Riesen, der in einem der hinteren Zimmer lag, und berührte die Blutlache. Hier waren die Riesen erst vor kürzerer Zeit erschlagen worden; ein paar Stellen der Lache waren noch feucht. Vielleicht befand der Schlächter sich noch in der Stadt, beschlich soeben seine letzten Opfer.

»Wir müssen so schnell wie möglich hinab in die untersten Stockwerke«, sagte Lord Hyrim sofort mit gedämpfter Stimme. »Sollten noch Riesen leben, dann gewiß dort.«

Korik nickte. Tull lief in weiten Sätzen als Späher voraus, als die anderen zur Treppe und hinunter eilten. In jedem Stockwerk opferten sie gerade soviel Zeit, um mindestens einen toten Riesen ausfindig zu machen und den Zustand des vergossenen Bluts zu prüfen. Danach liefen sie jedesmal sofort weiter hinab. Und jedesmal fanden sie feuchteres Blut. Zwei Stockwerke über den Hafendämmen entdeckten sie ein Kind, dessen

Leichnam noch die Spur von Körperwärme enthielt. Das nächsttiefere Stockwerk erkundeten sie vorsichtiger. Und in einem Zimmer sahen sie eine tote Riesin, der noch Blut vom gespaltenen Schädel troff. Die letzten Stufen der Treppe schlichen sie mit großer Umsicht hinab. Die Treppe mündete auf eine weiträumige Felstafel, dem Ausgangspunkt der zwei Hafendämme und der dazwischen befindlichen Anlegestelle. Die Brandung war flach und ruhig – die Wogen brachen weit vorm Anlegeplatz –, aber ihr Geräusch erfüllte weithin die Luft.

Auch von hier aus konnten die Bluthüter und der Lord nicht über die Klippenrundung nördlich der Dämme hinausblicken. Diese Biegung und die Auswärtswölbung der Südecke von *Coercri* bildeten um den Anlegeplatz eine flache Bucht. Der kahle Sockel der Stadt lag im nachmittäglichen Schatten der Klippe, und der ausgekühlte Stein war naß von Gischt. Nichts tat sich auf den Hafendämmen, und ebensowenig auf dem Gehweg, der vom Südende der Stadt um die Rundung der Klippe bis zur Nordseite verlief. Hinter dem Gehweg und dem Endfelsen der Dämme waren zahlreiche Hohlräume in den Sockel der Klippe geschlagen worden. Alle waren mit schweren steinernen Pforten versehen, um sie im Falle von Sturmfluten wasserfrei zu halten. Gegenwärtig war die Mehrzahl dieser Pforten offen. Die hohen Gewölbe dahinter enthielten Werkstätten, in denen die Riesen die Planken und Taue ihrer Schiffe herzustellen pflegten. Wie die Versammlungssäle und Küchen waren auch diese Räumlichkeiten leer. Aber im Gegensatz zu den Weingärten und Feldern im Westen hatte man die Werkstätten nicht urplötzlich verlassen. Sämtliche Werkzeuge hingen an den Wänden in ihren Gestellen und Halterungen; Arbeitsstücke waren von den Tischen und Werkbänken abgeräumt worden; selbst die Fußböden waren sauber. Die hier tätig gewesenen Riesen hatten sich die Zeit genommen, um ihre

Werkstätten in Ordnung zu bringen, bevor sie heim und in den Tod gingen. Eine kleinere Pforte nah am Südende der Felstafel war jedoch fest verschlossen. Lord Hyrim versuchte sie zu öffnen, aber es war kein Griff vorhanden, und er fand am glatten Stein keinen Halt. Korik und Tull behoben das Problem gemeinsam. Sie zwängten ihre Finger in den Spalt und wuchteten an der Steinplatte herum. Mit einem Scharren, das wie ein Röcheln der Qual klang, schwang die Pforte auswärts, so daß dämmrige Helligkeit in die jenseitige Felskammer fiel. Dieser einzelne Raum war kahl; er enthielt nichts als ein niedriges Bett an einer Seitenwand. Er hatte keine Beleuchtung, und die Luft darin roch schal.

An der Rückwand saß am Boden ein Riese.

Selbst mit angezogenen Beinen reichte er so hoch wie ein Bluthüter. Seine starren Augen fingen das Licht ein und glänzten. Er lebte. Flache Atemzüge bewegten seinen Brustkorb, und aus einem Mundwinkel rann ihm ein dünner Speichelfaden in den struppigen Bart. Doch er rührte sich nicht, als die vier die Kammer betraten. Kein Blinzeln oder Zucken seiner Augen verriet, ob er ihre Anwesenheit bemerkte. Erfreut lief Lord Hyrim auf ihn zu, blieb jedoch ruckartig stehen, als er den wie versteinerten Ausdruck des Grauens im Gesicht des Riesen sah. Korik näherte sich dem Riesen und berührte einen seiner nackten Arme, die die Knie umschlangen. Der Riese war nicht kalt; es handelte sich um keinen solchen Fall wie bei Hoerkin. Korik schüttelte am Arm des Riesen, aber ohne Ergebnis. Der Riese hockte nur da und stierte blicklos blind zum Eingang. In stummer Fragestellung schaute Korik den Lord an. Als Hyrim nickte, schlug er den Riesen ins Gesicht. Sein Kopf wankte unter dem Hieb, aber er schrak nicht aus seiner Erstarrung. Ohne ein Wimpernzucken hob er den Kopf wieder in die vorherige Haltung und stierte weiterhin geradeaus. Korik machte Anstalten, ihn noch einmal und kräftiger zu schlagen, aber Lord Hyrim hielt ihn zurück. »Du darfst ihn nicht verletzen, Korik. Er ist uns verschlossen.«

»Wir müssen ihn erwecken«, sagte Korik.

»Ja«, erwiderte Hyrim, »ja, das müssen wir.« Er trat dicht vor den Riesen. »Steinbruder«, rief er. »Hör mich an! Ich bin Hyrim, Hooles Sohn, Lord im Großrat der Lords zu Schwelgenstein. Vernimm meine Worte! Im Namen aller Entwurzelten, im Namen der Freundschaft und des Landes, beschwöre ich dich! Öffne mir deine Ohren!« Der Riese gab keine Antwort. Seine langsamen Atemzüge beschleunigten sich nicht; sein sinnentleertes Stieren blieb unverändert. Lord Hyrim trat zurück und musterte den Riesen. »Lös eine seiner Hände«, wies er dann Korik an. Er rieb an einem der eisernen Enden seines Stabs, und als er seine Hand fortnahm, lohte eine blaue Flamme aus dem Metall. »Ich will's mit dem *Caamora* versuchen, dem Feuer des Grams.«

Korik verstand. Das *Caamora* war ein Ritual, mit dem die Riesen sich von Trauer und Zorn zu läutern pflegten. Gewöhnliche Flammen konnten ihnen nichts anhaben, schmerzten jedoch, und diesen Schmerz benutzten die Riesen als Hilfe zum Wiedererlangen der Selbstbeherrschung. Rasch zerrte Korik die Rechte des Riesen von dessen Bein und bog den Arm zurück, so daß er die Hand Lord Hyrim entgegenstreckte.

»Stein und See«, stöhnte der Lord gedämpft. »Stein und See …!« Er verstärkte das Lodern des Lord-Feuers.

Die Hand des Riesen hing reglos in den Flammen, aber das Feuer verbrannte sie nicht. Dann aber zuckte sie, tastete, ballte sich zur Faust. Der Riese schob seine Hand tiefer ins Feuer, obwohl sich seine Finger vor Schmerz krümmten. Plötzlich atmete er mit einem heftigen Ruck ungleichmäßig, aber gründlich durch. Sein Kopf fuhr rückwärts und prallte gegen die Wand, sackte danach vornüber auf seine Knie. Doch er hielt die Hand weiterhin ins Feuer. Als er den Kopf erneut hob, waren seine Augen voller Tränen. Er zitterte und keuchte, zog die Hand zurück. Sie war unversehrt. Sofort löschte Lord Hyrim seine Flamme. »Steinbruder«, rief er unterdrückt. »Steinbruder, vergib mir!«

Der Riese starrte seine Faust an. Einige Zeit verstrich, während ihm die Situation langsam wieder zu Bewußtsein kam. Endlich bemerkte er den Lord und die Bluthüter. Er zuckte schlagartig zusammen, hob blitzartig beide Hände an die Seiten seines Kopfs, keuchte auf. »Ich lebe?« Ehe Lord Hyrim antworten konnte, sprach er weiter. »Was ist mit den anderen? Meinem Volk?«

Lord Hyrim klammerte sich um Halt an seinen Stab. »Alle tot.«

»Ach!« stöhnte der Riese. Seine Hände fielen auf die Knie, und er lehnte seinen Kopf an die Felswand. »O du mein Volk!« Tränen strömten wie Blut über seine Wangen. Der Lord und die Bluthüter beobachteten ihn stumm und warteten. Schließlich linderte sich sein Kummer, die Tränen versiegten. »Er hat mich«, murmelte er wie in einer Niederlage, als er den Kopf wieder von der Felswand hob, »bis zuletzt übriggelassen.«

Mit merklicher Anstrengung zwang Lord Hyrim sich zu einer Frage. »Wer ist's?«

Der Riese antwortete in grämlichem Elend. »Er kam bald … bald nachdem wir vom Schicksal der drei Brüder erfahren hatten … die Brüder einer Geburt … Steinbruder Damelons Omen des Endes. In diesem Frühjahr … ach, war's vor so kurzem?! Das braucht doch mehr Zeit! Jahre müßten darüber vergehen. Es … ach, mein Volk! Im Frühjahr … in diesem … entdeckten wir, daß die alten entschlummerten Übel der Sarangrave von neuem erwacht waren. Unsere Absicht war's, den Lords auf der Herrenhöh eine Warnung zu senden …« Für einen Moment erstickte seine Stimme aus Pein in seiner Kehle. »Da verschwanden die Brüder. Sie verschwanden. Eines Morgens standen wir auf, und sie waren fort. Daher sandten wir niemanden zu den Lords. Wie hätten wir ihnen berichten können, daß unsere ganze Hoffnung verloren war? Nein. Vielmehr suchten wir. Von den Nordlandhöhen bis hinab zu den Verwüsteten Ebenen und darüber hinaus suchten wir nach ihnen. Wir suchten … den ganzen Sommer hindurch. Vergeblich. Verzweifelt kehrten die Sucher zurück zur Stadt des Heimwehs, nach *Coercri,* der letzten Heimstatt der Entwurzelten. Am Ende kehrte auch der letzte Sucher wieder – Zopfhaupt Allwetter, deren Leib die Drillinge gebar. Weil sie ihre Mutter war, suchte sie noch, als alle anderen die Suche längst aufgegeben hatten, und so kam sie als letzte zurück. Sie war in den Zerspellten Hügeln gewesen. Sie rief unser Volk zusammen und berichtete uns vom Schicksal der drei, ehe sie starb. Die auf der Suche erlittenen Wunden …« Er stöhnte erneut auf. »Nun bin ich der letzte Entwurzelte. Ach, du mein Volk!« Während dieses Aufschreis regte er sich, erhob sich auf die Füße, richtete sich an der Felswand auf. Als er in voller Größe über seine Zuhörer aufragte, legte er den Kopf zurück und begann das alte Lied von den Entwurzelten zu singen.

»Nun sind wir Entwurzelte,
ohne Wurzeln, Sprößlinge, Artverwandte,
Von verheißungsvollen Rätseln
ließen wir, setzten die Segel nach Haus,
doch wehte des Lebens Wind wider uns,
fürs Land überm Meer blieben wir Verlorene.«

Wie alle Lieder der Riesen war dies ebenfalls sehr lang. Aber er sang von ihm nur ein Bruchstück. Bald verstummte er, und das Kinn sackte ihm auf die Brust.
»Wer ist's?« erkundigte Lord Hyrim sich nochmals.
Der Riese antwortete, indem er seinen Bericht fortsetzte. »Dann kam er. Das Omen des Endes und der Heimat verwandelte sich

in Tränen und Galle. Da erkannten wir die Wahrheit. Wir hatten sie schon zuvor erkannt – in lichteren Zeiten, als dies Wissen uns noch hätte nutzen können –, aber die Erkenntnis verleugnet. Wir hatten unser Unheil erkannt und die Erkenntnis geleugnet, im Glauben, wir könnten unseren Weg in die Heimat wiederentdecken und ihm entrinnen. Narren, die wir waren! Als wir ihn sahen, begriffen wir die Wahrheit. Durch Torheit, schwachen Samen, Leidenschaft und ungeduldiges Sehnen nach der Heimat waren wir zu dem geworden, was wir verabscheuten. Wir ersahen in ihm die Wahrheit. Unsere Herzen verwandelten sich in Asche, und wir begaben uns in unsere Behausungen ... diese kleinen Räume, die wir vergeblich unser Heim nannten.«

»Warum habt ihr nicht die Flucht ergriffen?«

»Einige taten's ... vier oder fünf von uns, die nicht den langen Namen der Verzweiflung wußten ... oder ihn überhört hatten. Oder sie waren ihm zu ähnlich, um zu klügerer Einsicht zu gelangen. Die Übel der Sarangrave bemächtigten sich ihrer ... sie sind nicht mehr.«

»Warum habt ihr nicht gekämpft?« Das alte leidenschaftliche Kämpfertum der Bluthüter veranlaßte Korik zu dieser Frage.

»Wir waren zu dem geworden, was wir hassen. Es ist besser, wenn wir tot sind.«

»Trotzdem!« entgegnete Korik. »Ist das die Treue der Riesen? Ist nun das aus all eurer verheißenen Treue geworden? Beim Eid, Riese! Ihr ergebt euch selbst dem Untergang und laßt das Böse leben! So schwach war nicht einmal Kevin Landschmeißer.«

In seiner außergewöhnlichen Entrüstung vergaß er die gebotene Vorsicht; alle Bluthüter wurden überrascht. Die Stimme, die plötzlich hinter ihnen ertönte, war kalt aus Geringschätzung; sie fuhr in Mark und Bein wie ein winterlicher Sturmwind. Als sie herumwirbelten, sahen sie am Eingang einen anderen Riesen stehen. Zwar war er erheblich jünger als der Riese im Innern der Kammer, aber er ähnelte ihm. Der hauptsächliche Unterschied lag in der Verachtung, die seine Miene erfüllte, in seinen Augen glomm, seinen Mund verzerrte, als wolle er ausspeien. In der rechten Hand hielt er einen heißen grünen Stein. Er leuchtete in smaragdgrüner Helligkeit, die durch die Finger schimmerte. In seiner Umklammerung dampfte er merklich. Der Riese stank nach frischem Blut; er war vom Kopf bis zu den Füßen damit besudelt. Und bei ihm, an sein Gebein verhaftet, war eine kraftvolle Wesenheit, die nicht zu seiner Gestalt paßte. Sie lauerte hinter seinen Augen mit machtvoller Bosheit und Schlechtigkeit.

»Hmm«, machte der Riese in verächtlichem Ton, »ein Lord und drei Bluthüter. Freut mich. Ich dachte, mein Freund in der Sarangrave hätte euch alle zertreten – aber nun ist dies Vergnügen mir vergönnt. Ah, aber ihr seid nicht vollauf ungeschoren davongekommen, wie? Schwarz kleidet euch. Habt ihr Freunde an meinen Freund verloren?« Er lachte mit rauhem Laut, der wie das Aneinanderschaben von Findlingen klang.

Lord Hyrim trat vor und setzte seinen Stab fest vor sich hin. »Komm nicht näher, Wütrich *Turiya*!« sagte er beherzt. »Ich bin Hyrim, Lord des Großrates in Schwelgenstein. *Melenkurion abatha! Duroc minas mill khabaal!* Ich lasse dich nicht vorüber!«

Der Riese zuckte zusammen, als Lord Hyrim die Worte der Beschwörung sprach. Aber dann lachte er von neuem. »Ha, kleiner Lord! Ist das dein ganzes Wissen? Näher kommst du den Sieben Worten nicht? Und schlecht sprichst du sie aus. Doch eins muß ich zugeben – du hast mich erkannt. Ich bin *Turiya*-Herem. Aber wir tragen nun neue Namen, meine Brüder und ich. Sie heißen Markschänder und Satansfaust. Und mich nennt man Blutschinder.«

Als der ältere Riese diese Aufzählung gehört hatte, stöhnte er dumpf auf. Der Wütrich spähte in den Hintergrund der Kammer.

»Aha, da ist er«, sagte er im Tonfall der Befriedigung. »Kleiner Lord, ich sehe, du hast mit Fehlbein Kielschrammer gesprochen. Hat er dir erzählt, daß er mein Vater ist? Vater, warum heißt du deinen Sohn nicht willkommen?«

Die Bluthüter sahen den älteren Riesen nicht an. Aber sie hörten die Laute von Kielschrammers Schmerz und verstanden ihn. Etwas im Innern des Riesen brach. Plötzlich stieß er ein wildes Brüllen aus. Er sprang an den vieren vorbei und griff Blutschinder an. Seine Finger gruben sich in die Kehle des Wütrichs. Er drängte ihn rücklings von der Schwelle und hinaus auf die Felstafel hinter den Hafendämmen. Blutschinder unternahm keinen Versuch, um sich aus dem Griff seines Vaters zu befreien. Er verzichtete auf jede Gegenwehr, bis er wieder fest auf beiden Füßen stand. Dann hob er den grünen Stein an Kielschrammers Stirn. Sowohl seine Faust wie auch der Stein drangen durch den Schädel des älteren Riesen ins Gehirn ein. Kielschrammer schrie. Seine Hände sanken herab, sein Körper erschlaffte. Er hing an der Kraftzusammenballung, die seinen Schädel durchstoßen hatte. Mit mörderischem Grinsen ließ der Wütrich seinen Vater für einen ausgedehnten Moment baumeln. Dann drückte er seine Faust fester um den Stein. Das tiefe Smaragdgrün blitzte auf; der Stein sprengte die Vorderseite von Kielschrammers Schädel. Er fiel tot nieder, und Blut ergoß sich auf den Steinboden. Blutschinder stapfte mit den Füßen in die Lache, die sich ausbreitete. Er wirkte, als beachte er die vier gar nicht, aber das war keineswegs der Fall. Als Korik und Tull zum Angriff übergingen, schwang er seinen Arm und schleuderte ihnen einen Blitz entgegen. Er hätte sie vernichtet, ehe sie die Schwelle überquerten, aber Lord Hyrim sprang vor und streckte seinen Stab dazwischen. Die Spitze des Stabs fing den Blitz auf. Eine Detonation von solcher

Gewalt erfolgte, daß der Stab entzweibrach und die vier Menschen in den Hintergrund der Kammer flogen. Der Aufprall raubte ihnen die Besinnung. Nicht einmal ihr Eid konnte die Bluthüter in dieser ungewöhnlichen Gefahrensituation schützen.

Korik kam als erster wieder zur Besinnung. Vorm Tastsinn und Sehvermögen stellte sich sein Gehör wieder ein, und er begann zu lauschen. In seinen Ohren schwoll der Lärm der See an, klang immer heftiger. Aber das Geräusch entstand nicht durch Sturmwogen; es war unregelmäßiger, irgendwie fürchterlich. Als dann wieder seine Sicht vorhanden war, überraschte es ihn regelrecht, daß er etwas sehen konnte. Er hatte die Dunkelheit eines bewölkten Nachthimmels erwartet. Statt dessen sah er durch den Eingang von einem klaren nächtlichen Himmel frühen Sternenschein hereinfallen. Draußen peitschte und wallte die See jedoch gegen die Hafendämme und die Anlegestelle, als trieben himmlische Sporen sie an. Und über den Himmel zuckten Blitze, gefolgt von derartigen Donnerschlägen, daß er ihre Wucht bis in seine Brust spürte. Starker Wind fegte Gischt heran. Dennoch war der Himmel klar. Nur das Meer befand sich in Aufruhr. Dann zuckte ein anderer Blitz, diesmal aufwärts an den Himmel – so grün wie das Funkeln eines Smaragds. Er kam vom Anlegeplatz. Korik spähte hinaus in die Dunkelheit und erkannte die Umrisse des Wütrichs Blutschinder. Er stand im Wasser vor der Anlegestelle, so daß sich die Wellen an seinen Knien brachen. Mit seinem Stein schleuderte er grüne Gewalten zum Himmel empor und schüttelte die Arme, als befehle er dem Sturmwind. Hinter ihm lagen am Anlegeplatz drei leblose Gestalten – die drei Bluthüter, die Korik zur Nordseite der Stadt geschickt hatte. Anfangs begriff Korik nicht, was Blutschinder trieb. Aber dann beobachtete er, daß das Meer außerhalb der Hafendämme sich in Übereinstimmung mit den Bewegungen von Blutschinders Armen regte.

Während der Riesen-Wütrich winkte und Gebärden vollführte, bäumte sich die See auf, schwappte empor, zersprangen die Wogenkämme und wälzten sich erneut zu hochgetürmten Ballungen zusammen. Weiter draußen verhielt es sich noch viel schlimmer. Allmählich erhob sich unter ungeheuren Zuckungen und Wallungen eine dichte, riesenhafte Wasserwand aus dem Ozean. Blutschinders grüne Blitze waberten über sie hin, während sie sich hob, erhöhten ihren Kamm immer mehr. Und indem sie anschwoll, näherte sie sich der Klippe. Der Wütrich beschwor ein Seebeben herauf.

Korik drehte sich um und machte sich daran, seine Gefährten wachzurütteln. Bald darauf waren Sill und Tull bei Bewußtsein und wieder einsatzbereit. Aber Lord Hyrim lag reglos da; aus dem Mundwinkel sickerte ihm Blut. Rasch tastete Sill mit den Händen den Körper des Lords ab und ermittelte mehrere gebrochene Rippen, jedoch keine anderen Verletzungen. Gemeinsam rieben Korik und Sill seine Handgelenke, patschten ihm ins Gesicht. Endlich flatterten seine Lider, und er erwachte. Er war völlig benommen. Zuerst vermochte er Koriks Worte nicht zu begreifen. Aber als er in die Nacht hinausblickte, verstand er. Die Flutwelle wuchs noch weiter und besaß bereits die halbe Höhe der Klippe, und ihr Brodeln zeichnete sich durch eine finstere, üble Schattierung aus. In ihr war genug Wut und Haß zusammengeflossen, um die Stadt des Heimwehs zu zermalmen.

Als Lord Hyrim sich abwandte, verzerrte schreckliche Entschlossenheit sein Gesicht. Er mußte schreien, um sich durch das Grollen von Wogen, Wind und Donner verständlich zu machen. »Wir müssen ihm Einhalt gebieten! Er schändet das Meer! Sollte er obsiegen … die See seinem Willen unterwerfen … das Gesetz, das sie bewahrt, wäre gebrochen. Sie müßte dem Verächter dienen wie ein neuer Wütrich!«

»So ist's!« brüllte Korik zurück. Die Bluthüter waren voller

Zorn. Jeden anderen Befehl als den zum Vorgehen gegen den Wütrich hätten sie mißachtet.

Aber Sill zeigte noch eine gewisse Umsicht. »Er hat den Weltübel-Stein«, bemerkte er.

»Nein!« Lord Hyrim suchte auf dem steinernen Boden die Bruchstücke seines Stabes. Sobald er sie gefunden hatte, verlangte er *Clingor.* Tull reichte ihm eine Länge. Hyrim verwendete sie, um die beiden Stücke des Stabs an ihren Metallenden zusammenzubinden.

»Es ist nur ein Teil des Steins«, sagte er und wog das ungefüge Werkzeug in den Händen. »Der Weltübel-Stein selbst ... ist viel größer! Aber nicht einmal in unseren greulichsten Träumen wagten wir uns auszumalen, der Verächter könne sich erkühnen, vom Stein Splitter für seine Knechte abzubrechen. Seine Beherrschung des Steins ... muß sehr groß sein. Infolgedessen vermochte er die Riesen zu überwinden ... mit dem Stein und den Wütrichen gemeinsam, indem der Stein die Wütriche stärkt und die Wütriche sich des Steins bedienen! Die anderen ... Satansfaust, Markschänder ... sie müssen ebenfalls Brocken vom Stein besitzen. Vernimmst du meine Worte, Korik?«

»Ich höre«, antwortete Korik. »Der Hoch-Lord wird eine Warnung erhalten.« Lord Hyrim nickte. Der Schmerz in seinen Rippen ließ ihn zusammenfahren. Aber er trat verbissen aus der Kammer hinaus ins Heulen des Sturms. Sofort schlossen Korik, Sill und Tull sich an. Vor ihren Augen betätigte sich Blutschinder in schwelgerischem Auskosten seiner Macht. Obwohl das Seebeben noch längst nicht die Hafendämme erreicht hatte, ragte der wuchtige Wall aus Wasser weit über ihn auf, ließ seine gestohlene Riesengestalt zwergenhaft wirken.

Er sang nun, rief die See an. Seine Worte durchdrangen das Tosen des Sturmwinds.

»Komm, Meer!
Auf mich hör!
Bäum dich auf!
Schlag drauf!
Brich Fels,
brich Stein,
quetsch Herz,
presse Seele,
reiß Fleisch,
zerspell das Ganze!
Friß Tote
wie Brote!
Komm, Meer!
Auf mich hör!«

Und das Meer hörte tatsächlich auf ihn, brandete immer noch höher auf. Der Kamm der Wasserwand gischtete und spritzte nun in einer Höhe mit den obersten Brustwehren von *Coercri.*
Die Bluthüter wollten ihn sofort attackieren, aber Lord Hyrim hielt sie zurück. »Ich muß den ersten Schlag führen«, flüsterte er kaum hörbar, damit Blutschinder ihn nicht bemerkte. Dann überquerte er die Felstafel so rasch, wie sein verletzter Brustkorb es erlaubte. Als die vier zum Anlegeplatz gelangten, schien es, als müsse der Wasserwall schon im nächsten Moment auf sie niederbrechen. Nur die Macht von Blutschinders Stein hielt sie noch auf. Das Schauspiel seiner Machtausübung kitzelte ihn zu sehr, als daß ihm die Annäherung der vier aufgefallen wäre. Doch im letzten Moment warnte ihn anscheinend irgendein Instinkt. Plötzlich fuhr er herum und sah Lord Hyrim nur ein paar Schritte entfernt hinter sich stehen. Mit einem wüsten Aufbrüllen hob er seine von grüner Glut erfüllte Hand, um einen Blitz auf den Lord niederzuschmettern. Aber

während der Wütrich seinen Arm zurückriß, überwand Lord Hyrim den restlichen Abstand. Mit den angekohlten Bruchstücken seines Stabs hieb der Lord aufwärts. Die Metallenden trafen Blutschinders Hand, ehe er seinen Blitz auszulösen vermochte. Die gegeneinander aufgebotenen Kräfte trafen sich in einem Aufflammen von Grün und Blau. Blutschinders größere Stärke trieb die von ihm freigesetzten Kräfte jedoch wie einen Feuerstrahl über die ganze Länge von Lord Hyrims Stab bis in seinen Leib, seinen Kopf. Das grüne Feuer durchloderte ihn, versengte ihm Hirn und Herz. Als die Lohe erlosch, brach er zusammen. Aber das Aufflammen verbrannte Blutschinder die Hand, und die Gewalt des Ausbruchs schlug ihm den Arm zur Seite. Er verlor den Stein, der aufprallte und über die Felstafel aus seiner Reichweite rollte. Augenblicklich sprangen die drei Bluthüter ihn an; gemeinsam gaben sie ihm ihre ganze Kraft zu spüren. Und in diesem Angriff fand ihr Eid all seinen Ausdruck. Der Riesen-Wütrich war tot, ehe seine Gestalt ins Wasser sackte. Doch die Bluthüter droschen noch ein paarmal auf ihn ein, außer sich durchs Maß ihres Zorns und Abscheus. Aber dabei kühlte das Aufspritzen von Salzwasser sie ab, und sie merkten, daß der Sturm sich abzuschwächen begonnen hatte. Ohne die Nötigung durch den Stein ließ der Wind nach. Das Blitzen hörte auf. Nach einigem letzten Grollen verstummte der Donner. Die Flutwelle erzeugte ein Geräusch wie eine Lawine, als sie ins Meer zurückfiel. Ihre Gischt näßte die Gesichter der Bluthüter, und die Woge, die dabei entstand, schäumte ihnen bis um die Oberschenkel. Dann war die Gefahr vorbei. Die drei Bluthüter eilten zu Lord Hyrim. Er klammerte sich noch ans Leben, aber das Ende stand dicht bevor; der Blitz des Wütrichs hatte ihn bis tief ins Innere verbrannt. Seine Augenhöhlen waren leer, und zwischen den schlaffen Lidern quoll grüner Dampf hervor, hinauf in den Sternenschein. Als Sill ihn aufsetzte, tasteten seine Hände umher, als suchten sie den Stab. »Nicht … nicht anrühren …«, sagte er mit schwacher Stimme. »Nicht den …« Er konnte nicht weitersprechen. Die Mühe brach ihm das Herz. Mit einem Ächzen starb er in Sills Armen.

Für eine Weile standen die Bluthüter stumm bei ihm, erwiesen ihm wortlos an Achtung, was sie ihm erweisen konnten. Aber sie fanden keine Worte. Schließlich ging Korik hin und bemächtigte sich Blutschinders Bruchstück vom Weltübel-Stein. Ohne einen Willen, der ihm Triebkraft gab, war seine Färbung matt; nur im Kern zeigte es ein bißchen lustlosen Glanz. Doch es schmerzte in Koriks Hand infolge einer tiefen, wilden Kälte. Er legte seine Faust fest um den Brocken.

»Wir werden diesen Stein dem Hoch-Lord bringen«, sagte er. »Mag sein, daß auch die anderen Wütriche solche Macht besitzen. Vielleicht kann der Hoch-Lord diese Macht zu ihrem Verhängnis benutzen.«

Sill und Tull nickten. Angesichts des Mißlingens ihres ursprünglichen Auftrags blieb ihnen keine andere Hoffnung.

»Danach sandten wir die Leichname unserer gefallenen Gefährten heimwärts«, berichtete Tull leise. »Eile war überflüssig – wir wußten, ihre Ranyhyn konnten einen sicheren Weg nördlich der Sarangrave-Senke finden. Sobald diese Aufgabe getan war, kehrten wir zurück zu den fünfen, die im Leuchtturm wachten. Korik gebot zweien, mit äußerster Schnelligkeit zur Herrenhöh umzukehren, um Schwelgenstein zu warnen. Und weil er mutmaßte, der Krieg habe bereits begonnen – der Hoch-Lord sei mit dem Kriegsheer gen Süden gezogen –, erteilte er Shull, Vale und mir die Weisung, mit der Kunde in den Süden zu reiten, auf dem Wege, den ich nun gekommen bin. Mit Sill und Doar bürdete sich Korik die Verantwortung für das Stück des Weltübel-Steins auf, so daß es sicher nach Schwelgenstein zu den Lords gelange.«

Endlich schwieg der Bluthüter. Für geraume Zeit saß Troy da und starrte blicklos den Stein an, der vor ihm lag. Er fühlte sich benommen, war fassungslos – zu schockiert, um den schwachen Wind um den Kevinsblick säuseln zu hören, zu entgeistert, um die Kühle der Bergluft zu spüren. *Tot?* fragte er sich stumm. *Alle tot?* Aber ihm war, als spüre er gar nichts. Der Schmerz in ihm saß so tief, daß er ihn nicht bewußt wahrnahm.

Aber er errang seine Fassung rechtzeitig genug wieder, hob schließlich den Kopf und blickte hinüber zu Lord Mhoram. Er konnte den Lord undeutlich erkennen. Mhorams Stirn war vor Qual gestrafft, und seinen Augen entströmten Tränen. Mühsam fand Troy Worte. »War es das, was du geschaut hast?« fragte er mit aus übermächtigem Gefühl heiserer Stimme. »Vergangene Nacht? War's das?«

»Nein.« Mhorams Antwort klang barsch, aber nicht aus Ärger; sie klang heiser aus Mühe, sein Schluchzen zu unterdrücken. »Ich habe geschaut, wie Bluthüter im Dienste des Verächters fochten.«

Eine lange, beklommene Stille folgte. »Das ist unmöglich«, sagte Tull zu guter Letzt durch die Zähne.

»Sie hätten den Stein nicht anrühren dürfen«, sagte der Lord mit entkräfteter Stimme. »Sie hätten den Stein nicht …«

Troy wollte Mhoram soeben fragen, wie er das meine, aber da bemerkte er auf einmal, daß er nun klarer sehen konnte. Sein mentaler Nebel wich. Sofort erhob er sich auf die Knie, wandte sich um und stützte seinen Oberkörper auf die Brüstung. Gewohnheitsmäßig rückte er die Schutzbrille auf seinem Gesicht zurecht. Am Rand des östlichen Horizonts hatte bereits die morgendliche Dämmerung begonnen.

18
Unheilswinkel

Unverzüglich richtete sich Troy hoch auf und drehte sich der Sonne zu. In angespanntem Schweigen erhoben sich auch seine Begleiter, als hätten sie die Absicht, mit ihm den Anblick zu teilen, der sich ihm bieten sollte. Aber er wußte, daß nicht einmal die Bluthüter über etwas verfügten, was seiner mentalen Sicht gleichkam. Er achtete nicht auf sie. Seine gesamte Aufmerksamkeit war nun auf die allmählichen Enthüllungen der Morgendämmerung gerichtet.

Zuerst konnte er nur das Weichen von Grau und purpurnes Nichts erkennen. Aber dann fielen Sonnenstrahlen direkt auf den steinernen Hochstand, und die Umgebung fing sich vom Dunst abzusetzen an. Oberhalb der fernen Tiefe und ihren Schatten empfing er seinen ersten visuellen Eindruck vom weiten, offenen Luftraum, in den der Kevinsblick aufragte wie die Spitze eines dunklen Fingers, der den Himmel anklagte. Im Westen, in einer Entfernung, die für jede andere außer seiner Art von Sehvermögen zu groß war, sah er Sonnenlicht die spitzkegligen Schneekappen der keilförmigen Bergkette berühren, die die Würgerkluft von den Südlandebenen trennte. Und während die Sonne höher stieg, erspähte er die lange, geschwungene Reihe von Gipfeln, die vom Tal mit dem Mithil Steinhausen nach Süden und dann westwärts bis zum Unheilswinkel verlief. Dann erreichte der Sonnenschein die Hügel, die zwischen dem Kevinsblick und Andelain die Ostgrenze der Ebenen bildeten. Er konnte nun den gesamten Verlauf des Mithil in den Nordwesten und danach den Norden überblicken, bis er in den Schwarzen Fluß mündete.

Er fühlte sich sonderbar erhöht und machtvoll. Noch nie hatte seine mentale Sicht ihm so viel gezeigt, und er begriff jetzt, wie Hoch-Lord Kevin zumute gewesen sein mußte. Hier fühlte man sich tatsächlich wie auf dem Gipfel der Welt.

Die Sonne stieg weiter. Wie eine Woge aus Helligkeit überflutete sie die Ebenen mit Licht, wusch den letzten Rest seiner nächtlichen Blindheit fort.

Was er dann erblickte, brachte ihn auf der Stelle ins Torkeln. Entsetzen füllte seine Augen mit der Plötzlichkeit einer Lawine. Der Anblick war schlimmer als alles, was er sich bisher auszudenken vermocht hatte.

Das Kriegsheer machte er zuerst aus. Seine Armee hatte soeben den neuen Tagesmarsch angetreten; der Heerwurm kroch an der Bergkette entlang südwärts. Er sah ihn kaum deutlicher als wie einen Strich im Vorgebirge, aber war dazu imstande, das Tempo zu schätzen. Das Kriegsheer war noch zwei Tagesmärsche weit vom Unheilswinkel entfernt. Schwertmark Quaans Truppe befand sich näher am Kevinsblick, aber war entfernter vom Unheilswinkel. Doch ihre Reiter bewegten sich schneller. Er überschaute ihre Zahl mit einem Blick und stellte im Handumdrehen fest, daß sie sehr ernste Verluste erlitten hatten. Über ein Drittel der zweihundert Bluthüter fehlten, und von Quaans zwölf Scharen waren weniger als sechs übriggeblieben. Der gesamte Rest war auf dem Rückzug und leistete hinhaltenden Widerstand, floh in weit auseinandergezogenen Abteilungen; man konnte beinahe von einer wilden Flucht wilder Haufen sprechen.

Dichtauf folgte eine riesige Menge von *Kresch* – wenigstens zehntausend der räuberischen gelben Wölfe. Die stärksten von ihnen, die zweitausend kräftigsten Wölfe, trugen schwarze Reiter – Urböse. Die mit Reitern besetzten *Kresch* rannten in dichten Keilformationen dahin, und die Urbösen-Lehrenkundigen an den Spitzen dieser Keile schleuderten schwallweise düstere energetische Gewalten nach jedem Reiter, der in ihre

Reichweite geriet. In der Absicht, das Tempo des Rückzugs zu mäßigen, ihn nicht völlig in blinde Flucht ausarten zu lassen, machten in bestimmten Abständen diese oder jene Fähnlein kehrt. Zwanzig oder vierzig Krieger warfen sich dann gemeinsam den gelben Reihen entgegen, um den Ansturm der *Kresch* zu verlangsamen. Troy sah bei diesen Ausfällen blaue Flammen aufflackern. Callindrill und Verement lebten. Aber zwei Lords waren zuwenig. Die Reiter waren zahlenmäßig aussichtslos unterlegen. Und sie waren in ihrem Ritt zum Unheilswinkel bereits weit über den Mithil hinaus. Selbst wenn sie es vermeiden konnten, ihren Rückzug zu beschleunigen, mußten sie früher als das im Anmarsch befindliche Kriegsheer dort eintreffen. Quaan war nicht dazu in der Lage gewesen, auch noch den letzten Tag, den das Heer für seinen Marsch benötigte, zu erkämpfen.

Aber das alles war noch nicht einmal am niederschmetterndsten an Troys Beobachtungen. Hinter den Wölfen kam die Hauptmasse von Lord Fouls Heer. Sie war dem Kevinsblick näher als alle anderen, und Troy konnte sie mit grausiger Deutlichkeit erkennen. Der Riese, der ihr voranschritt, war noch ihre geringfügigste Schrecklichkeit. Im Rücken des Riesen marschierten in gewaltiger Zahl Reihen von Höhlenschraten – mindestens zwanzigtausend der kräftigen, klobigen Höhlenbewohner. Dahinter kam etwa die gleiche Zahl von Urbösen angewetzt, die sich, um schneller zu sein, auf allen vieren bewegten. Bei ihnen liefen oder flatterten Hunderte furchtbarer löwenähnlicher Greifen mit. Und den Dämondim-Abkömmlingen folgten zusammengewürfelte, gräßliche Scharen von solcher Stärke, daß Troy ihre Zahl nicht einmal annähernd zu schätzen imstande war: Menschen, Wölfe, Wegwahrer, Waldgetier, Geschöpfe der Sarangrave-Senke, und alle strahlten die unersättliche Blutgier aus, die sie beherrschte, sie vorwärts trieb – zahllose entstellte, tollwütig gemachte Wesen, die perversen Werke von Lord Foul und dem Weltübel-Stein.

Ein Großteil dieser ungeheuerlichen Armee hatte auf der Verfolgung Schwertmark Quaans und seiner Abteilung bereits den Mithil überquert. Sie marschierte so fieberhaft rasch, daß kaum noch drei Tage sie vom Unheilswinkel trennen konnten. Und sie war so übermächtig, daß kein Hinterhalt, wie günstig und wohlgeplant er auch sein mochte, Grund zu der Hoffnung bot, ihr standhalten zu können. Aber es würde ohnehin keine Falle geben. Das Kriegsheer wußte nichts von der Gefahr und würde den Unheilswinkel nicht rechtzeitig erreichen.

Die Erkenntnis dieser Tatsachen ließ Streitmark Troy wie unter Schlägen mit Faustkeilen auf die Knie sacken. »Guter Gott«, ächzte er gepreßt und voller Schrecken. »Was hab' ich getan?!« Die Lawine der morgendlichen Enthüllungen warf ihn nieder. »Guter Gott. Grundgütiger! Was hab' ich angestellt?!«

»Was gibt's?« erkundigte sich hinter ihm immer eindringlicher Lord Mhoram. »Was erblickst du? Streitmark, was siehst du?«

Aber Troy war außerstande zum Antworten. Seine Welt kreiselte um ihn. Durchs Schwindelgefühl seiner Wahrnehmungen konnte sein Verstand sich nur krampfhaft an einen einzigen Gedanken klammern: alles war seine Schuld, an allem war er schuld. Das Scheitern von Koriks Mission, das Ende der Riesen, das unausweichliche Niedermetzeln des Kriegsheers – das alles kam auf sein Haupt. Er hatte den Oberbefehl. Und wenn das Debakel seiner Führerschaft vorüber war, lag das Land wehrlos da. Vom Anfang an hatte er dem Verächter gedient, ohne es zu ahnen, und wofür Atiaran, Trells Gemahlin, ihr Leben geopfert hatte, war schlimmer als bloß für nichts.

»Schlimmer«, röchelte er laut. Er hatte seine Krieger dem Tod überantwortet. Und sie waren nur der erste Teil des Blutzolls, den Lord Foul eintreiben würde, dazu befähigt durch seine Fehleinschätzungen. »Gütiger Gott!« Er verspürte das Bedürfnis, aus vollem Hals aufzuheulen, aber seine Brust war zu voll mit Entsetzen; für Aufschreie war darin kein Raum. Er begriff nicht, wie das Heer des Verächters *so groß* sein konnte. Es überstieg seine ärgsten Alpträume. Unter Gefuchtel raffte er sich hoch. Er klaubte an seinem Brustkorb, bemühte sich, seinem unfaßlichen Versagen genug Luft für wenigstens einen Schrei zu entringen. Aber er schaffte es nicht; das Verhängnis verstopfte ihm die Lungen. Die Hilflosigkeit dröhnte plötzlich mit lautem Brausen in seinen Ohren, und er stürzte vorwärts. Ihm war nicht bewußt gewesen, daß er springen wollte, bis er spürte, wie Terrel und Ruel ihn an den Beinen hielten und über die Brüstung zurückzerrten. Dann fühlte er in seinen Wangen ein Brennen. Lord Mhoram gab ihm Ohrfeigen. Als er zurückzuckte, trat der Lord dicht vor ihn hin und schrie ihm ins augenlose Gesicht.

»Streitmark! Hile Troy! Hör mich an! Ich verstehe … des Verächters Heer ist groß. Und das Kriegsheer kann den Unheilswinkel nicht rechtzeitig erreichen. Doch ich weiß Abhilfe.« Gewohnheitsmäßig wollte Troy inmitten seiner Benommenheit seine Schutzbrille zurechtrücken; da stellte er fest, sie war fort. Sie war über die Brüstung des Kevinsblicks gefallen. »Vernimm meine Worte!« rief Lord Mhoram. »Ich kann Nachricht geben. Falls Callindrill und Verement noch leben – oder nur einer davon –, kann ich Nachricht geben. Dann vermag man Amorine zu warnen.« Er packte Troy an den Schultern, so daß seine Finger sich hineingruben, Halt an Troys Knochen zu finden versuchten. »Hör mich an! Ich bin zu mancherlei befähigt. Aber ich brauche Anlaß, benötige Hoffnung! Ich kann nichts tun … wenn's sinnlos ist. Antworte!« Mhoram knirschte die Worte zwischen zusammengebissenen Zähnen hervor. »Du bist der Streitmark. Finde Hoffnung! Überlaß deine Krieger nicht dem Tode!«

»Nein«, flüsterte Troy. Er machte den Versuch, sich Mhoram

zu entwinden, aber die Finger des Lords waren zu stark. »Es gibt keinen Ausweg. Fouls Heer ist zu groß.«

Er wollte sich seinem Jammer hingeben, aber Mhoram duldete es nicht. »Finde einen Weg!« tobte der Lord. »Man wird sie andernfalls abschlachten. Du mußt sie retten!«

»Ich kann's aber nicht!« brüllte Troy in plötzlicher Wut. Die blanke Unmöglichkeit von Mhorams Wunsch weckte in ihm unvermutete neue Kräfte. »Fouls Heer ist gottverdammt zu groß!« schrie er. »Unsere Truppen treffen zu spät ein! Die einzige Möglichkeit, sie noch ein wenig länger am Leben zu halten, besteht darin, sie geradewegs durch den Unheilswinkel zu schleusen und laufen zu lassen, bis sie nicht mehr können. Aber dort draußen gibt's absolut überhaupt nichts ... nur Einöden, Wüste, einen Haufen Ruinen und ...!« Unvermittelt tat sein Herz einen Satz. Der Kevinsblick schien unter seinen Füßen zu wanken, und er klammerte sich an Mhorams Handgelenke, um nicht niederzusacken. »Herrgott ...«, wisperte er. »Es gibt noch eine einzige Chance.«

»Sprich!«

»Noch eine Chance«, wiederholte Troy im Tonfall des Staunens. »Lieber Gott ...« Er gab sich einen Ruck und konzentrierte seine ganze Aufmerksamkeit auf Mhoram. »Aber du mußt es tun.«

»Dann werde ich's tun. Sag mir, was zu beginnen ist.«

Das süße Gefühl der Erleichterung verblüffte Troy noch einen Moment lang, überwog die Notwendigkeit des Handelns, machte ihn fast sprachlos. »Das wird eine harte Sache«, murmelte er vor sich hin. »Herrgott! Das wird eine harte Geschichte.« Aber Mhorams beharrlicher Griff hielt ihn in der Gegenwart fest. »Du bist derjenige, der's tun muß«, sagte er langsam, um sich Zeit zum Ordnen seiner Gedanken zu lassen. »Es gibt keine andere Möglichkeit. Aber vorher müßtest du dich tatsächlich mit Callindrill oder Verement verständigen.«

Lord Mhorams durchdringender Blick erforschte Troys Miene.

Dann half Mhoram dem Streitmark beim Aufstehen. »Leben Callindrill und Verement?« fragte der Lord beherrscht.

»Ja. Ich habe ihre Feuer gesehen. Kannst du denn mit ihnen Verbindung aufnehmen? Sie haben doch kein Hehres Holz dabei.«

Mhoram lächelte grimmig. »Welche Kunde soll ich ausrichten?«

Nun musterte Troy den Lord. Ohne seine Schutzbrille fühlte er sich seltsam bloßgestellt, als setze man ihn öffentlichem Widerwillen oder gar Abscheu aus, aber er konnte Mhoram deutlich erkennen. Was er sah, beruhigte ihn. Die Augen des Lords glommen von kühnen Möglichkeiten und Erwägungen, und seine Schädelknochen traten in der zähen Hagerheit des Unbeugsamen hervor. Der Kontrast zu seiner eigenen Schwäche demütigte Troy. Er wandte sich ab und hielt nochmals über die Ebenen Ausschau. Die weiträumige Bewegung von Lord Fouls Armee ging weiter, und bei ihrem Anblick empfand er ein neues Aufwallen von Panik. Aber nun klammerte er sich an die Tatsache seiner Befehlsgewalt, benutzte sie, um seine Scham zu verdrängen. »Na schön«, meinte er schließlich. »Dann mal ran! Tull, du kehrst am besten ins Steinhausen zurück. Man soll die Ranyhyn möglichst weit zu uns heraufbringen. Wir haben einen weiten Weg vor uns.«

»Ja, Streitmark.« Lautlos verließ Tull den Kevinsblick.

»So, Mhoram. Du hast genau den richtigen Einfall gehabt. Amorine muß gewarnt werden. Sie muß den Unheilswinkel noch vor Quaan erreichen.« Ihm fiel ein, daß Quaan vielleicht gar nicht mehr lebte, aber er verscheuchte diese Befürchtung. »Es ist mir egal, wie sie das schafft. Sie muß mit ihren Truppen auf der Lauer liegen, wenn Quaans Reiter eintreffen. Wenn nicht ...« Er mußte die Kiefer aufeinanderpressen, um seine Zähne am Klappern zu hindern. »Kannst du das übermitteln?«

Es schauderte ihn, als er an die unmenschlichen Strapazen

dachte, die er den Kriegern zumuten mußte. Nach einem fünfundzwanzigtägigen Gewaltmarsch sollten sie nun die letzten siebzig Kilometer praktisch rennen – um anschließend zu erfahren, daß ihre Prüfung alles andere war als ausgestanden. Er stieß sich von der Brüstung ab und schaute Mhoram an. »Also?«

Mhoram hatte bereits den *Lomillialor*-Stab aus seiner Robe zum Vorschein gebracht und befestigte ihn mit einem *Clingor*-Strang an seinem Stab. »Mein Freund«, sagte er während dieser Tätigkeit, »du solltest den Kevinsblick verlassen. Unten dürftest du sicherer sein.«

Troy fügte sich ohne Frage. Er spähte noch einmal nach den beiden Heeren, um sich dessen zu vergewissern, daß er ihre Marschgeschwindigkeit richtig geschätzt hatte, dann wünschte er Lord Mhoram viel Erfolg und begann den Abstieg. Die Stufen fühlten sich unter seinen Händen und Füßen schlüpfrig an, aber Ruels Gegenwart dicht an seiner rechten Seite wirkte beruhigend. Bald stand er auf dem Felssims am Sockel des Kevinsblicks und blickte hinauf an den blauen Himmel zu Lord Mhoram. Nach einer Stille, die für Troys zunehmendes Empfinden von Dringlichkeit unerfreulich ausgedehnt zu sein schien, konnte er von der Höhe der schrägen Säule Bruchstücke eines Singsangs hören. Der Gesang stieg höher empor in die Luft und verstummte auf einmal. Im selben Augenblick schoß rings um Lord Mhoram eine Flamme hoch. Sie hüllte die gesamte Spitze des Kevinsblicks ein und erfüllte die Luft mit dem Eindruck eines Widerhalls, als käme von den Bergwänden das Echo eines unhörbaren langgezogenen Heulens. Das lautlose Jaulen schien Troys Ohren zu versengen, gab ihm den Wunsch ein, sie zu bedecken und den Kopf einzuziehen, aber er zwang sich dazu, dem Verlangen zu widerstehen. Er behielt den Kevinsblick unter Beobachtung. Der echoartige Effekt war barmherzig kurz. Nur wenige Sekunden nach dem

Verebben der letzten Schwingungen kam Terrel mit Mhoram die Treppe herunter; halb trug er den Lord. Troy befürchtete, der Lord könne sich irgendwie geschadet haben. Aber Mhoram war nur durch plötzliche Erschöpfung gezeichnet – den Preis seiner Verrichtung. Alle seine Bewegungen fielen matt aus, unsicher, und Schweiß troff ihm vom Gesicht, aber es gelang ihm noch, Troy ein schwächliches Lächeln zu schenken. »Ich wäre ungern Callindrills Widersacher«, sagte er schlaff. »Er ist stark. Er schickt Reiter zu Amorine.«

»Gut.« Aus Rührung und Erleichterung klang Troys Stimme schroff. »Aber wenn wir nicht spätestens morgen nachmittag am Unheilswinkel stehen, wird alles umsonst gewesen sein.«

Mhoram nickte. Er stützte sich auf Terrels Schulter und stolperte das Felssims entlang, Troy und Ruel folgten.

Durch Mhorams Ermattung kamen sie anfangs nur langsam voran, aber nach kurzer Zeit gelangten sie in ein kleines, von Kiefern gesäumtes Tal, in dem reichlich *Aliantha* wuchsen. Ein Frühstück aus Schatzbeeren flößte Lord Mhoram neue Kräfte ein, und danach kamen sie schneller vorwärts. Hinter Mhoram und Terrel schritt Troy, in seinem Rücken Ruel, wie unterm Antrieb eines Windes der Eile aus, der zu einem Sturm zu werden drohte. Hast drängte ihn voran. Er hatte es eilig, zu den Ranyhyn zu gelangen. Als sie Tull und die anderen Bluthüter trafen, die ihnen auf dem Bergpfad entgegenzogen, schwang er sich sofort auf Mehryls Rücken und ließ die Ranyhyn in lebhaftem Trab zurück in die Richtung des Steinhausens Mithil laufen. Er verfolgte die Absicht, am Dorf vorbei geradewegs in die Ebenen hinauszureiten. Doch als er und seine Begleiter sich wieder dem Steinhausen näherten, sah er am Rande der Landstraße den dortigen Kreis der Ältesten warten. Widerwillig hielt er an und grüßte. »Heil, Streitmark Troy«, antwortete Terass, Slens Gemahlin.

»Heil, Lord Mhoram. Wir haben neue Kunde vom Krieg erhalten und wissen, daß ihr eilen müßt. Aber Triock, Thulers Sohn, möchte mit dir sprechen.«

Während dieser Einleitung Terass' trat Triock vor. »Heil euch, ihr Ältesten im Steinhausen Mithil«, erwiderte Mhoram. »Seid für eure Gastfreundschaft bedankt. Triock, Thulers Sohn, ich werde dich anhören. Doch sprich geschwind – die Zeit drängt uns unerbittlich.«

»Es handelt sich um keine langwierige Angelegenheit«, sagte Triock schwerfällig. »Ich wünsche lediglich, um Vergebung für mein Verhalten nachzusuchen. Wie du weißt, habe ich Grund zum Verdruß. Aber aufs Ersuchen Atiarans, Trells Gemahlin, habe ich meinen Friedensschwur in einer Zeit gehalten, da ich sehnlichst danach verlangte, ihn zu brechen. Mir liegt nicht daran, nun nachträglich ihre Tapferkeit zu entehren. Doch war's meine Hoffnung, Glutsteinmeister Trell werde in des Hoch-Lords Nähe bleiben, um – ihn zu schützen.« Er äußerte den letzten Satz trotzig, als rechne er mit einem Verweis von Mhorams Seite. »Aber nun ist er nicht bei Elena ... und ich bin's auch nicht. Mein Herz verspürt Furcht. Doch so's möglich wäre, ich wollte meine Unhöflichkeit ungeschehen machen.«

»Es bedarf keiner Vergebung«, antwortete Mhoram. »Meine eigene Schwäche an Glauben hat dich herausgefordert. Doch ich muß dir sagen, daß ich Thomas Covenant für einen Freund des Landes halte. Die Last seines Verbrechens drückt ihn. Ich glaube, er will an des Hoch-Lords Seite Wiedergutmachung leisten.« Er verstummte, und Triock verneigte sich auf eine Weise, die verriet, daß er sich mit den Worten des Lords abfand, ohne überzeugt worden zu sein. »Triock, Thulers Sohn«, sprach Mhoram danach weiter, »ich bitte dich, nimm von mir ein Geschenk an ... im Namen des Hoch-Lords, den das ganze Land liebt.« Er langte unter seine Robe und holte den *Lomillialor*-Stab heraus. »Hier ist ein Hehres Holz, Triock. Du warst an der Schule der Lehre und dürftest einige seiner Nutzanwen-

dungen kennen. Ich werde es nicht wieder benutzen.« Das erklärte er mit einer Entschiedenheit, die Troy verdutzte. »Du dagegen wirst es gebrauchen können. Man nennt mich Seher und Orakel – ich spreche aus eindeutiger Kenntnis, wenngleich mir der Zweck deines Gebrauchs unersichtlich bleibt. Nimm es an, darum bitte ich dich – im Namen der Liebe, die uns gemeinsam ist … und als Ausgleich für meinen Zweifel.«
Triocks Augen weiteten sich, und sein verzerrter Gesichtsausdruck entkrampfte sich für einen Moment. Troy erhaschte eine Andeutung des Aussehens, das Triock nun zu eigen sein könnte, wäre er nicht so tief gekränkt worden. Stumm nahm er die Holzstange aus Lord Mhorams Händen entgegen. Doch sobald er das Hehre Holz in der Faust hielt, bemächtigte sich wieder die vorherige Bitterkeit seiner Gesichtszüge. »Mag sein«, sagte er mürrisch, »daß ich dafür eine der Überraschung werte Verwendung finde.« Dann verbeugte er sich, mit ihm vollführten auch die anderen Ältesten Verbeugungen, ermöglichten es Mhoram und Troy, ihren Weg fortzusetzen. Troy salutierte und nahm die Gelegenheit wahr. Er hatte keine Zeit für Mhorams sonderbare Geschenke oder Triocks düstere Redensarten. Statt dessen ließ er Mehryl seine Fersen spüren und ritt vor seinen Gefährten im Galopp zum Tal des Steinhausens Mithil hinaus. Binnen kurzem bogen sie um die westlichen Ausläufer der Berge und sprengten in die Ebenen. Bei einer flüchtigen Musterung seiner Begleiter überraschte Troy die Feststellung, daß Tulls Reittier das Tempo mithalten konnte. Dieser Ranyhyn war in den vergangenen acht Tagen mit rücksichtsloser Schnelligkeit durch alle möglichen Gefahren gejagt worden, und diese Anstrengung hatte in der Tat seinen Schritt wundgescheuert. Aber er war ein Ranyhyn; er hielt den Kopf hoch, die Augen spiegelten Stolz wider, und die dichte Mähne wallte an seinem Hals wie ein Banner, das wacker darum rang, sich entfalten zu dürfen. Für einen Moment verstand Troy, warum

die Ramen keine Ranyhyn ritten. Aber er konnte der Müdigkeit des Ranyhyn jetzt keine Zugeständnisse machen. Während des ganzen Tages ließ er sein Grüppchen wie einen flüchtigen Donner nach Westen rasen. Er sehnte sich nach seinen Kriegern, nach der Möglichkeit, an ihrem Ringen und ihrer Verzweiflung teilzuhaben, ihnen den einzigen Weg zu zeigen, auf welchem sie den Zähnen von Lord Fouls Armee den fast sicheren Sieg noch entreißen konnten. Nur ein unwiderstehliches Bedürfnis nach Schlaf veranlaßte ihn dazu, für einen Teil der Nacht eine Rast einzulegen.

Ruel weckte ihn auftragsgemäß noch vor der Morgendämmerung, und er ritt sofort weiter, zu Füßen des Südlandrückens entlang. Als das Tageslicht ihm die Sicht wiedergab, konnte er voraus die Klippen in der Nähe des Unheilswinkels erspähen. Seine Direktroute zum Unheilswinkel mußte ihn jetzt zusehends der Vorhut von Lord Fouls Armee näher bringen. Doch er blieb in seiner Schrägrichtung. Bei den Horden von *Kresch* und Urbösen würde er antreffen, was immer zu dem Zeitpunkt noch von den berittenen Fähnlein übrig sein mochte.

Er bekam Quaans Truppe früher in Sicht als erwartet. Der Schwertmark mußte seine Reiter durch einen südwärtigen Bogen geführt haben, um die Verfolger möglichst weit vom Kriegsheer fernzuhalten. Kurz nach der Mittagszeit überquerten Troy und seine Begleitung einen hohen Hügel des Vorgebirges, von dem aus sie einen gewissen Fernblick in den Norden der Ebenen erhielten. Und dort, nur eine Länge entfernt, sahen sie die abgerissenen Reste von Quaans Truppe auf der Flucht.

Zunächst empfand Troy einen Schauder der Erleichterung. Er konnte Schwertmark Quaan mit seinem Bannerträger unter den Kriegern reiten sehen. Zwischen den Fähnlein galoppierten noch rund hundertzwanzig Bluthüter mit. Und die blauen Roben Callindrills und Verements waren inmitten der dunklen

Welle des Rückzugs deutlich sichtbar. Dann erkannte Troy jedoch die Fortbewegungsart der Reiter. Sie befanden sich nun so gut wie in völliger Kopflosigkeit. In dichten Haufen, die wie Schwaden der Panik durch die Ebenen fegten, schoben und rempelten sie sich beim Davonpreschen, warfen gehetzte Blicke nach hinten, machten ihre Reittiere im Laufen unsicher, befleißigten sich ständig eines halb zornigen, halb furchtsamen Geschreis. Manche peitschten ihre Pferde. Hinter ihnen liefen die *Kresch* wie ein gelber Sturmwind mit schwarzen Punkten. Nichtsdestotrotz blieb der Abstand zwischen den Kriegern und den Wölfen konstant. Einen Moment später begriff Troy. Quaans Fähnlein bemühten sich darum, genau dem Jagdtempo der *Kresch* angepaßt zu bleiben. Die Wölfe konnten selbst nicht mit voller Kraft rennen. Das Gewicht ihrer Reiter, die lange Strecke, über die sich die Jagd schon hinzog, zwangen sie zur Beschränkung auf die zwar flinke, aber mehr gesprungene Gangart eines auf gemeinschaftlicher Jagd befindlichen Rudels. Und Quaans Krieger gaben sich außerdem alle Mühe, um ihre Flucht direkt unter der Nase der Wölfe abzuwickeln. Auf diese Weise lockten sie die *Kresch* hinter sich her. Solange die Beute so nah war, konnten die Wölfe weder rasten noch davon ablassen. Quaans Taktik war schlau – aber nicht nur das, sondern auch verhängnisvoll. Die Krieger fanden ebensowenig eine Verschnaufpause. Jedes plötzliche Vorschnellen der *Kresch* brachte sie in unmittelbare Gefahr. Und jeden Krieger, der aus irgendeinem Grund vom Pferd fiel, rissen sie augenblicklich in Stücke. Dadurch war bereits ein ganzes weiteres Fähnlein verlorengegangen. Doch falls Quaan diese Taktik noch fortsetzen konnte, stand dem Kriegsheer bis zum Spätnachmittag Zeit zur Verfügung, um am Unheilswinkel in Stellung zu gehen.

Der Streitmark sah davon ab, das Für und Wider zu durchdenken. Er trieb Mehryl an. Mit voller Geschwindigkeit sprengte der Ranyhyn hinüber zu Quaan. Als sie Troy und Mhoram erblickten, stießen die Krieger aus trockenen Kehlen heiseres Jubelgeschrei aus. Quaan, Callindrill und Verement galoppierten dem Streitmark entgegen. Aber ihr Wiedersehen kannte wenig Freude. Die Fähnlein befanden sich in einer verzweifelten Situation. Beim Annähern sah Troy, daß die Pferde zumeist buchstäblich auf ihren Beinen wie auf Stelzen lagen; nur ihre Furcht vor den Wölfen hielt sie noch aufrecht und am Laufen. Die Krieger waren in kaum besserer Verfassung. Tagelang waren sie ohne richtige Nahrung oder Schlaf geritten. Keiner war unverletzt. Der Staub der Ebenen bedeckte ihre Gesichter, verklebte ihre Wunden, so daß die Schnitte und Risse wie unnatürlich frühzeitige Narbenbildungen aussahen. Troy mußte seinen schmerzerfüllten Blick regelrecht von seinen Kriegern losreißen, um den Schwertmark zu begrüßen.

»Heil, Streitmark!« brüllte Quaan durchs Donnern der Hufe. »Vorzügliches Treffen!« Als Troy Mehryl an seine Seite lenkte, fügte er hinzu: »Leider keine acht Tage, fürchte ich!«

»Hast du Amorine Nachricht gesandt?« schrie Troy zurück.

»Ja!«

»Dann geht's in Ordnung! Sieben Tage genügen!« Er klatschte dem Schwertmark die Hand auf die Schulter, ließ dann Mehryl verlangsamen und die Krieger aufholen. Fast unverzüglich umstoben ihn Staub, Furcht und Entnervung, als seien sie der heiße Atem der *Kresch*. Er konnte nun auch das gierige Knurren und Hecheln der Wölfe und das ungehobelte Geraunze der Urbösen hören. Er empfand ihre Gegenwart, als wäre er daran schuld – als habe er sie durch seine Dummheit erschaffen. Aber er zwang sich dazu, seinen Kriegern mit einem Lächeln zu begegnen, ihnen durch den Lärm ermutigende Worte zuzurufen. Jetzt durfte er sich nicht mit Selbstvorwürfen aufhalten. Nun drückte die Aufgabe, das Kriegsheer zu retten, seine Schultern.

Einige Augenblicke später ertönte, während die Urbösen Befehle schnauzten, eine Art von hastigem Brausen von den Horden der Wölfe. Troy vermutete, daß sie erneut versuchten, die Krieger einzuholen. Er spähte voraus zu den steilen Klippen des Unheilswinkels. Bis dahin waren es nur noch zwei Längen. Die westliche Spitze des Südlandrückens wandte sich dort nordwärts und traf sich mit der südöstlichen Ecke der keilartigen Bergkette, die die Südlandebenen von der Würgerkluft trennten, und zwischen diesen zwei Gebirgsformationen lag der schluchtartige Hohlweg namens Unheilswinkel. Der enge Cañon durchmaß die Felsen wie eine tiefe Kerbe, und sein verwinkelter Verlauf war der einzige Zugang vom Land in die Einöden und die Graue Wüste. Troys Blick ruckte zur Mündung des Cañons. Das letzte Fähnlein des Heerwurms kam soeben erst am Unheilswinkel an. Gab man ihm nicht noch ein bißchen mehr Zeit, mußten die *Kresch* es außerhalb der Schlucht stellen. Der Hinterhalt würde mißlingen.
Der Streitmark handelte zu schnell, um Zweifel aufkommen zu lassen. Sobald er sicher war, daß man beim Kriegsheer Quaans Reiter erkannt hatte, jagte er Mehryl nach vorn, den *Kresch* weit voraus, und winkte dem Schwertmark mit dem Arm, um seine Aufmerksamkeit zu erregen. Dann gab er Quaan ein Handzeichen, das den Befehl ausdrückte, die Fähnlein sollten kehrtmachen und angreifen. Quaan zögerte nicht; er sah die Notwendigkeit des Befehls ein. Trotz des beeinträchtigten Zustands seiner Truppe stieß er einen schrillen, durchdringenden Pfiff aus, der die Blicke all seiner Unterführer auf ihn zog. Mit Handzeichen erteilte er den Schar- und Streitwarten seine Anweisungen. Die Reiter reagierten beinahe sofort. Die Fähnlein an den Flanken scherten aus, und die Krieger in der Mitte versuchten, an Ort und Stelle zu wenden. In rasereiartiger Hast rangen sie mit den Pferden, um sie den Wölfen entgegenzutreiben.

Das Manöver entwickelte sich fast augenblicklich unheilvoll. Sobald die Reiter ihre Flucht einstellten, brachen *Kresch* in ihre Reihen ein. Die gesamten rückwärtigen Reihen von Quaans Truppe verschwanden nahezu unterm Ansturm; die Lehrenkundigen der Urbösen schwangen ihre eisernen Stäbe, versprengten in diebischem Vergnügen säureähnliche Energieformen über gestürzte Pferde und Menschen. Das Kreischen der Pferde hob sich vom Tumult aus Knurren und Schreien schauerlich ab. Im Handumdrehen färbte sich ein breiter Streifen grau-grünen Farnkrauts rot. Aber die plötzliche, reichliche Beute bremste die *Kresch.* Ihre Rudelführer hielten, um zu reißen, zu töten und zu verschlingen, und dadurch gerieten sämtliche nachfolgenden Wölfe in heilloses Durcheinander. Nur die Stoßkeile mit den Urbösen pflügten geradewegs ins Herz von Quaans Truppe. Bluthüter eilten den Kriegern zu Hilfe. Die drei Lords warfen sich den am weitesten vorgedrungenen Urbösen entgegen. Krieger bildeten Stoßtrupps und schlugen zu. Im Zentrum des Gefechts griff Streitmark Troy an wie ein Besessener, hieb jeden Wolf zusammen, der ihm in die Quere kam. Es gelang, die *Kresch*-Walze für eine Weile aufzuhalten. Die Krieger kämpften mit der Wut der Verzweifelten, und die Bluthüter zerschlugen in allen Richtungen kühlen Mutes ganze Wolfsrudel. Gemeinsam zersprengten die drei Lords einen, dann noch einen Urbösen-Keil. Doch damit setzten sie nur ein Zehntel aller berittenen Urbösen außer Gefecht. Die anderen Urbösen gruppierten um, begannen die Ordnung unter den *Kresch* wiederherzustellen, sie neu zu koordinieren. Ein paar Pferde rutschten auf dem zerstampften, glitschigen Untergrund aus. Andere gerieten vor Furcht außer Kontrolle, warfen ihre Reiter ab und gingen verloren, während sie aussichtslos durch die Reihen der Wölfe zu springen versuchten. Troy erkannte, daß die Krieger bald wieder die Flucht ergreifen mußten, sollten welche von ihnen überleben.

Er schlug sich zu den Lords durch. Doch plötzlich umwimmelte ihn ein ganzes Rudel von *Kresch.* Mehryl wirbelte um die eigenen Achse, wehrte die Fänge ab und keilte aus. Troy leistete den bestmöglichen Widerstand, doch Mehryls Wirbeln störte sein Gleichgewicht. Zweimal fiel er fast vom Rücken des Ranyhyn. Ein Wolf sprang nach ihm, und er konnte sich gerade noch retten, indem er ihm das Schwert in den Bauch rammte. Gleich darauf eilte Ruel mit anderen Bluthütern zu seiner Unterstützung herbei. Mit vereinten Kräften droschen zehn Bluthüter auf das Rudel ein und scheuchten es auseinander. Troy straffte sich, setzte sich zurecht und versuchte vergeblich, seine fehlende Schutzbrille geradezurücken, dann stieß er einen Fluch aus und ließ Mehryl weiter in die Richtung zu den Lords laufen. Unterwegs widmete er nochmals dem Unheilswinkel einen Blick. Eben verschwanden die letzten Krieger des Heers in der Schlucht. »Unternehmt irgend etwas!« schrie er, als er in Lord Mhorams Nähe gelangte. »Wir werden niedergemacht!«
Mhoram lenkte sein Reittier herum und rief Callindrill und Verement etwas hinüber, dann wandte er sich wieder dem Streitmark zu. »Auf mein Zeichen!« schrie er durchs Getöse. »Flieht auf mein Zeichen!«
Ohne eine Antwort abzuwarten, veranlaßte er seinen Ranyhyn zum Galopp und preschte mit den anderen Lords in die Richtung zum Unheilswinkel. Nach rund hundert Metern trennten sie sich. Verement blieb geradewegs zwischen dem Unheilswinkel und dem Schauplatz des Rückzugsgefechts, wogegen Mhoram süd- und Callindrill nordwärts ritten. Als alle drei die gewünschten Standorte erreicht hatten, bildeten sie auf dem Weg zum Unheilswinkel eine weit auseinandergezogene Linie. Sie stiegen ab. Lord Verement hielt seinen Stab senkrecht vor sich auf den Untergrund gestemmt, während Mhoram und Callindrill ihre Stäbe schwangen und seltsame

Beschwörungsformeln durch den Kampflärm schrien. Im Verlauf ihrer Vorbereitungen focht sich Troy zurück an Quaans Seite und gab Mhorams Äußerung an ihn weiter. Der Schwertmark nahm die Mitteilung zur Kenntnis, ohne zu verschnaufen. Sie trennten sich und schlugen sich zu den Flanken des Kampfplatzes durch, verbreiteten Mhorams Wort unter den Kriegern. Troy befürchtete, Mhorams Zeichen könne zu spät kommen.

Die Macht von über anderthalbtausend Urbösen organisierte die wütigen *Kresch* recht schnell von neuem. Als die Fähnlein sich zu sammeln versuchten, um im angekündigten Moment wieder die Flucht anzutreten, drängten die Urbösen die entfesselten *Kresch* von ihrer Beute fort, an der sie fraßen und schlangen, faßten sie wieder zu Rudeln und Horden zusammen, trieben sie erneut gegen die Krieger. In diesem Augenblick winkte Lord Mhoram mit seinem Stab. Die Reiter ließen ihre Pferde direkt zum Unheilswinkel laufen. Sie schienen unter der Woge des massenhaften Ansturms von Wölfen regelrecht hervorzurasen. Wieder erlagen die hintersten Krieger dem wuchtigen Angriff dichter Haufen von *Kresch*. Doch diesmal leisteten die übrigen Krieger keine Gegenwehr. Sie gaben der Furcht ihrer Pferde die Zügel frei und wandten sich endgültig zur Flucht. Die Plötzlichkeit, mit der sie ausrissen, schuf zwischen ihnen und den Wölfen eine Lücke, und der Abstand erweiterte sich langsam, während die Pferde endlich ihren ganzen bisher bezähmten Schrecken in ihren Galopp legen konnten. Innerhalb weniger Augenblicke donnerten Troy und Quaan mit den drei letzten Scharen und etwas mehr als einhundert Bluthütern zu beiden Seiten an Lord Verement vorüber. Der Lord hob unterdessen seinen Stab, den er bis jetzt vor sich gehalten, auf den Grund gestemmt hatte – genau zwischen Mhoram und Callindrill, mit denen er auf gleicher Höhe stand –, faßte ihn mit beiden Händen am unteren Ende und stützte ihn auf die Schulter. Dann passierte der letzte Reiter die Linie der Lords. Verement schwang seinen Stab und hieb ihn mit aller Kraft auf den Erdboden. Im selben Augenblick schoß zwischen Mhoram und Callindrill eine schimmernde Wand aus Energie in die Höhe. Als der erste *Kresch* dagegen rannte, waberte sie in hellem Blau auf und schleuderte den Wolf zurück. Sobald er sah, daß der Wall standhielt, sprang Lord Mhoram wieder auf seinen Ranyhyn und ritt hinter den Kriegern her. Lord Verement folgte so rasch, wie sein robuster Hengst ihn tragen konnte.

»Sputet euch!« rief Mhoram, als sie wieder in Troys und Quaans Nähe kamen. »Das Wehrfeuer kann nicht lange bestehen bleiben. Die Urbösen werden es überwinden. Flieht!«

Die Krieger bedurften keiner Ermahnung, und Quaan folgte ihnen dichtauf, leitete sie zum Unheilswinkel. Troy ritt mit ihm. Für ein Weilchen waren Mhoram und Verement dicht dahinter. Doch plötzlich hielten die beiden Lords. Gleichzeitig rissen sämtliche Bluthüter ihre Ranyhyn herum und donnerten zurück zum Wehrfeuer. Troy machte bestürzt kehrt, um zu schauen, was los war, fluchte wüst. Lord Callindrill war dicht am energetischen Wall abgesessen. Mehrere schwerverletzte Krieger waren wenige Meter hinterm blauen Wehrfeuer von den Pferden gefallen, und Callindrill versuchte, ihnen zu helfen. In größter Eile riß er Streifen aus ihrer Kleidung, benutzte die Fetzen als Aderpressen und Verbände. Er blickte nicht auf, scherte sich nicht um die Gefahr. Die Urbösen machten bereits Anstalten zur Überwindung des Walls. Sie schickten die Mehrzahl der reiterlosen *Kresch* nach den Seiten, damit sie das Hindernis an seinen Enden umgingen. Drei Urbösen-Keile bewegten sich zum Angriff nach vorn. Der Rest zog sich ein kurzes Stück weit zurück und gruppierte sich zu einem einzigen Riesenkeil um.

Troy versetzte Mehryl mit den Fersen in Galopp und stieß zu

den Bluthütern, die Mhoram und Verement folgten. Lord Mhoram war Troy um zwanzig Meter voraus, aber auch er konnte Callindrill nicht rechtzeitig erreichen. Die drei Urbösen-Keile vor dem Wall griffen an. Sie versuchten nicht, ihn zu durchbrechen. Statt dessen ballten die Lehrenkundigen ihre Kräfte an einer Stelle. Mit einem harten Klirren schlugen sie ihre Eisenstangen aneinander. Ein großer Schwall verflüssigter Energie entsprang dem Zusammenprall, schoß ins Wehrfeuer und hindurch. In schwarzen, entflammten Spritzern fiel die ätzende Brühe auf Callindrill hinab. Sie verfehlten ihn ganz knapp; er blieb unberührt. Aber als die Spritzer aufs Erdreich klatschten, entstand eine derartig heftige Erschütterung, daß er und die verwundeten Krieger wie leere Säcke durch die Luft flogen. Als sie aufprallten, blieben sie reglos liegen. Sofort wichen die drei Urbösen-Keile beiseite, und der neue, riesenhafte, sehr dichte Keil begann heranzustampfen. Im gleichen Moment bogen an beiden Seiten die ersten *Kresch* um die Enden der Feuerwand.

In der nächsten Sekunde sprang Lord Mhoram von seinem Ranyhyn an Callindrills Seite. Ein rascher Blick in die Runde überzeugte ihn davon, daß die Krieger nun alle tot waren; die Heftigkeit der Erschütterung hatte sie getötet. Er konzentrierte sich auf Callindrill. Er tastete die Brust des anderen Lords mit den Händen ab und bestätigte dadurch, was ihm seine Augen sagten: in Callindrill stak noch Leben, doch schlug sein Herz nicht länger.

Troy erreichte Mhoram, und die Bluthüter verteilten sich rundum, damit sie die Lords im äußersten Notfall verteidigen konnten. Vom Rücken seines Reittiers aus verstärkte Verement das Wehrfeuer gegen die Attacke des riesigen Urbösen-Keils. Aber tausendfünfhundert Urbösen vermochte der Wall keinesfalls standzuhalten. Der Keil näherte sich langsam, aber kaum zwanzig Meter trennten ihn noch vom Hindernis. Massenweise

kamen nun *Kresch* um die Endpunkte der Wand gehechelt, stürzten in langen Sätzen auf die Bluthüter und die Lords zu. Die Bluthüter wandten sich nach den Seiten, um sich den Wölfen entgegenzuwerfen, aber hundert Bluthüter konnten fünftausend *Kresch* nicht lange beschäftigen.
»Flieht!« schrie Mhoram. »Geht! Rettet euch! Wir brauchen nicht alle hier zu sterben!«
Er achtete nicht darauf, ob jemand ihm gehorchte; das tat ohnehin niemand. Statt dessen beugte er sich von neuem über den gefällten Lord. Seine Unterlippe zwischen den Zähnen, massierte er Callindrills Brustkorb, in der Hoffnung, den Herzschlag neu anzuregen. Aber das Herz regte sich nicht. Mhoram atmete plötzlich heftig ein, hob eine Faust und hieb sie mit seiner ganzen Kraft auf Callindrills Brust. Der Schlag versetzte Callindrills Herz einen Ruck. Es zuckte, flatterte, begann dann wieder schlaff zu schlagen. Mhoram brüllte nach Morril. Unverzüglich sprang der Bluthüter von seinem Ranyhyn, lud sich Lord Callindrill auf die Arme und saß wieder auf. Sobald er das sah, ließ Lord Verement vom Wehrfeuer ab und entfernte sich erneut in die Richtung des Unheilswinkels. Mhoram und Troy stiegen zurück auf ihre Reittiere und bemühten sich ebenfalls, schnellstens möglichst viel Abstand von der Wand zu gewinnen. Die Bluthüter schlossen sich an, ritten in halbkreisartiger Formation, um die Lords abzuschirmen. Eine Sekunde später traf der ungeheure Urbösen-Keil den Wall und stieß ihn ein. Dunkle, flüssige Gewalten zerrissen das blaue Feuer, zerbrachen die Wand in Fragmente, die zerflatterten. Augenblicklich setzten auch sämtliche restlichen *Kresch* zur Verfolgung der in rasender Flucht begriffenen Reiter an. Und die Wölfe, die das Hindernis an den Seiten umrundet hatten, änderten ihre Richtung, um die Reiter abzufangen. Aber die Ranyhyn ließen sie nicht zum Zuge kommen. Die großen Rösser aus den Ebenen von Ra überholten Vere-

ment und donnerten davon zum Unheilswinkel. Dort winkte Schwertmark Quaan gerade im spätnachmittäglichen Schatten der Felsklippen seine letzten Krieger in die Schlucht. Über das Entwischen von soviel Beute bis zum Wahnsinn aufgebracht, heulten die *Kresch* vor Wut auf und setzten alles daran, wenigstens noch Lord Verement zu packen. Dessen Hengst galoppierte wacker und angestrengt. Aber er war längst erschöpft; langsam holten die *Kresch* auf. Troy sah, noch ehe der Hengst die halbe Strecke zum Unheilswinkel gelaufen war, daß er das Wettrennen verlieren mußte. Er rief, man solle eingreifen, aber die Bluthüter reagierten nicht; nur Thomin, der für Verement persönlich verantwortliche Bluthüter, blieb zurück. Wütend wollte Troy selbst kehrtmachen, aber Mhoram hielt ihn davon ab. »Nicht nötig«, rief der Lord ihm zu. Thomin wartete bis zum allerletzten Augenblick – bis die *Kresch* praktisch schon an den Fersen des Pferdes geiferten. Dann zog er Lord Verement herüber auf seinen Ranyhyn und beförderte ihn so schneller zum Unheilswinkel. Gleich darauf brach der Hengst mit schrillen Schreien unter einer wahren Lawine von *Kresch* zusammen. Einen Moment lang verfärbte sich das Dunkel des Schattens unterhalb der Klippen in Troys Sicht grausig rot. Aber dann trug Mehryls strammer Galopp ihn aus der Hörweite des Kreischens, direkt auf den Einschnitt zu, der die Felswände spaltete. Er drang nahezu blitzartig in die noch tiefere Düsternis des Hohlwegs ein. Außer dem schmalen Spalt von Helligkeit voraus konnte er nichts erkennen. Der schlagartige Wechsel vermittelte ihm einen Eindruck des Erlahmens. Der dumpfe Hufschlag hallte rumpelnd von Steilwänden wider, und hinter den Echos ertönte der grell gekrächzte Hohn der Raben. Ihm war, als schlössen sich Wasser der Finsternis über seinem Kopf. Als er am Ende des Hohlwegs ins trübe Licht des späten Nachmittags preschte, schwindelte ihm fast vor Erleichterung.

Als er vorbeiritt, stieß Trutzmark Amorine einen gellenden Ruf aus, und mehrere tausend Krieger sprangen beiderseits des Hohlwegs aus ihrer Deckung. Trotz der anhaltenden Übermüdung, die sich ihnen ansehen ließ, handelten sie mit Präzision, bildeten ums Ende der Schlucht einen Halbkreis und schlossen damit die Falle. Schon wenige Augenblicke später kamen mit Geheul die ersten *Kresch* aus dem Hohlweg gefegt und sprangen auf sie los. Unter der Wucht des Angriffs geriet der ganze halbrunde Block der Krieger ins Wanken. Aber Amorine hatte achtzehn Fähnlein für diese Aufgabe eingeteilt. Die Formation gab nach, brach jedoch nicht auseinander. Troy riß sich zusammen und erlangte mit einiger Mühe seine volle Selbstbeherrschung zurück. »Laß mich!« hörte er an einer Seite Lord Verement zetern. »Bin ich ein Kind, daß ich getragen werden muß?!« Troy erlaubte sich ein grimmiges Grinsen, dann lenkte er Mehryl hinter den Block seiner Krieger, um zu ihrer Unterstützung zur Stelle zu sein, falls die Wölfe sie in Bedrängnis brachten. Er brannte insgeheim darauf, zu sehen, wie seine Falle sich bewährte, aber die Dunkelheit in der Schlucht widerstand seinem Sehvermögen. Bald jedoch hörte er Kampflärm aus dem Hohlweg widerhallen. Durch den Krawall, den das Gefecht an diesem Ende der Schlucht verursachte, konnte er deutlich ein plötzliches wildes Aufheulen der *Kresch* in ihrem Innern vernehmen, als zwanzig an den Abhängen verborgen gewesene Fähnlein sie von oben angriffen. Zuerst zeugte ihr Heulen von Überraschung und Wut, nicht aber von Furcht; das Ausmaß der Gefahr blieb den Wölfen unersichtlich. Die Urbösen dagegen waren klüger. In scharfen, strengen Tönen durchdrangen ihre Befehle das zornige Lärmen der Wölfe. Und bald änderte ihre Geheul seinen Charakter. Zu ihrem Schrecken begannen die *Kresch* zu erkennen, was den Raben Grund zu ihrer lautstarken Schadenfreude lieferte. Und das Schimpfen der Urbösen klang erbitterter, verzweifelter. In dem engen Hohlweg konnten sie ihre Keilformation nicht wirksam einsetzen, und ohne diesen Fokus für ihre Kräfte waren sie durch Pfeile, Speere und Steine verwundbar. Eingezwängt in einer wirren Masse von Wölfen, die wie rasend umhertümmelten, begannen sich die Keile aufzulösen.

Indem die Stoßkeile zerfielen, überlagerten Furcht und Unsicherheit die Blutgier der Wölfe. In aufgescheuchten Haufen machten die *Kresch* kehrt, versuchten durch die Schlucht zu entweichen. Aber die Dichtgedrängtheit ihrer Masse behinderte sie in ihrer Panik und erhöhte die Angreifbarkeit der Urbösen. Und durchs Spotten der Raben hagelte es Tod auf sie herab. In wahnsinniger Raserei, irre daran geworden, einen Gegner bekämpfen zu wollen, den sie nicht erreichen konnten, fielen die *Kresch* über die Urbösen her. Kein Wolf und kein Urböser entkam. Als das Gefecht vorbei war, lag die gesamte Vorhut von Markschänders Heer tot im Unheilswinkel.

Für einen Moment herrschte Stille überm Ort des Kampfes; selbst die Raben schwiegen. Dann hallte zwischen den Wänden der Schlucht rauhes Jubelgebrüll hervor; und die Fähnlein am Ende des Cañons antworteten darauf mit gleichartigem Geschrei. Und die Raben flatterten hinab auf den Grund der Schlucht, um sich an Dämondim-Abkömmlingen und *Kresch* sattzufressen.

Erst nach und nach fiel Troy auf, daß sich Trutzmark Amorine an seiner Seite befand. Als er sich ihr zuwandte, hatte er das Gefühl, wie ein Verrückter zu grinsen, aber es war ihm egal, sogar ohne Schutzbrille. »Gratuliere, Amorine«, begann er. »Saubere Arbeit.« Der Abend vernebelte seine mentale Sicht bereits so stark, daß er sich nach den Verlusten erkundigen mußte.

»Wir haben wenig Krieger verloren«, erwiderte sie in mürrischer Zufriedenheit. »Dein Schlachtplan ist wohlentworfen.«

Aber ihr Lob erinnerte ihn lediglich an den Rest von Lord Fouls

Armee und die schwere Prüfung, die dem Kriegsheer noch bevorstand. Er schüttelte den Kopf. »Nicht gut genug.« Doch er erklärte nicht, wie er seine Äußerung meinte. »Trutzmark«, sagte er statt dessen, »sprich den Kriegern meinen Dank aus. Sie sollen das Nachtlager aufbauen und essen. Heute wird es zu keinen weiteren Kämpfen kommen. Sobald das erledigt ist, halten wir eine Besprechung ab.«

Amorines Blick bezeugte, daß sie seine Einstellung nicht begriff, aber sie salutierte ohne Rückfrage und ging seine Befehle ausführen. Sein geistiger Nebel verschluckte sie fast sofort. Dunkelheit umwehte ihn, als ritte sie auf dem Atem von des Kriegsheers Stimmengewirr. Er rief nach Ruel und bat den Bluthüter, ihn zu Lord Mhoram zu bringen. Sie fanden Mhoram an einem kleinen Lagerfeuer im Windschatten der westlichen Berge. Er kümmerte sich um Lord Callindrill. Zwar hatte Callindrill inzwischen das Bewußtsein zurückgewonnen, aber seine Haut war so blaß wie Alabaster, und er wirkte schwach. Mhoram wärmte für ihn Suppe überm Lagerfeuer und massierte Callindrill, während die Suppe allmählich zu brodeln anfing. Lord Callindrill begrüßte den Streitmark matt, und Troy erwiderte den Gruß hocherfreut, froh darüber, daß Callindrill keine tödlichen Verletzungen erlitten hatte; er brauchte den Lord dringend. Er würde jede Hilfe, jede Kraft zu seiner Unterstützung benötigen, die sich auftreiben ließ. Doch er mußte sich mit anderen Angelegenheiten befassen, ehe er über diese Notwendigkeiten nachdenken konnte. Sobald er sich davon überzeugt hatte, daß Lord Callindrill auf dem Wege der Besserung war, nahm er Mhoram zu einem Gespräch unter vier Augen beiseite. Er wartete, bis sie aus der Hörweite des Heerlagers gelangten. »Mhoram«, sagte er dann mit müdem Seufzen, »wir sind noch nicht fertig. Wir können hier nicht bleiben. Was tun wir bezüglich Lord Verements?« Er fügte die Frage hinzu, als habe er damit keinen Wechsel des Themas vollzogen. »Einer von uns muß ihm … das mit Shetra sagen. Ich mach's, wenn du's willst. Wahrscheinlich wäre das nur gerecht.«

»Ich werde es tun«, entgegnete Mhoram gedankenverloren.

»Na gut.« Troy fühlte sich sehr erleichtert, als Mhoram ihn dieser Verantwortung enthob. »Ja, und was ist … mit dem, das uns Tull erzählt hat? Mir mißfällt die Vorstellung, allgemein zu verbreiten, daß … daß Koriks Abteilung …« Er konnte sich nicht dazu durchringen, den Satz *Die Riesen sind tot!* auszusprechen. »Ich bezweifle, ob die Krieger durchstehen können, was noch vor ihnen liegt, wenn sie erfahren, was die Abteilung erlebt hat. Es ist einfach zuviel. Drei von Wütrichen übernommene Riesen sind schlimm genug. Und ich muß ihnen von mir aus andere schlimme Dinge beibringen.«

»Sie verdienen die Wahrheit zu wissen«, erwiderte Mhoram leise.

»Verdienen?« Troys tiefes Schuldgefühl verwandelte sich in Ärger. »Was sie verdienen, ist der Sieg. Bei Gott, erzähl mir bloß nicht, was sie verdienen und was nicht! Es ist ein bißchen spät, jetzt anzufangen, darüber nachzudenken, was sie wissen oder nicht wissen dürfen. Du hast es für richtig gehalten, mir die ganze Zeit hindurch Tatsachen zu verschweigen. Weiß Gott, was für Greuel du mir noch vorenthältst. Nun halt deinen Mund auch in diesem Fall!«

»Diese Entscheidung hat der Großrat gemeinsam gefällt. Aber kein einzelner besitzt genug Weisheit, um anderen Wissen vorenthalten zu dürfen. Dazu hat niemand ein Recht.« Mhoram sprach wie mit zwiespältigen Gefühlen.

»Für so was ist es zu spät. Und was Rechte angeht – du hast kein Recht, mein Heer in den Untergang zu stürzen!«

»Mein Freund, hast du … hast du Schaden genommen …? Hat das Zurückhalten jenes Wissens dir ein Leid zugefügt?«

»Wie soll ich das wissen? Wenn du mir die Wahrheit verraten

hättest – über Atiaran –, vielleicht wären wir dann nicht hier. Möglicherweise hätte ich das Risiko gescheut. Sag du mir doch, ob das gut oder schlecht wäre.« Sein Ärger ließ nach. »Mhoram«, sagte er flehentlich, »die Krieger stehen am äußersten Rand ihrer Belastbarkeit. Dahin habe ich sie schon gebracht. Und wir sind noch nicht fertig. Ich möchte ihnen lediglich etwas ersparen, das sie so erschüttern würde, daß ...«

»Nun wohl«, sagte Mhoram im Ton jemandes, der sich geschlagen gibt. »Ich werde nicht von den Riesen sprechen.«

»Danke«, sagte Troy mit Nachdruck. Mhoram forschte eindringlich in seinem Gesicht, aber durch seine private Finsternis konnte Troy andererseits Mhorams Miene nicht erkennen. Einen Moment lang befürchtete er, Mhoram beabsichtige ausgerechnet jetzt weitere Enthüllungen, sei drauf und dran, das Rätsel um Trell, Elena und Covenant aufzudecken. Aber er mochte nichts hören – nicht jetzt, während ohnehin zuviel auf ihm lastete. Doch schließlich wandte der Lord sich stumm ab und kehrte zurück zu Callindrill. Troy folgte. Unterwegs blieb er jedoch stehen, um mit Terrel zu reden, dem rangältesten Bluthüter. »Terrel, ich wünsche, daß du Späher in die Südlandebenen sendest. Ich erwarte die Ankunft von Lord Fouls Heer nicht vor morgen mittag, aber wir sollten kein Risiko eingehen, und die Krieger sind zu erschöpft. Eins ist jedoch auf jeden Fall zu beachten. Falls Foul – oder dieser Markschänder, oder wer das Heer sonst anführt – auch Spähtrupps ausschickt, dann sorgt dafür, daß sie merken, wo wir sind. Ich möchte, daß sie nicht darüber im Zweifel bleiben, wo sie uns finden können.«

»Jawohl, Streitmark«, antwortete Terrel und entfernte sich, um die entsprechenden Anweisungen zu erteilen. Troy und Mhoram begaben sich wieder an ihr Lagerfeuer. Sie trafen Lord Verement an, wie er Callindrill fütterte. Während er Löffel voll Suppe an Callindrills Lippen hob, redete der falkengesichtige Lord unaufhörlich in gedämpftem, gereiztem Tonfall, als sei sein Stolz verletzt worden; aber seine Bewegungen verrieten Sanftmut, und er ließ sich in seiner Tätigkeit nicht von Mhoram ablösen. Er kauerte bei Callindrill, bis die warme Suppe dessen Wangen wieder ein bißchen Farbe verliehen hatte. Dann richtete sich Verement auf.

»Du führtest dich weniger töricht auf«, schalt er, »trüge dich kein Ranyhyn. Ein geringeres Reittier könnte dich die Grenzen deiner Kräfte lehren.«

Diese umgestülpte Wiederholung von Verements altem Selbstvorwurf brachte Lord Mhoram für einen Augenblick außer Fassung. Ein Stöhnen entfloh ihm zwischen zusammengebissenen Zähnen, und Tränen füllten seine Augen. In diesem Moment schien ihn endlich sein Mut zu verlassen, und er streckte eine Hand nach Verement aus, als müsse er sich durch die Blindheit übermächtigen Grams tasten. Doch dann nahm er sich zusammen und lächelte verzerrt, als er den rauhbeinigen Ausdruck von Überraschung und Sorge in Verements Gesicht sah. »Komm, mein Bruder«, sagte er unterdrückt. »Ich muß mit dir sprechen.« Gemeinsam entfernten sie sich in die Nacht und ließen Lord Callindrill in Troys Obhut zurück.

»Was ist geschehen?« fragte Callindrill mit schwacher Stimme. »Was verstört Mhoram?«

Troy seufzte schwer und setzte sich neben den Lord. Er war voll mit all den Schrecken, die er ausgelöst hatte. Er mußte mehrmals schlucken, ehe er antworten konnte. »Runnik ist von Koriks Truppe zurückgekehrt. Lord Shetra hat in der Sarangrave-Senke den Tod gefunden.«

Er war froh, daß Callindrill dazu schwieg. Er bezweifelte, daß er Vorhaltungen von noch mehr Pein zu ertragen vermochte. Zusammen saßen sie wortlos da, bis Lord Mhoram allein wiederkam. Mhoram ging, als sei er soeben mit Knüppeln geprügelt worden. Das Fleisch rings um seine Augen war aus Trauer rot und geschwollen. Aber die Augen selbst spiegelten eine glühende Drohung wider, seine Blicke glichen Speeren. Er sagte nichts über Lord Verement. Worte waren überflüssig; Mhorams Miene enthüllte, wie Verement die Nachricht vom Tode seiner Frau aufgenommen hatte. Um sich abzulenken, machte sich Mhoram daran, für Troy und sich selbst eine Mahlzeit zuzubereiten. Sie verzehrten sie in düsterer Stimmung, doch gewann Lord Mhoram allmählich seine Gefaßtheit wieder, während er aß, und sein Gesicht entkrampfte den schmerzlichen Ausdruck.

Um gleichzuziehen, suchte Streitmark Troy in seinem Innern verunsichert nach dem Ton der Zuversicht, den er für die bevorstehende Lagebesprechung brauchte. Er durfte seine Zweifel nicht zeigen; er hegte nicht die Absicht, seine Armee für seine persönlichen Zwickmühlen und Unzulänglichkeiten büßen zu lassen. Als Schwertmark Quaan ans Lagerfeuer trat und meldete, alle Scharwarte seien bereit, antworteten sowohl Troy wie auch Mhoram ihm in ruhiger Entschlossenheit. Der Lord warf ein großes Bündel Holz ins Feuer, während Quaan die Offiziere in weitem Kreis darum versammelte.

Doch trotz des hellen Auflod erns der Flammen wirkten die Scharwarte in Troys Sicht fadenscheinig und substanzlos. In momentaner irrationaler Anwandlung fürchtete er plötzlich, sie könnten sich, sobald er ihnen mitteilte, was getan werden mußte, als Fantasiegebilde erweisen und verschwinden. Aber er riß sich zusammen. Schwertmark Quaan und Trutzmark Amorine standen an einer Seite in seiner Nähe wie zwei Säulen, auf der anderen Seite stand Lord Mhoram und sah ihn an. Troy räusperte sich und eröffnete die Beratung.

»So, wir sind also hier. Allem zum Trotz haben wir etwas geschafft, das jeder von uns vorher für unmöglich gehalten hätte. Aber bevor wir uns mit dem befassen, was noch zu tun ist, möchte ich euch allen für das danken, was ihr geleistet habt. Ich bin stolz auf euch – viel mehr, als ich je zum

Ausdruck bringen kann.« Während er diese Einleitung sprach, mußte er der Versuchung widerstehen, den Kopf einzuziehen, als schäme er sich seiner entblößten Augenlosigkeit. Gequält fragte er sich, wie sein Anblick auf die Scharwarte wirken mochte. Aber er zwang sich dazu, den Kopf hochzuhalten. »Doch ich will's euch offen sagen – wir sind noch weit davon entfernt, diesen Krieg zu gewinnen. Wir haben einen guten Anfang gemacht, aber eben nur den Anfang. Es kommt womöglich noch schlimmer ...« Für einen Moment versagte seine Stimme, und es kostete ihn Mühe, sie wiederzubeleben. »Die Sache wird nicht so weitergehen, wie ich sie geplant habe. Schwertmark Quaan, Trutzmark Amorine ... ihr habt getan, was ihr konntet ... alles vollbracht, was ich von euch verlangt habe. Aber es wird nicht so weitergehen wie von mir vorausgesagt. Zuvor jedoch ... was zuerst sein muß, soll als erstes drankommen. Berichte sind zu erstatten. Schwertmark, würdest du wohl anfangen?«

Quaan verbeugte sich und trat vor in den Kreis. Sein regelmäßiges, von weißem Haar gekröntes Gesicht war von Dreck, Blut und Müdigkeit gezeichnet, aber sein offener Blick ermattete nicht. In klaren Worten und deutlicher Sprache beschrieb er alles, was seiner Truppe seit dem Verlassen Schwelgensteins zugestoßen war – die Floßfahrt, der Eilmarsch ins Mithiltal, dessen Sperrung, den Verlauf der Kämpfe, während Markschänder, der entartete Riese, von dem Mähnenhüter Reumut erzählt hatte, eine Anstrengung nach der anderen unternahm, um den Riegel der Verteidiger zu durchbrechen. Fünf Tage lang widerstanden die Bluthüter, die Krieger und die beiden Lords dem Anrennen von Höhlenschraten, *Kresch,* entstellten menschenähnlichen Schöpfungen des Weltübel-Steins sowie Urbösen. »Am sechsten Tag jedoch kam Markschänder selbst wider uns«, berichtete Quaan. Nun drückte seine Stimme die Mühen langen Ringens und den Verlust von Kriegern aus.

»Dank einer Macht, die zu nennen ich mich scheue, rief er ein gewaltiges Unwetter auf uns nieder. Abscheuliche Wesen jenes Schlages, wie Mähnenhüter Reumut sie schilderte, fielen vom Himmel auf uns herab. Sie säten Furcht unter unseren Reittieren, und wir mußten weichen. Danach brach Markschänder unser Wehrfeuer-Bollwerk und sandte *Kresch* und Urböse zur Verfolgung aus. Immer wieder wandten wir uns zum Kampf, und immer wieder mußten wir aufgeben. Oft schickten wir Reiter voraus, um zu warnen, aber alle Boten kamen um – Scharen tobsüchtiger Kormorane stürzten sich vom Himmel auf sie, töteten sie alle, obschon einige von ihnen Bluthüter waren. Dennoch setzten wir den Widerstand fort.« Er kam zum Schluß. »Nun sind wir endlich hier. Doch die Hälfte der Bluthüter und acht Scharen sind aufgerieben worden. Unsere Pferde sind über ihre Kräfte hinaus geschunden. Viele werden nie wieder Reiter tragen können, und die anderen bedürfen etlicher Tage der Rast. In die Schlacht, die's noch auszufechten gilt, müssen wir zu Fuß ziehen.« Als er fertig war, trat er zurück an seinen Platz im Kreis der Unterbefehlshaber. An seiner Tapferkeit bestand kein Zweifel, aber bei seinen Bewegungen erregten seine Schultern den Eindruck, als seien sie bereits mit aller Last beladen, die sie tragen konnten. Und weil Troy keine Worte fand, um seinen Respekt und seine Dankbarkeit auszusprechen, schwieg er; stumm nickte er Trutzmark Amorine zu. Amorine beschrieb kurz die letzten Tage des Gewaltmarschs, den das Kriegsheer durchgestanden hatte, dann äußerte sie sich über die gegenwärtige Verfassung der Armee. »Wasser und *Aliantha* sind hier, jenseits des Unheilswinkels, nicht häufig. Das Kriegsheer hat Verpflegungsvorräte dabei, deren Verwendung sich für fünf oder sechs Tage strecken läßt – keinesfalls länger. Die Krieger selbst sind durch den Marsch ernstlich mitgenommen. Selbst die Unverletzten sind infolge ihrer Erschöpfung stark beeinträchtigt. Eine hohe Zahl hat wunde

Füße und Schultern … Stellen, die nicht verheilen können, solange wir im Felde stehen. Während unseres Eilmarsches zum Unheilswinkel sind etwa sechs Dutzend der Geschwächtesten tot zusammengebrochen. Noch viele werden sterben, wenn das Kriegsheer sich nun keine Rast gönnen kann.« Ihre Worte ließen Troy innerlich aufstöhnen; sie staken voller unbeabsichtigter Vorwürfe. Er war der Streitmark. Er hatte den Kriegern, die ihm vertrauten, immer wieder den Sieg versprochen. Und jetzt … er verspürte das heftige Bedürfnis nach Selbstkritik, hätte den Scharwarten am liebsten eingestanden, wie sehr er sich verrechnet hatte. Aber ehe er anfangen konnte, meldete sich Lord Callindrill zu Wort. Der Lord war noch so schwach, daß zwei Bluthüter ihn stützen mußten, aber er war dazu in der Lage, seiner matten Stimme Hörbarkeit zu verleihen.

»Ich will von jener Macht sprechen, die zu nennen sich Schwertmark Quaan scheute. Noch weiß ich nicht, wie's dem Verächter gelungen ist, einen Riesen zu meistern … das überfordert mein Begriffsvermögen. Aber Markschänder ist in der Tat ein Riese und von gewaltiger Macht besessen. Bei sich trägt er ein Bruchstück des Weltübel-Steins.«

Lord Mhoram nickte kummervoll. »Weh, meine Freunde«, sagte er, »dies ist eine finstere Zeit fürs ganze Land. Gefahr und Tod beschleichen uns, wohin das Auge blickt, und die Übel übertreffen, möchte man meinen, alle Gegenwehr. Hört mich an! Ich weiß, wie dieser Riese – dieser Markschänder – wider uns gekehrt worden ist. Durch die vereinten Kräfte des Weltübel-Steins und der Wütriche ist's geschehen. Eine dieser Mächte allein wäre zuwenig – die Riesen sind stark und verläßlich. Doch zusammen …! Wer im Lande könnte da noch zu widerstehen hoffen? Der Riese trägt ein Stück vom Weltübel-Stein mit, so daß des Verächters Gewalt über ihn gewahrt bleibt, und auf daß der Wütrich eine zusätzliche Waffe aufzubieten vermag. *Melenkurion abatha!* Welch ein großes Übel!« Einen

Moment lang stand er still da, wie vom Entsetzen überwältigt, und unter den Scharwarten verbreitete sich Schrecken, als sie das Ausmaß des beschriebenen Grauens erfaßten. Doch schon straffte sich Mhoram wieder, und sein Blick funkelte rundum. »Aber das ist des Verächters Art. Laßt euch vom Wissen um dies Übel nicht blenden oder einschüchtern. Lord Foul sinnt darauf, alles Gute im Land in Schaden und Verderbnis umzukehren. Unsere Aufgabe ist unmißverständlich. Wir müssen die Kraft finden, um Schaden und Verderbnis zum Guten zu wenden. Das ist der Grund, aus dem wir im Kampfe stehen. Wenn wir nun ermatten, werden wir wie Markschänder – Feinde des Landes, ohne es zu beabsichtigen.«
Seine ernsten Darlegungen richteten die Scharwarte auf, verhalfen ihnen zu ihrer alten Entschlossenheit. Aber ehe er oder Troy weitermachen konnten, erklang Lord Verements barsche Stimme. »Wie steht's um die Riesen, Mhoram? Wie um ihren Entsatz? Wie viele andere Seelen sind an den Verächter verloren worden?«
Verement hatte den Kreis Troy gegenüber betreten, während vorhin Lord Callindrill sprach. Die Nebelschleier in Troys Sicht verhinderten, daß er Verements Miene erkennen konnte, aber die Stimme des Lords war heiser aus Bitterkeit. »Antworte, Mhoram! Seher und Orakel! Ist Hyrim auch tot? Leben noch Riesen?«
Troy empfand Verements Bitternis als Angriff gegen das Kriegsheer, und er erwiderte mit Worten, die Peitschenhieben glichen. »Das ist nicht unsere Sache. Wir können dort nicht das geringste ausrichten. Wir befinden uns hier – und hier werden wir siegen oder sterben! Es hat für uns keine Bedeutung, was andernorts geschieht.« Insgeheim hatte er das Gefühl, die Riesen zu verraten, aber ihm blieb keine Wahl. »Wir können hier nichts tun außer kämpfen. Verstehst du mich?!«
»Ich vernehme deine Worte.« Lord Verement verstummte, als

habe er den Grund für Troys Heftigkeit durchschaut, und der Streitmark nutzte die Gelegenheit, um das Thema zu wechseln. »Na gut«, sagte er in die Runde. »Wenigstens wissen wir jetzt, wie wir dastehen. Nun will ich euch sagen, was wir dagegen unternehmen werden. Ich habe einen neuen Plan, und mit Lord Mhorams Hilfe läßt er sich verwirklichen.« Er nahm allen Mut zusammen. »Wir marschieren ab«, sagte er rundheraus. »Markschänder und seine Armee werden voraussichtlich nicht vor morgen mittag hier eintreffen. Bis dahin werden wir längst fort sein.« Die Scharwarte rissen Mund und Augen auf und blinzelten entgeistert, als sie begriffen, daß er einen weiteren Marsch befahl. Mehrere stöhnten laut auf; andere prallten zurück, als habe er sie geschlagen. Sogar Quaan schnitt offen eine Grimasse. Troy hätte gerne sofort mit seinen Erläuterungen losgelegt, aber er hielt sich zurück, bis Amorine vortrat und Einspruch erhob.

»Streitmark, warum soll dein vorheriger Plan sich nicht bewähren können? Die Krieger haben ihr Äußerstes gegeben, um gemäß deinem Befehl den Unheilswinkel zu erreichen. Warum müssen wir weiterziehen?«

»Weil Fouls Heer gottverdammt viel zu groß ist!« Er hatte nicht brüllen wollen, aber im ersten Moment konnte er sich nicht beherrschen. »Wir haben zehntausend *Kresch* und zweitausend Urböse getötet. Aber die gesamte Hauptmasse steht noch da draußen! Fouls Armee ist nicht dreimal so stark wir wir … auch nicht fünfmal … Markschänders Truppen sind zwanzigmal so stark wie wir, *zwanzigmal!* Ich hab's gesehen.« Mit erheblicher Mühe bezähmte er seine sinnlose Wut, unterdrückte sie mit fast gewaltsamer Plötzlichkeit. »Mein alter Plan war gut, solange er Erfolgsaussichten hatte«, ergänzte er. »Auf seiner Grundlage können jetzt bloß noch zwei Dinge geschehen. Falls der Riese sein Heer in Wellen von jeweils zehn- oder zwanzigtausend Kämpfern vorschickt, kann die Schlacht sich wochenlang hinziehen. Aber wir haben bloß Vorräte für höchstens sechs Tage … wir müßten hier verhungern. Und falls er auf einen Schlag durchzubrechen versucht, kann er ohne weiteres beide Enden des Unheilswinkels besetzen. Dann säßen wir selbst in der Falle, und er könnte uns den Garaus machen, wie's ihm gerade in den Kram paßt.« Wieder fing er an zu schreien. »Nun hört mir gut zu!« fuhr er die niedergeschmetterten Scharwarte an. »Ich lasse uns nicht hier abschlachten, solange ich dagegen etwas tun kann! Irgend etwas! Und es gibt eine Möglichkeit, eine einzige! In diesem Spiel kann ich noch einen Trick anwenden, und ich werde es damit versuchen, und wenn ich jeden einzelnen von euch auf meinem Rücken wegtragen muß.« Er schaute sich im Kreis um, bemühte sich, seiner augenlosen Musterung Autorität einzuflößen, Befehlsgewalt auszustrahlen, irgendeine Art von Kraft, die das Kriegsheer dazu brachte, ihm weiterhin zu gehorchen. »Wir marschieren morgen früh beim Anbruch der Dämmerung ab.«

Die Dunkelheit vernebelte seine Sicht, aber der Feuerschein erhellte ihm Quaans Miene. Der alte Veteran stand ein inneres Ringen aus, focht darum, die Kräfte zur Bewältigung dieser neuen Zumutung zu finden. Quaan schloß für einen Moment die Augen, und alle Scharwarte ließen ihm das Wort, als habe er ihren Mut in der Hand, als läge es bei ihm, ihn nach Belieben aufrechtzuerhalten oder ihnen abzusprechen. Als er die Lider hob, schien sein Gesicht vor Erschöpfung zu schrumpfen. Aber seine Stimme klang fest. »Wohin werden wir ziehen, Streitmark?«

»Vorerst nach Westen«, antwortete Troy eilig, »in die Richtung dieser alten Ruinen. Es dürfte nicht zu hart werden. Wenn wir die Sache richtig anpacken, können wir langsamer als bisher marschieren.«

»Willst du uns deinen Plan nicht erklären?«

»Nein.« Troy fühlte sich zu der Bemerkung versucht: *Wenn ich ihn euch verrate, würde euch ein solches Entsetzen in die Knochen fahren, daß ihr mir nicht mehr gehorcht.* »Ich möchte ihn zunächst für mich behalten«, fügte er statt dessen bloß hinzu. »Um ihn ausreifen zu lassen. Ihr müßt mir vertrauen.« In seinen Ohren klangen seine eigenen Äußerungen wie der Ruf eines Mannes, der vom Baum fällt und den Leuten drunten zuruft, er werde sie schon auffangen.

»Streitmark«, sagte Quaan förmlich, »du weißt, daß wir dir jederzeit vertrauen. Wir allesamt bringen dir volles Vertrauen entgegen.«

»Ja, ich weiß.« Troy seufzte. Plötzlich packte ihn Müdigkeit, und er konnte kaum noch die eigene Stimme hören. Seit er Schwelgenstein verlassen hatte, war er schon ein ganzes Stück weit gefallen. Fehleinschätzungen hatten seine großartigen Ideen aller Lebensfähigkeit beraubt, sie ihrer Macht entkleidet, das Land zu retten. Er fragte sich, wie viele andere Dinge ihm noch entrissen werden mochten, bis dieser Krieg vorbei war. Ein ausgedehnter Moment verstrich, ehe er genug Energie zum Weitersprechen fand. »Eines noch. Es muß sein – wir haben keine Wahl. Wir müssen einige Krieger zurücklassen, die versuchen, den Unheilswinkel so lange wie möglich zu halten … um Markschänder glauben zu machen, wir säßen noch hier … seinen Marsch zu verzögern. Es handelt sich um reinen Selbstmord, deshalb müssen's Freiwillige sein. Zwei oder drei Fähnlein dürften genügen, um diesen Zweck zu erfüllen.«

Quaan und Amorine nahmen seine Worte gleichmütig auf; sie waren Krieger und mit dieser Art des Denkens vertraut. Doch bevor Troy noch irgend etwas hinzufügen konnte, sprang erneut Lord Verement in den Kreis ums Lagerfeuer. »Nein!« schnauzte er und rammte das Ende seines Stabs auf den Untergrund. »Kein Krieger bleibt zurück. Ich untersag's!«

Troy vermochte ihn nun, da er nah am Feuer stand, deutlich

zu sehen. Sein hageres Gesicht sah nun so scharfkantig aus, als sei es an einem Schleifstein bearbeitet worden, und seine Augen glühten vor Schärfe.

Auf einmal fühlte sich Troys Kehle knochentrocken an. »Lord Verement«, meinte er mühsam, »es tut mir leid. Ich habe keine Wahl. Dieser Marsch wird die Krieger umbringen, wenn sie nicht langsamer als bisher marschieren können. Also muß jemand ihnen den nötigen Vorsprung erkämpfen.«

»Das werde ich tun.« Verement sprach in schroffem Tonfall. »Ich werde den Unheilswinkel halten. Das ist für mich der rechte Ort.«

»Das kannst du nicht«, widersprach Troy, stotterte fast. »Das darfst du nicht. Ich brauche dich für andere Aufgaben.« Dazu außerstande, die Glut in Verements Blick zu ertragen, wandte sich Troy um Unterstützung Mhoram zu.

»Streitmark Troy spricht wahr«, sagte Mhoram bedächtig. »Der Tod kann deinen Gram nicht heilen. Und wir werden deiner in den Tagen, die vor uns liegen, dringlich bedürfen. Du mußt mit uns kommen.«

»Bei der Sieben!« brauste Verement auf. »Habt ihr meine Worte nicht vernommen?! Ich habe gesagt, ich werde zurückbleiben. Shetra, meine Gemahlin, ist von mir gegangen! Sie, die ich mit all meiner Kraft geliebt habe, und doch liebte ich sie nicht genug. *Melenkurion!* Redet nicht vom Können oder Dürfen zu mir! Ich werde bleiben. Keine Krieger brauchen zurückgelassen zu werden.«

»Lord Verement«, wollte Mhoram wissen, »glaubst du, es sei dir möglich, Markschänder zu schlagen?«

Auf diese Frage gab Verement jedoch keine Antwort. »Heile Callindrill«, sagte er rauh. »Ich brauche euch beide für meine Vorbereitungen. Und ruft die Bluthüter aus den Ebenen zurück. Ich beginne in der Morgenfrühe.« Damit wandte er sich ab und trat aus der Runde hinaus in die Nacht.

Sein Abgang hinterließ Troy wirr und matt. Ihm war, als ob die Last der Verantwortung fürs Kriegsheer, die ohnehin auf seinen Schultern ruhte, ihm nun den Rücken beuge, so daß er sich bewegte wie ein Hinfälliger. Seine mit Verwirrung gemischte Müdigkeit machte ihm weitere Redensarten unmöglich, und er ließ die Scharwarte mit einiger Unvermitteltheit abtreten. Dabei vermochte er sich nicht des Gefühls zu erwehren, daß er sie im Stich ließ – daß sie statt dessen seiner Führung bedurften, einen starken Mann wünschten, um den sie sich scharen konnten. Aber er besaß keine Stärke. Er suchte seine Decken auf, als hoffe er, ihm könne in einem Traum irgendeine Art von Standhaftigkeit zufließen. Er sank sofort in einen tiefen Erschöpfungsschlaf und blieb darin, bis das Schlafen ihm nicht länger möglich war – bis der Sonnenaufgang über den Bergen sein Gehirn mit Formen und Farben füllte. Als er aufstand, stellte er fest, daß er den gesamten Lärm verschlafen hatte, den das Kriegsheer beim Abbruch des Lagers und Beginn des Weitermarsches verursacht haben mußte. Schon kehrte auch das letzte Fähnlein mit Schlurfschritten dem Unheilswinkel den Rücken. Die Krieger trotteten so schlaff dahin, als vergingen sie beim Vordringen in den trockenen, von der Hitze ausgebleichten Landstrich der Südlichen Einöden. Unter benommenen, gegen seine Schwachheit gerichteten Flüchen schlang er ein paar Brocken der Verpflegung hinunter, die ihm Ruel anbot, dann eilte er zum Unheilswinkel. Dort sah er Callindrill und Mhoram sowie eine kleine Gruppe von Bluthütern. Die Lords waren am südlichen Ende des Hohlwegs an beiden Seiten so hoch wie möglich übers Geröll zwischen die zusammengewürfelten Felsblöcke gestiegen, die an den Wänden der Schlucht aufgetürmt lagen. An ihren einander gegenüber befindlichen Standorten schwangen sie ihre Stäbe in einer Art und Weise, wodurch zwischen ihnen in der Luft ein Flimmern entstand. Unter ihnen, auf dem Grund des Unheilswinkels, stapfte Lord Verement durch die herabgefallenen Steine und abgerutschten Schieferplatten. Er schwenkte dabei das Feuer seines Stabes wie eine Fackel durch die Dunkelheit der Felswände. Bei ihm befand sich nur Thomin. Troy musterte Callindrill genauer. Der verwundete Lord wirkte schwach und müde, und auf seiner blassen Stirn glänzte Schweiß, aber er hielt durch und schwang in festem Griff seinen Stab. Troy begrüßte ihn, dann kletterte er über die Geröllhalde an der anderen Seite hinauf zu Mhoram. Als er Mhoram erreichte, setzte er sich hin und schaute zu, wie das Geflimmer aufglomm und langsam Gestalt annahm. Es schien sich gemächlich zu drehen wie ein großes, am Ausgang der Schlucht aufgestelltes Rad. Seine Ränder paßten sich genau dem Gestein und Geröll an, so daß es den Grund des Cañons lückenlos blockierte, und es drehte sich, als ob es zwischen Mhoram und Callindrill auf einer Speiche hinge. Dahinter sah Troy nur den leeren Unheilswinkel mit Bergen der von Raben blankgezupften Gebeine der Wölfe und Urbösen sowie den einzelnen Lord, der sich an den Wänden der Schlucht auf- und abwärts plagte, während seine Flamme tanzte wie ein Irrlicht. Wenig später beendeten Mhoram und Callindrill ihre Verrichtung. Sie stellten ihre Stäbe wie Masten an den Rand des Flimmerfelds und lehnten sich an Felsklötze, um zu verschnaufen. Lord Mhoram begrüßte Troy matt.

Nach einem Moment des Zögerns nickte Troy hinab zu Verement. »Was macht er?«

Mhoram schloß die Augen. »Wir haben ein Warnwort errichtet«, sagte er, als beantworte er Troys Frage.

»Was bewirkt es?« erkundigte sich Troy, während er überlegte, wie er seine eigentliche Frage anders formulieren könne.

»Es verschließt den Unheilswinkel.«

»Und wie? Ich kann's sehen. Markschänder dürfte davon nicht überrascht werden.«

»Deine Sicht ist fürwahr in vielerlei Beziehung scharf. Ich kann das Warnwort nicht sehen.«

»Ist noch jemand auf der anderen Seite?« fragte Troy verlegen. »Außer Verement?«

»Nein. Alle Krieger sind aufgebrochen und weitergezogen. Die Späher sind zurückgerufen worden. Niemand kann nun diesen Weg beschreiten, ohne dem Warnwort zu begegnen.«

»Also opfert er sich … er sitzt drüben fest.«

»Ja.« Mhoram stieß das Wörtchen gereizt aus.

Troy kam auf seine ursprüngliche Frage zurück. »Was verspricht er sich denn bloß davon? Das ist Selbstmord.«

Mhoram schlug die Augen auf, und Troy spürte die Machtfülle im Blick des Lords. »Er verspricht sich davon für uns einen Zeitgewinn«, sagte Mhoram. »Du hast von der Notwendigkeit eines Zeitgewinns gesprochen.« Dann seufzte er und lenkte seinen Blick hinab in den Cañon. »Und für sich selbst verspricht sich Lord Verement, Shetras Gemahl, davon das Ende seines Kummers.«

Troy beobachtete Verement wie in einem Betäubungszustand. Der falkenhafte Lord wirkte nicht wie ein Mann, dem am Trost des Todes lag. Er stürmte durch den Wirrwarr an den Hängen der Schlucht hinauf und hinunter, bahnte sich mit Tritten einen Weg durch Schieferplatten, entfleischtes Gebein und durchs wachsame Schweigen der Raben, als sei er besessen. Und er verschleuderte seine Kräfte. Seine Schritte fielen bereits unsicher, und er war schon mehrmals gefallen. Doch war erst ein Drittel des Unheilswinkels mit dem unsichtbaren Netzwerk seines Lord-Feuers bedeckt. Aber irgendein Antrieb, irgendein rücksichtsloser Drang seiner Willenskraft ließ ihn durchhalten. Während des gesamten Morgens setzte er sein seltsames Hasten durch die Länge des Cañons fort, verschnaufte nur selten für kurze Augenblicke, um sich von Thomin Wasser und Schatzbeeren reichen zu lassen. Ungefähr um die Mitte des

Vormittags war er zur Hälfte fertig. Danach vermochte er jedoch nicht länger in dieser Geschwindigkeit weiterzumachen. Er mußte sich auf Thomin stützen, während er weitere Abhänge bearbeitete, und stolperte zwischen den Steinen; die Flamme seines Stabes flackerte und stieß Rauch aus. Ein paar Raben ließen sich aus ihren hochgelegenen Nestern fallen und umkreisten ihn, wie um nachzusehen, wie lange er noch aushalten werde. Aber er schuftete weiter, die Glut in seinem Innern, die ihn vorwärts trieb, erlosch nicht. Am Ende sah er sich allerdings dazu gezwungen, die letzten Meter des Unheilswinkels auszulassen. Thomin machte ihn auf die Staubwolke aufmerksam, in der sich Markschänder näherte. Kurz darauf kam die vorderste Welle gelber Wölfe in Sicht. Lord Verement stellte seine Tätigkeit ein und straffte die Schultern; Thomin erteilte er einen letzten Befehl. Dann verließ er den Unheilswinkel, um der Armee des Verächters entgegenzutreten.
Die breite Front von Wölfen jagte auf ihn zu, plötzlich beutegierig. Aber im letzten Moment zögerten sie, hielten sich winselnd zurück. Die entschiedene Herausforderung seines Auftretens stürzte sie in Verwirrung. Obwohl sie nach ihm schnappten und wütend knurrten, wagten sie nicht ernsthaft anzugreifen. Sie umzingelten die beiden Männer und liefen mit Geheul im Kreis, während der Rest ihres Heers näher rückte. Markschänders Scharen kamen aus dem Nordosten, bis ihre dunklen Reihen den gesamten Horizont ausfüllten, und das Stampfen der zahllosen Füße brachte den Erdboden zum Beben. Die Horden des Verächters schienen die Ebenen völlig zu bedecken, und ihre ungeheuerliche Zahl ließ Lord Verement so winzig wirken, als stünde er an einem Ozean. Als der Riese nach vorn kam, sich mit Tritten eine Gasse durchs Gewimmel der Wölfe pflügte, um sich den Lord und seinen Bluthüter vorzunehmen, gab allein seine Größe den zwei Männern einen Anschein von Zwergenhaftigkeit und Bedeutungslosigkeit.

Doch als nur noch zehn Meter den Riesen von ihrem Standort trennten, vollführte Verement eine Gebärde der Abwehr. »Tritt nicht näher, Wütrich *Moksha!«* rief er mit rauher Stimme. »Ich erkenne dich, Jehannum-Markschänder. Kehr um! Zurück zum Übel, das dich erzeugt hat. Ich verweigere dir den Durchlaß – ich, Verement, Shetras Gemahl, Lord des Großrats in Schwelgenstein. Hier darfst du nicht durch.«

Markschänder blieb stehen. »Ach, ein Lord«, sagte er und spähte auf Verement herab, als sei der Lord zu klein, um leicht gesehen werden zu können. »Ich bin erstaunt.« Sein Gesicht war verzerrt, und sein Glotzen verlieh ihm einen Ausdruck heftiger Pein, als vermöge das Fleisch seine Gequältheit durch das räuberische Geschöpf in seinem Innern nicht vollends zu verbergen. Aber seine Stimme schien an der Luft zu saugen und sie zu verkleben wie Treibsand. Nichts als Hohn und mörderische Lust sprachen daraus. »Stehst du hier, um mich zum Abschlachten eures Heers willkommen zu heißen?« fügte er hinzu. »Doch freilich, du weißt, es ist viel zu erbärmlich, als daß man's ein Heer nennen könnte. Seit Andelain bekämpfe und verfolge ich euch, aber maßt euch nicht an, ihr könntet mich überlisten. Ich weiß, daß ihr im Unheilswinkel anzutreten wünscht, weil ihr zu schwach seid, um woanders offen zu kämpfen. Vielleicht bist du also gekommen, um dich zu ergeben – dich auf meine Seite zu stellen.«

»Du redest daher wie ein Narr«, schnauzte Verement. »Kein Freund des Landes wird sich dir jemals ergeben oder gar unterwerfen. Gesteh die Wahrheit ein und geh! Geh, sage ich! *Melenkurion abatha!«* Plötzlich faßte er seinen Stab mit beiden Händen und hob ihn über den Kopf. *»Duroc minas mill khabaal!* Mit allen Namen der Erdkraft gebiete ich dir! An diesem Ort gibt's keinen Sieg für den Verächter.«

Der Wütrich zuckte zurück, als Verement diese Worte rief. Um sich zu verteidigen, schob er eine Hand unter sein ledernes

Wams und brachte einen glatten grünen Stein zum Vorschein, der seine Faust ausfüllte. In der Tiefe des Steins tanzte und flackerte eine smaragdgrüne Flamme, und er dampfte wie brodelndes Eis. Der Riese preßte seine Faust zusammen und verstärkte das Dampfen. »Verement, Shetras Gemahl«, rief er, »hundert Längen weit habe ich zwei Lords vor mir wie Ameisen hergetrieben. Warum wähnst du, mir nun widerstehen zu können?«

»Weil du meine Gemahlin Shetra getötet hast«, rief der Lord voller Zorn. »Weil ich ihrer mein Leben lang nicht wert war, und weil ich dich nicht fürchte, Wütrich! Ich bin frei von allen Schranken. Weder Furcht noch Liebe hemmen meine Kräfte. In meinem Haß bin ich dir gleich, Wütrich *Moksha! Melenkurion abatha!«* Er schwang den Stab über seinem Kopf, und aus dem Holz zuckte ein greller, blauer Blitz aus reiner Energie gegen den Riesen. Gleichzeitig stürmte Thomin vorwärts, die Finger gekrümmt wie Klauen, und sprang dem Riesen an die Kehle. Markschänder hielt dem Angriff geringschätzig mühelos stand. Er fing Verements Blitzstrahl mit seinem grünen Stein auf und absorbierte ihn darin, als halte er einen Rauchverzehrer. Fast sofort verwandelte sich die blaue Flamme in ein aufdringlich starkes Grün und lohte stärker. Mit seiner anderen Hand versetzte der Riese Thomin einen Hieb, der ihn mit ausgebreiteten Gliedmaßen hinter Verement zurückschleuderte. Dann schmetterte Markschänder das Feuer in die entgegengesetzte Richtung. Die Wut des Lords erlahmte keine Sekunde lang. Er wirbelte mit dem Stab und stieß dessen eisernes Ende dem energetischen Ausbruch entgegen. Heftiges Knacken drang aus dem Stab, als er ruckte und sich bog – aber er hielt. Verement rief machtvolle Worte in die Glut, unterwarf sie erneut seinem Willen. Langsam verfärbte das Grün sich an seinem Stab wieder blau. Als er sie gemeistert hatte, warf er die Kräfteballungen erneut auf den Riesen. Markschänder begann zu lachen. Verements Angriff, dessen Stärke dank der Ergänzung durch vom Riesen aufgebotene Kräfte vervielfacht war, blieb am Stein hängen, als wäre der grüne Brocken bloß der Docht der blauen Flamme. Dort loderte sie gierig empor, bis eine Säule aus grünem Feuer hoch in die Luft emporwaberte. Unter Gelächter ließ der Wütrich sein Feuer auf Verement niederschießen. Es zersplitterte den Stab, dessen Bruchstücke in Stichflammen verkohlten, auf den Lord herabhagelten. Dann griff das Feuer auf ihn selbst über, hüllte ihn ein, hing an ihm und züngelte wie eine Korona. Seine Arme sanken herab, sein Kopf sackte, die Augen geschlossen, nach vorn, bis das Kinn die Brust berührte; er hing im Feuer, als sei er darin eingeschreint.

»Und nun, Verement, Shetras Gemahl!« schrie Markschänder voller Triumph. »Wo ist nun dein Trotz?!« Für einen Moment erklomm sein Spott schrille Höhen und gellte von den Steinwänden wider. »Gebrochen, sehe ich«, ergänzte er dann. »Doch vernimm meine Worte, Hündlein. Mag sein, ich schenke dir das Leben. Freilich mußt du, um dein Leben zu retten, die Seite wechseln. Sprich mir nach! ›Ich verehre Lord Foul den Verächter. Er ist das eine Wort der Wahrheit.‹« Lord Verements Lippen blieben fest zusammengepreßt. Im Innern des lähmenden Feuers verkrampfte er seine Kiefer, daß an den Wangen die Muskeln hervortraten. »Sprich mir nach!« brüllte Markschänder. Mit einem ruckartigen Druck auf den Stein verengte er die Korona rings um Verement. Ein Keuchen der Qual spaltete die Lippen des Lords. Er begann zu sprechen.

»Ich … verehre …« Weiter kam er nicht. Hinter ihm tat Thomin einen Sprung durch die Luft, um seine letzte Pflicht zu erfüllen. Mit einem Tritt brach der Bluthüter Lord Verements Rückgrat. Der Lord war augenblicklich tot. Mörderischer Grimm kennzeichnete Thomins Miene, als er Markschänder erneut an die Gurgel hechtete. Diesmal erfolgte der Angriff des Bluthüters

so schnell und hart, daß der Wütrich sich zu spät wehrte. Er packte Markschänder an der Kehle, grub seine Finger in den Hals des Riesen. Zunächst konnte der Riese ihn nicht abschütteln. Der Bluthüter krallte seine Finger mit so leidenschaftlichem Zorn in den dicken Hals, daß Markschänder den Griff nicht brechen konnte. Aber dann nahm der Wütrich seinen Stein zu Hilfe. Mit einem Hieb verbrannte er Thomins Knochen in seinem Innern zu Asche. Der Bluthüter brach als Haufen formlosen Fleisches zusammen. Anschließend machte Markschänder für eine Zeitlang den Eindruck, als verlöre er den Verstand. Er brüllte wie eine Sintflut und sprang und stampfte auf Thomins Leichnam herum, bis die blutigen Reste des Bluthüters vollauf in den Boden getreten waren, und danach schickte er die zahlreichen Horden seiner Wölfe mit Geheul in den Schlund des Unheilswinkels. Von seiner Wut angetrieben, rannten sie blindlings durch den Canyon und gerieten unweigerlich ins Warnwort.
Der erste Wolf, der ins Warnwort lief, löste es aus. Im selben Augenblick schienen die innerhalb der Wände aufgetürmten Stein- und Geröllmengen auseinanderzuspringen. Die von Verement darin gespeicherten Gewalten brachten die Abhänge des Hohlwegs zum Bersten. Ein tödlicher Hagel von Felsbrocken und Schieferplatten fiel in die Schlucht, zermalmte Tausende von Wölfen so schnell, daß ihre gesamte Zahl nur noch Zeit zu einem einzigen, gemeinsamen Aufjaulen des Schreckens erhielt.
Als sich der aufgewirbelte Staub verzog, konnte Markschänder erkennen, daß der Unheilswinkel nun blockiert war, zugeschüttet mit Gesteinsschutt und Geröll. Es mochte ein Heer Tage kosten, sich durch diese Trümmer zu kämpfen. Dieser Rückschlag flößte ihm anscheinend wieder geistige Klarheit ein. Die Gier nach Rache wich nicht aus seinen Augen, aber seine Stimme klang fest, als er seine Befehle gab. Er rief die

Greifen nach vorn. In schwerfälligem Flug – wegen der Urbösen auf ihren Rücken – suchten sie die Schlucht auf, um Verements Warnwort zu beseitigen. Ihnen nach schickte Markschänder seine steinkundigen Höhlenschrate, damit sie dem Rest des Heers den Weg freiräumten. Unterm Zwang seiner Macht arbeiteten die Geschöpfe mit verzweifeltem, unüberlegtem Ungestüm. Viele Greifen kamen um, weil sie achtlos ins Warnwort flatterten. Dutzende von Höhlenschraten brachten sich in ihrem rasereiartigen Eifer, den Schutt aus dem Cañon zu räumen, gegenseitig ums Leben. Aber Urbösen-Lehrenkundige schafften es schließlich, das Warnwort aufzuheben. Und die Höhlenschrate vollbrachten ungeheure Leistungen. In ausreichender Zahl und mit genügend Zeit besaßen sie die Kraft und Geschicklichkeit zum Bergeversetzen. Sie wuchteten und stemmten Felsen und Steine. Sie arbeiteten die ganze folgende Nacht hindurch, und in der Morgendämmerung hatten sie in der Mitte des Hohlwegs auf dessen gesamter Länge einen zehn Meter breiten Pfad geschaffen.

Den Stein in die Höhe gereckt, führte Markschänder seine Truppen durch die Schlucht. Am südlichen Ende des Unheilswinkels mußte er feststellen, daß das Kriegsheer sich längst abgesetzt hatte. Die letzten Gegner – eine kleine Gruppe von Reitern, darunter zwei Lords – entwichen gerade im Galopp aus seiner Reichweite. Er brüllte ihnen Verwünschungen hinterdrein, schwor ihnen, sie zu Tode zu hetzen. Aber dann erspähten seine buchstäblich weitsichtigen Riesen-Augen das Kriegsheer, den Reitern um etwa sieben bis acht Längen voraus. Er erkannte die Marschrichtung – er sah, wohin es zog. Und da fing er wieder zu lachen an. Das Dröhnen von höhnischer Heiterkeit und Siegesgewißheit hallte von den kahlen Felswänden des Unheilswinkels wider.

Das Kriegsheer marschierte zur Würgerkluft.

19
Die Ruinen der Südlichen Einöden

Zum Zeitpunkt, als Streitmark Troy mit den Lords Mhoram und Callindrill sowie ihrer Eskorte von Bluthütern den Unheilswinkel verließ, hatte er seine Entnervung überwunden, sein halbbewußtes Verlangen, seinen Kopf zu verbergen. Auch das Entsetzen, das er empfand, als Lord Verement starb, war inzwischen verflogen. Im Verlauf der dunklen Nacht, während Mhoram und Callindrill um den Bestand des Warnworts rangen, hatte er diese Regungen verdrängt. Nun fühlte er sich innerlich sonderbar abgetötet. Er war der Streitmark und nun wieder an seiner Arbeit. Er dachte nach – maß Entfernungen, schätzte relative Geschwindigkeiten, berechnete den Umfang der Abnutzungserscheinungen voraus, die sich noch am Kriegsheer zeigen mußten. Er hatte den Oberbefehl. Er konnte das Bedürfnis des Heers nach Führerschaft so deutlich erkennen, als handele es sich um einen Greuel. Voraus hatte das Heer sich leicht südwärts gewandt, um die Vorgebirgslandschaft der Bergketten zu meiden, aber selbst im leichteren Gelände marschierte es in einem Tempo, in dem sich pro Tag nicht mehr als sieben Längen zurücklegen ließen. Trotzdem waren die Marschbedingungen fürchterlich. Seine Armee zog in die dürre Halbwüste der Südlichen Einöden hinaus. Keine Spur, kein Anflug von Herbst linderte den trockenen Wind, der aus der leblosen, ausgedörrten Grauen Wüste nordwärts wehte. Das Gras mißriet hier meistenteils, und die wenigen Rinnsale und Bächlein, die aus den Bergen kamen, verflüchtigten sich, ehe sie bloß fünf Längen weit in die Einöden vordrangen. Und sogar südlich der Vorgebirge war das Gelände nicht einfach: abgetragen, abgefeilt und eingeschnitten durch den toten Wind vieler langer Zeitalter, zu zerklüfteten Anhöhen, Furchen und Trockentälern zerschrammt. Im Ergebnis war ein kahler, durch Hitze ausgegerbter Landstrich entstanden, behaftet mit fremdartiger, unfreundlicher Schönheit. Das Kriegsheer mußte über unnachgiebigen Untergrund dahinmarschieren, der so hart und feindlich war wie blanker Stein und doch dichten Staub aufwirbelte, als bestünde die Erde aus Pulver.

Drei Längen hinterm Unheilswinkel fanden Troy und seine Begleiter den ersten toten Krieger. Der Leichnam eines Holzheimers lag verkrümmt da wie das Opfer einer Marterung. Totale Erschöpfung hatten Lippen und Zunge schwarzblau verfärbt, und die Augen waren voller Staub. Troy verspürte die verrückte Anwandlung, zu halten und den Krieger zu begraben. Aber er war sich seiner Berechnungen sicher; in dieser staubtrockenen Hitze würden die Ausfälle des Kriegsheers sich voraussichtlich täglich verdoppeln. Kein Lebender konnte hier die Zeit oder die Kraft aufwenden, um sich der Toten anzunehmen. Als der Streitmark das Heer einholte, hatte er unterwegs zehn weitere tote Krieger gezählt. Zahlenreihen wanderten ihm durch den Kopf: elf Tote am ersten Tag, zweiundzwanzig am zweiten, vierundvierzig am dritten Tag – siebenhundertvier Menschen durch die grausamen Anforderungen des Marschs getötet, ehe das Heer sein Ziel erreichte. Und Gott allein mochte wissen, wie viele mehr es zum Schluß waren … er fragte sich, ob er jemals wieder Schlaf finden werde. Aber er nötigte sich zur Aufmerksamkeit, als Quaan und Amorine ihm über ihre Bemühungen berichteten, die Krieger am Leben zu halten. Die Verpflegung war rationiert; alle Wassergefäße füllte man an jedem Rinnsal nach, wie klein es auch sein mochte; alle Schar- und Streitwarte marschierten zu Fuß mit, so daß ihre Pferde die schwächsten Männer und Frauen tragen konnten; Quaans übrige Reiter liefen ebenfalls, und ihre stark mitgenommenen Tiere trugen Gepäck und zusammengebrochene Krieger; die Aufgaben des Kundschaftens und Wasserholens erledigten ausschließlich Bluthüter. Und jeder Krieger, der schlichtweg nicht weitermarschieren konnte, erhielt einen Vorrat an Verpflegung und den Befehl, in die Berge zu fliehen. Zu mehr war die Führung nicht imstande. All das bereitete Troy Qualen. Aber dann erzählte ihm Quaan, wie wenig Krieger es vorzogen, sich vom Heer abzusetzen und in die Berge zurückzuziehen. Diese Neuigkeit munterte Troy auf; er empfand es als gleichermaßen schrecklich wie wundervoll, daß so viele Männer und Frauen die Bereitschaft aufbrachten, an der Durchführung seiner Ideen bis zum Abschluß mitzuwirken. Er bot all sein Selbstvertrauen auf, um sich Quaans und Amorines unvermeidlichen Fragen zu stellen. Quaan befaßte sich unumwunden mit dem akutesten Problem. »Verfolgt uns Markschänder?«

»Ja«, antwortete Troy. »Lord Verement hat uns einen Tag Vorsprung erkämpft. Aber jetzt hat der Riese die Verfolgung aufgenommen … und er folgt uns schnell.«

Quaan brauchte allem Anschein nach nicht erst danach zu fragen, was aus Lord Verement geworden war. »Markschänder kann uns in aller Eile folgen. Wann wird er uns einholen?«

»Irgendwann am morgigen Nachmittag. Spätestens morgen abend.«

»Dann sind wir verloren«, sagte Amorine; ihre Stimme zitterte. »Wir können nicht schneller weiterziehen. Und die Krieger sind zu ermattet, um kehrtzumachen und zu kämpfen. Streitmark, nimm diese Bürde von mir. Ernenn einen anderen Trutzmark. Ich kann's nicht ertragen … ich kann diese Befehle nicht erteilen.«

Troy versuchte, sie mit seiner Zuversicht zu ermutigen. »Keine Sorge. Wir sind noch nicht geschlagen.« Aber seine Stimme klang sogar in seinen eigenen Ohren mehr hysterisch als

zuversichtlich. Er hatte plötzlich das Verlangen, einfach hinauszuschreien. »Wir brauchen nicht schneller als jetzt zu marschieren. Wir verlegen die Marschroute bloß noch ein bißchen weiter südwärts, damit wir zu der alten Ruinenstadt gelangen – Doriendor Korischew, wie Mhoram sie nennt. Dort müßten wir vor morgen mittag eintreffen.« Ihm war, als spräche er viel zu schnell. Er zwang sich zur Bedächtigkeit, während er seine Intentionen erklärte. Anschließend erleichterte es ihn sehr, in den mürrischen Mienen seiner Unterführer Beifall zu sehen. Trutzmark Amorine tat einen tiefen, unregelmäßigen Atemzug und nahm wieder allen Mut zusammen. In Quaans Augen glommen blutige Verheißungen für den Feind.
»Wer soll die Fähnlein befehlen«, fragte er kurzum, »die zurückbleiben?«
»Gib mir die Erlaubnis, Streitmark«, mischte sich Amorine ein. »Ich bin, was das Umherziehen anbetrifft, am Ende meiner Kraft. Ich wünsche zu kämpfen.«
Der Schwertmark öffnete den Mund zu einer Entgegnung, aber Troy verhinderte eine Diskussion mit einer raschen Gebärde. Einen Moment lang jonglierte er mit den verschiedenen unausweichlichen Bürden und suchte ein Gleichgewicht. »Die Lords und ich werden mit Trutzmark Amorine die Nachhut kommandieren«, sagte er zu Quaan. »Wir brauchen acht Fähnlein aus Freiwilligen und jedes Pferd, das noch stehen kann. Wahrscheinlich bleiben die Bluthüter bei uns. Wenn wir die Sache richtig durchführen, wird wahrscheinlich die Mehrheit von uns überleben.«
Quaan runzelte über diese Entscheidung die Stirn. Aber er fand sich so eindeutig damit ab, wie er sein Mißfallen zeigte. »Wir müssen jene ausfindig machen, die willig sind«, sagte er zu Amorine, »um sich noch heute vorzubereiten, auf daß wir morgen keine Zeit verschwenden.« Zur Antwort salutierte Amorine sowohl vor Quaan wie auch vor Troy, dann ritt sie

zur Masse des Heers. Sie hielt sich aufrechter als vor einigen Tagen, und ihr vor Troy bekundeter Eifer verriet, daß er sich richtig entschieden hatte. Er nickte hinter ihr, gratulierte sich insgeheim sardonisch dazu, einmal wieder etwas richtig gemacht zu haben. Doch Quaan hatte noch Fragen. »Um Vergebung, Streitmark«, sagte er rundheraus, »doch wir sind Freunde geworden, und ich kann nicht anders, ich muß davon sprechen. Willst du mir nicht erläutern, warum wir noch immer weiterziehen? Wenn der Unheilswinkel nicht das Schlachtfeld ist, das du wünschst, so mag's sein, daß Doriendor Korischew uns zu diesem Zweck dient. Warum muß dieser schreckliche Heerzug weitergehen?«

»Nein, ich beabsichtige nichts zu erläutern. Noch nicht.« Troy behielt seinen neuen Plan mit einer Entschiedenheit für sich, als könne er durch Schweigen und Geheimhaltung seine Entsetzlichkeit einkapseln. »Und Doriendor Korischew ist ungeeignet. Ein oder zwei Tage lang können wir uns dort festsetzen. Aber danach würde Markschänder uns einfach einkreisen und aufreiben. Wir müssen es besser machen.«

Der Schwertmark nickte traurig. Troys Weigerung verdroß ihn wie ein Zeichen von Mißtrauen. Aber er brachte ein verzerrtes Lächeln zustande. »Streitmark«, erkundigte er sich, »sehen deine Pläne auch ein Ende vor?«

»Ja.« Troy seufzte. »Ja, durchaus. Und wir werden's erreichen. Dann muß Mhoram uns raushauen. Er hat's mir versprochen …« Weil er es nicht länger mit seinen unzureichenden Auskünften unter Quaans Augen aushalten konnte, wandte er sich ab. Er ließ Mehryl seine Fersen spüren und machte sich auf die Suche nach den Lords. Er wollte ihnen seine Absichten in bezug auf Doriendor Korischew darlegen und nachfragen, welche zusätzliche Hilfe Mhoram oder Callindrill dem Kriegsheer zu leisten vermochten.

Im Verlauf des restlichen Tages und am nächsten Morgen

erhielt er regelmäßig von den Bluthütern Meldungen über Markschänders Vorankommen. Die Armee des Riesen-Wütrichs war groß und ziemlich unbeweglich; am Tag nach der Überwindung des Unheilswinkels hatte sie nur neun Längen zurückgelegt. Aber in der dunklen Nacht machte sie keinen Halt und legte bloß kurz vor der morgendlichen Dämmerung eine kurze Rast ein. Troy schätzte, daß der Riese am Nachmittag nach Doriendor Korischew vorstoßen würde. Diese Einsicht beseelte ihn mit dem dringlichen Wunsch, das Kriegsheer zur Eile anzutreiben. Aber er konnte es unmöglich tun. In der Nacht und am Morgen starben zu viele Krieger oder verließen den Heerwurm. Zu seinem Schrecken verdreifachte sich der Verschleiß. Wieder gingen ihm Zahlenreihen durch den Kopf: dreiunddreißig, neunundneunzig … bei dieser Rate mußte der Marsch allein bis zum Ablauf des sechsten Tages fast dreitausend Opfer fordern. Zu weiteren Verlusten würde es in Doriendor Korischew kommen. Es bedurfte komplexer Gleichungen, um das Schicksal seiner Armee zu überblicken. Er tat nichts, um es zu beschleunigen. Infolgedessen waren seine Krieger Markschänder nur noch um eine Länge voraus, als sie die ausgedehnte Steigung hinauf zu den Ruinen zu erklimmen begannen.

Die vorzeitliche Stadt stand auf einem hohen Hügel unter den unveränderlich finsteren Brauen der Berge; der Hügel grenzte an einen südwärtigen Hügelkamm. Die Ruinen ragten in langgestreckter Anordnung empor, die die östliche und westliche Ausdehnung der Südlichen Einöden voneinander trennte, sie voreinander verbarg. In längst vergangenen Zeiten, als die Stadt lebte und blühte, hatte sie den Nordrand der Region unmißverständlich beherrscht, und noch heute bewiesen die niedrigen, aber wuchtigen Überreste der Befestigungen, daß die Bewohner der Stadt den Wert ihrer Lage genau gekannt hatten. Den Sagen zufolge, die in Kevins Lehre überliefert worden waren, mußten diese Menschen kriegerisch gewesen sein; sie hatten die strategisch günstige Position benötigt. Lord Callindrill übersetzte den Namen der Stadt als ›Heim der Meister‹ oder ›Schrecken der Feinde‹. Die Sagen behaupteten, Doriendor Korischew sei jahrhundertelang die Hauptstadt jenes Volkes gewesen, dem Berek Halbhand entstammte. Das mußte in dem Zeitalter gewesen sein, als der Einholzwald das Land dominierte. Damals gab es südlich der Berge noch keine Einöden; die Gegend war grün und volkreich. Doch mit der Zeit bevölkerten sie zu viele Menschen. Große Gruppen von Menschen aus diesem südlichen Landstrich wanderten langsam ins nördliche Herz des Landes ab, begannen sich am Einholzwald zu vergreifen. Zuerst lag ihnen nur an Holz für den rings um Doriendor Korischew entstandenen Kulturkreis. Dann wollten sie Felder, um sie zu bestellen. Dann wünschten sie Häuser. Unter unwissentlicher Nachhilfe seitens anderer Einwanderer aus dem Norden brachten sie es endlich fertig, den Einholzwald unrettbar zu verstümmeln. Aus dessen Zerstörung ergaben sich jedoch vielerlei Folgen. Einmal führte das Fällen der Bäume zur Aufhebung der Wehrkraft, womit der Koloß am Landbruch-Wasserfall das Unterland in Schach hielt. Die Wütriche erhielten freie Hand – eine Tatsache, die zweifelsohne zum Untergang des Königtums von Doriendor Korischew in Berek Halbhands großem Krieg führte. Zweitens veränderte das Verschwinden von ungefähr hundertfünfzigtausend Quadratkilometer Wald das natürliche Gleichgewicht der Erde. Jeder gefällte Baum bedeutete einen neuen Sargnagel für das ›Heim der Meister‹. Indem die Bäume starben, verloren die südlichen Landstriche ihren Wasserreichtum, der sie früher vor der Grauen Wüste geschützt hatte. Jahrhunderte nachdem die Verwüstung des Einholzwaldes unumkehrbar geworden war, verwandelten diese Regionen sich in ausgedörrtes Ödland.

Seit der Zeit Bereks, des ersten Lords, lag die Stadt verlassen. Nach jahrtausendelangem Einwirken von Wind und Sand war nichts außer den senkrechten, scherbenartigen Schalen ihrer Mauern und Bauten übriggeblieben, eine Art von Grundriß, geformt aus blutleeren Stümpfen einstiger Pracht. Streitmark Troy hätte in ihren labyrinthischen Gewölben und Straßen seine ganze Armee verstecken können. Hinter den Bruchstücken der Wälle und Mauern, die sinnentleert in den Himmel aufragten, wären die Krieger tagelang dazu imstande gewesen, gegen ein Heer vergleichbarer Größe einen erbitterten Kleinkrieg auszufechten. Troy vertraute auf die Annahme, daß sich auch Markschänder darüber im klaren war; sein Plan beruhte stark auf der Möglichkeit, dem Riesen den Eindruck zu vermitteln, das Kriegsheer wolle in Doriendor Korischew zum Endkampf antreten, statt in die Arme des sicheren Todes in der Würgerkluft zu fliehen. Er ließ sein Heer geradewegs hangaufwärts und durchs zahnlose Tor ins ›Heim der Meister‹ marschieren. Die Krieger durchquerten die Ruinenstadt und zogen an ihrer Westseite wieder hinaus, wo sie durch den Hügelkamm, auf dem die Stadt stand, der Sicht Markschänders verborgen blieben. Am Westhang gab er Quaan alle erforderlichen Anweisungen und sprach ihm soviel Mut wie möglich zu. Dann entbot er dem Schwertmark einen Salut und sah zu, wie die Hauptmasse des Heers den Hang hinabmarschierte. Als es fort war, kehrte er mit den Freiwilligen, den beiden Lords, Trutzmark Amorine, sämtlichen Bluthütern sowie allen Pferden, die noch genug Kraft zum Tragen eines Reiters besaßen, in die Stadt zurück. Innerhalb der gebrochenen Mauern hielt er vor den acht Fähnlein, zusammengesetzt aus Freiwilligen, die sich zur Verfügung gestellt hatten, um dem restlichen Kriegsheer die Flucht aus Doriendor Korischew zu erkaufen, eine kurze Ansprache. Seine Kehle fühlte sich eng und trocken an, als er zu reden anfing.

»Ihr alle habt euch freiwillig gemeldet, also werde ich mich nicht für das entschuldigen, was wir hier tun müssen. Aber ich will dafür sorgen, daß ihr genau wißt, warum es sein muß. Ich habe dafür zwei wesentliche Gründe. Erstens müssen wir den anderen Kriegern die Gelegenheit verschaffen, zwischen sich und Markschänder einen gewissen Abstand zu bringen. Zweitens müssen wir das Unsere tun, um aus diesem Krieg noch mit knapper Not als Sieger hervorzugehen. Ich bereite für Fouls Heer eine kleine Überraschung vor, und es liegt jetzt an uns, zu gewährleisten, daß sie gelingt. Teile seines Heers marschieren schneller als andere – wenn es sich zu weit verteilt, wird es nicht vollständig in meine Falle geraten. Deshalb haben wir es vollzählig hier auf uns zu ziehen.« Er schwieg und schaute über die Krieger aus. Sie standen aufrecht vor ihm, in ihren Mienen alle erdenklichen Zwischenstufen von Grimm, Erschöpfung und Entschlossenheit, und ihre Knochengerüste schienen Sterblichkeit auszustrahlen. Bei diesem Anblick verstand er allmählich Mhorams Auffassung, daß sie die Wahrheit zu wissen verdienten; sie dienten seiner Befehlsgewalt mit ganzer Seele. »Aber ich möchte auch folgendes sagen«, ergänzte er seine Ausführungen in rauhem Ton. »Es kann sein, daß Markschänder andererseits ein bis zwei Überraschungen für uns bereithält. Viele von euch haben mit Schwertmark Quaan jenes Unwetter durchgestanden – ihr wißt, was ich meine. Der Riese besitzt gewaltige Macht, und er wird sie gnadenlos anwenden. Dazu müssen wir ihm wohl oder übel eine Chance geben. Wir bieten uns ihm als Ziel an, damit das, was er anstellt – was es auch sein mag –, uns trifft und nicht das Kriegsheer. Ich glaube jedoch, daß wir seine Attacken überstehen können – wenn wir die Dinge richtig anpacken. Aber leicht wird's nicht sein.« Übergangslos wandte er sich an Amorine und befahl ihr, die Fähnlein an der Ostseite des ›Heims der Meister‹ in günstige Stellungen einzuweisen. »Versichert euch der Rückzugswege. Ich möchte keine Leute in diesem Irrgarten abhanden kommen lassen, wenn's soweit ist, daß wir uns verdrücken.«

Dann beauftragte er die Bluthüter damit, hinter der Stadt entlang der Hügelkette aufzuklären. »Ich muß sofort davon erfahren, sobald Markschänder uns einzukesseln versucht.«

Terrel nickte; gleich darauf ritten einige Bluthüter los. Trutzwart Amorine geleitete ihre Fähnlein zurück durch die hohlen Gassen Doriendor Korischews. Sämtliche Pferde, auch die Ranyhyn, hinterließen sie unter der Aufsicht mehrerer Bluthüter am Westtor. Mit den restlichen Bluthütern begaben sich Troy und die beiden Lords zu Fuß zur östlichen Stadtmauer.

»Streitmark«, fragte Lord Mhoram, während sie die Ruinen durchquerten, »warum glaubst du, daß Markschänder nicht sofort befehlen wird, uns einzuschließen? Weshalb sollte er davon absehen?«

»Instinkt«, antwortete Troy kurzangebunden. »Ich glaube, er wird sogar darauf Wert legen, uns nach Westen fliehen zu lassen. Du hast ihn lachen gehört – am Unheilswinkel –, als er sah, in welche Richtung wir marschierten. Ich nehme an, er möchte uns in Wirklichkeit nur zu gerne mit dem Rücken an die Würgerkluft drängen. Er ist ein Wütrich. Wahrscheinlich findet er den Gedanken, den Wald zu unserer Vernichtung zu benutzen, besonders lustig.« Danach war er heilfroh, daß Mhoram darauf verzichtete, nach seinen eigenen Einfällen bezüglich der Würgerkluft zu fragen. Er mochte selbst nicht darüber nachdenken. Statt dessen versuchte er, sich auf die Anlage der Stadt zu konzentrieren, um notfalls auch bei Nacht hindurchzufinden. Aber er war nicht mit dem Herzen dabei. Zu viele andere Sorgen beschäftigten ihn.

Als er den Ostwall erreichte und über eine Schutthalde erstieg, um in die Ferne zu spähen, sah er Markschänders Heer. Es näherte sich wie eine große Verfärbung, ein dunkler Fleck auf dem hellen Untergrund der Einöden. Seine Ausdehnung reichte sowohl weit in den Norden wie auch Süden der Ruinen. Es war weniger als eine Länge entfernt. Und es war unfaßlich riesig. Troy vermochte sich ganz einfach nicht vorzustellen, wie Lord Foul es geschafft hatte, eine solche Armee aufzustellen. Sie marschierte heran, bis sie am Fuß des Hügels stand, auf dem sich Doriendor Korischew erhob. Während er die Vorgänge beobachtete, umklammerte Troy den Griff seines Schwertes so fest, als sei er der einzige Rettungsanker gegen nackte Panik. Mehrmals hob er die andere Hand, um die Schutzbrille zurechtzurücken, die er längst nicht mehr besaß. Die Bewegung glich einem unwillentlichen Stoßgebet oder Flehen. Aber keiner der beiden Lords beachtete ihn. Ihre Gesichter waren Markschänder zugewandt. Troy schrie beinahe vor Begeisterung auf, als der Riesen-Wütrich sein Heer unterhalb des Hügels anhalten ließ. Der Halt durchlief die Horden wie eine Erschütterung, als seien sie gegen eine unsichtbare Wand geprallt. Die Wölfe witterten Beute; als es Anhalten hieß, stießen sie ein Heulen der Enttäuschung aus. Urböse blafften mißmutig. Entstellte Menschen stöhnten auf, und Höhlenschrate wackelten, ruhelos aus Gier, vom einen aufs andere Bein. Aber Markschänders Befehl meisterte sie alle. Sie zogen ihre Reihen nach den Seiten auseinander und bildeten einen weiten, kampfbereiten Halbkreis um die gesamte Ostseite des Hügels, dann schickten sie sich ins Warten.

Als er mit der Aufstellung seines Heers zufrieden war, tat der Wütrich ein paar Schritte hügelaufwärts und stemmte seine Fäuste in die Hüften. »Lords!« brüllte er in zynischem Humor. »Krieger! Ich weiß, ihr hört mich. Lauscht meinen Worten! Ergebt euch! Ihr könnt nicht entkommen – ihr seid gefangen zwischen der Wüste und der Würgerkluft. Nur mit einem Zehntel meiner Streitkräfte kann ich euch von der Erde austilgen. Unterwerft euch! Wenn ihr zu mir überlauft, mag's sein,

daß ich euch Gnade erweise.« Beim Wörtchen ›Gnade‹ entstand unter seinem Heer ein Gejammer des Einspruchs und der Gier. Er wartete, bis das Gemaule verstummte, ehe er weiterkrakeelte. »Andernfalls werde ich euch vernichten! Eure Heime werde ich niederbrennen und zerstören. Schwelgenholz will ich in einen Scheiterhaufen verwandeln, und Schwelgenstein soll ein Schindanger werden. Ich werde das Land verwüsten und verheeren, bis die Zeit selbst zum Stillstand kommt. Vernehmt meine Worte und verzweifelt! Unterwerft euch oder sterbt!«
Da packte eine unwiderstehliche Aufwallung den Streitmark; Erbitterung und Wut brodelten in ihm empor. Ohne Ankündigung sprang er auf die Brustwehr. Er spreizte die Beine, um festen Stand zu haben, und schwang trotzig die Fäuste. »Markschänder!« schrie er. »Du Ungeziefer! Ich bin Streitmark Hile Troy! Ich befehle hier. Ich spucke dir ins häßliche Gesicht, Wütrich! Du bist nur ein Sklave! Auch dein Herr ist bloß ein Sklave! Er ist ein Sklave seiner Gier und nagt an seiner Nichtswürdigkeit wie an einem alten fauligen Knochen. Kehr um! Verlaß das Land! Wir sind freie Menschen. Verzweiflung hat keine Macht über uns. Doch ich werde dich Verzweiflung lehren, wenn du's wagst, mit mir den Kampf aufzunehmen!«
Markschänder schnauzte einen Befehl. Bogensehnen schnalzten; Pfeile zischten an Troys Kopf vorbei, als Ruel ihn von der Mauer riß. Troy torkelte, als er sich wieder in Deckung befand, aber Ruel stützte ihn. »Du hast ein ernstes Wagnis auf dich genommen«, sagte Mhoram, als der Streitmark das Gleichgewicht wiedergefunden hatte. »Was hast du dadurch gewonnen?«
»Ich habe ihn ganz blindwütig gemacht«, antwortete Troy mit unsteter Stimme. »Diese Sache muß klappen, und dafür will ich sorgen. Je wilder er wird, um so mehr verbessern sich unsere Aussichten.«
»Bist du dir dessen, was er tun wird, so sicher?«

»Ja.« Troy verspürte eine sonderbare Zuversicht, die Überzeugung, daß er bis zum Ende recht behalten werde. »Er macht's schon – er hat den Marsch unterbrochen. Falls wir ihn genug reizen, könnte es sein, daß er persönlich uns als erster angreift. Seine Armee bleibt stehen. Das ist es, was wir wollen.«

»Dann glaube ich, du hast Erfolg«, bemerkte Lord Callindrill ruhig. Während er das äußerte, spähte er über den Wall. Mhoram und Troy traten zu ihm und sahen, was er meinte. Markschänder hatte sich zurückgezogen, so daß nun zwischen ihm und dem Hügel eine ebene Fläche lag. Rund um ihn verschoben sich Abteilungen seiner Armee. Mehrere tausend Urböse wimmelten umher und bildeten Keile beiderseits der freien Fläche, an den Spitzen die Lehrenkundigen. Sie warteten, während der Riesen-Wütrich mit dem Eisenstab eines Lehrenkundigen am Untergrund einen Kreis zog. Dann befahl Markschänder alle seine Kämpfer, die Urbösen ausgenommen, aus der Nähe des beschriebenen Kreises. Sobald die Umgebung geräumt war, machten sich die Lehrenkundigen an die Arbeit. Indem sie in arhythmischer Einmütigkeit sangen wie ein Chor hypnotisierter Köter, leiteten die zusammengerotteten Urbösen ihre Kräfte vorwärts zu den Keilspitzen, in die Hände ihrer Lehrenkundigen. Die Lehrenkundigen richteten ihre Eisenstangen auf den Rand des von Markschänder gekennzeichneten Kreises und bewegten die Eisen langsam hin und her. Ein gedämpftes Summen begann hörbar zu werden. Die Urbösen sangen in ihrer eigenen ungeschliffenen Sprache, und ihr Gesang brachte die flache, harte Erde ins Beben. Allmählich schwoll das Summen an, als säße im Erdreich ein Schwarm großer, tollwütiger Bienen gefangen. Innerhalb des Kreises begann die Erde langsam in Schwingungen versetzt zu werden. Eine Veränderung erfaßte Erde und Steine, als ob ihre Temperatur steige; unberechenbarer rotglühender Glanz waberte durch den Erdboden, dessen Oberfläche zu sieden anfing. Das

Summen ertönte heftiger, schärfer. Der Prozeß lief gemächlich ab, aber aufgrund der gräßlichen Faszination, die er ausübte, schien er für die Zuschauer recht schnell vor sich zu gehen. Als das Tageslicht vom erschrockenen Himmel zu weichen begann, löste das schrille Summen es ab wie ein Schmerzgeschrei des Erdreichs selbst. Der Kreis des Wütrichs brodelte und wallte, als sei der Boden darin zerflossen.

Das Geräusch ging Troy auf die Nerven; es quälte seine Ohren und verursachte ihm eine Gänsehaut, als habe ihm jemand Eiswürfel unter die Kleidung gesteckt. Schweiß näßte seine augenlosen Brauen. Eine Zeitlang befürchtete er, sich nicht länger beherrschen zu können und in Geschrei auszubrechen. Doch schließlich überstieg die Grellheit des Geräusches die Wahrnehmungsfähigkeit seiner Sinne. Er sah sich dazu imstande, dem Geschehen den Rücken zu kehren und ein bißchen zu verschnaufen. Als er dem Kreis das nächste Mal seine Aufmerksamkeit widmete, hatten sich die Urbösen zurückgezogen. Markschänder stand allein davor. Ein dämonischer Ausdruck verzerrte sein Gesicht, während er ins rote Glutbrodeln des Tümpels starrte. Zwischen den Händen hielt er einen Lehrenkundigen. Der Urböse schnatterte furchtsam und klammerte sich an seinen Stab, vermochte sich aber nicht aus dem Griff des Riesen zu befreien. Mit einem Auflachen hob Markschänder den Lehrenkundigen über den Kopf und schleuderte ihn in den Kreis. Als er aufschlug, erstarb sein Schrei in einer Stichflamme. Nur seine Eisenstange blieb erhalten und begann langsam an der Oberfläche des Pfuhls zu schmelzen. Während die Sonne sank, benutzte Markschänder sein Fragment des Weltübel-Steins, um das geschmolzene Eisen zu verformen, daraus einen neuen Gegenstand zu machen.

»Wozu soll das gut sein?« erkundigte sich Troy so leise bei den Lords, als fürchte er, der Riesen-Wütrich könne ihn hören. »Was treibt er da?«

»Er schmiedet ein Werkzeug«, antwortete Mhoram unterdrückt, »ein Hilfsmittel, um seine Kräfte zu steigern oder zu ballen.«

Die damit verbundenen Implikationen bereiteten Troy ein Gefühl grimmiger Befriedigung. Seine Strategie bewährte sich zumindest in der Beziehung, daß die Hauptmasse des Kriegsheers von dieser besonderen Attacke verschont blieb. Aber er wußte, diese Rechtfertigung war zuwenig. Der letzte Akt seines riskanten Spiels lag ihm wie ein Wackerstein im Magen. Er rechnete damit, den Befehl übers Kriegsheer zu verlieren, sobald er seinen Plan bekanntgab; die Krieger konnten sich darüber so entsetzen, daß sie meuterten. Nach all seinen Siegesversprechungen fühlte er sich wie ein falscher Prophet. Doch sein Plan war jetzt die einzige Hoffnung des Kriegsheers, die einzige Hoffnung des Landes. Er hatte alles davon abhängig gemacht, daß sich Mhoram der Aufgabe, die ihm im Rahmen des Plans zufiel, als gewachsen erwies. Mit dem Sonnenuntergang schwand seine Sicht. Er mußte sich auf Mhorams Auskünfte über die Fortschritte des Wütrichs verlassen. Er fühlte sich in der Dunkelheit gefangen, seiner Befehlsgewalt beraubt. Er sah nur das formlose, düstere Leuchten des verflüssigten Untergrunds.

Gelegentlich bemerkte er das Flackern und Blitzen schauerlichen Grüns im Rot, aber dergleichen bedeutete ihm nichts. Sein einziger Trost bestand aus der Tatsache, daß Markschänders Vorbereitungen Zeit beanspruchten.

Zu beiden Seiten Troys beobachteten Trutzmark Amorines Fähnlein die Bemühungen des Wütrichs. Niemand schlief; die nahe Bedrohung durch Markschänders Heer zog jeden in ihren Bann. Der Mondaufgang milderte die Nachtschwärze nicht im geringsten; bis zum Mondwechsel waren es nur noch drei Tage. Aber die Schmiedetätigkeit des Wütrichs erhellte die Nacht genug, um die Sterne zum Verblassen zu bringen. Während des ganzen langen nächtlichen Wachens entfernte sich Markschänder kein einziges Mal von seinem Kreis voller Lavamasse. Einige Zeit nach Mitternacht angelte er sein brandneues Zepter heraus und kühlte es ab, indem er es unter Erzeugung eines Funkenregens über seinem Kopf hin- und herschwang. Dann befestigte er am einen Ende sein Stück vom Weltübel-Stein. Doch auch danach verblieb er an seinem Kreis. Als die Nacht sich allmählich dem Tagesanbruch näherte, vollführte er überm erweichten Erdboden Gebärden und sang dazu, wob aus der heißen Gewalt Beschwörungen. Sie warf auf seine Bewegungen grausiges Licht, und dann und wann flammte der Stein auf und verlieh seiner Bosheit einen grünlichen Schimmer. Aber das spielte für Troy keine Rolle. Er hielt an seiner Hoffnung fest. Inmitten der Finsternis waren seine Berechnungen die einzige ihm verbliebene Realität, und er wiederholte sie insgeheim, als seien sie Zaubersprüche zum Vertreiben der Nacht. Als aus dem Osten der erste Helligkeitsstreifen der Morgendämmerung zu ihm vordrang, verspürte er so etwas wie freudige Erregung. Leise fragte er nach Amorine. »Streitmark?« Sie befand sich zu seiner Rechten.

»Hör zu, Amorine. Das Ungeheuer dort unten hat seinen entscheidenden Fehler begangen – er hat zuviel Zeit verschwendet. Jetzt lassen wir ihn dafür büßen. Laß die Krieger sofort aus der Stadt verschwinden. Sie sollen dem Kriegsheer folgen. Was auch geschieht, der Riese wird längst nicht so viele von uns erwischen, wie er glaubt. Nur so viele Krieger sollen bleiben, wie wir noch einsatzfähige Pferde haben.«

»Vielleicht sollten wir alle abrücken«, meinte sie, »bevor der Wütrich angreift.«

Troy grinste über diese Idee. Er konnte sich lebhaft Markschänders Wut vorstellen, griff er Doriendor Korischew an und fand es leer vor. Aber er wußte, daß er noch nicht genug Zeit gewonnen hatte. »Ich möchte ihm noch einen zusätzlichen halben Tag abringen«, antwortete er. »Mit den Bluthütern und acht Fähnlein ist das möglich. Aber jetzt vorwärts!«

»Jawohl, Streitmark.« Sie verließ sofort seine Seite, und bald darauf konnte er hören, wie sich die Mehrheit der Krieger absetzte. Er klammerte sich an die Brustwehr und starrte dem Sonnenaufgang entgegen, wartete auf seine mentale Sicht. Etwas später bemerkte er, daß sich der trockene Wind aus dem Süden verstärkte. Dann wich der geistige Nebel. Zuerst konnte er nur die geborstene Mauer erkennen, danach den Abhang; schließlich sah er die feindliche Armee, die vor der Ruinenstadt aufmarschiert war. Sie hatte sich im Laufe der Nacht nicht gerührt. Sie hatte es auch nicht nötig. Markschänder stand noch immer an seinem Kreis. Die Glut im Boden war erloschen, aber ehe sie nachließ, hatte er sie benutzt, um sich in einen schimmernd-durchsichtigen Kokon aus Energie zu hüllen. Er stand darin mit der steifen Gradgliedrigkeit einer Ikone. Sein Zepter reckte er starr über den Kopf empor; er regte sich nicht; er blieb stumm. Doch als der erste Sonnenstrahl auf ihn fiel, sprang der Wind plötzlich in kräftige Böen um, die einem stoßweisen Ausatmen durch die Zähne der Wüste glichen. Und er schwoll zu ständigen unregelmäßigen Windstößen an, den vorderen Ausläufern eines Schirokko ähnlich.

Da löste der gepreßte Aufschrei eines Kriegers Troys Aufmerksamkeit vom Markschänder. Er wandte den Kopf und blickte in den Rachen des immer stärker werdenden Windes. Aus Südosten, wo der Südlandrücken an die Graue Wüste grenzte, brauste ein Tornado auf Doriendor Korischew zu. Seine gewellte Säule durchpflügte die Einöden geradewegs in Richtung auf die Ruinenstadt. Sie vermittelte einen Eindruck so gewaltiger Mächtigkeit, daß mehrere Sekunden verstrichen, bevor Troy begriff, daß das kein Wirbelsturm nach seinem Verständnis war; er brachte weder Wolken noch Regen mit: er war so trocken wie die Wüste. Und er trug weder Staub noch Sand heran; er war so klar wie leere Luft. Eigentlich hätte er unsichtbar sein müssen. Aber die bloße Kraft, mit der die Säule heranjagte, machte ihre Beobachtung möglich. Er spürte ihre Annäherung. Er fühlte sie so deutlich kommen, daß ihm anfangs nicht auffiel, daß der Tornado sich nicht mit dem Wind bewegte. Der Sturm wehte direkt aus dem Süden, fegte unterwegs Staub vom Untergrund auf. Und der Tornado durchquerte den Wind genau diagonal zu dessen Richtung, mißachtete ihn, um geradewegs auf Doriendor Korischew zuzuheulen. Troy starrte ihm entgegen. Staub verklebte seinen Gaumen, aber das bemerkte er erst, als er etwas zu rufen versuchte. Daraufhin riß er sich unter krampfartigem Husten von dem Anblick los. Sofort bekam er den Schirokko zu spüren. Als er sich vom Tornado abwandte, brachte ihn die Wucht, mit welcher der Wind wehte, ins Taumeln. Ruel fing ihn auf. Er umkreiste den Bluthüter und warf sich hinüber zu Lord Mhoram.

»Was ist das?« brüllte er, als er sich neben Mhoram befand.

»Der Schöpfer bewahre uns!« stieß Mhoram hervor. Das Heulen des Sturms riß ihm die Stimme von den Lippen; Troy konnte ihn kaum hören. »Das ist ein Wirbel des Entsetzens.«

Troy versuchte, seine nächste Frage durch den Wind in Mhorams Ohren zu schreien. »Was kann er anrichten?«

»Uns Entsetzen einflößen!« antwortete Mhoram, indem er Troy direkt ins Gesicht brüllte. Im nächsten Moment zerrte er an Troys Arm und deutete nach oben, zum himmelwärtigen Trichter des Tornados. Dort flogen zwei Dutzend finsterer Geschöpfe, flatterten in den höchsten Bereichen des Wirbels mit. Der Tornado hatte bereits mehr als die Hälfte der Entfernung nach Doriendor Korischew zurückgelegt, und Troy vermochte die Wesen deutlich zu erkennen. Es handelte sich um Vögel, so groß wie *Kresch.* Sie besaßen zusammengedrückte, satanische Gesichter wie Fledermäuse, weite adlerhafte Schwingen und kraftvolle, messerscharfe, nadelspitze Klauen.

Beim Fliegen riefen sie sich gegenseitig und entblößten dabei Doppelreihen krummer Zähne. Ihr Flügelschlag zeugte von bösartiger Lust. Sie waren die fürchterlichsten Kreaturen, die Troy je gesehen hatte. Während er ihnen entgegenspähte, bemühte sich Troy fieberhaft, sich auf ihre Attacke gefaßt zu machen – er versuchte, ihre Geschwindigkeit zu schätzen, die restliche Zeit bis zu ihrer Ankunft zu überschlagen, eine Abwehr zu planen. Aber sie erschütterten sein seelisches Gleichgewicht; er vermochte sich keine Existenz auszumalen, die ihnen das Dasein gestattete. Er rang um seine Handlungsfähigkeit, um ausreichende Wiederherstellung seiner Gemütsfassung, die Einsicht, daß er den Wirbel des Entsetzens schon wirken fühlte. Aber er war wie gelähmt. Ringsum erschollen Stimmen. Er erhielt einen vagen Eindruck, daß Markschänders Horden den Wirbel mit diebischem Vergnügen begrüßten – oder fürchteten sie sich ebenfalls davor? Er konnte es nicht unterscheiden.

Dann packte Ruel ihn am Arm, zerrte ihn von der Mauer und brüllte ihm ins Ohr. »Komm, Streitmark! Wir müssen uns zur Verteidigung bereitmachen!« Troy erinnerte sich nicht daran, schon einmal einen Bluthüter brüllen gehört zu haben. Doch selbst jetzt verriet Ruels Stimme keine Panik. Troy empfand eine derartige Immunität irgendwie als grausig. Er wollte in die Runde spähen, aber der Sturm peitschte so viel Staub über die Ruinen empor, daß sich keine Einzelheiten erkennen ließen. Beide Lords waren nun fort. Krieger liefen in alle Richtungen auseinander, stemmten sich unsicher gegen den Wind. Bluthüter sprangen ins Blickfeld und wieder hinaus wie durchgedrehte Grabschänder.

»Wir müssen die Pferde schützen!« brüllte Ruel weiter. »Sie werden aus Furcht vergehen!«

Für einen einsamen Moment innerer Verlorenheit wünschte Troy, Hoch-Lord Elena sei hier, damit er ihr sagen könne, daß das alles nicht seine Schuld war; da begriff er jedoch plötzlich, ihm war wieder ein Fehler unterlaufen. Kam er um, wußte niemand noch, wie sich das Kriegsheer retten ließ. Er würde seinen letzten Plan mit in den Tod nehmen, und als Folge würde jeder Mann, jede Frau seines Kriegsheers abgeschlachtet. Diese Erkenntnis schien ihm auf einmal den Rest zu geben. Er sackte in die Knie. Der Schirokko und der Staub drohten ihn zu ersticken.

»Streitmark!« donnerte Ruels Stimme. »Die Verderbnis greift an!« Beim Wort ›Verderbnis‹ überkaum Troy völlige Geistesklarheit. Furcht erfüllte all seine Gedanken mit kristallharter, scharfer Entschiedenheit. Augenblicklich begriff er, daß Ruels Bemühungen ihm, Troy, im Wege standen; Ruels unerschütterliche Treue kam einem Anschlag auf seine Entscheidungsgewalt gleich. Seine Einsicht verursachte ihm ein Schwindelgefühl, aber trotzdem reagierte er überlegt, umsichtig. Er schaute nochmals rundum, sah noch ein oder zwei Gestalten durch die wilde, fahle Wirrnis von Sturm und Staub hasten. Ruel machte Anstalten, ihn handgreiflich mitzuschleppen. Droben ließen sich die riesigen Vögel auf die Ruinen herabfallen. Troy nahm einen Stein und rappelte sich auf. Als Ruel ihn anfaßte, wies er plötzlich hinter den Bluthüter. Ruel drehte sich um. Troy schlug ihm den Stein auf den Hinterkopf. Dann begann der Streitmark zu rennen. Gegen den Wind kam er nicht voran, also bewegte er sich schräg hindurch. Die Mauern von Gebäuden ragten aus dem Staub bedrohlich rings um ihn empor. Er näherte sich einem Eingang. Unvermittelt lief er Trutzmark Amorine in die Arme. Amorine hielt ihn fest und schrie mit Lauten auf ihn ein, die nach Furcht klangen. Aber auch sie strotzte von Treue und war daher jemand, der ihn gefährdete; er stieß sie mit seiner Schulter über den Haufen, so daß sie mit gespreizten Gliedern der Länge nach hinflog. In der nächsten Sekunde tauchte er im Irrgarten des ›Heims der

Meister‹ unter. Mehrmals stürzte er, wenn der Sturm durch unvermutete Breschen in den Mauern auf ihn traf. Aber er kämpfte sich vorwärts. Die Klarheit seines Entsetzens war vollkommen; er wußte, was er zu tun hatte. Nach einer raschen, wirren Auseinandersetzung mit dem Chaos entdeckte er, was er benötigte. Er gab sich einen Ruck und schleppte sich in die Mitte einer weiten, offenen Fläche – dem restlichen Grundriß einer der Versammlungshallen Doriendor Korischews. In dieser ungeschützten Zone bearbeitete die Gewalt des Sturms ihn mit boshafter Wucht. Er hieß den Wind willkommen. Er empfand ein paradoxes Vergnügen an seiner Furcht; das eigene Entsetzen bereitete ihm Freude. Er stand wie ein verzückter Fanatiker auf der freien Fläche und schaute hoch, fragte sich, wie lange er warten müsse. Als er hinter sich blickte, tat sein Herz einen Satz. Einer der Vögel schwebte mühelos auf ihn zu, als sei er unbeschränkter Herrscher über den Wind. Er flog eindeutig auf Troy zu. Die Leichtigkeit seiner Bewegungen jagte dem Streitmark einen Schauder über den Rücken, und er duckte sich, um ihm entgegen zwischen die Kiefer zu springen. Aber als der Vogel näher kam, sah er in den mächtigen Krallen Ruels schlaffen Leichnam hängen. Er konnte Ruels plattes, leidenschaftsloses Gesicht erkennen. Der Bluthüter wirkte wie ein Betrogener.

Eine Zuckung suchte Troy heim. Als der Vogel herabschwebte, erinnerte er sich wieder daran, wer er war; das gräßliche Maß seines Erschreckens belebte seine Muskeln wie mit einem elektrischen Schlag. Er riß sein Schwert heraus und hieb zu. Der Streich spaltete dem Vogel den Schädel. Sein Gewicht ließ ihn niedertorkeln. Grünes Blut spitzte Troy auf Kopf und Schultern. Das warme Blut brannte wie ein Ätzmittel, und es stank so stark nach Rosenöl, daß es ihm den Atem verschlug. Mit einem erstickten Laut betastete er seine Stirn, versuchte den Schmerz fortzuwischen. Aber die Säureglut verzehrte seinen Stirnreif, brannte sich durch seinen Schädel ins Hirn. Er verlor die Besinnung.

Er erwachte inmitten von Stille und nächtlicher Finsternis. Nach einer unbestimmbar ausgedehnten Zeitspanne, vielleicht so lang wie ein endloser Schrei, hob er den Kopf. Der Wind hatte ihn mit Staub bedeckt, und seine Regung wühlte ihn nun wieder auf. Er geriet ihm in Mund, Kehle und Lungen. Aber er unterdrückte den Hustenanfall und lauschte hinaus in die Dunkelheit. Überall ringsum war Doriendor Korischew still wie ein Hügelgrab. Der Sturm und der Wirbel waren beide vergangen, hatten auf ihrem Pfad nur mitternächtlichen Staub und Tod zurückgelassen. Das Schweigen lastete wie ein Fluch auf den Ruinen. Dann mußte er letztendlich doch husten. Er keuchte, röchelte und würgte, raffte sich auf die Knie hoch. Seine Handlungen klangen in den eigenen Ohren unverhältnismäßig laut. Er gab sich Mühe, die Heftigkeit seines Hustens zu bändigen, aber er mußte warten, bis der Anfall abklang. Als er vorbei war, bemerkte er, daß er noch immer sein Schwert umklammerte. Unwillkürlich packte er es noch fester. Er verwünschte seine nächtliche Blindheit, aber andererseits mußte er sich sagen, daß die Dunkelheit seine einzige Hoffnung bedeutete. Sein Gesicht pochte schmerzhaft, doch er achtete nicht darauf. Während er überlegte, blieb er in völliger Reglosigkeit stehen. So lange nach dem Wirbelstum, folgerte er, mußten alle seine Leute tot oder geflohen sein. Soweit der Tornado und die Vögel sie nicht niedergemacht hatten, mußte Markschänders Heer die Ruinen von ihnen gesäubert haben. Folglich durfte er von ihrer Seite keine Hilfe erwarten. Er hatte überdies keine Ahnung, wieviel von diesem Heer zurückgeblieben war und das ›Heim der Meister‹ besetzt hielt. Ferner konnte er nicht sehen. Bis zum Tagesanbruch war er hilflos. Nur die Finsternis schützte ihn; er selbst konnte sich nicht verteidigen. Zuerst reagierte er mit dem Entschluß, zu bleiben, wo er sich befand, und zu hoffen, man werde ihn nicht aufspüren. Doch gleich darauf sah er die Aussichtslosigkeit dieser Absicht ein. Günstigstenfalls konnte er damit seinen Tod aufschieben. Wenn die Morgendämmerung heraufzog, stünde er nach wie vor allein gegen eine unbekannte Zahl von Gegnern. Nein, seine einzige Chance bestand darin, jetzt aus der Stadt zu schleichen und in den Einöden zu verschwinden. Dort fand er vielleicht ein Erdloch oder einen Felsspalt, um sich darin zu verstecken. Diese Flucht war durchführbar, um Haaresbreite möglich, weil er über einen Vorteil verfügte: niemand in Markschänders Gefolge außer den Urbösen konnte sich bei Nacht so gut durch die Ruinen bewegen wie er. Und der Wütrich hatte bestimmt keine Urbösen zurückgelassen. Sie waren zu wertvoll. Wenn Troy sich auf den Einsatz seiner alten Fähigkeiten konzentrierte – sein Gespür für Raumverhältnisse, sein Gedächtnis fürs Terrain –, mußte es ihm gelingen, die Stadt zu durchqueren, ohne die Hand vor Augen zu sehen. Er mußte sich darauf verlassen, daß sein Gehör ihn vor Feinden warnte. Kurzentschlossen machte er einen Anfang, indem er sein Schwert in die Scheide zurückschob. Dann begann er sich über den warmen Sand vorwärts zu tasten. Er mußte zunächst ermitteln, wo er sich aufhielt, und zu diesem Zweck gab es nur eine Methode. In der Nähe fanden seine Hände einen Flecken Untergrund, der sich versengt anfühlte. Der Dreck, der seine Finger verklebte, stank nach Rosenöl. Auf dem versengten Boden ertastete er Ruels verkrümmten Leichnam. Sein Tastsinn verriet ihm, daß Ruels Leiche stark verkohlt war; der finstere, üble Vogel mußte, als er starb, in Flammen aufgegangen und verbrannt sein, so daß nur der tote Bluthüter liegenblieb. Der Kontakt mit dieser Stelle verursachte Troy Ekel, und er wich hastig zurück. Er schwitzte stark. Schweiß juckte in seinen Brauen. Die Nacht war warm; anscheinend hatte der Sonnenuntergang keinerlei Linderung über die Ruinen gebracht. Die Arme auf seinem Bauch überkreuzt, richtete er sich auf. Als er wieder unsicher inmitten der freien Fläche stand, versuchte er, jeden Gedanken an Ruel und den Vogel aus seinem Bewußtsein zu verdrängen. Er hatte sich jetzt darauf zu besinnen, wie man mit Blindheit zurechtkam; es galt, sich in den Ruinen zu orientieren. Doch es gelang ihm nicht, eindeutig festzustellen, von wo aus er diesen offenen Raum betreten hatte. Indem er vor sich mit den Armen fuchtelte, machte er sich auf die Suche nach einer Mauer.

Seine Füße mißtrauten dem Untergrund – er brachte es nicht fertig, sie sicher aufzusetzen –, und er bewegte sich mit schwerfälliger Unbeholfenheit. Sein Gleichgewichtssinn war dahin. Sein Gesicht war wie wund, und in seinen leeren Augenhöhlen brannte Schweiß. Aber er konzentrierte sich mit gewaltigen inneren Anstrengungen und maß die Distanz, die er zurücklegte. Nach zwanzig Metern gelangte er zu guter Letzt an eine Wand. Er stieß schräg dagegen, drehte jedoch prompt ihrem Verlauf seine Seite zu und stapfte an der Mauer entlang. Er brauchte eine Lücke, die es ihm erlaubte, beide Seiten der Mauer gleichzeitig zu berühren. Jeder Temperaturunterschied zwischen ihren beiden Seiten war dazu geeignet, ihm die Richtung zu weisen. Nach nochmals zwanzig Meter kam er in eine Ecke. Er wandte sich nach rechts und folgte dem Verlauf dieser zweiten Wand. Er hielt sich parallel zu ihr, indem er mit seinen Fingern daran entlangstreifte. Kurz darauf stolperte er in einen Haufen Trümmer und fand einen Durchlaß. Die Mauer war dick, aber er konnte sie beiderseits anfassen, ohne sich die Arme auszukugeln. Beide Seiten fühlten sich ziemlich warm an, aber er meinte, an der inwärtigen Wand eine leicht höhere Temperatur festzustellen. Das war die westliche Richtung, folgerte er daraus; die Nachmittagssonne mußte die Westseite einer Mauer erhitzen. Nun hatte er zu entscheiden, welche

Richtung er einschlug. Ostwärts war die Wahrscheinlichkeit, Feinden zu begegnen, am geringsten. Da man ihn noch nicht gefunden hatte, waren sie vielleicht schon vorbei; sicherlich durchkämmten sie die Ruinenstadt von Osten nach Westen, in die Richtung, wohin das Kriegsheer sich abgesetzt hatte. Aber falls noch eine Chance auf Hilfe durch seine Freunde oder Mehryl bestand, dann bestimmt an der Westseite der Stadt. Anscheinend gab es für dies Dilemma keine Lösung.

Er schüttelte den Kopf und stöhnte mit zusammengepreßten Zähnen. Aber sofort stopfte er sich den Mund mit Schweigen. Er beschloß, nach Westen zu gehen, wo Mehryl sein mußte. Das höhere Risiko war einer ungefährlicheren Flucht ostwärts vorzuziehen – einer Flucht, an deren Ende er allein in den Südlichen Einöden festsitzen müßte, ohne Wasser, Nahrung oder Reittier. Einige Augenblicke lang lehnte er sich an die unnatürlich warme Wand und atmete tief durch, um sich zu fassen. Dann straffte er sich, richtete alle Konzentration, die er zustande bringen konnte, auf seinen Orientierungssinn und verließ geradewegs die Trümmer des uralten Bauwerks. Er kam nur langsam voran. Die Unsicherheit seiner Schritte ließ ihn mehrfach von der direkten westlichen Himmelsrichtung abirren. Doch er korrigierte die Abweichungen nach bestem Vermögen und strebte weiter. Ohne den Halt einer auf Armlänge befindlichen Mauer verschlechterte sein Gleichgewichtssinn sich mit jedem Schritt. Ehe er dreißig Meter zurückgelegt hatte, schien sich alles um ihn zu drehen, und er fiel auf die Knie. Er mußte sich die Kehle zudrücken, um ein Wimmern zu unterbinden. Als er wieder auf den Füßen stand, hörte er gelassenes Lachen – zuerst nur von einer Stimme, dann von mehreren. Es klang grausam, als gelte es ihm. Es hallte schwach von den Mauern wider, so daß er nicht feststellen konnte, woher es kam, doch anscheinend ertönte es irgendwo vor ihm. Er verharrte auf der Stelle. Hilflos gab er sich der Hoffnung hin, die Dunkelheit werde ihn verbergen. Aber eine Stimme zerstörte diese Hoffnung. »Seht da, Brüder«, sagte sie. »Ein Mensch … allein.« Ihre Sprechweise war schwerfällig, breiig aus Geseiber, aber Troy verstand die Worte. Er hörte die Bosheit im gedämpften mehrfachen Gelächter, das darauf antwortete. Andere Stimmen erklangen.

»Ein Mensch, ja. Der Schlächter hol ihn!«

»Seht. So feine Kleider. Ein Feind.«

»Ha! Schau besser hin, Narr. Das ist kein Mensch.«

»Er hat keine Augen.«

»Ist's ein Urböser?«

»Nein – ein Mensch, sag ich. Ein Mann ohne Augen! Das gibt 'nen Ulk, Brüder.«

Wieder lachten alle Stimmen. Troy hielt sich nicht damit auf, darüber nachzudenken, wieso man ihn sehen konnte. Er machte kehrt und lief zurück in die Richtung, aus der er gekommen war. Sofort verfolgte man ihn. Er konnte das Klatschen nackter Füße auf dem Stein hören, schnelles Atmen. Man holte ihn rasch ein. Jemand gelangte in Reichweite, stellte ihm ein Bein. Als er stürzte, kreiste das Geräusch der Füße ihn ein. »Macht langsam, Brüder. Nicht gleich abmurksen. Wir können alle unseren Ulk haben.«

»Bringt ihn nicht um.«

»Nicht umbringen? Ich will töten. Töten und essen.«

»Der Riese wird ihn haben wollen.«

»Aber erst machen wir uns 'nen Ulk.«

»Warum sollen wir dem Riesen was verraten, Brüder? Er ist gierig genug.«

»Er ißt unser Fleisch.«

»Wir behalten den hier für uns, jawohl.«

»Der Schlächter hol den Riesen.«

»Seine teuren Urbösen! Wenn Gefahr droht, müssen Kämpfer nach vorn.«

»Ja! Brüder, das Fleisch hier essen wir selber.«
Troy raffte sich hoch. »Geh voran!« hörte er durch das Gebrabbel der übrigen Stimmen. Beinahe fiel er nochmals. Falls diese Geschöpfe die ersten Angehörigen von Markschänders Heer waren, die das ›Heim der Meister‹ betraten ...? Doch er verscheuchte die Implikationen dieses Gedankens und zückte sein Schwert.
»Ein Schwert? Hoho!«
»Seht, Brüder! Der Mann ohne Augen möchte ein Spielchen mit uns treiben.«
»Dann spiel!« Troy hörte das Zischen einer Peitsche; ihr Flechtwerk ringelte sich um sein Handgelenk. Er erhielt einen Ruck, der ihn erneut von den Beinen riß. Starke Hände entwanden ihm das Schwert. Jemand trat ihn gegen den Brustkorb und warf ihn auf den Rücken. Aber seine Brustplatte schützte ihn vor ernsteren Folgen.
»Beim Schlächter!« kreischte eine Stimme. »Mein Fuß!«
»Tölpel«, lautete die Entgegnung. Gelächter erscholl.
»Tötet ihn!« Eine metallene Waffe klirrte gegen seine Brustplatte, fiel auf den Untergrund. Er klaubte danach im Sand, aber sofort schubsten Hände ihn beiseite. Er wich aus und stand von neuem auf. Wieder hörte er die Peitsche fauchen, und diesmal traf sie seine Fußknöchel. Aber er kam nicht noch einmal zu Fall.
»Bringt ihn noch nicht um. Wo bleibt da der Ulk?«
»Er soll uns sein Spielchen zeigen.«
»Ja, Brüder. Wir wollen unser Spielchen haben.«
»Zeig uns dein Spielchen, Mann ohne Augen!«
Ein Peitschenhieb brannte in seinem Nacken. Er taumelte unter dem wuchtigen Schlag. Das verwirrende Kreuzfeuer von Stimmen ging weiter. »Dein Spielchen, der Schlächter hole dich!«
»Wir wollen unseren Ulk haben.«
»Wozu Ulk? Ich will Fleisch.«

»Der Riese gibt uns Sand zu fressen.«

»Dein Spielchen, sag ich! Bist du blind, Mann ohne Augen? Blendet dich die Sonne?«

Diesen miesen Scherz belohnte man mit lautem Gelächter. Aber Troy verharrte in seiner Bestürzung völlig still. *Die Sonne?* dachte er fassungslos. Dann hatte er die falsche Richtung eingeschlagen, nach Osten statt nach Westen; er war diesen Kreaturen direkt in die Arme gelaufen. Er wollte schreien. Aber er war längst übers Schreien hinaus. Er fühlte sein Lebenslicht erlöschen. Seine Hände zitterten, als er vergeblich seine Schutzbrille zurechtzurücken versuchte. »Guter Gott«, stöhnte er auf. Benommen, als wüßte er gar nicht, was er da tat, hob er seine Finger an die Lippen und stieß einen schrillen Pfiff aus. Die Peitsche knallte um seine Taille und warf ihn nieder.

»Dein Spielchen!« brüllten die Stimmen verworren durcheinander. »Dein Spielchen!« Als er wieder hochtorkelte, hörte er Hufschlag. Einen Moment später drang Mehryls Wiehern durch das Geschnatter der Stimmen. In Troys Ohren klang es wie ein Trompetenstoß. Er hob ruckartig den Kopf, seine Ohren lauschten in die Ferne, um zu ermitteln, wo sich der Ranyhyn befand. Die Stimmen gingen über in hungriges Krakeelen, während die Hufe näher donnerten.

»Ranyhyn!«

»Tötet ihn!«

»Fleisch!«

Fäuste packten Troy. Er rang mit einer Hand, die ein Messer hielt. Doch dann erreichte das Dröhnen der Hufe seine Nähe. Ein Stoß schleuderte seinen Bedränger zur Seite. Troy drehte sich, versuchte auf Mehryls Rücken zu springen. Aber er stellte sich bloß Mehryl in den Weg. Der Ranyhyn prallte mit der Schulter gegen ihn, rannte ihn um. Das Gepatsche nackter Füße zeugte vom Angriff auf den Ranyhyn. Die Peitsche klatschte, Messerklingen sausten. Man drängte Mehryl von ihm ab. Hufe klackerten über Stein, als der Ranyhyn den Rückzug antrat. Unter Triumphgeheul verfolgten ihn die Kreaturen. Der Lärm entfernte sich. Troy stemmte sich von neuem hoch. Sein Herz wummerte in der Brust; in seinem Gesicht pochte heißer Schmerz. Die Geräusche der Verfolgungsjagd ließen den Anschein entstehen, daß man ihn allein zurückgelassen hatte. Dennoch rührte er sich nicht. Er nahm all seine Konzentration zusammen und versuchte, durch das schmerzhafte Pochen in die Umgebung hinauszulauschen. Für einen langen Moment wirkte der Raum rings um ihn leer und still. Er bewegte die Arme und stieß an gar nichts. Doch da vernahm er stoßweises Atmen. Troy zitterte haltlos. Er verspürte den Wunsch zum Kehrtmachen und Weglaufen. Aber er zwang sich zum Ausharren. Er konzentrierte sich, widmete seine gesamte Aufmerksamkeit den Lauten der Umwelt. In einiger Entfernung hatte Mehryl die anderen Geschöpfe abgehängt. Sie kehrten zurück; er konnte sie kommen hören.

»Ich bring dich um«, fauchte unterdessen eine Stimme in seinem unmittelbaren Umkreis. »Wegen dir ist mein Fuß verletzt. Der Schlächter hole die andern. Du gibst mein Fleisch ab.«

Troy spürte, wie das Geschöpf herankam. Er nahm es in der Dunkelheit wie einen leichten Druck gegen sein Gesicht wahr. Der heisere Atem keuchte lauter. Er verspürte die Gegenwart der Kreatur mit jedem Schritt greifbarer, den sie tat. Die Anspannung war schier unerträglich, aber er blieb reglos stehen. Er wartete. Eine unbestimmbare Zeitspanne verstrich. Plötzlich fühlte er, wie das Wesen sich zum Sprung duckte. Er riß die Kordel des Mähnenhüters Reumut von seinem Gürtel, warf sie dem Geschöpf um den Hals, sobald es angriff, und gab ihr einen Ruck. Er zerrte mit aller Kraft. Der Anprall des Angreifers warf ihn hintenüber, aber er klammerte sich an die

Kordel, hielt sich daran fest. Das Wesen fiel auf ihn. Er warf sich mit dem vollen Körpergewicht seitwärts und danach selbst auf das Geschöpf. Er ließ im Ziehen nicht locker. Endlich fühlte er die Gestalt unter sich erschlaffen. Trotzdem ließ er nicht los. Er straffte die Kordel und schlug den Kopf der Kreatur wiederholt auf den Fels. Er rang um Atem. Undeutlich hörte er, wie die anderen Wesen auf ihn losstürmten.

Da durchknisterten energetische Ausbrüche die Luft. Rundum schossen Flammen empor. Er hörte Geschrei und das Klirren von Schwertern. Bogensehnen schnalzten. Lebewesen heulten auf, flohen, brachen plump zusammen. Im nächsten Moment richteten andere Hände Troy auf. Man entwand Reumuts Kordel seinen verkrampften Fingern.

»Streitmark«, rief Trutzmark Amorine. »Streitmark! Dem Schöpfer sei Dank, du bist gerettet!« Amorine weinte vor Erleichterung. Leute umdrängten Troy.

»Mein Freund«, hörte er Lord Mhoram sagen, »du hast uns eine fröhliche Jagd beschert. Ohne Mehryls Hilfe hätten wir dich nicht rechtzeitig entdeckt.« Die Stimme drang körperlos aus dem Nichts. Anfangs vermochte Troy nicht zu sprechen. Sein Herz machte eine Krise durch. Er mußte so mühselig nach Luft schnappen, daß er kaum auf den Beinen bleiben konnte. Sein Keuchen klang, als versuche er zu schluchzen.

»Streitmark«, fragte Amorine, »wie geschieht dir?«

»Die Sonne!« röchelte er. »Die Sonne … scheint sie?« Die Anstrengung des Sprechens schien sein Herz zu durchbohren.

»Streitmark? Ach, Streitmark! Was hat man dir getan?«

»Die Sonne!« würgte er hervor. Verzweifelt wollte er seiner Fragestellung mehr Nachdruck verleihen, aber er konnte nur vergeblich mit dem Fuß aufstampfen.

»Die Sonne steht über uns«, antwortete Mhoram. »Wir haben den Wirbelsturm und seine greulichen Geschöpfe durchgestanden. Aber nun beginnt Markschänders Heer in Doriendor Korischew vorzudringen. Wir müssen eilends abziehen.«

»Mhoram«, keuchte Troy heiser. »Mhoram …« Er stolperte vorwärts und sackte dem Lord in die Arme.

Mhoram hielt ihn in tröstlicher Umarmung. Wortlos stützte ihn der Lord, bis seine Qual ein wenig nachließ und er wieder leichter atmete.

»Ich sehe, du hast einen der Vögel des Verächters erschlagen, mein Freund«, sagte Mhoram dann in ruhigem Ton. »Das war wohlgetan. Lord Callindrill und ich sind noch am Leben. Etwa siebzig Bluthüter haben überlebt. Trutzwart Amorine ist eine Handvoll Krieger geblieben. Nachdem der Wirbelsturm vorüber war, kehrten die Ranyhyn zurück. Sie erretteten viele Pferde. Mein Freund, wir müssen fort.«

Etwas von Mhorams Gefaßtheit übertrug sich auf Troy, und er begann seine Selbstbeherrschung wiederzugewinnen. Er mochte dem Lord keine Last sein. Bedächtig trat er zurück, hielt sich selbst aufrecht. »Ich muß dir den Rest meines Plans erklären«, sagte er, seine wunde Stirn mit den Händen bedeckend, als versuche er seine Augenlosigkeit zu verbergen.

»Kann das warten? Wir müssen fürwahr ohne Verzug fort.«

»Mhoram«, stöhnte Troy mit zerrütteter Stimme, »ich kann nichts mehr sehen.«

20
Die Würgerkluft

Zwei Tage später – kurz vor der Mittagsstunde des Tages vorm Mondwechsel – führte Lord Mhoram das Kriegsheer zum Memmeneck, dem südlichsten Zipfel der Würgerkluft. In der mittäglichen Wärme hatte das Heer – mit Geschlurfe und Gestolper wie ein Sterbender – das Vorgebirge umquert und war nordwärts marschiert, und nun kam es direkt vorm Rachen der verhängnisvollen Würgerkluft zu einem unsicheren Halt. Die Krieger standen in einer weiten, grasigen Ebene – das Gras war das erste üppige Grün, das sie seit dem Verlassen der Südlandebenen zu sehen erhielten. Vor ihnen lag der Wald. An beiden Seiten, im Osten und Westen, jeweils vielleicht eine Länge weit entfernt, ragten Berge in die Höhe, unzugänglich steile Gipfel, die wie die Kiefer der Würgerkluft wirkten. Und hinter ihnen näherte sich das Heer *Moksha*-Markschänders. Der Riesen-Wütrich trieb seine Streitkräfte erbarmungslos vorwärts. Trotz der Verzögerung in Doriendor Korischew waren sie nicht mehr als zwei Längen entfernt.

Dies Wissen verstärkte Lord Mhorams kalte, zermürbende Furcht. Er hatte wenig Zeit, um den Versuch zu unternehmen, Streitmark Troys Plan zu verwirklichen. Aus seiner Sicht gab es keinen Ausweg und keine Hoffnung außer jener Lösung, die Troy ersonnen hatte. Falls Mhoram keinen Erfolg erzielte – und zwar bald! –, mußte das Kriegsheer zwischen der Würgerkluft und den Truppen des Wütrichs aufgerieben werden. Doch er bezweifelte, daß er überhaupt Erfolg haben konnte, unabhängig von der Zeit, die ihm zur Verfügung stand. Möglicherweise würde er in einem Jahr oder in zwanzig Jahren genauso scheitern. Die Anforderung war so groß …! Nicht einmal der

Wirbel des Entsetzens hatte ihn mit einem solchen Gefühl der Hilflosigkeit erfüllt. Dennoch schauderte es ihn, wenn er sich an den Wirbel erinnerte. Obwohl Troy das Kriegsheer als Ganzes buchstäblich vorm Untergang bewahrt hatte, waren die Männer und Frauen, die das ›Heim der Meister‹ besetzt hielten, wenngleich sie überlebten, doch schwer mitgenommen worden. Lord Callindrill hatte irgendwie durch Markschänders Attacke Schaden erlitten. Die Mühe des Widerstands gegen bittere Übel hatte ihn in irgendeiner Weise gedemütigt, seine Selbstsicherheit erschüttert. Er hatte der Furcht nicht widerstehen können. Seine zuvor klaren, sanftmütigen Augen waren nun schmerzvoll verschleiert. Wenn seine Gedanken mit Lord Mhoram verschmolzen, teilte er mit ihm Wissen und Besorgnis, aber keine Kraft ging von ihm aus; er glaubte nicht länger an seine Kraft.

Auf gewisse Art war Trutzmark Amorine ähnlich beeinträchtigt worden. Während des Wütrichs Anschlag hatte sie die vom Zusammenbruch bedrohten Reste ihrer Fähnlein durch die schlichte Vorbildlichkeit ihres Mutes beieinandergehalten. Sie nahm das Entsetzen von ihren Kriegern und auf sich selbst. Mit jedem Mal, sobald einer von ihnen der Wucht des Wirbels zum Opfer fiel oder in den Krallen eines der Vögel starb, nahm sie die Überlebenden noch straffer in den Griff. Und danach – als auch der Schirokko vorüber war – hatte sie eine unermüdliche Suche nach Streitmark Troy geleitet. Die entarteten, menschengleichen Wesen, die unterdessen in die Ruinenstadt vordrangen – manche mit Klauen statt Fingern, andere mit gespalteten Fratzen oder Saugnäpfen an den Gliedmaßen, wieder andere mit zusätzlichen Augen oder Armen, jedenfalls alle in irgendeiner Hinsicht durch die Macht des Steins entstellt –, brachten immer mehr davon in ihre Gewalt. Aber sie focht sich den Weg durch ihre Haufen, als wären sie bloß Schemen, die sie zu ängstigen versuchten, während sie suchte.

Der Einfall, sich Mehryl anzuschließen, stammte von ihr. Doch die Blindheit des Streitmarks war für sie zuviel. Die Ursache war klar. Das ätzkräftige Blut des erschlagenen Vogels hatte sein Gesicht verwüstet und sein vom Lande geschenktes geistiges Sehvermögen wieder beseitigt. Keiner der Lords besaß Heilerde, hatte *Rillinlure* oder andere Mittel zur Hand, um dieser Schädigung entgegenzuwirken. Als Amorine Troys Schicksal erkannte, schien sie ihre Persönlichkeit zu verlieren; jeder unabhängige Wille floh sie. Bis sie wieder zum Kriegsheer stießen, richtete sie sich gleichgültig nach Lord Mhorams Ansinnen und Anweisungen, wie eine Puppe, als sei sie aller Zuständigkeit und Befehlsgewalt enthoben. Und als sie Schwertmark Quaan wiedersah, unterstellte sie sich seinem Befehl. Sie war derartig benommen, daß sie kein einziges Mal ins Stocken geriet, während sie ihm von Troys Plan erzählte.
Der Streitmark selbst hatte der Darlegung seines endgültigen Schlachtplans nichts hinzugefügt. Er blieb hinter dem inneren Wall seiner Blindheit und ließ sich von Mhoram auf Mehryls Rücken helfen. Er erkundigte sich nicht nach Markschänders Heer, obwohl nur die Schnelligkeit der Ranyhyn ihn und seine Begleiter davor bewahrte, in der Ruinenstadt eingeschlossen zu werden. Trotz des Wutbrüllens, das den Reitern aus den Trümmern nachdröhnte, verhielt er sich wie ein Krüppel, der sein Angesicht den Wänden zuzukehren pflegte.
Auch Lord Mhoram kam nicht ungeschoren davon. Nach der Auseinandersetzung im ›Heim der Meister‹ hatten Ermattung und Furcht hartnäckige Finger in die Furchen und Risse seiner Seele gezwängt, die er nicht abzuschütteln vermochte. Doch er stand dem Trutzmark und Lord Callindrill so tüchtig wie möglich bei. Er wußte, daß nur die Zeit und ein Sieg dazu imstande waren, die erlittenen Wunden zu heilen; aber er übernahm jene Teile ihrer Bürden, von denen er Kenntnis erhielt, und gewährte ihnen zum Austausch soviel Zuspruch,

wie er aufbringen konnte. Aber es ließ sich nichts tun, um den Schrecken zu mildern, den Amorines Wiedergabe vom letzten Plan des Streitmarks Quaan einjagte. Während sie sprach, wich seine Sorge um die äußersten Grauen in Anbetracht des womöglichen Schicksals der Krieger. Seine Miene spiegelte Heftigkeit wider, und er brauste auf. »Wahnwitz! Jeder einzelne Mann und jede einzelne Frau werden den Tod finden! Troy, was ist aus dir geworden? Bei der Sieben! Troy … Streitmark …!« Er zögerte verlegen, ehe er seinen Gedanken aussprach. »Wütest du?« Er ergriff Troy an den Schultern. »Mein Freund«, fügte er leise hinzu, »wie kannst du solche Torheiten ersinnen?«

Troy öffnete erstmals den Mund, seit er Doriendor Korischew verlassen hatte. »Ich bin blind«, sagte er mit hohler Stimme, als erkläre das alles. »Ich kann nichts machen.« Er entzog sich Quaans Zugriff und setzte sich ans Feuer. Er fand die Flammen aufgrund ihrer Hitze und beugte sich ihnen entgegen, als untersuche er in ihrer Glut Geheimnisse.

Quaan wandte sich an Mhoram. »Lord, willigst du in diesen Wahnsinn ein? Er muß für uns alle den Tod bedeuten … und für das Land Verheerung.« Quaans Einspruch bereitete dem Herzen des Lords Qualen. Doch ehe er die rechten Worte finden konnte, sprach plötzlich wieder Troy.

»Nein, er meint's nicht«, sagte der Streitmark. »Er meint keineswegs, ich sei ein Wütrich.« Innere Pein ließ seine Stimme rauh klingen. »Er glaubt, daß Foul bei meiner Herbeirufung seine Hand im Spiel hatte … daß er Atiaran irgendwie ins Handwerk pfuschte, so daß ich auftauchte, nicht jemand, der weniger freundlich *ausgesehen* hätte.« Er betonte das Wort ›ausgesehen‹, als sei Sehen in sich etwas Unzuverlässiges. »Foul wollte, daß die Lords mir vertrauen, weil er wußte, was für eine Sorte Mensch ich bin. Gütiger Gott! Es spielt keine Rolle, wie sehr ich ihn hasse. Er wußte, daß ich der Typ bin, der sich in

Ecken zurückzieht, in denen bloßes Versagen das gleiche ist wie Verrat. Aber ihr vergeßt, daß jetzt nichts noch bei mir liegt. Ich habe meinen Teil getan … euch dahin gebracht, wo ihr keine Wahl mehr habt. Jetzt muß Mhoram euch raushauen. Alles liegt jetzt bei ihm.«

Quaan wirkte hin- und hergerissen zwischen Verdruß über den Streitmark und Sorge um den Menschen Troy. »Selbst ein Lord kann versagen«, erwiderte er barsch.

»Ich rede nicht von irgendeinem Lord«, schnauzte Troy. »Ich spreche von Mhoram.«

In seiner Ermattung verlangte es Lord Mhoram danach, Widerspruch zu erheben, sich dieser Bürde zu verweigern. »Streitmark«, sagte er, »freilich gedenke ich alles zu unternehmen, was in meinen Kräften steht. Aber sollte Lord Foul dich zum Werkzeug unserer Vernichtung erkoren haben … ach, mein Freund, dann kann aller Beistand nichts nutzen. Die Bürde deines Vorhabens wird am Ende wieder auf dir lasten.«

»Nein.« Troy hielt sein Gesicht dem Feuer zugewendet, als lindere er damit die Ätzung, die ihn geblendet hatte. »Du hast dein ganzes Leben dem Lande verschrieben, und nun wirst du's einsetzen müssen.«

»Ich bin dem Verächter wohlbekannt«, entgegnete Mhoram unterdrückt. »Er spottet meiner in meinen Träumen.« Er vernahm einen Widerhall jenes erniedrigenden Hohns; doch er hielt ihn auf Abstand. »Mißversteh mich nicht, Streitmark. Ich scheue die Bürde nicht. Ich nehme sie an. Auf dem Kevinsblick habe ich mein Wort gegeben … und auf der Grundlage desselben Versprechens hast du dein Vorhaben gewagt. Du hast nicht übelträchtig gehandelt. Aber ich muß aussprechen, was mein Herz bewegt. Du bist der Streitmark. Ich glaube, daß es letztendlich wieder dir zufallen muß, des Kriegsheers Geschick zu lenken.«

»Ich bin blind. Ich kann nichts mehr tun. Nicht mal Foul kann noch irgendwas von mir erwarten.« Die Hitze des Feuers machte die Ätzwunden seines Gesichts düsterrot. Er hatte seine Hände fest ineinander verklammert, so daß die Knöchel weiß hervortraten.

Bestürzt betrachtete Quaan Lord Mhoram aus Augen, die stumm fragten, ob es ein Irrtum gewesen sei, Troy zu vertrauen.

»Nein«, lautete Mhorams Antwort. »Urteile nicht über dies Rätsel, ehe es vollauf gelüftet ist. Bis zu jenem Zeitpunkt müssen wir getreu bleiben.«

»Nun wohl.« Quaan seufzte beschwerlich. »So wir verraten worden sind, gibt's nun ohnehin keinen Rückweg. Eine Flucht in die Wüste brächte nichts als den Tod. Und Memmeneck ist ein so geeigneter Ort wie jeder andere, um zu kämpfen und zu sterben. Das Kriegsheer darf nicht zerstritten sein, wenn der Endkampf nah ist. Ich werde zu Streitmark Troy stehen.« Daraufhin begab er sich zu seinem Schlafplatz unter die Decken, um in all seiner Furcht nach Schlummer zu trachten. Gleichmütig ahmte Amorine sein Beispiel nach, ließ Callindrill und Mhoram mit Troy allein. Callindrill schlief wenig später ein. Und Mhoram war zu zermartert, um wach zu bleiben. Aber Troy harrte am Feuer aus. Als dem Lord die Augen zufielen, saß Troy noch immer vornübergekauert am Lagerfeuer wie eine kalte Zahl, die nach irgendeinem Ausgleich für ihre Eisigkeit suchte.

Allem Anschein nach fand der Streitmark im Laufe seiner langen Nachtwache eine Lösung. Als Lord Mhoram am folgenden Morgen erwachte, sah er Troy bereits aufgestanden. Er stand da, die Arme auf der Brustplatte verschränkt. Der Lord betrachtete ihn aufmerksam, aber er vermochte nicht zu erkennen, welche Art von Lösung Troy entdeckt hatte. Sanftmütig grüßte er den Blinden. Beim Klang von Mhorams Stimme drehte sich Troy. Er hielt den Kopf leicht schräg, als sei ihm diese Haltung eine Hilfe beim Hören. Das alte Halblächeln, das man während seiner Jahre in Schwelgenstein gewöhnlich an ihm hatte sehen können, war dahin, von seinen Lippen verschwunden. »Ruf Quaan«, sagte er ausdruckslos. »Ich möchte mit ihm sprechen.« Quaan war nahebei; er hörte Troy und kam sofort. »Führ mich«, sagte Troy, indem er den Schwertmark in seinem Gehör ermaß. »Ich will eine Truppenschau veranstalten.«

»Troy, mein Freund«, meinte Quaan gedämpft, »quäle dich nicht selbst.«

Troy nahm eine starre Haltung an, verkrampft vor Eindringlichkeit. »Ich bin der Streitmark. Ich werde meinen Kriegern zeigen, daß Blindheit mich nicht hindern kann.« Mhoram spürte eine heiße Vorahnung von Tränen, aber er hielt sie zurück. Er lächelte verzerrt und nickte Quaan in Beantwortung der wortlosen Frage des alten Kämpen zu. Quaan entbot einen Gruß, sah wacker über des Streitmarks Unfähigkeit hinweg, ihn sehen zu können. Dann nahm er Troy am Arm und geleitete ihn vors Kriegsheer. Lord Mhoram beobachtete sie, während sie unter den Kriegern dahinschritten – wie Quaan voller Achtung und Pein den hochaufgerichteten Troy von Fähnlein zu Fähnlein führte. Er erduldete den Anblick, so gut er's konnte, und drängte den Schmerz in seinem Herzen zurück.

Zum Glück währte das Schauspiel nicht lang; Markschänders Näherkommen ließ Troy keine Zeit zum Abschreiten des gesamten Kriegsheers. Bald saß Mhoram wieder auf seinem Ranyhyn Drinny, Hynarils Sprößling, und ritt weiter gen Memmeneck. Den Großteil des Tages brachte er damit zu, auf den Streitmark achtzugeben. Aber am folgenden Morgen, als das Kriegsheer die letzte Strecke zur Würgerkluft antrat, sah er sich dazu gezwungen, seine Aufmerksamkeit der übernommenen Aufgabe zu widmen. Er mußte ein Vorgehen ersinnen, das ihm verhieß, sein Versprechen erfüllen zu können. Er beriet sich auf geistiger Ebene mit Lord Callindrill, und gemeinsam

erforschten sie ihr vereintes Wissen und all ihre Eingebungen nach einem Schlüssel zur Lösung von Mhorams Zwickmühle. In seiner Zaghaftigkeit erhoffte sich Mhoram von der Geistesverschmelzung einen Gewinn an Mut, aber die innere Wunde von Callindrills Selbstzweifel vereitelte diese Hoffnung. Statt neue Stärke zu finden, mußte Mhoram welche geben.
Mit Callindrills Unterstützung legte er einen Weg des Inangriffnehmens seiner Aufgabe fest, sprach mit ihm eine Reihe möglicher Auswege ab, die das Ausmaß ihrer Gefahr und die Wahrscheinlichkeit eines Erfolgs berücksichtigten. Doch zur Mittagsstunde hatten sie noch keine endgültige Entscheidung gefällt. Aber damit lief ihre Frist ab. Das Kriegsheer kam am unmittelbaren Rand der Würgerkluft zu einem Halt. Dort – von Angesicht zu Angesicht mit dem letzten verbliebenen Bewußtseinshort des Einholzwaldes – begann Lord Mhoram die volle Bitternis seiner Unzulänglichkeit zu kosten. Vorm düsteren, urtümlichen Grimm des Waldes war er ratlos; ihm war zumute wie einem Mann ohne Finger. Nur fünfzehn Schritte trennten ihn noch von den ersten Bäumen. Sie ragten schroff aus dem Erdreich hervor wie unregelmäßige Säulen, ohne jedes Vorfeld aus Büschen oder Gesträuch, und das Gras dazwischen war frei von Unterholz. Anfangs standen sie spärlich. So weit, wie er in den Wald hineinzuspähen vermochte, war der Bestand nirgends dicht genug, um den Sonnenschein auszuschließen. Dennoch vertieften sich waldeinwärts die Schatten; immer stärker trübte Düsternis das Sonnenlicht. In der Entfernung verwandelte sich der verdunkelte Wille des Waldes in eine nahezu handgreifliche Verweigerung des Zugangs. Mhoram hatte das Gefühl, in einen Abgrund zu blicken. Der bloße Gedanke, man könne mit einem solchen Ort einen Handel zustande bringen, mußte zwangsläufig im Ruch des Wahnsinns stehen, wie irrwitzige Anmaßung, gesponnen aus dem Garn der Träume. Für lange Zeit verharrte Mhoram vor der

Würgerkluft und starrte in ihren Schlund, ein Ächzen kalter Furcht in seiner Seele.
Troy jedoch kannte kein Zögern. Als Quaan ihm meldete, wo sie sich befanden, schwang er Mehryl herum und begann Befehle zu erteilen.
»Dann los, Schwertmark!« rief er. »Alles vorbereiten! Essen für jeden. Die Vorräte sind aufzubrauchen, aber schnell. Anschließend ziehen die Krieger sich auf Pfeilschußweite zurück und bilden um Lord Mhoram einen Halbkreis. Er soll so weit wie möglich sein, aber nicht zu dünn – ich will nicht, daß Markschänder durchbricht. Lord Callindrill, du solltest beim Kriegsheer bleiben und es im Kampf unterstützen. Quaan, ich spreche zu den Kriegern, während sie essen. Ich werde ihnen alles erklären.«
»Sehr wohl, Streitmark.« Quaans Stimme klang entfernt, zurückgezogen ins rückwärtigste Bollwerk seiner Tapferkeit; die Falten seines Angesichts waren straff vor Entschlossenheit. Er erwiderte Troys blind vollführten Gruß, wandte sich um und erteilte dann seinerseits Amorine Anweisungen. Gemeinsam gingen die beiden hin, um die letzten Vorbereitungen des Kriegsheers zu veranlassen.
Troy lenkte Mehryl wieder herum. Er versuchte, sich in Mhorams Richtung zu wenden, verfehlte ihn jedoch um mehrere Fußbreit. »Vielleicht gehst du jetzt besser los«, sagte er. »Du hast nicht mehr viel Zeit.«
»Ich warte, bis du zum Kriegsheer gesprochen hast.« Traurig sah Mhoram, wie Troy infolge der Erkenntnis, den Standort des Lords fehl erkannt zu haben, verdrossen das Gesicht verzog. »Ich brauche Kraft. Ich bedarf einer Frist, um genug zu sammeln.«
Troy nickte eckig und wandte sich ab, wie um die Maßnahmen des Kriegsheers zu beobachten. Zusammen warteten sie auf Quaans Zeichen. Lord Callindrill blieb noch lange genug für

eine kurze Äußerung bei ihnen. »Mhoram, der Hoch-Lord hegte keine Zweifel an deiner Eignung für die Bürden unseres Zeitalters. Er ist kein herkömmlicher Bewerter von Menschen. Mein Bruder, deine Treue wird unserer Sache Genüge tun.« Seine Stimme klang sanft, aber sie drückte wortlos seine Annahme aus, daß er selbst den Anforderungen der Gegenwart nicht gewachsen sei. Als er sich vom Rande der Würgerkluft entfernte, um sich unter die Krieger zu mischen und seinen Platz in ihrer Mitte einzunehmen, hinterließ er Mhoram im Ringen mit hartnäckigen Tränen.

Kurz darauf meldete Quaan, daß das Kriegsheer bereit sei und Troy reden könne. Der Streitmark bat Quaan, ihn an eine Stelle zu führen, von der aus sich eine Ansprache halten ließ, und die zwei Männer ritten fort. Lord Mhoram folgte. Er wollte die Rede des Streitmarks hören. Troy blieb mitten vorm weiten Halbkreis der hingekauerten Krieger stehen. Er brauchte keine Ruhe zu verlangen. Abgesehen von den Geräuschen des Essens, bewahrten die Krieger Schweigen, zu Unterhaltungen viel zu erschöpft. Während der drei vorangegangenen Tage waren sie in völliger Stille dahingezogen, hatten ihre Marter stumm erduldet, und nun kauten sie ihre Verpflegung in einer Art fassungsloser, entgeisterter Leblosigkeit, wie aufgrund einer alten Gewohnheit, unberührt bloß mit einem restlichen Bedürfnis, bar jeglichen Selbsterhaltungstriebs. Während sie mit den Kiefern mahlten, starrten sie aus trockenen Augen vor sich hin; sie sahen aus wie verstaubte Gerippe, ausgebleichtes sprödes Gebein, bewegt durch irgendeine fremde Triebkraft. Mhoram vermochte seine Tränen nicht länger zu unterdrücken. Sie rannen ihm aufs Kinn hinab und klitschten wie warmer Schmerz auf seine Hände, zwischen denen er seinen Stab hielt. Dennoch war er froh, daß Streitmark Hile Troy nicht sehen konnte, was seine Pläne aus dem Kriegsheer gemacht hatten.

Troy zeigte sich den Kriegern in hochaufgerichteter Haltung, den Kopf erhoben, als weise er seine Ätznarben zur Begutachtung vor. Er saß in strenger Zucht starr auf Mehryls Rücken – widerstand unnachgiebig seiner eigenen inneren Niedergeschlagenheit. Als er zu sprechen anfing, zeugte seine Stimme zunächst von im Widerstreit befindlichen Regungen, aber allmählich klang sie fester. »Krieger!« rief er als recht unvermittelte Einleitung. »Wir sind am Ziel. Wir haben das Ende unseres Marsches erreicht, zum Sieg oder zur Niederlage. Heute wird über den Ausgang dieses Krieges entschieden. Unsere Lage ist verzweifelt – aber das wißt ihr selbst. Markschänder ist jetzt bloß noch eine Länge entfernt. Wir sitzen zwischen seinem Heer und der Würgerkluft. Aber ihr müßt wissen, daß es sich dabei um keinen unglücklichen Zufall handelt. Wir sind nicht aus Panik und Furcht in dieser Situation. Auch nicht, weil Markschänder sie uns aufgezwungen hätte. Ihr seid keine Geschlagenen. Wir sind auf meinen Befehl hier. Ich habe diese Entscheidung getroffen. Als ich auf dem Kevinsblick stand, habe ich gesehen, wie groß Markschänders Heer ist. Es ist so riesig, daß wir am Unheilswinkel keine Chance gehabt hätten. Deshalb habe ich diese Entscheidung gefällt. Auf meine Veranlassung sind wir hier. Ich glaube, daß wir heute siegen werden. Wir werden diesen Horden den Untergang bereiten – daran glaube ich. Ich habe euch an diesen Ort geführt, weil ich daran glaube. Nun will ich euch verraten, wie wir diesen Sieg erringen werden.« Er schwieg einen Moment lang, straffte sich noch mehr, reckte sich womöglich noch höher, als müsse er sich selbst erst auf das einstellen, was er zu sagen hatte. »Wir treten dem gegnerischen Heer hier aus einem einzigen Grund entgegen«, sprach er dann weiter. »Lord Mhoram benötigt ein bißchen Zeit. Er wird meinen Siegesplan ermöglichen – und wir müssen ihm den Rücken freihalten, bis er die Durchführung vorbereitet hat. Und sobald das bewerkstelligt worden ist« –

Troy schien sich innerlich zusammenzukrampfen – »ziehen wir uns schnellstens in die Würgerkluft zurück …«
Falls er Aufschreie erwartet hatte, widerfuhr ihm eine Überraschung; die Krieger waren schlichtweg zu schlaff zum Aufbegehren. Dennoch entstand unter ihnen sorgenvolles Gemurmel, und auf vielen Gesichtern sah Mhoram Entsetzen.
Troy setzte seine Ansprache unumwunden fort. »Ich weiß, das hört sich schlimm an. Niemand hat jemals die Würgerkluft überlebt – niemand ist je lebendig aus ihr zurückgekehrt. Das ist mir alles bekannt. Aber Foul ist nun mal schwer zu schlagen. Unsere einzige Chance besteht aus etwas, das unmöglich zu sein scheint. Ich glaube, wir werden nicht in der Würgerkluft umkommen. Während wir kämpfen, wird Lord Mhoram nämlich Caerroil Wildholz rufen, den Forsthüter. Caerroil Wildholz wird uns helfen. Er wird uns den Weg durch die Würgerkluft freigeben. Markschänders Heer dagegen wird er vernichten. Das glaube ich. Und ich will, daß ihr es auch glaubt. Es wird klappen. Der Forsthüter hat keinen Grund, uns zu hassen – das wißt ihr. Aber er hat allen Grund, Markschänder zu hassen. Der Riese ist in Wahrheit ein Wütrich. Die einzige Möglichkeit für Caerroil Wildholz, Markschänders habhaft zu werden, besteht jedoch darin, uns freien Durchgang zu gewähren. Wenn wir in die Würgerkluft fliehen und Markschänder sieht, daß uns nichts passiert, dann wird er uns verfolgen. Er haßt uns und auch die Würgerkluft zu sehr, um sich so eine Gelegenheit entgehen zu lassen. Deshalb wird es gelingen. Das einzige Problem ist, den Forsthüter aufzutreiben. Und das ist Lord Mhorams Aufgabe.«
Wieder schwieg er für einen Augenblick, wog vorm Weiterreden seine Worte ab.
»Viele von euch kennen Lord Mhoram erheblich länger als ich. Ihr wißt, was für ein Mann er ist. Er wird Erfolg haben. Das wißt ihr genau. Bis er den Erfolg errungen hat, können wir

nichts anderes tun als kämpfen – ihm den Rücken zu decken, während er seine Aufgabe erfüllt. Das ist alles. Mir ist klar, wie schwer dieser Endkampf euch fallen muß. Ich … ich höre, wie erschöpft ihr seid. Doch ihr seid Krieger. Ihr werdet die Kraft für diesen Kampf aufbringen. Das glaube ich. Was auch geschehen wird, ich bin stolz darauf, in eurer Mitte kämpfen zu dürfen. Und ich werde mich nicht scheuen, euch in die Würgerkluft voranzugehen. Ihr seid die wirklichen Bewahrer des Landes.« Er verstummte und wartete auf irgendeine Antwort. Die Krieger brachen nicht in Jubel, Rufe oder Kriegsgeschrei aus; das ungewöhnliche Maß ihrer Ermüdung zwang zum Schweigen. Aber sie erhoben sich einträchtig. Zwölftausend Männer und Frauen standen auf und grüßten den Streitmark. Er hörte ihre Bewegung und begriff. Steif erwiderte er ihren Gruß. Dann wendete er seinen stolzen Ranyhyn und trabte dorthin zurück, wo er Lord Mhoram verlassen hatte. Damit überraschte er Mhoram, und es gelang dem Lord nicht, ihn rechtzeitig abzufangen. Er bewegte sich mit der Starrgliedrigkeit äußerster Selbstnötigung, als halte er sich nur noch dadurch aufrecht. Seine Stimme schwankte, als er an der Stelle, wo zuvor Mhoram gewesen war, zur leeren Luft sprach. »Ich hoffe, du verstehst, was geschieht, falls du keinen Erfolg hast. So oder so haben wir keine Wahl. Wir müssen trotzdem in die Würgerkluft zurückweichen. Dann müssen wir eben hoffen, daß der Forsthüter uns nicht tötet, bevor Markschänder uns folgt. Auf die Weise kostet's uns alle das Leben, aber vielleicht auch den Wütrich.«
Mhoram hastete zu Troy. Aber Terrel stand näher beim Streitmark und sprach, ehe Mhoram eingreifen konnte. »Das werden wir nicht zulassen«, sagte Terrel gleichmütig. »Es wäre Selbstmord. Ich spreche nicht vom Kriegsheer. Aber wir sind die Bluthüter. Wir werden nicht dulden, daß die Lords in den Tod gehen. Es ist uns nicht gelungen, Hoch-Lord Kevins Selbst-

zerstörung zu verhindern. Doch wir werden nicht nochmals versagen.«

»Ich vernehme deine Worte«, entgegnete Mhoram in scharfem Tonfall. »Aber noch ist's nicht soweit. Zuvor muß ich mein Werk zu tun versuchen.« Er wandte sich an Troy. »Mein Freund, verbleib in meiner Nähe, derweil ich den Versuch wage. Ich bedarf … ich bedarf des Beistands.« Troy schien auf Mehryls Rücken zu wanken. Aber er hielt sich an der Mähne seines Ranyhyn fest.

»Wenn ich dich irgendwie unterstützen kann, brauchst du's nur zu sagen.« Er streckte seine Hand aus, und als Mhoram sie ergriff, ließ er sich von Mehryls Rücken rutschen. Mhoram drückte seine Hand einen Moment lang, gab sie dann wieder frei. Der Lord schaute übers Kriegsheer, sah es sich auf Markschänders Angriff vorbereiten. Danach endlich widmete er sich mit allem Sinnen und Trachten der Würgerkluft. Grauen preßte sein Herz zusammen. Er befürchtete, Caerroil Wildholz könne ihn einfach auf der Stelle zermalmen, wo er gerade stand, um ihn für die Frechheit der Belästigung zu strafen – und vielleicht nicht ihn allein, sondern das ganze Heer. Aber trotzdem war er noch sein eigener Herr. Er trat vor, hob seinen Stab hoch übers Haupt empor und begann seine zeremonienhafte Anrufung der Würgerkluft.

»Heil, Würgerkluft! Wald vom Einholzwald! Feind unserer Feinde! Würgerkluft, heil! Wir sind die Lords – Widersacher deiner Feinde, Erkunder des *Lillianrill*-Wissens. Wir müssen dich durchqueren. Horch, Caerroil Wildholz! Wir hassen die Axt und die Flammen, deine Bedränger. Deine Feinde sind unsere Feinde! Niemals haben wir uns mit der Klinge einer Axt oder den Flammen des Feuers genaht, und niemals werden wir es tun. Forsthüter, horch! Laß uns durch!«

Er erhielt keine Antwort. Seine Stimme fand weder im Gras noch an den Bäumen einen Widerhall; nichts in den dunklen

Tiefen des Waldes regte sich oder antwortete. Er bemühte seine Sinne aufs äußerste, um nach irgendeinem Anzeichen auszuschauen und zu lauschen, aber nichts geschah. Als er sich der Stille vergewissert hatte, wiederholte er das Ritual. Doch wieder bekam er keine Antwort. Nach dem dritten Versuch schien die stumme Düsterkeit der Würgerkluft sich noch mehr zu trüben, infolge seines Flehens noch gründlicher und unheilvoller zu werden. Durch die Reglosigkeit des Waldes vernahm er das erste heisere Geschrei aus den Haufen von Markschänders Heer, als es in Sichtweite des Kriegsheers geriet. Das gierige Geheul vervielfachte seine Furcht; an seinen Händen zeichneten sich, als er ihr widerstand, weiß die Knöchel ab. Er stemmte seinen Stab fest ins Gras und versuchte es auf andere Art und Weise. Während die Sonne sich über den nachmittäglichen Himmel schwang, blieb Lord Mhoram unentwegt darum bemüht, sich im Herzen der Würgerkluft hörbar zu machen. Er verwendete jede Forsthüter-Bezeichnung, die das Wissen des Landes aufwies. Er wob Fleh- und Bittgesänge aus sämtlichen Beschwörungen und Anrufungen, die man an der Schule der Lehre kannte. Er veränderte vertraute Worte, entnahm sie ihrem üblichen Zusammenhang, um sie für den beabsichtigten Zweck zu benutzen, das Schweigen im Walde zu brechen. Er bediente sich sogar des Herbeirufungsgesanges, mit dem man Covenant ins Land geholt hatte, wandelte ihn gemäß dem gegenwärtigen Bedürfnis ab und sang ihn dem Wald vor. Aber ohne Erfolg. Der Wald blieb unzugänglich, verweigerte jede Antwort. Und hinter Mhoram begann die letzte Schlacht des Kriegsheers. Als Markschänders Horden heranstürmten, stimmten die Krieger ein verworrenes Kampfgeschrei an, das einem ausgefransten Banner des Trotzes glich. Dann jedoch verstummten sie, schonten ihre restlichen Kräfte fürs Gefecht. Die Waffen bereit, stellten sie sich den räuberischen Scharen entgegen, die aus den Südlichen Einöden zum

Angriff übergingen. Das Heer des Wütrichs prallte mit mörderischer Wucht auf die Schlachtreihen des Kriegsheers. Indem sie ihre Pfeile aus dem geringsten möglichen Abstand verschossen, versuchten die Krieger, den Schwung des feindlichen Ansturms zu brechen. Doch dank ihrer bloßen zahlenmäßigen Überlegenheit trampelten die Horden über gefallene Urböse, Höhlenschrate und andere Geschöpfe einfach hinweg, zerstampften sie unter ihren Füßen, und warfen sich auf das Kriegsheer. Dessen vorderste Reihen zerbröckelten unterm Zusammenprall. Tausende übler Wesen stießen in den Kern des Kriegsheers vor. Aber Schwertmark Quaan befehligte die eine, Trutzmark Amorine die andere Flanke. Anscheinend hatte Amorine erstmals seit dem Abmarsch aus Doriendor Korischew ihr altes Ich wiedergefunden. Indem sie die Lähmung ihrer Willenskraft abschüttelte, setzte sie ihre Fähnlein zur Verstärkung der vorderen Schlachtreihen ein. Und Lord Callindrill hielt die Stellung im Mittelabschnitt. Er wirbelte seinen Stab über seinem Haupt und ließ blaues Feuer nach allen Seiten strömen. Die feindlichen Geschöpfe wichen vor ihm zurück; Dutzende von nicht in Keilen zusammengefaßten Urbösen sackten in den Flammen seines Stabes nieder. Bald darauf entlasteten Quaan und Amorine ihn von den Flanken her. Aus irgendeiner Quelle tief in ihrem Innern, außerhalb der Einwirkungsmöglichkeit ihrer ärgsten Erschöpfung, bezogen die Männer und Frauen des Landes die Kraft zum Widerstreit. Angesichts der unverhüllten Bösartigkeit von Lord Fouls entarteten Schöpfungen erkannten sie, daß sie trotz allem, was sie schon hatten erdulden müssen, noch fähig zum Widerstand waren; bis ins Mark eingefleischte Liebe zum Land und ebensolcher Abscheu vor den Widersachern rissen sie vorwärts. In leidenschaftlicher Erbitterung bedrängten sie den Feind. Hunderte von ihnen lagen wie in Garben hingemetzelt auf der Walstatt, aber sie schlugen den ersten Angriff des Wütrichs zurück. Markschänder brüllte Befehle; die ihm unterstellten Geschöpfe gingen auf Abstand, um sich neu zu ordnen. Urböse scharten sich zusammen, um einen Keil gegen Lord Callindrill zu richten. Das restliche Heer verschob seine Anordnung, und die Höhlenschrate kamen nach vorn, um den nächsten Sturm anzuführen.

Darauf bedacht, diese Vorbereitungen zu stören, stieß Quaan seinerseits vor. Seine Krieger blieben hart am Feind. Lord Callindrill rückte mit einer Schar vor, um das Zustandekommen des Urbösen-Keils zu vereiteln. Für einen wilden, wüsten Augenblick stürzten sie die schwarzen Dämondim-Abkömmlinge in völlige Verwirrung. Doch dann griff der Riesen-Wütrich ein und verwendete seinen Stein zur Unterstützung der Urbösen. Mehrere Blitze smaragdgrünen Feuers zwangen Callindrill zum Zurückweichen. Sofort stellten die Urbösen ihren Keil zusammen. Die Schar mußte den Rückzug antreten. Das Ringen fand grimmig und schweigsam statt. Nach dem ersten begierigen, hungrigen Sturmschrei focht Markschänders Heer mit stummer, abartiger Verbissenheit. Und die Krieger vermochten für Geschrei oder Lärm keine Kraft zu erübrigen. Nur der Tumult zahlloser Füße, das Klirren von Waffen, das Stöhnen der Verstümmelten und Sterbenden sowie rauh ausgestoßene Befehle hoben sich von der Gedämpftheit des Schlachtens ab.

Lord Mhoram aber vernahm diese gepreßten Klänge wie ohrenbetäubenden Krawall; sie schienen von seiner Furcht widerzuhallen. Die Anstrengung, nicht die Schlacht zu beachten und sich gleichzeitig seiner Aufgabe zu widmen, quälte ihm Schweiß aus dem Leib, ließ seinen Puls wie einen Gefangenen gegen seine Schläfen hämmern. Als überlieferte Nennungen und Anrufungen den Forsthüter nicht herauszulocken vermochten, begann er Zeichen und arkane Symbole einzusetzen. Er zog mit seinem Stab Kreise und Drudenfüße ins Gras, entflammte darin Feuer und vollführte darüber geheimnisvolle Gebärden. Leise murmelte er labyrinthisch verwickelte, umfangreiche Beschwörungen. Doch all das blieb ergebnislos. Das Schweigen von der Würgerkluft Düsterkeit wirkte auf seine Ohren wie Hohngelächter. Aber das Getöse des Tötens rückte beständig näher. Alle Tapferkeit der Krieger fruchtete nichts; man drängte sie zurück.

Auch Troy hörte sie nachgeben. Schließlich konnte er sich nicht länger beherrschen. »Herrgott, Mhoram!« stieß er leise, aber eindringlich aus. »Unsere Krieger werden abgeschlachtet!«

Mhoram fuhr herum. »Vermeinst du, ich sei stumpfsinnig?!« brauste er auf. Aber als er den Streitmark sah, mäßigte er sich sofort. Troys Pein war klar ersichtlich. Schweiß verlieh den Ätzwunden des Streitmarks eine gräßlich-grelle Färbung; der Schmerz brachte sie merklich zum Pochen. Seine Hände tasteten zwecklos umher, als habe er sich verirrt. Er war blind. Trotz all seiner Fähigkeit zum Planen und Ersinnen war er dazu außerstande, nur die schlichtesten seiner Gedanken selbst auszuführen. Lord Mhoram leitete seinen Zorn in andere Bahnen. Dank dieser Kraftentfaltung traf er einen Entschluß.

»Nun wohl, mein Freund«, sagte er mit mühsamer Besonnenheit. »Noch könnte ich andere Versuche machen, aber es mag sein, daß nur ein Vorgehen wagemutig genug ist, um Aussicht auf Erfolg zu haben. Halte dich bereit. Du mußt an meine Stelle treten, falls ich umkomme. Den Sagen zufolge ist das Lied, das ich nun zu singen gedenke, überschattet von Verhängnis.«

Als er vorwärts schritt, empfand er erneuerte innere Ruhe. Bei näherer Betrachtung erwies seine Furcht sich als Zaghaftigkeit. Dergleichen hatte er bereits kennengelernt und gemeistert, als ein Wütrich Hand an ihn legte. Und die Erkenntnisse, die er dabei erlangte, mochten nun das Kriegsheer retten. Mit Grimm im Blick näherte er sich der Würgerkluft, bis er zwischen den äußeren Bäumen stand. Dort ließ er seinen Stab aufflammen und hob ihn über sein Haupt empor, achtete jedoch sehr darauf, keinen einzigen der Äste oder nur Zweige zu versengen. Dann stimmte er seinen Gesang an. Die Worte kamen unbeholfen über seine Lippen, und den Tönen der Weise mangelte es an Wohlklang. Er sang ein Lied, das noch nie zuvor irgendein Lord gesungen hatte. Es zählte zu den dunklen Rätseln des Landes, wegen der damit verbundenen Gefahren eine verbotene Sache. Die Worte des Liedes waren allerdings schlicht und deutlich. Ihre Gefährlichkeit besaß einen anderen Grund. Nach den Angaben von Kevins Lehre galten sie einst den Forstwärteln des Einholzwaldes als kostbare Schätze. Die Forstwärtel merzten alle Sterblichen aus, die diese Worte entweihten. Trotzdem erhob nun Lord Mhoram seine Stimme und sang sie kühn in den Wald hinein.

»Geäst sich breitet, und Stämme erstehen,
Wo Regen, Hitze, Schnee, Frost wir sehen –
In der weiten Welt Winde unzeitigem Wehen,
Des Grundes Beben, wo Klippen barsten,

Grünt mein Laub, und Schößlinge sprießen.
Seit vor der Erde Alter Vorwärtsgehen,
Ehe Zeit begann ihrem Ende zuzufließen,
Härtet die Wälderwelt die Erdenkarsten,

Wehrt karger Ödnis und dem spröden Tod.
Ich bin des Landesschöpfers Handumdrehen
Ein atme ich allen Atmens Odem-Aufgebot,
Hauch Leben rings, wirk Heil am Ärgsten.«

Als sein Singen in der Ferne verklang, vernahm er die Antwort. Die Schönheit des Vortrags überstieg die Art, wie er die Weise gesungen hatte, bei weitem. Die Töne schienen von sämtlichen Zweigen wie mit Wohlklang betaute Blätter herabzuschweben, rundum niederzusinken und abwärts zu gaukeln, so daß er wie benommen dastand und starrte. Die Stimme, die Antwort gab, besaß einen hohen, reinen, beschwingten Klang, dem Plätschern eines Bachs ähnlich, doch die gewaltige Übermächtigkeit, von der sie zeugte, flößte ihm Ehrfurcht ein.

»Axt aber und Feuer bereiten mir üble Not.
Ich weiß von Haß stolzer Fäuste Vergehen.
Weiche, bewahr dir deines Herzsaftes Rot:
Mein Grimm kennt weder Ruh noch Rasten.«

Ein Glimmen und Flimmern wie von der Klänge Schwingungen kräuselte Mhorams Sichtkreis. Als sich sein Blickfeld wieder klärte, sah er Caerroil Wildholz über den Rasen auf sich zukommen. Der Forsthüter war ein hünenhafter Mann mit langem weißem Bart und lockerem weißem Haar. Er trug ein Gewand aus reinem, schwerem Seidenstoff, durchwirkt mit Gold, und führte in der Armbeuge einen knorrigen hölzernen Stab wie ein Zepter mit. Ein Kranz aus purpurnen und weißen Orchideen um seinen Hals erhöhte noch seine ernste Würde. Er kam aus der Düsterkeit des Waldes zum Vorschein, als sei er hinter einem Schleier hervorgetreten, und er bewegte sich zwischen den Bäumen wie ein Monarch. Sie schienen ihm zuzunicken, während er vorüberstrebte. Mit jedem Schritt verstreute er Tröpflein seiner Weise, als sei seine ganze Gestalt in Lieder getränkt. Seine perlige Stimme linderte die Strenge seiner Miene. Aber seine Augen besaßen keine Sanftheit. Unter seinen buschigen weißen Brauen schimmerte silbernes Licht aus Augäpfeln ohne Netzhäute oder Weiß, und seine Blicke hatten die Kraft handfester Berührungen. Er summte noch den Kehrreim seiner Weise, während er sich Mhoram näherte. Sein

Blick bannte den Lord bis zur Bewegungsunfähigkeit, bis sie sich fast auf Armeslänge gegenüberstanden.
Mhoram fühlte sich durchforscht werden. Der Klang von Musik erscholl weiter, und ein Augenblick verstrich, ehe Mhoram bemerkte, daß der Forsthüter zu ihm sprach, ihm eine Frage stellte. »Wer wagt mein Lied zu beflecken?«
Mit einem inneren Ruck überwand Lord Mhoram seine Ehrfurcht und antwortete. »Caerroil Wildholz, Forsthüter und Diener der Baumseele, ich ersuche dich, vergib meine Vermessenheit. Ich beabsichtige weder Kränkung noch Befleckung. Doch meine Notlage ist überaus dringlich und übersteigt sowohl Furcht wie auch Vorsicht. Ich bin Mhoram, Variols Sohn, Lord im Großrat der Lords zu Schwelgenstein, ein Verteidiger des Landes in Baum wie auch Fels. Ich erhoffe eine Gunst, Caerroil Wildholz.«
»Eine Gunst?« sann der Forsthüter in wohlklingenden Tönen. »Du bringst ein Feuer zwischen meine Bäume und ersuchst um eine Gunst? Du bist ein Tor, Mhoram, Sohn Variols. Ich gehe keinen Handel mit Menschen ein. Ich gewähre Geschöpfen, die Kenntnis von Klingen und Flammen haben, keine Gunst. Scher dich fort!« Er hob weder die Stimme, noch verschärfte sich sein Tönen, aber die Macht seines Befehls brachte Mhoram ins Schwanken.
»Forsthüter, hör mich an.« Mhoram bemühte sich, seiner Stimme einen ruhigen Klang zu verleihen. »Ich habe dies Feuer nur entfacht, um deine Aufmerksamkeit zu erregen.« Er löschte die Flamme seines Stabes und senkte ihn, klammerte sich daran, wie um einen Halt zu besitzen, um der Verweigerung des Forsthüters widerstreben zu können. »Ich bin ein Lord und Diener der Erdkraft. Seit dem Anbeginn der Lords haben sie sich alle verschworen, mit all ihrer Kraft für die Bewahrung von Land und Wald zu wirken. Wir lieben und ehren das Holz der Welt. Ich habe diesen Bäumen keinen Schaden zugefügt –

und niemals werde ich dergleichen tun, wenngleich du mir eine Gunst abschlägst und damit das Land dem Wüten von Feuer und Tod anheimgibst.«

»Ich weiß nichts von Lords«, antwortete Caerroil Wildholz, summte dabei wie zu sich selbst. »Sie bedeuten mir nichts. Aber ich kenne Menschen, Sterbliche. Das Ritual der Schändung ist in der Würgerkluft nicht vergessen.«

»Dennoch, Caerroil Wildholz, hör mich an!« Mhoram hörte in seinem Rücken das Tosen der Schlacht dröhnen. Aber er besann sich auf das Wissen, welches er über die Geschichte des Einholzwaldes erlangt hatte, und blieb gefaßt, ernsthaft. »Ich erbitte keine Gunst, für die ich dir keine Gegenleistung zu erbringen vermöchte. Ich biete dir einen Wütrich, Forsthüter.«

Als das Wort ›Wütrich‹ fiel, erfaßte eine Veränderung Caerroil Wildholz. Das tauartige Glitzern seiner Aura von Klängen nahm eine Schattierung des Zorns an. Seine Augen verdunkelten sich; ihr silberner Glanz wich der Färbung von Gewitterwolken. Dunst quoll aus seinen Augäpfeln und hinauf in die Brauen. Aber er schwieg, und daher sprach Lord Mhoram weiter. »Die Menschen des Landes stehen im Krieg wider den Verächter, den althergebrachten Baumzerstörer. Sein riesiges Heer hat uns an diesen Ort getrieben, und nun tobt am Memmeneck die letzte Schlacht. Ohne deinen Beistand müssen wir sicherlich untergehen. Mit unserem Ende müßte das Land jedoch wehrlos werden. Der Baumzerstörer würde Krieg gegen alle Wälder führen – zuerst wider die Bäume im schönen Andelain, dann gegen den schlummernden Wald von Grimmerdhore, und schließlich den ruhelosen Morinmoss. Zu guter Letzt griffe er die Würgerkluft und dich an. Deshalb muß ihm schon heute eine Niederlage beigebracht werden.«

Der Forsthüter wirkte von diesen Darlegungen unbeeindruckt. »Du sprachst von einem Wütrich«, summte er dunkel, statt darauf zu antworten.

»Das Heer, welches uns in diesem Augenblick bedrängt, wird von einem Wütrich befehligt, einem der drei alten Verwüster des Einholzwaldes.«

»Gib mir ein Zeichen, daß du die Wahrheit sprichst.«

Lord Mhoram wagte nicht zu zögern. Obschon der Grund, den er nun betrat, vollkommen ohne Weg und Steg war, unerkundet durch unmißverständliches Wissen, nur erhellt durch seine Eingebungen, gab er sofort Antwort. »Er ist der Wütrich *Moksha,* auch Jehannum und Markschänder genannt. In längst vergangenen Zeitaltern lehrten er und sein Bruder *Turiya* die einst friedlichen Dämondim den Abscheu vor Bäumen. Sein Bruder *Samadhi* leitete den Herrscher von Doriendor Korischew in die Irre, so daß dieser wahnsinnige König danach trachtete, Herr über Leben und Tod des Einholzwaldes zu werden.«

»Der Wütrich *Moksha«,* trillerte Caerroil Wildholz hell, aber bedrohlich. »Nach Wütrichen steht mir besonders der Sinn.«

»Ihre Macht ist heute weit größer. Sie teilen untereinander die unnatürliche Gewalt des Weltübel-Steins.«

»Das schert mich nicht«, erwiderte der Forsthüter fast barsch. »Du hast angeboten, mir einen Wütrich in die Hände zu liefern. Wie soll das zugehen, da er euch doch soeben schlägt?«

Der Schlachtlärm rückte unausweichlich näher, während der Feind das Kriegsheer zurückdrängte. Lord Mhoram hörte mit jedem Augenblick, der verstrich, weniger Geräusche des Kämpfens als grausige Laute des Metzelns heraus. Und er bemerkte, daß Streitmark Troy hinter ihm keuchte. »Das ist die Gunst, die ich erbitte, Caerriol Wildholz«, sagte er mit all seiner schwer errungenen Gefaßtheit. »Ich erflehe für all unsere Leute die unbehelligte Durchquerung der Würgerkluft. Diese Gunst wird den Wütrich *Moksha* in deine Hände geben. Er und sein ganzes Heer, alle seine Urbösen, Höhlenschrate und üblen Wesen, werden dir verfallen. Sobald der Wütrich sieht, daß wir in die Würgerkluft fliehen und sie uns nicht erwürgt, wird er befehlen, uns zu verfolgen. Er wird glauben, du seiest zu geschwächt – oder dahingeschieden. Sein Haß wider uns und die Bäume wird ihn und seine Streitkräfte auf deinen Grund treiben.«

Ein Weilchen verging, das Mhorams Ohren mit ungeduldigem Pochen erfüllte, während Caerroil Wildholz den Vorschlag sorgsam erwog. Das Toben der Schlacht verriet, daß es binnen kurzem nur noch wenig vom Kriegsheer zu retten geben mochte. Doch Mhoram blieb dem Forsthüter zugekehrt und wartete. Endlich nickte der Forsthüter. »Dieser Handel ist angemessen«, säuselte er bedächtig. »Die Bäume sehnen sich nach neuem Kampf. Ich bin bereit. Doch für meine Hilfe ist ein geringer Preis zu entrichten … und für die Befleckung meines Liedes.«

Das Emporschwellen von Mhorams Hoffnung wich plötzlich einer Aufwallung von Furcht, und er wirbelte herum, wollte Streitmark Troy hindern. »Dann werde ich ihn zahlen«, sagte jedoch fieberhaft Troy, ehe er ihm eine Warnung zurufen konnte. »Ich zahle jeden Preis. Mein Heer wird abgeschlachtet.«

Als er das unwiderrufliche Versprechen vernahm, zuckte Mhoram zusammen. »Nun wohl«, sang der Forsthüter betont. »Ich bin einverstanden. Bringt euer Heer achtsam zwischen die Bäume.«

Troy handelte sofort; er gab sich Schwung und sprang, um auf Mehryls Rücken zu gelangen. Irgendein Instinkt half ihm; er kam sicher und aufrecht auf den Ranyhyn zu sitzen, als könne er sehen. Unverzüglich galoppierte er hinüber zum Schlachtfeld, brüllte aus vollem Halse: »Quaan! Zurückziehen! Zurückziehen!« Während er schrie, zerfielen die Schlachtreihen des Kriegsheers ohnehin vollends. Die Krieger waren zerstreut worden, und Markschänders Geschöpfe richteten unter ihnen ein fürchterliches Blutbad an. Über zwei Drittel aller Scharen waren auf der Walstatt geblieben. Aber irgend etwas in Troys Befehl ermöglichte den Kriegern eine letzte Anstrengung. Sie stellten den Widerstand ein, machten kehrt und flohen. Ihre plötzliche Flucht schuf eine Lücke zwischen ihnen und Markschänders Heer. Sofort bewerkstelligte Lord Callindrill die Vergrößerung des Abstands. Geschützt durch einen Ring von Bluthütern, schleuderte er Flammen aus Lord-Feuer ins zerstampfte Gras, die vor den Reihen der Gegner flackerten und knisterten. Die Lohen schadeten dem Feind wenig, bewirkten aber, daß die Streitkräfte des Wütrichs für einen Moment zauderten, ehe sie sich erneut auf die Krieger stürzten.

Callindrill nutzte diese Atempause, um sich den Kriegern anzuschließen. Gemeinsam liefen die Überlebenden – insgesamt kaum mehr als zehn Scharen – geradewegs auf Mhoram zu. Als er sie kommen sah, eilte Lord Mhoram dem Streitmark entgegen. Er zog Troy von Mehryls Rücken – unter dem Astwerk der Würgerkluft zu reiten, war zu gefährlich –, packte ihn am Arm und führte ihn zu den Bäumen. Die Krieger waren auf ihrer Flucht schon fast an ihren Fersen, als Mhoram und Troy die Würgerkluft betraten. Caerroil Wildholz war inzwischen verschwunden, aber sein Lied war geblieben. Es schien leise von jedem einzelnen Blatt im Walde widerzuhallen. Mhoram spürte, wie es ihn leitete, und er folgte seiner unsichtbaren Wegweisung. Hinten hörte er die Krieger ihre Erschöpfung in einem letzten Lauf in die Arme von Rettung oder Tod bis zur Neige auskosten. Dann vernahm er wie aus weiter Ferne Quaans Ruf, alle Überlebenden befänden sich nunmehr zwischen den Bäumen. Aber er blickte sich nicht um. Das Lied des Forsthüters hielt ihn im Bann. Troys Arm umklammernd, spähte er unbeirrt voraus in die Düsternis, beschritt in strammer Gangart den Pfad des unablässigen Wohlklangs. Mit Callindrill, Troy, Quaan, Amorine, drei Dutzend Bluthütern, sämtlichen Ranyhyn und etwas über viertausend Kriegern entschwand Lord Mhoram zeitweilig aus der Welt der Menschen. Allmählich verwandelten die Klänge seinen Bewußtseinszustand, versenkten ihn in eine Art von Trance. Unvermindert war er sich aller Vorgänge bewußt, aber nichts berührte ihn noch. An den Veränderungen in der Trübnis der Würgerkluft erkannte er das Nahen des Abends, aber es mangelte ihm an einer Zeitwahrnehmung. Von Lichtungen zwischen den Bäumen aus konnte er das Westlandgebirge erspähen. Anhand des Wechsels im Standort der Gipfel vermochte er seine Schnelligkeit einzuschätzen. Es schien, als käme er rascher vorwärts als ein Ranyhyn im Galopp. Doch er empfand trotz des unbegreiflich geschwinden Vorankommens keine Überanstrengung oder Erschlaffung der Gliedmaßen. Der Hauch des Liedes trug ihn mit, als atme die Würgerkluft ihn und seine Gefährten ein.

Ihre Durchquerung verlief befremdlich und traumhaft, glich einer Seelenfahrt, angefüllt mit Ereignissen, die er nicht fühlte, vollzogen in einer Geschwindigkeit, die er nicht spürte.

Die Nacht brach an – der Mond war völlig dunkel –, aber Mhoram irrte nicht vom Weg ab. Etwas wie eine Andeutung von Licht im Gras, am Laub und in den Tönen wies ihm die Richtung unverkennbar, so daß er zuversichtlich ausschritt, verschont von jedem Bedürfnis nach Rast. Das Lied des Forsthüters enthob ihn seiner Sterblichkeit, umschlang ihn mit sorglosem Frieden. Irgendwann während des Nachtdunkels hörte er, wie sich das Lied änderte. Auf ihn übte die Veränderung keine Wirkung aus, aber er verstand ihre Bedeutung. Obwohl der Wald jeden anderen Laut verschluckte, so daß kein Aufheulen, kein Kreischen und keine Schreie seine Ohren erreichten, wußte er, daß nun Markschänders Heer der Vernichtung anheimfiel. Das Lied beschrieb Zeitalter voll von abwartendem Haß, voller Trauer über weite Mengen verlorener Artgenossen, Zeiten gedämpften Grolls, der durch die Säfte des

Holzes emporstieg, bis jeder Zweig und jedes Blatt ihn teilten, ihn von neuem belebten, sich nach Taten sehnten. Und durch diese melodische Erzählung drang Geflüster des Todes, während Wurzeln, Äste und Stämme gemeinsam handelten, um zu zerdrücken und zu zermalmen. Gegen den gewaltig ausgedehnten Wald war selbst Markschänders riesiges Heer nur klein und machtlos, nicht mehr als eine jämmerliche Frechheit, hinausgerufen auf ein unüberschaubares Meer. Die Bäume fegten die Kräfte der Urbösen, die rohe Stärke der Höhlenschrate sowie die vereinte Furcht – wahnsinnig und verzweifelt – aller übrigen Wesen beiseite. Angeleitet durch Caerroil Wildholz' Lied, erdrosselten sie die Eindringlinge. Sie drückten Flammen aus, erschlugen die Bewaffneten, überwältigten jedes Aufgebot an Wissen und Macht. Dann tranken die Bäume das Blut und verzehrten die Leiber – löschten jede Spur des Feindes im Schwelgen in ihrer uralten, erlesenen Wut aus. Als das Lied wieder in sein vorheriges ruhiges Tönen überging, schienen darin grimmige Befriedigung und Sieghaftigkeit mitzuschwingen.

Bald darauf – Mhoram glaubte jedenfalls, daß es kurze Zeit später war – erscholl über den Wipfeln ein Grollen wie von Donner. Zunächst meinte er, daß er Markschänders Todeskampf höre. Doch dann ersah er, daß das Dröhnen einer gänzlich anderen Quelle entsprang. Weit voraus, westwärts, war in den Bergen irgendeine entsetzliche Gewalt entfesselt worden. Aus einem Teil der Bergkette schossen rote Stichflammen. Nach jedem solchen Ausbruch rollte eine Erschütterung über die Würgerkluft dahin, und greller Auswurf hellte den Nachthimmel auf. Doch Mhoram blieb gleichmütig. Er beobachtete das Geschehen mit Interesse, aber das Lied schirmte ihn mit seinem Zauber ab und ersparte ihm jegliche Besorgnis. Er verspürte auch keinen Anlaß zur Sorge, als er merkte, daß das Kriegsheer sich nicht länger hinter ihm befand; nur Lord

Callindrill, Troy, Amorine, Schwertmark Quaan sowie zwei Bluthüter – Terrel und Morril – folgten ihm nach. Dennoch fühlte er sich nicht beunruhigt; das Lied begütigte ihn mit Friedfertigkeit und Vertrauen. Es leitete ihn immer weiter durch die unermeßliche Nacht und bis hinein in die Dämmerung eines neuen Tages.

Mit der Wiederkehr des Lichts bemerkte er, daß er ein Waldstück durchquerte, das üppig von purpurnen und weißen Orchideen strotzte. Ihre sanften, klaren Farben entsprachen der Musik, als seien sie deren Noten, nach denen Caerroil Wildholz zu singen pflege. Sie schmiegten Mhoram noch enger in den Trost der Wohlklänge. Mit unbewußtem, breitem Lächeln eilte er des Weges, als wären die Schwingungen, die ihn trugen, ein Mittel wider all seine Pein. Seine sonderbare Schnelligkeit war nun, im Tageslicht, noch offenkundiger. Durch Lücken im Blätterdach konnte er bereits die paarweisen Kegelspitzen von *Melenkurion* Himmelswehr sehen, der höchsten Gipfel des Westlandgebirges. Er vermochte den hohen, steilen Spaltfelsen-Tafelberg zu erkennen, während das Wüten sich fortsetzte, das darin stattfand. Erschütterungen und dumpfes Krachen hallten aus den Tiefen des Berges, und in unregelmäßigen Abständen barsten rote Gewalten himmelwärts. Trotzdem bewahrte Mhoram seine seltsame Ruhe. Seine Geschwindigkeit, die Mitgerissenheit, seine leichtmütige Beschwingtheit erfüllten sein Herz mit stiller, froher Freude.

Seit dem Betreten der Würgerkluft hatte er dreißig oder vierzig Längen zurückgelegt. Er fühlte sich dazu befähigt, auf ewig so weiterzustürmen.

Aber der Tag verstrich mit der gleichen zeitlosen Flüchtigkeit wie zuvor die Nacht. Schon neigte sich die Sonne erneut ihrem Untergang zu, doch mangelte es ihm an jedem Eindruck irgendeiner Dauer, und weder Müdigkeit noch Hunger oder irgendwelche anderen körperliche Empfindungen legten von seinem Dahineilen Zeugnis ab. Dann unterzog sich das Lied nochmals einem Wandel. Langsam ließ seine Kraft nach, die Mhoram vorwärts zog. Das Ende des geschwinden Entlangschwebens bereitete ihm stillen Kummer, doch er mußte sich damit abfinden. Das Donnern und Dröhnen des Spaltfelsens erscholl nun fast genau südwestlich von ihm; er vermutete, daß er und seine Begleiter sich dem Schwarzen Fluß näherten. Das Lied führte ihn geradewegs durch den Wald zu einer kahlen Anhöhe, die sich wie ein Wahrzeichen der Unfruchtbarkeit über die Wipfel erhob. Jenseits des Hügels hörte er Wasser rauschen – den Schwarzen Fluß –, jedoch erregte sofort die Höhe selbst seine Aufmerksamkeit, stellte sein altes Eigenbewußtsein in gewissem Maße wieder her.

Das Erdreich des Hügels war vollkommen leblos, als sei es in vergangenen Zeiten mit zuviel Tod getränkt worden, um jemals wieder grünen zu können. Und dicht unterhalb der Hügelkuppe standen wie Schildwachen oder Zeugen zwei Bäume mit nahezu senkrechten Stämmen, voneinander zwanzig oder mehr Schritte weit getrennt. Sie waren so tot wie der ganze Hügel – geschwärzt, um Astwerk und Blätter beraubt, ohne Saft. Jedem dieser beiden toten Bäume war nur ein Ast verblieben. Zehn Klafter überm Wurzelwerk ragten diese zwei Äste aufeinander zu und kreuzten sich wie Querhölzer. Das war der Galgenhöcker, die altüberlieferte Hinrichtungsstätte der Forstwärtel. Hier hatten – den Sagen des Landes zufolge – in jenen längst vergangenen Zeiten, als der Einholzwald noch um sein Überleben rang, Caerroil Wildholz und seine Brüder Gericht gehalten. Hier waren die Wütriche, sobald sie den Forstwärteln in die Hände fielen, hingerichtet worden. Nun hing *Moksha*-Markschänder am Galgen. Schwarze Wut hatte sein Gesicht verquollen, seine geschwollene Zunge ragte wie zum Spott zwischen den Zähnen hervor, seine Augen stierten ausdruckslos. Alle seine Muskeln waren durch einen Krampf des Hasses verzerrt. Die Raserei seines Sterbens war so ungeheuer gewesen, daß ihm zahlreiche Blutgefäße geplatzt waren, so daß seine Haut nun fleckig war von dunklen Blutergüssen. Während Lord Mhoram durch das Dämmerlicht, das sich zu verdichten begann, nach oben spähte, spürte er auf einmal Müdigkeit und Durst. Einige Augenblicke verstrichen, ehe ihm auffiel, daß Caerroil Wildholz in der Nähe stand. Der Forsthüter sang an einer Seite des Hügels ruhig vor sich hin, und in seinen Augen glänzte ein rotes und ein silbernes Licht.

Neben Mhoram regte sich Streitmark Troy mit einer Ruckartigkeit, als sei er soeben aus festem Schlaf emporgeschreckt. »Was ist?« erkundigte er sich benommen. »Was siehst du?«

Mhoram mußte mehrmals schlucken, ehe er seine Stimme wiederfand. »Markschänder. Der Forsthüter hat ihn gehenkt.«

Heftige Eindringlichkeit zeichnete Troys Gesicht. Dann lächelte er. »Gott sei Dank.«

»Der Handel ist angemessen«, sang Caerroil Wildholz. »Ich weiß, den Geist eines Wütrichs kann ich nicht auslöschen, aber es verschafft eine große Befriedigung, sein Fleisch zu töten. Er ist erwürgt.« Seine Augen glommen kurz rötlich auf, nahmen wieder ihren silbernen Schimmer an. »Glaubt nun nicht, ich hätte mein Wort rückgängig gemacht. Eure Gefolgsleute sind unversehrt geblieben. Doch die Gegenwart so vieler treuloser Sterblicher beunruhigte die Bäume. Um ihr Unbehagen zu verkürzen, habe ich euer Gefolge aus der Würgerkluft nordwärts geschickt. Aber um des Handels willen – und im Hinblick auf den Preis, der noch zu entrichten ist – habe ich euch an diesen Ort gebracht. Schaut des Waldes Vergeltung.«

Irgend etwas in seiner hohen, klaren Stimme ließ Mhoram zusammenschaudern. Aber er hatte sich wieder genug in der Gewalt, um eine Frage zu stellen. »Was ist aus dem Stein des Wütrichs geworden?«

»Er war ein großes Übel«, summte der Forsthüter ernst. »Ich habe ihn vernichtet.«

Gelassen nickte Lord Mhoram. »Das ist wohlgetan.« Dann versuchte er, seine Überlegungen auf die Angelegenheit von Caerroil Wildholz' Preis zu richten. Ihm lag daran, dafür zu sorgen, daß er Troy nicht beim Wort nahm; der Streitmark hatte nicht gewußt, was man von ihm forderte. Doch während Mhoram nach geeigneten Worten suchte, lenkte Terrel ihn ab; stumm wies der Bluthüter flußaufwärts. Mittlerweile herrschte fast völlige Nacht; nur Sternenschein und der Glanz von Caerroil Wildholz' Augen erhellte den Galgenhöcker ein wenig. Aber als der Lord in die Richtung blickte, wohin Terrel deutete, sah er zwei verschiedene Lichtquellen. In der Ferne war das feurige Unheil im Spaltfelsen sichtbar, dessen Gewalttätigkeit sich nun anscheinend dem Höhepunkt näherte; Glut schoß empor, und dunkles Donnergrollen rumpelte zur Würgerkluft herüber, als brächen riesige Klippen entzwei. Das andere Licht war dagegen erheblich näher. Zwischen Mhoram und dem Fluß schimmerte ein winziger, ruhiger Schein von harschem Weiß durch die Bäume. Während er ihn beobachtete, bewegte er sich hinter den Galgenhöcker außer Sicht. Jemand durchquerte die Würgerkluft am Schwarzen Fluß entlang. Eine Eingebung ereilte Lord Mhoram, und sofort packte ihn neue Furcht. Gesichte und Visionen, die er im Laufe der letzten Tage vergessen hatte, fielen ihm wieder ein. Rasch wandte er sich an den Forsthüter. »Wer kommt? Hast du weitere Abmachungen geschlossen?«

»Wäre es so«, trällerte der Forsthüter, »es hätte dich nicht zu scheren. Aber diese zwei da beschreiten diesen Grund in stillschweigender Duldung. Sie haben nicht mit mir gesprochen. Ich dulde sie hier, weil ihr Licht für die Bäume keine Gefahr ist … und weil sie im Besitz einer Macht sind, die ich zu achten habe. Das Gesetz der Schöpfung bindet mich.«

»Melenkurion!« stieß Mhoram unterdrückt aus. »Schöpfer, steh uns bei!« Er nahm Troy beim Oberarm und stieg mit ihm die öde Anhöhe hinauf. Seine restlichen Begleiter folgten. Er unterquerte den Galgen und betrat die Hügelkuppe, schaute über den jenseitigen Abhang hinunter zum Fluß. Zwei Männer erklommen den Hügel vom Flußufer her. Einer von ihnen hielt in seiner Rechten einen leuchtstarken Stein, während er mit dem linken Arm seinen Gefährten stützte. Sie klommen mühselig, als müßten sie sich gegen ein Gewicht aus Furchtlosigkeit aufwärts stemmen. Als sie sich nah unterhalb der Hügelkuppe befanden, vollauf im Blickfeld Mhorams und all seiner Begleiter, blieben sie stehen.

Langsam hielt Bannor den *Orkrest* hoch, so daß sein Schein die Kuppe des Galgenhöckers aufhellte. Er grüßte die Lords mit einem Nicken. Als Thomas Covenant bemerkte, daß die Menschen auf der Hügelkuppe ihn beobachteten, stieß er Bannors hilfreichen Arm von sich und bewegte sich aus eigener Kraft weiter. Seine Eigensinnigkeit verlangte ihm eine große Anstrengung ab. Buchstäblich auf sich selbst gestellt, schwankte er unsicher. Im Schein des *Orkrest*-Steins schimmerte seine Stirn wie eine Scheußlichkeit. Seine Augen starrten blicklos – sie glotzten, ohne irgend etwas anzuschauen, und doch geschah das mit solcher Eindringlichkeit, daß sie überkreuzte Blickrichtungen zu haben schienen, als sei seine eigene Zweiwertigkeit ihm so bewußt, daß seine Augen nicht länger Einmütigkeit bewahren konnten. Seine Hände verkrallten sich auf seiner Brust ineinander. Aber da versetzte ihm ein wüster Ausbruch am Spaltfelsen einen Ruck, so daß er fast aus dem Gleichgewicht geriet. Notgedrungen streckte er seine Halbhand nach Bannor aus. Die Gebärde entblößte seine linke Faust.

An seinem Ringfinger pochte heiß der Ring aus Weißgold.

3. TEIL

Das Blut der Erde

21
Lenas Tochter

Troy hatte Thomas Covenants Ungläubigkeit als Bluff abgetan. Aber Covenant spielte kein Denkspiel. Er war leprakrank. Er kämpfte um sein Leben. Unglaube war seine einzige Verteidigung gegen das Land, sein einziges Mittel, um die Intensität, das potentiell Selbstmörderische seiner Reaktionen auf das Land zu kontrollieren. Er sah jede andere Form des Selbstschutzes als verloren an. Und ohne jeden Selbstschutz würde er enden wie der alte Mann, dem er im Leprosorium begegnet war – verkrüppelt und angefault über jedes erträgbare Maß hinaus. Selbst Wahnsinn wäre dem vorzuziehen. Verlor er den Verstand, wäre er wenigstens davor abgeschirmt, was mit ihm passierte, blind und taub und gefühllos gegenüber jenem Leiden, das geierhaft an seinem Fleisch fraß.

Aber als er von Schwelgenholz aus mit dem Hoch-Lord, Amok und zwei Bluthütern westwärts ritt, um Kevin Landschmeißers Siebten Kreis des Wissens ausfindig zu machen, merkte er, wie sich an ihm Veränderungen vollzogen. Ruckweise und in Schüben verrückte unter ihm der Boden; eine ebenso potente wie subtile Erdkraft änderte sein persönliches Terrain. Unsicherer Untergrund rutschte ihm entgegen wie Fallgruben. Und er fühlte sich außerstande, dagegen irgend etwas zu unternehmen. Der bedrohlichste Aspekt seiner unmittelbaren Situation war Elena. Ihre unbekannte innere Kraft, ihre Herkunft und ihre merkwürdige Unwiderstehlichkeit beunruhigten ihn im gleichen Umfang, wie sie ihn anzogen. Als sie das Tal der Zwei Flüsse verließen, verfluchte er sich bereits insgeheim, weil er ihre Einladung angenommen hatte. Und doch besaß sie genug Macht, um ihn ins Schwanken zu bringen. Sie verwirrte seine

Emotionen und zupfte unvermutete Stränge aus deren Knäuel. Dieser Fall lag anders als mit anderen Bekanntschaften. Als Lord Mhoram ihn bat, mit dem Kriegsheer zu ziehen, hatte er eingewilligt, weil es ihm völlig an Alternativen fehlte. Er mußte unbedingt in Bewegung bleiben, auf der Suche nach irgendeinem Ausweg. Aber als er sein Einverständnis gab, den Hoch-Lord zu begleiten, stützten diesen Entschluß keine derartigen Überlegungen. Er hatte das Empfinden, daß er mit diesem Ritt versuchte, sich vorm Kernproblem seines Dilemmas zu drücken, dem Kampf gegen Lord Foul – zu drücken wie ein Feigling. Aber im Moment seiner Entscheidung war ihm der Gedanke an eine Ablehnung nicht im entferntesten gekommen. Und er ahnte, daß Elena ihn zu noch mehr treiben konnte. Hoffnungslos mußte er ihr folgen, ohne auf ein Jota der Rechtfertigung für seinen Übernamen pochen zu können, selbst wenn es ihr einfiele, den Verächter selbst zu attackieren. Ihre Schönheit, ihre körperliche Nähe, die Art und Weise, wie sie ihn behandelte, das alles verzehrte Teile seiner Panzerung, entblößte sein verletzliches Fleisch.

Während sie durch den frisch-munteren Herbst Trothgards ritten, beobachtete er sie sehr wachsam, zugleich schüchtern. Wie sie hochaufgerichtet und stolz auf dem Rücken Myrhas saß, ihres Ranyhyn, wirkte sie wie eine gekrönte Vestalin, irgendwie sowohl machtvoll wie auch zerbrechlich – als könne sie ihm bloß mit einem Blick die Knochen im Leibe brechen, doch müßte sie andererseits vom Pferd fallen, schmisse jemand nur eine Handvoll Dreck nach ihr. Sie machte ihn mutlos. Sobald Amok aus der leeren Luft erschien, befaßte sie sich mit ihm. Sie begrüßten einander und scherzten heiter wie alte Freunde, während Schwelgenholz in der Ferne zurückblieb. Amoks störrische Halsstarrigkeit hinsichtlich seines Kreises des Wissens hinderte ihn nicht daran, sich anderen Dingen mit belustigter Weitschweifigkeit zu widmen. Bald sang und schwatzte er daher, als bestünde seine einzige Aufgabe darin, den Hoch-Lord gut zu unterhalten. Covenant betrachtete die Landschaft, während Amok auf diese Weise den Morgen herumbrachte.

Das Grüppchen ritt mühelos zum Trothgarder Tiefland hinaus. Es hatte eine Richtung eingeschlagen, die um ein paar Kompaßstriche südlich von der direkten westlichen Himmelsrichtung verlief, ungefähr parallel zum Flußbett des Rill, der vom Westlandgebirge strömte. Der Westrand Trothgards, noch rund sechzig oder siebzig Längen entfernt, lag etwa tausend Meter höher als das Tal der Zwei Flüsse; der gesamte Landstrich wies eine allmähliche Steigung zu den Bergen hin auf. Der Hoch-Lord und seine Begleitung gelangten bereits in die Ansätze dieser Steigung. Covenant konnte den unbeschwerlichen Aufstieg spüren, während sie durch vom Herbst farbenprächtige Wäldchen ritten, die in Orange, Gelb, Goldbraun und Rot leuchteten wie Feuer aus Laub, über üppig grasbewachsene Hänge, wo die Narben der alten Kriege im Trümmersteingau von Heidekraut bedeckt worden waren, neues Fleisch mit so etwas wie Timotheusgras die Wunden glättete, ergrünt im Heilen. Covenant bemerkte kaum noch restliche Spuren von Trothgards Genesungsprozeß. Unter dem verhüllenden Mantel der Gewächse, von Bäumen und Gras, waren allerdings noch nicht alle Schäden aus Kevins letztem Krieg verschwunden. Von Zeit zu Zeit kamen die Reiter an zerfressenen, kahlen Stellen vorüber, die sich nach wie vor jeder Ausbesserung widersetzten, und manche Hügel wirkten eher schief, wie gebrochene und schlecht verheilte Knochen.

Aber insgesamt hatte die Arbeit der Lords ihre Wirkung getan. Trothgards Luft war würzig, vital, voller Frische. Nur wenigen Bäumen sah man noch an, daß ihre Wuzeln in einst geschändet gewesene Erde hinabreichten. Der neue Großrat der Lords hatte sich einem lohnenden Lebenszweck gewidmet.

Wegen der Greuel, die dieser Landstrich erlebt hatte, rührte Trothgard Covenants Herz. Er stellte fest, daß er ihn mochte, ihm traute. Als der Tag langsam in den Nachmittag überging, wünschte er sich gelegentlich, er bräuchte nicht weiterzuziehen. Er hätte Trothgard gern ausgiebiger durchstreift, ohne Ziel, vorzugsweise allein, und sich mit keinem Gedanken mit Kreisen des Wissens, Ringen oder gar Kriegen beschäftigt. Eine solche Erholung wäre ihm sehr recht gewesen. Amok machte den Eindruck eines genau für derartige Ausflüge geeigneten Führers. Der Hüter des Siebten Kreises des Wissens wanderte mit lebhaftem, jugendlichem Schritt dahin, der die Tatsache überspielte, daß er in keineswegs gemächlichem Tempo marschierte. Und seine Gutgelauntheit sprudelte wie ein unversiegbarer Quell. Er sang lange Lieder, von denen er behauptete, er habe sie von den feenhaften *Elohim* gelernt – so fremdartige Lieder, daß Covenant weder Wörter noch Sätze unterscheiden konnte, aber doch so voller seltsamer Anspielungen, wie Mondlicht in einem Wald, daß sie ihn bald in ihren Bann zogen. Außerdem erzählte Amok an Andeutungen reiche Geschichten von den Sternen und von Himmeln, schilderte frohsinnig den Tanz der Himmelskörper am Firmament, als habe er schon selbst darin mitgegaukelt. Seine fröhliche Stimme bereicherte die klare, kühle Abendluft und die Feuersbrunst des Sonnenuntergangs auf den Bäumen, verwob seine Zuhörer darin wie durch eine Beschwörung, wie mit Hypnose.

Doch als in Trothgard Dämmerlicht herrschte, verschwand er urplötzlich, hob mit einer Gebärde seine Sichtbarkeit auf und ließ den Hoch-Lord mit seinen Begleitern allein. Covenant schrak aus seiner andächtigen Betrachtung. »Wo …?«

»Amok wird wiederkehren«, versicherte Elena. In der Dämmerung konnte er nicht bemerken, ob sie ihn ansah, durch ihn oder in ihn schaute oder ihn nicht beachtete. »Er hat uns nur für die Nacht verlassen. Komm, Ur-Lord.« Sie ließ

sich beschwingt von Myrhas Rücken gleiten. »Wir wollen rasten.«
Covenant ahmte ihr Beispiel nach und überließ sein Reittier Bannors Fürsorge.
Myrha und die beiden anderen Ranyhyn galoppierten davon, um nach dem ganzen Tag gebremsten Tempos ihre Beine zu betätigen. Morin ging zum Rill, um Wasser zu holen, während Elena sich ans Herrichten des Lagers machte.
Sie brachte einen kleinen Topf voller Glutsteine zum Vorschein und verwendete die feurigen Steine, um für sich und Covenant ein bescheidenes Mahl zu bereiten. Ihr Gesicht folgte den Bewegungen ihrer Hände, aber die sonderbare Abseitsgerichtetheit ihres Blicks schweifte in irgendeine weite Ferne, als könne sie im erdhaften Licht des Glutgesteins Ereignisse am anderen Ende des Landes schauen. Covenant sah ihr zu, selbst bei der Erledigung der simpelsten Aufgaben faszinierte sie ihn. Aber während er ihre gertenschlanke Gestalt im Augenmerk behielt, ihre sicheren Regungen, ihren zwiespältigen Blick, bemühte er sich, sein Ich wieder in den Griff zu bekommen, ein gewisses Gespür dafür zurückzugewinnen, wo er und wo sie stand. Sie war ihm ein Rätsel. Statt jemanden von den starken, mit allerlei Wissen gesegneten Bewohnern des Landes hatte sie ihn zu ihrem Begleiter ausgesucht. Er hatte ihre Mutter vergewaltigt – dennoch war er von ihr ausgewählt worden. Im Glimmermere hatte sie ihn geküßt … die Erinnerung tat in seinem Herz weh. Ihn hatte sie auserwählt. Nicht aus Zorn oder Rachsucht, aus keinem Grund, den Trell gebilligt hätte. Er ersah aus ihrem Lächeln, hörte aus ihrer Stimme, erkannte in ihrem Verhalten, daß sie ihm nichts zuzufügen beabsichtigte. Warum dann? Welcher geheimen Vergeßlichkeit oder Leidenschaft entsprang ihr Wunsch nach seiner Begleitung? Das mußte er herausfinden. Trotzdem fürchtete er sich halb vor der Antwort. Nach dem Essen, als er am Topf mit dem Glutgestein

saß, Elena gegenüber, und seine Ration Frühjahrswein trank, brachte er genügend Mut auf, um ihr Fragen zu stellen. Beide Bluthüter hatten sich vom Lagerplatz entfernt, und er fühlte sich erleichtert, nicht in ihrer Anwesenheit sprechen zu müssen. Während er die Finger durch seinen Bart pflügte – dabei entsann er sich der Gefährlichkeit physischer Empfindungen –, begann er mit der Frage, ob sie von Amok irgend etwas erfahren habe.

Unbekümmert schüttelte sie den Kopf, und in der Helligkeit der Glutsteine erzeugte ihr Haar um ihren Kopf eine Art von Heiligenschein. »Gewißlich trennen uns noch mehrere Tagesreisen vom Hort des Siebten Kreises. Es wird Zeit zur Genüge bleiben, um Amok zu befragen.«

Er nahm die Auskunft zur Kenntnis, aber sie half ihm nicht weiter. Er raffte allen Mumm zusammen und fragte, warum sie ihn ausgewählt hatte.

Für mehrere Momente blickte sie ihn an oder durch ihn hindurch, bevor sie antwortete. »Thomas Covenant, du weißt, ich habe dich nicht ausgewählt. Kein Lord Schwelgensteins hat's getan. Seibrich Felswürm vollzog deine erste Herbeirufung, und zwar mit Anleitung durch den Verächter. In dieser Beziehung sind wir deine Opfer, so wie du sein Opfer bist. Mag sein, es verhält sich so, wie Lord Mhoram glaubt … daß bei dieser Wahl auch des Landes Schöpfer wirkte. Oder vielleicht die toten Lords … womöglich hat Hoch-Lord Kevin selbst aus seinem unbekannten Grab einen bestimmten Einfluß. Ich jedoch habe keine Wahl getroffen.« Ihr Tonfall wechselte, als sie weitersprach. »Doch hätte ich eine Wahl zu …«

»Das habe ich nicht gemeint«, unterbrach Covenant sie. »Ich weiß, warum mir all das geschieht. Weil ich Leprakranker bin. Eine normale Person würde darüber bloß lachen … nein, ich habe gemeint, warum hast du mich ausgesucht, damit ich dich

begleite … auf dieser Suche nach dem Siebten Kreis? Dir standen genug andere Leute zur Wahl.«
»Ich begreife dies Leiden nicht«, antwortete sie sanft, »das dich zum … zum Leprakranken macht. Du beschreibst eine Welt, in der Unschuldige gemartert werden. Warum geschieht dort dererlei? Warum wird's geduldet?«
»Hier sind die Zustände ja wohl nicht viel anders. Oder was meinst du, was mit dem armen Kevin passiert ist? Aber du kommst vom Thema ab. Ich möchte wissen, warum du ausgerechnet mich ausgesucht hast.« Er duckte sich zusammen, als er sich an den Kummer Troys erinnerte, den man ihm angesehen hatte, als der Hoch-Lord seine Entscheidung bekanntgab.
»Nun wohl, Ur-Lord«, sagte sie mit widerwilligem Ton. »Wenn diese Frage beantwortet werden muß, will ich darauf antworten. Es gibt zahlreiche Gründe für meine Wahl. Willst du sie hören?«
»Nur zu.«
»Ach, Zweifler! Bisweilen wähne ich, daß Streitmark Troy so blind nicht ist. Die Wahrheit … du meidest die Wahrheit. Doch ich will dir meine Gründe nennen. Zunächst einmal bereite ich mich auf die Wechselfälle der Zukunft vor. Solltest du dich schließlich dazu bewogen fühlen, dein Weißgold zu nutzen, vermag ich dir mit dem Stab des Gesetzes besser als jeder andere beizustehen. Ich kenne das Geheimnis der wilden Magie nicht – aber es gibt kein geeigneteres Maßwerkzeug als den Stab des Gesetzes. Und solltest du dich gegen das Land wenden, so werde ich mit dem Stab am ehesten dazu imstande sein, dir Gegenwehr zu leisten. Wir verfügen über nichts anderes, das zur Hoffnung berechtigt, der Macht des Weißgolds widerstehen zu können. Doch überdies bedenke ich andere Dinge. Du bist kein Krieger – und das Kriegsheer muß große Gefahren durchstehen, wo nur Kraft und Geschicklichkeit im Kampf die Aussicht auf Erhaltung des Lebens bieten.

Ich möchte dein Leben nicht gefährden. Dir muß eine Frist gewährt werden, um eine Antwort auf dich selbst zu finden. Und für mich wünsche ich Begleitung. Weder Streitmark Troy noch Lord Mhoram sind beim Feldzug des Kriegsheers entbehrlich. Liegt dir an weiteren Erklärungen?«

Er erahnte die Unvollständigkeit ihrer Auskünfte und zwang sich trotz seiner Befürchtungen zum Weiterbohren. »Begleitung?« meinte er gedehnt und mit einer Grimasse des Abscheus, der der überall ersichtlichen Abträglichkeit seines Benehmens im Lande galt. »Nach all dem, was ich getan habe …? Du bist ziemlich nachsichtig.«

»Ich bin nicht nachsichtig. Ich treffe keine Entschlüsse, ohne mein Herz zu befragen.«

Im ersten Moment erfaßte er die Implikationen ihrer Äußerung mit Gelassenheit. Sie besagten genau das, was zu hören er sowohl gewünscht wie auch gefürchtet hatte. Doch dann ließ eine vielschichtige Abgeneigtheit, zusammengesetzt aus Sympathie, Bangen und Selbstverurteilung, ihn zurückschrecken. »Du brichst Trell das Herz«, sagte er mit so barscher Stimme wie möglich. »Und deiner Mutter.«

Ihre Miene erstarrte. »Gibst du mir die Schuld an Trells Pein?«

»Ich weiß nicht. Sähe er noch Hoffnung, er wäre uns gefolgt. Aber er hat jetzt eingesehen, daß du überhaupt nicht daran denkst, mich zu bestrafen.« Er verstummte, aber als er sah, welchen Schmerz er ihr bereitete, drängte der Anblick ihn zum Weiterreden, fühlte er sich veranlaßt, Entgegnungen und Gegenbeschuldigungen zu beantworten, die sie gar nicht ausgesprochen hatte. »Was deine Mutter angeht … ja, da habe ich freilich kein Recht zu Vorwürfen. Ich spreche nicht davon, was ich ihr angetan habe. Das war etwas, das kann ich wenigstens verstehen. Ich war in … in solchem Notstand … und sie wirkte auf mich so herrlich. Nein, ich meine das mit den Ranyhyn … die Ranyhyn, die jedes Jahr das Steinhausen Mithil aufgesucht haben. Ich hatte mit ihnen einen Handel ausgemacht. Ich war auf irgendeine Lösung versessen … einen Weg, um zu verhindern, daß ich völlig um den Verstand kam. Und sie haßten mich. Sie waren genau wie das Land … sie waren groß, machtvoll, überlegen … ich widerte sie an.« Er schnarrte das Wort ›widerte‹, als wiederhole er seinen alten Spruch *Lepra! Ausgestoßener! Unrein!* »Aber sie haben sich vor mir aufgebäumt … sicher hundert von ihnen. Sie sahen sich dazu getrieben … also sprach ich mit ihnen einen Handel ab. Ich habe ihnen zugesagt, nicht zu reiten … keinen von ihnen zu zwingen, mich zu tragen. Dafür ließ ich sie versprechen … ich habe ein Mittel gesucht, um all diese Größe und Macht, diese ganze Gesundheit und Treue daran zu hindern, mich in den Wahnsinn zu stürzen. Ich ließ sie versprechen, zu kommen, falls ich sie je rufe. Und ich ließ sie versprechen, deine Mutter zu besuchen.«

»Ihre Versprechungen gelten noch.« Elena sprach wie in tiefem Stolz.

Covenant seufzte. »Das hat Reumut erzählt, ja. Aber darum geht's nicht. Verstehst du mich? Das war ein Versuch, ihr etwas zu geben, ihr eine Wiedergutmachung zuzuschanzen. Aber so was klappt nicht. Wenn man jemandem so sehr weh getan hat, kann man das nicht kurzerhand mit irgendwelchen Geschenken ausgleichen. Das ist arrogant und grausam.« Beim bitteren Nachgeschmack dessen, was er getan hatte, verzerrte sich sein Mund. »In Wirklichkeit habe ich bloß mein Gewissen zu beruhigen versucht. Aber es lief sowieso alles schief. Foul kann alles verderben. Am Ende der Suche nach dem Stab des Gesetzes standen die Dinge so mies, daß kein Handel mich hätte retten können.« Unvermittelt gingen ihm die Worte aus. Er wollte Elena sagen, daß er sie durchaus nicht beschuldigte, sie gar nicht anschuldigen konnte – doch zugleich beharrte ein Teil von ihm insgeheim auf Anschuldigungen. Dieser sein

Teil hatte das Empfinden, daß Lenas Schmerz mehr Treue verdiente.

Doch allem Anschein nach begriff ihn der Hoch-Lord. Obwohl ihr verschrägter Blick ihn nicht berührte, antwortete sie auf seinen Gedanken. »Thomas Covenant, du verstehst Lena, meine Mutter, nicht zur Gänze. Ich bin eine Frau … ein Mensch wie jeder andere. Und ich habe dich für die Suche nach dem Siebten Kreis des Wissens zu meinem Begleiter erwählt. Sicherlich enthüllt diese Wahl sowohl meiner Mutter Herz wie auch mein eigenes, denn ich bin ihre Tochter. Von Geburt an befand ich mich in ihrer Obhut, und sie hat mich gelehrt. Zweifler, sie hat mir niemals Zorn oder Bitterkeit wider dich eingeflößt.«

»Nein!« stieß Covenant im Flüsterton hervor. »Nein.« *Nein! Nicht auch sie!* Der Anblick von Blut trübte seine Sicht – des Blutes an Lenas Lenden. Er vermochte die Vorstellung nicht zu ertragen, daß auch sie ihm verziehen hatte, auch sie, *sie!* Er wandte sich ab. Elena musterte ihn; er spürte, wie ihr inneres Wesen nach ihm tastete, ihn veranlassen wollte, sich wieder umzuwenden. Aber er fühlte sich dazu außerstande. Er fürchtete die Emotionen, die sie motivierten; nicht einmal bei sich selbst nannte er sie beim Namen. Er hüllte sich in seine Decken, drehte ihr den Rücken zu, bis sie den Topf mit dem Glutgestein über Nacht zudeckte und sich ebenfalls zum Schlaf ausstreckte.

Am nächsten Morgen kreuzten kurz nach der Dämmerung Morin und Bannor wieder auf. Sie brachten Myrha und Covenants Reittier mit. Er rappelte sich auf und setzte sich mit Elena zum Frühstück zusammen, während die Bluthüter die Decken packten. Und kurze Zeit nachdem sie wieder westwärts aufgebrochen waren, zeigte sich Amok an der Seite des Hoch-Lords. Covenant war nicht in der Stimmung für irgendwelche von Amoks Unterhaltsamkeiten. Außerdem hatte er im Laufe der Nacht einen Entschluß gefaßt. Ein Risiko war dabei – die Geste, von der er sich versprach, sie könne ihm eine gewisse Integrität wiedergeben, war gefährlich. Bevor der Jugendliche mit seinen Faxen loslegen konnte, bot er alle Entschlossenheit auf, obwohl sein Herz merklich hämmerte, und fragte Amok, was er übers Weißgold wisse. »Viel und wenig, Weißgoldträger«, antwortete Amok und lachte, indem er sich verbeugte. »Man sagt, daß das Weißgold die wilde Magie wecke, die den Frieden stört. Doch wer vermag zu beschreiben, was Friede ist?«

Covenant schnitt eine finstere Miene. »Das sind bloß Wortspielereien. Ich habe dir eine deutliche Frage gestellt. Was für Wissen besitzt du darüber?«

»Wissen, Weißgoldträger? Das ist ein unscheinbares Wörtchen – es verbirgt die Größe seiner Bedeutung. Ich habe vernommen, was mir erzählt worden ist, und ich habe gesehen, was meine Augen schauten, aber du allein trägst Weißgold. Nennst du das Wissen?«

»Amok«, kam Elena Covenant zu Hilfe, »ist das Weißgold auf irgendeine Weise verwoben mit dem Siebten Kreis des Wissens? Ist das Weißgold Inhalt oder Schlüssel dieses Wissenskreises?«

»Ach, Hoch-Lord, alle Dinge sind miteinander verwoben.« Der junge Bursche kostete seine Fähigkeit, Fragen auszuweichen, offenbar weidlich aus. »Der Siebte Kreis des Wissens mag das Weißgold mißachten, und der Weißgoldträger könnte für den Siebten Kreis keine Verwendung haben. Dennoch sind beides Mächte, Gestalten und Gesichter der einen Kraft des Lebens. Aber der Weißgoldträger ist über mich kein Meister. Er beschattet, aber verdunkelt mich nicht. Ich achte, was er trägt, aber mein Zweck bleibt unangefochten.«

Elenas Entgegnung hatte einen festen Klang. »Dann besteht

kein Grund, seinen Fragen auszuweichen. Sprich aus, was du übers Weißgold gehört und erfahren hast.«

»Ich spreche nach meiner Weise, Hoch-Lord. Weißgoldträger, ich habe übers Weißgold viel vernommen, jedoch wenig erfahren. Es ist der umfassende Widerspruch des Bogens der Zeit, die unbezähmte Selbstzucht in der Erde Schöpfung, das nichtvorhandene Gebein der Erdkraft, die Starrheit von Wasser, die Flüssigkeit von Stein. Es weckt die wilde Magie, die den Frieden stört. Die *Bhrathair* reden davon nur leise, die *Elohim* nennen es voller Ehrfurcht, obschon es ihnen nie unter die Augen kam. Der große *Kelenbhrabanal* träumt davon in seinem Grab, und grimmige Sandgorgonen winden sich bei seiner Erwähnung in stummen Alpträumen. In seinen letzten Tagen trachtete Hoch-Lord Kevin vergeblich danach. Es ist die Tiefe und die Höhe der Bestimmung.«

Covenant seufzte unterdrückt. Halb hatte er diese Art von Auskunft befürchtet. Nun mußte er weiterfragen, mit seiner Fragerei bis an den Rand des Äußersten gehen. »Das langt«, raunzte er gereizt und ärgerlich. »Erspar mir den Rest. Sag mir bloß« – für einen Moment stockte er, aber die Erinnerung an Lena trieb ihn an – »wie ich diesen elenden Ring benutzen kann.«

»Ach, Weißgoldträger …!« Amok lachte. »Frag das Meer der Sonnengeburt oder *Melenkurion* Himmelswehr. Befrag die Feuer von Gorak Krembal oder das Zunderherz der Würgerkluft. Alle Erde weiß Bescheid. Man benutzt das Weißgold wie jede andere Kraft – durch Hingabe und geheime Kunst, die wahre Zuflucht des Herzens.«

»Hölle und Verdammnis«, maulte Covenant, um seine Erleichterung zu übertünchen. Nicht einmal sich selbst gestand er gern ein, wie froh er war, über diese Angelegenheit im unklaren bleiben zu dürfen. Aber diese Unkenntnis war von entscheidender Bedeutung für seinen Selbstschutz. Solange er nicht wußte, wie er die wilde Magie einsetzen konnte, ließ sich ihm keine Schuld am Schicksal des Landes zuschieben. In einem verborgenen, perfiden Winkel seines Gemüts wußte er genau, daß er das Risiko, Amok derartige Fragen zu stellen, nur im Vertrauen darauf eingegangen war, daß Amok gewöhnlich ausweichende Antworten gab. Nun kam er sich vor wie ein Betrüger. Sogar seine Versuche, unbescholten zu bleiben, gerieten daneben. Doch seine Erleichterung überwog seine Selbstkritik. Dieselbe Erleichterung ermöglichte es ihm, das Thema zu wechseln, sich in einer normalen Konversation mit dem Hoch-Lord zu versuchen. Er fühlte sich so unbeholfen wie ein Krüppel; seit dem Ausbruch seiner Leprose hatte er mit niemandem noch eine unbefangene Unterhaltung führen können. Aber Elena ließ sich bereitwillig darauf ein, sogar erfreut; seine Aufmerksamkeit war ihr angenehm. Schon bald brauchte er nicht länger krampfhaft nach Fragen zu suchen, um das Gespräch weiterzutreiben.

Für geraume Zeit schwebte ihr Geplauder in Trothgards Atmosphäre mit. Während sie durch die Hügel, Wälder und Moorlandschaften westwärts in höhere Regionen vordrangen, frischte die herbstliche Luft immer mehr auf. Vögel streiften in flinkem Flitzen und Schnellen über die Gegend dahin. Der heitere Sonnenschein dehnte seine Strahlen, als wolle er jeden Moment in Funken und Glitter zerstieben. Die Herbstfarben waren darin von atemberaubender Schönheit. Und die Reiter bekamen nun immer mehr Getier zu sehen – Hasen und Eichhörnchen, feiste Dachse, gelegentlich auch Füchse. Die gesamte Umgebung und ihre Atmosphäre schien Hoch-Lord Elena irgendwie zu kleiden. Allmählich begann Covenant diesen Aspekt ihrer Lordschaft zu begreifen. Elena fühlte sich in Trothgard daheim. Die Heilung des Kurash Plenethor bekam auch ihr. Im Verlauf seiner Befragung wich sie nur einem Gegenstand aus – ihren Kindheitserlebnissen mit den Ranyhyn. Irgend etwas an den Ritten und Riten ihrer Jugend war zu persönlich, um unterm freien Himmel ausgesprochen zu werden. Über andere Dinge jedoch sprach sie völlig freimütig. Sie ließ sich in Gespräche über ihre Jahre an der Schule der Lehre verwickeln, über Schwelgenholz und Trothgard, über Schwelgenstein, die Lordschaft und die Macht. Er spürte, daß sie ihm entgegenkam, ihm hilfsbereit Aufschluß gab, mit ihm kooperierte, und er war ihr dankbar. Mit der Zeit fühlte er sich durch die Gesprächspausen nicht länger bedrückt.

Der folgende Tag verging ähnlich. Aber am Tag danach verließ ihn seine Stimmung der Unbekümmertheit. Er verlor seine Gesprächigkeit. Die Erinnerung an seine Einsamkeit lähmte seine Zunge, und sein Bart juckte lästig, als wolle er ihn ermahnen, daß er in Gefahr schwebte. *Einfach ausgeschlossen,* dachte er. *Nichts von alldem geschieht wirklich.* Mit voller Absicht, dazu bewogen von der Tatsache seiner Krankheit und seiner ganzen abhandengekommenen Überlebensdisziplin, warf er das Problem Hoch-Lord Kevins auf.

»Er hält mich in seinem Bann«, sagte Elena, und der Strang von Stille in ihrer Stimme wirkte so seltsam wie die Ruhe im Auge eines Unwetters. »Von allen Nachfahren Bereks, des Herzens der Heimat, war er der höchste – der Lord im vollständigsten Besitz der Oberherrschaft in der ganzen bekannten oder in Sagen überlieferten Geschichte des Landes. Seine Treue zum Lande und der Erdkraft hatte weder Mängel noch Makel. Seine Freundschaft mit den Riesen ergab den Stoff für ein schönes Lied. Die Ranyhyn bewunderten ihn, und seinetwegen leisteten die Bluthüter ihren Schwur. Falls er eine Schwäche besaß, so war's sein übermäßiges Vertrauen – doch wie soll Vertrauen zum Vorwurf gemacht werden können? Zunächst gereichte es ihm zur Ehre, daß der Verächter durch ihn zur Lordswürde gelangen konnte – zur Lordschaft und zum Zugang in sein Herz. Fand Fangzahn nicht Zeugnis und Billigung durch die Wahrheitsproben des *Orkrest* und *Lomillialor?* Unschuld wird durch ihre Verwundbarkeit nur erhöht. Und er war keineswegs blind. Im schrecklichen Geheimnis seines Zweifels widerstand er den Herausforderungen, die ihm in der Verräterschlucht den Tod gebracht hätten. In seiner herzentrungenen Voraussicht oder Prophetie fällte er Entscheidungen, die dem Lande eine Zukunft bewahrten. Er schuf die Kreise des Wissens. Er sorgte fürs Überdauern der Riesen, der Ranyhyn und der Bluthüter. Er warnte das Volk. Und dann vollzog er mit eigenen Händen das Werk der Vernichtung … Thomas Covenant, manche glauben, daß das Ritual der Schändung der Ausdruck von Hoch-Lord Kevins höchster Weisheit war. Wenige sind's, aber sie sind erlesen. Das gemeine Verständnis hält dafür, daß Kevin den Gegensatz der Läuterung durch Vernichtung zu verwirklichen versuchte – und scheiterte, denn er und alle Werke der Lords gingen unter, wogegen der Verächter überlebte. Jene wenigen aber, die anderer Auffassung sind, wenden ein, daß die letzte Verzweiflung oder Irrwitzigkeit, in welcher Kevin das Ritual vollführte, ein notwendiges Opfer war, der unvermeidliche Preis für den späteren, endgültigen Sieg. Sie behaupten, daß sowohl seine Vorbereitungsmaßnahmen wie auch das Ritual – welche das Gute ebenso wie das Übel zum Neubeginn zwang – dem Zwecke dienten, uns die Überwindung Fangzahns zu ermöglichen. Dieser Ansicht zufolge sah Kevin die Notlage voraus, die den Verächter dazu bringen mußte, Weißgold ins Land zu holen.«

»Er muß noch abartiger gewesen sein«, murmelte Covenant, »als ich bisher gedacht habe. Oder vielleicht hatte er an Schändungen einfach Spaß.«

»Keines von beidem, glaube ich«, erwiderte Elena streng und mit scharfem Nachdruck. »Er war ein tapferer, wackerer Mann, getrieben zum Äußersten. Jedes sterbliche oder unbehütete

Herz wäre der Verzweiflung verfallen – aus diesem Grunde klammern wir uns an den Friedensschwur. Und aus eben diesem Grund übt Hoch-Lord Kevin auf mich seinen Bann aus. Er verschwor sich dem Land und entweihte es. Im selben Atemzug vertat und erneuerte er's.« Ihre Stimme hob sich im inneren Aufwind ihrer Gefühlsregungen. »Wie gewaltig muß sein Gram gewesen sein? Und wie ungeheuer wäre seine Macht gewesen, hätte er den letzten Augenblick der Vernichtung bloß überdauert? Hätte er nach dem Vollzug der Schändung das Frohlocken des Verächters vernommen und einen weiteren, allesentscheidenden Schlag geführt?! Thomas Covenant, ich glaube, daß in der verzehrenden Gewalt der Verzweiflung unermeßliche Kraft liegt – eine Kraft, die jedes Vorstellungsvermögen einer unverwüsteten Seele übersteigt. Ich glaube, daß Hoch-Lord Kevin, könnte er aus seinem Grabe sprechen, ein Wort spräche, das Lord Fouls Bosheit das Mark aus den Knochen schlänge.«

»Das ist ja verrückt«, keuchte Covenant beklommen. Elenas Blick schwankte am Rande des Brennpunkts, und es mutete ihm zuviel zu, sie anzusehen. »Meinst du etwa, irgendein Dasein nach dem Tode würde dir eine Ehrenrettung erlauben, nachdem du ganz einfach alles Leben von der Erde vertilgt hast? Genau das war doch Kevins Fehler. Laß dir eines sagen – der Kerl schmort in der Hölle.«

»Mag sein«, antwortete sie leise. Zu seiner Überraschung war der Sturm, den ihre Stimme vorhin angedeutet hatte, nun verschwunden. »Wir werden solches Wissen nie besitzen … und dürften's nicht brauchen, um unser Leben zu leben. Doch ich sehe Gefahr in Lord Mhorams Überzeugung, der Erde Schöpfer habe dich zur Verteidigung des Landes auserkoren. Mein Herz sagt mir, daß das deine Anwesenheit nicht erklärt. Doch habe ich bisweilen erwogen, daß womöglich unsere Toten in deiner Welt leben. Vielleicht wandelt Hoch-Lord Kevin nun ruhelos über deine Erde und sucht nach einer Stimme, die sein Wort hier auszusprechen vermöchte.«

Covenant stöhnte insgeheim; Elenas Andeutungen entsetzten ihn. Er sah die Verbindung, die sie zwischen ihm und Kevin Landschmeißer herstellte. Und die Implikationen dieser Beziehung brachten sein Herz wie unterm Ansturm machtvoller Böen der Vorahnung ins Flattern. Beim Weiterreiten glomm das erneuerte Schweigen zwischen ihnen wie weiße Augen der Furcht.

Diese Stimmungslage verstärkte sich am restlichen und auch am nächsten Tag. Der Umfang jener Dinge, die hier auf dem Spiel standen, schreckte Covenant ab; um damit zu jonglieren, besaß er nicht die richtigen Hände. Er zog sich in die Schweigsamkeit zurück, als sei sie eine Puppe oder Panzerhülle für eine Metamorphose oder irgendeine besondere Verletzbarkeit. Eine nebelhafte Anwandlung, etwas wie eine Erinnerung an seine einstige Wanderschaft mit Atiaran, gab ihm den Drang ein, sich von Elenas Seite zu entfernen und hinter ihr zu reiten. In Elenas Rücken folgte er Amok in die höheren Regionen Trothgards.

Am sechsten Tag, dem dreizehnten seit dem Verlassen Schwelgensteins, fand er dann in gewisser Hinsicht doch wieder zu sich selbst zurück. Mit einer Miene, die so düster war wie eine Gewitterwolke, hob er den Kopf und sah das Westlandgebirge über sich aufragen.

Hoch-Lord Elenas Expedition näherte sich dem südwestlichen Winkel von Trothgard, wo der Rill den Bergen entsprang; die Klüfte und Schneekuppen der Bergkette füllten den gesamten westwärtigen Himmel aus.

Unter ihnen lag Trothgard ausgebreitet, als hätten die Lords ihr Werk zur Begutachtung vorgelegt; es leuchtete im Sonnenlicht, als sei es sich der besten Prüfungsergebnisse sicher.

Covenant betrachtete es mit noch finsterem Gesichtsausdruck und entzog ihm seine Aufmerksamkeit.

Die Reiter kamen nun zum Rand der Schlucht, durch die der Rill strömte. Das gedämpfte, unablässige Rauschen seiner Wasser, in der Tiefe des Cañons unsichtbar, verliehen Trothgard eine zusätzliche Dimension, etwas wie ein unterschwelliges Summen aus den Bergen und Hügeln. Alle Ausblicke eröffneten einen neuen Beziehungsreichtum, wiesen Schwingungen neuartiger Bedeutungen auf. Sie erinnerten Covenant daran, daß er davor stand, in eine der höheren Regionen des Landes vorzudringen – und daß er hochgelegene Örtlichkeiten nicht ausstehen konnte. Aber er verhärtete seine böse Miene, um die unwillkürlichen Regungen seines Gesichts zu hemmen, und kehrte zurück an Elenas Seite. Sie schenkte ihm ein Lächeln, das er nicht zu erwidern vermochte, und gemeinsam ritten sie den Bergen entgegen. Spät am Nachmittag machten sie Halt und schlugen das Lager neben einem kleinen See in der Nähe des Cañons auf. Gleich vor ihnen kam Wasser einen Berghang herabgeplätschert und sammelte sich im steinigen Becken des Sees, ehe es weiterfloß und über den Rand der Schlucht hinunter in den Rill gurgelte.

Der See hätte als ein Eckstein Trothgards dienen können. Unmittelbar südlich von ihm verlief die Schlucht mit dem Flußbett des Rill; im Westen steilten die Berge schroff aus der Erde empor, vergleichbar mit dem erstarrten Augenblick eines Hinterhalts; und nordostwärts erstreckte sich über die Neigung des Terrains malerisch Kurash Plenethor.

Die aggressive Gewaltigkeit der Berge kontrastierte lebhaft mit der stillen Pracht Trothgards. Dieser Kontrast, verstärkt durch das schwache Dröhnen des unsichtbaren Rill, verlieh der Umgebung den Charakter einer Überraschung, die Beschaffenheit oder zumindest den Eindruck einer Plötzlichkeit.

Die Atmosphäre rings um den kristallklaren See besaß einen

nahezu greifbaren Aspekt von Umgrenztheit. Covenant mochte ihn nicht. Die Luft enthielt zuviel zwielichtiges Lauern. Er fühlte sich hier entblößt. Und die Reiter waren nicht dazu gezwungen, hier zu lagern; denn es war noch hell genug zum Weiterziehen. Aber der Hoch-Lord hatte beschlossen, das Nachtlager am See aufzuschlagen.

Elena ließ Amok gehen, schickte die zwei Bluthüter mit den Ranyhyn und Covenants Pferd fort und stellte den Topf mit dem Glutgestein auf einen flachen Felsen dicht am Ufer des Sees, dann bat sie Covenant, sie allein zu lassen, damit sie ein Bad nehmen könne. Indem er schnob, als verursache die Luft selbst ihm Beklemmungen, stapfte er an die windgeschützte Seite eines Findlings, wo er den See nicht im Blickfeld hatte. Er setzte sich mit dem Rücken an den Felsklotz, zog die Knie an und schaute über Trothgard aus. Er fand die bewaldeten Hügel besonders schön, wenn die Schatten der Berge auf sie fielen. Die Gipfel schienen eine feierliche Düsterkeit zu verbreiten, die Trothgards Pracht nach und nach verschlang. Durch simple Größe und Großmächtigkeit übten die Berge die Vorherrschaft aus. Aber Trothgard war ihm lieber. Es war niedriger und daher menschlicher. Dann unterbrach der Hoch-Lord seine Andacht. Elena hatte ihre Kleidung und den Stab des Gesetzes bei dem Topf voller Glutgestein am Ufer zurückgelassen. Nur in eine Decke gehüllt – mit einem Zipfel davon rieb sie ihr Haar trocken –, gesellte sie sich zu ihm. Obwohl die Decke dick war und weniger von ihrer sanft gekurvten Figur enthüllte als ihre Robe, empfand er ihre Gegenwart eindringlicher als jemals zuvor. Die bloße Bewegung ihrer Glieder, als sie sich an seine Seite setzte, übte auf ihn einen beunruhigenden Einfluß aus. Sie forderte Reaktionen. Er spürte erneut Schmerz in seiner Brust, so wie am Glimmermere-See. Darauf bedacht, sich gegen eine undenkbare Zärtlichkeit zu wehren, stieß er sich vom Findling ab und stolperte hastig zum

See. Das Zucken seines Bartes hatte ihn darauf hingewiesen, daß er selbst ein Bad ganz gut vertragen konnte. Der Hoch-Lord blieb außer Sicht; Bannor und Morin waren nicht in der Nähe. Er warf seine Kleidungsstücke neben den Topf mit dem Glutgestein und trat an den See. Das Wasser war so eisig wie Schnee, aber er sprang hinein wie jemand, der sich freiwillig einer Züchtigung unterzieht, und begann seine Haut zu schrubben, als sei sie völlig vergrindet und verdreckt. Er massierte seine Kopfhaut und die Wangen, bis ihm die Fingerspitzen kribbelten, dann tauchte er unter, bis seine Lungen glutheiß nach Luft lechzten. Doch als er sich aus dem Wasser stemmte und zum Glutgestein-Topf begab, um sich zu wärmen, mußte er einsehen, daß er seine Schwierigkeiten bloß vergrößert hatte. Er fühlte sich angestachelt und unersättlich, aber nicht sauberer. Elenas Macht über ihn war ihm unbegreiflich, und er vermochte deren Wirkungen nicht im entferntesten zu beeinflussen. Sie war eine Illusion, ein Fantasieprodukt; er hätte sich von ihr nicht so angezogen fühlen dürfen. Und sie dürfte ihn nicht mit solcher Bereitwilligkeit anziehen. Er war ohnehin verantwortlich für sie; dazu hatte ihn sein einziger erfolgreicher Akt im Lande verdammt. Wie war es möglich, daß sie ihm keinerlei Vorwürfe machte?

Mit unbeherrscht ruckartigen Bewegungen trocknete er sich mit einer der Decken ab, breitete sie beim Topf aus, um sie trocknen zu lassen, und kleidete sich wieder an. Er tat es entschlossen, als bereite er sich auf einen Kampf vor – stieg in seine widerstandsfähige, gut schützende Jeans, schloß Reißverschluß und Gürtel, zerrte sich das T-Shirt über den Kopf, schnürte seine festen, sicheren Stiefel. Er vergewisserte sich, daß er noch sein Klappmesser und Herdwart Thorms *Orkrest* in den Taschen trug. Sobald er sich angemessen ausgestattet fühlte, kehrte er durchs Dämmerlicht zum Hoch-Lord zurück. Er setzte die Füße stampfend auf, um Elena seine Wiederkehr anzukündigen, aber das Gras dämpfte seine obskure Vehemenz, und er verursachte nicht mehr an Geräusch als ein Spanner. Er sah sie ein kurzes Stück hangabwärts vom Findling stehen. Sie blickte über Trothgrad aus, die Arme auf dem Busen verschränkt; sie drehte sich nicht um, als er sich näherte. Für eine Weile stand er zwei Schritte hinter ihr. Der Himmel war noch zu hell von restlichem Sonnenlicht, als daß man hätte Sterne sehen können, aber Trothgard lag bereits unter der verfrühten Dunkelheit der Berge. In der Dämmerung war das Gesicht jenes Versprechens, das die Lords dem Lande gegeben hatten, düster verschleiert. Covenant fummelte an seinem Ring, ließ ihn um seinen Finger kreisen, als wolle er ihn engerdrehen, bis er sprang. Aus seinem nassen Haar troff ihm Wasser in die Augen. Als er sprach, klang seine Stimme rauh aus Frustration, die er weder abbauen noch unterdrücken konnte. »Hölle und Verdammnis, Elena! Ich bin dein Vater.«

Man merkte ihr nicht an, ob sie ihn gehört hatte, aber nach einem Moment der Stille begann sie in leisem, nachdenklichem Ton ihrerseits zu sprechen. »Triock, Thulers Sohn, wäre bereit, darin eine Ehre zu erkennen. Er könnte diese Erkenntnis nicht freundlich äußern – aber sein Herz wüßte darum, seine Gedanken enthielten diese Einsicht. Wärst du nicht ins Land geholt worden, hätte er Lena, meine Mutter, zur Gemahlin genommen. Er wäre nie zur Schule der Lehre gegangen, denn er zeichnete sich niemals durch Streben nach Wissen aus – die Führung eines Steinhausenerlebens hätte ihm vollauf genügt. Aber hätten er und meine Mutter Lena ein Kind gezeugt, das später Hoch-Lord des Großrats der Lords zu Schwelgenstein geworden wäre, dadurch hätte er sich geehrt gefühlt – sowohl erhöht wie auch erniedrigt durch seine Elternschaft einer solchen Tochter. Vernimm meine Worte, Thomas Covenant! Thulers Sohn Triock im Steinhausen Mithil ist mein wahrer Vater – ein Elternteil meines Herzens, wenngleich nicht der

Erzeuger meines Blutes. Meine Mutter Lena ist nicht seine Gemahlin geworden, obgleich er sie dringlich darum bat, das Leben mit ihm zu teilen. Aber sie verlangte nach keiner weiteren Gemeinsamkeit – das Leben mit deinem Kind zu teilen, stellte sie zufrieden. Doch wenngleich sie ihr Leben nicht mit ihm teilen mochte, teilte er seines mit ihr. Er sorgte für sie und mich. Er nahm für Trell, Lenas Vater, und Atiaran, ihre Mutter, eines Sohnes Platz ein. Ach, er war ein grimmiger Elternteil. Seines Herzens Liebe strömte durch verschüttete Kanäle, sein Sehnen und sein Kummer – ja, und sein Zorn wider dich – kannten keine Linderung, sie beschritten neue Pfade, führten die alten Wege an kein Ziel oder erfuhren Mißbilligung. Dennoch widmete er mir und meiner Mutter Lena alle Fürsorge und Güte eines Vaters. Beurteile ihn nach mir, Thomas Covenant. Als die Träume von dir Lenas Denken von mir ablenkten, als Atiaran in ihrer Qual die Fähigkeit verlor, für mich zu sorgen, und ihr Gemahl Trell all seine Aufmerksamkeit ihr schenken mußte, da stand Triock, Thulers Sohn, mir zur Seite. Er ist mein Vater.«

Covenant versuchte, seine Rührung mit Säure auszumerzen. »Er hätte mich töten sollen, als er die Gelegenheit dazu hatte.«

Sie setzte ihre Darlegungen fort, als habe sie ihn nicht gehört. »Er schirmte mein Herz vor ungerechten Forderungen ab. Er lehrte mich, daß die Sorgen und die Bitterkeit meiner Eltern und deren Eltern mich nicht zu sorgen oder zu erbittern brauchten – daß ich für ihren Schmerz weder die Veranlassung war noch die Heilung. Er lehrte mich, daß mein Leben meine Sache ist – daß ich an der Linderung und Besänftigung von Wunden teilhaben kann, ohne an den Wunden teilhaben zu müssen, ohne nach Herrschaft über ein anderes als das eigene Leben zu trachten. Das hat er mich gelehrt … der sein eigenes Leben meiner Mutter Lena hingab. Er verabscheut dich, Thomas Covenant. Und doch, ohne ihn zum Vater verabscheute auch ich dich heute.«

»Bist du fertig?« knirschte Covenant aus zusammengebissenen Zähnen hervor. »Was glaubst du eigentlich, wieviel ich noch mitanhören kann?« Sie gab keine laute Antwort. Statt dessen wandte sie sich ihm zu. Tränen rannen ihr über die Wangen. Ihre Gestalt hob sich gegen den verdunkelten Ausblick auf Trothgard ab, als sie zu ihm trat, die Arme um seinen Hals schlang und ihn küßte. Er keuchte, und ihr Atem fuhr ihm in die Lungen. Er war wie gelähmt. Schwarzer Nebel verfinsterte seine Sicht, während ihre Lippen seinen Mund kosten. Dann kam er für einen Moment um seine Selbstbeherrschung. Er stieß sie zurück, als trüge ihr Atem ihm eine Ansteckung zu. »Miststück!« brauste er auf. Mit aller Kraft schlug er ihr seinen Handrücken ins Gesicht. Sie taumelte unter der Wucht des Hiebs rückwärts. Er sprang nach. Seine Finger krallten sich in die Decke, rissen sie ihr von den Schultern. Aber seine Gewalttätigkeit beeindruckte sie nicht. Sie fand ihr Gleichgewicht wieder, aber weder duckte sie sich, noch wich sie zurück. Sie tat nichts, um ihre Blöße zu bedecken. Den Kopf hoch erhoben, stand sie aufrecht und gelassen da; nackt verharrte sie vor ihm, als sei sie unverwundbar. Covenant war es, der zurückzuckte. Er fuhr zurück, als sei sie ihm ein Greuel. »Hab' ich noch nicht genug Verbrechen begangen?« röchelte er heiser. »Bist du noch nicht zufrieden?«

Ihre Erwiderung schien klar und deutlich der Abseitigkeit ihres Blicks zu entspringen. »Du kannst mich nicht schänden, Thomas Covenant. Hier liegt jedes Verbrechen fern. Ich bin willig. Ich habe dich auserwählt.«

»Nicht!« stöhnte er. »Sag nicht so etwas!« Er warf die Arme um seinen Brustkorb, als versuche er, damit ein Loch in seiner Panzerung zu verbergen. »Du willst mir auch bloß Geschenke machen. Du möchtest mich bestechen.«

»Nein. Ich habe dich auserwählt. Ich wünsche das Leben mit dir zu teilen.«
»Nicht!« wiederholte er. »Du weißt nicht, was du treibst. Begreifst du denn nicht, wie verzweifelt ich ... ich ...?« Aber er schaffte es nicht, die Wörter ›dich brauche‹ auszusprechen. Sie blieben ihm im Halse stecken. Er wollte sie, er wollte, was sie ihm bot, mehr als irgend etwas anderes. Doch er konnte es nicht sagen. Eine Leidenschaft, die fundamentaler war als Verlangen, hinderte ihn daran.
Sie vollführte keine Bewegung; nur ihre Stimme tastete nach ihm. »Wie könnte meine Liebe dir schaden?«
»Hölle und Verdammung!« Erbittert breitete er die Arme aus, wie ein Mann, der einen grausigen geheimen Makel preisgab. »Ich leide an Lepra! Verstehst du denn nicht?!« Aber im selben Augenblick war ihm klar, daß sie ihn keineswegs verstand, ihn nicht verstehen konnte, weil das, was er ›Lepra‹ nannte, aus Mangel an Wissen und Verbitterung für sie unbegreiflich blieb. Er beeilte sich mit zusätzlichen Erklärungen, bevor sie näher treten konnte und er alles verlor. »Schau! Schau her!« Er deutete mit einem Finger der Anklage auf seine Brust. »Erkennst du die Gefahr nicht, die hier steckt? Ich fürchte mich davor, ein zweiter Kevin zu werden. Ich fange an, indem ich dich liebe, dann lerne ich den Umgang mit der wilden Magie und mit was sonst noch alles, danach legt Foul mich rein und treibt mich zur Verzweiflung, und zum Schluß werde ich vernichtet. *Alles* wird vernichtet. Das war doch schon die ganze Zeit hindurch sein Plan. Sobald ich anfange, dich oder das Land oder irgend etwas zu lieben, kann er's sich bequem machen und ins Fäustchen lachen! Verflucht noch mal, Elena! Siehst du das denn nicht ein?«
Nun regte sie sich. Als sie auf Armeslänge vor ihn trat, blieb sie stehen und streckte eine Hand aus. Mit ihren Fingerspitzen berührte sie seine Stirn, als wolle sie deren Verdüsterung

glätten. »Ach, Thomas Covenant«, sagte sie leise. »Ich kann's nicht ertragen, deine Miene so finster zu sehen. Hege keine Furcht, Geliebter. Du wirst nicht Kevin Landschmeißers Schicksal erleiden. Ich werde dich davor bewahren.«

Bei ihrer Berührung zerbrach in ihm etwas. Die bloße Sanftheit ihrer Gebärde überwältigte ihn. Aber es waren nicht seine Hemmungen, die niederbrachen; es war seine Bitterkeit, die verflog. In seinem Innern schwoll eine ähnliche Sanftheit empor. Er konnte in Elena ihre Mutter sehen, und bei diesem Anblick erkannte er plötzlich, daß es nicht Wut war, was ihn gegen sie so heftig machte, kein Zorn, der seine Liebe schwärzte, sondern es sich um Trauer und Selbstabscheu handelte. Der Schmerz, den er ihrer Mutter zugefügt hatte, war nur eine umständliche Methode gewesen, um sich selbst Schmerz zu bereiten – ein Ausdruck seiner Leprose. Diese Tat zu wiederholen, war überflüssig. Alles war unmöglich, alles und jedes war vollkommen unmöglich; sie existierte nicht einmal. Aber in diesem Moment war ihm das egal. Sie war in erster Linie seine Tochter. Behutsam bückte er sich, hob die Decke auf und legte sie ihr wieder um die Schultern. Sachte nahm er ihr Gesicht zwischen seine Hände, berührte ihr süßes Angesicht mit der unausdenklichen Empfindsamkeit seiner Finger. Er streichelte die salzige Pein ihrer Tränen mit seinen Daumen fort und küßte sie zärtlich auf die Stirn.

22
Anundivian jajña

Am folgenden Morgen verließen sie Trothgard und ritten ins unvertraute Terrain der Berge. Eine halbe Länge innerhalb der Bergkette geleitete Amok sie über eine Brücke aus natürlich gewachsenem Stein, die den schmalen Flußbett-Cañon des Rill überspannte. Um seine Furcht vor Höhen abzuschwächen und sein Pferd zu beruhigen, führte Covenant das Tier zu Fuß hinüber. Die Brücke war breit, und die Bluthüter flankierten ihn mit ihren Ranyhyn; er hatte keine Schwierigkeiten. Jenseits der Brücke brachte Amok den Hoch-Lord und seine Begleitung nach oben zwischen die Klüfte der Gipfel. Nach der Durchquerung des Vorgebirges gestaltete der Pfad, den er beschritt, sich unvermittelt recht beschwerlich – zerklüftet, unregelmäßig, umständlich. Er mußte selbst ein gemächlicheres Tempo einschlagen, während er die Reiter durch Täler schleuste, die so zerspellt und zertrümmert waren wie Wracks, tückische Schrägen hinaufführte und Geröllhalden, die an Klippen, Pässen und Hängen lehnten, als hätten die Eingeweide der Berge sie herausgewürgt, Felssimse entlang, die quer über verwitterte Steilwände verliefen wie Narben. Aber er ließ keinen Zweifel daran aufkommen, daß er den Weg kannte. Immer wieder strebte er direkt zum einzig möglichen Ausgang eines geschlossenen Talkessels, fand den einzigen von Pferden begehbaren Pfad durch einen Felssturz oder betrat ohne Zögern eine Felsspalte, die einen kahlen Gipfel umrundete. Er ging dem Hoch-Lord durch das ungefüge, schroffe Getürm und Gewirr der Berge mit der Unredlichkeit eines Menschen voraus, der jemanden in ein nur ihm vertrautes Labyrinth bringt. Für ungefähr die Dauer des ersten Tags im Gebirge bestand seine Absicht anscheinend lediglich darin, nach oben zu gelangen. Er ließ die Reiter immer höher hinaufsteigen, bis sich von den eisigen Spitzen der höchsten Gipfel die Kälte auf sie zu ergießen schien. Die dünnere Luft gab Covenant Trugbilder ein, als versuche er einen unersteigbaren, unbarmherzigen Bergriesen zu erklimmen, und mit einem Schaudern, das nicht nur von der Kühle stammte, ließ er sich von Bannor ein dickes, halblanges Gewand zum Umlegen reichen.

Bald jedoch wechselte Amok die Richtung. Als wäre er endlich mit der Eisigkeit der Luft und dem Umfeld aus zerschrammten Gipfeln zufrieden, verzichtete er darauf, noch mehr Höhe zu gewinnen. Statt dessen begann er dem privaten Wunder seines Weges südwärts zu folgen. Er drang nicht tiefer ins Westlandgebirge ein, sondern bewegte sich parallel zu seinem östlichen Saum weiter. Am Tage führte er das Grüppchen auf seinem unkenntlichen Weg dahin, nachts ließ er es in geschützten Tälern, Talmulden und Schluchten allein, wo man unvermutet grasbewachsene Flecken für die Reittiere fand und die Reiter sich einrichten konnten, wie sie es in der manchmal anregenden, bisweilen grausamen Kälte für richtig hielten.

Amok selbst wirkte, als spüre er überhaupt keine Kälte. Während sein dünnes Gewand ihm um die Gliedmaßen flatterte, zog er in ungetrübter Gutgelauntheit voran, als sei er durch Müdigkeit und Eis nicht zu erschüttern. Oft mußte er sich regelrecht bremsen, damit die Ranyhyn und Covenants Hengst mit ihm Schritt halten konnten. Die beiden Bluthüter waren ihm in dieser Hinsicht ähnlich – weder Kälte noch Höhe machten ihnen etwas aus. Aber sie waren *Haruchai* und in diesen Bergen geboren. Ihre Nasenflügel dehnten sich im dunstigen Hauch von Morgenfrühe und Abenddämmerung. Ihre Blicke schweiften mit einem Ausdruck des Forschens über die sonnenwärtigen Felsspitzen, die gelegentlich mit himmelblauen Bergseen verschönerten Täler, die weißlichen Eisschichten in den höchsten Pässen, die vom Schnee genährten Gebirgsbäche. Obwohl sie nichts trugen als ihre kurzen Gewänder, zitterten sie nie, verschlug die Kälte ihnen nie den Atem. Ihre breiten Stirnen, ihre flachen Wangen und ihr selbstsicheres Betragen verrieten keine inneren Aufwallungen, keine innerlichen Regungen. Doch der Eifer, mit dem sie über Elena, Covenant und Amok wachten, zeichnete sich durch eine gewisse Klarheit und Hingebung aus.

Elena und Covenant waren nicht so immun gegen die Kälte. Ihre Anfälligkeit blieb ihnen hartnäckig erhalten, flößte ihnen Sehnsucht nach ihrem südwärtigen Vorrücken jedes neuen Tages ein, mit dem sie in lauere Gegenden gelangten. Aber ihre Decken und zusätzlichen Kleidungsstücke spendeten ihnen Wärme. Der Hoch-Lord litt allem Anschein nach unter keinen ernsteren Unannehmlichkeiten. Und solange Elena nicht litt, verspürte Covenant kein Leid. Unerfreuliches konnte er ignorieren. Zur Zeit hatte er mehr Frieden als seit langem. Nachdem sie Trothgard verlassen hatten – seit jener Entdeckung, die ihn dazu befähigte, Elena zu lieben, ohne sich selbst verachten zu müssen –, war alles andere aus seinen Gedanken verdrängt worden, und er konzentrierte sich voll auf seine Tochter. Lord Foul, das Kriegsheer, auch diese Suche nach dem Siebten Kreis des Wissens, das alles war für ihn substanzlos. Er behielt Elena im Auge, lauschte ihren Äußerungen, blieb sich ihrer Gegenwart ständig bewußt. Wenn sie sich in der Stimmung zum Reden befand, stellte er ihr interessiert Fragen, und wenn nicht, bewahrte er Schweigen. Unabhängig von ihrer Laune war er ihr dankbar, tief gerührt durchs Angebot, das sie gemacht und das er abgelehnt hatte.

Er konnte sich allerdings nicht der Tatsache verschließen, daß sie damit nicht gleichermaßen zufrieden war wie er. Sie hatte ihren Vorschlag nicht unüberlegt vorgetragen, und nun wirkte sie, als sei seine Ablehnung ihr unbegreiflich. Aber der Kummer, den es ihm verursachte, ihr Schmerz bereitet zu haben, erhöhte lediglich das Maß seiner ihr entgegengebrachten Aufmerksamkeit. Er widmete sich ihr, wie nur ein Mensch, der mit der Einsamkeit eingehender vertraut war, es konnte. Und sie war dem gegenüber nicht blind. Nach den ersten paar Tagen in den Bergen war sie in seiner Nähe wieder entkrampfter, und ihr Lächeln spiegelte eine Offenheit der Zuneigung wider, die sie sich vorher nicht gestattet hatte. Danach fühlte er sich mit ihr in harmonischem Verhältnis und begleitete sie aufrichtig gern. Manchmal zirpte er seinem Pferd einige Laute zu, als ob es ihm plötzlich Vergnügen mache, zu reiten.

In den nächsten Tagen vollzog sich jedoch eine allmähliche Änderung an Elena – eine Veränderung, die nicht mit ihm im Zusammenhang stand. Mit der Zeit – indem sie sich dem geheimen Hort näherten, wo der Siebte Kreis des Wissens verborgen lag – befaßte sie sich immer intensiver mit dem Zweck der Expedition. Sie fragte Amok häufiger aus, befragte ihn eindringlicher. Ab und zu konnte Covenant in der Abseitsgerichtetheit ihres Blicks erkennen, daß sie an den Krieg dachte – an ihre damit verbundenen Pflichten, denen sie vorübergehend den Rücken gekehrt hatte –, und dann und wann klangen in ihrer Stimme Ansätze zur Ungeduld heraus, wenn sie versuchte, auf die Frage zu stoßen, die Amoks geheimnisvolles Wissen erschloß. Das war eine Last, die zu tragen Covenant ihr nicht zu helfen vermochte. Er kannte selbst keinerlei entscheidende Tatsachen. Die Tage verstrichen, der Mond wuchs zu seinem vollen Rund an, nahm wieder ab und schmolz seinem letzten Viertel entgegen, aber sie erzielte keine Fortschritte. Schließlich bewog Covenants Wunsch, sie irgendwie zu unterstützen, ihn zu einem Gespräch mit Bannor. Auf sonderbare Weise fühlte er sich mit dem Bluthüter unsicher – nicht faktisch, sondern emotional. Zwischen ihm und

Bannor existierte eine Spannung der Ungleichheit. Der steinharte Blick des *Haruchai* erzeugte die herrische Aura eines Mannes, der sich nicht dazu herabließ, seinen Mitmenschen sein Urteil über sie zu verraten. Und Covenant sah andere Gründe zum Unbehagen in Bannors Gegenwart. Mehr als einmal hatte Bannor den ersten Ausbruch seiner sinnlosen Wut erdulden müssen. Aber er konnte sich an sonst niemanden wenden. Er war für Elena vollkommen nutzlos. Seit den Tagen in Schwelgenstein war ihm eine sehr feine Schattierung einer Diskrepanz in der Einstellung des Bluthüters zu Amok aufgefallen – einer Diskrepanz, die sich in Schwelgenholz verstärkt hatte, ohne erklärt zu werden. Zunächst wußte er jedoch nicht, wie er das Thema anschneiden sollte. Erfahrungsgemäß war es äußerst schwierig, Bannor irgendwelche Informationen aus der Nase zu ziehen; die gewohnheitsmäßige Zurückhaltung des Bluthüters vereitelte meistens derartige Nachforschungen. Und Covenant war fest entschlossen, nichts zu sagen, was nach Zweifeln an Bannors Unbescholtenheit klingen mochte. Bannor hatte seine Verläßlichkeit bereits in den Schrathöhlen unterm Donnerberg bewiesen. So begann Covenant mit dem Versuch, erst einmal herauszufinden, warum die Bluthüter es als ausreichend betrachtet hatten, dem Hoch-Lord nur Bannor und Morin auf diese Expedition mitzugeben. »Ich habe den Eindruck«, sagte er, sich seiner Ratlosigkeit verdrießlich bewußt, »ihr seht uns auf diesem Ritt von keiner größeren Gefahr bedroht, was?«

»Gefahr, Ur-Lord?« Der gemäßigte Zungenschlag von Bannors fremdartiger Aussprache schien ganz schlicht darauf hinzuweisen, daß jemand, den Bluthüter schützten, über Gefahren nicht nachzudenken brauchte.

»Ja, Gefahr«, wiederholte daher Covenant mit einem Anflug seiner alten Barschheit. »Das Wort hört man heutzutage doch häufiger, oder?«

Bannor dachte einen Moment lang nach. »Hier sind Berge«, meinte er dann. »Da gibt's immerzu Gefahr.«

»Zum Beispiel?«

»Felsen können herabstürzen. Unwetter können ausbrechen. Tiger durchstreifen diese unteren Bereiche. Gewaltige Adler kreisen und jagen. Berge« – Covenant war, als höre er eine Spur von Befriedigung in Bannors Ton – »sind gefährlich.«

»Tja, dann, Bannor ... dann möchte ich wirklich gerne wissen, warum hier nur zwei von euch Bluthütern dabei sind.«

»Wären denn mehr vonnöten?«

»Wenn wir angegriffen werden ... von Tigern oder so was ... etwa nicht? Oder falls eine Lawine runterkommt? Sind dann zwei von euch genug?«

»Wir kennen die Berge«, antwortete Bannor ausdruckslos. »Wir genügen.«

Dieser Zusicherung konnte Covenant nicht widersprechen. Er bemühte sich, auf anderem Wege dorthin zu gelangen, wohin er wollte, obwohl dies Vorgehen ihn auf heiklen Boden brachte, den er lieber gemieden hätte. »Ich habe das Gefühl, Bannor, daß ich euch Bluthüter allmählich kenne. Ich kann nicht behaupten, euch zu verstehen ... aber immerhin erkenne ich das Ausmaß eurer Ergebenheit. Ich weiß, woran sie sich ablesen läßt. Jetzt ist mir aber irgendwie so, als sei hier etwas nicht in Ordnung ... als stimme irgend etwas nicht. Etwas geht vor, das ich in diesem Zusammenhang nicht verstehe. Wir klettern hier durch die Berge, und alles mögliche könnte uns zustoßen. Wir folgen Amok, ohne zu wissen, wohin eigentlich, wir können nicht mal ahnen, was er im nächsten Moment anstellen wird, gar nicht davon zu reden, warum er dies oder jenes tun könnte. Und trotzdem seid ihr davon überzeugt, der Hoch-Lord sei gut geschützt, wenn nur zwei Bluthüter ihn begleiten. Habt ihr denn von Kevin nichts gelernt?«

»Wir sind die Bluthüter«, entgegnete Bannor gleichgültig. »Der Hoch-Lord ist sicher – so sicher, wie er nur sein kann.«

»Sicher?« wiederholte Covenant seinen Zweifel im Tonfall ungläubigen Protests.

»Zwei Dutzend oder hundert Dutzend Bluthüter vermöchten ihm nicht mehr Sicherheit zu bieten.«

»Ich bewundere dein Selbstvertrauen.« Infolge des eigenen Sarkasmus fuhr Covenant insgeheim zusammen, und er schwieg für einen Moment, um sich neue Fragen zu überlegen. Dann senkte er den Kopf, als beabsichtige er, Bannors Halsstarrigkeit mit der Stirn einzurennen.

»Vertraust du Amok?« erkundigte er sich unumwunden.

»Vertrauen, Ur-Lord?« Bannors Ton deutete eine völlige Unangebrachtheit der Frage an. »Er hat uns keine Wagnisse zugemutet. Der Weg, den er durch die Berge gewählt hat, ist vorzüglich. Dem Hoch-Lord beliebt es, seiner Führung zu folgen. Mehr verlangen auch wir nicht.«

Trotzdem erahnte Covenant nach wie vor das unterschwellige Vorhandensein von Unerklärlichem.

»Ich sage dir, das paßt alles nicht zusammen«, maulte er deshalb gereizt. »Hör zu! Es ist ein bißchen spät für Unstimmigkeiten. Ich habe gewissermaßen aufgegeben … das alles nutzt mir nichts mehr. Wenn dir alles egal ist, möchte ich schon lieber etwas von dir hören, das Sinn hat. Bannor, du … sieh mal! Das muß doch einfach auffallen. Da war gleich etwas – ganz plötzlich –, das ich nicht kapiert habe, und zwar an der Art, wie ihr Bluthüter auf Amok reagiert habt, als er in Schwelgenstein aufkreuzte. Ihr … ich weiß nicht, was es war. In Schwelgenstein jedenfalls habt ihr euch dann nicht gerade ein Bein ausgerissen, um Troy zu helfen, als er Amok geschnappt hatte. Und zu guter Letzt … bloß zwei Bluthüter! Bannor, das ergibt doch keinen Sinn.«

Bannor blieb unbeeindruckt. »Der Hoch-Lord trägt den Stab des Gesetzes. Er ist leicht zu verteidigen.«

Diese Antwort brachte Covenants Bemühungen zum Scheitern. Sie stellte ihn nicht zufrieden, aber ihm fiel keine weitere Möglichkeit ein, wie sich darüber hinweggehen ließ. Er wußte selbst nicht, worauf er es abgesehen hatte. Seine Intuition sagte ihm, daß seine Fragen bedeutsam seien, aber er war ganz einfach dazu außerstande, sie so zu artikulieren oder zu rechtfertigen, daß sie zu irgend etwas führten. Und er reagierte auf Bannors energische Einsilbigkeit, als wäre sie eine Art von Prüfstein, ein paradoxes persönliches und unumgängliches Kriterium der Ehrbarkeit. Bannor rief ihm ins Bewußtsein zurück, daß er den Hoch-Lord selbst nicht in völliger Aufrichtigkeit begleitete. Also ließ er Bannor in Ruhe und widmete seine Aufmerksamkeit wieder Elena. Sie hatte noch immer nicht mehr Glück mit Amok, und ihr Rückzugs-Gebaren, als sie sich Covenant zuwandte, kam seinem gleich. Gemeinsam ritten sie weiter, versteckten ihre jeweilige Beunruhigung hinter oberflächlichen Äußerungen gegenseitigen Bedauerns. Am elften Tag ihrer Durchquerung des Gebirges verlieh sie ihm gegenüber endlich einer Meinung Ausdruck. »Amok führt uns zum *Melenkurion* Himmelswehr«, sagte sie, als sei das eine gewagte Vermutung. »Dort liegt der Siebte Kreis des Wissens verborgen.« Und am folgenden Tag – dem achtzehnten seit dem Aufbruch von Schwelgenholz, dem fünfundzwanzigsten seit dem Kriegsrat der Lords – geriet die Gleichmäßigkeit ihres Gebirgstrecks durcheinander.

Der Tag dämmerte frostig und trübe über den Gipfeln herauf, als sei der Sonnenschein mit grauen Totenhemden verhangen. Ein unheimlicher Geruch durchwallte die Luft. Zerrissene Fetzen von Windstößen flappten überm Lagerplatz hin und her, während Elena und Covenant ihr Frühstück verzehrten, und weit entfernt konnten sie einen dumpfen Knall hören, der wie das Aufschlagen gespannten Segeltuchs auf lose Spieren klang. Covenant sagte ein Gewitter voraus. Aber der Blutmark schüttelte in glatter Verneinung den Kopf. »Das ist kein Wetter für Stürme«, meinte gleichfalls Elena. Beim Sprechen spähte sie wachsam zu den Gipfeln hinauf. »Pein ist in der Luft. Die Erde wird gemartert.«

»Was geht vor?« Eine Bö zerstob seine Stimme, so daß Covenant die Frage mit erhöhter Lautstärke wiederholen mußte. »Will Foul hier auf uns losgehen?«

Der Wind schlug um und ließ nach; Elena konnte in normalem Gesprächston antworten. »Ein Übel ist begangen worden. Jemand hat die Erde heimgesucht. Wir spüren ihren Abscheu. Aber die Entfernung ist sehr groß, und einige Zeit ist seither verstrichen. Ich erkenne keine wider uns gerichtete Bedrohung. Vielleicht weiß der Verächter nicht, was wir tun.«

Mit dem nächsten Atemzug jedoch verhärtete sich ihre Stimme. »Aber er hat den Weltübel-Stein benutzt. Riecht nur die Luft! Das Land kündet von neuen Schandtaten.«

Covenant begann zu merken, was sie meinte. Was immer diese Wolken zusammenballte und diesen Wind bewegte, es war nicht die gleichgültige natürliche Gewalt eines Sturms. Unhörbare Schreie und Andeutungen von Verwesung schienen durch die Luft zu wehen, als bliese sie über die Hinterlassenschaften von Greueln dahin. Und auf nahezu unterbewußter, kaum wahrnehmbarer Ebene schienen die hohen, großtuerischen Berggipfel zu beben.

Die Atmosphäre drängte Covenant zur Hast. Der Hoch-Lord dagegen zeigte zwar eine grimmige Miene, aber keine Neigung zur Eile. Elena beendete ihre Mahlzeit und packte die Lebensmittel und das Glutgestein sorgfältig weg, ehe sie nach Myrha pfiff. Als sie aufstieg, rief sie Amok. Fast augenblicklich erschien er vor ihr und verbeugte sich gutgelaunt. Nachdem sie ihn mit einem Nicken begrüßt hatte, fragte sie ihn, ob er die Erklärung für das in der Luft spürbare Übel wisse.

Amok schüttelte den Kopf. »Hoch-Lord«, sagte er, »ich bin kein Orakel.« Seine Augen verrieten allerdings, daß er für die Vorgänge nicht weniger empfänglich war; sie glommen hell, und ein scharfes Glitzern in ihrer Tiefe zeigte erstmals an, daß auch er dazu in der Lage war, Zorn zu empfinden. Im nächsten Moment drehte er sein Gesicht beiseite, als wolle er seine privaten Ansichten für sich behalten. Mit schwungvoller Geste winkte er dem Hoch-Lord, daß er ihm folgen möge.

Covenant stieg in den *Clingor*-Sattel seines Reittiers und versuchte, das düstere Brüten der Umgebung gar nicht zu beachten. Aber er vermochte sich des Eindrucks, daß der Grund unter ihm zitterte, immer weniger zu erwehren. Trotz aller in neuerer Zeit gesammelten Erfahrung war er noch immer kein sicherer Reiter – er konnte sein ständiges, nagendes Mißtrauen gegen Pferde schlichtweg nicht loswerden –, und nun quälte ihn die Sorge, die Prophetie seiner Höhenfurcht könne sich zwangserfüllen, indem er vom Pferd fiel. Glücklicherweise blieben ihm Abgründe und Steilwände für eine Zeitlang erspart. Amoks Weg führte am Rückgrat eines gewundenen Einschnitts zwischen bedrohlich aufgetürmten Berghängen entlang. Das geschlossene Tal war für Covenants unerprobte Reitkünste keine Herausforderung. Aber die gedämpften Donnerschläge in der Luft erschollen zusehends lauter. Während der Vormittag langsam verstrich, ertönte das Geräusch deutlicher. Es hallte wie brüchiges Stöhnen von kahlen Felswällen wider. Am frühen Nachmittag führte Amok die Reiter um eine letzte Biegung. Dahinter gelangten sie an einen gewaltigen Erdrutsch. Die Felswände wiesen einander gegenüber große Platzwunden auf, und die wirre Masse von Gestein und Geröll, die von beiden Seiten herabgestürzt war, bedeckte den Talboden nun mehrere Dutzend Meter hoch. Das Tal war dadurch

völlig blockiert. Hier befand sich die Quelle der Detonationen. Nichts regte sich in dem ausgedehnten Erdrutsch; er wirkte alt, als sei sein Zustandekommen von den Bergen längst vergessen worden. Aber gequältes Knirschen und Knacken drang aus seinem Innern, als brächen riesige Knochen.
Amok machte Anstalten, den Weg unverdrossen fortzusetzen, aber die Reiter blieben zurück. Morin musterte das Hindernis für eine Weile. »Wir können hier nicht weiter«, sagte er dann. »Diese Steinhaufen sind zu locker und nachgiebig. Mag sein, zu Fuß wär's möglich, versuchten wir's an den Rändern. Aber das Gewicht der Ranyhyn müßte einen neuen Erdrutsch auslösen.« Amok erreichte die Ausläufer der weiten Halden und winkte. »Wir müssen einen Umweg nehmen«, sagte jedoch Morin im Ton uneingeschränkter Notwendigkeit.
Covenant sah sich im Tal um. »Wieviel länger werden wir dann brauchen?«
»Zwei, vielleicht drei Tage.«
»So lange? Man sollte meinen, diese Kraxelei dauert jetzt schon lange genug. Bist du sicher, daß wir hier nicht durchkönnen? Amok hat doch bis jetzt keine Fehler gemacht.«
»Wir sind die Bluthüter«, entgegnete Morin.
»Dieser Erdrutsch ist nicht so alt wie Amok«, fügte Bannor hinzu.
»Das heißt«, meinte Covenant gepreßt, »der Erdrutsch war noch nicht hier, als er sich den Weg eingeprägt hat? Verflucht noch mal!«
Der Erdrutsch verschärfte seinen Drang nach Eile.
Amok kam mit einem Anflug von Ernst in seinem Gesicht zu den Reitern zurück. »Wir müssen dort entlang«, sagte er nachsichtig, als erkläre er einem widerwilligen Kind etwas.
»Dieser Weg ist unsicher«, hielt Morin ihm entgegen.
»Das stimmt«, antwortete Amok. »Aber es gibt keinen anderen.«

Er wandte sich an den Hoch-Lord. »Wir müssen dort entlang«, wiederholte er.

Während ihre Begleiter sich unterhielten, hatte Elena den Erdrutsch nachdenklich von oben bis unten begutachtet. Als Amok sich direkt an sie wandte, nickte sie. »Wir werden's versuchen«, gab sie zur Antwort.

»Hoch-Lord ...«, begann jedoch Morin gleichmütig Einspruch zu erheben.

»Ich habe mich entschieden«, sagte Elena. »Mag sein, daß der Stab des Gesetzes es uns ermöglicht, gelockertes Gestein aufzuhalten, bis wir vorübergezogen sind.«

Mit gefühllosem Nicken fand Morin sich mit ihrer Entscheidung ab. Er lenkte sein Reittier auf einigen Abstand vom Erdrutsch, damit der Hoch-Lord für seine Tätigkeit Raum erhielt. Bannor und Covenant taten das gleiche. Einen Moment später gesellte sich auch Amok dazu. Die vier Männer sahen aus kurzer Entfernung zu. Elena traf keine umständlichen oder mühseligen Vorbereitungen. Den Stab erhoben, saß sie einen Moment lang hochaufgerichtet – emporgereckt – auf Myrhas Rücken, musterte den Erdrutsch. Aus Covenants Blickwinkel zeichneten sich ihre blaue Lord-Robe und das glänzende Fell des Ranyhyn gemeinsam gegen den fleckig-grauen Hintergrund des Gerölls und der Steintrümmer ab. Sie und Myrha wirkten in dem tiefen, felsigen Tal winzig, aber die Einheit ihrer Farben und Formen gab ihnen ein ikonenhaft potentes Aussehen. Dann begann sie zu handeln. Sie sang gedämpft ein Lied und trieb Myrha zum Fuße des Erdrutsches. Dort packte sie den Stab am einen und senkte das andere Ende auf den Felsboden. Er schien zu pochen, als sie am Rand des Erdrutsches entlangritt, parallel zum Rand eine Linie in den Erdboden zog. Sie lenkte Myrha erst zur einen, dann zur jenseitigen Felswand. Den Stab noch am Erdboden, kehrte sie anschließend in die Mitte zurück. Dort drehte sie sich wieder der

Barriere zu, schwang den Stab und schlug damit einmal auf die vorher gezogene Linie. Vom Verlauf des Strichs flackerte ein gekräuselter Schleier aus grünlichen Funken empor. Sie glommen wie energetische Kreuzstiche über jedem Umriß, jeder Wölbung des Gesteins, das die Ausläufer der Schutthalden bildete. Einen Augenblick später erloschen sie und hinterließen in der Luft einen im wesentlichen unbestimmbaren, andeutungsweise orchideenhaften Geruch. Das dumpfe Stöhnen der Trümmer ließ ein bißchen nach.

»Kommt!« sagte der Hoch-Lord. »Wir müssen sofort hinübersteigen. »Dies Werk wird nicht lang überdauern.«

Sofort setzten Morin und Bannor ihre Ranyhyn in Bewegung. Amok sprang an ihrer Seite dahin. Er hielt sich mit Leichtigkeit neben den Ranyhyn.

Als er nach oben schaute, fühlte Covenant in seinen Eingeweiden eine Übelkeit, die er wie eine böse Vorahnung empfand. Aus schlimmer Erwartung verkrampfte sich die Muskulatur seiner Kiefer. Aber er hieb seinem Pferd die Fersen in die Flanken und trieb es zum Erdrutsch und dessen dunklem Ächzen. Er holte die Bluthüter ein. Sie ritten an seine beiden Seiten, und zusammen folgten sie Elena und Amok den bröckligen Abhang hinauf.

Der Hoch-Lord und seine Begleiter erstiegen den Hang im Zickzack. Ihr Aufstieg bedeutete das Abwägen der mit einer Verzögerung verbundenen Gefahren mit dem Risiko einer direkten Attacke im Bereich des Erdrutsches. Covenants Hengst kämpfte sich mühsam aufwärts, und seine Anstrengungen unterschieden sich merklich vom geschmeidigen Kraftaufwand der Ranyhyn. Deren Hufe stießen Schieferplatten und Geröll hangabwärts, aber sie setzten ihre Füße sicher auf.

Es gab keine Zwischenfälle.

Binnen kurzem stand Covenant in dem abgerundeten V-Einschnitt auf der Höhe des Erdrutsches. Auf das, was jenseits der

Barriere lag, war er allerdings nicht vorbereitet. Wie selbstverständlich hatte er damit gerechnet, das südliche Ende des Tals sei gleich beschaffen wie das Nordende. Doch von der Kuppe des Erdrutsches aus konnte er erkennen, daß die großen, weitläufigen Bruchstellen über ihm zu gewaltig waren, um lediglich diesen massenweisen Steinschlag verursacht zu haben, den man vom Norden her sah.

Irgendwo direkt unter ihm sackte der Boden des Tals schlagartig ab. Die Steinlawinen von beiden Seiten des Tals hatten einen regelrechten Abgrund zugeschüttet.

Die Südseite des Schuttbergs war drei- bis viermal länger als der nördliche Hang. Weit drunten mündete das Tal in eine grasbewachsene Mulde, durchsetzt mit Kiefernwäldchen; an einer der Felswände entsprang ein Bächlein. Aber um diese verlockende Umgebung zu erreichen, mußte er mindestens dreihundert Meter weit über das tückische Gestein hinabklettern, das so rege war wie ein Berg Knallfrösche.

Er schluckte schwerfällig. »Alle Teufel! Kannst du das zusammenhalten?«

»Nein«, antwortete Hoch-Lord Elena rundheraus. »Aber was ich getan habe, wird eine gewisse Festigung gewährleisten. Und ich vermag weitere Maßnahmen zu ergreifen, sollte es notwendig sein.« Mit nachdrücklichem Nicken schickte sie Amok hangabwärts voraus.

Bannor empfahl Covenant, dicht hinter ihm zu bleiben, dann lenkte er seinen Ranyhyn Amok hinterdrein.

Für einen Moment fühlte sich Covenant zu gelähmt durch prophetisch bedingte Bestürzung, um sich zu rühren. Seine trockene, eingeschnürte Kehle und seine bleiern schwere Zunge konnten kein einziges Wort hervorbringen.

Hölle und Verdammung, sagte er insgeheim auf. *Hölle und Verdammnis!*

Er gab sich verloren und trieb seinen Hengst Bannor nach. Ein

Teil seines Innern wußte, daß Morin und Elena sich ihm anschlossen, aber er schenkte ihnen keine Beachtung. Er heftete seinen Blick fest auf Bannors Rücken und versuchte, ihn dort zu lassen, bis sie den Abstieg bewältigt hatten. Aber noch bevor dreißig Meter zurückgelegt waren, verscheuchte die Unruhe seines Reittiers alles andere aus seinem Bewußtsein.

Das Pferd zuckte und ruckte mit den Ohren, als wolle es bei jedem neuen Seufzen aus der Tiefe des heiklen Untergrunds scheuen. Darum bemüht, das Tier unter seiner Kontrolle zu halten, zog und zerrte er an den Zügeln, aber offenbar verstärkte er dadurch das Mißbehagen des Tiers noch. »Hilfe«, hörte er sich selbst dumpf brabbeln, »zu Hilfe!« Dann erschütterte ein lauter Knall wie vom Bersten eines Felsbrockens die Luft. Eine streifenförmige Fläche an der Trümmerhalde hüpfte und geriet in Bewegung.

Der Schutt unter Covenant fing an zu rutschen. Sein Reittier wollte der ins Gleiten geratenen Stelle entkommen. Es brach seitwärts aus und stolperte geradewegs hangabwärts. Aber sein Sprung beschleunigte die Rutschbewegung lediglich. Fast unverzüglich zappelte der Hengst in Geröll bis über die Knie.

Er versuchte, nach unten zu entweichen. Doch mit jedem Aufbäumen erhöhte er noch das Gewicht des Schutts, der ihn hemmte.

Covenant klammerte sich affenartig an den *Clingor*-Sattel. Er bemühte sich, dem Hengst den Kopf seitwärts zu reißen, um ihn aus dem Hauptschub des Felsrutsches zu lenken. Aber der Hengst hatte die Zähne auf der Kandare zusammengebissen; die Zügel nutzten Covenant nichts mehr.

Der nächste Sprung begrub das Pferd bis zu den Keulen in den Trümmern, die immer rascher rutschten. Covenant hörte Elena mit durchdringender Stimme etwas rufen. Noch während ihres Rufs sprang Bannors Ranyhyn mit einem weiten Satz vor

Covenants Pferd. Der Ranyhyn pflügte sich durchs Geröll und warf sich mit ganzem Gewicht dem Hengst aufwärts entgegen. Der Zusammenprall schleuderte Covenant fast vom Rücken des Tiers, aber brachte den Hengst tatsächlich zum Stehen. Von Bannor gelenkt, stemmte sich der Ranyhyn gegen das Pferd und drängte es zur Felswand. Doch die Steinlawine grollte bereits zu schnell talwärts. Ein kleinerer Felsbrocken traf das Pferd am Rumpf; der Hengst kam zu Fall. Covenant schlitterte mit gespreizten Gliedmaßen den Hang hinunter und aus Bannors Reichweite.

Der Gesteinsschutt holperte ihn da- und dorthin, aber dann gelang es ihm, sich für einen Moment über den Steinen zu halten. Er kam auf die Füße und versuchte, sich quer zum Felsrutsch aus dessen Bahn zu flüchten.

»Hoch-Lord!« hörte er Morin durchs immer lautere Rumpeln des Gerutsches schreien.

Im nächsten Augenblick sah er Elena vorbeihuschen, auf geradem Wege zum talwärtigen Rand des Rutsches reiten. Fünfzehn Meter unterhalb Covenants lenkte sie den Ranyhyn in die Richtung der Felslawine. Mit einem wilden Aufschrei schwang sie den Stab und hieb ihn zwischen das quirlige Gestein. Feuer lohte über den Abhang.

Wie eine urplötzlich geballte Faust erstarrten die Steintrümmer rings um Covenant. Durch den eigenen Schwung fiel er auf den Rücken, aber er rappelte sich rechtzeitig genug wieder hoch, um für Bannor bereit zu sein, als der Bluthüter seinen Ranyhyn auf den kleinen Ausschnitt reglosen Gesteins springen ließ.

Bannor packte Covenant mit einer Hand und schwang ihn über den Rücken des Ranyhyn, sprengte dann sofort wieder aus dem Bereich des Felsrutsches.

Als sie den relativ ruhigen Untergrund an einer der Felswände erreichten, sah Covenant, daß sich Elena durch seine Rettung

selbst in die gleiche Gefahr gebracht hatte. Der Gewaltakt, mit dem sie die lockeren Tonnen von Gestein, die die Felslawine umfaßte, gebremst hatte, genügte nicht, um sie an ihrem Standort zu schützen. Schon im folgenden Augenblick schwand die Wirkung. Ein zusätzlicher Schwall von Steinschutt donnerte ihr entgegen. Sie bekam keine zweite Chance, ihren Stab wirkungsvoll einzusetzen.
Im gleichen Moment krachte die Woge von Geröll auf sie und Myrha nieder. Eine Sekunde später sah man sie ein Stück unterhalb Myrhas. Die große Kraft des Ranyhyn schirmte sie zeitweilig ab. Aber die Steine türmten sich an Myrhas breitem Brustkorb. Und Covenants Hengst, der sich nach wie vor zwecklos abzappelte, torkelte dem Ranyhyn entgegen. Unwillkürlich wollte Covenant zurück ins Geschüttel und Gerüttel der Steinlawine eilen, um Elena zu helfen. Doch Bannor hielt ihn mit eiserner Hand fest. Er begann Widerstand zu leisten, stellte ihn dann jedoch ein, als er sah, wie ein langer *Clingor*-Strang übers Geröll hinwegflog und die Taille des Hoch-Lords umschlang. Während sein Ranyhyn sich unterhalb Covenants und Bannors an die Felswand drückte, hatte Blutmark Morin seine *Clingor*-Länge ausgeworfen und Hoch-Lord Elena mit dem klebrigen Leder sozusagen an die Leine genommen.
Sie reagierte augenblicklich. »Flieh!« schrie sie Myrha zu, bevor sie den Stab des Gesetzes packte und sich am *Clingor* durchs Gestein kämpfte, das sie hüfthoch umkollerte, während Morin sie in Sicherheit zerrte. Obwohl ihre große Ranyhyn-Stute angeschlagen war und blutete, hegte sie andere Absichten als nur die, sich der Gefahr zu entziehen. Mit einer ungeheuren Kraftanstrengung warf sie sich aus der Bahn des Hengstes, der zu Tal schlitterte. Als das Pferd kreischend vorüberschrammte, vollführte Myrha eine Drehung und packte die Zügel des Hengstes mit den Zähnen. Für einen Moment atemloser Spannung konnte der Ranyhyn das Pferd festhalten, und in diesem

kurzen Augenblick zog er es auf die Beine, riß es zur Seite, in die Richtung zur Felswand. Dann wälzte sich die Lawine mit ihnen über eine schroffe Erhebung. Der plötzliche Ruck ließ den Ranyhyn einsinken. Mit einem Dröhnen häufte sich das Gewicht des ganzen Felsrutsches auf ihn. Irgendwie blieb der Hengst auf den Füßen und arbeitete sich weiter talwärts. Myrha dagegen kam nicht wieder zum Vorschein. Covenant preßte die Hände auf den Magen, als müsse er sich übergeben.
»Myrha!« schrie unten Elena. »Ranyhyn!« Die Leidenschaft in ihrer Stimme erfüllte ihn mit Entsetzen. Ein Weilchen verstrich, bis ihm auffiel, daß die Rettungsaktion, dank der er noch lebte, ihn und seine Begleiter über etwa zwei Drittel des Abhangs hinunterbefördert hatte.
»Komm!« sagte Bannor tonlos. »Das Gleichgewicht ist erschüttert. Mehr Gestein wird folgen. Wir schweben hier in Gefahr.« Seine Anstrengungen hatten seinen Atem nicht beschleunigt. Benommen saß Covenant hinter Bannor auf, und dessen Ranyhyn suchte sich an der Felswand entlang einen Pfad hinab zum Hoch-Lord und Morin. Elena wirkte entgeistert, fassungslos vor Kummer. Covenant hätte sie gern in die Arme geschlossen, doch die Bluthüter gaben ihm dazu keine Gelegenheit. Bannor brachte ihn die restliche Strecke des Hangs hinunter, und Morin folgte, hinter sich die schockierte Elena.
Auf dem grasbewachsenen Grund des Tals wartete Amok. Seine Augen zeugten von so etwas wie Sorge, als er sich dem Hoch-Lord näherte und ihm beim Absteigen half. »Vergib mir«, bat er ruhig. »Ich habe dir Schmerz verursacht. Doch was konnte ich tun? Ich bin nicht geschaffen worden, um in solchen Nöten von Nutzen zu sein.«
»Dann verschwinde«, erwiderte Elena unfreundlich. »Heute weiß ich überhaupt keinen Nutzen mehr für dich.«
Amoks Augen verengten sich, als habe der Hoch-Lord ihn beleidigt. Aber er gehorchte ohne Umschweife. Mit einem

Wink und einer Verbeugung entfernte er sich im Handumdrehen aus der Welt des Sichtbaren. Sobald sie ihn mit verzerrter Miene verabschiedet hatte, drehte sich Elena zum Erdrutsch um. Die emporgetürmten Trümmer knirschten und grollten nun heftiger und verhießen für jeden Moment neuen Steinschlag, aber Elena mißachtete das Risiko und kniete am Fuß der Geröllhalde nieder. Sie beugte sich vor, als biete sie ihren Rücken einer Peitsche dar. »Weh, ihr Ranyhyn!« stöhnte sie auf, und ihre Stimme klang erstickt von Tränen. »Weh, Myrha! Mein Versagen hat dir das Leben geraubt.«

Covenant eilte zu ihr. Er verspürte noch immer den Drang, sie tröstlich zu umarmen, aber das Ausmaß ihrer Trauer hielt ihn zurück. »Es ist meine Schuld«, brachte er mit Mühe hervor. »Mach dir keine Vorwürfe. Ich müßte besser reiten können.« Umständlich streckte er eine Hand aus und streichelte ihren Nacken.

Seine Berührung schien ihre Pein in Zorn zu verwandeln. Sie regte sich nicht, aber schrie ihn an.

»Laß mich! Fürwahr ist's deine Schuld! Du hättest meiner Mutter Lena keine Ranyhyn schicken sollen.«

Er schrak zurück, als habe sie ihn geschlagen. Sofort loderte sein eigener eingefleischter Unwille auf. Die Panik während seines Abwärtsschlitterns hatte sein Herz mit Zunder gefüllt, der auf einmal in Flammen aufging. Ihre eilfertige Anschuldigung änderte ihn unverzüglich von neuem. Es schien, als sei der Friede der vorangegangenen Tage abrupt zu Ärger und der Heftigkeit eines Lepraleidenden geworden. Er war sprachlos vor Wut. Er bebte vor erbittertem Grimm, als er sich umdrehte und wortlos keuchend davonstapfte.

Weder Bannor noch Morin folgte ihm. Die beiden waren bereits damit beschäftigt,.die Abschürfungen und Schnitte ihrer Ranyhyn und seines Pferdes zu verarzten.

Er ging an ihnen vorbei und das Tal hinunter wie ein Fetzen

ohnmächtigen Zorns, der hilflos im Wind mitflatterte. Nach einer Weile begann das dumpfe Krachen unterm Erdrutsch hinter ihm leiser zu werden. Er marschierte weiter.

Der Duft des Grases schien ihn besänftigen zu wollen, und im Innern der Kiefernwäldchen verlockten ihn beruhigende, verwaschene Trübheit, eine stille, erholsame Lauschigkeit. Er sah darüber hinweg und wanderte mit eckigen, roboterhaften Schritten dahin. Geballter Ärger verdüsterte sein Hirn, trieb ihn vorwärts.

Wieder! schrie er bei sich. Jede Frau, die er liebte …! Konnte so etwas zweimal während desselben Lebens passieren? Er legte nahezu eine Länge zurück. Dann gelangte er an einen Bach, der munter dahinplätscherte. Hier war der Talboden beiderseits des Bachs sehr uneben. Er mußte lange suchen, ehe er eine grasbewachsene Mulde fand, von wo aus er den nördlichen Abschnitt des Tals nicht sehen konnte. Dort streckte er sich bäuchlings der Länge nach aus und nagte am alten Knochen seiner Verbitterung.

Zeit verstrich. Bald fielen Schatten übers Tal, während die Sonne sich dem Abend zuneigte. Dämmerung erhob sich, als steige sie zwischen den Klippen aus dem Erdreich auf. Covenant wälzte sich auf den Rücken.

Anfangs sah er mit einer Art griesgrämiger Befriedigung zu, wie Dunkelheit die östliche Felswand erklomm. Er fühlte sich bereit für die Isolation von Nacht und Abgeschiedenheit. Doch da kehrte die Erinnerung an Joan mit doppelter Stärke wieder. Sie riß ihn in eine Sitzhaltung empor. Von neuem geriet er über die Grausamkeit seiner Wahnvorstellungen in Fassungslosigkeit, über die boshafte Konsequentheit, die ihn von Joan trennte – und wofür? *Hölle und Verdammnis!* wetterte er insgeheim. Die Dämmerung vermittelte ihm den Eindruck, als erblinde er vor Zorn.

Als er Elena durch den Einschnitt in die Mulde herabkommen

sah, schien sie sich durch einen Nebel der Leprose zu bewegen. Er schaute fort, versuchte seinen Blick fest ins schwindende Licht an der östlichen Klippe zu richten; Elena kam näher, während er wegschaute, und setzte sich bei seinen Füßen ins Gras. Er spürte ihre Gegenwart sehr lebhaft. Zuerst schwieg sie. Aber als er sich hartnäckig weigerte, ihren Blick zu erwidern, sprach sie ihn leise an. »Geliebter«, sagte sie leise, »ich habe für dich ein Bildwerk gemacht.«

Mühsam wandte er den Kopf. Er sah, wie sie sich mit hoffnungsvollem Lächeln vorbeugte. Ihre Hände hielten ihm einen weißen Gegenstand entgegen, der anscheinend aus Bein bestand. Er beachtete ihn nicht, seine Augen warfen ihr Blicke ins Gesicht, die Ohrfeigen ähnelten, als wäre sie sein Feind. »Ich hab's für dich aus Myrhas Gebein geschaffen«, ergänzte sie in flehentlichem Ton. »Um ihr an Ehre zu erweisen, was sich tun ließ, habe ich sie verbrannt. Dann schuf ich aus ihrem Gebein das hier. Für dich, Geliebter. Ich bitte dich, nimm's an!«

Er betrachtete die Skulptur. Sie fand sein widerwilliges Interesse. Es handelte sich um eine Büste. Auf den ersten Blick wirkte sie zu umfangreich, um aus den Knochen eines Pferdes gemacht sein zu können. Aber da sah er, daß vier Knochen auf irgendeine Weise miteinander verbunden und verschmolzen worden waren, er nahm Elena die Arbeit aus den Händen, um sie eingehender anzuschauen. Ihn interessierte vor allem das Gesicht. Dessen Umrisse waren weniger grob ausgeführt, als er es von anderen durchs ›Markkneten‹ entstandenen Kunstwerken kannte. Es war hager, verhärmt, undurchdringlich – ein prophetisches Gesicht, eine im Vorsatz erstarrte Miene. Sie drückte etwas aus, das ihm vertraut war, aber ein Moment ging herum, ehe er die Ähnlichkeit bemerkte. »Das ist Bannor«, sagte er zaghaft, als fürchte er, ihm unterliefe ein schwerer Irrtum. »Oder ein anderer Bluthüter.«

»Du hältst mich zum Narren«, antwortete Elena. »Ein so armseliger Bildwerker bin ich nicht.« Ihr Lächeln verriet einen sonderbaren Hunger. »Geliebter, ich habe dich abgebildet.«

Langsam erlosch Covenants Wut. Immerhin war sie seine Tochter, nicht seine Frau. Sie konnte ihm die Meinung sagen, wie es ihr paßte. Er sah sich dazu außerstande, ihr länger böse zu sein. Vorsichtig stellte er die Büste ins Gras, dann streckte er die Arme aus und nahm Elena im Sonnenuntergang in seine Arme.

Sie drängte sich in seine Umarmung, klammerte sich für ein Weilchen an ihn, als sei sie heilfroh, daß sie den gemeinsamen Verdruß nun ausgestanden hatten. Doch allmählich spürte er Veränderungen in der Anspannung ihres Körpers. Ihre Gemütsbewegung, so kam es ihm vor, entwickelte Strenge, beinahe Verbissenheit. Irgendeine Verkrampfung machte ihre Glieder hart, und ihre Finger krallten sich in ihn wie Klauen.

»Auch das«, sagte sie mit einer Stimme, die vor Leidenschaft bebte, »täte Fangzahn zerstören.«

Er hob seine Wange aus ihrem Haar, drehte Elena, so daß er ihr Gesicht sehen konnte. Dieser Anblick jagte ihm einen fürchterlichen Schrecken ein. Trotz der schlechten Lichtverhältnisse schockte ihr Blick ihn wie ein Untertauchen in polaren Gewässern. Die Andersheit ihres Blicks, die abseitige Dimension seiner Kraft, hatte einen Fokus erlangt, sich konzentriert, war nun der Brennpunkt von etwas Wildem, Unaufhaltsamen.

Eine gräßliche Gewalt gloste aus ihren Augäpfeln. Ihr Blick ruhte nicht auf ihm, doch drillte durch ihn trotzdem wie ein Bohrer. Als er durchstoßen war, hinterblieb auf ihm ein blutiger Striemen. Ihr Blick glich der Apokalypse. Ihm fiel dafür keine andere Bezeichnung ein als – *Haß*.

23
Wissen

Ihr Anblick ließ ihn rückwärts aus der Mulde taumeln. Es kostete ihn Mühe, auf den Beinen zu bleiben; er hatte Schlagseite, als wäre er von einem Sturm angeschlagen worden. »Geliebter«, hörte er sie gedämpft rufen, aber er vermochte sich nicht umzudrehen. Der Anblick, der sich ihm geboten hatte, ließ sein Herz dampfen wie Trockeneis, und er benötigte einen Winkel, in dem er sich allein über seinen Schmerz hinwegröcheln konnte.

Für einige Zeit war sein Bewußtsein wie von Dunst verschleiert. Er lief gegen Bannor und prallte von ihm ab, als sei er an einen Felsklotz gerannt. Der Zusammenstoß überraschte ihn völlig. Bannors ausdruckslose Miene glich einer heftigen Anschuldigung. Unwillkürlich fuhr Covenant zurück. »Rühr mich nicht an!« Er wankte in eine andere Richtung, schwankte durchs abendliche Dunkel, bis er zwischen sich und den Bluthüter eine steile Erhebung gebracht hatte. Dann setzte er sich ins Gras, schlang die Arme um den Brustkorb und bemühte sich ernsthaft zu weinen. Aber es gelang ihm nicht. Seine Schwäche, seine permanente Leprose, verschlossen diesen emotionalen Kanal, er hatte schon zuviel Zeit dafür verwendet, zu verlernen, wie man sich von Kummer erleichterte. Die Enttäuschung über diesen Mißerfolg machte ihn wild. Er quoll über von altem, unbewältigtem Zorn. Nicht einmal in seinen Wahnvorstellungen konnte er der Falle seiner Krankheit entrinnen. Er sprang auf die Füße und schüttelte seine Fäuste gegen den Himmel wie eine gestrandete, einsame Galeone, die ihre Kanonen in sinnlosem Trotz hinaus auf den unverwundbaren Ozean abfeuerte. *Hölle und Verdammnis!* Doch schließlich kehrte seine Selbstbeherrschung wieder. Sein Zorn erkaltete bitterlich, als er sich seine Verwünschungen verkniff, seinem Groll das Ventil verstopfte. Ihm war, als erwache er aus einem Betäubungsschlaf. Er stapfte zum Bach, knurrte und fauchte durch zusammengebissene Zähne. Er machte sich nicht die Mühe, seine Kleidung auszuziehen. Ungestüm ließ er sich vornüber mit dem Gesicht ins Wasser fallen, als wolle er in der eisigen Kälte des Bachs nach irgendeiner Abtötung oder Erlösung suchen. Aber er konnte die Eisigkeit des Wassers bloß für einen kurzen Moment aushalten; sie brannte auf seiner Haut, erfaßte sein Herz wie eine Zuckung. Er keuchte und richtete sich auf, stand im steinigen Bach und schlotterte. Das Wasser und der Wind sandten eine verheerende Pein durch all seine Knochen, als verzehrten sie das Mark. Er verließ den Bach. Im nächsten Moment sah er Elenas Blick wieder vor sich, fühlte ihn seine Erinnerung versengen. Er blieb wie versteinert stehen. Eine unvermittelte Idee verscheuchte die Kälte. Sie kam ihm plötzlich in voller Abgerundetheit, als sei sie tagelang im Dunkel seines Geistes herangereift und habe gewartet, bis er für sie bereit war; er begriff, daß ihm nun die Möglichkeit eines neuen Handels offenstand – einer Vereinbarung oder eines Kompromisses, der Absprache entfernt ähnlich, die er mit den Ranyhyn getroffen hatte, aber viel besser. Die Ranyhyn waren zu vielen Beschränkungen unterworfen; sie konnten seine Bedingungen nicht erfüllen, den Vertrag nicht einhalten, den er zum Zwecke des Überlebens abgeschlossen hatte. Die Person dagegen, mit der er jetzt einen Handel ausmachen konnte, eignete sich nahezu ideal, um ihm aus dem Schlamassel zu helfen. Es war vorstellbar, daß er seine Rettung vom Hoch-Lord erkaufen konnte. Allerdings ersah er sofort auch die Schwierigkeiten. Er wußte nicht, woraus der Siebte Kreis des Wissens bestand. Er müßte Elenas apokalyptischen Drang durch eine unabsehbare Zukunft zu einem unbekannten Ziel steuern.

Doch besagter Drang war etwas, das sich ausnutzen ließ. Womöglich war er dazu in der Lage, ihr persönliche Macht zuzuschanzen – sie mächtig und schutzlos zu machen, weil sie geblendet war durch ihre Besessenheit. Und sie verfügte über den Stab des Gesetzes. Vielleicht konnte er es bewerkstelligen, daß sie an seine Stelle trat, seinen Platz unter der Last von Lord Fouls Machenschaften einnahm. Unter Umständen konnte er sein Weißgold als den Entscheidungspunkt übers Schicksal des Landes von ihrer außergewöhnlichen Leidenschaft ablösen lassen. Wenn er sie dazu bringen konnte, die bittere Verantwortung zu übernehmen, die so unentrinnbar an ihm haftete, war er frei. Dann verschwand sein Kopf vom Hackklotz seiner Wahnvorstellungen. Und er brauchte nicht mehr zu tun, als Elena in jeder Hinsicht zu fördern, die ihre inneren Antriebe gleichrichtete statt zerstreute – sie auf diese Weise unter Kontrolle zu halten, bis der richtige Moment kam.

Dieser Handel war aufwendiger als die alte Abmachung mit den Ranyhyn. Er gestattete ihm keine Passivität; er verlangte, daß er ihr half, sie zielstrebig manipulierte. Doch der Aufwand war gerechtfertigt. Während der Suche nach dem Stab des Gesetzes hatte er gekämpft, bloß um einen unmöglichen Traum voller Zwänge durchzustehen. So viel Zeit war verstrichen, seit er Freiheit zuletzt für möglich gehalten hatte, daß sein Herz aus freudigem Schaudern fast stehenblieb, während er sich seinen Plan ausmalte. Aber nach der ersten Aufregung merkte er, daß er zitterte wie Espenlaub. Seine Kleidung war klatschnaß. Er kehrte zurück zur Mulde und dem Hoch-Lord, jede einzelne Bewegung schmerzerfüllt. Er fand Elena in nachdenklicher Bedrücktheit an einem hellen Lagerfeuer vor. Sie hatte sich über ihrer Robe eine Decke um die Schultern gelegt; die anderen Decken lagen neben den Flammen ausgebreitet.

Als er die Mulde betrat, sah sie erwartungsvoll auf. Er vermochte ihren Blick nicht zu erwidern. Doch allem Anschein nach bemerkte sie den Verdruß hinter seinen blauen Lippen und der gerunzelten Stirn nicht.

Sie ergriff eilig eine der vorgewärmten Decken und zog ihn ans Feuer. Ihre wenigen leisen Äußerungen verrieten Besorgnis; sie stellte ihm keine Fragen, bevor die Flammen sein schlimmstes Schlottern behoben hatten. Dann beugte sie sich schüchtern vor, als versuche sie zu erkunden, wie ihr Verhältnis nun beschaffen sei, und küßte ihn. Er erwiderte die Zärtlichkeit ihrer Lippen. Diese unbedeutende Bewegung schien ihm über eine innere Hürde zu helfen. Er war nun wieder dazu imstande, sie anzuschauen. Sie lächelte sanft; die mörderische Gewalt ihres Blicks war wieder verborgen in der Abseitsgerichtetheit.

Anscheinend fand sie sich mit dem äußeren Wert des Kusses ab. Sie drückte ihn an sich, ehe sie sich neben ihn setzte.

»Hat's dich überrascht«, fragte sie einen Moment später, »zu erkennen, daß ich so unbändig bin?«

Er fühlte sich zu einer Entschuldigung veranlaßt. »So etwas bin ich nicht gewöhnt. Du hast mich kein bißchen gewarnt.«

»Vergib mir, Liebster«, sagte sie zerknirscht. »Hat dich so arg erschreckt – was du in mir geschaut hast?« fragte sie dann weiter.

Er überlegte für ein Weilchen, bevor er antwortete. »Ich glaube, würdest du mich nochmals so ansehen, so wäre ich so gut wie tot.«

»Du bist ungefährdet«, versicherte sie ihm.

»Und was, wenn du's dir anders überlegst?«

»Dein Zweifel straft mich. Geliebter, du bist ein Teil meines Lebens und Atmens. Glaubst du wahrlich, ich vermöchte von dir zu lassen?«

»Ich habe keine Ahnung, was ich glauben soll.« Sein Tonfall offenbarte seine Gereiztheit, und um ihr entgegenzuwirken, drückte er Elena. »Träumen, das ist … das ist wie Sklave sein.

Alle Träume stammen aus Bereichen unseres Innenlebens, über die wir keine Gewalt besitzen. Deshalb ... deshalb ist in Träumen die einzige Gefahr der Wahnsinn.« Er war froh, daß sie nicht versuchte, mit ihm darüber zu diskutieren. Als seine Gliedmaßen nicht länger zitterten, befiel ihn unwiderstehliche Schläfrigkeit. Sie half ihm, sich am Lagerfeuer zur Ruhe zu betten, und hüllte ihn behaglich in die warmen Decken, und der einzige Umstand, der ihn daran hinderte, ihr völlig zu vertrauen, war die Überzeugung, daß sein Handel irgendeine Unehrenhaftigkeit enthielt.

In den darauffolgenden drei Tagen vergaß er diese Überzeugung für die meiste Zeit. Ein leichtes Fieber beanspruchte seine Aufmerksamkeit, anscheinend eine Folge seines Sprungs in den Bach. Fiebrige Flecken zeigten sich auf seinen sonst stets bleichen Wangen; seine Stirn fühlte sich von Kühle und Schweiß klamm an; und seine Augen glitzerten, als habe ihn eine geheime innere Erregung gepackt. Ab und zu nickte er auf dem Rücken seines spürbar mitgenommenen Reittiers ein, und wenn er aufschrak, merkte er, daß er wie im Delirium vor sich hin faselte. Nicht immer konnte er sich an sein Gerede entsinnen, aber zumindest einmal hatte er wie ein Irrer darauf bestanden, die einzige Möglichkeit zu dauerhaftem Wohlergehen sei unaufhörliches Wachbleiben. Kein Desinfektionsmittel könne die in Träumen zugefügten Wunden reinigen. Die Unschuldigen würden nicht träumen. Wenn er nicht im Halbschlaf murmelte, befaßte er sich mit dem Gebirgstreck. Der Hoch-Lord und seine Begleiter näherten sich einer Art von Bestimmungsort.

Der Morgen nach der Überwindung des Erdrutsches war mit heiterem Sonnenschein heraufgedämmert – in klarer Lebhaftigkeit, die wie eine Entschädigung für die Unerfreulichkeiten des Vortages wirkte.

Als Amok auftauchte, um den Hoch-Lord weiter des Weges zu

führen, hatte Elena einen Pfiff ausgestoßen, als riefe sie Myrha, und auf diesen Ruf war ein anderer Ranyhyn gekommen. Covenant hatte ihn, Staunen im Gesicht, durchs Tal herangaloppieren sehen. Die Verläßlichkeit der Ranyhyn, was ihre freiwillige Wahl betraf, überstieg all seine Begriffe von Stolz oder Treue. Das Erscheinen des Ranyhyn erinnerte ihn an seinen alten Handel – den Handel, von dem sowohl Elena wie auch Mähnenhüter Reumut behaupteten, er gälte bei den großen Rössern noch. Aber dann hatte er mühsam seinen Hengst bestiegen, und nichts war von da ab in seine vom Fieber verdrehten Gedanken vorgedrungen. Er hatte kaum genug Durchblick aufgebracht, um Elenas ›Markkneterei‹-Geschenk in Bannors Obhut zu geben.

Nachdem die Reiter unter Amoks Führung das Tal verlassen hatten, bekam Covenant erstmals den *Melenkurion* Himmelswehr zu sehen. Obwohl er sich noch etliche Längen entfernt in fast genau südöstlicher Richtung von Covenants Standort befand, hob der Berg seinen in Eis gefaßten Zwillingsgipfel über den zerklüfteten Horizont der Bergkette, und seine Schneefelder leuchteten im Sonnenschein bläulich, als stünden dort die azurblauen Pfeiler des Himmels. Elena hatte anscheinend recht mit ihrer Vermutung: Amoks unregelmäßiger Zickzackweg brachte das Grüppchen dem himmelwärts aufgetürmten Berg immer näher. Er verschwand fast sofort wieder außer Sicht, als Amok die Reiter in den Schatten der weiteren Steilwand geleitete, aber im Laufe des Tages rückte er immer häufiger erneut ins Blickfeld. Als wieder der Mond aufging, beherrschte er im Südosten den Horizont. Am Abend brauchte Covenant nicht zu erdulden, wie die Berge um ihn kreisten. Der *Melenkurion* Himmelswehr war nicht zu sehen, und nach dem Abendessen ließ sein Fieber etwas nach. Von den Anforderungen an sein geschwächtes Konzentrationsvermögen und den Belastungen des Tages befreit, erlangte er über den beabsichtigten Handel eine gewisse Klarheit. Elenas Zustimmung bedurfte das Geschäft nicht; das wußte er und schalt sich zugleich dafür. Sobald der Kitzel der Hoffnung in Fieber und Sorge untergegangen war, verspürte er den dringenden Wunsch, sie in seine Erwägungen einzuweihen. Und die Aufmerksamkeit, die sie ihm entgegenbrachte, machte diese Dringlichkeit schmerzlich. Sie kochte für ihn besondere, heilkräftige Süppchen und Brühen; sie wich vom Weg ab, um für ihn *Aliantha* zu sammeln. Seine Emotionen ihr gegenüber hatten sich jedoch verändert. In seinen Reaktionen auf ihre zärtliche Fürsorge wirkten Schläue und Schmeichelei mit. Er fürchtete sich davor, was geschehen mochte, wenn er ihr seine Überlegungen anvertraute. Wenn er nachts wach dalag, vom Fieber fröstelte, hatte er im Mund den miesen Geschmack von Nützlichkeitserwägungen. Dann hinderte ihn nicht Verlegenheit oder Vertraulichkeit daran, seine Gedanken darzulegen. Die hartnäckige Notdurft des Überlebens verschloß ihm die Kiefer, sein wütender Kampf gegen den eigenen Tod.

Endlich ging das Fieber vorbei. Am Spätnachmittag des dritten Tages – dem einundzwanzigsten Tag, seit der Hoch-Lord mit seiner Begleitung Schwelgenholz verlassen hatte – erlitt er urplötzlich einen ungeheuren Schweißausbruch, und ihm war zumute, als reiße in seinem Innern ein straff gespannter Strang. Er fühlte, wie er sich entkrampfte.

Abends schlief er ein, während Elena noch über die Unwissenheit oder das Unverstehen redete, das es ihr unmöglich machte, von Amok irgend etwas zu erfahren.

Ein langer, erholsamer Schlummer stellte in ihm das Gefühl wieder her, gesund zu sein, so daß er am folgenden Morgen wieder besser dazu imstande war, sich mit der Situation auseinanderzusetzen. Während er an Elenas Seite dahinritt, unterzog er den *Melenkurion* Himmelswehr einer genauen Musterung. Der Berg ragte empor wie ein steinerner Schutzherr, sperrte die ganze südöstliche Morgendämmerung vom Blickfeld aus. Mit einer gemäßigten Aufwallung von Unruhe erkannte er, daß sie wahrscheinlich noch vor Ablauf des Tages dort eintreffen würden.

Bedächtig erkundigte er sich bei Elena danach, was man über den Bergriesen wisse.

»Wenig vermag ich dir mitzuteilen«, antwortete sie. »Er ist der höchste bekannte Berg im Land, und zu seinem Namen zählt eines der Sieben Worte der Macht. Doch Kevins Lehre enthüllt wenig über ihn. Vielleicht bergen die übrigen Wissenskreise entsprechende Kenntnisse, aber der Erste und Zweite Kreis enthalten nur wenige Hinweise und Andeutungen. In unserem Zeitalter haben die Lords bezüglich dieses Berges kein neues Wissen errungen. Seit Menschen nach dem Ritual der Schändung ins Land zurückkehrten, ist niemand dem Himmelswehr so nahe gekommen wie nun wir. Ich ahne in meinem Herzen, daß diese hohen Gipfel einen Ort der Macht kennzeichnen – eine Örtlichkeit, die sogar den Gravin Threndor überbietet. Doch außer der befremdlichen Verschwiegenheit von Kevins Lehre besitze ich dafür keine Beweise. Obschon der *Melenkurion* Himmelswehr der höchste Ort im Lande ist, beziehen der Erste und Zweite Kreis des Wissens sich auf ihn lediglich in ein paar alten Karten, einem Stück eines Liedes sowie zwei ungeklärten Wendungen, die – falls sie nicht falsch übertragen worden sind – von ›Gebot‹ und ›Blut‹ sprechen.« Sie lächelte verzerrt. »Daher ist mein Unvermögen, Amoks Wissen zu erschließen, nicht allzu verwunderlich.«

Das brachte sie wieder über ihre Unzulänglichkeit ins Grübeln, so daß sie in Schweigen verfiel. Covenant versuchte, sich Mittel und Wege zu ihrer Unterstützung auszudenken. Aber das war das gleiche, als wolle er durch eine Steinmauer spähen; er verfügte ja nicht einmal über die nötigen Voraussetzungen. Wenn er seinen Teil des unausgesprochenen Handels einhalten wollte, mußte er es auf irgendeine andere Weise tun. Aufgrund seiner Intuition glaubte er fest daran, daß seine Chance kommen werde. Unterdessen schickte er sich ins Warten darauf, daß Amok sie zu guter Letzt zu dem Berg brachte.

Der Endspurt kam dann schneller als vermutet. Amok führte sie durch einen langgezogenen Paß zwischen zwei stumpfkegeligen Gipfeln und in einen gewundenen Hohlweg, der abwärts und gleichzeitig nach Osten verlief. Um die Mittagszeit befanden sie sich gut fünfhundert Meter tiefer. Dort endete der Hohlweg und mündete auf ein weites, flaches, recht ödes Plateau vor den Abhängen des Bergriesen. Das Plateau erstreckte sich im Osten und Süden um den *Melenkurion* Himmelswehr, so weit Covenants Auge blickte. Das flache Gelände wirkte wie ein Untersatz, ein Sockel für die beiden viereinhalb- bis fünftausend Meter hohen, einander gleichen Gipfel. Und östlich des Plateaus standen gar keine Berge. Nach langen Tagen umständlicher Kletterei gierten die Ranyhyn nach einem flotten Lauf und galoppierten munter hinaus auf den ebenen Felsengrund.

Amok blieb ihnen mit verblüffender Flinkheit voraus. Er lachte, während er rannte, und steigerte sein Tempo sogar noch.

Die Ranyhyn legten sich verstärkt ins Zeug und verfielen in gestreckten Galopp, hängten Covenants Hengst ab. Aber trotz ihrer ernsthaften Bemühungen blieb Amoks Blitzartigkeit ihnen überlegen. Belustigt führte er die Reiter in die östliche Richtung und dann südwärts zur Mitte des Plateaus.

Covenant folgte in gemächlicherer Gangart. Bald darauf ritt er unterm ersten Gipfel des Berges vorbei. Das Plateau war hier mehrere hundert Meter breit und reichte südwärts, bis es sich unterm zweiten Gipfel nach Westen außer Sicht bog. Für die Höhe einiger hundert Meter lehnten die Gipfel oberhalb des Plateaus aneinander, aber ihre Fuge war deutlich erkennbar, als seien die beiden Teile von unterschiedlicher Beschaffenheit. An ihrer untersten Stelle, wo diese Fuge das Plateau berührte, gab es im flachen Felsboden einen Einschnitt. Dieser Felsspalt verlief geradewegs quer durchs Plateau bis zu dessen östlicher Grenze.

Weit vor Covenant hatten die Ranyhyn inzwischen ihren Galopp nahe am Rand der Felsspalte beendet. Elena trabte dessen Länge hinab, zum Außenrand des Plateaus. Covenant lenkte seinen Hengst hinterdrein und stieß dort zu ihr. Gemeinsam saßen sie ab. Covenant streckte sich auf dem Bauch aus, um über die Kante in den Abgrund zu lugen. Zwölfhundert Meter unter der kahlen Steilwand des Plateaus lag, so weit er sehen konnte, ein dunkler, irgendwie knotiger Wald. Die Bäume schienen überm schroffen Terrain der Waldlandschaft zu brüten, glichen einem dicht gewachsenen Bezug aus Holz und Laub zu Füßen des Westlandgebirges, als wollten sie einen naheliegenden, herben Notstand überdecken, ihm die Tröstung der Verborgenheit gewähren. Und nordostwärts hinter dem Waldland sah man das rötlichschwarze Band des Flusses, der unter der Steilwand entsprang. In der Ferne war er unhörbar, aber gleich drunten toste er lautstark aus den Felsen hervor und rauschte vernehmlich durchs Herz des Waldes weiter. Der Fluß wirkte zwischen den Bäumen wie eine Narbe, eine Schnittwunde durch die düstere grüne Gegend. Diese Mensur gab dem strengen, gekränkten Angesicht des Waldes einen Ausdruck von Wüstheit, als träume er davon, dem Widersacher, der sie ihm geschlagen hatte, ein Glied ums andere einzeln auszureißen.

Elena erläuterte Covenant die Aussicht. »Das ist der Schwarze Fluß«, sagte sie andächtig. Sie war der erste der neuen Lords, der ihn zu sehen bekam. »Von hier aus fließt er hundertfünfzig oder mehr Längen weit, bis er sich auf dem Weg nach Andelain mit dem Mithil vereinigt. Sein Quell, so heißt's, liegt tief unterm *Melenkurion* Himmelswehr. Wir befinden uns hier auf dem Spaltfelsen, dem östlichen Vorfeld des großen Berges, auch seine Pforte genannt. Und unter uns siehst du die Würgerkluft, den letzten Wald im Lande, durch den noch ein Forsthüter schreitet – wo der verstümmelte Geist des Einholzwaldes noch von sich selbst Kenntnis hat.« Einen Augenblick lang genoß sie die unglaublich frische Luft. »Liebster«, ergänzte sie dann, »ich glaube, wir sind nicht weit vom Siebten Kreis des Wissens.«

Covenant kroch von der Kante zurück und richtete sich unsicher auf. Der Wind schien ihm vom Abgrund her ein Schwindelgefühl zuzutragen. Er wartete, bis er sich um mehrere Schritte von der Tiefe entfernt hatte, bevor er antwortete. »Ich hoffe es. Soviel wir wissen, kann der Krieg schon vorbeisein. Falls Troys Pläne nicht geklappt haben, dürfte Foul sich bereits auf halbem Wege nach Schwelgenstein befinden.«

»Ja. Auch ich habe diese Sorge empfunden. Aber ich glaube unbeirrt, daß sich des Landes Zukunft nicht in einem Krieg gewinnen läßt. Und der Ausgang jenes Ringens liegt nicht in unseren Händen. Wir haben anderes zu tun.«

Covenant begutachtete die Entlegenheit ihres Blicks, wog das Risiko ab, sie zu verärgern, ehe er die beabsichtigte Frage äußerte. »Hast du schon mal daran gedacht, daß du's vielleicht nicht schaffen könntest, Amok zum Reden zu bringen?«

»Freilich«, erwiderte sie in scharfem Ton. »Ich bin nicht blind.«

»Was wirst du unternehmen, falls er nicht plaudert?«

»Ich habe den Stab des Gesetzes. Er dient als machtvoller Schlüssel. Wenn Amok uns zur Stätte des Siebten Kreises geleitet hat, werde ich nicht hilflos sein.«

Covenant schaute mit mürrischer Miene zur Seite. Er bezweifelte, daß sich die Sache so einfach verhielt. Er kehrte mit Elena durch den tiefeingeschnittenen Felsspalt zurück zu Amok und den zwei Bluthütern. Der Nachmittag war noch nicht weit vorangeschritten, aber schon war der Schatten des *Melenkurion* Himmelswehr auf den Spaltfelsen gefallen. Er verdichtete die natürliche Düsternis der Spalte, so daß sie auf der Fläche des Plateaus wie ein fehlerhaft dunkler Streifen von Gewebe wirkte. An seiner breitesten Stelle war der Einschnitt nicht mehr als sechs Meter breit, aber er schien unermeßlich tief zu sein, als reiche er bis hinab zu den verborgenen Wurzeln des Bergriesen. Aufgrund irgendeiner Anwandlung warf Covenant einen Stein in den Felsspalt. Der Stein hüpfte von Wand zu Wand, und Covenant zählte zweiundzwanzig Herzschläge, bis er ihn nicht länger hören konnte. Als er hinüber zu Bannor und Morin ging, bewahrte er infolgedessen instinktiv ausreichenden Abstand vom Spalt. Die beiden Bluthüter hatten mittlerweile die Verpflegung ausgepackt, und Covenant und Elena bereiteten sich ein leichtes Mahl. Covenant aß langsam, als versuche er, damit die nächste Phase der Expedition hinauszuschieben. Er sah nur drei Möglichkeiten ab – den Berg hinauf, den Einschnitt im Plateau hinunter oder Überquerung der Spalte –, und vor allen dreien grauste es ihm gleichermaßen. Er hatte keinerlei Lust zu irgendwelchem Klettern oder Springen, die bloße Nähe von Abgründen machte ihn nervös. Doch als er merkte, daß sich der Hoch-Lord seinetwegen geduldete, besann er sich auf die Bedingungen seines Handels. Er beendete die Mahlzeit und versuchte, sich auf das gefaßt zu machen, was Amok vorschwebte, worum es sich auch handeln mochte. Während sie mit fester Hand den Stab des Gesetzes ergriff, wandte sich Elena an ihren Führer. »Wir sind bereit, Amok. Was sollen wir mit den Ranyhyn tun? Müssen wir reiten oder laufen?«

»Diese Wahl obliegt dir, Hoch-Lord«, entgegnete Amok mit einem Grinsen. »Bleiben die Ranyhyn, werden sie nicht benötigt. Gehen sie, wirst du dich beizeiten gehalten sehen, sie zu rufen.«

»Also müssen wir laufen, um dir weiterhin zu folgen?«
»Zu folgen? Ich habe nicht gesagt, daß wir diesen Ort verlassen sollen.«
»Ist der Siebte Kreis des Wissens«, fragte Elena hastig, »hier zu finden?«
»Nein.«
»Dann ist er andernorts.«
»Ja, Hoch-Lord.«
»So er andernorts ist, müssen wir uns zu ihm begeben.«
»Das ist wahr. Der Siebte Kreis kann dir nicht überbracht werden.«
»Um zu ihm zu gelangen, müssen wir entweder reiten oder laufen.«
»Das ist gleichfalls wahr.«
»Was also?«
Während er dem Wortwechsel lauschte, empfand Covenant stille Bewunderung für die Art und Weise, wie Elena Amoks Unbestimmtheit anging. Die bereits gemachten Erfahrungen hatten ihr anscheinend gezeigt, wie der Junge sich in die Enge treiben ließ. Aber seine nächste Antwort brachte ihre Bemühungen wieder zum Scheitern. »Diese Wahl liegt bei dir«, wiederholte er. »Triff deine Entscheidung und brich auf.«
»Wirst du uns im weiteren nicht führen?«
»So ist's.«
»Warum nicht?«
»Ich handle gemäß meiner Natur. Ich verrichte, zu dessen Verrichtung ich geschaffen worden bin.«
»Amok, bist du nicht der Weg und das Tor zum Siebten Kreis des Wissens?«
»Doch, Hoch-Lord.«
»Dann mußt du uns führen.«
»Nein.«
»Warum nicht?« fragte sie nochmals. »Bist du launen-

haft?« Covenant hörte in ihrem Tonfall eine Spur von Verzweiflung.

»Hoch-Lord«, erwiderte Amok im Ton einer milden Zurechtweisung, »ich bin zu dem Zweck geschaffen worden, welchem ich diene. Sollte ich verstockt wirken, so laß meinen Erschaffer meine Eigenheiten erklären.«

»Mit anderen Worten«, mischte sich Covenant schwerfällig ein, »ohne die vier anderen Kreise des Wissens stecken wir fest. Das ist Kevins Methode, um zu schützen – was er eben schützen wollte. Ohne die Hinweise, die er in den anderen Kreisen des Wissens versteckt hat, stehen wir vor einer Wand und kommen nicht weiter.«

»Loriks *Krill* ist zum Leben erwacht«, sagte Amok. »Das war das vorausbestimmte Zeichen. Und das Land schwebt in Gefahr. Daher habe ich mich ansprechbar gemacht. Mehr kann ich nicht tun. Ich muß meinem Zweck dienen.«

Der Hoch-Lord musterte ihn einen Moment lang streng. »Amok«, erkundigte sich Elena dann, »genügen meine Begleiter deinem Zweck in irgendeiner Weise nicht?«

»Deine Begleiter brauchen allein sich selbst zu genügen. Ich bin der Weg und das Tor. Ich urteile nicht über jene, die suchen.«

»Amok …« Elena verstummte, und ihre Lippen bewegten sich lautlos, als sage sie eine Liste von Alternativen auf. »Sind Bedingungen zu erfüllen … ehe du uns den weiteren Weg weisen kannst?«

Amok verbeugte sich, um zu zeigen, daß er mit dieser Frage einverstanden war, und kicherte, als er antwortete. »Ja, Hoch-Lord.«

»Wirst du uns zum Siebten Kreis des Wissens bringen, wenn diese Bedingungen erfüllt werden?«

»Das ist der Sinn meines Daseins.«

»Was sind deine Bedingungen?«

»Ich weiß nur eine Bedingung zu stellen. Solltest du mehr zu erfüllen wünschen, müßte das dann ohne meine Mitwirkung geschehen.«
»Wie lautet deine Bedingung, Amok?«
Der Jugendliche musterte Elena frech. »Hoch-Lord«, gab er im Tonfall diebischer Schadenfreude zur Antwort, »du mußt den Siebten Kreis des Wissens beim Namen nennen.«
Elena starrte ihn für einen Moment völlig verdutzt an. *»Melenkurion«*, rief sie schließlich. »Du weißt, daß ich dieser Kenntnis ermangle.«
Das rührte Amok nicht. »So ist's womöglich nur gut, daß die Ranyhyn noch nicht fort sind. Sie mögen euch zurück nach Schwelgenstein tragen, wohin ihr zurückkehren solltet, falls sich dort neues Wissen erlangen läßt. Du wirst mich hier wiederfinden.« Mit einer Verneigung, die von ärgerlicher Unbekümmertheit zeugte, schwang er seine Arme und verschwand.
Elena starrte die Stelle an, wo er gestanden hatte, und packte ihren Stab fester, als wolle sie damit in die leere Luft dreschen. Ihr Rücken war Covenant zugekehrt; er konnte nicht sehen, was sich in ihrem Gesicht abspielte, aber die Verkrampfung ihrer Schultern gab ihm die Befürchtung ein, daß ihre Augen auf einen gemeinsamen Brennpunkt einschwenkten. Bei diesem Gedanken pochte ihm das Blut in den Schläfen. Er hob eine Hand und versuchte, sie aufzuschrecken oder abzulenken. Auf seine Berührung hin drehte sie sich ruckartig nach ihm um. Ihr Gesicht wirkte ausgelaugt – das Fleisch über der fahlen Härte ihres Schädels sah wie geschrumpft aus –, und sie machte einen verblüfften Eindruck, als habe sie soeben entdeckt, daß sie fähig war zur Panik. Doch sie flüchtete sich nicht in seine Arme. Sie stand still da und schloß gedankenschwer die Augen. Die Knochen ihrer Kiefer, ihrer Wangen und der Stirn konzentrierten sich auf Covenant. Er spürte, wie sich in

seinem Bewußtsein ein Abgrund auftat. Er begriff diese Wahrnehmung einer schwarzen, unendlichen Kluft nicht. Elena stand im Schatten des *Melenkurion* Himmelswehr vor ihm wie eine in Blau gehüllte Heiligenfigur aus weißglänzendem Bein; aber hinter ihr, hinterm soliden Gestein des Spaltfelsens, schien sich Finsternis auszuweiten wie ein Riß in der Zisterne seiner Gedanken. Das Phänomen zog ihn an; er schwebte in der Gefahr, sich darin zu verlieren. Die Wahrnehmung ging von Elena aus. Plötzlich verstand er, was geschah. Sie versuchte, auf geistiger Ebene mit ihm Kontakt aufzunehmen.

Ein Aufblitzen von Furcht durchschoß das schwarze Schwindelgefühl, das ihn heimsuchte. Es erhellte den Umfang der Bedrohung; wenn er in der geistigen Verschmelzung aufging, würde sie die Wahrheit über ihn erkennen. Einen solchen Schritt durfte er sich nicht erlauben, hatte er sich nie leisten können. Während sein Bewußtsein *Nein!* heulte, zuckte er zurück, taumelte sein Inneres vor ihrem Drängen rückwärts. Der Druck ließ nach. Er bemerkte, daß er auch körperlich zurückgeprallt war; mühevoll zwang er sich zum Stehenbleiben, hob den Kopf. Elenas Augen waren vor Enttäuschung und Bedauern geweitet, und sie lehnte sich kummervoll auf den Stab. »Verzeih mir, Geliebter«, sagte sie gedämpft. »Ich habe mehr von dir verlangt, als du zu geben bereit bist.« Sie schwieg einen Augenblick lang, um ihm eine Antwort zu ermöglichen. »Ich muß nachdenken«, stöhnte sie dann auf und wandte sich ab. Auf den Stab gestützt, wanderte sie langsam am Felsspalt entlang zur Außenkante des Plateaus.

Covenant setzte sich, stark erschüttert, auf den Felsboden; er nahm den Kopf zwischen seine Hände. Widerstreitende Gefühle rangen in ihm miteinander. Es schockierte ihn, wie haarscharf es ihm erspart geblieben war, ertappt zu werden, und er ärgerte sich über seine Schwäche. Um sich zu retten, hatte er Elena wiederum Schmerz verursachen müssen. Er dachte daran, ihr zu folgen, aber irgend etwas in der konzentrierten Haltung ihrer Gestalt warnte ihn davor, sie zu stören. Eine Zeitlang spähte er zu ihr hinüber, Pein im Herzen. Schließlich raffte er sich auf. »Er hätte ja wirklich soviel Anstand besitzen können«, murmelte er in die gleichgültige Luft ringsum, »ihr's früher zu sagen … wenigstens, bevor ihr Ranyhyn krepieren mußte.«

Zu seiner Überraschung erhielt er von Blutmark Morin eine Antwort. »Amok verhält sich gemäß den Regeln seiner Erschaffung. Er kann sie nicht umgehen, bloß um die Zufügung von Weh zu vermeiden.«

Angeödet warf Covenant die Hände in die Höhe. Während er innerlich vor sinnloser Wut schäumte, stapfte er übers Plateau davon. Er verbrachte den Rest des Nachmittags damit zu, ruhelos rund um den Spaltfelsen von einem zum anderen Fleck zu streifen und nach irgendeiner Spur zu suchen, die anzeigen mochte, wo Amoks Weg sich fortsetzte. Nach einer Weile beruhigte er sich so weit, daß er Morins Kommentar zu Amoks Benehmen nachträglich verstand. Morin und Bannor waren Gefangene ihres Eids; sie konnten sich tatsächlich mit Sachkenntnis über die Zwänge unverletzlicher Regeln äußern. Aber wenn die Bluthüter mit Amok sympathisierten, war das fürs Vorhaben des Hoch-Lords ein weiterer Sargnagel.

Covenants Nutzlosigkeit war ebenfalls so ein Nagel. Er sah sich nun von der aufgeblasenen Einfalt seines Handels verspottet. Wie sollte er Elena helfen können? Er kapierte nicht einmal das Zeug, das Amok daherredete.

Obwohl er im Laufe seines rastlosen Umherirrens einen Großteil des Plateaus abwanderte, fiel ihm dabei nichts von irgendeiner Bedeutung auf. Der bloße Stein ähnelte seiner Unfähigkeit – er war genauso unveränderlich und beständig. Als am Himmel das letzte Sonnenlicht zerfaserte, lenkte er seine Schritte schließlich zum Schimmer des Glutgesteins, der den

Lagerplatz des Hoch-Lords kennzeichnete. Wieder einmal grübelte Covenant über den schon vertrauten Gedanken nach, daß Sinnlosigkeit seine gesamte Existenz beherrsche.

Elena saß neben ihrem Topf voller Glutgestein. Sie wirkte zugleich verbraucht und angefeuert, als ob der Druck, unter dem sie stand, ihre Persönlichkeit beeinträchtige, alles in und an ihr den Anforderungen ihrer Pflichten eines Hoch-Lords unterordne. Aus dem feinen Schliff ihrer Gliedmaßen leuchtete Entschlossenheit. Sie hatte alle Konsequenzen ihrer Bürde akzeptiert. Verlegen räusperte sich Covenant. »Wie weit bist du? Hast du irgend etwas herausgefunden?«

»Wie umfangreich sind deine Kenntnisse von Streitmark Troys Schlachtplan?« fragte sie mit einer Stimme, die Geistesabwesenheit bewies.

»Ich weiß in groben Zügen, was er beabsichtigt … aber keine Einzelheiten.«

»Falls sein Plan nicht schon mißlungen ist, muß die Schlacht gestern begonnen haben.«

Covenant überlegte ein paar Sekunden lang. »Und was heißt das für uns?« fragte er dann bedächtig.

»Wir müssen Amoks Bedingung erfüllen.«

Er fuchtelte, um seine Verständnislosigkeit anzuzeigen. »Und wie?«

»Ich weiß es nicht. Aber ich glaube, es kann getan werden.«

»Dir fehlen vier Kreise des Wissens.«

»Ja.« Sie seufzte. »Eindeutig war's Kevins Absicht, daß wir den Siebten Kreis erst finden sollten, wenn wir die anderen sechs Kreise gemeistert hätten. Doch Amok hat nun schon dieser Absicht zuwidergehandelt. Obschon er erfuhr, daß wir keine Meisterschaft über Loriks *Krill* erlangt hatten, ist er zu uns zurückgekehrt. Er sah die Gefahr fürs Land und kehrte wieder. Das zeigt eine gewisse Entscheidungsfreiheit – gewisse Befugnisse. Er ist durch seine Zweckbestimmung nicht in jeglicher Beziehung vollauf gebunden.« Sie schwieg.

»Um ehrlich zu sein«, meinte Covenant, als sie nichts hinzufügte, »ich würde sagen, das macht ihn gefährlich. Warum sollte er uns den ganzen weiten Weg bis hier zu diesem Berg mitschleppen, obwohl er gewußt haben muß, daß wir am Ende hier hoffnungslos hängenbleiben ... wenn nicht, um dich vom Kriegsschauplatz fernzuhalten?«

»Amok sinnt nicht auf Verrat. Ich erkenne in ihm keine Bosheit.«

»Auch du kannst getäuscht werden«, sagte er barsch, um sie aus ihrer Zerstreutheit aufzuscheuchen. »Oder hast du vergessen, daß Kevin selbst sogar Foul zum Lord gemacht hat?«

»Vielleicht enthalten die ersten sechs Kreise des Wissens den Namen dieser Macht nicht«, entgegnete Elena unverdrossen. »Vielleicht lehren sie nur die Art und Weise, wie man Amok dazu veranlassen kann, ihn selber auszusprechen.«

»Und in diesem Fall ...«

»Amok hat uns an diesen Ort geführt, weil es uns irgendwie möglich ist, seine Bedingung zu erfüllen.«

»Aber bist du dazu imstande, dir die richtigen Fragen auszudenken?«

»Ich muß es schaffen. Bleibt mir denn eine Wahl? Ich kann nicht mit leeren Händen zum Kriegsheer zurückkehren.« Ihre Stimme zeugte nun von abgestumpfter Endgültigkeit, als habe sie über sich das letzte Urteil gesprochen.

Sehr früh am nächsten Morgen rief sie Amok. Er erschien mit knabenhaftem Grinsen. Elena faßte den Stab des Gesetzes mit beiden Händen und setzte ihn fest vor sich auf den Felsboden. Unterm *Melenkurion* Himmelswehr begann in der Morgendämmerung das Duell um den Zugang zum Siebten Kreis des Wissens. Zwei Tage lang mühte sich Hoch-Lord Elena ab, Amok den unabdingbar erforderlichen Namen zu entringen.

Am zweiten Tag ballte sich am südöstlichen Horizont ein gewaltiges Unwetter zusammen, aber es näherte sich nicht und fand daher keine Beachtung. Während Covenant dasaß und seinen Ring um den Finger drehte, beunruhigt neben den Duellanten hin und her stapfte oder gelegentlich, um sich etwas vom Streß zu entlasten, unter dumpfem Gemurmel davonspazierte, versuchte sich Elena mit jeder Frage an Amok, die sie ersinnen konnte. Manchmal ging sie systematisch vor; zeitweilig verließ sie sich völlig auf ihre Intuition. Sie entwickelte diese und jene Gedanken, um sie von ihm bestätigen oder verwerfen zu lassen. Sie zwang ihn zu immer längeren und ausführlicheren Antworten. Sie nötigte ihn zu peinlich genauem Durchgehen bekannter Dinge und lenkte ihn dabei mit äußerster Zielsicherheit zum Unbekannten. Sie stellte ihm logische Fallen, suchte ihn in Widersprüche zu verwickeln. Sie versuchte sogar, ihr Bewußtsein mit seinem Geist zu verschmelzen.

Die Auseinandersetzung glich einem Zweikampf mit einem Tümpel. Jeder Hieb und Stoß ihrer Befragung wirkte auf ihn nicht anders, als habe sie eine Klinge mit der flachen Seite auf einen Wasserspiegel geschlagen. Seine Antworten auf ihre Fragen ähnelten einem Klatschen. Aber sobald sie ihn ernsthaft aufspießen wollte, stieß sie ergebnislos ins Leere. Bisweilen gestattete er sich mit Gelächter einen Gegenstoß, aber hauptsächlich parierte er ihre Nachforschungen mit seiner üblichen heiteren Art des Ausweichens. Ihre Anstrengungen blieben fruchtlos. Wenn die Sonne sank, bebte Elena jedesmal aus Enttäuschung, unterdrücktem Groll und seelischer Verödung am ganzen Leibe. Die bloße Solidität des Spaltfelsens schien sie zu verhöhnen.

An den Abenden bemühte sich Covenant, angetrieben durch seine insgeheime Abmachung, sie zu trösten. Er schwieg über seine eigenen Befürchtungen und Zweifel, seine Hilflosigkeit, seine immer stärkere Überzeugung, daß sie den Fall Amok nicht lösen konnten; er redete überhaupt nicht von sich. Statt dessen widmete er seine ungeteilte Aufmerksamkeit ihr, widmete sich ihr mit allen Mitteln, die ihm zur Verfügung standen. Doch all seine Bemühungen konnten den Kern ihres Kummers nicht erreichen. Sie mußte erkennen, daß sie außerstande dazu war, in dieser Notlage des Landes das Ihre zu tun, und das bereitete ihr eine Trauer, für die es keinen Trost gab. Spät des Nachts entrang sich ihr dumpfes Knirschen, als mahle sie mit den Zähnen, um Tränen zurückzuhalten. Und am Morgen des dritten Tages – dem zweiunddreißigsten Tag, seit sie von Schwelgenstein aufgebrochen war – gelangte sie an die Grenze ihrer Durchhaltekraft. Ihr Blick war ausgehungert und hohl, und eine Andeutung von Abschiednahme sprach daraus. Umständlich erkundigte sich Covenant, was sie zu tun gedenke. »Ich werde bitten.« Ihre Stimme klang wund, gequält. Sie sah so knochig aus wie ein Skelett – wie nichts als zwar wackere, aber zerbrechliche Knochen im Pfad jemandes, der bei aller jugendlichen Lustigkeit sowenig zu handhaben war wie eine Lawine. Eine Ahnung, die sich in Covenants Kopf wie ein Alarm bemerkbar machte, sagte ihm, daß Elena vor ihrer Krise stand. Wenn Amok sich von ihren Bitten nicht erweichen ließ, konnte es sein, daß sie zu ihrem letzten Hilfsmittel griff, ihrer seltsamen inneren Gewalt.

Das Fürchterliche dieser Möglichkeit erschreckte ihn; er konnte sich gerade noch daran hindern, ihr nahezulegen, das zu unterlassen, den Versuch nicht zu unternehmen. Doch da besann er sich auf seinen Handel; er strengte sein Hirn an, suchte Alternativen. Er hielt ihr Argument für glaubhaft, daß die Erfüllung von Amoks Bedingung möglich sein müsse. Aber er bezweifelte, daß sie die Antwort fand; sie ging das Problem von der falschen Seite her an. Dennoch schien ihr Vorgehen das einzig richtige zu sein. Er kämpfte sich durch den Unrat von Argumenten, der seinen Verstand lahmlegte, bemühte sich, auf andere Möglichkeiten des Vorgehens zu stoßen. Während er fieberhaft nach irgendeinem rettenden Einfall kramte, stellte sich Hoch-Lord Elena wieder bereit und rief Amok. Der Junge zeigte sich sofort. Er begrüßte Elena mit einer schwungvollen Verbeugung.

»Was darf's heute sein, Hoch-Lord?« wollte er wissen. »Sollen wir heute von Wortgefechten Abstand nehmen und statt dessen gemeinsam frohe Liedlein singen?«

»Amok, vernimm meine Worte.« Ihre Stimme kratzte. Covenant hörte Abgründe von Selbstgeißelung heraus. »Ich mag keine weiteren Spielchen um Frage und Antwort mit dir spielen.« Ihr Ton drückte sowohl Würde wie auch Verzweiflung aus. »Der Notstand des Landes gestattet keine weiteren Verzögerungen. Fern von hier tobt bereits der Krieg – sind Blutvergießen und Sterben im Gang. Der Verächter zieht wider alles, das Hoch-Lord Kevin zu bewahren trachtete, als er seine Kreise des Wissens schuf. Dein Beharren auf Bedingungen ist falsche Treue an seinem Streben. Amok, im Namen des Landes ersuche ich dich, führ uns zum Siebten Kreis des Wissens.«

Ihre Flehentlichkeit, konnte man meinen, rührte ihn tatsächlich, und er antwortete ungewohnt ernst: »Hoch-Lord, so kann ich's nicht tun. Ich bin, wie ich geschaffen worden bin. Wollte ich diesen Versuch wagen, mein Dasein fände sogleich ein Ende.«

»Dann weise uns den Weg, auf daß wir ihn allein zu beschreiten vermögen.«

Amok schüttelte den Kopf. »Auch dann müßte mein Dasein enden.«

Für einen Moment erweckte Elena den Anschein, als sei ihre Weisheit endgültig erschöpft. Doch dann, während sie noch schwieg, strafften sich ihre Schultern. Unvermittelt hob sie den Stab des Gesetzes und streckte ihn waagerecht vor sich hin wie eine Waffe. »Amok«, befahl sie, »leg deine Hände auf den Stab.« Der junge Bursche schaute ihr ins von Autorität strenge Gesicht, ohne mit einer Wimper zu zucken. Gemächlich gehorchte er. Leichthin legte er seine Hände zwischen ihre auf das mit Runen versehene Holz. Elena stieß einen fremdartigen, hohen Schrei aus. Augenblicklich schlug Feuer auf ganzer Länge aus dem Stab; lückenlos lohten chromgrüne Flammen aus dem Holz. Die Glut flackerte über ihre und Amoks Hände, darauf loderte sie stärker, als nähre sie sich aus den Fingern. Das Feuer summte von ungeheurer innerer Kraft und verbreitete ein scharfes Aroma wie ein Geruch nach hohem Druck.

»Von Kevin geschaffener Amok«, rief Elena durch das Summen. »Weg und Tor zum Siebten Kreis des Wissens! Beim Stab des Gesetzes und seiner Macht, im Namen Hoch-Lord Kevins, Loriks Sohn, der dich geschaffen hat, beschwöre ich dich! Sag mir den Namen, den die Macht des Siebten Kreises trägt!«

Covenant spürte die Mächtigkeit ihres Befehls. Obwohl er nicht ihm galt – obwohl er sich gar nicht in Berührung mit dem Stab befand –, schnappte er aus Anstrengung nach Luft, einen Namen auszusprechen, den er nicht kannte. Amok jedoch zeigte sich unbeeindruckt, und seine Stimme durchdrang die Flammen des Stabes mit unmißverständlicher Klarheit. »Nein, Hoch-Lord. Ich widerstehe jedem Zwang. Du kannst mich nicht nötigen.«

»Bei der Sieben!« brauste sie auf. »Ich werde mich nicht abweisen lassen!« Sie tobte, als bedürfe sie der Wut, um einen furchtbaren Schrei zu unterdrücken. *»Melenkurion abatha!* Sag mir den Namen!«

»Nein«, wiederholte Amok ruhig. Wütend riß sie ihm den Stab aus den Händen. Das Feuer floß zusammen, schoß zu einer großen Flamme empor und sprang dann wie ein Blitzschlag hinauf an den Himmel. Amok zuckte die Achseln und verschwand. Für einen ausgedehnten Moment des Schocks stand

der Hoch-Lord da wie zu Stein geworden, starrte die Stelle in der leeren Luft an, wo sich eben noch Amok befunden hatte. Dann durchzitterte ein Beben Elena, und sie drehte sich Covenant zu, als laste das gesamte Gewicht des Berges auf ihren Schultern. Ihr Gesicht glich einer Ödnis. Sie tat zwei unsichere Schritte, mußte dann aber stehenbleiben und sich auf den Stab stützen. Ihr Blick war ausdruckslos; all ihre Kraft war nach innen gerichtet, gegen sie selbst. »Gescheitert«, keuchte sie hervor. »Untergang …« Qual brachte ihren Mund zum Zucken. »Ich habe dem Lande den Untergang gebracht.«
Covenant vermochte den Anblick nicht zu ertragen. »Bestimmt gibt's noch irgendwas«, sagte er hastig, indem er alle seine nutzlosen Überlegungen außer acht ließ, »das wir ausprobieren können.«
Sie antwortete mit nachgerade erschreckender Sanftheit. »Glaubst du an die Macht des Weißgolds?« fragte sie mit sachter, fast zärtlicher Stimme. »Kannst du's verwenden, um Amoks Bedingung zu erfüllen?« Ihr Tonfall klang nach nahem Wahnsinn. Schon in der nächsten Sekunde brach ihre Leidenschaftlichkeit sich wieder auswärts Bahn. Mit aller Kraft rammte sie das untere Ende des Stabs aufs Spaltfelsen-Plateau. »Dann tu's!« schrie sie dabei. Die Gewalt, die sie freisetzte, jagte durch eine große Fläche des Plateaus einen Erdstoß, als handele es sich um ein Floß im Sturm. Der Fels ruckte und bebte; fugenlose Schwingungen reiner Kraft fuhren aus dem Stab ins Gestein. Die Erschütterung warf Covenant von den Füßen. Er torkelte und fiel in die Richtung zur Felsspalte. Fast augenblicklich gewann Elena ihre Selbstbeherrschung wieder. Sie unterband die Kraftausbrüche des Stabes und rief hinüber zu den Bluthütern. Doch Bannors Reflexe waren ohnehin schneller. Während das Gestein noch nachzitterte, überwand er den Abstand zu Covenant mit leichtfüßiger Flinkheit und packte Covenants Arm. Im ersten Moment war Covenant zu benom-

men für irgend etwas; schlaff hing er in Bannors Griff. Die Gewalttätigkeit des Hoch-Lords durchflutete ihn ganz und gar, verdrängte alles andere aus seinem Bewußtsein. Aber dann bemerkte er die Schmerzhaftigkeit von Bannors Zugriff um seinen Arm. Er fühlte irgend etwas Prophetisches in der uralten Stärke, mit der Bannor ihn gepackt und am Leben hielt. Die Faust des Bluthüters war wie aus Eisen, härter als der Stein des Spaltfelsens. »Geliebter!« hörte er Elena stöhnen. »Habe ich dir ein Leid zugefügt?«

»Warte mal!« murmelte er unterdessen schon. »Halt mal! Ich hab's.« Seine Lider waren geschlossen. Er öffnete sie und bemerkte, wie Bannor dafür sorgte, daß er aufrecht blieb. Elena stand vor ihm; sie schlang die Arme um ihn und verbarg ihr Gesicht an seiner Schulter. »Ich hab's«, sagte er. Sie achtete nicht darauf und flüsterte weitere Äußerungen des Bedauerns an seine Brust. »Vergiß es«, sagte er barsch, um dem ein Ende zu machen. »Mir muß allmählich der Verstand abhanden kommen. Das hätte ich mir schon vor Tagen zusammenreimen müssen.«

Endlich verstand sie ihn. Sie ließ ihn los und trat zurück. Ihr verwildertes Gesicht straffte sich ansatzweise wieder. Sie atmete durch zusammengebissene Zähne, strich sich mit einer Hand durchs Haar. Langsam begann sie wieder einem Lord zu ähneln. »Was hast du entdeckt?« erkundigte sie sich mit unsteter, aber deutlicher Stimme.

Bannor gab Covenant ebenfalls frei, und der Zweifler stand wacklig wieder auf eigenen Beinen. Seine Füße mißtrauten dem Stein, aber er versteifte seine Knie und versuchte, ihren Argwohn zu ignorieren. Das Problem stak in seinem Hirn; all seine vorgefaßten Meinungen hatten sich auf einmal verlagert. Er wollte schnell sprechen, um Elenas Quälerei zu beenden. Aber er hatte bisher zu viele Hinweise übersehen. Nun mußte er sich seiner Eingebung langsam und umsichtig nähern, um alle Fäden zusammenziehen zu können. Er versuchte, seinen Kopf zu klären, indem er ihn schüttelte. Elena zuckte zusammen, als habe er sie an ihren Wutausbruch erinnert. Er vollführte eine beruhigende Geste und kehrte sich den zwei Bluthütern zu. Mit eindringlicher Aufmerksamkeit erforschte er die unzugängliche Ausdruckslosigkeit ihrer Gesichter, suchte darin nach irgendeiner Andeutung, irgendeinem Anflug von Zweideutigkeit, höherer Zweckgebundenheit, um seinen Einfall zu untermauern. Aber ihre uralten, schlaflosen Augen schienen nichts zu verbergen, nichts zu enthüllen. Beim Gedanken, er könne sich getäuscht haben, verspürte er eine flüchtige Aufwallung von Panik, aber er erstickte sie und wandte sich so gefaßt und ruhig, wie er's fertigbrachte, an seinen Beschützer. »Bannor, wie alt bist du?«

»Wir sind die Bluthüter«, lautete Bannors Antwort. »Wir haben unseren Eid am Anbeginn von Kevins Hoch-Lordschaft geschworen.«

»Vor der Schändung?«

»Ja, Ur-Lord.«

»Bevor Kevin herausfand, daß Foul in Wirklichkeit ein Feind war?«

»Ja.«

»Und du persönlich, Bannor? Wie alt bist du selbst?«

»Ich befand mich unter den ersten *Haruchai,* die das Land betraten. Ich zählte zu den ersten, die den Eid ablegten.«

»Das war vor Jahrhunderten.« Covenant schwieg für einen Moment. »Wie gut erinnerst du dich an Kevin?«

»Sei behutsam«, warnte ihn Elena. »Du darfst Bluthüter nicht verspotten.«

Bannor gab nicht zu erkennen, ob sie sich mit Grund sorgte. »Wir vergessen nicht«, gab er dem Zweifler die gewohnte Auskunft.

»Richtig, ja.« Covenant seufzte. »So ein Leben muß die Hölle sein.« Er schaute für einige Sekunden den Berg an, als könne er von ihm Mut beziehen. »Du hast Kevin gekannt«, sprach er dann mit plötzlicher Schroffheit weiter, »als er die Kreise des Wissens schuf. Du hast ihn gekannt und erinnerst dich. Du warst dabei, als er den Ersten Kreis den Riesen übergab. Du warst bei ihm, als er den Zweiten Kreis in diesen ekligen Katakomben unterm Donnerberg begrub. Wie oft warst du hier mit ihm, Bannor?«

Der Bluthüter hob andeutungsweise die Brauen. »Hoch-Lord Kevin hat keine Reisen zum Spaltfelsen oder dem *Melenkurion* Himmelswehr unternommen.«

Diese Antwort brachte Covenant aus dem Gleichgewicht. »Keine?« platzte er fast empört heraus, ehe er sich zusammenreißen konnte. »Willst du behaupten, du wärst noch nie hiergewesen?!«

»Wir sind die ersten Bluthüter, die auf dem Spaltfelsen stehen«, erwiderte Bannor gleichgültig.

»Ja, wie …? Moment mal! Halt mal!« Covenant starrte ganz benommen vor sich hin, dann schlug er sich mit dem Handballen auf die Stirn. »Sicher! Wenn der Siebte Kreis aus irgendeinem natürlichen Phänomen besteht – etwa wie der Weltübel-Stein –, wenn er nichts ist, das er erst an diesen Ort bringen mußte – dann brauchte er nicht hierher, um darüber Bescheid zu wissen. Lorik oder sonstjemand kann ihm davon erzählt haben. Lorik kann sonstjemand eingeweiht haben.« Er atmete tief durch, um seine Fassung zu bewahren. »Aber jeder, der unterrichtet gewesen sein mag, ist während der Schändung umgekommen. – Außer euch Bluthütern.«

Bannor betrachtete Covenant, als fehle es seinen Worten an Sinn.

»Hör zu, Bannor«, sagte Covenant. »Mir werden jetzt jede Menge Dinge endlich klar. Als Amok erstmalig nach Schwelgenstein gekommen ist, habt ihr sonderbar reagiert. Ihr habt ebenso merkwürdig reagiert, als er in Schwelgenholz erschien. Und ihr laßt zu, daß der Hoch-Lord ihm mit nur zwei Bluthütern als Geleitschutz in die Berge folgt. Nur zwei, Bannor! Und als wir nun zu guter Letzt auf diesem gottverlassenen Felsen sitzen und weder aus noch ein wissen, besitzt Morin wahrhaftig noch den Nerv, Amoks Verhalten zu beschönigen. Hölle und Verdammnis! Bannor, du hättest dem Hoch-Lord wenigstens mitteilen können, was du selbst über diesen Kreis des Wissens weißt! Was soll das eigentlich für eine Art von Treue sein, die ihr euch nachsagt?«

Erneut mahnte Elena Covenant zur Vorsicht. Aber ihr Tonfall war verändert; seine Denkweise faszinierte sie.

»Wir sind die Bluthüter«, sagte Bannor. »Du kannst an uns keine Zweifel wecken. Wir kennen Amoks Trachten nicht.«

Covenant hörte, wie schon oft, die geringfügige Betonung, die Bannor dem Wort ›kennen‹ verlieh. Zu seiner Überraschung empfand er plötzlich den Wunsch, es bei Bannors Entgegnung zu belassen und sich nicht länger um das zu scheren, was die Bluthüter nun wirklich wußten. Aber er zwang sich zum Weitermachen. »Nicht, Bannor? Wie soll das möglich sein? Ihr habt ihm zuviel Vertrauen entgegengebracht, um nicht informiert sein zu können.«

Bannor antwortete darauf das gleiche wie schon einmal. »Wir vertrauen ihm nicht. Es beliebt dem Hoch-Lord, seiner Führung zu folgen. Mehr verlangen wir nicht.«

»Den Teufel verlangt ihr!« Sein angestrengtes Vorantreiben des Gesprächs gab ihm Brutalität ein. »Und glotzt mich nicht so dumm an! Ihr seid ins Land gekommen und habt einen Eid geschworen, Kevin zu beschützen. Ihr habt geschworen, ihn vor allem zu retten, oder wenigstens euer Leben für ihn und die Lords und Schwelgenstein hinzugeben, und das bis zum Ende der Zeit, wenn nicht in alle Ewigkeit, oder wofür seid ihr eigentlich der simplen Annehmlichkeit des Schlafs beraubt

worden? Aber der arme, total verzweifelte Kerl hat euch übers Ohr gehauen. Er hat euch gerettet, als er sich selbst und obendrein alles, an das er reinen Herzens glaubte, dem Verderben auslieferte. Da hingt ihr also mit eurem unheimlich tollen Schwur mitten im luftleeren Raum, als sei alle Ursächlichkeit der ganzen Welt erloschen. Und dann ...? Dann erhaltet ihr eine zweite Chance, als die neuen Lords daherkommen, mit eurem Eid richtig umzugehen. Aber was passiert? Amok erscheint aus dem Nichts, gegen Foul selbst wird Krieg geführt – und was treibt ihr? Ihr laßt dies Geschöpf Kevins den Hoch-Lord abschleppen, als bestünde keine Gefahr, als hätte er nichts anderes zu tun. Ich will dir mal was sagen, Bannor. Vielleicht ist Amok für euch wirklich nicht eindeutig durchschaubar. Aber ihr müßt von Kevin ein gewisses Maß an Mißtrauen gelernt haben. Eins steht jedenfalls hundertprozentig fest, ihr versteht, was Amok hier macht. Und ihr *billigt es!*«
Die abrupte Wüstheit seines Aufbrüllens verschlug ihm für einen Augenblick selbst die Sprache. Er fühlte sich durch die moralischen Urteile, die er in Bannor sah, zutiefst erschüttert. »Oder warum gefährdet ihr den Hoch-Lord«, fügte er mit schwerer Zunge hinzu, »für ein Etwas, das vom einzigen Menschen geschaffen worden ist, der es je hingekriegt hat, auf eure Unverderbbarkeit einen Zweifel zu werfen?« Ohne irgendein Vorzeichen erschien Amok. Das Wiedererscheinen des Jugendlichen verdutzte Covenant, aber er bewertete es als einen Beweis, daß er sich auf dem richtigen Wege befand. Er seufzte. »Warum habt ihr dem Hoch-Lord in Anbetracht eures Eids – oder wenigstens aus normaler Freundschaft – nichts über Amok mitgeteilt, als er sich zum erstenmal zeigte?«
Bannors Blick wankte nicht. »Ur-Lord«, antwortete er in seiner vertrauten, unbeholfenen, tonlosen Aussprache, »wir haben die Schändung geschaut. Wir haben die Frucht gefahrvoller Lehren gesehen. Lehren sind kein Wissen. Lehren sind Waffen,

ein Schwert oder ein Speer. Die Bluthüter brauchen keine Waffen. Jedes Messer mag sich umkehren und die Hand verwunden, die es hält. Die Lords jedoch sinnen darauf, Lehren zu ergründen. Sie verrichten damit Werke von hohem Wert. Daher wenden wir uns nicht gegen ihr Streben, wenngleich wir selbst nicht an Lehren rühren, ihnen nicht dienen und sie nicht zu bewahren trachten. Hoch-Lord Kevin schuf seine Kreise des Wissens im Trachten, seine Lehre zu bewahren – und um die Gefahr zu mindern, daß seine Waffen in unvorbereitete Hände geraten. Das ist's, was wir billigen. Wir sind die Bluthüter. Wir sprechen nicht von Lehren. Wir sprechen nur von dem, was wir wissen.«

Covenant konnte nicht weiter. Er empfand, daß er seine Ausfälle gegen Bannor schon zu sehr vervielfacht habe. Und trotz der Ausdruckslosigkeit, mit der die Bluthüter zu reden pflegten, rührte ihn, was Bannor gesagt hatte.

Aber Elena hatte genug mitangehört, um Covenants Vorgehen weiterzuverfolgen. Ihre Stimme klang nun ruhig, aber trotzdem nach Autorität. »Blutmark … Bannor … die Bluthüter müssen nun eine Entscheidung treffen. Vernehmt meine Worte. Ich bin Elena, Hoch-Lord durch des Großrates Beschluß. Wir haben's zu tun mit einer Frage der Treue. Wollt ihr des toten Kevins Weisheit dienen, oder wollt ihr mir dienen? Ihr habt in der Vergangenheit zweierlei Lords gedient, den toten und den lebenden. Und beiden habt ihr wohlgedient. Nun aber müßt ihr euch entscheiden. In des Landes höchster Not führt kein Weg durch die Mitte. Blut und Schmach werden über uns alle kommen, wenn wir zulassen, daß die Verderbnis obsiegt.«

Langsam drehte sich Bannor dem Blutmark zu. Für ein längeres Weilchen musterten sie einander wortlos. Dann wandte sich Morin mit einem herrischen Ausdruck in den Augen dem Hoch-Lord zu. »Hoch-Lord«, sagte er, »wir wissen den Namen der Macht des Siebten Kreises nicht. Viele Namen haben wir vernommen – manche waren falsch, andere veraltet. Einen Namen jedoch haben wir Hoch-Lord Kevin und seinen Großrat nur im Flüsterton aussprechen hören. Dieser Name lautet: *Macht des Gebots.*«

Als Amok den Namen hörte, nickte er, bis sein Schopf vor Vergnügen zu tanzen schien.

24
Abstieg zur Erdwurzel

Covenant bemerkte, daß er schwitzte. Trotz des kühlen Windes war seine Stirn schweißig klamm. Feuchtigkeit juckte in seinem Bart, und Schweiß rann ihm den Rücken hinab. Morins Nachgeben hinterließ ihn sonderbar leer und erschöpft. Flüchtig blickte er zur Sonne auf, wie um sie zu fragen, warum sie ihn nicht wärme. Die Gipfel des *Melenkurion* Himmelswehr ragten in den Morgen empor wie Finger, die sich aufwärts reckten, um an die Sonne zu rühren. Ihre vereisten Spitzen leuchteten prachtvoll vom eingefangenen Sonnenschein; das Gleißen, mit dem sie ihn widerspiegelten, trieb Covenant Tränen in die Augen. Die wuchtigen Felsmassen der Gipfel erniedrigten ihn zur Zwergenhaftigkeit. Er blinzelte rasch und richtete seinen Blick wieder auf Hoch-Lord Elena. Infolge des Geblendetseins durchs Sonnenlicht war ihm, als könne er nur ihr braunes, blond durchsträhntes Haar sehen. Die helleren Locken schimmerten wie brüniert. Doch dank seines Zwinkerns klärte sich sein Blickfeld. Er sah ihr Gesicht. Es strahlte vor Lächeln. Mit der wiedererwachten Hoffnung hellte neues Quirlen von Leben ihre Erscheinung auf. Sie sagte nichts, aber ihre Lippen formten jenes eine Wort: *Geliebter.* Covenant hatte das Gefühl, sie verraten zu haben.

Morin und Bannor standen – fast Schulter an Schulter – hinter ihr. Nichts an ihrer wachsamen, ausbalancierten Haltung, der entspannten Bereitschaft ihrer Arme brachte so etwas wie Betroffenheit oder Bedauern über die von ihnen gefällte Entscheidung zum Ausdruck. Doch Covenant war sich darüber im klaren, daß sie den Charakter ihres Dienstes an den Lords einer fundamentalen Änderung unterworfen hatten. Dazu hatte er sie getrieben. Er wünschte, er wüßte sich auf irgendeine Weise bei ihnen zu entschuldigen, die ihnen etwas bedeutete. Aber es gab nichts, das er hätte sagen können. Sie waren von zu absolutem Schlage, um irgendeine Geste der Zerknirschtheit anzunehmen. Ihre einsame Einmütigkeit mit ihrem Eid machte sie unnahbar. Für sie konnte es keine hinreichende Entschuldigung geben.

»Die Macht des Gebots«, flüsterte Covenant mit kraftloser Stimme. »Habt Erbarmen mit mir.« Dazu außerstande, den Anblick von Elenas frohem Lächeln der Erleichterung und des Triumphs und Amoks Grinsen auszuhalten, drehte er sich um und schlurfte matt übers Plateau zum Rand des Spaltfelsens, als versuchten seine Füße, sich wieder an die Festigkeit des Steins zu gewöhnen. Er bewegte sich parallel zum Felsspalt, hielt jedoch von ihm sicheren Abstand. Sobald er jenseits der Kante einen größeren Abschnitt der Würgerkluft sehen konnte, blieb er stehen. Er verharrte an dieser Stelle und hoffte, Elena werde zu ihm kommen, hoffte zugleich, sie werde es nicht tun. Die beständige Brise, die vom Wald heraufwehte, blies ihm ins Gesicht, und zum erstenmal seit vielen Tagen gelang es ihm, die Würze der Jahreszeit zu differenzieren. Er merkte, daß der Herbst des Landes seinen Höhepunkt überschritten hatte, sich von seiner anfänglichen Freudigkeit dem winterlichen Gram näherte. Die Luft glänzte nicht länger von Überfluß und Fruchtbarkeit, von entweder süßer oder grimmiger Reife. Der Wind schmeckte jetzt nach dem Stoßkeil des Winters – nach herangenahten Vorzeichen, die lange Nächte, Ödnis und Kälte verhießen. Als er in der Luft schnupperte, fiel ihm auf, daß die Würgerkluft keinen herbstlichen Farbenwechsel aufwies. Er konnte kahle, schwarze Baumbestände erspähen, wo die Bäume ihre Blätter bereits verloren hatten, aber keine Farbenpracht linderte die Düsterkeit der Würgerkluft. Sie ging ohne Zwischenphase oder irgendeinen Schmuck vom Sommer zum

Winter über. Er nahm die Gründe mit seinen Augen und der Nase wahr; das verbissene, erbitterte Festhalten des uralten Waldes an seinem Bewußtsein beanspruchte seine gesamte Stärke und all seine Willenskraft, so daß ihm weder die Fähigkeit verblieb noch er Lust danach verspürte, etwas davon für bloße Prachtentfaltung zu vergeuden.

Da vernahm er hinter sich Schritte und erkannte Elenas Gangart. »Weißt du«, meinte er, um dem zuvorzukommen, was immer sie zu ihm sagen oder ihn fragen wollte, »woher ich stamme, dort würde man Leute, die einem Wald so etwas antun, Pioniere nennen – eine besondere Sorte von Helden, die sich darauf verlegt, statt andere Menschen umzubringen, die Natur selbst niederzumachen. Ich kenne sogar Leute, die behaupten, alle unsere sozialen Gebrechen hätten ihre Ursache darin, daß es bei uns für Pioniere nichts mehr anzupacken gibt.«

»Geliebter«, sagte Elena leise, »du bist nicht wohlauf. Was ist dir?«

»Mir?« Er brachte es nicht fertig, sie anzuschauen. Sein Handel stopfte ihm den Mund, und er mußte schlucken, ehe er eine halbwegs gescheite Antwort zu geben vermochte. »Mit mir ist nichts. Ich bin bloß wie dieser Wald da unten. Manchmal kann ich nichts gegen meine Erinnerungen tun.« Im Schweigen nach seinen Worten spürte er, wie wenig seine Erwiderung sie zufriedenstellte. Sie sorgte sich um ihn, wollte ihn verstehen. Doch die Wiedergeburt der Hoffnung war verbunden mit der Dringlichkeit ihrer Pflicht. Er wußte, daß sie jetzt nicht die Zeit erübrigen konnte, um sich damit zu befassen, ihn zu begreifen.

»Ich muß gehen«, sagte sie schließlich. »Des Landes Not drückt beschwerlich auf meine Schultern.« Er nickte mürrisch. »Willst du hier verbleiben«, ergänzte sie, »und meiner Wiederkehr harren?«

Endlich fand er die Kraft, sich umzudrehen und sich ihr zu

stellen. Er betrachtete den Ernst ihrer Miene, nahm die Abseitsgerichtetheit ihres Blicks zur Kenntnis. »Ich und zurückbleiben?« meinte er bissig. »Und versäumen, wieder mal meinen Hals zu riskieren? Unsinn! So eine Chance hatte ich nicht, seit ich unterm Donnerberg herumgekrochen bin.«

Sein Sarkasmus war schärfer als beabsichtigt, aber sie nahm ihn hin. Sie lächelte und legte ihm behutsam die Finger einer Hand auf den Arm. »Dann komm, Liebster«, sagte sie. »Die Bluthüter sind bereit. Wir müssen ziehen, ehe Amok uns neue Hindernisse in den Weg legt.«

Er versuchte zu lächeln, aber die verunsicherten Muskeln seines Gesichts münzten die Bemühung in eine Grimasse um. Unterdrückt verfluchte er diese Pleite und kehrte mit Elena zurück zu Amok und den Bluthütern. Unterwegs musterte er sie von der Seite, schätzte sie insgeheim ein. Die Belastung der vergangenen drei Tage war in ihrer Erscheinung in den Hintergrund gerückt; ihre entschlossenen Schritte und ihre resolute Miene verrieten neue Kraft und Zielstrebigkeit. Das Wiedererstehen der Hoffnung erlaubte es ihr, bloße Ermüdung zu mißachten. Aber die Knöchel ihrer Hand waren verkrampft, als sie den Stab ergriff, und ihr Kopf war in einem Winkel nach vorn geschoben, der irgendwie Begierde ausdrückte. Sie ließ Covenants Handel sich in seinem Innern unruhig regen wie in einem ungenügenden, unfesten Grab. Innerlich spürte er noch immer, wie der Spaltfelsen bebte. Er benötigte einen solideren Standort; nichts konnte ihn noch retten, wenn er nicht im Gleichgewicht blieb. Beiläufig sah er, daß der Blutmark und Bannor in der Tat bereit waren zum Aufbruch. Sie hatten sämtliche Vorräte in Bündel verpackt und sie mit *Clingor*-Streifen auf ihren Rücken befestigt.

Und Amok schien vor Eifer nachgerade Funken zu sprühen; Visionen schienen durch seinen lustigen Schopf zu gaukeln. Alle drei erzeugten in Covenant ein akutes Gefühl des Unvorbereitetseins. Er fühlte sich dem, was den Hoch-Lord und seine Begleitung nun erwarten mochte, nicht gewachsen. Ein Pulsieren von Unruhe begann seine trübselige Stimmung zu durchsetzen. Irgend etwas war da, das er tun mußte; er hatte zu versuchen, seine Integrität zurückzugewinnen. Aber er wußte nicht, wie.

Er schaute zu, während der Hoch-Lord die Ranyhyn verabschiedete. Sie grüßten Elena zum Abschied fröhlich, stampften mit den Hufen und wieherten vergnügt angesichts der Aussicht, sich nach drei Tagen geduldigen Wartens austoben zu können. Elena umarmte jedes der großen Rösser, dann trat sie zurück, nahm ihren Stab und entbot ihnen einen Gruß nach Ramen-Art. Die Ranyhyn antworteten, indem sie ihre Mähnen schüttelten. Sie betrachteten sie aus stolzen Augen voller Lachen, als sie zu ihnen sprach. »Ihr wackeren Ranyhyn – erste Liebe meines Lebens! –, ich danke euch für eure Dienste. Wir sind damit geehrt worden. Doch nun müssen wir eine Zeitlang zu Fuß weiterziehen. So wir unseres Weges Beschreitung überleben, werden wir euch wieder rufen, um uns von euch nach Schwelgenstein tragen zu lassen. In Sieg oder Niederlage werden wir der Kraft eurer breiten Rücken bedürfen. Vorerst seid frei. Durchstreift das Land nach Herzenslust und eurer Hufe Verlangen. Und sollte es geschehen, daß wir euch nicht rufen – solltet ihr ungerufen in die Ebenen von Ra heimkehren –, dann berichtet, ihr tapferen Ranyhyn, allen euresgleichen von Myrha. In der Gefahr des Erdrutsches hat sie mein Leben gerettet und ihres für ein geringeres Pferd hingegeben. Erzählt allen Ranyhyn, daß Elena, Lenas Tochter, Hoch-Lord durch des Großrates Beschluß und Träger von des Gesetzes Stab, stolz ist auf eure Freundschaft. Ihr seid der Schweif des Himmels, die Mähne der Welt.« Sie reckte den Stab hoheitsvoll in die Höhe. »Heil, Ranyhyn«, rief sie. Die großen Rösser antworteten mit einem Wiehern, das von den Felswänden des

Melenkurion Himmelswehr widerhallte. Dann vollführten sie eine Kehrtwendung und galoppierten davon, nahmen Covenants Hengst mit. Ihre Hufe donnerten wie das Rumpeln etlicher Salven aus Kanonen über den Fels, als sie nach Norden sprengten und um die Rundung des Berges aus der Sicht entschwanden. Als Elena sich wieder ihren Begleitern zudrehte, sah man in ihrer Miene deutlich ihr Empfinden eines Verlusts. »Kommt«, sagte sie mit trauriger Stimme. »Wenn wir ohne Ranyhyn weiterziehen müssen, laßt uns zumindest eilends ziehen.« Dann trat sie erwartungsvoll vor Amok. Der uralte Jugendliche widmete ihr eine kunstvolle Verbeugung, dann schritt er beschwingt hinüber zu der Stelle, wo die Klippe des *Melenkurion* Himmelswehr mit der Spalte zusammenlief, die das Plateau durchzog.

Covenant zupfte an seinem Bart und sah hoffnungslos zu, wie Elena und Morin sich Amok anschlossen. »Wartet!« rief er auf einmal mit einer Plötzlichkeit, als sei ihm ein Keuchen entfahren. Die Finger seiner Rechten verspürten in seinem Bart ein Kribbeln. »Wartet noch!« In stummer Frage sah der Hoch-Lord ihn an. »Ich brauche ein Messer«, sagte Covenant. »Und etwas Wasser. Und einen Spiegel, falls ihr einen habt – ich möchte mir nicht die Kehle durchschneiden.«

»Ur-Lord, wir müssen gehen«, sagte Elena in gefaßtem Tonfall. »Wir haben bereits soviel Zeit verloren, und das Land ist in höchster Not.«

»Es ist wichtig«, schnauzte Covenant. »Habt ihr ein Messer? Die Klinge meines Taschenmessers ist zu kurz.«

Für einen Moment maß sie ihn mit ihrem Blick, als stelle er sie vor ein Rätsel. Dann nickte sie bedächtig Morin zu. Der Blutmark löste sein Bündel von den Schultern und entnahm ihm ein steinernes Messer, einen ledernen Wasserschlauch und eine flache Schüssel. Diese Gegenstände händigte er dem Zweifler aus. Unverzüglich setzte sich Covenant auf den

Steinboden, füllte die Schüssel mit Wasser und begann seinen Bart zu befeuchten. Er spürte die Nähe des Hoch-Lords, als Elena dicht vor ihn trat – er bemerkte die Anspannung, mit der sie den Stab umfaßte –, aber er konzentrierte sich voll darauf, Wasser in seine Barthaare zu reiben. Sein Herz pochte, als riskiere er eine Riesengefahr. Er war sich dessen lebhaft bewußt, was er aufgab. Aber ihn trieb die plötzliche Überzeugung an, sein Handel sei ungenügend, weil er ihn nicht genug gekostet hatte. Als er das Messer aufhob, geschah es in der Absicht, den Kompromiß mit seinem Schicksal zu besiegeln.
Elena griff ein. »Thomas Covenant«, sagte sie mit leiser, rauher Stimme.
Die Art, wie sie seinen Namen aussprach, zwang ihn dazu, den Kopf zu heben. »Wo ist hierin die Dringlichkeit?« Sie überspielte ihre Barschheit, indem sie recht schnell sprach, aber ihre Stimme verriet ihre Entrüstung. »Drei Tage haben wir mit Harren und in Unwissenheit zugebracht. Verhöhnst du nun des Landes Notstand? Ist's dein vorsätzlicher Wunsch, den Erfolg unserer Bemühungen zu vereiteln?«
Eine schroffe Erwiderung lag auf seinen Lippen. Doch die Bedingungen seines Handels machten es nötig, daß er sie sich verkniff.
Er senkte den Kopf und spritzte sich noch mehr Wasser ins Gesicht. »Setz dich. Ich will versuchen, es dir zu erklären.« Der Hoch-Lord setzte sich und schlug die Beine übereinander. Covenant war unbehaglich unter Elenas Blick zumute. Und den *Melenkurion* Himmelswehr mochte er auch nicht anschauen; er ragte zu prophetisch, zu kalt hinter ihr empor. Statt dessen betrachtete er seine Hände, die mit dem Steinmesser spielten. »Also gut«, meinte er linkisch. »Ich bin nicht die Sorte Mensch, die sich einen Bart wachsen läßt. Ein Bart juckt. Außerdem sehe ich damit aus wie ein Fanatiker. Ein Bart … ich habe den hier aus einem bestimmten Grund wachsen

lassen. Als eine Methode, zu beweisen … um selbst jemandem, der so dickköpfig und im allgemeinen auch widersprüchlich ist wie ich, zu zeigen … ich meine, wenn ich in meiner Welt aufwache und trage den Bart nicht, den ich mir hier habe wachsen lassen, dann weiß ich ganz gewiß, daß all das hier bloß ein Wahnerlebnis ist. Es ist der Beweis dafür. Ein dreißig oder vierzig Tage alter Bart verschwindet nicht einfach. Es sei denn, er war in Wirklichkeit nie vorhanden.«

Sie musterte ihn mit unverändert festem Blick. Aber ihr Ton wechselte. Sie erkannte die Bedeutung seiner Selbstenthüllung. »Und warum wünschest du ihn nun zu scheren?«

Er zitterte beim Gedanken an die Risiken, die er auf sich nahm. Aber er brauchte Freiheit, und sein Handel versprach, sie ihm zu verschaffen. Darum bemüht, seine Furcht vor Entdeckung aus seiner Stimme zu verbannen, erzählte er ihr soviel von der Wahrheit, wie er verraten durfte. »Ich habe einen neuen Handel abgeschlossen … so einen wie damals mit den Ranyhyn. Ich bin nicht länger wild darauf, zu beweisen, daß es diese Welt nicht gibt.« *Bitte stell mir keine weiteren Fragen,* flehte er im Hintergrund seines Bewußtseins. *Ich möchte dich nicht belügen.*

Sie erforschte ihn mit ihren Augen. »Also zweifelst du nicht länger – sondern glaubst an das Land?«

In seiner Erleichterung hätte er fast laut geseufzt. Er konnte sie nicht ansehen, als er antwortete. »Nein. Aber ich bin bereit, auf den Streit um diese Frage zu verzichten. Du hast so viel für mich getan.«

»Ach, Liebster«, meinte sie mit plötzlicher Eindringlichkeit, »ich habe nichts getan … ich habe nur nach meinem Herzen gehandelt. Aber ich wollte alles für dich tun, soweit meine Pflichten als Lord es zulassen.«

Ihm war, als könne er ihre tiefe Zuneigung selbst aus den Tönungen ihrer Haut ablesen. Er verspürte das Verlangen, sich vorzubeugen und sie zu berühren, zu küssen, aber die Anwesenheit der Bluthüter bremste ihn. Statt dessen reichte er ihr das Messer. Er unterwarf sich ihr, und sie verstand ihn.

Ein freudiger Glanz erfüllte ihr Gesicht, als sie behutsam das scharfe Steinmesser nahm. »Fürchte nichts, Geliebter«, flüsterte sie. »Ich werde dich bewahren.« Sorgsam, als vollzöge sie einen Ritus, zog sie ihn näher und begann, ihm den Bart abzurasieren.

Bei der ersten Berührung der Klinge zuckte er zusammen. Aber er zwang sich zur Ruhe, preßte die Kiefer aufeinander und versicherte sich, daß er in ihren besser als in den eigenen Händen aufgehoben sei. Er spürte die Tödlichkeit der scharfen Klinge, während sie über seine Haut glitt – die Empfindung beschwor Bilder eitriger Wunden und faulen Fleisches herauf –, aber er schloß die Augen und blieb reglos sitzen. Das Messer rupfte an den Barthaaren, aber seine Schärfe verhinderte jede Schmerzhaftigkeit des Zupfens. Und bald berührten ihre Finger seine verspannten Kiefermuskeln. Sie streichelte die Verkrampfung, um ihn zu beruhigen. Mühselig öffnete er die Augen. Sie erwiderte seinen Blick, als lächle sie ihm durch einen Schleier der Liebe zu. Behutsam bog sie seinen Kopf zurück und befreite mit geschmeidigen, selbstsicheren Bewegungen auch seine Kehle vom Bartwuchs. Schließlich war sie fertig. Seine entblößte Haut fühlte sich in der Luft belebt an, und er rieb sich mit den Händen das Gesicht, genoß die aufgefrischte Beschaffenheit seiner Wangen, der Kehle. Erneut hatte er den Wunsch, Elena zu küssen. »Nun bin ich bereit«, sagte er in Beantwortung ihres Lächelns und stand auf. »Gehen wir!«

Sie packte den Stab des Gesetzes und sprang leichtfüßig auf die Beine. »Wirst du uns nun zum Siebten Kreis des Wissens führen?« wandte sie sich in fröhlichem Tonfall an Amok. Als fordere er sie zu einem Spiel auf, winkte Amok munter und ging wieder voraus, geradewegs zu der Stelle, wo der Einschnitt des Spaltfelsens unterm *Melenkurion* Himmelswehr verschwand. Flugs schnürte Morin wieder sein Bündel und reihte sich hinter Amok ein; dem Blutmark schlossen sich Elena und Covenant an; als letzter folgte Bannor.

In dieser Anordnung begannen sie die Schlußphase ihrer Suche nach der Macht des Gebots. Rasch überquerten sie das Plateau. Gleich darauf gelangte Amok zum Verbindungspunkt von Klippe und Spalt. Dort winkte er seinen Begleitern zu, grinste belustigt und sprang in die Spalte.

Unwillkürlich keuchte Covenant und eilte mit Elena zum Rand des Spalts. Als sie in die schmale Schwärze der Kluft spähten, sahen sie den Jugendlichen auf einem Felssims an der jenseitigen Wand der Spalte stehen. Das Sims begann fünf bis sechs Meter unterm Rand der Felsspalte und einen bis eineinhalb Meter einwärts unterm Überhang des Berges. Es ließ sich nur undeutlich erkennen.

Das kahle Gestein und die schemenhafte Düsternis des Spalts wirkten gemeinsam wie ein aller Formen barer Abgrund. »Hölle und Verdammnis«, stöhnte Covenant, als er hinabschaute. Ihm schwindelte jetzt schon. »Vergeßt's! Vergeßt ganz einfach, daß ich je vom Mitkommen geredet habe!«

»Kommt!« rief Amok heiter. »Folgt mir!« Seine Stimme scholl übers ferne, unterirdische Rauschen des Flusses hinweg. Mit unbekümmerten Schritten verschwand er unterm Berg. Sofort schluckte ihn die Finsternis. Morin sah den Hoch-Lord an. Als Elena nickte, sprang er in den Spalt und gelangte genau dort aufs Sims, wo vorher Amok gestanden hatte. Er tat einen Schritt zur Seite und wartete.

»Macht euch doch nicht lächerlich«, murmelte Covenant, als spräche er zum schalen, kühlen Luftzug, der aus der Kluft drang. »Ich bin nun mal kein Bluthüter. Ich bestehe bloß aus gewöhnlichem Fleisch und Blut. Mir wird schon schwindlig, wenn ich nur auf einem Stuhl stehe. Manchmal wird mir schon vom Stehen allein schwindlig.«

Der Hoch-Lord hörte ihm nicht zu. Elena sprach gedämpft ein paar uralte Worte zum Stab des Gesetzes, sah aufmerksam zu, wie eine Flamme aus ihm emporloderte. Dann sprang sie hinaus in die Dunkelheit der Spalte. Morin fing sie auf, sobald ihre Füße das Sims berührten. Sie schob sich an ihm vorbei und hielt den Stab so, daß er das Sims für Covenants Sprung beleuchtete.

Der Zweifler merkte, wie Bannor ihn abschätzig musterte. »Geht voraus!« sagte Covenant. »Laßt mir Zeit, um Mut zu sammeln. In ein oder zwei Jahren hol ich euch ein.« Er schwitzte wieder, und Schweiß brannte ihm auf der geschabten Haut von Hals und Wangen. Er hob den Blick zum Berg, um Standfestigkeit zu erlangen, die Eindrücke des Abgrunds aus seiner Wahrnehmung zu vertreiben.

Ohne Warnung ergriff Bannor ihn hinterrücks, riß ihn von den Füßen und trug ihn dicht an den Rand der Felsspalte. »Rühr mich nicht an!« stotterte Covenant. Er versuchte heftig, sich zu befreien, aber Bannors Zugriff war zu stark. »Beim Satan! Ich ...?« Seine Stimme gellte zu einem Schrei empor, als Bannor ihn über die Kante hinunterwarf. Morin fing ihn gewandt auf und stellte ihn – er schlotterte, die Augen weit aufgerissen – an Elenas Seite aufs Felssims. Im nächsten Moment sprang auch Bannor, und der Blutmark schlängelte sich an Covenant und Elena vorbei, um sich zwischen den Hoch-Lord und Amok zu bringen. Covenant beobachtete die Maßnahmen durch einen Nebel der Benommenheit. Wie gelähmt preßte er seinen Rücken an den festen Stein und starrte in den Abgrund wie in ein Grab. Ein Weilchen verstrich, bis er die Berührung des Hoch-Lords, die ihn besänftigen sollte, an seinem Arm spürte. »Rühr mich nicht an«, wiederholte er gedankenlos. »Rühr mich nicht an!«

Als sie sich entfernte, schloß er sich unwillkürlich an, kehrte dem Sonnenschein und dem offenen Himmel überm Spaltfelsen den Rücken.
Er ließ seine Schulter am Felswall entlangstreifen und blieb unmittelbar hinter Elena, ihrem Licht nah. Die Leuchtkraft des Stabs legte eine grünliche Aura um den Hoch-Lord und seine Begleitung und spiegelte sich gräulich in den trüben, flachen Facetten des Gesteins. Sie erhellte Amoks Weg, ohne die Finsternis, die vor ihnen lag, zu durchdringen. Das Gesims – nirgends mehr als einen Meter breit – führte in unregelmäßiger Neigung abwärts. Oben erweiterte sich die steinerne Decke unterm Spaltfelsen allmählich und nahm die Dimensionen einer Höhle an. Und die Spalte selbst gewann an Breite, als verliefe sie zu einem ungeheuren Loch im Innersten des *Melenkurion* Himmelswehr.
Covenant empfand diesen Riß, der im Berggestein klaffte, als locke er ihn in die Tiefe, dränge ihn verführerisch, sich in schläfrige Mißachtung seiner Abgründigkeit einlullen zu lassen, der Bodenlosigkeit des Spalts zu trauen. Er preßte sich noch enger an den Stein, klammerte sich mit dem Blick an Elenas Rücken. Ringsum drückten die Dunkelheit und das gewaltige Gewicht der Felsen auf die Ränder des Helligkeitskreises, den der Stab erzeugte. Und hinter sich hörte er die hartnäckigen Geierschwingen seines persönlichen Mißgeschicks. Nach und nach begriff er, daß er einer Krise entgegenging. *Unter der Erde!* schimpfte er sich selbst für seine Unvorsichtigkeit bösartig aus. Er konnte nicht vergessen, wie er unterm Donnerberg in eine Spalte gefallen war; das Erlebnis hatte ihn mit dem Mißlingen seines alten Handels konfrontiert, seines Kompromisses mit den Ranyhyn. *Hölle und Verdammung!* Er hatte das Gefühl, nichts getan zu haben, um sich auf eine Prüfung in einer Höhlenwelt vorzubereiten. Vor ihm folgte der Hoch-Lord Morin und Amok. Alle anderen glichen

sich den Schritten des Hoch-Lords an, und Elena bewegte sich so schnell, wie es auf dem schmalen Sims gefahrlos möglich war; Covenant hatte Mühe, hinter ihr zu bleiben. Ihre Flinkheit erhöhte sein Unbehagen; ihm war dadurch zumute, als reiße der Schlund beiderseits seine Kiefer auf. Furchtsam schleppte er sich das Sims entlang. Es beanspruchte seine volle Konzentration. Er verfügte über keine Hilfsmittel, um Zeit oder Entfernung zu messen – er merkte lediglich am Anwachsen seiner Furcht und Zerrüttung, daß Zeit verstrich, am Zunehmen seiner Müdigkeit –, aber gradweise veränderte sich der Charakter der Höhlendecke. Sie wölbte sich wie eine Kuppel. Nach einer Weile erhellte Elenas Feuer nur noch einen kleinen Umkreis der Felsen.

Rundherum bevölkerten geisterhafte Schemen die Finsternis. Dann sah er die grobe Biegung des Gesteins im Lichtkreis des Stabes knotig und furchig werden, einem langsamen Stirnrunzeln der Höhle vergleichbar. Und schließlich wich das Stirnrunzeln Stalaktiten. Die oberen Luftschichten der Höhle wimmelten von verwachsenen alten Stangen und Spitzen – bedrohlichen Spießen und schiefen Nägeln, fledermausartig aufgehängten Lamien –, trägen und klumpigen Ablagerungen von innerem Schweiß des Berges. Manche dieser Speere wiesen flache Facetten auf, die den Lichtschein des Stabes brachen und zerspellt widerspiegelten, ihn wie ein Helldunkelmuster in die entlegenen Gewölbe der Höhle warfen. Andere lehnten sich herüber zum Sims, als strengten sie sich nachdrücklich an, um den menschlichen Störenfrieden die Schädel einzudreschen.

Für eine gewisse Strecke verdichtete sich das Gewirr der Stalaktiten, sie hingen immer länger und gespinsthafter herunter, bis sie die gesamte Kuppel der Höhle in Beschlag nahmen. Als Covenant einmal genug Mumm aufbrachte, um über den Felsspalt zu spähen, schien er in einen blau beleuchteten, schwarzen, umgekehrten Wald zu blinzeln, einen dich-

ten Bestand von unheimlichen, knorrigen alten Bäumen, die ihre Wurzeln in die Höhlendecke geschlagen hatten. Sie riefen den Eindruck hervor, als sei es für ihn auf dem einzigen Pfad – dem Sims – möglich, sich zu verirren. Diese Beobachtung verstärkte seine Furcht vor einem Fehltritt. Als Elena urplötzlich stehenblieb, schlang er erschrocken beinahe die Arme um sie. Im weichen Lichtschein des Stabes erkannte er vor ihr einen dicken Stalaktiten, der sich herabgekrümmt und mit dem Sims verbunden hatte.
Der Stalaktit war an der Verbindungsstelle mit dem Stein verschmolzen, als habe eine ungeheure Kraft ihn hingerammt. Trotz seines unglaublichen Alters schien er noch von der Macht des Aufpralls zu zittern. Zwischen dem Stalaktiten und der Felswand war nur ein enger Durchlaß geblieben.
Vor dieser schmalen Lücke wartete Amok. Er ließ seine Begleiter aufholen. »Schaut Damelons Pforte«, sagte er in fast ehrfürchtigem Ton über die Schulter, als sie unmittelbar hinter ihm standen, »den Zugang zur Macht des Gebots. Aus dieser und anderer Verursachung darf sich niemand der Macht ohne mich nahen. Das Wissen, wie man diese Pforte aufschließt, ist in keinem von Hoch-Lord Kevins Kreisen des Wissens enthalten. Und wer Damelons Pforte ohne ihre Erschließung durch mich überwindet, wird die Macht niemals finden. Verloren und ohne Ausweg wird er durch die jenseitige Wildnis für immer und ewig irren müssen. Nun vernehmt meine Worte. Sobald ich die Pforte aufgeschlossen habe, begebt euch eilends hindurch. Sie wird nur für kurze Frist offen verbleiben.«
Elena nickte aufmerksam. Hinter ihr stützte sich Covenant mit seiner Rechten auf ihre Schulter. Ihn befiel plötzlich das andeutungsweise Empfinden, daß hier seine letzte Chance zur Umkehr war, die letzte Gelegenheit, die Entscheidungen, die ihn an diesen Ort gebracht hatten, zu widerrufen oder rückgängig zu machen. Aber die Chance – falls es sie tatsächlich

gab – verflog im Handumdrehen. Amok trat dicht an die ›Pforte‹.

Mit bedächtiger Ernsthaftigkeit hob der Jugendliche die rechte Hand und deutete mit dem Zeigefinger in die Lücke. Stumm streckte er seinen Zeigefinger in Brusthöhe geradeaus. Ein feines, fast zartes Netzwerk von gelber Farbe begann in der Luft zu entstehen. Angefangen bei Amoks Fingerspitze, breitete das gespinstartige Netz sich innerhalb der Lücke aus. Wie ein Schleier, der seine Sichtbarkeit erst langsam herausschälte, dehnte es sich, bis es die ›Pforte‹ ganz ausfüllte.

»Kommt!« forderte Amok sie auf und trat sorglos durch das gelbe Gewebe. Die delikaten Stränge aus Licht rissen dabei nicht. Vielmehr verschwand er, als er sie berührte. Covenant konnte hinter der ›Pforte‹ auf dem Sims keine Spur von ihm entdecken. Morin folgte Amok. Auch er verschwand, als er mit dem gelben Netzwerk in Kontakt kam.

Dann trat der Hoch-Lord vor. Covenant blieb klettenhaft hinter Elena. Er behielt ihre Schulter fest im Griff; er fürchtete sich davor, von ihr getrennt zu werden. Kühn betrat sie die Lücke. Er hielt sich an ihr fest und folgte unverzüglich. Als er das Glitzern des Netzwerks berührte, zuckte er zusammen, aber er spürte keinen Schmerz. Für einen Augenblick kribbelte seine Haut, als liefen Ameisen darüber, als er die Lücke durchquerte. Er bemerkte, wie Bannor dichtauf folgte. Er geriet in eine etwas andere Umgebung als erwartet.

Während er sich umblickte, erlosch das Netz und verschwand. Aber die Flamme am Stab des Gesetzes brannte weiter. Auf der anderen Seite der Lücke – die er soeben verlassen hatte – sah er unverändert das Sims, den Abgrund und die Stalaktiten. Doch auf dieser Seite von Damelons Pforte existierte kein Abgrund. Statt dessen erstreckte sich hier nach allen Richtungen ein steinerner Fußboden, auf dem Stalagmiten wie eine mißratene Kolonnade standen, und über den freien Zwischenräumen sah man eine gesprenkelte Decke gewölbt. Atemlose Stille erfüllte die Luft; ein Moment verstrich, ehe Covenant merkte, daß man das dumpfe, hintergründige Rauschen des Flusses unterm *Melenkurion* Himmelswehr nicht länger hören konnte.

»Schaut den Empfangssaal der Erdwurzel«, sagte Amok formell und vollführte eine Gebärde, die alles ringsum umfaßte. »In längst vergessenen Zeitaltern stieg der sonnenlose See in diesen Saal empor, um jene zu empfangen, die seine Wasser suchten. Heute jedoch, da die Erdkraft im Wissen der Sterblichen kaum noch enthalten ist, liegt der Empfangssaal trocken. Aber er übt unvermindert die Macht der Verwirrung aus, um jene zu narren, die in Herz und Verstand unvorbereitet sind. All jene, die ihn ohne die Aufschließung von Damelons Pforte durch mich betreten, sind dem Leben und Treiben und den Namen der Menschheit für alle Zeit verloren.«

Er grinste und wandte sich direkt an Elena. »Hoch-Lord, erhelle des Stabes Licht für eines Augenblickes Dauer.«

Anscheinend erriet Elena seine Absicht. Sie straffte sich, als verspreche sie sich ein erhabenes Schauspiel; von ihrer Stirn schien Eifer zu leuchten.

Während sie rituelle Worte murmelte, schlug sie das untere, mit Eisen verstärkte Ende des Stabes auf den Stein. Der Stab blitzte auf, und die Flamme schoß in kraftvollem Ausbruch hinauf bis zur Höhlendecke.

Das Ergebnis raubte Covenant den Atem. Das Hochlodern der Flamme entfachte in allen Stalaktiten und Stalagmiten Licht. Sofort glitzerten sie auf, spiegelten den Lichtschein wider. Helligkeit entstand in jeder Säule, fand neuen Widerschein, sprang in blendenden Erscheinungen in der Höhle hin und her. Sie versengte seine Augen von allen Seiten gleichzeitig, bis ihm war, als baumle er am Klöppel einer immensen Glocke aus Licht.

Er versuchte, seine Augen zu bedecken, aber das Glockenläuten und -dröhnen durchdonnerte genauso sein Bewußtsein. Er keuchte und tastete blindlings nach irgendeinem Halt, begann zu schwanken.

Da verringerte Elena die Kraftentfaltung des Stabes wieder. Das lautstarke Licht verglomm, hallte zuletzt nur noch fern wider, wie der Nachhall von Fanfarenstößen. Covenant stellte fest, daß er auf die Knie gesunken war und seine Hände sich fest auf die Ohren preßte. Widerwillig schaute er auf. Alle Widerspiegelungen waren dahin, die Säulen hatten wieder ihr vorherigen rohes Aussehen angenommen. »Hölle und Verdammung«, nuschelte er, als Elena ihm beim Aufrichten half. »Hölle und Verdammnis ...!« Nicht einmal ihre zärtliche Miene, nicht einmal die gleichgültige, auch jetzt unbeeindruckte Gegenwart der Bluthüter konnten noch sein Gefühl beheben, nicht länger zu wissen, wo er sich eigentlich befand. Und als Amok den Hoch-Lord und seine Begleitung weiterführte, stolperte Covenant mit, als fänden seine Füße auf dem Stein keinen rechten Halt.

Nachdem sie die bedrohliche Höhle verlassen hatten, fand die Überwindung von Zeit und Entfernung für ihn nur noch verworren statt. Auf seinen Netzhäuten lag noch ein schabernackhaftes Glitzern, das seine Orientierung störte. Er konnte sehen, daß Amok und der Hoch-Lord ein Gefälle hinabgingen, das sich bis weit über den Lichtschein des Stabes hinaus erstreckte, einem verbreiterten Ufer glich, einem Strand mit lauter Säulenhallen, den das Zurückweichen eines unterirdischen Meeres trocken zurückgelassen hatte. Aber seine Füße waren unfähig, dem Weg, den sie wählten, zu folgen. Seine Augen zeigten ihm, daß Amok sie geradewegs abwärts führte, aber sein Gleichgewichtssinn verzeichnete überdies Richtungsänderungen sowie Veränderungen in Stärke des Gefälles und Winkel des Abstiegs. Wenn er die Augen schloß, kam ihm jedes Gefühl für Geradheit völlig abhanden; dann torkelte er über die unebene Fläche eines verschlungenen Pfads dahin.

Er hatte keine Ahnung, wie weit sie gewandert waren, als Elena für eine kurze Mahlzeit rasten ließ. Er wußte nicht, wie lange sie rasteten oder wie lange sie im Anschluß an die Rast marschierten. All seine Sinne waren entgleist. Als der Hoch-Lord wieder einen Halt anordnete und ihm riet, sich Ruhe zu gönnen, sackte er gegen einen Stalagmiten und schlief augenblicklich ein.

In seinen Träumen wanderte er wie einer jener Verlorenen umher, die auf ihrer Suche nach der Erdwurzel Damelons Pforte unbefugt zu durchqueren wagten – er hörte schrilles, von Grauen erfülltes Heulen der Vergessenheit, als weine er um seine Gefährten, um sich selbst –, und er erwachte in restloser Verworrenheit. Die Finsternis gab ihm die Idee ein, jemand habe die Stromversorgung seines Hauses unterbrochen, während er hilflos und blutig neben seinem Kaffeetisch auf dem Fußboden lag. Schwach tastete er nach dem Telefonhörer und hoffte, Joan habe noch nicht aufgelegt.

Aber da erkannten seine unsicheren Finger die Eigenschaften von hartem Stein. Mit einem erstickten Stöhnen sprang er in der Mitternacht unterm *Melenkurion* Himmelswehr auf die Füße.

Sofort flammte der Stab des Gesetzes auf. In seinem blauen Schein erhob sich Elena, um ihren freien Arm um ihn zu legen und ihn an sich zu drücken. »Geliebter«, rief sie gedämpft. »Ach, Geliebter! Halte aus! Ich bin da.«

Er schmiegte sich sehnsüchtig an sie, vergrub sein Gesicht in ihr herrliches Haar, bis seine Qual wich, er sich wieder in der Gewalt hatte. Dann löste er sich langsam von ihr. Er versuchte, seine Dankbarkeit mit einem Lächeln zum Ausdruck zu bringen, aber es mißlang und sprang in seinem Gesicht in Stücke.

»Wo sind wir?« erkundigte er sich mit heiserer, harscher Stimme.

»Wir befinden uns im Stollen des Nahseins«, antwortete hinter ihm Amok in hellen Tönen. »Bald werden wir zur Erdwurzelstiege gelangen.«

»Wie …« Covenant unternahm einen Versuch, seinen Kopf zu klären. »Wie spät ist es?«

»Unterm *Melenkurion* Himmelswehr besitzt die Zeit kein Maß«, erwiderte der Junge ungerührt.

»Oh, verflucht noch mal«, ächzte Covenant, als er das Echo in Amoks Entgegnung hörte. Zu oft war ihm schon gesagt worden, das Weißgold sei der entscheidende Faktor des Bogens der Zeit.

Elena gab ihm Auskunft. »Die Sonne ist aufgegangen, und nun ist's des Vormittags Mitte«, sagte sie. »Heute ist der dreiunddreißigste Tag seit unserem Aufbruch von Schwelgenstein.« Sie äußerte eine nachträgliche Feststellung. »Heute nacht ist des Mondes Dunkel.«

Mondwechsel, dachte Covenant voller bissigem Sarkasmus. *Habt Erbarmen mit mir.* Bei Mondwechseln pflegte er gräßliche Dinge zu erleben. Urböse hatten die Flammengeister Andelains überfallen … Atiaran hatte ihm das nie verziehen.

Anscheinend vermochte der Hoch-Lord ihm seine Gedanken vom Gesicht abzulesen. »Geliebter«, sagte Elena ruhig, »sei nicht so überzeugt vom Verhängnis.«

Damit wandte sie sich ab und begann mit der Zubereitung eines kärglichen Mahls.

Während er ihr zuschaute – dabei sah er die Entschlossenheit, den persönlichen Einsatz, welche auch ihre Erledigung der schlichtesten, alltäglichsten Verrichtungen auszeichneten –, biß Covenant die Zähne aufeinander und bewahrte das für seinen Handel unverzichtbare Schweigen.

Er konnte das Essen kaum verzehren, das sie ihm reichte. Die Anstrengung, die das Schweigen ihm abverlangte, bereitete ihm Übelkeit; das Unterdrücken der passiven Lüge schien ihm die Eingeweide zu verknoten, jede Verdauung unmöglich zu machen. Doch er litt starken Hunger. Um seiner Entkräftung entgegenzuwirken, aß er ein wenig von dem trockenen Brot, vom Käse und Räucherfleisch. Den Rest gab er Elena zurück. Fast war er erleichtert, als sie Amok weiter in die Dunkelheit folgte. Stumpfsinnig schloß er sich an.

Irgendwann im Laufe des Vortags hatte der Hoch-Lord mit seiner Begleitung den ›Empfangssaal‹ verlassen. Nun marschierten sie einen breiten Tunnel ohne erkennbare Merkmale hinunter, der einer Straße durchs Gestein glich. Elenas Licht erhellte ohne Umstände die Decke und Wände. Die Oberflächen waren auffällig glatt, als wären sie über lange Zeiträume hinweg durch die Schleiftätigkeit irgendeines harten, kraftvollen Etwas geglättet worden. Diese Glätte ließ den Tunnel wie ein Rohr oder eine Ader wirken. Covenant mißtraute ihm; halb rechnete er damit, jeden Moment könne dicke, lavaähnliche Jauche ihnen entgegenströmen. Er spielte unterwegs nervös mit seinem Ring, als wäre dieser kleine Reif das Kontrollgerät seiner Selbstbeherrschung.

Elena beschleunigte ihren Schritt. Selbst von hinten sah er ihr an, daß ihr immer stärkeres Verlangen nach der Macht des Gebots es war, was sie vorwärts trieb.

Endlich endete auch der Tunnel. Sein Verlauf mündete links mit enger Biegung in ein Rund, während sein rechter Wall völlig verschwand, einem neuen Felsspalt wich. Dieser Einschnitt weitete sich nach einem kurzen Stück zu einem unübersehbaren Abgrund aus. Der steinerne Boden des Straßentunnels verengte sich rechts, bis seine Breite kaum noch drei Meter betrug, ging dann über in die grob gearbeiteten Stufen einer Wendeltreppe. Binnen weniger Augenblicke befanden sich der Hoch-Lord und seine Begleitung auf dieser Treppe, die sich rings um eine zentrale Säule in den Abgrund hinabwand. Hundert oder mehr Meter tiefer leuchtete auf dem Grund des Schlundes ein feuriges Rot. Covenant war, als spähe er hinunter in ein Inferno.

Da fiel ihm ein, wo er derartiges Licht schon einmal gesehen hatte. Das war Steinlicht – Helligkeitsschein, der aus Stein drang –, so wie die Höhlenschrate unterm Donnerberg es benutzten.

Der Abstieg bedeutete für ihn nichts anderes als ein fürchterliches Schwindelgefühl. Nachdem er die Mittelsäule der Treppe dreimal umrundet hatte, schien sich alles um seinen Kopf zu drehen.

Nur Elenas unverwüstliches Licht und seine hochgradige Konzentration, die er beim Hinabsteigen über die unregelmäßigen Stufen aufbot, verhüteten überhaupt, daß er kopfüber abstürzte. Aber er stak voller grimmiger Entschlossenheit, weder Elena noch Bannor um Hilfe zu bitten. Er durfte sich nicht noch mehr Schuldigkeiten aufhalsen; mit so etwas könnte er seinen Handel annullieren, sich einseitig zum Schuldner machen. *Nein!* zeterte er innerlich, während er die Stufen hinabkroch. *Nein. Nicht noch mehr. Ich darf nicht so hilflos sein. Ich muß etwas für den Handel aufsparen. In Bewegung bleiben.* »Rühr mich nicht an«, hörte er sich wie aus großer Entfernung röcheln. »Rühr mich nicht an!«

Eine Aufwallung von Übelkeit schüttelte ihn. Seine Muskeln krampften sich wie zur Vorbereitung auf einen Sturz zusammen. Aber er drückte die Arme um seinen Brustkorb und heftete den Blick fest auf Elenas Licht, um wenigstens einen Halt zu haben. Ihre Flamme züngelte ihm voraus, wie eine Zunge, die ihm Mut zusprach. Langsam nahm ihr blauer Schein eine rötliche Schattierung an, während die Gruppe sich dem roten Glanz der Tiefe näherte.

Covenant bewältigte den Abstieg grimmig, aber wie selbstverständlich, wie eine willenlose Marionette, die über krude Stufen ihrem vorbestimmten Ende entgegenstapft. Durch eine Umdrehung nach der anderen kämpfte er sich zur Quelle des Steinlichts. Bald machte die rote Helligkeit die Flamme des Stabes überflüssig, so daß Hoch-Lord Elena sie löschte. Vor ihr eilte Amok nun immer schneller voraus, als wäre er ungeduldig, verursachten alle Umstände, die die Erfüllung seines Existenzzwecks verzögerten, ihm Mißmut. Aber Covenant bewahrte sein eigenes Tempo, ließ außer der Wendeltreppe und seiner gebieterischen Höhenfurcht nichts in sein Bewußtsein eindringen. Das unterste Stück klomm er durch eine starke Helligkeitsflut des Steinlichts so benommen hinab wie ein Schlafwandler.

Als er auf dem ebenen Boden stand, tat er ein paar steifbeinige Schritte in die Richtung zum See, dann blieb er wieder stehen, bedeckte seine Augen vorm kraftvollen, feuerroten Lichtschein und schauderte, als bebten seine Nerven am Rande zur Hysterie.

»Schau, Hoch-Lord!« krähte vorn Amok im freudigsten Jubelton. »Das ist der sonnenlose See der Erdwurzel! Der unverdorbene Saft und Nektar des *Melenkurion* Himmelswehr, des Vaters aller Berge! Ach, so schaut nur! Die langen Jahre meines Zweckdaseins sind nahezu vorüber.« Seine Worte hallten mit einer Reinheit durch die Hohlräume, als fänden sie Unterstützung durch Dutzende von kristallklaren Stimmen.

Covenant holte zittrig Atem und öffnete die Lider. Er stand am abgestuften Ufer eines stillen Sees, der sich voraus so weit erstreckte, wie sein Auge reichte. Sein Felsendach war hoch und im Schatten verborgen, doch den See selbst erhellte überall Steinlicht, das den umfangreichen Säulen entsprang, die im ganzen See verteilt waren wie Pfeiler – oder wie Wurzeln des Berges, die ins Wasser hinabhingen.

Diese Pfeiler oder Wurzeln ragten in regelmäßigen Abständen an den Seiten der Höhle und quer durch ihre gesamte Ausdehnung auf; in der Ferne sah man sie noch vielmals in gleichartigen Anordnungen. Ihr Steinlicht und die inbrünstige Stille überm See verliehen der ganzen Örtlichkeit trotz ihrer Übergröße eine klösterliche Atmosphäre. Erdwurzel war ein Ort, der normale Sterbliche demütigte und ihnen Ehrfurcht einflößte. Covenant fühlte sich im weihevollen und erhabenen Heiligtum der Berge wie die Verkörperung seines Sakrilegs.
Der See lag so still da – vermittelte einen solchen Eindruck von Schwere und Gewichtigkeit –, daß er mehr nach flüssiger Bronze aussah als nach Wasser, einem flüssigen Mantel für die unvorstellbaren Schlünde des Erdinnern. Das Steinlicht schimmerte auf der Oberfläche, als sei sie poliert.
»Ist das ...?« krächzte Covenant hervor, verstummte jedoch, als seine angefangene Frage ihm in gemäßigten Echos über den Wasserspiegel davonrollte, in der Ferne ungeschwächt vielfach widerhallte. Er konnte sich nicht zum Weiterreden durchringen. Sogar das gedämpfte Scharren seiner Stiefel auf dem Steinboden erzeugte Echos, als wäre es von prophetischer Bedeutung.
Doch Amok griff seine unbeendete Frage gutgelaunt auf. »Du meinst, ob an der Erdwurzel die Macht des Gebots zu Hause sei?« Echos lachten, sobald er gelacht hatte. »Nein. Die Erdwurzel hat daran teil, doch das Herz des Siebten Kreises wohnt jenseits. Wir müssen den See überqueren.«
»Und wie?« Hoch-Lord Elena stellte ihre Frage behutsam, als fühle auch sie sich angesichts des furchteinflößenden Sees zwergenhaft.
»Hoch-Lord, es gibt ein Mittel zur Überquerung. Ich bin der Weg und das Tor – ich habe dich beileibe nicht in eine Sackgasse geführt. Die Nutzung selbiger Möglichkeit ist jedoch in deine Hände gegeben. Daraus besteht die allerletzte Probe.

Nur ein Wort darf ich sprechen: Man berühre nicht das Wasser. Der Erdwurzelsee ist stark und gestreng. Er achtet sterbliches Fleisch nicht.«

»Was müssen wir nun beginnen?« fragte Elena leise, um möglichst wenig Echos hervorzurufen.

»Nun?« Amok kicherte. »Nur warten, Hoch-Lord. Und nicht für lange Frist. Sieh dort! Schon naht der Überquerung Mittel.«

Er stand mit dem Rücken zum See, aber während er sprach, wies er mit einer Hand hinter sich, und wie zur Beantwortung seiner Geste kam in einiger Entfernung vom Ufer um eine Säule ein Boot in Sicht.

Das Boot war leer. Es handelte sich um ein schmales, hölzernes Fahrzeug, das an beiden Enden spitz zulief. Abgesehen von einer goldenen Linie entlang des Dollbords und der Ducht war es schmucklos – ein sauberes, schlichtes Stück Arbeit, mit handwerklicher Sachkenntnis aus hellbraunem Holz angefertigt und lang genug, um ohne Umstände fünf Personen an Bord unterbringen zu können. Doch es war unbesetzt; niemand ruderte es oder steuerte. Ohne die Wasseroberfläche auch nur zu kräuseln, bog es um die Säule und schwamm zum Ufer. Dennoch wirkte es in der sakramentalen Atmosphäre der Erdwurzel durchaus nicht merkwürdig; es war ein natürliches, selbstverständliches Zubehör des bronzehaften Sees.

Covenant war nicht überrascht, als er feststellte, daß es keine Ruder besaß.

Er beobachtete seine Annäherung, als sei es ein Werkzeug des Unheils. Es ließ den Ehering an seinem Finger jucken. Hastig senkte er den Blick auf seine Hand, erwartete halb, zu sehen, daß der Reif glühe oder die Färbung gewechselt habe. Das silberfarbene Metall wirkte im Steinlicht ganz besonders lebendig; es wog schwer an seiner Hand, kribbelte auf der Haut. Aber man sah ihm nichts an. »Erbarmen«, wisperte er, als meine er das Weißgold selbst. Dann fuhr er zusammen, als seine

Stimme ihn in schwachen Echos floh, davongetragen in einer Vielzahl kristallklarer Wiederholungen.

Amok lachte, und pure Ausbrüche von Heiterkeit mischten sich unter die Nachäffung von Covenants Flüstern.

Hoch-Lord Elena war von der Erdwurzel zu verzaubert, um auf Covenant zu achten. Sie stand am Ufer, als könne sie die Macht des Gebots bereits riechen, und wartete auf das leere Boot wie ein Akoluth.

Bald kam das Gefährt bei ihr an. Lautlos glitt sein Bug das trockene Ufer herauf und stoppte wie in erwartungsvoller Bereitschaft.

Amok begrüßte es mit einer tiefen Verbeugung – einer echten Huldigung –, dann sprang er behend an Bord. Seine Füße verursachten kein Geräusch, als sie die Planken berührten. Er eilte zum anderen Ende des Fahrzeugs, drehte sich um und nahm Platz, legte die Arme aufs Dollbord und grinste wie ein selbstgefälliger Monarch.

Blutmark Morin folgte Amok ins Boot. Nach ihm bestieg Hoch-Lord Elena das Fahrzeug und ließ sich auf einen Sitz ungefähr in der Mitte nieder. Den Stab des Gesetzes legte sie quer über ihre Knie. Covenant sah, er war an der Reihe. Wacklig schlurfte er das Ufer hinunter zu dem hölzernen Bug. Seine Beunruhigung pochte ihm in den Schläfen, aber er schenkte dieser Tatsache keine Beachtung. Mit beiden Händen verschaffte er sich Halt am Dollbord und stieg ins Boot. Seine Stiefel dröhnten und hallten dumpf auf den Planken. Als er sich setzte, fühlte er sich vom Lärmen der Echos umgeben.

Bannor schob das Boot wieder auf den See hinaus und sprang zugleich an Bord. Aber sobald er seinen Platz eingenommen hatte, kam das Boot nach nur kurzer Fahrt zum Stillstand. Es lag unbeweglich da, als sei es ein paar Meter vom Ufer entfernt mit der wie poliert spiegelblanken Wasseroberfläche verschweißt.

Für einen Moment regte sich niemand, sprach keiner ein Wort. Mucksmäuschenstill und mit angehaltenem Atem saßen alle da und warteten darauf, daß dieselbe Kraft, die das Boot gebracht hatte, es auch fortbefördere. Aber das Fahrzeug rührte sich nicht vom Fleck; es stak wie ein Docht in der rötlichen, reglosen Oberfläche des Sees.

Das Wummern des Pulsschlags in Covenants Schädel schwoll an. Schroff setzte er sich gegen die Einschüchterungsversuche der Echos durch. »Und was jetzt?«

Zu seiner Verblüffung schwamm das Boot ein paar Meter weiter. Aber als die Echos seiner Frage verklungen waren, lag es erneut still. Wieder saßen der Hoch-Lord und seine Begleiter fest und gefangen.

Erstaunt glotzte Covenant rundum. Niemand sprach. Er sah die Konzentration von Gedanken in der Muskulatur von Elenas Rücken. Einmal schaute er Amok an, aber das zufriedene Grinsen des Burschen ärgerte ihn so, daß er seinen Blick sofort wieder von ihm losriß. Die Qual seiner inneren Anspannung schien unerträglich zu werden.

Eine unerwartete Bewegung Bannors schreckte ihn auf. Er wandte den Kopf und sah, daß der Bluthüter aufgestanden war; nun hob er seine Sitzplanke aus ihren Fugen. *Um sie als Ruder zu nehmen,* dachte Covenant. Plötzlich schwappte in ihm Erregung hoch.

Bannor hielt die Planke mit beiden Händen, lehnte sich an die Seite des Boots und wollte zu paddeln anfangen. Als das Brett ins Wasser tauchte, packte irgendeine Kraft es, entwand es augenblicklich Bannors Griff. Es entschwand senkrecht in die Tiefe des Sees. Kein Klatschen ertönte, keine Wellen entstanden; trotzdem sank das Brett wie ein ins Wasser geworfener Stein. Bannor starrte ihm hinterdrein und hob die Brauen, als stelle er abstrakte Spekulationen an über die Art von Gewalt, die einem Bluthüter etwas so leicht entreißen konnte. Covenant war weniger gelassen. »Hölle und Verdammnis«, ächzte er matt.

Wieder bewegte sich das Boot vorwärts. Es schwamm mehrere Meter weit, bis die Echos von Covenants Verblüffung verklungen waren; dann verharrte es wieder, verfiel erneut in seine andächtige Stasis.

Covenant wandte sich Elena zu, aber er brauchte seine Frage nicht auszusprechen. Begreifen glomm in ihrem Gesicht. »Ja, Geliebter«, sagte sie leise, aber voller Erleichterung und Triumph. »Ich verstehe.«

Während sich das Boot von neuem über den See in Bewegung setzte, sprach sie weiter. »Der Klang unserer Stimmen ist's, der das Boot antreibt. So verwenden wir Amoks Mittel. Dies Gefährt wird selbst zu seinem Bestimmungsort schwimmen. Aber um uns befördern zu können, muß es durch unsere Worte und deren Widerhall Antrieb erhalten.«

Die Richtigkeit ihrer Erkenntnis war unmittelbar zu beobachten. Während ihre klare Stimme überm Erdwurzelsee Echos erzeugte, als seien das seine Wellen und Rippel, durchschwamm das Boot mühelos das Wasser. Es lenkte sich selbsttätig zwischen den Säulen dahin, als folge es dem Polarstern seines Zwecks. Bald befand es sich außer Sichtweite der Erdwurzelstiege. Aber sobald Elena zu reden aufhörte – die feinen Echos mit zartem Läuten verklungen waren –, hielt das Gefährt erneut an.

Covenant stöhnte innerlich auf. Plötzlich befürchtete er, man könne ihn zum Reden veranlassen, damit er seinen Teil leiste, um das Boot anzutreiben. Er sorgte sich, er könne seinen Handel ausplaudern, zwang man ihn zu längerem Sprechen. Zur Selbstverteidigung drehte er die Forderung um, ehe jemand sie ihm zumuten konnte. »Na, dann red mal weiter«, brummte er zu Elena.

Ein leichtes, doppelbödiges Lächeln zeigte sich auf ihren

Lippen – eine Reaktion, die nicht ihm galt, sondern irgendeiner erfreulichen insgeheimen Aussicht. »Liebster«, antwortete sie gedämpft, »wir werden keine Schwierigkeiten haben. Zwischen uns ist noch so vieles unausgesprochen geblieben. In dir wohnen Geheimnisse, Rätsel und Quellen wunderbarer Kräfte, die ich zwar bemerke, aber nur schwach. Und in mancherlei Hinsicht habe ich auch von mir noch nicht gesprochen. Hier ist ein angebrachter Ort, um Herzen aufzutun. Ich will dir von jenem Ritt auf dem Ranyhyn erzählen, der Lenas junge Tochter aus dem Steinhausen Mithil in den Südlandrücken brachte, wo der große geheime Rösser-Ritus der Ranyhyn sie … sie viele Dinge lehrte.« Mit würdevollen Bewegungen erhob sie sich und drehte sich Covenant zu. Sie stellte den Stab des Gesetzes fest auf die Planken und wandte ihr Gesicht aufwärts zur Höhlendecke der Erdwurzel. »Ur-Lord Thomas Covenant«, sagte sie, und die Echos breiteten sich rings um sie aus wie ein Schleier aus schummrigem Steinlicht, verwob die Luft mit dem wie polierten Wasserspiegel, »Zweifler und Weißgoldträger, Ring-Than … Geliebter … ich muß dir davon berichten. Du hast Myrha gekannt. In ihrer Jugend kam sie zu Lena, meiner Mutter, um das Versprechen zu erfüllen, das die Ranyhyn gegeben hatten. Sie trug mich zum großen Erlebnis meines Mädchenalters davon. Du warst die unbekannte Ursache. Ehe dieser Krieg sein Ende findet, zum Guten oder Üblen, muß ich dir erzählen, was dein Handel mit den Ranyhyn bewirkt hat.«

Hab Erbarmen mit mir! schrie Covenant wieder in der hartnäckigen Unfähigkeit seines Herzens. Doch er fühlte sich zu benommen, zu eingeschüchtert vom See und den Echos, um Elena zurückzuhalten. Er saß in stummem Entsetzen da und lauschte, während Elena die Geschichte von ihrem Erlebnis mit den Ranyhyn erzählte. Unterdessen trug das Boot sie auf seinem verwinkelten, vertrauten Kurs zwischen den Säulen über den See dahin, schwamm auf dem Widerhall von Elenas Stimme, als sei es eine Fähre zu einem Ufer des Grauens.

Elenas Abenteuer hatte sich ergeben, als Lena, ihre Mutter, ihr zum drittenmal erlaubte, einen Ranyhyn zu reiten. Bei den beiden vorherigen jährliche Besuchen im Steinhausen Mithil, den Besuchen, zu denen die Ranyhyn durch ihr Ring-Than Covenant geleistetes Versprechen verpflichtet waren, hatte das alte Roß, das aus den Ebenen von Ra kam, beim Anblick des kleinen Mädchens seltsam die Augen verdreht, als Trell, der Großvater, es ihm auf den breiten Rücken gehoben hatte. Und im folgenden Jahr übernahm die junge Myrha die Aufgabe des alten Hengstes. Die Stute betrachtete Elena mit jenem Blick wohldurchdachter Willentlichkeit, der alle Ranyhyn charakterisierte – und Elena, die die Absichtserklärung der Ranyhyn-Stute spürte, ohne sie zu begreifen, vertraute sich Myrha froh an. Sie schaute sich nicht um, als die Stute sie aus dem Steinhausen Mithil trug und weit fort in die Berge des Südlandrückens brachte.

Einen Tag und eine Nacht lang galoppierte Myrha, beförderte Elena über Gebirgspfade und Pässe tief in den Süden, auf Wegen, die die Bewohner des Landes nicht kannten. Nach diesem Ritt gelangten sie in ein hochgelegenes Tal, eine grasbewachsene Talschlucht, zwischen kahlen, steilen Klippen, mit einem harschen, rauh anmutenden, aus Gebirgsquellen gespeisten Bergsee fast in der Mitte. Dieser kleine See machte einen sehr geheimnisschwangeren Eindruck, denn sein dunkles Wasser reflektierte den Sonnenschein nicht. Das Hochtal selbst war wundervoll anzuschauen, denn Hunderte von Ranyhyn tummelten sich darin – viele hundert stolze Hengste und Stuten mit glänzendem Fell und besternten Stirnen –, hatten sich zu einem seltenen, geheimen Ritual der Pferde versammelt.

Aber bald verwandelte sich Elenas Staunen in Furcht. Inmitten eines Wirrwarrs wilder, gewieherter Begrüßungen trug Myrha das kleine Mädchen zum See. Dort ließ sie das Kind auf den Erdboden rutschen und entfernte sich in einem Wirbel von Hufen. Und die übrigen Ranyhyn begannen ringsherum durchs Tal zu laufen. Zuerst preschten sie kreuz und quer durcheinander, schubsten sich gegenseitig, sprengten an dem Kind vorüber, als könnten sie sich kaum davon zurückhalten, es zu zertrampeln. Mit der Zeit rannten sie immer hemmungsloser umher. Mehrere Ranyhyn verließen das Getümmel, um aus dem See zu trinken, dann stürzten sie sich wieder ins Gewühl, als brause das dunkle Wasser sturzbachartig durch ihre Adern.

Während droben die Sonne ihre Bahn zog, tänzelten die großen Rösser und vollführten wüste Bocksprünge, tranken immer wieder aus dem Bergsee, um sich von neuem in die unbeschwichtigbare Raserei eines Tanzes der Irrwitzigkeit zu stürzen. Und Elena stand in ihrer Mitte, in Lebensgefahr durch das ungezügelte Schwingen und Umherwerfen der Hufe, erstarrt vor Schrecken. In ihrer Furcht glaubte sie, man werde sie augenblicklich zerstampfen, sobald sie bloß zusammenzuzucken wage.

Während sie dort stand – überflutet von Hitze, dem Donnern von Hufen und abgrundtiefer Furcht, so endgültig wie das Lebensende –, verlor sie für eine Weile die Besinnung. Aber als ihre Augen allmählich wieder zu sehen begannen, stand sie noch unverändert auf den Beinen; aufrecht und starr stand sie wie eine Versteinerung im letzten Helligkeitsschimmer des Abends. Doch die Ranyhyn liefen nicht länger herum. Sie hatten sich um sie geschart; ihr zugewandt, musterten sie sie mit kraftvollem Drängen in ihren Augen. Manche waren so nah, daß sie ihr warmes, schwüles Schnauben einatmete. Sie wollten von ihr, daß sie irgend etwas tat – Elena spürte, wie die Beharrlichkeit ihres gemeinsamen Willens gegen ihren

Wall der Furcht anrannte. Langsam, steifgliedrig und willenlos begann sie zu handeln.

Sie ging zum See und trank.

An dieser Stelle unterbrach der Hoch-Lord unvermittelt die Schilderung und fing an zu singen – sang ein stimmungsvolles, von Zorn und Sorge erfülltes Lied, das in der Luft überm Erdwurzelsee Schwingungen der Leidenschaft verbreitete. Aus Gründen, über die Covenant nur gefühlsmäßige Mutmaßungen anstellen konnte, verfiel sie in Lord Kevins Klage, als sei das ihr ureigenster und unveräußerlicher Trauergesang.

»Wo ist die Macht, zu hüten
Schönheit vor des Daseins Modern?
Reine Wahrheit vor Lug und Trug?
Zu sichern Treu vorm tückisch Rost der Wirrung,
der verderbt?
Wie denn, macht Bosheit uns zu Zwergen?!
Was bäumen die Felsen sich nicht auf
zur eignen Läuterung,
oder werden Staub vor Scham?«

Während die traurigen Echos des Gesangs noch über den See hallten, blickte Elena Covenant zum erstenmal an, seit sie zu erzählen angefangen hatte.

»Liebster«, sagte sie mit unterdrückter, gepreßter Stimme, »was ich trank, wandelte mich … erweckte mich wieder zum Leben. Als des Sees Wasser mich inwendig berührten, fiel die Blindheit oder Unwissenheit meines Herzens von mir ab. Meine Furcht schmolz dahin, und ich hatte teil an der Gemeinschaft der Ranyhyn. In einem Augenblick des Gesichts verstand ich – alles. Ich erkannte, daß ich zur Ehrung deines Versprechens zum Rösser-Ritus *Kelenbhrabanals,* des Vaters der Pferde, gebracht worden war – dem Ritual der Ranyhyn, das einmal in jeder Geschlechterfolge stattfindet, um ihre großartige Sage zu bewahren und weiterzureichen, die Geschichte vom Tode des mächtigen *Kelenbhrabanal* in den Kiefern von Fangzahn dem Reißer. Ich ersah, daß das entfesselte Umhersprengen der Ranyhyn der Ausdruck war für ihren gemeinsamen Kummer und Zorn, ihre Raserei beim Gedenken an ihres Vaters Ende. Denn *Kelenbhrabanal* war der Vater der Pferde, Hengst der Erstherde. Die Ebenen von Ra waren seine Weidegründe und sein Schutzbereich. Er führte die Ranyhyn in ihren großen Krieg gegen die Wölfe Fangzahn des Reißers. Doch selbiger Krieg zog sich in die Länge, ohne daß sich ein befriedigendes Ergebnis für die Ranyhyn abgezeichnet hätte, und der Gestank vergossenen Blutes und gerissenen Fleisches gedieh in des Hengstes Nüstern zu einem Übel. Daher begab er sich zu Fangzahn. Er trat vor den Reißer und sprach: ›Laß uns diesen Krieg beenden. Ich wittere deinen Haß – ich weiß, du mußt Opfer haben, sonst müßtest du dich in deiner Leidenschaft selbst verzehren. So will ich dein Opfer sein. Töte mich und laß mein Volk in Frieden leben. Tobe deinen Haß an mir aus und beende diesen Krieg.‹ Und Fangzahn willigte ein. Daraufhin entblößte *Kelenbhrabanal* seine Kehle den Zähnen des Reißers und tränkte die Erde mit seinem Opferblut. Aber Fangzahn brach sein Wort – die Wölfe bedrängten die Ranyhyn weiterhin. Die Ranyhyn waren nun ohne Führer und voller Zagen. Sie vermochten nicht recht zu kämpfen. Die restlichen Ranyhyn sahen sich zur Flucht in die Berge gezwungen. Sie konnten erst wiederkehren, als die Ramen ihnen ihre Dienste zukommen ließen und sie mit ihrer Hilfe die Wölfe aus den geliebten Ebenen vertrieben hatten. Seither findet während jeder Geschlechterfolge der Ranyhyn einmal dieser große Rösser-Ritus statt, um die Überlieferung der Geschichte des Vater-Hengstes zu gewährleisten – im Gedächtnis der Ranyhyn all ihren Stolz auf seine Selbstaufopferung zu verankern, all ihren Gram um seinen Tod, all ihren Grimm wider den Verächter, der sie betrog. Daher trinken sie das den Geist vereinigende Wasser und hämmern einen Tag und eine Nacht hindurch mit ihren Hufen dem Untergrund die grenzenlose Heftigkeit ihrer Gemütsbewegung ein. Und so kam es, daß ich, nachdem ich vom Wasser des Bergsees gekostet hatte, gemeinsam mit ihnen umherlief, weinte und wütete, die ganze Aufgewühltheit der langen Nacht mit ihnen teilte. Mit Herz, Verstand, Seele und meinem gesamten Ich ergab ich mich damals dem Traum von Fangzahns Tod.«

Während er ihr zuhörte, seinen Blick unverrückbar auf ihre Miene geheftet, fühlte Covenant sich ebenfalls von der Faust unerleichterten Kummers gedrückt. Sie war die Frau, die sich selbst ihm dargeboten hatte. Jetzt begriff er ihre Leidenschaft, erkannte die Gefahr, in der sie schwebte. Und ihr Abseitsblick näherte sich einem Fokus; schon konnte er das Leuchten ferner Feuersbrünste in ihren Augenwinkeln erahnen.

Seine Furcht vorm Brennpunkt ihres Blicks verlieh ihm den Mumm zum Sprechen. Seine Stimme schwankte zwischen Schrecken und Zuneigung, als sie sich heiser einen Weg brach. »Ich verstehe bloß noch nicht, was Foul von alldem hat.«

25
Der Siebte Kreis des Wissens

Hoch-Lord Elena hielt für einen sehr ausgedehnten Moment den Stab des Gesetzes umklammert und starrte auf Covenant herab. Am Rand ihres Blicks knisterte der Fokus; er stand dicht davor, sich durchzusetzen und mit aller Gewalt auf Covenant niederzupeitschen. Doch dann besann sie sich anscheinend darauf, wer er war.

Langsam wich die Anspannung aus ihrem Gesicht, verschwand hinter einem inneren Schleier. Sie nahm wieder im Boot auf ihrem Sitz Platz. »›Von alldem?‹« meinte sie ruhig, aber bedrohlich. »Fragst du, was für einen Gewinn sich Lord Foul von dem erhofft, wovon ich dir erzählt habe?«

Er antwortete ihr mit von fürchterlicher Beunruhigung ausgelöster Promptheit. Ungeachtet der schrankenlosen Implikationen, mit denen die Echos seine Stimme anfüllten, beeilte er sich mit seiner Erklärung, um wenigstens auf diese Weise die Falschheit seines Verhaltens auszugleichen. »Auch von dem. Du hast es selber klargestellt … meine alte, unerträgliche Abmachung mit den Ranyhyn hat dich dorthin gebracht, wo du jetzt bist. Ganz davon zu schweigen, was ich damit deiner Mutter angetan habe. Auch von dem, ja. Aber eigentlich rede ich von der Gegenwart. Du hast mich ins Land zurückgeholt, und nun sind wir unterwegs zum Siebten Kreis des Wissens … und ich wüßte gerne, was Foul davon hat. So eine Chance läßt er sich doch auf keinen Fall entgehen.«

»Es zählt gewißlich nicht zu seinen Absichten«, erwiderte sie unterkühlt. »Meine, nicht seine Entscheidung war's, dich ins Land zu rufen.«

»Genau. Das ist ja eben seine Arbeitsweise. Was hat dich denn dazu veranlaßt, mich zu rufen? Ich meine, abgesehen davon, daß du mich früher oder später sowieso herbeigezaubert hättest, bloß weil ich das hundsgewöhnliche Pech habe, einen Ehering aus Weißgold zu tragen und daß mir zwei Finger fehlen. Was also hat denn für deine Entscheidung den Ausschlag gegeben, als du sie gefällt hast?«

»Durch den Wegwahrer *Dukkha* erhielten wir neues Wissen über Fangzahns vergrößerte Macht.«

»Neues Wissen, Hölle und Verdammnis!« krächzte Covenant ungnädig. »Glaubst du etwa, das war ein Zufall? Foul hat ihn gehen lassen.« Er brüllte das Wort ›gehen‹, und Echos donnerten zurück wie unheilvolle Ankündigungen. »Er hat den armen, gequälten Teufel gehen lassen, weil er genau wußte, was du tun wirst, sobald er dir in die Arme läuft. Und er wollte mich genau zu diesem Zeitpunkt im Land haben, nicht vorher und nicht später.«

Die Bedeutung dessen, worauf er aufmerksam machte, drang zu Elena durch; sie hörte ihm ernsthaft zu. Aber ihre Stimme blieb ausdruckslos, als sie antwortete: »Warum? Wie sollte das seinen Zwecken dienlich sein?«

Für einen Moment scheute Covenant vor den eigenen Überlegungen zurück. »Woher soll ich das wissen? Wüßte ich Bescheid, ich könnte irgendwas dagegen unternehmen. Abgesehen von der Ansicht, daß ich dazu ausersehen bin, dem Land den Untergang zu bringen ...« Aber Elenas ernste Aufmerksamkeit ließ ihn verstummen. Er nahm für sie allen Mut zusammen. »Na, sieh mal, was nun durch mein Erscheinen alles passiert ist. Ich habe irgend etwas mit Loriks *Krill* angestellt ... daraufhin kam Amok ... infolgedessen bist du jetzt drauf und dran, den Siebten Kreis des Wissens zu erschließen. Alles läuft fein säuberlich wie am Schnürchen. Hättest du mich früher gerufen, dann stündest du jetzt nicht unter solchem Druck, Erkenntnisse anzuwenden, die du nicht verstehst. Und wäre ich später von dir geholt worden, befänden wir uns jetzt sicher nicht hier … du wärst viel zu sehr damit beschäftigt, an der Kriegführung teilzunehmen. Und was mich angeht …« Er schluckte und schaute für einen Moment zur Seite, dann näherte er sich den Wurzeln seines Handels um einen weiteren Schritt. »Für mich ist das der einzig mögliche Weg, um mich rauszuwinden. Wären die Dinge anders gelaufen, viel mehr Druck wäre auf mich ausgeübt worden – von überall her –, endlich herauszufinden, wie ich den Ring benutzen kann. Und Joan … das ist die Art, wie du abgelenkt worden bist: Du denkst an den Siebten Kreis des Wissens statt an wilde Magie oder sonstwas. Und Foul will vermeiden, daß ich rauskriege, wozu Weißgold gut ist. Es könnte ja gegen ihn verwendet werden. Begreifst du nicht? Foul hat uns dahin gebracht, wo wir jetzt sind. Er hat *Dukkha* freigelassen, damit wir jetzt und zu keiner anderen Zeit hier und nicht woanders sind. Dafür muß er einen Grund haben. Ihm macht's Spaß, Menschen durch eben jene Dinge in den Untergang zu stürzen, die ihnen Hoffnung erwecken. Auf diese Weise verleitet er sie dazu, die Dinge zu schänden … alles kein Wunder, heute ist ja Mondwechsel.«

In aller Deutlichkeit war er sich dessen bewußt, wie er sein gewonnenes Spiel gefährdete, als er noch ein Wort hinzufügte. »Elena, der Siebte Kreis des Wissens könnte das größte Unheil sein, dem wir bisher begegnet sind.«

Aber sie hatte ihre Antwort schon bereit. »Nein, Geliebter. Daran glaube ich nicht. Hoch-Lord Kevin schuf seine Kreise des Wissens in einer Zeit, bevor seine Weisheit sich in Verzweiflung auflöste. Fangzahn hatte keine Hand in ihnen. Mag sein, daß die Macht des Gebots mit Gefahren einhergeht – aber sie ist nicht von Übel.«

Ihre Darlegungen überzeugten ihn nicht. Aber es fehlte ihm an Herz zum Erheben weiterer Einwände. Die Echos versahen selbst die schlichtesten Wörter mit viel zuviel Betonung. Statt dessen kauerte er bloß mißmutig zu ihren Füßen nieder und kratzte sich am Finger, wo sein Ehering ihn juckte. Als die Echos verhallten – das Boot mitten im Wasser wieder sachte zum Stillstand kam –, hatte er das Gefühl, eine Chance zur Aufrichtigkeit verpaßt zu haben.

Eine Zeitlang erhob sich keine Stimme, um das Boot weiter anzutreiben. Covenant und Elena saßen stumm da, versunken in ihre geheimsten Gedanken. Doch dann öffnete sie erneut den Mund. Versonnen ehrfürchtig trug sie die Worte von Lord Kevins Klage vor. Das Boot glitt von neuem vorwärts.

Kurze Zeit später umrundete das Gefährt eine weitere Säule, und Covenants Blick fiel auf einen hohen, lautlosen Wasserfall, der voraus in lebhaftem Glitzern herabstürzte. Seine Höhe blieb in den Schatten unter der Höhlendecke verborgen. Aber die Wassermassen, die sich geräuschlos übers zerklüftete Gestein ergossen, fingen das feurige Steinlicht in tausend lichten Pünktchen ein, so daß der Wasserfall aussah wie eine Kaskade prachtvoller, glutroter Edelsteine.

Dank Elenas Vortrag schwamm das Boot umstandslos zu einer felsigen Anlegestelle an einer Seite des Wasserfalls. Sofort sprang Amok aus dem Fahrzeug und wartete am Rand des Erdwurzelsees auf seine Begleiter. Aber für einen Moment machten sie keinerlei Anstalten, ihm zu folgen. Vor der stummen Herrlichkeit des Wasserfalls saßen sie wie gebannt da.

»Komm, Hoch-Lord«, sagte der Bursche. »Der Siebte Kreis des Wissens ist nah. Ich muß mein Dasein dem Ende entgegenführen.« Sein Ton entsprach völlig dem ungewohnten Ernst seines Benehmens.

Elena schüttelte andeutungsweise den Kopf, als erinnere sie sich wieder an ihre Grenzen, ihre Schwäche und den Mangel an Wissen. Und Covenant bedeckte seine Augen, um sich von dem so bestürzend lautlosen Herabtaumeln und Glitzern der Wasser zu verschonen. Doch dann sprang Morin hinaus auf die Anlegestelle, und Elena schloß sich ihm mit einem Seufzen an. Covenant stützte sich mit beiden Händen aufs Dollbord und kletterte aus dem Fahrzeug. Als dann auch Bannor ausstieg, stand das Grüppchen vollzählig am Ufer.

Amok musterte es ernst. Er schien während der Bootsfahrt gealtert zu sein. Die Lustigkeit war aus seinem Gesicht verschwunden, und nichts widersprach noch dem Uralter seiner Knochen. Seine Lippen regten sich, als wolle er sprechen. Aber er schwieg. Wie jemand, der auf Beistand hofft, sah er kurz jeden seiner Begleiter an. Schließlich drehte er sich um und näherte sich mit sonderbar schwerfälligen Schritten dem Wasserfall. Als er die ersten nassen Felsen erreichte, stieg er hinüber und trat unter das Wasser, das aus beträchtlicher Höhe herabkam.

Die Beine gespreizt, um unterm Gewicht der Wassermassen standfest zu bleiben, schaute er sich nach seiner Begleitung um. »Habt keine Furcht«, sagte er durch das stumme Herabströmen. »Das ist gemeines Wasser, wie ihr's kennt. Die Kraft des Erdwurzelsees entspringt einem anderen Quell. Kommt!« Er winkte und entfernte sich unter dem Wasserfall.

Elena straffte ihre Haltung. Die Nähe des Siebten Kreises beherrschte ihr Mienenspiel vollkommen. Sie mißachtete ihre Erschöpfung und eilte hinter Morin zum Wasserfall, um Amok zu folgen.

Covenant schloß sich an. Zermürbt und ermattet, voller unverstandener Befürchtungen, wie er war, blieb ihm nichtsdestoweniger nichts anderes übrig, als auch alles Weitere mitzumachen. Als sich Elena durch die Wasserschleier schob und außer Sicht geriet, erklomm er den wirren Wall feuchter Felsbrocken, der ihn säumte, und tastete sich mit furchtsamer Langsamkeit dem Wasserfall entgegen. Gischt spritzte ihm ins

Gesicht. Die Felsen waren für seine Begriffe viel zu glitschig; er mußte sich im Schneckentempo bewegen. Er zwang sich jedoch auf jeden Fall zum Vorwärtsschleichen, um zu vermeiden, daß Bannor eingriff und ihm half. Mit angehaltenem Atem duckte er sich ins Wasser, als handele es sich um eine Lawine. Der Wasserfall schmetterte ihn beinahe der Länge nach nieder; seine Wassermengen krachten auf ihn herab wie das geballte Gewicht seiner Wahnerlebnisse. Doch als er sich dem Andrang entgegenstemmte – das Wasser ihn innerhalb einer Sekunde klatschnaß durchtränkte, seine Augen, die Ohren und den Mund füllte –, spürte er etwas von seiner Vitalität. Es fiel über ihn her wie eine unfreiwillige Absolution, eine als letzte Vorbereitung auf die Macht des Gebots erforderliche Waschung. Es klatschte auf ihn herunter, als wolle es seine Knochen vom schmutzigen Fleisch säubern.

Aber die Reinigungskraft des Wassers verfehlte irgendwie sein Gesicht und seine Brust. Sie legte alle seine Nerven bloß, vermochte das Mark seiner Unfähigkeit jedoch nicht zu läutern. Einen Moment später kroch er, wund, aber unveredelt, in die Finsternis jenseits des Wasserfalls.

Er schüttelte den Kopf, schlotterte, schnob sich Wasser aus Mund und Nase. Seine Hände offenbarten ihm, daß er auf einem flachen, ebenen Steinboden angelangt war, aber er fühlte sich merkwürdig an, trocken und gleichzeitig schlüpfrig. Er widersetzte sich der unmittelbaren Berührung mit seinen Handflächen. Und er konnte nichts sehen, hörte kein Flüstern, kein Scharren von Füßen seiner Begleiter. Sein Geruchssinn allerdings reagierte äußerst heftig. Die Luft, in der er sich befand, war so mit Energie geladen, daß sie jeden anderen Geruch seines Daseins überlagerte. Sie nahm ihm den Atem wie der Gestank eines Gangräns, biß ihn wie der Geruch von Schwefel, aber sie besaß keine Ähnlichkeit mit diesen oder anderen Gerüchen, die er kannte. Sie glich der wie poliert blanken, gewichtigen Ausdehnung des Erdwurzelsees … der Gewaltigkeit der von Steinlicht erhellten Höhle … der unablässigen, schattenreichen Wucht des Wasserfalls … den Echos … der unvergänglichen Festigkeit des *Melenkurion* Himmelswehr. Sie reduzierte seine rastlose Existenz auf den Maßstab bloßen, kurzlebigen Fleisches.

Die Luft war erfüllt vom Geruch der Erdkraft.

Er konnte ihn nicht ertragen. Er lag vor ihm auf den Knien, die Stirn auf den kalten Stein gepreßt, die Hände in den Nacken gedrückt.

Dann hörte er ein gedämpftes, feuriges Fauchen, als Elena den Stab des Gesetzes entflammte. Langsam hob er den Kopf. Die Schärfe der Luft trieb ihm Tränen in die Augen, aber er verscheuchte sie durch halsstarriges Zwinkern und schaute sich in seiner Umgebung um.

Sie waren in einen Tunnel geraten, der gerade und unbeleuchtet vom Wasserfall fortführte. Durch seine Mitte – aus der Ferne und zum Wasserfall – floß ein schmales Rinnsal, kaum einen Meter breit. Selbst im blauen Lichtschein des Stabs war die Flüssigkeit des Rinnsals so rot wie frisches Blut. Sie war der Ursprung des Geruchs – die Quelle der gefährlichen Kraft des Erdwurzelsees. Man konnte ihr ihre konzentrierte Macht ansehen.

Covenant stemmte sich empor, schlurfte zur Wand des Tunnels; er wollte von dem Rinnsal den größtmöglichen Abstand bewahren. Seine Stiefel schlitterten über den schwarzen Stein, als bedecke ihn eine Eisschicht. Es kostete ihn allerhand Mühe, im Gleichgewicht zu bleiben. Aber er erreichte die Wand, preßte sich dagegen.

Dann spähte er hinüber zu Elena.

Sie starrte den Tunnel hinab, als brächte die Aussicht ihren Atem zum Stocken. Ein verzückter Ausdruck von Hingerissenheit kennzeichnete ihr Gesicht, und sie wirkte irgendwie größer, durch ihren Halt am Stab des Gesetzes aufgerichtet, erhöht – als ob die Flamme des Stabes auch ein Feuer in ihrem Innern nähre, das Lodern einer Vision des Sieges. Sie sah aus wie eine Hohepriesterin, eine Vollzieherin heiliger, wirkungsvoller Riten, die sich der okkulten Stätte ihrer Kräfte nahte. Sogar die Breschen der Abseitsgerichtetheit ihres Blicks waren dichtgedrängt gefüllt mit erregenden, unbezähmten Möglichkeiten. Bei ihrem Anblick vergaß Covenant die unbehagliche Kraftgeladenheit der Luft, die Tränen, die aus seinen Augen rannen, als weine er, und taumelte vorwärts, um sie zu warnen. Sofort verloren seine Füße ihren festen Stand, und er konnte nur mit knapper Not einen üblen Sturz vermeiden. Bevor er dazu imstande war, seinen Versuch zu wiederholen, hörte er wieder Amoks Stimme. »Komm, Hoch-Lord! Das Ende ist nah.« Die Stimme des Jungen klang nun so geisterhaft wie eine Beschwörung von Toten. In Beantwortung seines Forderns schritt Hoch-Lord Elena den Tunnel hinunter. Hastig starrte Covenant rundum. Er griff nach Bannors Arm, als wolle er *Halt sie zurück!* schreien. *Siehst du denn nicht, was sie anrichten wird?!* Aber er brachte keinen Laut hervor. Er war einen Handel eingegangen. Statt dessen stieß er sich von Bannor ab und bemühte sich, Elena eilig zu folgen.

Doch seine Füße fanden keinen rechten Halt auf dem Boden. Seine Stiefel glitten auf dem Stein ständig aus; es schien, als habe er den Gleichgewichtssinn verloren. Dennoch stakste er grimmig weiter. Mit einer gewaltigen Aufbietung von Willenskraft entkrampfte er seine Gliedmaßen, setzte seine Schritte weniger unüberlegt, stapfte weniger gewalttätig dahin. Im Ergebnis seiner Anstrengungen gewann er eine gewisse Kontrolle über seine Bewegungen zurück, so daß es ihm endlich gelang, mit dem Hoch-Lord Schritt zu halten.

Einzuholen vermochte er Elena jedoch nicht. Und er konnte nicht erkennen, wohin sie überhaupt ging; seine eigenen

Schritte verlangten ihm zuviel Konzentration ab. Er blickte nicht wieder auf, bis der zudringliche Geruch eine Stärke annahm, die ihn fast noch einmal auf die Knie warf. Ein derartiger Schwall von Tränen lief ihm aus den Augen, daß sein Blickfeld im wahrsten Sinne des Wortes aussichtslos verschwamm, seiner Sicht jede Klarheit abhanden kam. Aber der Geruch zeigte ihm immerhin an, daß sie die Quelle des roten Rinnsals erreicht hatten.

Durch seine Tränen konnte er Elenas Flamme flackern sehen. Er wischte sich das Wasser aus den Augen, verschaffte sich einen buchstäblichen Augenblick ungetrübter Sicht, in dem er seine Umwelt begutachtete. Er stand am Ende des Tunnels hinter Elena in einer noch weiträumigeren Höhle. Vor ihnen, an die jenseitige Wand aus schwarzem Fels gefügt wie der auskragende Teil einer Gesteinsader, befand sich eine rauhe, geneigte Fläche feuchten Steins. Diese gesamte Fläche schimmerte; ihre Ausstrahlungen verzerrten Covenants sowieso beeinträchtigtes Sehvermögen, erweckten in ihm den Eindruck, als starre er in eine Luftspiegelung, ein Wabern im soliden Gewebe der Existenz. Sie lag vor ihm wie eine poröse Membran in den Fundamenten von Raum und Zeit. Von oben bis unten schwitzte sie Nässe aus, die ihre Schräge hinabsickerte, sich davor in einer groben Mulde sammelte und schließlich durch die Mitte des Tunnels davonrann.

»Schaut!« sagte Amok in ruhigem Tonfall. »Schaut das Blut der Erde! Hier erfülle ich den Zweck meiner Erschaffung. Ich bin der Siebte Kreis des Wissens von Hoch-Lord Kevins Lehre. Die Macht, zu welcher ich der Weg und das Tor bin, ist hier.« Während er redete, klang seine Stimme merklich immer tiefer und hohler, spürbar älter. Die übermächtige Last seiner Jahre beugte seine Schultern. Als er weitersprach, geschah es allem Anschein nach in der Erkenntnis, daß Eile geboten war, als sei es notwendig, alles auszusprechen, was gesagt werden mußte, bevor er seiner bisherigen Immunität gegen den Ablauf der Zeit verlustig ging. »Gib acht, Hoch-Lord! Die Luft dieser Örtlichkeit erlöst mich. Ich muß meinen Zweck nun erfüllen.«

»Dann sprich, Amok!« gab Elena zur Antwort. »Ich vernehme deine Worte.«

»Ach, du vernimmst sie, ja«, meinte Amok in traurigem, versonnenem Ton, als habe ihre Antwort ihn plötzlich zutiefst nachdenklich gemacht. »Doch wo ist der Nutzen des Hörens, wenn's ohne Weisheit geschieht?« Dann riß er sich zusammen. »Aber vernimm meine Worte«, sagte er dann mit wieder etwas kräftigerer Stimme, »sei's zum Wohl oder zum Übel. Ich befolge die Regeln meiner Erschaffung. Mehr kann mein Schöpfer nicht von mir verlangen ... Hoch-Lord, schau das Blut der Erde. Dies ist der unentbehrliche, von Leidenschaft pralle Saft des Berggesteins ... der Erdkraft, die Gipfel aufrichtet und sie aufgerichtet hält. Vielleicht preßt das große Gewicht des *Melenkurion* Himmelswehr ihn aus dem harten Fels – oder vielleicht ist der Berg dazu bereit, hier an dieser Stelle sein Herzblut für jene zu entäußern, die seiner bedürfen und es zu finden verstehen. Was auch die Ursache sein mag, die Tatsache besteht. Jede Seele, die vom Erdblut trinkt, erlangt die Macht des Gebots.« Er erwiderte Elenas eindringlichen Blick. »Diese Macht ist sowohl eine der seltensten wie auch stärksten«, erläuterte er weiter, »und zugleich ist sie voller Fährnisse. Denn sie ist die Macht, die's ermöglicht, ein jedes Ereignis zu begehren und herbeizuführen, die Macht, dem Stein, der Erde, dem Gras und Holz, dem Wasser und Gewebe des Lebens jegliches Gebot zu erteilen – und selbiges Gebot erfolgt zu sehen. Sollte also jemand, der davon getrunken hat, dem *Melenkurion* Himmelswehr gebieten: ›Birst und stürz ein!‹, die hocherhabenen Gipfel täten augenblicklich gehorchen. Fiel's jemandem ein, der davon genossen hat, den Feuerlöwen des Donnerbergs zu gebieten: ›Eilt herab von euren öden Höhen

und verwüstet Ridjeck Thome!‹, so wollten sie sofort mit aller Kraft danach streben, dem Gebot ihren Gehorsam zu erweisen. Diese Macht kann alles bewirken, was in der Fähigkeit dessen liegt, dem sie gebietet. Hoch-Lord Kevin selbst jedoch hat sich dieser Macht enthalten. Ich weiß nicht um alle Beweggründe, welche ihm dazu Veranlassung waren, vom Blut der Erde nicht zu kosten. Doch ich muß, so klug ich's vermag, die Wagnisse, die der Macht des Gebots innewohnen, zu erklären versuchen.«
Amok sprach immer düsterer und geisterhafter, hohl wie ein Gespenst, und Covenant lauschte voller Verzweiflung, als kralle er sich über einem Abgrund mit wunden, zerschrammten Fingern an Amoks Worte. Heiße Wallungen wummerten durch seine Adern, und Tränen rannen wie Lavaströme unaufhaltsam über seine schweißbedeckten Wangen. Ihm war zumute, als müsse er am Geruch des Erdbluts ersticken. Sein Ehering juckte fürchterlich. Er war nicht dazu in der Lage, das Gleichgewicht zu wahren; seine Füße rutschten unaufhörlich unter ihm weg. Seine Wahrnehmungen jedoch reichten über alles hinaus. Seine überfluteten Sinne verlängerten, dehnten sich aus, als streckten sie endlich wieder die Köpfe übers Wasser.
Als Amok von den Wagnissen, die die Macht des Gebots enthalten sollte, zu reden anfing, drang im Innern der Höhle eine völlig neue Erscheinung in Covenants Bewußtsein vor.
Durch den vorherrschenden Gestank des Erdbluts begann er irgendeine Schlechtigkeit zu riechen, irgendein Übel. Dieser ekelhafte Gestank kroch beharrlich durch den stärkeren Geruch wie ein ungeheuer starrköpfiges Trotzen, das sich im Laufe der Zeit gegen die gewaltige Macht, die ihm entgegenwirkte, es unterdrückte und niederhielt, durchzusetzen begann. Aber er konnte den Ursprung der Belästigung nicht feststellen. Entweder war die Macht des Gebots selbst in irgendeiner Beziehung ein trügerisches Machwerk, oder die Schlechtigkeit stak in etwas anderem, ließ sich in der dicken

Luft nur ganz allmählich bemerken. Er wußte nicht zu unterscheiden, was zutraf.

Von den anderen fiel anscheinend niemandem der feine Ruch eines Übels auf. Nach einer kurzen, durch seine Ermattung bedingten Verschnaufpause setzte Amok seine Erläuterungen fort.

»Das erste dieser Wagnisse – das erste, vielleicht aber nicht das wichtigste – besteht aus der einen großen Einschränkung der Macht. Denn sie besitzt keinen Einfluß auf irgend etwas, das kein natürlicher Bestandteil der Erdschöpfung ist. Daher ist's unmöglich, dem Verächter zu gebieten, die Kriegführung einzustellen. Es ist ausgeschlossen, ihm zu gebieten, daß er sterbe. Er lebte schon, ehe der Bogen der Zeit geschmiedet wurde – die Macht ist auf ihn wirkungslos. Selbiger Umstand allein mag Kevin zurückgehalten haben. Vielleicht trank er nicht vom Blut der Erde, weil er kein Gebot zu ersinnen vermochte, das sich wider den Verächter bewähren konnte. Doch es besteht noch eine andere, heikler beschaffene Gefahr. Hier mag nun jede Seele, die genug Kühnheit aufbringt, vom Blut der Erde trinken – doch wenige gibt's, die die Folgen dessen, was sie leichthin gebieten mögen, vorauszuschauen verstehen. Wenn solch unermeßliche Kräfte auf Erden freigesetzt werden, mag jedes Werk, das damit vollbracht wird, auf den Bewerkstelliger zurückfallen und sich unvermutet gegen ihn wenden. Geböte also jemand, der vom Erdblut gekostet hat, die Vernichtung des Weltübel-Steins, so möchte womöglich besagten Steins Übelhaftigkeit ohne Gefäß überdauern und sich übers ganze Land ausbreiten. Ein jeder, der trinkt, aber kein Prophet ist, schwebt infolgedessen in der Gefahr des Selbstbetrugs. Möglichkeiten der Schändung liegen hier verborgen, die selbst Hoch-Lord Kevin in all seiner Verzweiflung unberührt in ihrem Schlummer beließ.«

Der Übelgeruch drang immer stärker in Covenants Nasenlöcher, aber noch immer konnte er nicht ermitteln, worum es sich handelte. Er vermochte sich nicht einmal richtig darauf zu konzentrieren; fieberhaft bewegte ihn eine Frage, die er Amok zu stellen hatte. Aber die düstere, stickige Atmosphäre beengte seine Kehle, verschloß ihm den Mund.

Während Covenant um Atem rang, geschah irgend etwas mit Amok. Im Laufe seiner Darlegungen war sein Ton immer schartiger und greisenhafter geworden, und nun, in der Pause nach seinen letzten Worten, durchfuhr ihn plötzlich ein Ruck, als sei in seinem Innern irgendein straff gespannt gewesenes Band gerissen. Er taumelte einen Schritt hinüber zum Sammelbecken des Erdbluts. Ein Weilchen verstrich, ehe seine Haltung sich mehr oder weniger normalisierte und er wieder den Kopf hob.

Ein Ausdruck von Schmerz oder Trauer weitete seine Augen, und rings um sie breiteten sich sichtlich Runzeln des Alters aus, als schrumpfe seine Haut. Das weiche Fleisch seiner Wangen sank ein; Grau durchzog seine Kopfbehaarung. Plötzlich saugte er das natürliche Maß seiner Jahre auf wie ein trockener Schwamm das Wasser.

Als er erneut den Mund öffnete, klang seine Stimme schwach und nichtig. »Mehr kann ich nicht sprechen. Meine Zeit ist abgelaufen. Lebe wohl, Hoch-Lord. Laß das Land nicht im Stich!«

Covenant röchelte seine Frage wie in einem Kampf hervor. »Was ist mit dem Weißgold?«

Amok antwortete wie über eine gewaltige Kluft von Zeit hinweg. »Das Weißgold kommt von jenseits des Bogens der Zeit. Ihm kann nicht geboten werden.«

Ein neuer innerlicher Ruck schüttelte ihn; er wankte noch näher ans Sammelbecken.

»Helft ihm!« krächzte Covenant. Doch Elena hob nur den Stab des Gesetzes zu einem stummen, feurigen Salut.

Mit einer von Greisentum gekennzeichneten Anstrengung richtete sich Amok hoch empor. Tränen liefen ihm übers verhutzelte Geflecht seiner Wangen, als er das Gesicht zur Höhlendecke hob und mit gramerstickter Stimme aufschrie. »Ach, Kevin! Das Leben ist süß, und ich habe nur für so kurze Frist gelebt! Muß ich denn vergehen?«

Wie zur Antwort auf seine flehentliche Anrufung durchrüttelte ihn ein dritter Ruck. Er torkelte, als lösten sich seine Knochen voneinander, und sackte in den Trog. Im Handumdrehen zersetzte das Erdblut sein Fleisch, und Minuten später war er spurlos verschwunden.

»Amok!« stöhnte Covenant hilflos auf. Durch den verwaschenen Schleier seiner sinnentleerten Tränen starrte er das rote Rinnsal des Erdbluts an. Aus dem Innern des Gesteins suchten immer neue Gleichgewichtsstörungen ihn heim, wirkten auf seine Muskeln wie ein Schwindelanfall. Er verlor jedes Gefühl dafür, wo er sich befand. Um sich einen Halt zu verschaffen, langte er zu, wollte sich auf Elenas Schulter stützen.

Ihre Schulter war so hart und verkrampft, so verspannt von maßloser Zielstrebigkeit, daß sie sich unterm Stoff ihrer Robe anfühlte wie nackter Knochen. Sie schwebte am Rande zum Höhepunkt ihrer Verzückung; ihre gefräßig verzehrende Leidenschaft war für Covenant handgreiflich spürbar.

Er war entsetzt. Trotz der Benommenheit, die seinen Verstand zu entwurzeln drohte, erkannte er nun den Ursprung des obskuren, abscheulichen Übelruchs.

Das Übel stak in Elena, dem Hoch-Lord in Person.

Anscheinend war sie sich dessen überhaupt nicht bewußt. »Amok ist dahingeschieden«, sagte sie im Ton kaum noch beherrschter Erregung. »Sein Zweck ist erfüllt. Nun darf's kein weiteres Säumen geben. Um der ganzen Erde willen muß ich von ihrem Blut trinken und mir die Macht des Gebots aneignen.« In Covenants Ohren klang ihre Stimme überladen mit

begierigen Folgerungen, als sei Elena so voller Nöte, Pflichten und Absichten, daß sie nachgerade zu bersten drohe.
Seine Erkenntnis packte ihn, als sei sie eine eisige Hand in seinem Nacken, und er sank innerlich auf die Knie. Als Elena seine Reichweite verließ, zum Sammelbecken des Erdbluts trat, spürte er, daß das letzte Bollwerk seiner Selbstverteidigung zusammenbrach. *Elena!* heulte er stumm. *Elena!* Seine Schreie waren Schreie der Jämmerlichkeit.
Einen Moment lang kniete er in seinem eigenen Innenleben, als habe eine Vision ihn überkommen. Verschwommen erkannte er all die manifesten Beziehungen, in welchen er für Elena die Verantwortung trug – all die verschiedenen Vorgänge, deren komplexe Gesamtheit bedingte, wer und was sie war, und wo. Seine Doppelwertigkeit war die Ursache – seine Gewaltsamkeit, seine Nichtsnutzigkeit, seine Not waren die Gründe. Und er entsann sich der in ihrem Blick verborgenen Apokalypse. Darin lag das Übel. Es ließ ihn vor Grauen zittern.
Durch seinen Tränenschleier beobachtete er sie. Als er sah, wie sie sich über das Becken beugte, stemmte sich alles in ihm vom schlüpfrigen Untergrund hoch, und er brüllte heiser los: »Elena! Nicht! Trink nicht!«
Der Hoch-Lord verharrte. Elena drehte sich jedoch nicht um. Die ganze Verkrampfung ihres Rückens verdichtete sich zu einer einzigen Frage: *Warum nicht?*
»Begreifst du denn nicht?« keuchte er. »Das ist alles eine von Foul eingefädelte Machenschaft. Wir werden manipuliert ... *du* wirst manipuliert. Etwas Schreckliches wird geschehen.«
Eine Zeitlang schwieg sie, während er qualvoll abwartete. »Ich darf diese Möglichkeit«, erwiderte sie dann im Tonfall erhabener Überzeugung, »dem Lande zu dienen, nicht mißachten. Ich bin gewarnt. Wenn das Fangzahns schlauste Machenschaft ist, um uns zu verderben, so ist's zugleich unser tauglichster Weg zu seinem Untergang. Ich fürchte mich nicht, meinen mit

seinem Willen zu messen. Und ich trage den Stab des Gesetzes. Weißt du nicht, daß er für seine Hände ungeeignet ist? Er hätte ihn uns nicht zufallen lassen, könnte er seinen Zwecken auf irgendeine Weise behilflich sein. Nein, Thomas Covenant. Der Stab des Gesetzes ist meine Bürgschaft. Lord Foul kann meinen Blick nicht täuschen.«

»Deinen Blick!« Covenant streckte ihr die Hände hin wie ein Bittsteller. »Verstehst du denn nicht, was dein Blick ist? Weißt du nicht, woher er stammt? Er stammt von mir … von jenem unseligen Handel, den ich mit den Ranyhyn abgeschlossen habe. Einem Handel, der mißlungen ist, Elena!«

»Mich dünkt, du hast besser gehandelt, als du ahntest. Die Ranyhyn haben ihr Versprechen gehalten – zur Gegenleistung mehr gegeben, als du voraussehen oder gar anstreben konntest.« Ihre Antwort schien ihm die Kehle einzuschnüren. »Was hat dich so gewandelt, Zweifler?« meinte sie in das entstandene Schweigen. »Ohne deinen Beistand wären wir nie und nimmer an diesen Ort gelangt. Auf dem Spaltfelsen hast du uns ohne Einschränkung und ohne Entgelt zur Seite gestanden, obwohl mein Zorn dich gefährdete. Nun jedoch hältst du mich zurück. Thomas Covenant, eine solche Memme bist du nicht.«

»Memme? Hölle und Verdammnis! Ich bin ein ganz erbärmlicher Feigling!« Etwas von seinem eingefleischten Groll kehrte wieder, und er krakeelte durch den Schweiß und die Tränen, die ihm in den Mund rannen. »Alle Leprakranken sind Feiglinge! Unseresgleichen muß so sein!«

Endlich wandte sie sich ihm zu, richtete den Brennpunkt, das flammende Inferno ihres Blicks auf ihn. Seine Gewalt brachte ihn um sein Gleichgewicht, und er fiel auf den Stein nieder wie zerbrochen. Aber er rappelte sich nochmals auf. Angetrieben durch seine Furcht vor ihr und um sie, wagte er es, sich ihrer Macht entgegenzustellen. Wacklig stand er da, gab sich auf, trat die Flucht nach vorn an.

»Manipulation, Elena«, stieß er hervor. »Ich spreche von Manipulation. Hast du eine Ahnung, was das heißt? Das bedeutet, man benutzt Menschen. Man dreht sie so hin, daß sie Zwecken dienen, die sie sich nicht selber ausgesucht haben. Von Manipulation. Nicht durch Foul – sondern durch mich! Ich habe dir gesagt, daß ich heute einen anderen Handel eingegangen bin – aber ich habe dir verschwiegen, woraus er besteht. Ich habe dich benutzt … dich benutzt, um mich aus dem ganzen Schlamassel freizukämpfen. Ich habe mir geschworen, alles zu tun, was ich konnte, um dir zum Siebten Kreis des Wissens zu verhelfen. Und zur Gegenleistung habe ich geschworen, gleichzeitig alles zu tun, was ich konnte, um dich dahin zu bringen, mir meine Verantwortung abzunehmen. Ich habe aufgepaßt und dir geholfen, damit es dahin kommt, wohin es jetzt haargenau gekommen ist, damit du Lord Foul herausforderst, ohne darüber nachzudenken, was du eigentlich machst, damit es deine Schuld ist, was aus dem Land wird, wie's ihm auch ergehen mag, und nicht meine, damit ich die ganze leidige Geschichte vom Hals kriege! Hölle und Verdammnis, Elena! Hörst du mich? Foul wird uns ganz bestimmt verderben!«

Aber allem Anschein nach hörte sie seine Äußerungen nur zum Teil. Sie bohrte den durchdringenden Fokus ihres Blicks direkt in sein Innerstes. »Hast du mich jemals wirklich geliebt?« wollte sie wissen.

Halb schrie er seinen gequälten Protest hinaus. »Natürlich habe ich dich immer geliebt!« Dann riß er sich zusammen, verwendete seine gesamte Kraft wieder für seine Argumentation. »Ich hatte nicht die leiseste Ahnung, daß ich imstande sein könnte, dich zu benutzen – dazu kam's erst hinter dem Erdrutsch. Als ich zu kapieren anfing, wozu du eigentlich in der Lage bist. Ich habe dich davor geliebt. Ich liebe dich auch jetzt noch. Ich bin nun einmal ein verantwortungsscheuer Lump, deshalb hab'

ich dich zu guter Letzt benutzt – das ist alles. Ich bereu's jetzt.« Er bot alle Flehentlichkeit auf, zu der seine Stimme fähig war. »Elena, bitte trink nicht von dem Zeug. Vergiß die Macht des Gebots, und kehr um nach Schwelgenholz. Laß den Großrat entscheiden, was in dieser Angelegenheit geschehen soll.«
Aber die Art, wie ihr Blick von seinem Gesicht abglitt und ringsum über die Wände der Höhle gloste, bewies ihm sofort hinreichend, daß er sich ihr nicht verständlich gemacht hatte. Als sie antwortete, besiegelte sie sein Scheitern.
»Ich wäre der Lordschaft unwürdig, sähe ich nun vom Handeln ab. Amok hat uns den Siebten Kreis des Wissens angeboten, weil er ersah, daß des Landes große Not die Wichtigkeit der Regeln seiner Erschaffung überstieg. Fangzahn ist übers Land hergefallen, der Krieg tobt, das Land und Leben und alles andere schweben in Gefahr. Solange mir irgendeine Waffe oder Macht verfügbar ist, werde ich's nicht dulden!« Ihre Stimme mäßigte sich, als sie weitersprach. »Und wenn du mich geliebt hast, wie könnte ich's versäumen, auch für deinen Schutz zu sorgen? Du hättest nicht verstohlen zu handeln brauchen. Ich liebe dich. Ich wünsche dir zu dienen. Deine Reue bestärkt mich nur, zu tun, was getan werden muß.«
Sie drehte sich wieder dem Trog zu, reckte die Flamme des Stabes hoch empor, so daß sie über ihrem Kopf flackerte. *»Melenkurion abatha!«* rief sie, als stoße sie einen Schlachtruf aus. »Hüte dich, Fangzahn! Ich trachte nach deiner Vernichtung!« Dann beugte sie sich hinunter zum Erdblut.
Covenant zappelte sich wie ein Rasender ab, um zu ihr zu gelangen, aber seine Füße schlitterten unter ihm seitwärts, und er prallte wuchtig auf den Steinboden, als führe er eine Demonstration seines Unvermögens vor. »Das ist keine gute Lösung«, schrie er, als sie ihr Gesicht ans Becken senkte. »Was wird dann aus dem Friedensschwur?!«
Aber sein Schrei durchdrang ihre Verzückung nicht mehr.

Ohne Zögern nahm sie einen tüchtigen Zug vom Erdblut und schluckte.

Im nächsten Augenblick sprang sie auf, richtete sich zu ganzer Größe empor, stand verkrampft da wie eine Besessene. Sie schien zu schwellen, sich auszudehnen wie eine aufblasbare Heiligenfigur. Das Feuer des Stabs züngelte am Holz hinab auf ihre Hände. Unverzüglich flammte ihre ganze Gestalt auf.

»Elena!« Covenant krauchte zu ihr. Aber die Gewalt ihres blauen Feuers, das sie vollständig umknisterte, warf ihn zurück wie ein starker Windstoß Er wischte sich die Tränen aus den Augen, um sie besser erkennen zu können. Das Feuer, das sie einhüllte, verletzte sie nicht, vielmehr bot sie darin eine ungeheuer mächtige Erscheinung.

Während die Flammen sie umloderten, vom Kopf bis zu den Füßen, sie umwallten wie ein feuriges Totenhemd, streckte sie die Arme in die Höhe, hob das Gesicht. Für einen Moment schaurigen Lohens verharrte sie völlig reglos, als sei sie inmitten einer Feuersbrunst gefangen. Dann sprach sie, als stieße sie Worte aus Flammen hervor.

»Komm! Ich habe vom Blut der Erde gekostet! Du mußt meinem Gebot gehorchen. Die Wälle des Todes währen nicht. Kevin, Loriks Sohn! Komm!«

Nein! kreischte Covenant innerlich auf. *Nein! Nicht!* Aber eine ungeheuerliche Stimme dröhnte sein inneres Schreien nieder, die so machtvoll die Luft durchbebte und durchströmte, daß er sie nicht bloß mit den Ohren zu hören schien, sondern mit seiner gesamten Körperoberfläche.

»Närrin! Nimm Abstand!« Schwingungen der Qual troffen aus der Stimme. »Tu's nicht!«

»Kevin, vernimm meine Worte!« schrie Elena in aufgewühltem Tonfall zurück. »Du kannst dich mir nicht verweigern! Das Blut der Erde bezwingt dich. Ich habe dich auserwählt, auf daß du mein Gebot erfüllst. Kevin, komm!«

»Närrin!« wiederholte die gewaltige Stimme. »Du weißt nicht, was du betreibst!«

Aber im nächsten Augenblick widerfuhr der Umgebung innerhalb der Höhle eine heftige Veränderung, als habe sich nebenan eine Gruft von gleicher Größe geöffnet. Wogen von Pein brandeten durch die Luft. Covenant zuckte bei jeder einzelnen Wallung zusammen. Er raffte sich hoch, wo er hingestürzt war, und schaute auf.

Vor Elena stand in Umrissen aus fahlem Licht Kevin Landschmeißers Gespenst.

Es überragte sie – überragte sogar die Höhle selbst. In seiner riesenhaften Größe und Trostlosigkeit war es nicht innerhalb der Höhle, sondern durch den Fels sichtbar. Er erhob sich über Elena wie ein Bestandteil des Berggesteins. Sein Mund glich einer Felsspalte, die Augen waren voll von Nachwirkungen des Rituals der Schändung, und um seine Stirn war eine Binde geschlungen, als verhülle sie eine tödliche Wunde. »Gib mich frei!« stöhnte es. »Ich habe genug Unheil für eine Seele angerichtet.«

»Dann diene mir!« schrie Elena das Gespenst von neuem ekstatisch an. »Ich weiß dir ein Gebot zu erteilen, das jenes Unheil auszugleichen vermag. Du bist Kevin, Loriks Sohn, der das Land zerschmissen hat. Du hast die Verzweiflung in ihrem alleräußersten Maß kennengelernt, du hast den Kelch voller Galle bis zur Neige ausgekostet. Darin ist Wissen und Kraft, denen kein Lebender gleichkommt. Hoch-Lord Kevin, ich gebiete dir, ringe Lord Foul den Verächter nieder und zerschmeiß nun ihn! Vernichte Fangzahn den Reißer! Das gebiete ich dir bei der Macht des Erdbluts!«

Das Gespenst starrte sie entsetzt an und hob die Fäuste, als wolle es auf sie losdreschen. »Närrin!« wiederholte es in gräßlichem Ton.

Im nächsten Moment brachte eine Erschütterung, als schlüge

die Pforte einer riesigen Gruft zu, die Höhle ins Wanken. Ein letztes Pulsen von Grauen suchte den Hoch-Lord und seine Begleitung heim, Elenas Flamme erlosch, als sei ihr Stab eine harmlose Kerze. Finsternis durchflutete die Höhle. Dann war Kevin fort.

Lange Zeit verstrich. Als Covenant sich wieder einigermaßen bei klarer Besinnung befand, blieb er für ein Weilchen auf Händen und Knien kauern, froh um die Dunkelheit, die geschrumpften Dimensionen der Höhle, das Verschwinden des Gespensts. Doch schließlich erinnerte er sich an Elena.

Er raffte sich auf. »Elena?« rief er, sobald er auf den Füßen stand. Er versuchte, sie mit seiner Stimme zu ertasten. »Komm, Elena! Wir verschwinden von hier.«

Zuerst erhielt er keine Antwort. Dann leuchtete erneut blaues Feuer auf, als Elena den Stab des Gesetzes entflammte. Sie saß am Boden wie ein Wrack. Als sie ihm ihr bleiches, erschlafftes Gesicht zuwandte, sah er, daß sie ihre Krise überwunden hatte. Die Erteilung des Gebots hatte ihre gesamte Kraft und Verzückung verzehrt. Covenant ging zu ihr, half ihr behutsam beim Aufstehen. »Komm mit!« sagte er nochmals. »Laß uns gehen!«

Matt schüttelte sie den Kopf. »Er hat mich eine Närrin geheißen«, sagte sie mit entkräfteter Stimme. »Was habe ich getan?«

»Ich hoffe, wir finden's niemals raus.« Unbeholfenes Mitgefühl machte seinen Tonfall unbeabsichtigt schroff. Er wollte sich um sie kümmern, aber er wußte nicht recht, wie. Um ihr Zeit und Ruhe zu lassen, damit sie sich ein wenig erhole, entfernte er sich zur Seite. Als er sich mißmutig in der Höhle umsah, bemerkte er Bannor, erkannte in der Miene des Bluthüters einen gelinden Ausdruck von Überraschung. Irgend etwas in diesem ungewohnten Gesichtsausdruck ließ Covenant ruckartig stutzen. Er hatte den Eindruck, daß diese Verblüffung ihm galt. »Das war Kevin, stimmt's?« forschte er nach, um irgendeine Erklärung zu bekommen.

Bannor nickte; aber der Ausdruck spekulativer Verwunderung blieb auf seinem Gesicht. »Na, wenigstens ist er nicht jener Bettler … ich meine, wenigstens wissen wir jetzt, daß nicht Kevin mich für all das hier ausgeguckt hat.«

Bannors Miene änderte sich nicht im geringsten. Covenant fühlte sich durch den Blick des Bluthüters unerfreulich bloßgestellt, als sei an ihm irgendeine Unanständigkeit, die für ihn selbst unersichtlich blieb. Verwirrt wandte er sich wieder Elena zu.

Plötzlich durchfuhr ein lautloser Stoß die Höhle, als schreie das Gestein selbst auf, und ein Rucken und Rütteln entstand, wie bei einem Erdbeben. Covenant und Elena verloren ihren Halt und klatschten der Länge nach auf den Steinboden. Ein ausdrucksloser Warnruf Morins ertönte.

»Kevin kehrt zurück!«

Erneut schien sich inmitten der Luft jene unsichtbare Riesengruft zu öffnen; Kevins Gegenwart kribbelte auf Covenants Haut. Diesmal aber brachte das Gespenst einen abscheulichen Gestank nach verwestem Fleisch und Rosenöl mit, und im Hintergrund seines Wesens grollte das Geräusch von Felsen, die zermahlt werden. Als Covenant den Kopf vom steinernen Boden hob, der sich aufbäumte, sah er im Gestein Kevin – in unmißverständlicher Haltung wütendsten Zorns, die Fäuste geballt. Ein heißes Grün erfüllte seine Augäpfel, schickte stinkigen Dunst gekräuselt hinauf zu seiner Stirn; und seine Gestalt troff von smaragdgrünem Licht, als sei er soeben einem leuchtenden Sumpf entstiegen.

»Närrin!« schrie er in einem Krampf grausiger Qual. »Fluchwürdige Verräterin! Du hast das Gesetz des Todes gebrochen, um mich zu rufen, du hast grenzenlose Möglichkeiten zu Übeln auf die Erde losgelassen – und der Verächter meisterte mich so mühelos, als sei ich ein Kind! Der Weltübel-Stein verzehrt mich. Setz dich zur Wehr, Törin! Mit ist geboten, dich zu vernichten!«

Er brüllte wie eine ganze Horde von Unholden und beugte sich herab, um Elena zu ergreifen.

Sie regte sich nicht. Sie war fassungslos vor Grauen vorm Resultat ihrer großen, wagemutigen Tat. Aber Morin handelte augenblicklich. »Halt, Kevin«, rief er und eilte Elena zu Hilfe. Offenbar hörte das Gespenst Morin – hörte und erkannte ihn. Eine alte Erinnerung rührte an Kevin, und er zögerte. Dies Zögern gab Morin die Zeit, um Elena zu erreichen und sie hinter sich zu schieben. Als Kevin seine Verunsicherung abschüttelte und zupackte, schlossen seine Finger sich um Morin statt um den Hoch-Lord.

Er nahm den Bluthüter und hob ihn in die Luft. Kevins Arm glitt ohne Umstände durchs Gestein, aber für Morin war das unmöglich. Er krachte mit fürchterlicher Wucht gegen die Höhlendecke. Der Anprall riß ihn aus Kevins Griff. Aber dieser Anprall genügte. Der Blutmark fiel tot herab, zerschmettert wie ein schwacher Zweig.

Dieser Anblick schreckte Elena auf. Plötzlich erkannte sie die Gefahr. Eilends wirbelte sie den Stab des Gesetzes überm Kopf, und die Flamme flackerte hervor; ein grellblauer Blitz schoß Kevin entgegen.

Der Blitzschlag traf ihn wie ein körperlicher Hieb, warf ihn um einen Schritt zurück ins Gestein. Aber er war so leicht nicht zu überwinden. Mit einem dumpfen Knurren der Pein kam er von neuem vorwärts und langte nochmals nach Elena.

»Melenkurion abatha!« schrie sie wie besessen und wehrte seine Attacke mit dem Stab des Gesetzes ab. Das feurige Ende des Stabes verbrannte Kevins Hände.

Wieder fuhr er zurück, faßte sich an die versengten Finger und stöhnte.

Während der Atempause, die sie dadurch erhielt, rief Elena dem Stab seltsame Beschwörungen zu und schwang seine Flamme dreimal rings um ihre hochaufgerichtete Gestalt, umgab sich mit einem Schutzschild aus Energie. Als das Gespenst wieder nach ihr griff, konnte es sie nicht packen. Es begrabschte den Schutzschirm, und seine Geisterfinger verträufelten übles Smaragdgrün, aber es vermochte sie nicht zu berühren. Sobald es ihre Abwehr irgendwo durchbrach, schloß sie die Bresche wieder mit den Kräften des Stabes.

Das Gespenst zeterte vor Wut und Enttäuschung, dann änderte es seine Taktik. Es wich zurück, verklammerte beide Fäuste ineinander und ließ sie auf den steinernen Boden der Höhle niedersausen. Der furchtbare Schlag versetzte dem Gestein einen heftigen Ruck. Die Stoßwirkung schleuderte Covenant von den Beinen und Bannor gegen die dem Gespenst gegenüber befindliche Höhlenwand.

Ein Ächzen und Zittern durchlief den Berg wie Zuckungen der Qual. Die Höhlenwände wankten; das Rumpeln zerborstenen Gesteins erfüllte die Luft; energetische Ausbrüche lohten.

Direkt unter Elena zeigte sich im Felsboden ein Riß. Noch bevor sie ihn bemerkte, begann er sich zu erweitern. Dann klaffte er schlagartig auseinander wie mörderische Kiefer.

Hoch-Lord Elena stürzte in den entstandenen Spalt.

Kevin sprang hinterdrein und verschwand außer Sicht. Sein Geheul erscholl aus der Kluft und hallte wider wie das Gekreisch eines Wahnsinnigen.

Doch selbst während beide in die Tiefe entschwanden, ging ihr Ringen weiter. Lord-Feuer schoß glutheiß herauf in die Höhle. Das Donnern gequälten Steins grollte durch den Tunnel, und die Höhle selbst schwankte von einer zur anderen Seite, wie eine Übelkeit in den Eingeweiden des *Melenkurion* Himmelswehr. In seinem Schrecken meinte Covenant, das gesamte Gefüge des Berges stehe kurz vorm Zusammenbruch.

Da zerrte Bannor ihn auf die Füße, richtete ihn rücksichtslos auf. Der Bluthüter umklammerte ihn mit unerbittlichen Fingern. »Rette sie!« schrie er Covenant durch das Getöse an.
»Ich kann's nicht!« Die Schmerzlichkeit seiner Antwort veranlaßte auch Covenant zum Brüllen. Bannors Forderung rieb so viel Salz in die Wunden seiner wesensbedingten Nichtsnutzigkeit, daß er die Pein kaum zu erdulden vermochte. »Ich kann's doch nicht!«
»Du mußt.« Bannors Zugriff gestattete keinerlei Alternativen.
»Wie denn?« Covenant fuchtelte mit seinen leeren Händen vor Bannors Gesicht. »Damit?« schnauzte er.
»Ja!« Der Bluthüter packte Covenants linke Hand und zwang ihn, sie anzusehen.
Am Ringfinger pulsierte in barbarischer Wildheit sein Weißgoldring, pochte von Schwingungen der Kraft und des Lichts, wie ein Instrument, das danach lechzte, in Gebrauch genommen zu werden.
Einen Moment lang starrte er den silberfarbenen Reif an wie einen Verräter. Dann vergaß er die Pläne zu seiner Erlösung, vergaß sich selbst, vergaß sogar, daß er keine Ahnung hatte, wie sich die wilde Magie einsetzen ließ; verzweifelt riß er sich von Bannor los und taumelte zu dem Felsspalt. Wie ein Mann, der sich unbewaffnet und unbedarft einem blindwütigen Verhängnis entgegenstemmte, sprang er dem Hoch-Lord in die Tiefe nach.

26
Der Galgenhöcker

Aber er scheiterte, ehe er richtig beginnen konnte. Er wußte nicht einmal, wie er sich auf die Art von Auseinandersetzung einstellen sollte, die unter ihm tobte. Als er über die Kante der Kluft sprang, traf ihn aus dem Spalt eine Eruption entfesselter Kräfte, die eine Druckwelle wie ein Vulkanausbruch heraufsandte. Er war dagegen machtlos; seine Besinnung erlosch wie ein bedeutungsloses Lichtlein.

Danach wälzte er sich eine Zeitlang in totaler Finsternis – kroch in undurchschaubarer Leere dahin, durchgellt von einem Gejaule, das über ihm anschwoll und brach, bis er wie ein Schiff mit zerborstenen Balken schlingerte. Nichts war ihm bewußt als die Gewalten, die ihn durchschüttelten. Aber dann nahm irgend jemand ihn an der Hand und hielt sie fest. Zuerst glaubte er, Elena habe seine Hand ergriffen, daß sie sie nun festhielte wie in der Nacht gleich nach seiner Herbeirufung. Doch als es ihm endlich wieder gelang, die dunklen Schleier der Umnachtung von seinen Sinnen zu streifen, erkannte er Bannor. Der Bluthüter zog ihn aus dem Felsspalt.

Dieser Anblick – und die Erkenntnis seines Versagens – gaben ihm den Rest. Als Bannor ihn auf die Füße stellte, blieb er wie versteinert stehen – inmitten des Lärms, den das unterirdische Ringen verursachte, des Knallens, des dumpfen, qualvollen Ächzens in Mitleidenschaft gezogenen Gesteins, des Rumpelns von Steinschlag –, mit einem ausgeschlachteten Schiffsrumpf vergleichbar, einem entleerten Wrack, das durch eine Wunde unterhalb seiner Wasserlinie den Tod einsaugt. Er leistete keinen Widerstand und stellte keine Fragen, als Bannor ihn zur Kaverne des Erdbluts halb hinausschleppte.

Außer den Widerspiegelungen, die das Blitzen des Wütens im Tunnel fand, war es darin jetzt stockfinster, aber Bannor bewegte sich mit unanfechtbarer Sicherheit über den schwarzen Stein. Innerhalb weniger Augenblicke brachte er seinen zerrütteten Schützling sicher zurück zum Wasserfall. Dort hob er den Zweifler auf seine Arme und trug ihn wie ein Kind durch die Wucht der Wassermassen.

Im Schein des Steinlichts der Erdwurzel regte sich Bannor noch flinker. Er hastete zu dem Boot, das unverändert bereitlag, half Covenant auf einen Sitz und sprang selbst an Bord, indem er das Gefährt hinaus auf den spiegelglatten See schob. Ohne Zögern begann er irgend etwas in der Heimatsprache der *Haruchai* aufzusagen. Mit geschmeidiger Zügigkeit schwamm das Boot auf seiner vorgegebenen Strecke durch das Gewirr der Pfeiler.

Aber seine Bemühungen konnten das Boot nicht lange antreiben. Nach ein paar hundert Metern begann der Bug vom ursprünglichen Kurs abzuweichen. Bannor hörte zu sprechen auf, und sofort schwang der Bug zur Seite, das Fahrzeug drehte bei. Allmählich beschleunigte es seine Fahrt.

Es befand sich unterm Einfluß einer Strömung. Im Mittelpunkt von Covenants blicklosem Stieren ließ Bannor seine Brauen ein wenig aufwärtsrutschen, als sähe er eine neue Prüfung voraus. Für eine beachtliche Weile wartete er darauf, daß sich mit dem langsamen Anschwellen der Strömung ein Ziel ihrer veränderten Fahrtrichtung abzeichne.

Dann erspähte er in der Ferne, was die Strömung hervorrief. Weit voraus glomm Steinlicht über einer Linie des Wasserspiegels, hinter der ein Loch sich nach beiden Seiten bis in unendliche Tiefen auszuweiten schien. In diesen Schlund ergoß sich der Erdwurzelsee in sturzbachartigen, aber lautlosen Katarakten.

Er reagierte mit verzögerungsfreier Tüchtigkeit, als habe er sich während der langen Jahrhunderte seines Dienstes auf nichts als diesen Test vorbereitet. Zunächst zupfte er eine Länge *Clingor* aus seinem Bündel; damit befestigte er Covenant am Boot. »Das Ringen zwischen Kevin und dem Hoch-Lord hat auf dem Grunde des Erdwurzelsees die Erde aufgebrochen«, erklärte er zur Antwort auf die unklare Fragestellung in Covenants Miene. »Wir müssen auf seinen Wassern hinabfahren und drunten einen Weg ins Freie suchen.«

Er wartete keine Erwiderung ab. Er kehrte Covenant den Rücken zu, spreizte die Beine, klammerte beide Fäuste ans vergoldete Dollbord und riß eine Planke heraus. Das lange, geschwungene Stück Holz in den Händen, um es als Staken zum Steuern zu verwenden, schwang er sich herum, versuchte die Entfernung des Boots vom Abgrund zu schätzen.

Nur noch weniger als hundert Meter trennten das Gefährt vom Rand der Kluft, und es glitt ihr zusehends rascher entgegen, immer stärker vom Wassersturz angezogen. Bannor traf jedoch noch eine Vorbereitungsmaßnahme. »Ur-Lord«, sagte er mit ruhiger Stimme, während er sich vorbeugte, »du mußt den *Orkrest* benutzen.« Seine Stimme hallte voller Autorität durch die Stille und erzeugte reichlich Echos.

Covenant glotzte nur verständnislos. »Du mußt. Er ist in deiner Tasche. Hol ihn heraus.«

Einen Moment lang stierte Covenant ihn bloß weiter an. Endlich drang der Wunsch des Bluthüters durch seine Abstumpfung zu ihm vor. Langsam langte er in seine Tasche, holte den glatten, lichten Stein hervor. Er hielt ihn ungeschickt in seiner Rechten, als könne er ihn zwischen Daumen und lediglich zwei Fingern nicht richtig greifen. Das Loch gähnte nun unmittelbar vorm Bug des Boots, aber Bannor sprach mit unveränderter, gelassener Festigkeit. »Nimm den Stein in deine Linke. Halt ihn über dein Haupt, auf daß er uns den Weg erhelle.«

Als Covenant den *Orkrest* mit seinem entarteten Ehering in Berührung brachte, schoß aus dem Innern des Steins ein grelles, silbernes Licht. Es leuchtete auf dem Goldrand der Planke in Bannors Fäusten, ließ das Steinlicht ringsum verblassen. Als Covenant sich benommen erhob und den Stein wie eine Fackel in die Höhe streckte, nickte Bannor beifällig. Sein Gesicht zeigte einen Ausdruck von Befriedigung, als seien alle Voraussetzungen seines Eids erfüllt worden. Dann kippte der Bug des Boots abwärts. Bannor und Covenant sausten auf den Stromschnellen des Erdwurzelsees in die finstere Tiefe hinab.

Das Wasser brodelte und schäumte heftig. Aber bald mündete es in andere Hohlräume. Die Strömungen jagten im Hinunterstürzen durch eine Windung, schossen durch den erst entstandenen Spalt, als handele es sich um einen Abfluß oder ein Schleusentor. Im Helligkeitsschein des *Orkrest*-Steins sah Bannor rechtzeitig genug, wohin die Wassermassen sich ergossen. Er steuerte das Boot so, daß es unangefochten mit der Hauptrichtung der Strömung schwamm.

Anschließend tanzte das Fahrzeug den frenetischen Wasserlauf wie in einem langen Alptraum aus zerklüfteten Felsen, plötzlichen Fällen, bei deren Anblick das Herz stehenbleiben wollte, Tohuwabohu und nahem Tod hinunter. Durch labyrinthische Schlünde, Stollen und Spalten in den unermeßlichen Eingeweiden des *Melenkurion* Himmelswehr raste das Wasser von einer zur nächsten Höhle, rumpelte und röhrte in den Gedärmen des Berges. Viele Male rollten Wasserstürze über das Gefährt hinweg, aber jedesmal trieb sein kraftvolles Holz – ein Holz, das dazu imstande war, dem Erdwurzelsee zu widerstehen – es wieder an die Oberfläche. Und etliche Male schwappten Wogen auf Covenant und Bannor nieder, aber das Wasser schadete ihnen nicht – entweder hatte es seine Kraft im Laufe des Abwärtsbrausens verloren oder der Zustrom aus anderen unterirdischen Quellen und Seen hatte es mittlerweile stark verdünnt.

Durch all das reckte Covenant seinen *Orkrest* in die Höhe. Ein letztes unbewußtes Durchhaltevermögen hielt seine Finger starr um den Stein geschlossen, seinen Arm nach oben gestreckt. Und das stete Feuer des Steins beleuchtete den Kurs des Bootes, so daß Bannor selbst im wütendsten Toben der Strömungen steuern konnte, Felsen zu umschiffen, Stauwasser zu vermeiden und das Fahrzeug durch Kurven zu lenken, sich und den Zweifler durchzubringen vermochte. Zwar zerbrach die Heftigkeit der Wassermengen bald seinen Staken, aber er ersetzte ihn kurzerhand durch ein anderes Stück vom Dollbord. Als auch das zersplitterte, nahm er sicherheitshalber eine Sitzplanke als Steuerruder.

Stark angespannt, aber unerschüttert lenkte er ihre Nußschale der letzten Krisensituation entgegen.

Da, plötzlich, fegte das Boot einen weiten Durchfluß in eine Höhle hinunter, in der sich kein Ausgang erkennen ließ. Das Wasser schäumte wütend, suchte nach einem Ausweg, und der Luftdruck stieg, machte sich mit jeder Sekunde schrecklicher bemerkbar. Ein schneller Strudel erfaßte das Boot, schleuderte es herum und unter den umfangreichen Zustrom an Wasser.

Dessen Wucht drückte das ihm völlig ausgelieferte Gefährt abwärts.

Bannor tastete sich zu Covenant. Er schlang seine Beine um den Zweifler und entriß ihm den Orkrest-Stein. Er packte den Stein, als wolle er sich daran festklammern, und preßte seine andere Hand über Covenants Nase und Mund. In dieser Haltung blieb er, als das Boot sank.

Das Gewicht des Wassers, das unablässig nachfloß, ließ sie senkrecht nach unten trudeln. Der Druck brachte Bannors Augen in ihren Höhlen zum Pochen, und in seinen Ohren schrillte es, als wollten sie platzen. Er spürte, wie Covenant unter seiner Hand schrie. Aber in der Außergewöhnlichkeit des letzten Treuebeweises behielt Bannor alles in der Hand – umkrallte mit einer Faust die helle Kraft des *Orkrest*-Steins, hinderte mit der anderen Covenant am Atmen.

Dann trieb ein Sog sie in einen Seitentunnel, einen Abfluß. Unverzüglich schleuderte der Druck der gefangenen Luft und des beengten Wassers sie schlagartig aufwärts. Covenant erschlaffte; Bannors Lungen brannten, aber er bewahrte genug Geistesgegenwart, um sich sofort aufzurichten, als die Wassermassen ins Freie purzelten. In hohem, gewölbtem Schwall spie es die beiden Männer in den Einschnitt des Spaltfelsens hinaus und in den Morgen überm Schwarzen Fluß und der Würgerkluft.

Einen Moment lang schien alles um Bannor zu kreisen, der Sonnenschein, der freie Himmel und der Wald, und Geflimmer ausgeglichener Druckverhältnisse glomm durch sein Blickfeld. Dann festigte sein Eid seine Seelenstärke wieder. Er schlang beide Arme um Covenant und übte auf dessen Brustkorb einen kurzen, aber starken Druck aus, und die Lungen des Zweiflers arbeiteten weiter.

Mit einem heftigen Aufkeuchen begann Covenant mit nahezu fieberhafter Schnelligkeit erneut zu atmen. Ein Weilchen verstrich, bis er Anzeichen zeigte, daß sein Bewußtsein zurückkehrte, aber während der ganzen Zeit pulste sein Ring, als erhalte er ihn am Leben. Endlich schlug er die Augen auf und sah Bannor.

Sofort fing er an, sich schwächlich gegen die *Clingor*-Stränge zu sträuben, als erblicke er in Bannor einen der Djinn, die über die Verfluchten wachen. Doch dann ermatteten seine Bewegungen. Er erkannte, wo er war – erinnerte sich daran, auf welchem Wege er hergelangte –, und ihm fiel ein, was er zurückgelassen hatte. Er starrte weiter sinnentleert vor sich

hin, während Bannor das *Clingor* löste, das ihn am Boot festhielt.
Über die Schulter des Bluthüters hinweg konnte Covenant die hohen Klippen des Spaltfelsens sehen – und dahinter den *Melenkurion* Himmelswehr –, wie sie zurückblieben, während das Boot flußabwärts dahintrieb. Dicker schwarzer Rauch quoll stoßweise aus der Spalte, ab und zu ergänzt durchs Wetterleuchten des Duells in den Abgründen des Berges. Unter gedämpften, gequälten Berstgeräuschen zerspellte das Grundgestein selbst, verwüstete die große Gruft der Zeitalter. Covenant fühlte sich, als trüge eine Woge der Verheerung und Vernichtung ihn davon.
Furchtsam senkte er den Blick auf seinen Ring. Zu seinem Unbehagen mußte er feststellen, daß er noch immer pulsierte, als stoße er Schreie der Anfeuerung aus. Unwillkürlich legte er seine rechte Hand darüber, verbarg ihn. Dann setzte er sich im Boot so hin, daß er nach vorn schaute, drehte Bannor und dem Spaltfelsen den Rücken zu, als lege er Wert darauf, seinen Schandfleck jeder erhöhten Aufmerksamkeit vorzuenthalten.
Während der Tag schnell verfloß, saß er zusammengekauert und schwach da, starrte in schauderhaftem Gram nach vorn. Er sprach nicht mit Bannor, half ihm nicht dabei, das Wasser aus dem Boot zu schöpfen, schaute sich nicht um. Die zusätzlichen Wassermassen, die der Spaltfelsen hervorgurgelte, hoben den Spiegel des Schwarzen Flusses bis dicht an die Überflutungshöhe, und das leichte Gefährt vom Erdwurzelsee reiste mit wahrer Unerschrockenheit durch sein Rauschen, das zwischen den düsteren Wällen des Waldes dahinbrauste. Die Morgensonne glitzerte und tanzte auf dem dunklen Wasser und erreichte in diesen Spiegelungen auch Covenants Augen – aber der stierte das Geglitzer an, ohne zu blinzeln, als seien selbst die Reflexe seiner Lider zum Schutze des Augenlichts verlorengegangen. Darüber hinaus belästigte nichts seinen

sichtlosen Blick. Das durchnäßte Essen, das Bannor ihm anbot, verzehrte er willenlos, die linke Hand zwischen den Oberschenkeln versteckt. Der Mittag und ebenso der Nachmittag verstrichen, ohne daß er ihnen irgendeine Beachtung schenkte, und auch als der Abend heraufzog, blieb er krumm an seinem Platz hocken, preßte den Ring verdeckt an seine Brust, als beabsichtige er sich vor einem letzten Dolchstoß der Erkenntnis zu schützen.

Doch dann, als sich ringsumher die abendliche Dämmerung verdichtete, drang ihm das Singen ins Bewußtsein. Die Atmosphäre der Würgerkluft war voller Gesumm, erfüllt von einem stimmlosen Gesang, einer unheimlichen Melodie, die den zarten Kehlen sämtlicher Blätter zu entspringen schien wie eine heftige Gefühlsäußerung. Diese Klänge bildeten einen scharfen Kontrast zum entfernten, stürmischen Getöse im *Melenkurion* Himmelswehr, das ein Lied der Gewalt sang, zum Einschnitt des Spaltfelsens hinausblies und hinaustrommelte wie mit Pauken und Trompeten. Ganz langsam und bedächtig hob Covenant den Kopf, um zu lauschen. Das Lied der Würgerkluft besaß einen Unterton des Leidens, als unterdrücke sie absichtlich eine potente musikalische Furiosität, um ihn zu schonen.

Im Licht des *Orkrest* sah er, daß Bannor das Boot zu einem hohen, von Baumbestand freien Hügel lenkte, der sich nah am Südufer gegen den Nachthimmel abzeichnete. Dieser Hügel machte einen verödeten Eindruck, wirkte jeglichen Lebens beraubt, als sei ihm die Fähigkeit, selbst die zähesten Pflanzen noch zu nähren, unwiderruflich ausgetrieben worden. Doch allem Anschein nach war er der Ursprungsort des Liedes, das die Würgerkluft sang. Die Melodie, die zum Fluß herüberwehte, klang wie ein Schwarm befriedigter Furien.

Gleichgültig betrachtete Covenant den Hügel. Ihm war nicht genug Kraft geblieben, um sich über irgendwelche Erhebungen in der Landschaft Gedanken zu machen. All seine restliche und obendrein auch gefährdete Geistesklarheit galt dem Kampfeslärm, der aus dem *Melenkurion* Himmelswehr herübertönte – und dem krampfhaften Klammergriff, mit dem er seinen Ring verbarg. Als Bannor das Boot festmachte und ihn am rechten Ellbogen nahm, um ihn landeinwärts zu führen, stützte sich Covenant ganz einfach auf den Bluthüter und ging steifbeinigen Schritts mit.

Bannor schlug die Richtung zu dem kahlen Hügel ein. Als sie ihn erreichten, begann Covenant ohne eine einzige Frage hinaufzusteigen. Trotz seiner Erschöpfung kitzelte der Hügel sein Bewußtsein immer mehr hervor. Er konnte die Leblosigkeit unter seinen Füßen spüren, während er aufwärts stapfte, als trample er auf einem Leichnam herum. Doch hier überwog der Eifer zum Töten; die Luft war dick von Gemetzeln an Feinden. Der manifest gewordene Haß ließ Covenants Gelenke beim Klettern schmerzen. Er begann zu schwitzen und zu zittern, als trüge er die Last von Greueln auf seinen Schultern.

Knapp unterhalb der Hügelkuppe hielt Bannor ihn zurück. Der Bluthüter hob den *Orkrest* hoch. Im Licht des Steins sah Covenant den Galgen hinter der Hügelkuppe. Ein Riese baumelte daran. Und zwischen Covenant und dem Galgen standen Leute – starrten auf ihn herab, als sei er die leibhaftige Ausgeburt eines Alptraums –, standen Menschen, die er kannte. Lord Mhoram hielt sich in seiner von Gefechten besudelten Robe hochauf. Er hatte seinen Stab in der Linken, und sein hageres Gesicht war von Visionen ausgelaugt. Hinter ihm befanden sich Lord Callindrill und zwei Bluthüter. In Callindrills sanften Augen hatte sich die Düsternis des Versagens eingenistet. In seiner Nähe sah man Quaan und Amorine. Und an Mhorams rechter Seite, von Mhorams Rechter gestützt, stand Hile Troy. Die Schutzbrille und den Stirnreif hatte er verloren. Die augenlose Haut seines Gesichts war knotig verkrampft, als bemühe er sich, zu sehen; er hielt den Kopf schräg, drehte ihn von der einen zur anderen Seite, um sein Gehör zu orientieren. Intuitiv begriff Covenant, daß Troy sein vom Lande geschenktes Sehvermögen wieder verloren hatte. In der Gesellschaft dieser Personen befand sich ein Mann, den Covenant nicht kannte. Er war der Sänger – ein hochgewachsener, weißhaariger Mann mit glanzvoll silbernen Augen, der vor sich hin summte, als betaue er das Erdreich mit Melodien. Ohne längeres Nachdenken erriet Covenant, daß das Caerroil Wildholz war, der Forsthüter der Würgerkluft.

Irgend etwas im Blick des Sängers – ein sehr ernster, aber respektvoller Ausdruck – brachte den Zweifler wieder in den Vollbesitz seiner Sinne. Er erkannte die Furcht in den Mienen der Menschen, die ihm entgegenstarrten. Er stieß sich von Bannor ab, lud sich das ganze Gewicht seiner Bürden allein auf die Schultern. Für einen Moment stellte er sich der Bestürzung vor ihm mit so eindringlichem Blick, daß seine Stirn schmerzhaft pochte. Aber da, als er gerade etwas sagen wollte, rüttelte eine wuchtige Detonation aus dem Spaltfelsen ihn durch, brachte ihn ums Gleichgewicht. Als er hastig nach Bannor griff, entblößte er das Schandmal seines Rings.

»Sie ist verloren«, stöhnte er, als er so aufrecht wie möglich vor Mhoram und Troy trat. »Ich habe sie verloren.« Sein Gesicht zuckte, und die Wörter kamen gebrochen über seine Lippen, als seien sie Trümmer seines Herzens. Seine Worte schienen die Musik zu dämpfen, das dumpfe Toben, das vom Spaltfelsen herüberdrang, dagegen zu verstärken. Er empfand jedes Krachen des fernen Ringens wie einen inneren Hieb. Aber er nahm die Leblosigkeit unter seinen Füßen immer deutlicher wahr. Und der aufgeknüpfte Riese hing mit einer Aufdringlichkeit in seinem Blickfeld, die es nicht erlaubte, ihn zu ignorieren. Allmählich begriff er, daß er vor Menschen stand, die selber schwere Prüfungen durchgemacht hatten.

Er zuckte zurück, bewahrte jedoch Halt, als ihr Stimmengewirr begann, Troy mit erstickten Lauten »Verloren?« rief. »Verloren?«

»Was hat sich zugetragen?« fragte Mhoram in aufgewühltem Ton.

Unterm nächtlichen Himmel des leblosen Hügels – erhellt von Sternenschein, dem zweifachen Glänzen von Caerroil Wildholz' Augen und dem feurigen Leuchten des *Orkrest* – stand Covenant auf Bannor gestützt wie ein Krüppel, der gegen sich selbst auszusagen hatte, berichtete in zerstückelten Sätzen von Hoch-Lord Elenas Schicksal. Er erwähnte den Fokus ihres Blicks nicht, ihre verzehrende Leidenschaft. Aber alles andere erzählte er – von seinem Handel, Amoks Ende, der Beschwörung Kevin Landschmeißers, Elenas einsames Verhängnis. Als er fertig war, antwortete ihm ein Schweigen des Entsetzens, das in seinen Ohren wie eine Anklage klang. »Ich bedaure das alles sehr«, beschloß er seine Darstellung, um die Stille zu verkürzen. Dann zwang er sich dazu, vom bitteren Trank seiner persönlichen Nichtsnutzigkeit zu trinken. »Ich habe sie geliebt. Ich hätte sie gerettet, wär's möglich gewesen.«

»Sie geliebt?« murmelte Troy. »Allein?« Seine Stimme war zu sehr aus den Fugen geraten, um das Maß seiner Pein ausdrücken zu können. Lord Mhoram bedeckte plötzlich seine Augen, senkte den Kopf. Quaan, Amorine und Callindrill scharten sich zusammen, als könnte keiner von ihnen für sich verkraften, was sie gehört hatten.

Ein neuer Donnerschlag aus der Richtung des Spaltfelsens erschütterte die Luft. Ruckartig hob Mhoram wieder den Kopf und sah Covenant an; Tränen rannen ihm über die Wangen. »Es ist, wie ich gesagt habe«, flüsterte er gequält. »Die einzige Gefahr in Träumen ist der Wahnsinn.« Erneut zuckte Covenants Miene. Doch er wußte nichts mehr zu sagen; er konnte nicht einmal seine Zustimmung äußern.

Bannor hörte anscheinend aber etwas anderes aus dem Tonfall des Lords. Er trat zu Mhoram, wie um eine Ungerechtigkeit richtigzustellen. Und aus seinem Bündel nahm er Covenants markgeknetete Skulptur.

Er reichte das Stück Lord Mhoram. »Das hat der Hoch-Lord ihm geschenkt.«

Lord Mhoram ergriff das beinerne Bildwerk mit festen Händen; in seinen Augen schimmerte plötzliches Begreifen. Er verstand das Band zwischen Elena und den Ranyhyn; er verstand, was ein solches Geschenk an Covenant bedeutete. Ein Ansatz zu weiteren Tränen verzerrte sein Gesicht. Aber als er die Anwandlung gemeistert hatte, befand er sich wieder im Vollbesitz seiner alten Selbstbeherrschung. Seine krausen Lippen nahmen ihren altbekannten so menschlichen Ausdruck an. »Ein kostbares Geschenk«, sagte er leise, als er sich von neuem Covenant zuwandte. Covenant fühlte sich durch Bannors unerwartete Unterstützung und Mhorams Versöhnlichkeit gerührt. Aber er hatte für sie keine Kraft übrig. Sein Blick haftete auf Hile Troy.

Der Streitmark wand sich unter wiederholten Schlägen der Erkenntnis, die ihn trafen, und in seinem Innern braute sich ein bedrohlicher Ausbruch zusammen. Anscheinend sah er im Geist Elena vor sich – entsann sich ihrer, kostete noch einmal ihre Schönheit, genoß in der Erinnerung an sie all die Wunderkraft des Sehens, das sie ihn gelehrt hatte. Er schien auch ihr sinnloses, einsames Ende zu schauen. »Verloren?« keuchte er, während seine Wut wuchs. »Verloren? Allein?« Urplötzlich brach sein Zorn sich Bahn. »Das nennst du Liebe?« brüllte er Covenant in schaurigem Aufheulen an. »Du Aussätziger! Zweifler!« Er stieß die beiden Bezeichnungen aus, als seien sie die gräßlichsten Schimpfwörter, die er kannte. »Für dich ist das alles bloß ein Spiel! Ein Denkspiel! Faule Ausreden. Du bist ein Aussätziger! Moralisch ein Aussätziger! Du bist viel zu selbstsüchtig, um irgend jemanden außer dir selbst zu lieben! Zu allem hast du die Macht, aber du willst sie nicht benutzen. Du hast ihr ganz einfach den Rücken gekehrt, als sie deine Hilfe benötigte. Du ... abscheulicher ... Aussätziger! *Aussätziger!*« Er schrie mit solcher Lautstärke, daß an seinem Hals die Muskeln hervortraten. Die Adern seiner Schläfen schwollen und pochten, als müßten sie gleich unter Flüchen bersten.

Covenant spürte die Wahrheit in den Anschuldigungen. Sein Handel rechtfertigte derartige Vorwürfe, und Troy traf genau ins Herz seiner Anfälligkeit, als führe ihn in seiner Blindheit irgendeine prophetische Einsicht. Covenants Rechte zuckte fruchtlos, als wolle er dabei Bewegungen der Abwehr vollführen. Aber seine linke Hand preßte er hartnäckig auf seine Brust, als sei ihm daran gelegen, sein Schandmal auf diese Stelle einzugrenzen. »Zweifel haben damit nichts zu tun«, sagte er mit schwacher Stimme, als Troy um Atem rang, um sein Gebrüll fortzusetzen. »Sie war meine Tochter.«

»Was?!«

»Meine Tochter.« Covenant sprach die beiden Wörter aus wie ein Urteil. »Ich habe Trells Tochter vergewaltigt. Elena war seine Enkelin.«

»Deine Tochter ...« Troy war zu fassungslos zum Schreien. Neue Erkenntnisse schüttelten ihn wie Gesichte der Verworfenheit. Er stöhnte auf, als wären Covenants Verbrechen so vielfältig, daß er sie nicht alle zugleich überschauen konnte.

»Mein Freund«, sagte Mhoram bedächtig zu ihm, »das war jenes Wissen, welches ich dir vorenthalten habe. Das Zurückhalten hat dir unbeabsichtigt Schmerz bereitet. Ich bitte dich, vergib mir. Der Großrat sorgte sich, dies Wissen könne dich dazu verleiten, den Zweifler zu verabscheuen.«

»Und das war verdammt richtig«, röchelte Troy. »Das war verflucht richtig!« Plötzlich schlug seine angestaute Erbitterung um in Aktivität. Durch sicheren Instinkt geleitet, packte er blitzartig zu und entriß Mhorams Hand den Stab. Er wirbelte um seine Achse, um Schwung zu bekommen, und führte mit dem Stab einen wuchtigen Hieb gegen Covenants Kopf. Die Unvermutetheit des Angriffs überraschte sogar Bannor. Aber der Bluthüter griff ein, sprang Troy nach und stieß ihn kraftvoll genug an, um den Hieb mißlingen zu lassen. Infolgedessen streifte das metallene Ende des Stabes Covenant nur an der Stirn. Dennoch taumelte Covenant rücklings hügelabwärts. Doch er fing seinen Sturz ab und erhob sich auf die Knie. Er legte eine Hand an den Kopf und stellte fest, daß er aus einer Wunde mitten in der Stirn stark blutete. Er fühlte, wie ihm aus der verdorrten Erde alter Haß und Tod zuflossen. Blut rann wie Seiber über seine Wangen.

Im nächsten Moment hatten Mhoram und Quaan sich Troys bemächtigt. Mhoram entwand ihm den Stab, Quaan hielt seine Arme fest. »Narr!« fuhr der Lord den Streitmark an. »Du vergißt den Friedensschwur. Treue ist vonnöten!«

Troy leistete Quaan Widerstand. Wut und Gram verzerrten sein fleckig gewordenes Gesicht. »Ich habe keinen derartigen Schwur abgelegt! Laßt mich!«

»Du bist der Streitmark des Kriegsheers«, erwiderte Mhoram in bedrohlichem Ton. »Der Friedensschwur bindet dich. Doch wenn du dich aus dieser Erwägung nicht zu mäßigen vermagst, so nimm Abstand vom Morden, weil des Verächters Heer vernichtet ist. Markschänder hängt tot am Strick des Galgenhöckers.«

»Nennt ihr das einen Sieg? Unser Heer ist zusammengehauen worden. Was ist ein Sieg wert, der so viel gekostet hat?« Troys Wut schwoll immer noch mehr an, wie ein Strom von Tränen. »Besser wären wir unterlegen! Dann wären die Opfer keine solche Verschwendung!« Die leidenschaftliche Qual in seiner Kehle zwang ihn dazu, nach Luft zu schnappen, als ersticke ihn der Geruch von Covenants Perfidität.

Aber Lord Mhoram blieb unbeeindruckt. Er packte Troy an dessen Brustplatte und rüttelte den Streitmark. »Dann mäßige dich, weil der Hoch-Lord nicht tot ist.«

»Nicht?« ächzte Troy. »Nicht tot?«

»Wir vernehmen noch das Ringen. Begreifst du nicht die Bedeutung jenes Tosens? Wir hören mit eigenen Ohren, wie Elena gegen den toten Kevin kämpft. Der Stab erhält sie … und Kevin verfügt nicht über soviel Macht, wie sie ihm stets beigemessen hat. Doch der Beweis ihres Überdauerns ist hier, im Zweifler selbst. Sie hat ihn ins Land gerufen – und deshalb wird er bis zu ihrem Tod im Land bleiben. So war's schon, als ihn das erste Mal Seibrich Felswürm gerufen hatte.«

»Sie kämpft noch?« Bei dieser Vorstellung sank Troys Unterkiefer herab. Anscheinend betrachtete er diese Tatsache als den endgültigen Beweis für Covenants Verrätertum. »Wir müssen ihr helfen!« schrie er Mhoram an.

Mhoram zuckte zusammen. Eine Aufwallung von Schmerz suchte sein Gesicht heim. »Wie?« fragte er mit gepreßter Stimme.

»Wie?« schäumte Troy wutentbrannt. »Frag doch nicht mich. *Du* bist der Lord! Wir müssen ihr irgendwie helfen!«

Der Lord straffte sich, stützte sich auf seinen Stab, um Haltung zu bewahren. »Fünfzig Längen trennen uns vom Spaltfelsen. Eine Nacht und ein Tag müßten verstreichen, bis Ranyhyn uns zum Fuße des Berges getragen hätten. Bannor müßte uns durchs Bergesinnere zur Stätte des Ringens führen. Vielleicht haben die Auswirkungen des Kampfes alle Zugänge zerstört. Womöglich wäre jedes Nahen unser Verderben. Doch stießen wir zum Hoch-Lord vor, wir vermöchten nichts einzusetzen als die kläglichen Kräfte zweier Lords. Mit dem Stab des Gesetzes ist er uns ohnehin bei weitem über. Wie also sollten wir helfen?«

Sie standen einander gegenüber, als befänden sie sich über den

Abgrund von Troys Augenlosigkeit hinweg in geistigem Kontakt. Mhoram geriet durch Troys Erbitterung nicht ins Wanken. Die innere Not seiner Ratlosigkeit spiegelte sich in seiner Miene wider, aber weder leugnete er seine Schwäche, noch verwünschte er sie. Obwohl Troy vor Dringlichkeit bebte, mußte er seine Forderung, wollte er darauf bestehen, woanders vortragen.

Er wandte sich an Covenant. »Du!« schrie er mit durchdringender Stimme. »Wenn du zu feige bist, um selbst etwas zu unternehmen, dann gib wenigstens mir eine Chance, ihr zu helfen! Gib mir deinen Ring! Ich kann ihn von hier aus spüren … gib ihn mir! Los, komm, du Halunke. Darin besteht ihre einzige Chance.«

Covenant, der noch im toten, grießigen Schmutz des Galgenhöckers kniete, schaute durchs Blut in seinen Augen zu Troy auf. Eine Zeitlang vermochte er nicht zu antworten. Troys Verlangen überfiel ihn wie ein Steinschlag. Es riß seine letzte Schutzwehr ein und enthüllte seine Schande. Er hätte Elena retten können. Er besaß die Macht; sie pochte an seinem Ringfinger wie eine Wunde. Aber er hatte sie nicht verwendet. Unwissenheit war kein Entschuldigungsgrund. Seine Behauptung, zu allem unfähig zu sein, deckte ihn nicht länger. Die trostlose Atmosphäre des Galgenhöckers erzeugte in seiner Brust Beklommenheit, als er sich hochraffte. Obwohl er kaum die Richtung erkennen konnte, stieg er wieder hügelaufwärts. Die Anstrengung bereitete ihm Kopfschmerzen, als stächen die Splitter gebrochener Knochen in seinen Schädel, und sein Herzschlag flatterte. *Nein!* schrie eine lautlose Stimme ihn an. *Nicht!* Aber er beachtete sie nicht. Mit seiner Halbhand fummelte er am Ring. Er schien sich zu widersetzen – er hatte große Schwierigkeiten dabei, ihn vom Finger zu lösen –, aber als er Troy erreichte, riß er ihn endlich herunter. »Nimm ihn!« sagte er mit breiiger Stimme, als sei sein

Mund voller Blut. »Rette sie!« Er legte den kleinen Reif in Troys Hand.

Die Berührung des Rings, das Pulsen des Metalls in seiner Hand, versetzte Troy in äußerste Erregung. Er ballte die Finger darum zusammen, drehte sich um und stürmte auf die Kuppe des Hügels. Hastig orientierte er sich mit den Ohren, ermittelte die Richtung zum Spaltfelsen, wandte sich dem Schauplatz des lautstarken Ringens zu. Wie ein Titan ballte er seine Fäuste himmelwärts und schüttelte sie; das Weißgold flammte machtvoll auf, als antworte es auf die Kraft seiner Leidenschaft. »Elena!« schrie er mit wilder Stimme. »Elena!«

Doch da zeigte sich der hochgewachsene, weißhaarige Sänger an seiner Seite. Seine Klänge erhielten eine strenge, gebieterische Note, die über die Anhöhe eine unfreiwillige Lähmung verbreitete wie einen Nebel. Alle Anwesenden erstarrten, verloren die Fähigkeit, sich zu regen. Inmitten der Stille hob Caerroil Wildholz sein knorriges Zepter. »Nein«, trällerte er. »Das kann ich nicht dulden. Es bräche das Gesetz. Und du vergißt den Preis, den du mir schuldest. Erlangtest du ungebührliche Meisterschaft der wilden Magie, womöglich benutztest du sie, um mir den Preis wieder abzusprechen.« Er berührte mit seinem Zepter Troys emporgereckte Faust; der Ring fiel auf die Erde, und dabei verschwanden aus ihm alle Glut und Kraft. Er sah nach gewöhnlichem Metall aus, als er aufs tote Erdreich fiel, munter durch die Töne der Musik rollte und vor Covenants Füßen liegenblieb. »Ich gestatte es nicht«, fügte der Sänger hinzu. »Dein Versprechen ist gültig. Im Namen des Einstückbaumes und des Einholzwaldes, im Namen der Würgerkluft, die keine Vergebung kennt, beanspruche ich für meinen Beistand den Preis.« Mit ernster, feierlicher Geste, die ferner Hörnerklang zu untermalen schien, berührte er mit seinem Zepter Troys Kopf. »Augenloser, du hast mir meinen Preis versprochen. Ich beanspruche dein Leben.« Lord Mhoram wollte protestieren. Aber die vom Sänger verbreitete Lähmung hinderte ihn daran.

Lord Mhoram konnte nur mitansehen, wie sich Troy zu verändern begann.

»Ich beanspruche dich zu meinem Schüler«, summte der Forsthüter. »Du wirst Caer-Caveral sein, mein Helfer und Gehilfe. Von mir sollst du das Wirken eines Forsthüters lernen, das Wurzeln und Zweigen, Saat und Säften und Laub und allem anderen gilt. Gemeinsam werden wir die Würgerkluft durchstreifen, und ich werde dich die Lieder der Bäume lehren, die Namen der alten, wackeren, geistvollen Hölzer, die uralte Waldkunde von den Gedanken und Launen der Bäume. Solang es Bäume gibt, werden wir gemeinsam wirken, uns an jedem neuen Sprößling erfreuen, für jede verhaßte Störung durch Menschen des Holzes Vergeltung üben. Vergiß deine törichte Freundin. Du vermagst ihr nicht nachzueifern. Caer-Caveral, bleib und diene!« Sein Gesang veränderte Troys Gestalt. Langsam verwuchsen seine Beine miteinander. Seine Füße begannen Wurzeln ins Erdreich zu schlagen. Sein Äußeres überzog sich mit dickem, dunkelgrünem Moos. Er verwandelte sich in einen scheinbar alten Baumstumpf mit einem letzten, nach oben gereckten Ast. Aus seiner Faust entrollten sich grüne Blätter. »Gemeinsam wollen wir den Galgenhöcker zu neuem Leben erwecken«, beschloß der Forsthüter leise. Dann wandte er sich den Lords und Covenant zu. Der silberne Glanz seiner Augen hellte sich noch stärker auf, brachte sogar den *Orkrest* zum Verblassen. In einem Ton, der nach betauter Frische klang, sang er weiter.

»Axt aber und Feuer bereiten mir üble Not.
Ich weiß von Haß, stolzer Fäuste Vergehen.
Weiche, bewahr dir deines Herzsaftes Rot:
Mein Grimm kennt weder Ruh noch Rasten.«

Während seine Worte die Zuhörer durchdrangen, verschwand er in den Klängen, als habe er ihre Schwingungen um sich geschlungen und sich dadurch der Sicht entzogen. Aber die Warnung in seiner Melodie hallte hinter ihm in der Luft nach wie ein Echo, wiederholte seine Mahnung immer weiter, bis sie nicht vergessen werden konnte.

Ganz allmählich, wie Gestalten, die sich lahm einem Traum entwanden, begannen die Menschen auf der Anhöhe sich wieder zu rühren. Quaan und Amorine eilten zu dem dick mit Moos bedeckten Baumstumpf. Kummer erfüllte ihre Mienen. Doch sie hatten zuviel erduldet, während ihrer langen Prüfung zu hart kämpfen müssen. Ihnen war zum Erschrecken oder Aufbegehren keine Kraft geblieben. Amorine starrte den Baumstumpf an, als könne sie nicht begreifen, was geschehen war, und in Quaans alten Augen glitzerten Tränen. »Heil, Streitmark«, rief er; aber seine Stimme klang auf dem Galgenhöcker schwach und dumpf, und daraufhin bewahrte er Schweigen.

Hinter den beiden sanken Lord Mhoram die Schultern herab. Seine Hände zitterten, als er zum stummen Abschied seinen Stab hob. Lord Callindrill tat das gleiche, und sie standen da, als stützten sie sich gegenseitig. Fassungslos kniete sich Covenant nieder und nahm seinen Ring. Er griff danach wie ein Meßdiener, der seine Stirn zum Boden neigt, und als seine Finger den Reif ertastet hatten, schob er ihn zurück an seinen Ringfinger. Dann versuchte er mit beiden Händen, das Blut aus den Augen zu wischen.

Während er sich noch damit beschäftigte, dröhnte ein Donnern aus dem Spaltfelsen durch die Luft. Der Berg stöhnte laut auf, als sei er zu Tode getroffen. Die Erschütterung warf Covenant mit dem Gesicht in den Dreck. Schwärze füllte sein sowieso getrübtes Blickfeld aus, als flute sie ihm aus dem trostlosen Hügel zu. Und hinter sich hörte er Druckwellen heulen, als ertöne ein wüstes Triumphgejohle einer ganzen Rotte von Unholden. Ein anhaltendes Beben durchzitterte die Würgerkluft, und anschließend erscholl ein ausgedehntes Knirschen, als bräche die gesamte Klippe des Spaltfelsens zusammen. Ringsum bewegten sich Menschen; Stimmen riefen hin und her. Doch Covenant konnte sie nur undeutlich hören. Ein Tumult betäubte seine Ohren, ein grelles, vielfaches Krakeelen diebischen Vergnügens. Der Lärm kam näher. Er schwoll an und näherte sich, bis er Covenants Trommelfelle überforderte und die Grenzen der physischen Wahrnehmung überschritt, ihm direkt ins Gehirn schrillte. Von da an erreichten andere Stimmen ihn bloß noch verwaschen, beiläufig aufgeschnappt von seinem wie übersteuerten Gehör.

»Der Spaltfelsen birst«, sagte Bannor. »Eine große Flut wird folgen.«

»Zumindest eine erfreuliche Sache wird sich daraus ergeben«, meinte Lord Callindrill. »Die Schrathöhlen unterm Donnerberg werden saubergespült.«

»Schaut!« rief plötzlich Lord Mhoram. »Der Zweifler entschwindet. Der Hoch-Lord ist gefallen.«

Aber all diese Dinge waren Covenant über; er konnte nicht an ihnen festhalten. Der schwarze Dreck des Galgenhöckers erfüllte seinen Gesichtskreis wie eine Inkarnation der Mitternacht. Und ringsherum, in ihrem Umkreis – ihrem und seinem – stieg das greuliche Jaulen in immer noch schrillere Bereiche empor, schwang durch seinen Schädel, seine Brust und die Gliedmaßen, als zermahle es seine Knochen zu Pulver. Das Heulen überwältigte sein Bewußtsein, und er reagierte auf die Niederlage mit einem Aufschrei, der keinen Laut erzeugte.

27
Aussätzig

Das Kreischen gellte immer weiter aufwärts, erscholl lauter und dringlicher, forderte immer nachhaltiger; er spürte, wie es die Wälle seiner Begriffswelt zum Einsturz brachte, das Terrain seiner Existenz veränderte. Zum Schluß war ihm, als pralle er auf die Ebene seiner Schwingungen; er schien aus großer Höhe draufzustürzen und auf seiner unerbittlichen Härte zu zerschmettern. Die Wucht des Aufpralls gab ihm einen fürchterlichen Ruck. Als er wieder still dalag, konnte er die Härte kühl unterm Gesicht und seiner Brust spüren.

Nach und nach bemerkte er, daß die Fläche, auf der er lag, klamm war und klebrig. Sie roch nach geronnenem Blut. Diese Wahrnehmung beförderte ihn über irgendeine Grenze. Er merkte, daß er zwischen dem tonlosen, bitteren, ärgerlichen Heulen außerhalb seines Kopfs und dem unregelmäßigen Schmerz darin nicht recht zu unterscheiden vermochte. Qualvoll mühsam rieb er sich mit einer Hand das verkrustete Blut aus den Augen. Dann öffnete er sie mit nicht weniger Mühe. Seine Umwelt trieb in den Fokus seines Blicks und wirkte wie durch eine stark verschmierte Linse gesehen, aber nach einer Weile konnte er Ausschnitte der Umgebung erkennen, in der er sich befand. Rundum herrschte seelenlose gelbe Helligkeit. Ein Stück von sich entfernt sah er die Beine des Sofas auf dem zum Schutz seiner Person außergewöhnlich dicken Teppich stehen. Er lag auf dem Boden neben dem Kaffeetisch ausgestreckt, als sei er von seiner Totenbahre gefallen. Mit der linken Hand preßte er irgend etwas, das rücksichtslos schrillte, an sein Ohr. Er drehte den Kopf und entdeckte, daß es sich um den Telefonhörer handelte. Daraus drang das Gellen – das durchdringende Quengeln eines Telefons, dessen Hörer nicht aufliegt. Der Apparat selbst lag ebenfalls auf dem Fußboden, knapp außerhalb von Covenants Reichweite. Ein langer Moment der Benommenheit verstrich, ehe er sich so weit gefaßt hatte, daß er sich fragte, seit wann Joan bereits aufgelegt haben mochte. Mit einem Stöhnen wälzte er sich auf die Seite und schaute hinauf zur Wanduhr. Er konnte die Uhrzeit nicht ablesen; seine Sicht war noch zu unklar. Aber durchs Fenster konnte er das erste Licht einer unerfreulichen Morgendämmerung erkennen; er war die halbe Nacht lang besinnungslos gewesen. Er wollte aufstehen, sackte jedoch wieder zusammen, während verschärfter Schmerz seinen Kopf durchtobte. Er befürchtete, nochmals das Bewußtsein zu verlieren. Doch nach einer Weile ließ der Schmerz nach, verschmolz mit dem nun entfernteren Gequengel des Telefons. Er schaffte es, auf die Knie hochzukommen. In dieser Haltung blieb er vorerst, sah sich in der berechneten, durchdachten Ordentlichkeit seines Wohnzimmers um. Joans Foto und seine Kaffeetasse standen noch auf dem Tisch, wo er sie hingeschoben hatte. Der Aufprall seines Kopfs an die Tischkante hatte nicht einmal den Kaffee verschüttet. Die Vertrautheit seiner gewohnten Umgebung spendete ihm keinen Trost. Sobald er sich auf die gutgeplante Säuberlichkeit des Zimmers zu konzentrieren versuchte, schweifte sein Blick immer wieder zu dem Blut ab, das – schon trocken, fast schwarz – auf dem Teppich eine häßliche Kruste bildete. Der Fleck beeinträchtigte seine Sicherheit wie ein Krebsgeschwür. Um aus seiner Nähe zu gelangen, riß er sich zusammen und stand auf. Der Raum schien sich um ihn zu drehen, als stünde ihm ein schwerer Schwindelanfall bevor, aber er stützte sich auf die gepolsterte Armlehne des Sofas, und nach einem Moment hatte er sein Gleichgewicht im wesentlichen wiedergefunden. So behutsam, als befürchte er, ein Dämon könne aufgeschreckt werden, legte er den Hörer aufs Telefon, seufzte dann auf, als das Schrillen verstummte. In seinem linken Ohr sangen noch Echos. Das Läuten im Ohr beunruhigte sein Gemüt, aber er überhörte es, so gut es ging. Er begann durchs Haus zu streifen wie ein Blinder, arbeitete sich vom einen zum nächsten Halt vorwärts – vom Sofa zum Türrahmen, von dort zum Küchentisch. Danach mußte er mehrere Schritte ohne Stütze tun, um das Bad zu erreichen, aber es gelang ihm, den Abstand zu überwinden, ohne zu fallen. Drinnen lehnte er sich aufs Waschbecken und verschnaufte erst noch einmal. Sobald er wieder bei Atem war, ließ er wie willenlos Wasser einlaufen und wusch sich die Hände – der erste Schritt in seinem Ritual der Reinigung, einem lebenswichtigen Bestandteil seiner Abwehr gegen einen Rückfall. Eine Zeitlang rieb er seine Hände umeinander, ohne den Kopf zu heben. Aber endlich schaute er doch in den Spiegel. Der Anblick seines Gesichts ließ ihn erstarren. Er stierte sich aus wunden Augen der Selbstverstümmlung an und erkannte das Angesicht, das Elena aus Bein geformt hatte. Die Stirn der Büste war ohne Wunde gewesen, aber die Verletzung vervollständigte lediglich das Bildwerk, das sie von ihm geschaffen hatte: er sah einen Schimmer von Bein unter dem verkrusteten Blut, das seine Stirn und die Wangen verdunkelte, rings um seine Augen klebte, sie betonte, ihnen die Schatten einer schrecklichen Besessenheit verlieh. Die Verletzung und das Blut in seinem trostlosen, verhärmten Gesicht gab ihm das Aussehen eines falschen Propheten, eines Verräters selbst an seinen eigenen kühnsten Träumen. *Elena!* schrie er mit kloßiger Kehle innerlich auf. *Was hab ich getan?!* Dazu außerstande, den eigenen Anblick zu ertragen, wandte er sich ab und sah sich benommen im Badezimmer um. Im fluoreszenten Licht schimmerten das Porzellan der Badewanne und das verchromte Metall der gefährlichen Armaturen, als hätten sie nicht das entfernteste mit Tränen zu schaffen. Ihre blanke Oberflächlich-

keit schien darauf zu bestehen, daß Trauer und Verlust irreal seien, ohne Bedeutung.
Er starrte sie für lange Zeit an, ermaß ihre Ausdruckslosigkeit. Dann humpelte er aus dem Bad. In grimmigem Vorsatz beharrte er darauf, seine Stirn ungesäubert zu lassen, unbehandelt. Er zog es vor, der Anklage, die darauf geschrieben stand, nicht zu widersprechen.

EXCALIBUR – fremde Welten voller Magie und ungekannter Gefahren, grandiose Epen von Mythen und Wundern, übermenschlichen Schicksalen und der erlösenden Kraft der Liebe.

(70109)

(70108)

(70100)

(70105)

(70110)

(70121)